范稳

  四川人，在云南工作，写西藏题材。1986 年开始发表作品，创作主要以中长篇小说、长篇文化散文为主，现已出版各种体裁的文学作品 15 部，计 500 余万字。作品涉及现实生活、民族文化、宗教历史等多个方面。潜心西藏历史、文化、宗教、民族的学习、研究和写作，曾多次游历西藏并在藏区工作生活，从一个无神论者转变成一个有信仰的人。已有 7 部关于西藏题材的作品出版。用十年时间创作完成了反映滇藏结合部 20 世纪一百年多种民族、多种宗教、多元文化大融合的"藏地三部曲"——《水乳大地》、《悲悯大地》和《大地雅歌》。其中《水乳大地》和《悲悯大地》已由人民文学出版社出版，在台湾、香港也有出版发行。另有部分作品翻译成英文、德文、法文等语种。2006 年海峡两岸图书博览会上，被台湾四家出版社和网络机构评为"最受台湾读者喜爱的十大大陆作家"之一。

大地雅歌

范稳 著

ས་ཆེན་ལ་ཕུལ་བའི་དགའར་སྒྲ།

北京出版集团公司
北京十月文艺出版社

目 录

有位天使给我说："你写下：被召赴羔羊婚宴的人,是有福的。"

——《圣经·新约》(若望默示录 19:9)

跳啊,大家来跳锅庄,
迎来西方印度的佛法,
迎来东方汉地的文明;
迎来北方骑骏马的英雄,
迎来南方杜鹃花一样的姑娘。

——康巴藏区锅庄

你们该彼此相爱,如同我爱了你们一样。

——《圣经·新约》(若望福音 15：12)

ས་ཆེན་ལ་ཐུལ་བའི་དགར་སྨ།

第一部　大地

ས་ཆེན་ལ་ཕུལ་བའི་དགའ་སྟོན།

1　创世纪

嗦——

在很早很早以前，

天和地还没有分开，

水和土还没有形成，

黑暗笼罩一切。

没有太阳啊也没有月亮，

没有花草鸟兽啊没有爱情。

也没有我说唱艺人扎西嘉措，

扎西嘉措爱情的翅膀还没有张开……

——扎西嘉措《创世歌谣》

康菩·仲萨土司宽大厅堂里的听众轰然大笑，有人对说唱艺人扎西嘉措说："你唱错了，这两句是你加上去的。"

"哦呀——"站在厅堂中央说唱创世歌谣的那个家伙优雅地拨了下怀中的琴弦，好像老练的骑手轻轻一揽缰绳，就把走错了道的马儿拉了回来，他还扮出一个得意调皮的笑脸，再次逗得人们会心一笑。只有受到土司宠爱的人，才敢在贵族老爷们聚集的场合无拘无束。

从东边来了个男天神，

用火做了个太阳；

从西边来了个女天神，

用水做成了月亮。

太阳分开了天空和大地，

月亮分开了陆地和海洋。

天空像帐篷的穹顶，

大地像八瓣莲花开放，

海洋像佛陀的慈悲一样宽广深厚。

太阳追逐着月亮，

月亮依恋着太阳。

他们相爱却永不能相逢……

康菩·仲萨土司火塘边的听众"哗"地又笑开了。他们纷纷说："唱错了唱错了，这个该死的仲巴①，净瞎唱。"

坐在火塘上首的康菩土司，往拇指指甲上抖了点鼻烟，凑到鼻孔处"吸"了一口，大大地打出一个喷嚏，对说唱艺人扎西嘉措说："你这条野狗，三句唱词离不开男女的事儿，连神灵也不放过，喇嘛听了你的歌也会后悔出家的。"

说唱艺人扎西嘉措停下手里的六弦琴，扑闪着一双动人的眼睛说："尊敬的土司老爷，如果没有天上的情，哪来人间的爱？"

他是一个俊朗清瘦的青年，大眼睛高鼻梁薄嘴唇，脸很长，像副马脸，但他俊俏的五官、棕黄色的细腻皮肤相配起来看，你只会将他视为一匹草原上的骏马；再加上他那双仿佛会说话的湿润的眼睛，若是看着仇家，仇人会被感动；若是望着情人，女人将被融化。不过按藏族人的观相术看，这种人一生会经历无数的苦难，尤其是爱情。眼睛湿润，看上去秋波荡漾，情意脉脉，但藏族人认为这是一双泪眼，是终生贫困和爱情注定失败的预兆。

---

① 对说唱艺人的称谓。

一个权倾一方的土司和一个流浪艺人的因缘，来自于半年前的一次邂逅，这让双方的命运因此改变。那天澜沧江峡谷下游的大土司康菩·仲萨路过阿墩子县城的一家小酒馆，听见一阵悠扬的扎年琴声飘出来，自小喜欢歌舞的康菩土司，还没有听见过如此流畅自如的琴声，就信步进去要了碗酒，坐在一边静静地听。一碗酒喝完，康菩土司走到那个说唱艺人身边说：

"收起你的琴，跟我走。我管你一个月的吃喝。"

说唱艺人眼睛都懒得抬一下，只是低头调自己的琴弦，"我的吃喝我的歌声管。"他满不在乎地说。

康菩土司身后的管家次仁不轻不重地打了他一马鞭，"黑骨头贱人，抬起你的狗头来！看看是谁在跟你说话，跪下！"

那个说唱艺人懒洋洋地抬起头来，看见了他面前身着贵族服装的土司老爷，他壮实得像一头牦牛，威武得似一头雄狮；说唱艺人同时还望见了酒馆门口簇拥着一大群斜背长枪、手牵骏马的卫队。

"我是一名在大地上流浪的诗人，六世达赖喇嘛仓央嘉措如同我的灌顶上师，爱情是我的人生诗行，姑娘们的眼光照亮我脚下的路。我的歌唱给雪山听，唱给圣湖听，唱给放牧人听，唱给酒馆里只喝得起一碗酒的人听，还唱给美丽的姑娘们听，我不给贵族老爷唱歌。穷人有穷人的尊严，乞丐有乞丐的自由，而一个流浪诗人，大地上到处都有朋友和爱情。"说唱艺人傲慢地说。

次仁又举起了马鞭。

康菩土司摆摆手，对说唱艺人说："把你的琴拿来，我唱一支歌给你听。"

说唱艺人犹豫了一下，还是把手里的六弦扎年琴递给了康菩土司。土司那天不知是心情好，还是这个流浪汉的歌声激起了他年轻时的美好回忆，他调拨了一下琴弦，唱了一首古老的情歌：

　　　　我和东边的山说话，
　　　　西边的山怀疑；

我和南边的山说话，

北边的山怀疑。

一座座多心的山啊，

叫我怎么对付你。

"怎么样？"康菩土司把琴递还给说唱艺人。这个家伙没想到一个土司也会唱这种歌谣，而且琴还弹得这样好。他收起六弦琴、要钱的木碗以及身边的背囊，"嘿嘿，老爷身边的姑娘太多了。"他的嘴依然讨厌。

康菩土司自负地说："比你的歌多一点。"

说唱艺人更自负，他说："你要知道，我的每一支歌后面，都有一颗姑娘的心。"

康菩土司不当回事地说："那就让我们看看，有哪个姑娘会被你的歌声征服。"

流浪诗人挑战似的站了起来，"你永远不会知道我在歌声中传达的爱情。"

就这样，说唱艺人扎西嘉措来到了康菩土司的大宅。这个走南闯北的行吟诗人，去过圣城拉萨，到过后藏日喀则，夏天在藏北草原的牧场上与牧羊姑娘用歌声调情，冬天在藏东温暖的峡谷和打柴的少妇躲在灌木丛里打滚。而春秋两季，他要么在某个姑娘温柔的被窝里做着爱情的美梦，要么在朝圣的路上颠沛流离，边走边唱。神界的传说被他唱得活灵活现，大地上土司间的争战被他演绎得轰轰烈烈，天上飞过一只鸟儿也会引来他的歌声，山冈上凋零的花儿也会被他的歌滋润得二度开放。更不用说人间天荒地老的爱情，更被他唱得如泣如诉，如怨如慕。他总是那么机敏、俏皮，总是显得那么多情、聪慧。他有一个温柔的灵魂，浪漫的心。主动委身在他身下的姑娘，他要看到天上的星星，才一个一个地想得起来。这让他喜欢这种浪游四方的生活，从不把富贵利禄放在眼里。他还不到二十岁，除了随处播撒的爱，什么都不缺，什么也不在乎。他本是一个剑胆琴心的行吟诗人，游走在一个浪漫的时代，生活得怎么样并不重要，爱得如何才是关键。他相信，只要行走在大地上，爱情就像山冈上到处生长的树，就像牧场随风飘扬的情歌，一个说唱神界传说与人间万象、歌颂生活与爱情的流浪诗人，总会与人生中的真爱不期而遇。姑娘们脉脉含情的眼光为他指引着爱情的方向。

就像他做梦也没有想到，他会在康菩土司森严的大宅里，看到了他愿意为之去守候一生的爱情。

这人就是康菩土司的小姨妹央金玛，每当听扎西嘉措说唱的时候，她便紧挨在她姐姐卓玛拉初旁边，像一只依偎在母羊身边温驯的小羊羔，而她的眼睛却总像还深陷在梦的深处，在那个说唱艺人俊俏的脸上飘来飘去。她不像其他人那样神情专注地听扎西嘉措的唱词、琴声，时而开怀大笑，时而喟然长叹。她不知不觉就让说唱艺人的歌声如寒冬过后的第一缕春风，吹拂她寂寞了十七年的心；又似甜美的梦长上了翅膀，带着她的心儿遨游在爱情的乐园。这让她常常听得面红耳赤，心神迷乱。有一天她甚至在那个家伙越唱越露骨的唱词中，眼睛不看他灵巧拨弦的手指，也不看他翻飞踢踏的舞步，而是飘进春梦深处，往他的裤裆那里看。就像一个邪恶的神魔，人们总在传说他的故事，说一回便心惊肉跳，但又忍不住想再说第二遍。

大约从听到扎西嘉措的第一支歌后，央金玛晚上就睡不好觉了。

十七岁的央金玛那时并不知道，她一生的命运总是和错位了的爱情分不开，这种爱情是最幸福的，但在人间却总是不合时宜，它属于天堂里的爱。可情场高手扎西嘉措怎么会不知道这个特殊听众的心思，又怎么能轻易放过央金玛的美？在他周游雪域高原的岁月里，他的琴声飘到哪里，姑娘们的眼波就跟到哪里。他可以在一个姑娘看他的第一眼时起，就作出决定，今晚要不要钻进她的帐篷。

但央金玛可不一般，她的眼波像圣湖里的波澜，遥远而神秘，深邃又迷蒙。从第一眼看见她，扎西嘉措就在心里惊呼：原来世界上雪山女神真的存在。她典雅、俏丽、清纯、明澈，正是含苞欲放的雪莲，冰凌尖闪耀七彩光芒的水珠，花蕊上晶莹剔透的甘露。更让这个多情浪子惊叹的是她的那双总是迷迷蒙蒙的眼睛，仿佛她的梦游并不仅属于她自己，还要挑逗你跟随她一同坠入甜美的爱梦。

在扎西嘉措说唱表演时，他不用看她那边，就知道哪段旋律会让小姐芳心迷乱，哪段歌词会深入少女的缱绻春梦。他在大地的舞台上早已阅人无数，知道什么样的歌词，会搅动起一池春水；什么样的曲调，会拉近两颗年轻浪漫的心。这朵含苞欲放的花儿，必将在他爱的春风化雨中粲然开放。

因此，扎西嘉措纵然久经风月，也还是琴弦已乱，心如树上的猴子了。

当初康菩土司说要管他一个月的吃喝时，他想：我扎西嘉措什么人啊，大地就是我的家，天下到处都有美酒和姑娘，谁在乎你一个土司大宅？待上半个月算我看得起你。可是一个月过去了，他说唱的神界故事还没完没了；三个月过去了，雪域大地上还笼罩着黑暗；半年时间了，藏族人的祖先还没有被创造出来。他唱开天辟地，任意加进去些神灵们的爱情故事；他唱神魔大战，神灵和女魔竟然相爱成了一家，连莲花生大师最后都不是靠无上的法力收服了女魔，而是以爱情感化了她。土司家的听众开初还纷纷抗议，说这个仲巴唱的跟过去听到的不一样。可是他们又不得不承认他唱得动听，唱得扣人心弦。最后就由了他胡诌，直到唱得火塘边的康菩土司想睡觉了，吸口鼻烟打个喷嚏，演出便到此结束。

那天晚上他给土司一家人唱创世传说，或者说，他心中只是唱给一个人听。因此他唱着唱着就让太阳和月亮相恋起来，但是他知道——所有的人都知道，太阳永远也追逐不到月亮。他多情的心忽然就被一股固执的忧伤弥漫了，那时他还不知道这种忧伤会陪伴他终生。土司家眷们的起哄和康菩土司那个喷嚏救了他的场，不然他真不知后面的唱词该怎么编排下去了。

散场了，人们各自回自己的卧房。扎西嘉措和下人们住在马厩旁边的一排小房子里，康菩土司住大宅主楼的二层，刚才说唱的地方也在二层的大厅，央金玛和几个女眷住三层。扎西嘉措垂手躬身立在一边，让主子们先走。扎西嘉措知道，说唱歌谣的时候，他是客厅中的英雄，受众人仰视，现在，他不过是土司家豢养的一条狗，也许连狗还不如呢。

他看见央金玛在女仆德吉的陪伴下从他身边昂头而过。他在心里说，我数到三，她一定会转过头来。

他才数到二，央金玛忽然扭头对身后的德吉说："我的手炉呢?"她尚在梦游的眼睛飞快地向扎西嘉措睃了一眼，像一根打过来的羊鞭，让扎西嘉措的心头微微一颤。

德吉举举手中那个精致的手炉，讨好地说："在我手上呢，小姐。"

扎西嘉措看见央金玛转过头去了，心中的感激还没有叹完，那高贵的小姐又转过身，冲着扎西嘉措说："哎，你还没有唱太阳什么时候爱上月亮的呢！"

扎西嘉措一下慌了神，忙说："从天神点燃了太阳的光芒那一天起……"

"是哪一天呢？"央金玛认真地问，目光直逼扎西嘉措，这次扎过来的是两把温柔的刀子。

"是……是很早很早以前……"扎西嘉措感到自己受伤了。

"唉唷，走吧，睡觉去吧。"从她身后过来的大夫人卓玛拉初推着央金玛说，"别问啦，这个家伙心里有一匹没有驯服的野马，跑到哪儿唱到哪儿。明天你别再一会儿天上一会儿地下了，你得给我们唱藏族人从哪里来的。"

"你最好唱最近的事儿，那边汉人和日本人打仗打得怎么样了？听说洋人喇嘛又要过来传他们的教了。这些事情你会唱吗？"康菩土司在客厅那头说。

他的身边站着他的二夫人和三夫人。大夫人卓玛拉初当然只有每天独自上三楼了。

"是的，老爷。好的，夫人。"扎西嘉措回望康菩土司一眼，又转过头去追随央金玛的身影，但她们已经拐上了三楼的楼梯口。

回到马厩旁的小屋，几个马倌要扎西嘉措给他们唱几段，还把一罐青稞酒摆在屋子中央。他们是没有资格到二层的厅堂听歌的，但是今晚扎西嘉措再也没有心思唱了。他推说不舒服，把他们的酒罐提到门外，轰他们走了。

他躺在火塘边的卡垫上，回想这些日子以来央金玛对他越来越直露的表白。几天前一个阳光明媚的下午，央金玛骑马回来，见他蹲在门口用牛筋线缝补靴子。就问你还会做这个啊？他快乐地说，一个不会补靴子的家伙，当不成一个流浪汉。她站在那里不走，似乎想和他畅谈，又没有一步跨进他的房间的勇气。她说，这么破的靴子，扔掉算啦。他用歌词一样的话挑逗央金玛：我的靴子是我的情人，白天它陪伴我远行天涯，晚上我枕着它安然入睡。他看见小姐的脖子都红了，脸转一边，问，扎西哥哥，你去过圣城拉萨吗？他自豪地说，我在拉萨待过三年。三年？她惊讶得嘴像一朵豁然开放的花，眼睛里全是梦中的幻象。你下次去拉萨带上我啊！她竟然如此请求，让扎西嘉措怦然心动。要是别的姑娘如此说，扎西嘉措收起琴、背上背囊就带她走了。

有一年在藏北的牧场上，一个小头人的女人为他的歌声倾倒，像匹骚动的母马一样不断向他释放爱的气息。一天晚上这女人为他和头人不断斟酒，喝到后面他才发现自己碗里的是水而头人碗里却是酒。到了晚上头人醉得酣然大睡，他妻子却摸到扎西嘉措的羊毛毡里。他们一直睡在一顶大帐篷里，几乎每个晚上扎西嘉措都能听到帐篷那头人女人的呻吟，现在这呻吟在他的身下真实地响起来了，让他不断地想自己到底是醉是醒。那个女人比他至少大十岁，在黑暗中教会了他很多的花花活儿，把才华横溢的青年诗人折腾得精疲力竭。第二天女人就跟着他私奔了，说他真是一匹健壮的小公马，她愿意随他走遍雪域大地。可是只走不到三站马程，女人就反悔了，说一个女人的快乐不仅仅是躺在一个英俊男人的身下，还在于能拥有一大群牛羊。扎西嘉措当时告诉她，那你就跟自己的牛羊睡吧，愿它们能带给你快乐。女人伤心地哭哭啼啼，问，那么，你的快乐在哪里呢？扎西嘉措回答道：在爱神那里，我走到哪儿，爱神就跟到哪儿。爱神会引领着我自由的脚步。

扎西嘉措相信爱情是由爱神控制的，人不能抵御爱神的眷顾。它翩然降临，就像一片飘在你身上的雪花。那么多的雪花从天上飘下来，为什么独独这片雪花要飘向你？这就像世上好姑娘那么多，为什么独独这个姑娘要和你钻同一顶帐篷一样。藏族人的爱神喇嘛们虽然不说，但扎西嘉措这样的说唱艺人却将他宣扬得魅力无穷，所向披靡。就像这个晚上，扎西嘉措相信一定是爱神让他在半夜走出了自己的房间，来到了央金玛小姐的窗户下。他发现小姐的房间里竟然还亮着灯，这让他仿佛得到了某种启示：

小姐在等我呢。

央金玛房间的窗户面对后院，那里有一棵四人还合抱不住的大核桃树，根深叶茂，年年都可以为土司家收下几百斤核桃。据说它至少有两百多岁了。扎西嘉措几下就蹿到了核桃树上。那树和小姐的窗户大约有一丈多的距离，树梢的一些树叶已经扫着央金玛的窗户。但是窗户上蒙着藏纸，他看不见里面。他发现窗户的上方好像有条缝隙，就再爬高一点，还是什么都看不到。

他笃定窗户里的人在思念他，这是多年来的爱情直觉。可他该怎么传达给里面他在等候呢？他拿出自己的六弦琴，一定是爱神在他出门时让他带上的。谁会在这夜深人静的土司大宅听他弹琴啊？

爱神会。

他趁着吹向窗户的风，轻轻地弹拨了第一根弦，音符像一个飘在夜空中的精灵，悠悠荡荡地向央金玛的窗户飘去。

他侧耳听了一阵，窗户里没有什么反应。他又再温柔地弹拨了第二根弦。他对自己说，拨完六根弦，小姐要是还不开窗，明天就走啦，离开这无情无义的土司大宅。

一般来说，能和扎西嘉措这样的天涯浪子来一段或浪漫刺激、或凄婉缠绵的爱情的，都是一些敢爱敢恨的女子。央金玛似乎天生就是这种爱情的女主角。当年她随自己的姐姐一同嫁到康菩家，还只是一个七岁的小姑娘，像山谷里的一棵野杜鹃，孱弱、细小，青涩的叶子自然不能和如花似玉、正当年的姐姐相比。十年过去，野杜鹃粲然开放，嫣红了一条峡谷。但人们说她很野，不像贵族小姐，倒像个牧场上的姑娘。她刚会走路时就会骑马，夏天她去高山牧场上玩耍时，草地上的花儿见了她的美也要弯腰，树林里的鸟儿也不敢鸣叫，因为她的歌儿也唱得着实好听，但一般人是听不到这骄傲的公主唱歌的。在她十五岁那年，她看见土司手下的一个头人鞭打一个老妇人，就问头人，她那么大年纪了，你为什么打她？头人回答说，不打人我身上的骨头老得快。央金玛拿过鞭子，劈头就给头人几鞭子，说，不打你我身上的骨头还长不齐呢。

据说康菩土司曾经有过把这个迷人的小姨妹再娶过来做第四房老婆的想法，但眼下他还有更重要的生意，比多娶一房小妾更为重要。这年的秋天收完青稞后，澜沧江上游的野贡土司家族就会派来迎亲的队伍，央金玛将成为野贡土司的第三房妻子。澜沧江峡谷的康菩土司和野贡土司两大家族过去经常打仗，不是为草场，就是为经商。现在好了，两家将成为亲家，野贡土司承诺作为迎娶康菩家小姐的答谢，除了该送的金银珠宝、绫罗绸缎、茶叶布匹等彩礼外，另再奉送三个草场，那是跑马也要走一天的地盘，而且还控制着进出西藏的马帮要道，但是野贡土司毫不吝惜。而扎西嘉措对这桩婚事却不在意，贵族们为了利益而联姻，跟一场轰轰烈烈的爱情有什么关系呢？

他是如此地固执坚定，又是如此地柔肠寸断。如果央金玛不开窗户，他们的人生就不会这样多灾多难，他们的爱情也不会在今后漫长的守望中消耗一生。但是，央金玛命中注定，不会去当一个土司家的少奶奶。

窗户轻轻打开了。这轻柔的琴声，和央金玛同住一个屋的女仆德吉听不见，连院子里机敏的藏獒也没听见。但央金玛听见了。

央金玛为自己看到的一切惊呆了，扎西嘉措骑在树桠上，怀抱他心爱的六弦琴，月亮在他的头顶，简直就是个坐在一轮明月之下的月光童子。

扎西嘉措向她举举手中的琴，仿佛要为她弹上一曲。

央金玛把手压在嘴唇上，又指指里屋，摇摇头。

扎西嘉措向她招手，要她过来。

央金玛再次摇头，笑了，压低声音说："你疯了。"

扎西嘉措也笑了，"我就是疯了。"但他的声音也压得很低，"我要过去。"

"德吉在我房间。"

扎西嘉措明白了，她并不反对他过去，只是因为德吉。他想德吉不过是一个仆人，主子要干什么，她管得着吗？

他正想接下来怎么办，央金玛手扶到窗框上，"明天听你唱藏族人从哪里来的。好好唱啊！"

她怎么就把窗户关了，也不听我扎西嘉措回话啦？浪漫多情的扎西嘉措脑袋一下大了，有一条澜沧江在他的胸中奔涌，让他想飞身过去，破窗而入。那房间里的灯很快就熄灭了，再也不为他点燃。可他的心里仿佛已经点亮了一千盏酥油灯。

2　伊甸园

女人看那棵果树实在好吃好看，令人羡慕，且能增加智慧，遂摘下一个果子吃了，又给了她的男人一个，他也吃了。

——《圣经·旧约》（创世纪 3:6）

噪——
又过了许多年许多年，
山上有一只修行的百年猕猴，
地老天荒，无人与他做伴。
有个名叫扎姆扎松的神女，
生活在悬崖上，
神女爱上了修行的猕猴，
日夜对他歌唱：
亲爱的猕猴，假如你修行的意志，
像岩石一样坚强，
我就是岩石上的劲松，
紧紧把你缠绕；
假如你像雪山一样洁白，
我就是白云，长久将你依恋。
猕猴回唱道：

有亿万年的岩石，

无万年的劲松；

有亘古的雪山，

无永恒的云彩。

神女流下思念的泪，

形成了雅鲁藏布江和雅砻江。

神女说，不要问我哭什么，

因为我的父母要让魔鬼来娶我。

如果你我成不了亲，

雪域大地将会遍布魔子魔孙。

猕猴啊猕猴，

你修行是为了造福雪域大地吉祥，

还是为了你冥顽不化的心。

快来吧我动情的歌儿陪伴你，

快来吧我温暖的怀抱等着你。

我早已在梦里和你相亲相爱，

就像鱼儿游在幸福的爱河里……

"哦呀呀——"康菩土司客厅里的听众又起哄了，这次近似于抗议。他们说神女并没有唱情歌也没有做爱情的梦，神女的父母更没有说要把她嫁给魔鬼。这个家伙又在胡编。

站在屋子中央的扎西嘉措辩解道："可是猕猴和神女的确相爱了，才有了我们藏族人，他们是我们的祖先，这你们都知道的。世上的爱情都是从梦里开始，到歌声中圆满。"

"胡说，世上的爱情是由土地和牛羊决定的，做梦和唱歌挣不来自己的爱情。年轻人，"康菩土司提高了声音说，"你再这样瞎唱下去，我们藏族神灵的历史，就没有佛法的弘扬，只有男女间的花花事儿了。我昨晚让你唱汉人的事情，洋人喇嘛的事情，你怎么不唱啊？"

扎西嘉措犯难了，昨晚从核桃树上下来到现在，他的脑袋一直都晕糊糊的，无论是梦里还是醒着，无论是呼吸还是思想，央金玛的身影，央金玛的笑脸，央金玛的眼眸，占据了他的全部灵魂。流浪诗人的爱情一般来说是豪放的，随缘的，似乎谁都可以爱，但对谁也都不真心。可一旦找到了他心中的真爱，他就不计后果了。如果说一个珠宝商一生中过手的珠宝虽然无数，却只有一件镇家之宝作为自己生命的全部那样去珍爱的话，那么，爱情收藏家扎西嘉措认为，对央金玛的眷念，就是那种可以伴随他走到生命终点的爱。

汉人那边在和东洋人打仗，扎西嘉措倒是听说过，但最多只晓得点皮毛。他有一次在路上遇见过两个西洋喇嘛，还和他们同行了半个月。洋人喇嘛听了他的说唱后，竟然告诉他，他们也有自己的创世传说，也有自己开天辟地的神灵。

扎西嘉措的聪明在于他看见草动，就知道有什么动物藏在里面；看见树梢摇摆，就知道风从哪里来，这就是一个流浪诗人吃饭的本事。他揉了揉琴弦，清清嗓子，朗声唱起来：

嗦——
说起那洋人喇嘛，
从大海那边的西洋国来。
他们的眼睛是蓝色的，
他们的皮肤是白色的，
但是他们浑身长毛，
这说明他们也是猕猴的后代，
从他们的爷爷那一代起，
才刚刚学会穿衣服。
他们的楼房在海里行走，
他们的商队不用马帮，
他们用火的力量，

把堆成山的货物，

从东边运到西边。

在海上行走的楼房，

也由火来推动。

他们拥有神秘的法力，

比汉人知道得更多。

因此现在这个世界上，

洋人是世界的主宰。

因为他们的神灵，

是一个叫天主的大神，

他像我们的天神一样，

创造了天和地，百虫花鸟，森林野兽。

他还创造了男人和女人，

女人是取下男人的肋骨造就的，

因此女人终生要服侍男人，

为他做饭，为他生养。

那个女人名叫夏娃，

皮肤似月亮般光洁，酥油般嫩滑，

她的相貌像仙女，

身子如漂亮的花母牛；

奶子是雪山高耸，

臀部是大地起伏，

他们在一个幸福花园里相爱，

赤身裸体，快乐无比……

"啊呸呸！狗崽子，不知羞耻的东西，你又胡编了。"康菩土司打断了扎西嘉措的唱词，"正经的事儿不唱，尽唱花花事儿。洋人如何用火的力量代替了马帮，大海上的楼房怎么不会沉，还会行走。难道他们有喇嘛的法力吗?"

人们随声附和说:"对对对,火的力量难道能和骡子、马的脚力比?火有脚吗?没有脚它怎么能把成堆的货物运过雪山?"

扎西嘉措本想辩解说,那个洋人喇嘛就是这样说的。他也许说过火的力量怎么将货物运走,但扎西嘉措没有上心。他关注的是那个"幸福花园"里发生的事情。他认为洋人喇嘛说的创世传说比藏族人的更直截了当,他们不像藏族人的祖先那样要唱半天的歌谣,男女才会走到一起。洋人不穿衣服,直接就步入爱情的花园了。浪漫诗人扎西嘉措更欣赏这种爱情。

"唱火的力量怎么回事!"康菩土司用命令的口吻说。

扎西嘉措张张嘴,在肚子里找词儿。他看看火塘上架着的那口熬茶的大锅,里面的水在翻滚,便来了一段惊世骇俗的即兴创作——

嗦——
请看我们吉祥的火塘,
它的温暖如姑娘的心房,
它的燃烧让奶茶飘香;
壮硕的牛腿,坚硬的羊头,
骨和肉怎么分开,生和熟怎么区别,
那就是火的力量。
野火怎么从东山烧到了西山,
思念之火如何从傍晚烧到了黎明,
风儿也追赶不上它奔跑的双脚,
那是因为爱的马鞭在驱赶火的脚步。
寒冷的长夜怎么驱散,
孤独的心儿谁来陪伴,
恋人的笑脸就是那火塘,
她的爱就是火,就是最强大的力量。
堆成山的货物轻如牛毛,

大海上的楼房如水中月亮。
姑娘啊这些都是幻化之乡，
随风飘散的云团。
爱的力量就是火的力量，
火在燃烧就是爱在燃烧，
火不熄灭爱就能让澜沧江倒流，
让雄鹰飞到卡瓦格博雪山之巅，
驱赶月亮和太阳。

伴随着他最后激烈的踢踏舞步，人们看见他的靴子就像踩在火上一样舞蹈，连厚实的楼板都在颤栗震动，像少女初吻之时狂乱的心，似江水狂泻时翻滚的浪花。他猛然弹拨六弦琴，那是一段高难度的急速变奏，仿佛雪山溪流，从悬崖上飞流直下，然后跌落在岩石上，激起晶莹剔透的水珠浪花。他不是想以此来抵挡听众的喧哗——他们肯定又要抗议他瞎唱了，而是他的琴声已如他的心声，他的歌声已如他的爱心，大珠小珠，散落玉盘。

令人奇怪的是客厅里一片寂静。扎西嘉措抬起头来，目光野马般直扑央金玛。他看见她梦幻的眼光已然清澈，她沉醉的表情充满向往，他还看见了一个温暖的火塘，已在她的心中燃烧。她今天的脑袋已经烧得够厉害的了，刚才进来的时候，她竟然一头撞在客厅的中柱上！扎西嘉措自信地想：锅里的羊肉煮到火候了。

康菩土司出人意料地没有骂扎西嘉措瞎唱，他似乎若有所思地说："哦呀，要是太阳是天神用火点燃的，人们心中的爱情，也是用火点燃的了。太阳是火的儿子，就像爱情是太阳的儿子一样。所以嘛，火、太阳、爱情，一个家族的人啰。"

他拿出自己的牛角鼻烟壶，大家就知道，今晚该散场了。

月上树梢时，行吟诗人、多情浪子扎西嘉措再次爬上了那棵核桃树。让他险些一头栽下来的不是那条在后院巡行的藏獒，而是央金玛的窗户，竟然漆黑一团！

难道他今天的感觉错了？难道央金玛一头撞在客厅的中柱上，只是那根两人还合抱不过来的大中柱立得不是地方？难道她目光中的痴迷，不是想……

扎西嘉措轻轻拨动了琴弦，一次，两次，三次……

如果是昨天，六根琴弦拨完后，那边没有反应，他真的就走了，今晚还不知会宿在哪个帐篷，或者被哪个姑娘追逐呢？但他现在没有那份勇气了。他只是把六弦琴揉拨了一遍又一遍。

他抚琴轻唱，对月垂泪；他虔诚祷告，真心呼唤。打开吧，这爱情的窗户；快打开吧，你紧闭的芳心！

他从来没有为爱情流过眼泪。过去那些情事，都是他唾手而得的，充满了嬉戏和欢乐，招之即来，挥手即去，偶尔想起某个可人的姑娘来了，顶多对着月亮唱一支怀想的歌，第二天早晨起来，即便饿着肚子也照样快乐。在拉萨时，一些贵族人家的轻浮女子，曾经以能和扎西嘉措交往为荣。她们在甜茶馆里追逐他的歌声和爱情，但谁也不会和他假戏真做。扎西嘉措当然知道自己的身份，他可以征服她们的肉体，但绝不能征服他们之间的鸿沟。因为他没有见过一个贵族小姐为他羞红过一次脸，他也没有为一个情人流过一滴泪。

"嗨，朋友，你哭什么？"

月色溶溶中有个牵着一匹白马的人在远处对扎西嘉措说。

扎西嘉措从树缝中望去，不知道这个家伙是在他爱情歌声中营造出来的幻象呢，还是在月光中漂浮的一个神灵。他看上去既远又近，面貌模糊，却英气勃发。但沮丧的心情让他对掌管人间爱情的爱神视若无睹。"我没有哭。"他回答道。

"你是谁？"他又问。

"我么，"那个牵白马的人说，"我专门收集天下有情人的眼泪，就像那些捡拾牛粪取暖的老人。"

"为负心女人流的眼泪，是最没有用的眼泪啦。"扎西嘉措觉得这个家伙可能也是一个像他那样走南闯北的行吟诗人。

"你错了，朋友。情人的眼泪，比金子还珍贵，一旦流淌出来了，这份爱就是你命中的啦。你得为它幸福得痛苦，痛苦得幸福。"

牵白马的人骑上他的马走了，或者说飞了。因为扎西嘉措发现那马有一双翅膀，而且不扬四蹄，就像梦中驰骋的骏马，倏然消失。

扎西嘉措使劲揉揉自己的眼睛，想弄明白自己是不是在做梦。但天上最亮的那颗星已悄然升起来，再不下树，说唱艺人扎西嘉措就会被当成小偷了，他只有灰溜溜地回到自己的房间，也没有心情想那骑着白马在天上飞翔的家伙是谁。那时这片土地的上空，众神驰骋，爱神翱翔，正如一个行吟诗人心中的灵感，天知道他们什么时候就创造出一个人神莫辨的世界。

往后的日子，扎西嘉措病了，唱不了歌了。他真的病得很厉害，一会儿浑身直冒冷汗，一会儿面红耳赤，满嘴胡言，比他胡编神灵的爱情故事还更瞎扯。康菩土司找来喇嘛门巴（医生）说，这个年轻人内体的火太重，几乎要烧死他啦。

而闺房里的小姐央金玛也病了，症状同扎西嘉措差不多。但是土司大宅里谁也没有将两者联系起来看。那个寡言的老门巴，给两个病人下了同样的药，只是一个的药重一点，一个的轻一些。他走出土司大宅时，无奈地摇了摇头。跟在他身后的徒弟，一个小喇嘛问："上师，病人的病治不好吗？"

老门巴莫名其妙地说："会打仗的。"

半个月里，土司家的厅堂没有响起扎年琴声。土司在前几天也忽然不耐烦了，干脆带了手下到自己的领地去巡行。临走时他对管家次仁说："那个狗崽子扎西嘉措，没有他，晚上还真无聊。"次仁站在土司的马前说："老爷，我看这个年轻人是被鬼缠上了，死在大宅里会不吉利的，要么我们把他赶出去算了。"

康菩土司沉吟片刻，说："为一个诗人布施，给他送终，也是善待我们的传统。尽管他有时胡编乱唱，令人讨厌。他死了你就把他送到天葬台，让天上的神鹰继续唱他的歌谣。"康菩土司打马走了，幸好他还仅存这点善心，不然一段旷世奇缘就会被早早地掐断了。

人们看见扎西嘉措病恹恹地躺在床上，眼睛深陷，眼眶发黑，就像一个行将就木的人。他的邻居，那几个马倌都在传言说，有人看见阎王的小鬼来拍他的门，甚至还有人说半夜里看见扎西嘉措怀抱着琴在后院里游走，那一定是他的灵魂被鬼拖走了，连藏獒都不咬他。在人神共处的时代，经常有被鬼拖走的人，这种人被鬼魂代替了灵魂，做些匪夷所思的事情，连他本人也无法控制自己的语言和行动。说胡话，夜里乱走，在坟岗上睡觉，甚至吃自己的屎尿。人们说，这是鬼魂在给这种人的身体引路，一直把他引向地狱。

过去大家虽然都喜欢扎西嘉措，但不会喜欢一个被魔鬼缠上的人，除了被指派给他送吃喝的人，都尽量不去他的房间。

人们确信扎西嘉措已被魔鬼控制了灵魂。白天他浑身乏力，起身喝口茶都会呛着，一小股微风也让他直打冷噤。他时而独自啜泣，时而哈哈狂笑；时而低吟浅唱，时而几天不说一句话。去给他送饭的仆人说，这个家伙已经在地狱里来回几趟啦，连呼出来的气都是冷的。

到了晚上，人们为了躲避扎西嘉措被鬼拖走的游魂，早早地关门闭户，缩在氆氇里为自己念经消灾，据说谁碰见这个游魂，也将被鬼拖走。这样，偌大的土司大宅，就剩下那个病人步履飘忽，眼睛发光，脉络贲张，游荡在空无一人的夜晚。如果有人看见他上后院的核桃树的模样，一定会把他当成一个鬼魂。只有鬼魂才会这样飘着飘着，就飞升到核桃树顶了。

树上的核桃已经结出青涩的果子，再有半个月，人们将会用木杆打下这些核桃来。那是一个快乐的日子，人们会一边唱着歌儿，一边打核桃。有人会将这场劳动和爱情联系起来，把树上的核桃比着姑娘的心，把伸长的木杆比着小伙子的爱。姑娘的心在上面随风摇摆，不知该将爱情的果实奉献给鬈发的小伙子呢，还是给那个赛马场上得了头名的少年英雄。鬈发的小伙子心花，赛马场上的英雄追求者多，最后姑娘把爱情奉献给了雪山上的神灵。姑娘出家当尼姑了。

这样的歌谣扎西嘉措也会唱，但他不愿意漂亮的姑娘当尼姑。爱情多美好啊，雪山上的神灵好处已经够多的啦，人们有好吃的、好用的，都先奉献给他。神灵啊，就求求你把爱情赐给我吧。

每个晚上，扎西嘉措都在核桃树上如此祈求。到第十三天，这个藏族人也认为是不吉祥数字的夜晚，对扎西嘉措来说，却是决定了他将来命运的日子。这些天来他已经不再拨琴送暗号，不再对那扇窗户抱有什么幻想。他只是呆呆地守望，就像一只可怜的狗，在望着月亮思考一个它永远想不明白的问题。

爱情之窗轰然打开，声音响动得一个土司大宅的人都能听见。但是奇怪的是连机敏的藏獒都没有叫一声。央金玛楚楚动人地出现在窗户边，还用手捋了一下头发，似乎在问那看不见的树中之人：

我漂亮吗？

相思相恋的人灵魂是相通的。一根绳子从天上掉下来，正如藏族传说中通往天国的天梯，晃荡在央金玛的眼前。左一晃，右一晃，再右一晃，左一晃。央金玛伸手就抓住它了，紧紧地抓住，就像抓住了自己的爱，抓住自己一生的幸福。她也不明白，自己是怎么飞升起来的，仿佛长了翅膀，一下就升到苦苦思恋的恋人怀抱。

谁说一棵树上就没有一对恋人的婚床呢？我们的祖先就是从树上走下来的。扎西嘉措把央金玛一把抱在怀里，长长的拥吻、激动的颤栗之后，土司家的小姐已经软得像一团酥油，扎西嘉措任意疯狂粗鲁地搓揉摆布她，就像揉捏手掌里的糌粑啦。他将央金玛安放在一处树枝分杈的地方，让她的背抵在树的主干上然后他把她的腿顺着树枝丫的方向打开，自己贴了上去……

"要打仗的。"央金玛躲避着扎西嘉措的嘴，下身却僵硬不动。

"爱就是一场战争。"扎西嘉措说，伸手去撩央金玛的裙子。

"要死很多人的。"

"我愿意为爱去死。"扎西嘉措近似于恶狠狠地说。

央金玛不干了，不是因为打仗要死人，而是她感觉自己大腿都露出来了，树枝磨蹭得她生疼。但她的小腹处却感受到了前所未有的温暖，仿佛那里有一个太阳在燃烧。更不用说情人的手摸到哪儿，哪儿就像山火一样到处乱窜。

"啊……不……"

"不什么？"

"我不要你去死。"她温柔地说。

"那你就让我爱!"他果断地说。

"啊……不……"

"又不什么?"

"啊,你……你你你你……轻一点,好吗?"

她的娇媚,让扎西嘉措有跃马冲杀的渴望。这让他们怎么轻得了?树上就像蹿上去了两只相互追逐的雪豹。巨大的核桃树盛况空前地摇晃起来,春天时雪山上刮下来的雪风,也没有使它如此剧烈地晃动;多年前这片大地曾经发生过一场剧烈的震荡,一座山都被震进了澜沧江,但这棵老核桃树依然岿然不动,连树叶都没有掉一片。现在树上的两个人儿小小的颤栗,猛烈的冲撞,火山喷发般的激情,却让百年老树也骚动不安起来,以至于那些还没有成熟的核桃,劈里啪啦纷纷往地上掉。

爱情的果实提前成熟了。

第二天,土司大宅的人们被这一地尚未成熟而神奇掉落的核桃吓坏了。因为人们认为,如果果树不按季节结果,或者它提前掉落,那么,这个地方的人们将陷于刀兵之灾,许多人将死于仇家之手。

管家次仁被叫来看这满地的核桃,他当时吓得毡帽都在头上跳了几跳。要打仗了。这是他的第一个念头。可会跟谁打呢?

管家次仁让仆人把地上的核桃扫了。第三天太阳升起来时,人们照样在核桃树下发现一地的核桃。叫人砸开来看,都是些白嫩青涩的核桃仁,除非神灵的力量,它们怎么会在这个时候自己掉下来呢?

连续五天,人们都心惊胆战地清扫后院满地的核桃。

次仁管家让人在树下摆了香案,祈求神灵告知究竟要发生什么灾祸。这棵百年老核桃树历来被康菩家族视为神树,它见证了至少五代康菩土司的兴衰,每逢神灵的日子,康菩家族的人都要到树下焚香磕头。管家次仁还亲自跑到寺庙里请一个高僧算了一卦。卦象显示:康菩土司家族有祸了。

而那一对相恋的人儿哪里知道这些事情,他们晚上在核桃树上尽情幽会,搅动得树枝乱摇,月亮害羞;白天则躺在床上装病,气息奄奄,命悬一线，人或视为鬼魂。其实他们的病在第一次偷尝禁果后就完全好了，谁说爱不是最好的治病良方？但爱情也是世界上最迷糊人的一味迷魂汤，当人们对神秘掉落的核桃忧心忡忡时，他们还在对爱情终于结出了硕果而感谢爱神呢。

忠心的管家立即派人飞马报信给在外巡行的康菩土司。信写在一个上了锁的木盒子里，这是贵族们有机密要事时才采用的报信方式。盒子里面有一块木板，上面涂一层酥油，再撒上柴灰，然后在灰上写字。收到信的人看后将灰一抹，谁也不知道信的内容是什么了。

管家次仁写的是：

　　　　神喻：战事将起，请速回。

3 出谷纪

嗦——
要找异乡的情人，
请把心里的话儿，
早日对她倾诉；
嗦——
要娶异乡的情人，
请骑上你的骏马，
把她带到爱情的天堂。

——扎西嘉措情歌《要找异乡的情人》

到相爱的第八天，两个坠入爱河的人已经在枝叶茂盛的核桃树上搭建了一个爱的伊甸园，一张真正意义的婚床。行吟诗人过惯了天当被地当床的日子，什么地方都能睡觉。就像他说的那样：靴子是他最忠实的朋友，也是他最好的情人。现在他在这爱的小巢上不用枕着靴子睡了，他枕着央金玛温柔的胸脯。他利用树枝架起了一个远离尘世、悬浮在空中的爱情小巢，铺上浓厚的树叶，他们快乐得就是在上面打滚翻，也不至于掉下来。

那真是一段神仙一般的日子。每到月华铺满大地，央金玛便像仙女一样飞升到树上来，天亮前又飘回自己的闺房，女仆德吉已经被央金玛收买，她许诺可怜的德吉，以后会给她自由民身份的，只要她管好自己的嘴。

这个晚上央金玛问扎西嘉措："洋人的幸福花园，就是这样的吗？"

扎西嘉措抚摸着情人光洁的背脊，满足地说："还没有我们这里好，他们在地上，而我们在空中相爱呢。"

"他们后来呢？"

"洋人喇嘛说，被他们的天主大神赶出去了。"

"为什么呢？"

扎西嘉措挠挠自己的头，"我就不知道了。也许，世界上最美最好的爱，总是不讨神的喜欢。人都过上神一样的日子，神灵又怎么管我们？"

央金玛把头埋在扎西嘉措的怀里，良久才抬起头来，"扎西哥哥，我看到你歌中所唱的爱神了。"

"噢，是一个在月光中骑白马的年轻人吗？"

"不。"央金玛在回忆中幸福地说，"是一只从月亮上飞来的彩色鸟儿。他天天晚上都来叩我的窗户，说'打开你的窗户吧，你的爱人在外面等你'。"

扎西嘉措捧着情人的脸，"神佑的爱，才是一生的爱呢。"

央金玛泪流满面地说："扎西哥哥，你带我走吧。"

扎西嘉措早就在等这句话了，"你不去当野贡土司家的少奶奶啦？"

"我只要做你的女人。"

扎西嘉措笑了，"康菩土司的三块牧场没有啰。"

央金玛不高兴了，"你以为我就只值三块牧场吗？"

"不，不，看不见你的时候，你是我的太阳；和你在一起时，你是我心中的火塘。看见东边天上最亮的那颗星星了吗，它掌管我们的爱情。它在，我们的爱就会被它照亮；它要是熄灭了，就是我死……"

央金玛不要听自己的爱人说死，忙用嘴去封堵他的嘴，还再次爬到扎西嘉措的身上。连老核桃树都知道，他们总是这样，谁被对方感动了，谁就主动地示爱。他们总有旺盛的精力，总有源源不断的爱液。全然不管月亮跑到哪里去了，天上的星星都羞闭了眼，也不管核桃树上的核桃是否快掉得差不多了；更不管康菩土司的全部卫队，已经举着火把、拿着枪，包围了这棵风情浪漫的核桃树。

"这些野狗，神树都被你们糟蹋了。给老爷滚下来！"

树下传来一声怒喝，康菩土司一手提了支大盒子炮手枪，一手持一把康巴藏刀，恼羞成怒，连额头都发出阵阵红光来了。土司家的人知道，老爷要杀人了。

不知是康菩土司的这声断喝，还是树上两个相爱的人儿在这最后的浪漫里奋力地冲刺；也不知是老核桃树再不肯帮他们掩饰这桩浪漫的爱，还是扎西嘉措绑扎的婚床在紧要关头出卖了他们，两个偷尝禁果的恋人随着一阵"哗啦啦"的乱响，连人带床从树上掉了下来，正落在康菩土司的面前。

"羞死人了！快把火把灭掉！"康菩土司大喊道。可是要想在一瞬间灭掉满院子的火把，不是一件容易的事情。一切昭然若揭。

康菩土司提了马刀就向赤身裸体的扎西嘉措砍来，同样一丝不挂的央金玛高叫一声："不——"她紧紧抱住扎西嘉措，挡在康菩土司的刀前。

康菩土司顿了顿，咬着牙说："都死去吧！"他再次举起了藏刀，管家次仁一把抱住他的胳膊，"老爷，那可是小姐！"

"什么小姐？婊子！我要把她和那个黑骨头贱人一起砍了！"

"砍吧，姐夫，把我和他一起砍死！"央金玛高声说。

"那真是比活佛的一生都要圆满了。"浪漫的说唱艺人扎西嘉措竟然当着众人的面，响亮地亲了央金玛一下，然后面对康菩土司的怒容，坦然说："在这幸福的时刻，请吧老爷，让我和我爱的人死在一起。"

康菩土司暴怒得几乎要跳到那棵老核桃树上去了，他持刀的手被管家次仁紧紧按住，另一只手上还有枪呢，他用枪戳住了扎西嘉措的脑门，央金玛头一偏就挡住了枪口。

"开枪啊，姐夫！"央金玛几乎用恳求的口吻说。在康菩土司的手指就要钩动扳机时，他身边的一个贴身侍卫将枪推开了，一串子弹射向天空。

"老爷，想想野贡土司家的事！小姐在，仗就打不起来。"管家次仁及时提醒说。土司家族之间的联姻，没有爱情，只有利益。人不过是利益中的一颗棋子，棋子在，这盘棋就不会死。

康菩土司气咻咻地说:"狗崽子,把这个靠嘴巴吃饭的黑骨头先吊起来打一顿,再锁到地牢里去。看我怎么收拾他!"

央金玛被家中的女眷拖走,锁进了闺房。任凭她怎么呼天抢地,女仆德吉作为同谋,也被丢进了地牢。扎西嘉措被吊在那棵核桃树下,康菩土司亲自操鞭,先抽了几十鞭,连他自己也喘不过气来了,才把鞭子交给管家次仁。次仁毫不手软,上去就是一顿猛抽,还边抽边骂:"你这条小骚狗,也敢来动老虎嘴巴边的肉,偷吃佛菩萨供桌前的朵玛!连我们老爷都舍不得吃呢。你以为爱情就像歌中唱得那样好?你知道你会带来什么祸事吗?战争!"

行吟诗人扎西嘉措满脸鲜血从他低垂的头上滴滴答答地往下淌,连抬起头来的力气都没有了,但他依然有一颗浪漫的心。人们听见这个说唱艺人竟然还在歌唱爱情:

> 爱情啊,你就是一场战争,
> 战争啊,你考验了我的爱情……

扎西嘉措被丢进地牢以后,土司大宅的下人们都在猜测,他将是如何个死法,才能解土司老爷的心头之恨。有的人甚至为土司老爷将要采用哪种刑罚来折磨这个家伙互相打赌。作为权倾一方的大土司,他的刑罚只是为了体现一个土司的威严和震慑力。吊人打皮鞭,只能算是对犯了错的人一次轻微的警告。挖眼睛,取膝盖,抽脚筋,剥人皮,那才算厉害的。土司大宅里养得有两个刽子手,剜人眼睛就像摘一对成熟的樱桃,抽人脚筋就像抽出一根白色的绳子,连血都很少流;至于剥人皮嘛,一点也难不倒这两个长得像魔鬼一般的家伙,只需剥一张羊皮的工夫,他们就把人的皮活活剥下来了,而人还是活的哪,一团团鲜红的肌肉像刚生下来的小老鼠一样蠕动。他们也知道自己是要下地狱的,因此他们每年都比其他下人多领几口袋青稞,让他们至少在今生不当饿死鬼。

康菩·仲萨土司先让管家次仁给大宅里所有的人打招呼,那个晚上的事情不准透露出去,谁舌头长了,就割掉。同时他又差人立即给澜沧江上游的野贡土司奉上一份丰厚的回礼，还写了一封言辞华丽、热情洋溢的信，说澜沧江下游地里的青稞提前成熟了，这边的高僧大德卜算了康菩家族送亲的吉祥日子，就在下月的初六。康菩家族的人将送亲到澜沧江边的溜索渡口，等候尊贵的迎亲队伍。

康菩土司之所以要急着把小姨妹嫁走，是因为央金玛自从被关进闺房后，就再也不吃不喝，现在已经是第三天了。央金玛的房间外有两个带枪的家仆不分昼夜地守候，一个忠心的老女仆追美寸步不离地守着她，每天要向管家汇报一次央金玛的情况——

小姐说，不给她见着她的扎西哥哥，连水也不会喝一口。

老爷，小姐说，只要你们不打我的扎西哥哥，我可以每天喝点酥油茶。

小姐喝了些酥油茶，有力气了，又说关在房子里太闷，她要一台织布机，要学着织氆氇打发时间。

小姐从早到晚都埋头织她的氆氇，没有说一句话；掌灯的时候，流了一次眼泪；晚上月亮出来时，又流了一次，小姐哭得很伤心，连梭子都被眼泪浸透了。

我劝小姐说，你不要伤心啦，哪个女人年轻时没有干点荒唐事儿。以后当土司家的少奶奶，吃喝一辈子都不愁，跟那个说唱艺人吃了上顿没下顿的，天黑了还不知睡哪儿，连讨饭的都不找他要，只有狗撵他。这种日子哪是小姐你过的呢？

小姐今天心情很不好，一边织氆氇一边流眼泪，氆氇织得乱七八糟，经常织一半就扔到一边，这些不成型的氆氇不能盖，不能披身上，不能垫在卡垫上。就让她胡乱地织吧，分分心也好，反正老爷家也不缺这几条氆氇。

吃食比昨天多了许多。我对小姐说，天太晚了，赶快睡吧。织机也要睡觉呢。小姐说，我织着高兴。佛祖，小姐说她高兴了。

央金玛开始吃喝，专心织氆氇，还越织越高兴。康菩土司笑了，对次仁管家说："再等些时日，那几块草场就到手了。土司家族的人，只有战死的，还从来没有饿死的。这该死的扎西嘉措，我都不敢碰一指头的姑娘，他倒尝了鲜。等送走了央金玛，老爷我要剥他的皮，剜他的眼睛，取他的膝盖，抽他的筋，点他的天灯。"他把能想到的酷刑都说了。管家次仁连连点头，心里在想要吩咐哪些人来做这么多事情。

日子一天天地过去，土司大宅早已经恢复了平静。人们在忙着送亲的事儿，准备嫁妆，迎接专程前来贺喜的宾客。到初六前一天早上，康菩家族已经万事俱备了，负责看守地牢的家仆缩手缩脚地跪在康菩土司的面前，面无人色地报告："老爷啊，我该死，扎西嘉措跑啦！"

康菩土司当时正在喝早上的酥油茶，一下站了起来，"胡说，怎么可能？被老鼠啃了还有一副骨头呢！"

那个可怜的家伙说："没有啊老爷。我们都打着火把下去看了。"

地牢在土司大宅库房的下面，库房分银库、青稞库、军械库、贡品库，平常都有专人看守。地牢从银库下去十多级台阶，有一扇厚重的木门，打开木门后，还有一个铁皮盖，掀开盖子，下面才是地牢。地牢的地面离那盖子还有三人多高，犯人都是扔下去的，要用刑时才放个箩筐把人吊上来。从库房到地牢的木门，有三道岗哨。人就是长了翅膀，就是具备神灵一样的法力，也不可能从土司的地牢里跑出来。别说逃跑，能从地牢里活着出来的，已算前世积了大德。有些犯人不是在地牢里活活被老鼠啃吃了，就是被土司差人放进去的毒蛇、蝎子一类的东西咬死了。

但是地牢的西面墙上有一个两尺见方的通气口，离地有一丈多高，它通往库房的背面，对着马厩。康菩土司最后带人在马厩里发现，一条结在一起的长长的氆氇，一头系在拴马桩上，一头延伸进地牢的通气口，扎西嘉措一伸手就够着了。

"原来小姐织氆氇是为这个啊！"管家次仁一声惊呼，"快去小姐房间看看。"

央金玛的房间哪里还有人？只有那个可怜的老女仆追美，还没有醒呢。她被人摇醒后，还醉意醺醺地说："昨晚小姐兴致好，要让我陪着喝酒。我喝多了啊老爷。小姐也高兴，喝多了……哦呀，佛祖！我的小姐呢？"

还有一条长长的氆氇系在窗户那里。康菩土司不知道，当初扎西嘉措用一根"天绳"把央金玛吊到爱的幸福乐园，现在央金玛用自己编织的"天绳"拯救了他们的爱情。

康菩土司气得脸都歪了，抽了追美一马鞭，"把这条老狗丢进地牢。"他大喊一声："我们去追！"

根据路上的马粪判断，两人骑了一匹马，大约已经跑出去了五六站的马程。浑身是伤的扎西嘉措显然已经不能骑马，但央金玛从小练就的骑术，足以让她带着自己的情人远走天涯。他们是往澜沧江峡谷下游方向逃跑的，康菩土司担心，如果他们逃到了汉人地界，他这个藏族土司就鞭长莫及了。

康菩土司的卫队都是些善骑能打仗的家伙，他们一人两匹马，轮流换骑，昼夜追赶。到第二天下午，他们嗅着两个逃亡情人爱的气息，终于追到澜沧江下游一个叫教堂村的地方。随行的一群猎狗冲着峡谷对岸的村庄疯狂地吠叫。

"该死的，藏族人的事情，洋人又掺和进来了。"康菩土司勒住马头，气喘吁吁地说。

他身边的管家次仁说："老爷，管他什么洋人不洋人，我们先过溜索去抓人。"

康菩土司说："你忘了那个贱骨头扎西嘉措唱的歌词了吗？现在这个世界上，洋人是主宰。我们岂可在洋人家里随便抓人？这些在藏区的洋人喇嘛，背后的势力大着呢。闹不好打起来的战火，比跟野贡土司打的仗还大。你可别忘了清朝皇帝过去怎样帮洋人喇嘛杀我们。"

在江对岸，康菩土司看见一个中等身材的洋人喇嘛领着几个带枪的藏族人守在溜索边，正监视着他们。溜索是进这个村庄唯一的通道，一支步枪，可以轻易地将康菩土司的卫队全部打下澜沧江。

管家次仁向对岸高喊："这是我们尊贵的康菩土司老爷，前来拜访你们的洋人喇嘛老爷。请给远道而来的客人一点点方便。"

那边的洋人喇嘛用流利的藏语说："既然是登门拜访的客人，为什么不见洁白的哈达，却带着舞刀弄枪的军队？我主耶稣从不拒绝那些求助的穷人，天国里有他们的坐席；但有权有势的土司贵族，要想进天主的国，首先要学会谦卑，否则，比骆驼穿过针的眼还难。"

次仁回头望望他的主子，"这个家伙是什么意思？"

康菩土司还从来没有被人如此拒绝过，他的额头都气红了。但他还是强忍屈辱，提马上前说："尊敬的洋人喇嘛，我知道你们也是有身份的贵族，每天都要洗一次澡。我家有两只偷欢的野狗跑你们村庄来了，请交还给我们。改天我康菩土司会差人送来丰厚的谢礼。"

洋人喇嘛手里还拿着个大烟斗，时而叼在嘴上抽上一口，显得十分傲慢。他说："噢，我们不是像你那样的贵族，我们只是牧放人们心灵的僧侣；我们这里只来了两个真心相爱、饱受伤害的恋人，没有你说的偷欢的野狗。请回去吧。"

"就是那两个家伙了。山羊和绵羊，各吃各的草，各归各的主子。"次仁急迫地说。

洋人喇嘛笑了，"要是他们不认你们为主子呢？"

"我是那姑娘的姐夫。我的家事还要你们来管吗？"康菩土司的声音高起来。

"至少在我们看来，你现在不称职。"洋人喇嘛语调依然平和，但透着不可商量的余地。

康菩土司牙都要咬断了，"开个价吧。"他恨恨地说。

"什么？"洋人喇嘛问。

"交出那两个人，你们要多少银子？"

"我们的教友中，没有犹大。"

"你什么意思？"轮到康菩土司不明白了。

"就是没有出卖基督的人，也就是，没有出卖别人生命的人。所有得到拯救的人，都享有我们的主耶稣对他的爱。"

"洋人魔鬼，你会后悔的！"康菩土司大喊一声，拨转了马头，这是他有生以来受到的最大屈辱了。他不确定如果再和这个洋人魔鬼讨价还价下去，他会不会拔枪率人强行冲过江去，一把火烧了那刺得藏族人眼痛的教堂。

但他是一个土司，土司自有土司行事的方式。他骑马到山冈上，回望峡谷里的村庄和高耸的教堂，马鞭一指，像一个将军那样说："你们给我听着，如果我们雪山上的神灵不能战胜他们，我就放出更凶恶的魔鬼来，一口吞吃了这个洋人魔鬼居住的村庄!"

4 教堂村志

上主，谁能在你的帐幕里居住？

上主，谁能在你的圣山上安处？

——《圣经·旧约》（圣咏集 15:1）

康菩土司说错了，这里不是一个魔鬼居住的村庄，我也不是一个魔鬼。我们都不是魔鬼。

教堂村过去不是一个村庄，只是澜沧江峡谷深处的一片坡地。怪石林立、荒草漫漫，常有豺狼狗熊、孤魂野鬼出没。有一条马帮驿道从这儿经过，那时路边只有几棵古老粗壮的野核桃树，从南面的雪山垭口远远地就可以看见，像峡谷底的几把绿伞，因此来往的马帮都叫这个地方核桃树。

我是这里最老的原住民，我并不只是几棵古树，也不是在这附近山上靠狩猎采集为生的傈僳人，更不是擅长在雪山下放牧、在河谷地带种地的藏族人，或者某个赶马为生的过客，或者某个在山洞里闭关修行的喇嘛上师。哦，不，不，那个年代，做一个人太难，需要承受太多的苦难。我情愿只做一个风霜雪雨、沧桑演变以及人间悲欢离合的见证者。路过这里的马帮都知道我，他们对我深怀敬畏，给我烧香，念经，甚至磕头。尽管他们谁也没有见过我。

那么，我是一个本地神灵吗？或者，我是洋人传教士所说的天主大神吗？

不会告诉你的。这是我们的事情，你们不可随意问。

我可以向你们保证，这个村庄的历史，比后来你们听人们说的，听人们唱的，包括看别人写的等等，更生动，更真实。

过去，马帮到了这里一般都要宿营，因为第二天，他们就要从前面约三里地的渡口过澜沧江。这个渡口叫"鹰渡"，人、马、货物都像老鹰一样从澜沧江上飞过去，靠的就是横跨在江两岸的那根藤篾溜索。人、货物挂在溜索上，利用溜索一高一低的落差，夹风带云，"哧溜——"一下就过去了。麻烦的是骡马，得用绳索绑住它们的身子，一匹一匹地吊过去。当它们被挂在溜索上时，四蹄乱蹬，目光惊恐，伸长脖子绝望地望着湍急的江水——当你们看到这一幕，你也会觉得，即便是做一匹牲口，也不比做人好多少。光是过一次溜索，一支一百来匹骡马的马帮队也得过上一天。

我总是在暗中祝福那些过溜索的人，必要时也会给予一点帮助。比如，有的家伙，喝得醉醺醺的也要过溜索，都滑到对岸了还不知道减速，眼看着就要一头撞在岩石上，这时我会一把将溜索上的人拽下来，扔到江边松软的沙滩上。

就像雪域高原的其他地方一样，这是一片宁静祥和的土地。天地间除了人的歌唱，鸟的鸣啼，牲畜和野兽的私语外，还可以听到煨桑的青烟的祈诵，经幡飞舞的祈诵，喇嘛们发自丹田深处的祈诵……啊，这是一片充满祈祷的土地。雪山、峡谷、森林、江河、湖泊以及它们的子民——人和百兽、牲畜，都在向主宰一切、并恩赐一切的神灵们祈诵吉祥平安。藏族人和他们的神灵在大地上和睦相处已经上千年了，没有谁比雪山上的神灵更高大，没有谁比佛陀的慈悲更宽广。直到有一天，洋人从喜马拉雅山那边打了过来，许多本地的康巴好男儿都被征调到后藏打洋人，但是他们都被洋人魔鬼才拥有的法器打败了，那是洋人的大炮，黑烟升起，红光一闪，冲锋陷阵的康巴马队便被炸得人仰马翻了。那场战争后幸存回到澜沧江峡谷的康巴武士说，洋人是"骑着炮弹进来的，"当他们肮脏的战靴玷污了圣城拉萨洁净的土地时，洋人就成了魔鬼的化身。澜沧江峡谷的洋人也是"骑着炮弹进来的，"不是指他们在进来之时，而是在他们来到藏区之后。开初，他们是一些谦逊而又有礼貌的人，和喇嘛们的关系也不错。可是当喇嘛们发现这些洋人是一些"无耻的小偷"时，喇嘛们就不高兴了，因为他们不偷别的，专门"偷窃藏族人的灵魂。"而喇嘛们一向认为，藏族人的灵魂是由他们来照料的。清朝末年，澜沧江上游地区燃起反抗洋教的烈火，许多教堂被焚毁，洋人都像驱赶魔鬼一样被赶走了。喇嘛们在每个雪山垭口插上了众神胜利的旗帜——五色风马旗，"神胜利了"的呼喊声响彻雪域大地。但在一个云雾笼罩一切的黑色日子里，洋人骑着炮弹回到峡谷里来了。人们传说一个洋人像驾驭一只鹰那样，骑在夺人魂魄的炮弹上，把死亡的阴影随处播撒。他的身后跟随着朝廷的军队，他说"这里那里"，"这个人那个人"，军队的炮弹就雷霆般倾泻下去，不论是牧歌悠扬的牧场，炊烟袅袅的村庄，还是金碧辉煌的寺庙，洋人骑着炮弹所过之处，仅留下一片废墟和哀号。这时喇嘛们才明白：洋人不仅带来了偷窃藏族人灵魂的宗教和十字架，还有骑在他们胯下的炮弹。炮弹是那个时代最有力的法器，不是用来对付魔鬼，而是成了宗教纷争的裁决手段。洋人的教堂被捣毁了，他们就骑着炮弹到处巡游，寻找新的地盘。让雪山上的神灵也感到费解的是，朝廷的军队帮洋人打了胜仗，却还要赔洋人大笔的银子，让他们在藏区重新选地方建盖自己的教堂。而那些被打死的喇嘛和被炸毁的寺庙，朝廷却不管不问。在峡谷里人神共怒的时候，洋人来到了核桃树，发现从这里沿马帮驿道南下十天的马程，就到了大理。那里虽然是白族地区，但由汉人统治，洋人传教士时刻需要汉人军队的炮弹保护。而前面过了"鹰渡"，经阿墩子往北翻过卡瓦格博雪山垭口，就进到了西藏地界；往西南方向翻过斯纳雪山，马帮们告诉他们，穿过怒江峡谷可以走到缅甸北部和印度东北部。

于是，一个叫古纯仁的法国传教士，他的胡子已经飘到肚皮上了；更早以前他从我身边的这条驿道走过时，还是一个年轻人，现在他老得连上一个坎都要喘气。喇嘛们私下里说，当年就是他骑着炮弹召来了朝廷的军队，要不是他早年间对那些麻风病人有慈悲心，这个让人不知道到底是魔鬼还是人的家伙早就被喇嘛们的毒箭射杀了。我不明白这样的老人为什么不想回家。那天他用手中的拄杖一点说："我要让这里成为教会的一个连结印度、缅甸、西藏传教线路的宗教庇护所。"

什么叫庇护所？是马帮们歇脚打尖、遮风挡雨的驿站吗？他说的印度和缅甸，连我都没有去过。他们是做什么买卖的呢？竟然要跑那么远。

洋人传教士跟我看见过的那些在马帮驿道上一晃而过的陌生人不同，他们喜欢上一个地方，就不仅仅停留在口头上，他们不会在感叹一句"这段峡谷的路真像魔鬼的肠子！"或者说"看啊，那开到天边的花儿！"然后就继续赶路。洋人传教士们刚来时，也被我的雄浑艰险所震慑，但他们感叹完后，就把这里当成自己的家园了。不仅如此，还要把他们故乡的一切，从吃的、穿的、住的、用的，到他们的神灵，都要照搬过来。

从那个古神父来到这里住下后，我这里就开始慢慢热闹起来了。每隔几年都有一些高鼻子、蓝色眼睛、浑身长毛的外国神父到来，法兰西国的，意大利国的，瑞士国的。我从他们的交谈中慢慢知道了他们都是从大海那边，乘坐一种可以漂在海上的房子过来的。他们来了又去，去了又来，好像我们这里有什么宝贝令他们着迷一般。只有古神父在这里待的时间最长，现在是两个瑞士国的年轻神父罗维和杜伯尔陪着他。

这是两个充满活力的家伙，他们总有一些让我不明白的东西。罗维神父是一个滑雪高手，用一种我从未见过的滑雪板在雪坡上飞翔，就像在雪地上长了翅膀的人，只是那翅膀不是长在肩上，而是脚下。一天他们拿一个可以蹦蹦跳跳的圆圆的东西，在刚收获过的青稞地里踢来踢去，不知是谁惹他们不高兴了，还是又在玩什么阴谋。我总是对这些和我们不一样的洋人心怀戒备。

不过，应该承认，他们是一些不计酬劳而又相当有耐性的人——一定程度上说，可以称得上是勇敢的人。我们的神灵起初并不欢迎他们，给他们制造种种麻烦，用雷霆击中他们的房屋，下泥石流冲毁他们的道路，甚至还放出魔鬼的瘟疫，让他们患上疟疾、伤寒。藏族人碰上这样的灾难，一般只有转求下一世往生一个好去处了，但外国神父总有神奇的药物驱赶我们放出的瘟疫，还搭救那些也染上瘟疫的人们。就在去年，魔鬼的口袋里放出像乌云一样宽广浓厚的蝗虫，吞吃了峡谷里所有能吃的东西后，这些洋人喇嘛就从外面用马都运进来大量的粮食，拯救那些快要饿死的藏族人。他们的慈悲心有时让我们的魔鬼也下不了狠手了。

澜沧江冲刷出这段峡谷以来，我都没有看见过的东西，在洋人传教士手里变戏法似的冒出来了。那天我从古神父的茶杯里闻到一股怪异焦煳的味道，我听见他对自己的仆人说："啊，今天的咖啡煮得不错。"于是我明白他们的茶叫咖啡。他的房间里有一种会唱歌的盘子，他们叫留声机，唱出的歌声谁也听不懂。有一种曲子，古神父特别喜欢听，叮叮咚咚的像雪山下的幽泉发出的声音。后来我从他们的谈论中知道了，这是一个叫肖邦的人写的曲子，用一种叫钢琴的东西弹奏出来的。说实话，尽管我听不懂，但我很喜欢。

无论是咖啡、帆布浴缸、折叠椅子、牙刷、爽身粉、奎宁，还是留声机、钢琴、望远镜、指北针，这些东西都不足以改变核桃树这个地方缓慢、悠闲、宁静的岁月。核桃树还是核桃树，仅仅是个马帮歇尖的小驿站。当古神父说他要在这里建教堂时，我就像一个大姑娘，一夜之间变成别人家的媳妇了。

仅仅两三年的工夫，一座我从来没有见识过的大房子就矗立在峡谷里了，它有一个高大巍峨的钟楼，后面是矩形的经堂，里面有彩色壁画的穹顶，彩绘玻璃——一种像薄薄的冰的东西——的窗户，明亮辉煌的神龛，以及上面供奉的我不知道的神灵——一个近乎赤裸的男人，挂在十字架上，他们天天都膜拜他，每七天还做专门的法事；还有一个怀抱孩子的妇女，长得很美很温柔，像一个家有大群牛羊的藏族妇人。这就是他们供奉的神灵，看上去跟普通人一样。这个大房子既不像寺庙，也不像藏族人的土掌房。在峡谷里，它像一个孤独沉默但又很野蛮的巨汉。

核桃树开始被改变，一些信仰洋人宗教的人们开始陆续来这里定居——他们是藏族人、汉族人、傈僳族人、纳西人、彝族人。不管是哪个民族，只要你信奉洋人的那一套，神父们都把他们接来这里，分给他们地开垦，送给他们一本叫《圣经》的经书，就在这个地方天天念叨；还有一种这里从来就没有生长过的植物——葡萄，也被神父们从他们的国家引种过来，还在教堂后面开辟出一块地专门种植，然后，一种藏族人从来没有喝过的酒——葡萄酒，取代了人们天天都要喝的青稞酒。它是红色的酒，红得像人的血，神父们说这是耶稣为他们流的血；还有一种小小的面饼，神父每次做法事时都要庄重地说："你们拿去吃吧，这是基督的身体。"然后分给众人吃。我不明白，他们为什么要告诉人们，去吃代表别人身体的祭品？平心而论，他们是一些和喇嘛上师们一样具备慈悲心的人。

但我看出来了，洋人神父来这里的目的只有一个：相信他们的神灵可以救人上天堂，而喇嘛上师们说的那些道理，都是错的。可麻烦的是，喇嘛上师们也认为：洋人神父是魔鬼的化身，藏族人的苦难，离不开他们的慈悲，洋人神父的说教，只能把藏族人引向地狱。

由于洋人的教堂像一根钉子一样地扎在我的身上，很多藏族人把我看成了他们眼中的钉子，他们连去拉萨朝圣都不走这里的驿道，宁愿绕三天的路。就像当父母的，不认自己被人抢走的女儿啦。在藏区，许多地方因为有寺庙而成为神灵居住之地，成为藏族人心目中的圣地。就像它本来就带有神的印记，后人一说起来，心中就会油然升起某种神圣的感觉。

而我这里，因为有了座教堂，人们就给它起了个让我不太舒服的名字——教堂村。但要记住，核桃树是我的乳名，就像你们人有乳名、家族名、别名一样。不论是给人还是地方取名字，我们这儿的人们都很随意，他（它）们要么是代表着某种吉祥，要么是和神灵有关，要么就是，看上去他（它）像什么、有什么最突出的，他（它）便叫什么啦。

其实，我被人们称为什么并不重要，外国传教士来到这里传播他们的教义也不重要，这片土地本来就是多神并存的，每个民族都有自己的神祇，每个人心中都有自己敬畏的对象。重要的是：自从那两个偷尝禁果的人儿到了教堂村后，这里发生的故事，却值得一说。

哦呀，你们都听见了康菩土司的话了吧？我当时就打了个哆嗦。

5 托彼特纪

隐藏君王的秘密固然是好，但传扬天主的工程却是应当的。

——《圣经·旧约》（多俾亚传 12:11）

央金玛那天躲在一个土坯垒成的破城堡里，从一个瞭望孔中看着康菩土司被杜伯尔神父气走，她的眼泪禁不住流下来了。这是她平生第一次看到不可一世的土司在别人面前服软。在她的心目中，康菩土司既像一个兄长，更像一个父亲。他威严、霸道、专权，从来都是发号施令惯了的。他说话时，人们都是垂手哈腰，俯首帖耳。有一次一个奴仆在土司面前不小心伸了个懒腰，康菩土司立即叫人打断了他的腰杆，让他一辈子都虾着腰走路。康菩土司当时的原话是：黑骨头贱人的腰杆里不能长根棍子。央金玛很早就知道，如果不是康菩土司觊觎那三块牧场，她迟早要成为他的第四个妻子，这似乎是她们姐妹俩的命运，谁让她们生如夏花却又早年丧失父母的庇佑呢？但是扎西嘉措的出现，改变了这一切。

央金玛带着扎西嘉措逃亡到"鹰渡"那天，马儿已经跑得口吐白沫了。央金玛隐约看见远方山梁上的追兵，而当时扎西嘉措还在昏迷中。央金玛抱着他大哭，"嚰——嚰——扎西哥哥啊扎西，他们追上来啦！我姐夫的魔鬼来啦……"那凄厉的哭喊连天上的鹰听到了都忘记扇动翅膀，像是中了一箭，伤心得垂直掉进了澜沧江。

这时一个丑陋不堪的矮个子怪物出现在央金玛的面前，他有两个不对称的鼻孔，眼角是烂的，还缺了半边下嘴唇，脸上的皮肤比揉皱了的藏纸还要粗糙，与其说那是一张人脸，还不如说是一个梦魇。央金玛已经不知道怕了。她泪眼婆娑地怒喝道："把我们都抓走吧，你这魔鬼派来的小鬼！"

"我是天主派来救你们的天使。"那小鬼说。

这个有着魔鬼的面貌但却怀揣一颗天使的心的男人叫托彼特，他指着对岸说："在那边，你们就不会被抓到了。"

央金玛顺着他的手看过去，对岸有座村庄，隐约可在绿树丛中看到一座高耸的钟楼。央金玛想起来了，过去听人说过，澜沧江下游地方有一所教堂。那里的人们据说都听信了魔鬼的谎言，不信奉藏族人的宗教了。不过，扎西嘉措唱过，他们的祖先在"幸福花园"里自由相爱。

他们避祸到了教堂村，两个年轻神父杜伯尔和罗维马上给扎西嘉措疗伤，清洗、缝合、上夹板、包扎，忙活了半天，扎西嘉措成了个裹在白纱布里的人儿。央金玛在一边一直哭个不停，杜伯尔神父安慰她道："还好，还好，只断了四根肋骨、一只手臂，内脏没问题，脊椎也没有损失，有轻微的脑震荡，不会影响记忆力。噢，我的主，这脚背是怎么回事？"

"穿木靴穿的。"央金玛说。

"木靴？"杜伯尔神父费解地问。

"我姐夫的一种刑具。"央金玛想了想，才说，"土司家对犯错的人，穿那种专门夹脚趾、脚背的靴子。靴子外面的扣子一扣，里面的骨头就一根根地断。"

"噢，中世纪的刑罚。"罗维神父感叹道。又问："他犯了什么错？"

"他爱上我了。"央金玛骄傲地说。

两个神父交换了一下眼神，杜伯尔神父说："姑娘，不要担心，在我们这里，你们的苦难结束了。我们的天主保佑世间的真爱。"

"真的吗？"央金玛急切地问。

罗维神父说："在我主耶稣的仁慈面前，你们再不会受到伤害了。"

"那就谢谢两位大爹了！"央金玛激动地抓住罗维神父的手说。

"大爹？"杜伯尔神父看看罗维，两人哈哈大笑起来，杜伯尔神父指着罗维神父飘到胸前的胡须说："罗维大爹，你第一次听到这样的称谓吧？"

罗维神父有些难为情地说："姑娘，在我们教会里，都称兄弟姊妹。我们……这个，你该叫托彼特大爹才是。嗨，托彼特，不是吗？"

托彼特一直在一边默默地打下手，他抽搐着嘴说："神父们都还不到三十岁呢，姑娘。"

央金玛脸红了，不好意思再抬头看这两个洋人神父。自到了教堂村后，她好像是来到另外一个世界，什么都很新鲜，什么都令人费解。这两个洋人神父蓝色的眼珠，浓密的胡须，身上的毛真的如扎西哥哥唱的那样，大概也刚从猕猴变过来不几代的吧？央金玛第一眼看见他们时，心里就想，如果他们不是人，那就一定是人和野兽之间的某种东西。比如小时候听见过的传说中雪山上身坯巨大的雪人。

两个神父都来自瑞士国，已经在教堂村服务一年了。罗维神父的身材比牧场上的康巴人还要高大健壮，也比他的同会弟兄杜伯尔神父壮将近一倍，但他却是一个感情细腻的巨汉，行事谨慎，说话温柔。不论是当他用一把精致的小刀割掉扎西嘉措身上坏死的肌肉，还是用一根几乎不能拿起来的小针缝合扎西嘉措的伤口，都让央金玛看得暗自惊叹，就是一个可以把七色彩虹织到氆氇上去的藏族女人，也不会有这个巨汉如此灵巧的手。而杜伯尔神父似乎要严肃刻板一些，他的脸上很少看到笑容，目光犀利，像冰凉的刀子。罗维神父的胡须也比杜神父浓密，几乎看不到他的嘴，可修理得十分得体，飘在胸前像一面小小的旗帜。

神父们走了后，托彼特陪着央金玛，安慰她说："姑娘，你的男人不出一个月，就可以下地走路了。神父们的药，总是很管用的。"

"比活佛加持过法力的药更管用吗？"央金玛问。

托彼特说："看看我吧，姑娘，是神父们帮我赶走了身上的魔鬼。"

央金玛想，只看你的外貌、不看你的心，本来就把你当魔鬼呢。如果神父们把骏马一样英俊的扎西哥哥治成你这个样子，他宁愿不活了，我也不要活。

托彼特看央金玛不相信的样子，就说："姑娘，可想听听我的故事？天主在我的身上显示了他的救赎。"

央金玛好奇地点点头。他们口口声声所说的天主，就像一个远方的雷霆，这些天来总是在央金玛的耳朵边"轰隆隆"地滚来，让她有些招架不住了。

姑娘，我知道我长得丑，人们梦中的魔鬼，大概就是我这个样子吧。我们碰见的那天，你就叫我魔鬼。不要难为情，这样的场合我经历得很多啦。不过我不明白的是：天主为什么要让世界上最丑的人，在一个最美的姑娘面前，充当天使。

我出生在一个麻风病家族，麻风病你知道吧？就是我们藏族人说的"鬼见愁"病。在过去，我们这样的人家被认为魔鬼缠身，或者直接就被称为魔鬼的化身。也不知从哪一辈时起，我们家的麻风病代代相传。我们没有住在村庄里的权利，只有朝着炊烟飘拂的方向到处去讨饭。打狗棍、破饭碗、羊皮鼓是我们的传家宝。我们一般不敢走进村庄里，只能在村口远远地敲羊皮鼓。有慈悲心的人知道是麻风病人来了，会在傍晚的时候在路边放上一团糌粑、几块牛骨头什么的。如果我们冒失地去拍人家的门，不要说我们丑陋不堪的面目，衣不蔽体的外貌，就是我们这魔鬼的身份，连狗都对我们深怀怨恨，心肠再慈悲的主人，也会躲得远远的。

从我记事时起，我就知道我是丑陋的、卑微的、罪孽深重的。我的鼻子生来就是烂的，我的嘴也总是在抽动，就像在不停地咀嚼。但除了空气，我能吃到什么呢？饥饿是我的朋友，寒冷是我的伙伴。我会说的第一句话，就是"好心的人，求你行行好，给口糌粑吧"。

我害怕这个世界，我也被这个世界所厌恶，大地上的草木，森林里的百兽，雪山上的神灵，都是我的敌人。连天空吹过的风，飘来的雨雪，不是在嘲笑我，就是在折磨我。让我冷，让我冻，让我无处躲藏。

有一年的秋天，我的父亲在一个村庄外敲了三天的羊皮鼓，但没有一个好心人出来送一口糌粑。而我们都饿得再没有翻过村庄后面那座大山、继续向前乞讨的力气了。我的一个姐姐已经病了好多天，说魔鬼的话，抓地上的土、扯路边的枯草吃。那时我大概有六岁多，已经知道一口糌粑的金贵，比得到天上的星星还难。但如果我没有敢去摘星星的勇气，我的姐姐那天就要饿死了。我虽然不懂死意味着什么，却看见过我父亲把死去的母亲推进澜沧江里，把身上已没有一丝热气的哥哥丢在雪山上。我不想再失去我的好姐姐，就趁父亲去山上找吃的时，自己一个人跑向了村庄。就是被狗咬，被人辱骂追打，我也要得到一口救命的糌粑。

我当然不会轻易去拍那些富人家的门，这种人家的狗最凶；我也不会去那些房子破败的人家，他们也许只比我们饥饿的肚子饱一点点。那么哪种人家会施舍一口给我呢？我不知道。我只是在饥饿的驱使下向村庄走去。做一个叫花子，好运不在你的嘴巴上，也不在你的脚上，而在别人有无一颗怜悯的心。

我在村口的地头上看见一架高大的青稞架，上面晾晒着刚收割的青稞。金黄的青稞让我的肚子一阵阵地翻上来清口水。我想都没有多想就爬上了青稞架，是饿得在不断抽搐甚至要发疯的肚子让我坐在上面，那肚子里有一只手，从嘴里伸出来，一把一把地将成熟饱满的青稞捋下来，直接塞进嘴里。我吃得泪流满面，满嘴青稞香。我还要抱一大捆青稞回去给我的阿爸和姐姐，让他们也知道这个世界上，饱饱地大吃一顿是个什么滋味。我们连做梦都在说："阿爸，你让我饱饱地吃一顿吧！""阿妈，你饱饱地吃。"可是我长这么大了，还不知道饱是个什么滋味。

我吃得太高兴，太幸福了。等我听见青稞架下面的狗叫声和远处赶来的人的喊声，我已经下不了青稞架了。七八只凶恶的藏狗围着青稞架狂叫，它们跳起来时，几乎就要咬着我的脚跟了。

我只有在青稞架上大哭，一个头人带着他手下的人拿着锄头、木棒、长刀、火绳枪赶来了，有好多。头人愤怒地说："打死他，这个偷青稞的小盗贼！"有人用木杆把我捅下来，这时他们看清了我丑陋的面容，他们先是吓得往四周逃散，然后又纷纷惊叫道："原来是个小魔鬼啊，烧死他！"

他们把我踢打到不能动弹，踢打到我把刚吃下去的满满一肚子的青稞全部吐了出来。头人命人抱来了柴火，堆在我的身上，有人开始在火镰石上擦火……

我一辈子都相信，主耶稣的拯救总是在穷人最需要的时刻出现，尽管那时我还不知道耶稣是谁。在我身上的柴火已经被引燃时，一个高大的人影忽然冲了过来，大喊着："你们在干什么！你们在干什么啊！"他扑灭了柴火，一把将我抱在怀里。

赞美天主，我第一次被一个陌生人拥抱。他的怀抱如此的温暖，如此的宽大。这个人长得跟我们藏族人不一样，有蓝色的眼睛，白色的皮肤，高大隆起的鼻子，满脸的胡须，更有一颗巨大的怜悯之心。

他就是浦德尔神父，在人们要把我当魔鬼烧死时，主耶稣派他来将我救了下来。他对人们说："不怜悯穷人的人，必不被人怜悯。"我永远都记得这一句话。

人们告诉浦德尔神父，这是一个小魔鬼。如果我们不烧死他，一个村庄的人都会像他那样，变成魔鬼。

浦德尔神父高声说："不，他是我的小天使！把他交给我好了，让我来牧放他纯洁的灵魂。"

那个头人说："他是小偷，偷我们的青稞。"

浦德尔神父回答道："他没有偷，只是来找。况且是我让他来的。我付给你们钱，多多地付。"

就这样，浦德尔神父收留了我，还收留了我的家人，以及一些也被各个村庄当魔鬼撵来撵去的麻风病人。浦神父在阿墩子的县城外买了一块坡地，把我们安置在那里，教给我们如何抵抗麻风魔鬼。他说我们并不是魔鬼，只不过是被一些麻风魔鬼侵害了的人。而这种魔鬼是可以被开水蒸煮、太阳曝晒赶走的。有一个叫古纯仁的法国神父负责管理我们这个麻风病村，他把重病人和病较轻的人分开，老人和孩子分开，男人和女人分开——除非他们病好了。

我们荣幸地成为天主的选民，我们都被神父施洗，赐予全新的名字。在过去，我的名字叫仲永，是狗屎的意思。我来到这个世上，也和一堆狗屎差不多。我们生来为乞丐，被称为狗屎理所当然，这样魔鬼或许也会嫌我们臭、嫌我们脏，就不来找我的麻烦了。现在神父叫我托彼特，说是一个圣人的名字，要我好好珍惜它，这个圣人会保佑我的。

托彼特，这不是一个藏族人习惯的名字，但是它让我感受到了作为一个人的尊严。

一年以后，我们溃烂的伤口开始愈合，流脓的地方早已结疤，我们中有的人死了，但更多的人活了下来。我们再不害怕下地狱，再不担心来世还被麻风魔鬼缠身。我们知道有一个天国在等待我们，在天国里，我们每个人都一样，富足、尊严，并享有崇高的权柄——只要我们相信神父们的话，相信全能的天主父。

浦德尔神父那时已经在阿墩子开设有一座教堂。我们身上的麻风魔鬼被赶走以后，浦神父就把我们接到教堂里。城里有教会办的学堂，我们第一次走进了课堂，像有身份的人家的孩子那样，坐在教室里念书。我们学习藏文、汉文、拉丁文和神学课。我们的读书声让阿墩子的人大感奇怪，他们的孩子要念书，只有送到寺庙里去当喇嘛，而并不是每一户人家，都供养得起一名喇嘛。不信仰耶稣天主的孩子，只有去放牛、赶马、打柴。

我们经常和阿墩子的孩子打架，他们叫我们"洋人古达"，意思是洋人的狗、奴才。每当有人这样叫，学堂里的孩子就一拥而上。我们不是洋人的狗，我们是主耶稣的选民，这让我们很骄傲。家里的大人也和我们的境况差不多，他们也经常因为土地、因为房产，在城里和人争执，甚至动刀子。神父们那时拥有很大的权力，他们收留无家可归的人，在城里和乡村发展教友，都需要土地、房子和牧场。而佛教徒并不喜欢我们这些信奉耶稣天主的人，哪怕神父说用钱跟他们买。

有一次，我把教堂的牛羊赶到一块牧场上去放。两个牧人过来说这是他们的牧场，还把我打了一顿，我哭着回来告诉了浦神父。三天以后，浦神父来对我说："我的小托彼特，明天你就把所有的牛羊都赶到那块牧场上去吧。再没有人敢对你说一个不字了。因为主的正义已得到伸张，它现在属于教会的财产啦。"

那时还是大清皇帝时期，神父们和阿墩子的知县关系很好，官司打到县衙门里，一般都是我们赢。比如那两个打我的牧人，浦神父对曹知县说："打我的教友就是打我们的主耶稣天主。作为知一县之事的父母官，你能不管吗？"结果那两个家伙就被曹知县捉去关进了监狱。在神父们的保护下，从小孩到大人，我们在阿墩子很是风光了一阵子呢。

寺庙里的喇嘛一直很憎恶我们，其实我们也很害怕喇嘛。我们在教堂里学会的第一句祈祷就是："主耶稣啊，求你垂怜我！喇嘛们来啦，我害怕。"

我曾经听浦神父私下里说，他常常梦见喇嘛运用他们的法力，引来澜沧江水冲毁教堂。我父亲托马斯安慰浦神父说："澜沧江水在峡谷底，它怎么也不会冲到山头上来。神父，真正有法力的是你们，是谁赶走了我们身上的魔鬼啊？"

这个噩梦终于在1905年的冬天随着一场大雪到来了。在此之前一年，英国人的军队攻进了拉萨，许多本地的康巴人被征去后藏地方，和英国人打仗。但是他们大多十去九不回，他们说洋人有魔鬼的法器，将成群冲锋陷阵的康巴马队，在"红光一闪"中，统统化为灰烬。这就更加深了我们这个地方的藏族人对洋人的仇恨。他们不管你是英国人还是法国人，是手捧《圣经》的神父，还是拿着武器的士兵，只要你和他们的头发、眼睛、鼻子、皮肤——当然还有信仰——不一样，就统统是魔鬼。连我们这些信奉耶稣天主的人，也是魔鬼——至少也是被魔鬼迷惑了的"洋人古达"。

先是一帮康巴人杀了朝廷派来保护传教士的一个官员，然后朝廷派兵来镇压，不但杀反叛的康巴人，连寺庙里的喇嘛也杀。这样就像一场大山火，在整个康巴藏区燃烧起来了。暴动的康巴人认为朝廷和洋人站在一边，我们教堂就遭殃了。喇嘛和康巴人真的像浦神父梦中的澜沧江水那样，冲进了教堂。那时曹知县和他的军队已经不知跑到哪里去了，浦神父带着由教友们组成的护教队仅抵抗了一个时辰，就被喇嘛们和康巴人的马队打垮了。我的父亲托马斯拼死挡在浦神父的前面，让他带着教堂里的孩子和女人撤离。但我们刚跑出十里地，就被康巴人的马队追上了。他们倒没有对孩子和女人怎么样，只将浦神父捆起来，踢打他，把他吊在一棵树上。浦神父是我所见到的最有爱心、最有尊严又最勇敢的男人。那时，他就是钉在十字架上的耶稣啊。那些打他的人问他：

"你不是说你们的神灵是全能的吗？现在他怎么不来保护你呢？"

浦神父回答说："我所经受的，正是我主耶稣的意愿。父啊，我知道你在考验我。"

有人羞辱浦神父道："看看你，嘴都吃到牛屎了，你还算是一个神父？"

神父平静地回答说："当然是，这就是我的工作。"

"有这样挨打受难的工作吗？"有人又问。

神父说："有。我主耶稣就是这样开始他救人灵魂的工作的。他说过，'看啊，时候到了，人子就要被交于罪人手里。'"

那些人被浦神父的骄傲吓住了，他们和我们一样也是康巴人，尊重在死神面前保持尊严的人，厌恶胆小鬼。他们竟然也没有勇气去杀死一个为了捍卫自己的信仰而渴望殉道的人。这时一个头人说："谁杀了他，我出两头牛。"

就像犹大为了那点银子出卖耶稣一样，这个世上总有贪财的小人，用耶稣的血去背负自己的"血田"。① 一个叫阿旺的家伙，就是那个在牧场打过我，然后又被曹知县关进监狱的人，他和我们教会有仇，现在总算找到报仇的机会了。

这个家伙竟然说："就是不要你的牛羊，我也要砍洋人的头。我来！"

他们把浦神父从树上放下来，反绑着推到澜沧江边，让他跪下。浦神父这时高喊："朋友，请等一等！"

阿旺问："你害怕了吗？"

浦神父平静地说："一点也不。请让我祈祷。"

阿旺说："那你就为我的刀祈祷吧，让它砍你的脖子时痛快点。"

浦神父祈祷道："我们的天主父，愿你的名受显扬；愿你的国来临；愿你的旨意奉行在人间，如同在天上……"

阿旺的刀砍下来了，但没有一刀砍断浦神父的脖子。

---

① 指犹大出卖耶稣后，得到赏钱后买的田地，《圣经》上称之为"血田"。

浦神父的祈祷声依然继续："万福玛丽亚，你是西藏的主保……你充满圣宠，主与你同在。求你……"

阿旺又砍了一刀。浦神父的头已经掉在胸前，但脖子还没有被砍断。

还有祈祷声在江边回响："父啊，时候到了……求你……宽恕我们……如同我们宽恕我们的敌人……"

阿旺砍了第三刀，完成了他的罪孽，也帮助浦神父显扬了主耶稣的光荣。

他们捣毁了阿墩子教堂，捕杀幸存的教友，但是他们放过了古纯仁神父。因为喇嘛们说，一个把自己奉献给麻风病人的僧侣，是不该被杀的。而我的父亲和护教队的教友，却在战火中被打死了。古神父把四散的教友召集到一起，向澜沧江下游逃亡。他把我们安顿在一个安全的地方后，就去找来朝廷的军队为耶稣的福音寻求公道。喇嘛们说古神父是骑在炮弹上的魔鬼，他回来后行到哪里，炮弹就跟到哪里。是的，炮弹为我们伸张了正义，我们那么弱小，喇嘛和佛教徒人那么多，没有炮弹为我们撑腰壮胆，主耶稣的福音如何在这里传播呢？我听说浦神父的头颅还挂在岗巴寺的高墙上，就想：浦神父没有头颅，怎么升往天国啊？

我在一个星星很亮的夜晚潜回了岗巴寺。浦神父的头颅装在一个木条框做成的盒子里，岗巴寺大殿外的墙真高啊。我看见墙的一角有一根独木梯，就去把它抱过来，竖在那木盒子下面。我爬了上去，可是，等我爬到独木梯的顶端时，我的手却还够不着装浦神父头颅的木盒子。只差一点点啦！

我急得哭，但又不敢哭出声来。我悄声祈祷：主耶稣，那上面不是挂着一个好神父的头颅吗？他为了救我们藏族人的灵魂，被人砍了头。求你帮帮我吧，我的个子太矮啦，我的手太短啦！求求你，让我够着他……

我望着头顶上浦神父的头颅，哭了又哭，祈祷了又祈祷。天都快要亮了，我打算一直守在这里，等喇嘛们出来念早经时，我要告诉他们：要么你们还给我我的好神父的头，要么你们打死我。

这时，一个人来到了我的身后，轻轻地将装头颅的木盒子取下来，交到我手中。我那时惊喜得来不及看清这个好心的人是谁，只是抱住浦神父的头，飞快地从梯子上溜下来。在我跑出寺庙之际，催促喇嘛们起床念早课的鼓声已经敲响了。

我把浦神父的头颅交给躲在一个村子里的古神父。那天我成了教友们心目中的英雄。不仅仅是由于我潜回寺庙的勇敢行为，还因为人们说：我受到了天使的眷顾。

有个叫阿尔德的老教友，过去是个乞丐，当年浦神父给我付洗时，他是我的代父，那晚他一直悄悄跟在我的身后。他回来向人们叙说，那个站在我的身后帮我取下浦神父头颅的人，是主耶稣派来的一个天使。两人多高的独木梯、再加上小托彼特都够不着的地方，那人仿佛是飘飞在半空中，轻轻地就将浦神父的头取下来了。

"而且，"阿尔德代父绘声绘色地说，"小托彼特去搬那独木梯时，还有两个喇嘛用它当枕头睡觉呢，他们一定是负责看守的喇嘛。小托彼特取走了独木梯，天使用神奇的力量，枕着熟睡的喇嘛的头，让他们不至于被惊醒。等小托彼特抱着浦神父的头跑了后——哦呀，这个小家伙太慌乱啦，忘了还人家的独木梯。是那个天使帮他放回原位的，而那两个喇嘛还在做梦呢。"

我真后悔，那天只想取回浦神父的头，忘了多看这个帮助我的天使一眼。连他长什么样子、穿什么衣服都回想不起来了。

姑娘，你要相信：神的风采总会出现在穷人的困顿与绝境中，就像当年浦神父把我从燃烧的烈火中救出来那样，天使也会把浦神父殉教的高贵头颅，带往天国。

"你才是天使。"

是裹在纱布里的扎西嘉措在说话。央金玛急切地问："扎西哥哥，你醒了？"

扎西嘉措满脸裹着纱布，嘴在纱布下嚅动，"央金玛，我们的爱，有救了。"

6 列王纪

　　达味王年纪已老，虽然盖着许多被褥，仍然不觉温暖。于是他
的臣仆对他说："让人为我主大王找一个年轻少女来，服侍大王，
照料大王，睡在大王怀里，温暖我主大王。"他们就在以色列全境，
寻找美丽的少女；找着了一个叔能女子阿彼沙格，便领她到君王那
里。这少女非常美丽，她就照料服侍君王，君王却没有认识她。

　　　　　　　　　　　　　——《圣经·旧约》（列王纪 上 1:1—4）

　　这个年头的土司，是越来越难当了。三个乞丐加起来也没有他受到的气
多，十个乞丐身上挨的棍子，不抵一个土司撞见一次魔鬼。

　　康菩土司这些时日来经常这样骂。那个狗娘养的洋人喇嘛，把一个堂堂
的土司老爷挡在村外不说，竟敢扣押着土司家的小姨妹，包庇一个黑骨头贱
人。这样的事情要是在从前，早就打得战火纷飞了。土司手下的头人们纷纷
来跟他说，老爷，你该站出来领着我们跟他们干了。来吧，让我们牵出战
马，跃上马背，用我们高贵的热血，把洋人魔鬼都赶回去吧。我们杀他们不
是一次两次了。

　　但是康菩土司告诉他们，现在不是从前了。马背上的呐喊，寺庙里的祈
祷，血脉中的高贵，雪山上的神灵，已经不足以让我们骄傲了。

　　"那么，什么才能让我们骄傲呢？"管家次仁问。

　　"我们的过去。"康菩土司浅浅地吸了口鸦片，回答说，"这下你们明白

了吧，不能指望一个吸上鸦片的老爷干出什么开疆拓土的大事业啦。汉人把这个东西传染给我们，我们的热血就慢慢地变冷了。"

大约七百多年前，澜沧江峡谷曾经出了个有名的猎手，猎只老虎就像打兔子一样轻松自如。有一天猎手在山崖上看见了一只额头发红、目光锐利、翅膀阔大、身姿雄健、双爪刚硬、羽毛闪闪发亮的雄鹰，在当地人的传说中，它是卡瓦格博神山之鹰，是神山的女儿，也是神山的巡行者。别人见到这神鹰，一定要磕头焚香，感谢神山的恩赐。因为通常情况下，它只在传说和人们的梦中出现。但猎手从看到神鹰的第一眼起，竟然产生了要把它拥入怀中的渴望。于是地上豪迈的猎手开始追逐天上飞翔的雄鹰。他翻山越岭、爬冰卧雪，从云端追到云尾，从峡谷底追到雪山巅。卡瓦格博神山曾经发怒，降下雪崩，没有能阻挡猎手要与雄鹰比高低的勇气；神山又派出属下的子民——虎豹熊罴，豺狼蛇蝎，也没有阻挡住猎手坚定追逐的脚步。就这样整整追了三年，猎手和雄鹰都累到只剩下最后一口气了。一天，雄鹰落在一棵岩松上，忽然变成一个仙女一样的姑娘，她说，勇敢的猎手，你的脚步已经高过了我的翅膀，你的勇气已经感动了神山，但是你的歌声还没有响亮到云端之上。要是你能唱一曲歌儿，让澜沧江水倒流，我会自己飞到你的怀里来。

猎手张嘴高歌，但已经唱不出任何一个字，只有喉咙中的血和眼睛里的泪直冲云霄……此刻，神山动容，云飞天裂，地陷山崩，江河改道，江水倒流，澜沧江为之阻塞。

这个猎手就是康菩家族的第一代祖先康菩·登巴。康菩家族向来以自己有卡瓦格博神山的女儿、雄鹰的血脉传承而骄傲。他们总是对黑头藏民说：看看一代又一代土司红色的额头吧，那是康菩家族血性激荡的标志，峡谷里所有红额头的男儿，不用说都是康菩家族的种；看看他们坚挺高贵的鼻子吧，你就会感受到雪山的圣洁高远；再看看他们鹰一样锐利的眼睛，你就会知道康菩家族的人为什么总比别人看得远。

初时，康菩·登巴只有牦牛走一天路程的封地，是一个不足五十户的部落小头人，为峡谷里的朗顿家族效力。朗顿家族是藏王松赞干布的后裔，高贵得足可与神山比肩。一只山鹰飞九天，也飞不出朗顿家族的领地。

像康巴藏区所有的土司头人家族一样，战争就是贵族们满足英雄梦的血床，就像女人是他们骄傲的温柔乡一样。不发动战争的土司是牧场上的羔羊，好战的土司才是人人传唱的雄鹰。历辈康菩家族的血性男儿都以发动了几次开疆拓土的战争为彪炳家族世谱的荣耀。在康菩·仲萨之前的十五代前辈土司中，有八代康菩土司死在战场上，两个死于仇家卑鄙的谋杀。没有一个康菩土司活过四十岁，他们要么死在人生最轰轰烈烈的争杀中，要么死在美酒和女人的怀抱里。历代康菩土司都以此为家族的骄傲。

到元朝大皇帝的军队打过来时，康菩家族祖先审时度势，率先为大皇帝的军队提供粮草、马匹，带路，直至随军征战。而朗顿家族却被元朝大皇帝军队的铁蹄踩扁了，因为他们不知道雪山峡谷之外中国正在发生的事情。康菩家族的人有鹰一样高远的眼睛。康菩的祖先们发现，和土司之间的战争，打得再大，也不过是为了夺取几块牧场而已。有的土司穷尽一生精力，也只能征服一个部落。可不论哪个朝代，中国的皇帝都是一些慷慨大方的君王，他们疆域广大，人口众多，不在乎一条峡谷、几座雪山、几十个部落这样的小地方。他们只在乎你的一颗归顺之心。

谁让康菩家族处在汉藏结合部的地方呢？这真是卡瓦格博神山的恩赐。这片大地是他们的母亲，她有两个情人，一个是西藏地方政府，一个是朝廷。康菩土司就是母亲的两个情人身份暧昧的孩子。拉萨是他们灵魂的圣地，朝廷是土司实惠的来源。当朝廷的军队开到藏区，到处都是反抗他们的敌人，连水都找不到一口喝，更不用说得到人马粮草之类的补充了。这时康菩家族的人手捧哈达，带着美酒和良马，出现在大军的面前。即便你只出了不到一百人的差役，送去三五十匹驽马，战事平定后，大皇帝朱笔一挥，被征服的土酋部落就属于康菩家族了，有时康菩家族人手紧得甚至把身边的仆人都派出去当大头人。

于是，古老的康菩家族就有了一条祖训：要扩充自己的领地，把贡品和归顺之心一齐送到遥远的朝廷。

朝廷一高兴，不仅分封成片的土地，还为康菩土司加官晋爵，什么"奔不儿亦思刚百姓"、"安抚司"、"宣慰司"、"一品顶戴",中国几个朝代的官职康菩家族都有,也不知道是多大的官,历辈康菩土司都只在乎领地、牛羊和人口。而皇帝亲手题写的嘉奖烫金匾额,常常被搁在一边。不是不重视,忘记了祖先的战功,而是康菩家族始终以流着康巴人的血而自豪,要是从达赖喇嘛那边赏赐的一样东西,哪怕只是一只银碗,他们也会恭敬地供奉在佛龛上的。

几百年来,依靠朝廷的力量和康菩家族的智慧,他们取代了朗顿家族,成为这雪山下的王。康菩土司颁布规矩、制定税赋、划定边界、拥有军队、发动战争,确定谁是奴隶,谁是平民,谁可以活,谁该去死。一只山鹰在康菩家的领地上飞翔,不是飞几天才能飞到边界的问题,而是它飞来飞去,翅膀下的大地都属于康菩家族。

只有两件事情,康菩家族必须心怀敬畏,一是卡瓦格博神山,一是阿墩子县的朝廷驻军。作为卡瓦格博神山的后裔,这座高耸的雪山就是康菩家族在神界的寄托,在俗界的象征。而这些年国民政府势力强大了,不信佛教的汉人县长派过来了,不怕魔鬼的军队也派过来了,连洋人喇嘛也跟着跑来了。康菩·仲萨土司当然知道:主子做的事情,哪怕你多么不高兴,你最好保持沉默。

因此,当手下的人问康菩·仲萨土司,该不该抽刀出鞘时,他唯有斜靠在床上吸鸦片,把屈辱化解在那飘散的烟雾中。蠢驴!康巴人的刀是可以随便拔出刀鞘来的吗?你杀了一个洋人,另外的洋人便骑着炮弹来报复,他们的身后站着汉人的军队和大炮。一个土司现在可以随便对汉人发动战争吗?

可是,澜沧江上游的野贡土司派人传来了战书,说尊贵的野贡家族从来没有受到过如此的侮辱,下了彩礼的婚事竟然要反悔。野贡土司傲慢地说:请喂饱你们的战马,准备好你们的刀枪吧。

康菩土司只得纠集自己手下的十八个头人,让他们各自征集"门户兵",准备迎战。谁知和野贡土司的战火还没有打起来,一个叫索南旺堆的大头人和康菩土司的另一个劲敌、大强盗格桑多吉的人马却打了一仗,并且俘获了格桑多吉。康菩土司得到这个好消息后,立即叫人把强盗格桑多吉带来,他要用他来祭刀，既冲冲最近的霉运，也鼓舞手下人的士气。

这个强盗格桑多吉可是澜沧江峡谷地区有名的人物，在土司贵族和商旅眼里他是魔鬼，而在老百姓口中他却是人人交口称赞的大英雄，其传奇经历和格萨尔王的故事一样传得广。人们说，格桑多吉十三岁去当强盗，十七岁就成为强盗首领，拥有几十号人马；十八岁那年，他打败了康菩土司的马帮武装，抢了他们从印度贩运回来的一批货物，土司三十多人的马帮护卫队，烧壶茶的工夫，就被他打败了。格桑多吉由此和康菩家族结下仇怨。关于他的传闻，最为神奇的并不是他打仗的英勇，而是在情场上的刺激和恐怖，人们说凡是和他睡过觉的姑娘，大都活不过两三年。可总是有无数的姑娘去找他，甚至那些当妈妈的也把女儿送去，她们心甘情愿地以自己女儿的生命，为家族留下一个英雄的种。

格桑多吉被粗大的铁链拴着押进康菩土司的厅堂时，房子里所有的东西都在抖动，从神龛上供奉的圣水碗、佛像、朵玛，到地板、火塘上架着的大锅、梁柱，甚至墙上挂着的一块老虎皮，也在瑟瑟发抖。那只老虎已经被猎杀了二十多年了，眼下仿佛也对一个英雄的到来充满敬畏。他的头发从头顶冲到肩膀上，像澜沧江里一个短而急促的波浪；他的血管里流淌的热血也奔腾如澜沧江，因为看他从额头到手臂，再到脚背上暴涨毕露的血管，你就知道，一个人的热血飞扬起来，可以像澜沧江一样冲出一条大峡谷。

"嘿嘿，儿子，你长大了，来抢你父亲啦。"康菩土司冷笑道。

因为他看见了这个强盗红色的额头、坚挺高贵的鼻子和鹰一样的眼睛。这意味着，他还在他阿妈肚子里时，就已经浸泡在康菩家族高贵的血脉中了。

尊贵的康菩家族怎么会出一个强盗儿子呢？大概只有他自己才清楚。通常情况下，当一个土司巡行自己的领地时，也要把领地里漂亮的姑娘"巡行"一番，这是土司的规矩。村庄里的，牧场上的，马帮驿站里的。每天晚上，当土司老爷在火塘边酒足饭饱之后，总有一个姑娘畏畏缩缩地钻到他的怀里来，这叫为土司老爷暖身子。土司老爷可能不知道这些姑娘姓甚名谁，是谁家的，甚至到天亮后就忘记了她长什么模样。有时他真的就只是让那姑娘为他暖暖身子，让他在姑娘年轻香软的肉体上呼呼大睡；有时土司老爷兴致好了，一个晚上也要换两个到三个姑娘。很少有康菩土司看上了哪个姑娘，然后像他的祖先康菩·登巴那样，一追就是几年。连康菩·仲萨土司有时也哀叹说，我们康菩家族的后代，早就没有祖先的浪漫血性了。年轻时的康菩土司像一匹快乐随意的种马，到处播种，他的儿女没有三十个，也会有二十多个吧？他在高兴的时候会对人说，我伸开自己的双手，真的数不清也记不全了。

康菩土司仔细打量他眼前的强盗儿子，心想，这个家伙的母亲大约是个牧场上的姑娘，才会生下这样健壮魁梧、血气方刚、满头鬈发的儿子。牧场的辽阔，牧场的酥油鲜奶，大块的生牦牛肉，才能养出这种浑身野性、桀骜不驯的性格。曾经有一段时间，康菩土司特别喜欢牧场上的那些姑娘，她们像牡马一样充满年轻的活力，乳房丰满，小穴深幽，骑在她们身上时需要有扳倒一头牦牛的力气。可一旦你把她们驯服了，她们可以带着你一路狂奔到天堂……

格桑多吉当然不会跪下来叫父亲，作为近二十年来父子终于相逢的见面礼，他重重地吐了面前这个已经被酒色泡软了身子的中年男人一泡口水。

康菩土司没有动怒，只是镇静地把脸上的口水揩干净了，还是那样阴鸳、冷漠。是因为这是他儿子吗？不，不，他已经把一个想篡位的儿子装进牛皮口袋丢到澜沧江里，让江水送走了他性急的土司梦；他还让一个儿子去当乞丐，由于他触犯了神灵。康菩土司经常对身边的人说，你们不知道，土司做得越大，权位传得越长，后代就越让祖先失望。我有三个老婆，在这个土司大宅里为我养了七个儿女。可是他们的骨头软得像酥油，他们的血比雪山下的湖泊还要冷，他们的额头很少发出令人骄傲的红光。更不用说康菩土司的野儿子太多了，他从不在乎再多处死一个。

康菩土司把脸上的口水一揩再揩，努力想揩去他心中的喜悦。但他还是没有忍住，哈哈大笑起来：

"雪山上的神灵真是公正慈悲，有人抢走了我的小姨妹，神却送回了我的英雄儿子。我终于看到康菩家族有血性的男儿了。"

他为这个强盗儿子摆下丰盛的酒席，杀了一头牛，五只羊，喝下两缸青稞酒。席间康菩土司问："你的母亲呢？"

格桑多吉恨恨地说："被你的头人逼死了。我做梦都想杀了你！"

"好猎人总在暗处，被追逐的猎物却生活在阳光下。你为什么早不来找我呢？"康菩土司悻悻地说。同时他的心底里泛出一丝惭愧和怜悯，不是因为那个和他有过一夜情缘的姑娘，让他实在想不起她是什么样子，而是这么一个英武健壮的儿子，他竟然疏忽了他的存在，还让他吃了那么多的苦。

康菩土司忽然发现强盗格桑多吉的额头发出了红光，这是康菩家族的血性男儿起了杀心的标志。当这个家族同一血脉的男儿跃马驰骋在战场上，当他们面对对手的刀枪，当他们腰间的康巴刀就要跳出刀鞘，当他们的生命将迎来最辉煌的那一刻，康菩家族的血性男儿，额头都要发出热血的光芒。

康菩土司那时并没有感到害怕，还感到欣慰。他甚至把腰间的刀摘下来，不当回事地摆在酒桌上。如果他真有胆量杀他，他只需一伸手就做到了。但当父亲的知道，格桑多吉不会那样做，不是因为他们父子刚刚相认，而是这绝对有损一个康巴人的骄傲。

他额头上的红光消失了，呈现出羞愧的颜色，暗淡、灰绿。一个内心没有了骄傲的人，是拿不动杀人的刀子的。

强盗格桑多吉说："康菩土司，如果你放我走，我还会来杀你。不如今天你就把我杀了。"

康菩土司就像一个慈父那样殷勤地说："哦呀，我的儿子，还有比你我父子间打打杀杀更重要的事情，需要你去做。"

"为什么我要听你的？"

"因为我想让你成为康菩家的英雄。"

英雄这个称谓让格桑多吉的眼睛里瞬间充满了渴望的光芒，血脉高贵、内心骄傲的男儿都知道：在一个崇尚英雄的民族里，土司是世袭的，英雄却是用热血浇铸出来的。因此康菩土司接着说："如果谁让我当一回英雄，哪怕只是一次，我可以把土司府的银库打开，任由他挑选。"

格桑多吉轻蔑地说："有银库的人家出不了英雄，英雄只出在饿肚子的穷人家。"

"你说得不错，银子买不来英雄，但英雄要干大事情，总是少不了银子的。"康菩土司像个商人那样吆喝道，"骏马少不了金鞍银掌，英雄得配宝刀快枪。儿子，一个土司的财富，不过是雪山前的云团；而一个尊贵家族的荣耀，却是永恒的雪山。"

格桑多吉用他鹰一样的眼光看着康菩土司，两人就像两只在斗眼力的公牦牛。许久，他才说："康菩家族的荣誉跟我有什么关系呢？我的母亲被逼死的时候，有谁来说上一句，这个女人留有康菩家族的种，他将去挣回康菩家族的荣耀？"

康菩土司脸上现出悲哀的表情，只有佛祖才知道他是不是真的伤心。他说："要是我知道那个女人能为我生下这么优秀的一个儿子，她也不至于……"

"算了吧，尊贵的康菩土司老爷，你从来没有真正爱一个女人，甚至爱一个你的儿子。"

康菩土司再次为格桑多吉的酒碗里倒满了酒，"儿子，你还年轻，你爱过一个女人吗？你有自己的儿子吗？你知道什么是一个男人真正的爱？男人年轻时，可以为姑娘动刀子，年纪大了，他就只为财富和血脉而活着。不要忘记你是神山卡瓦格博的后裔，你的身上流淌着康菩家族高贵的血脉。"

格桑多吉的额头再次发出红色的光芒，几乎跟火塘里的柴火一样红了！那一刻，康菩土司仿佛看到了自己的末日……

"康菩家族高贵的血脉都造下了哪些罪孽，"他喘着公牦牛一样的粗气，把头抵近了他的父亲，"让我来告诉你——"

7 格桑多吉前传

神灵，请你告诉我，

穷人是不是命中注定，

该受富人的折磨？

神灵，你为什么不说话？

是不是你受了富人的贿赂？

——康巴藏区民谣

"作为一个在牧场上长大的孩子，我身上康菩家族的血脉，从来都没有让我自豪，只让我感到羞耻。"我说这话时，忽然觉得我与生俱来的羞耻感一下被洗涤清了，包括我这次被一个多年的兄弟出卖、掉进狡猾的索南旺堆头人的陷阱。

"在我的脑子里，你已经被我杀了一千次了。"我像刚才吐了他那口痰一样，把这句话吐了出去。我看见康菩·仲萨土司就像被捅了一刀那样惊愕，他大概永远也不会知道，为什么他视为珍贵的东西，在我的眼里，不过是一堆狗屎？我此刻明白，真正的复仇，现在才刚刚开始。

刀就摆在酒桌上，仇人就坐在我的对面。我只要一伸手，抽刀出鞘，在刀子还没有从刀鞘里的沉睡中惊醒过来时，血已经飞溅在火塘里了。但一个在想象中被杀了一千次的人，这种死法有损我的英名。

"哦呀，我的儿子，我知道我的仇人很多。"康菩·仲萨土司把双手平伸到了面前，那是他服输的表示吗？他用一个老人的口气说："可是你看看你的父亲，看看他头上的白发！他为了这个庞大的家族每一个人都有口糌粑吃，有多么的操劳！"

他肥厚的腮帮都要往外冒油了，他粮仓里堆积如山的青稞都发霉腐烂得长出蘑菇了。如果这样的人也说在为一口糌粑而操劳，雪山上的神灵听到了也会动怒的。神山为什么不降下他的惩罚来，压碎这个罪恶的家族？

"你在乎过一口糌粑吗，尊贵的康菩土司老爷？你可知道一个才二十多岁的女人，因为交不出一口袋糌粑，就被你手下的平措头人拖在马后跑了二十里地，活活给拖死了。她就是我的阿妈，那个被你抛弃的女人。"

"哦呀，她是这样死的啊！"他就像一个妄想把牛头藏进怀里的蠢货。也许他真的有那么蠢，连虚伪都掩饰不住。

"你以为，一个在牧场上的单身女人，因为她长得漂亮，因为她曾经被土司老爷睡过，她的日子就会好过吗？有的家伙喝醉了，想摸进我们的帐篷，阿妈用火绳枪上的铁叉顶着他们的裤裆，说这样可以让他们醒酒；还有那些歌儿唱得动听的男人，在牧场上用悠扬的情歌勾引我的阿妈，我常常看见阿妈满面通红，用羊毛紧紧塞住自己的耳朵。

"大约六岁那年，一天我在睡梦中惊醒，发现一个家伙将阿妈压在了身下。我听见阿妈在呻吟，在痛苦地扭动。我抓起火塘里的一根还在燃烧的炭柴，一棒打在这个酒鬼的光屁股上（因为我那时知道，来找我们麻烦的，都是些酒鬼），他嚎叫着捂着屁股逃了。阿妈爬起来，害羞地用氆氇盖着自己的下身，忽然打了我一巴掌，然后又把我搂进怀里，像一头受伤的母狼一样哀叫：'好啊！你这个康菩家的小野兽，要是你也认为阿妈是康菩土司的女人，我们就等着吧！等着土司老爷来找我们。'"

"那个狗崽子是谁？我要抽他的脚筋，还要挖他的眼珠。"康菩土司的额头也发红了。他有什么资格说这话啊？我继续刺激他：

"噢，他是个不错的猎手呢。我虽然用炭火烧伤了他的屁股，可一点也没有挡住他来找我们，不是送两张皮毛来，就是捎带一只猎物。那个年头，没有他的菩萨心肠，我们不是冻死，就是饿死了。"

"狗崽子……"康菩土司不知该往哪儿发火了。

"你早干什么去啦康菩土司？那个时候我多想有个阿爸，我阿妈多想有个能保护她、为她遮风挡雨的男人啊。我阿妈生下我后，曾经去找过平措头人，希望他能告诉康菩土司，她为他生了个儿子。平措头人哈哈笑着说，姑娘，我们勇武的土司老爷野儿子可多了，都送到康菩土司府里去，火塘边会坐不下的。"

"该死的平措，野狗。"他的悔痛才刚刚开始呢，我还得往他伤口上撒点盐。

"土司家的火塘不欢迎我们穷人，牧场上破帐篷里的火塘也一样温暖。那个猎手一来，我们的火塘边就充满了欢笑，阿妈的脸就撒满了阳光。我觉得那个家伙不错，因为阿妈高兴的事情，我也高兴；阿妈喜欢的人，我也喜欢。我们穷人就是这样相依为命。他一出现在帐篷里，我就去和羊羔挤在一起睡。我很早就知道了，男人见了仇人，亮出的是刀子；见了心爱的女人，亮出的是他的宝贝。一个小孩总不能看见大人光着屁股吧，尊贵的土司老爷？"

"够了，求求你，不要再说了。"他竟然可笑地用手抓住了自己的衣襟。

"穷人的快乐你不喜欢听，是吧？这就对了，就像我们也不喜欢听到你们又吞并了哪个部落，又霸占了谁家姑娘，又赚进了大笔的银子一样。那么，嫉妒的土司老爷，你就听听你喜欢听的，听听穷人的苦难吧。

"阿妈在我年幼时，经常一边抹着眼泪一边对我说：'你身上流着康菩家的血脉，但我们今生都没有福气坐到康菩土司的大火塘边了。因为我们的骨头是黑的。'

"哪一种藏族人的骨头是黑的？土司老爷，你应该比我清楚。终生为奴隶的人当然是黑骨头；屠夫、刽子手等以杀生为业的人，被认为罪孽最深，骨头肯定是黑的。哦呀，我的外公就是一个牧场上的屠夫，因此我们的骨头肯定白不了。可是当初你为什么要去找一个黑骨头的女人呢？

"黑骨头的藏族人命该常年在牧场放牧，在地里劳作，在雪山森林里狩猎，浑身乌黑发亮；他们饿着肚子，用胸膛挡着刺骨寒风，夜晚从褴褛的帐篷破洞里数天空中寒冷的星星，还有服不完的'乌拉'差役、交不尽的各项杂税、动辄就挨打受骂的昏天黑地的日子。只是因为他们黑色的骨头决定了他们低贱的血脉，也决定了他们卑微的家族，以及土司头人们的羞辱、呵斥，肚子除了苦水外没有奶茶和糌粑。一条狗也比黑骨头藏人在这个世界上活得自由快活，狗拴在脖子上的绳索有时日，黑骨头藏人脖子上的绳索，从他出生那一天时起，一直要拴到他往生来世。黑骨头藏人总是默默地忍受着这个世界上的所有苦难，总是期盼自己的来世来得更早一点，能投生到一个好的人家，能吃得饱饭、穿得起足以保暖的衣裳，不会再挨打受骂，过上人的日子，而不是畜生的日子。

"我的母亲被平措头人拖死后，我把阿妈的尸体背回来，她膝盖以下的皮肉全都不见了。我看见了阿妈裸露在外的骨头，不是黑的，是白森森的啊！几年以后，我抓到平措头人，把这个家伙也拖在马后，在山道上从中午一直跑到太阳下山，我也把他拖到骨头都露出来了。我要看看，他的骨头是否比我阿妈的白？尊贵的土司老爷，我发现，你们的骨头也不咋样啊！"

他终于被激怒了，狠狠地说："要不是你是我的儿子，在我面前说这样的话，早被割了舌头了！"

我说："哦呀，谢谢你的慈悲。我的头还没有被砍下来之前，请听我继续说下去。"

"说吧说吧。反正酒还没有喝完呢。我真是造孽，弄出这样一个种来。"他的恼怒让他已经不知是杀我好还是不杀我好了。

"是啊，你为自己弄出一个杀你的杀手啦。"我开心地说，"从那个时候起，我就发现，我们被你们这些贵族头人骗了，被寺庙里的喇嘛上师骗了。我深信我的骨头和康菩土司的一样白，我手下的那些兄弟们，他们是偷牛贼、强盗、屠夫、劁夫，向来被认为干缺德的行业，骨头当然也很黑，还有铁匠、木匠、石匠这些靠手艺吃饭的手艺人，骨头也不高贵。但是，我想告诉你，他们的骨头和我一样，也和你一样。

"我曾经请教过一个我一直很尊敬的喇嘛上师，他告诉我说，你不要在心里有这些妄念，你要好好想想自己的来世。"

"是嘛，"他好像终于找到要说服我的理由，"上师说得对，六道轮回中有三善道和三恶趣，难道你不害怕坠入地狱的深渊吗？"

"嘿嘿，你们说的六道轮回也要分骨头的黑白吧？白骨头的人轮回到三善道，黑骨头的则轮回到三恶趣。黑骨头藏人即便轮回到来世做人，他的骨头照样是黑的，他照样忍饥挨饿。这个时候，黑骨头藏人就彻底没有指望了。我手下的兄弟们都是被轮回之苦搞得不敢相信来世的人。我们自从干上打家劫舍、杀人烧房子这个买卖以来，就做好了来世下地狱的准备。反正，黑骨头藏人今生的日子，也跟地狱里的日子差不多。"

"这个世界上最怕的，就是连地狱都不害怕的人。"他嘀咕道。

他总算认识一个强盗的内心了。实际上我知道，从他让仆人们在火塘边摆上酒、牦牛肉、羊腿的时候，他的杀手们就埋伏在房间外面了，不会少于二十个。在楼下，刽子手已经在喝酒。他们一定在想，今天这个强盗是要被剥皮抽筋呢，还是挖眼珠取膝盖？

我还不想在今天杀他，我还有的是时间与他周旋。康菩土司从前多威风啊，他出门的时候，百姓们远远地跪在路边，只能吃他马队后面的灰尘。现在，你看到了，在一个黑骨头的强盗面前，在一个要杀他的儿子面前，尊贵的土司老爷也像一条摇尾巴的狗那样，向他乞求，为了康菩家族的荣誉，去当一个康巴人的英雄。

我对康菩土司说："你埋伏在屋外的人，该叫他们进来了。至少也让他们来喝口酒吧？"

"哦呀，那些狗崽子。"康菩土司脸上的肌肉抖动了几下，大概没有料到我也知道，有一次他的一个仇家，就是这样被乱刀砍死在他的火塘边。他嘿嘿干笑两声，"他们都是些闻不得酒香的家伙。都进来吧，看看我的英雄儿子。"

一群提刀弄枪的人畏畏缩缩地进来，这些家伙，杀一个胆小鬼，他们手里的刀枪绰绰有余，但在我面前，他们只有来敬酒的份。跟他们每人喝下三大碗酒，他们连拿枪的力气都没有了。以至于康菩土司竟然说：

"把你们的枪都留下，滚了。"

我离开土司府时，带走了康菩土司送给我的十支快枪，二十匹马。在我们这个地方，有了好枪和良马，就会有英雄好汉跟在你的身后。你可能打不出多大的地盘，也积攒不了多少财富，甚至还经常饿肚子，但快枪和快马，可以让你像个男人一样骄傲和自豪。

　　据说有个说唱艺人，拐走了康菩土司的小姨妹，还躲在洋人喇嘛那里去了。康菩土司问我愿不愿意为他去杀洋人。我说，在我们这儿，杀洋人的好汉，才是真正的英雄。我那些被打散了的兄弟，好多都跟洋人喇嘛有仇。

8　往训万民

你们往普天下去，向一切受造物宣传福音，信而受洗的必要得救。

——《圣经·旧约》（马尔谷福音16：15）

杜伯尔神父在一篇发表在教会刊物上的题为《往训万民》的文章中，这样叙述他们刚来到藏区传教时的情景——

我们在一个雨中的黄昏进入了汉藏结合部的一个不知名的村镇，就像走进中世纪的欧洲某个偏远闭塞的古堡。而我，感觉自己就像当年踏上美洲大陆的哥伦布。西藏啊西藏，请伸出你的手臂来迎接我们吧，我们给你带来了耶稣的福音！

这是一个古老的驿站，在大雪不封山的季节，每天都有几支从汉地进藏的马帮在这里借宿。马是这里唯一的交通工具，村庄的建筑低矮而灰暗，杂乱无章，缺乏布局，只是一些依山傍崖建造的土房，高不过两层；马帮经过的街道泥泞不堪，没有路灯——哦，忘记了，这是一个不知爱迪生为何人的世界，到处充满牲畜粪便的气味。人们站在低矮的屋檐下麻木地看着我们的马队。带枪的牛仔穿街而过，不知法律和文明为何物，异教徒还在他们的谬误中耀武扬威。看看村镇最高处那气势非凡的寺庙，你就知道佛教徒的势力在这个地方有多么巨大。

一路上为我们服务的马帮们是一些遵循传统的人，他们在哪里宿营歇脚，在哪里埋锅造饭，在哪里磕头烧香，在哪家客栈喂马会情人，都不会三心二意、见异思迁。但不巧的是，他们往常寄宿的客栈，竟然被几天前的一场泥石流摧毁了。据说这里经常发生这样的山难。地势太陡峭了，小小的村子逼仄在一条山沟里，天知道人们为什么要在这里生活！

　　更糟糕的是我们找不到可以住宿的地方。村庄里的客栈太有限，往来的马帮又多，加之大雨连绵。罗维神父打趣地说："我们应该从欧洲出发时就预定好房间。"

　　马帮头领将我们安排在村边一个颓废的破庙里，据说它曾经是本地佛教的另一个派系苯教的寺庙，后来当地人改信格鲁派的黄教了，这寺庙也就凋败了。只有主耶稣才知道这里曾经盛行过多少异端邪说！但这是今晚村子里唯一可以让我们避雨的地方了，马帮们还只有在雨中的大树下对付一夜呢。

　　当我们打着火把进去时，有人指给我和罗维神父睡觉的地方。我们看见有两个人已经睡在里面了——地方太狭小，实在没有更多的空间。我对罗维神父说：

　　"有人比我们先预定了这个豪华套房。"

　　罗维神父冲那两个熟睡的身影说："对不起，打搅你们了。"

　　他们没有回应，我们也太累，就没有那么多客气可讲，大家互相挤着和衣而眠。这是一个多么寒冷的夜晚啊！除了我们外，这个发出阵阵恶臭的房间还有更多的旅客——那些一个晚上都在兴奋不已的老鼠，有几次它们都猖狂到爬进我的梦里来了！

　　第二天早上天刚微亮，我就被冻醒了。借着破败的窗户上射进来的晨曦，我看见我的"邻床"那张丑恶的脸——龇牙咧嘴、鼻子和耳朵都被老鼠啃去，深陷的眼窝里不知还有没有眼珠……

　　主耶稣，他们至少已经断气两天了！我大叫一声跳了起来。罗维神父睡眼惺忪地问："老鼠也咬到你的耳朵了吗？"

　　我镇静下来，为自己的过激反应感到惭愧，我对罗维神父说："起来吧，伙计，我想我们应该做一台安魂弥撒了。"

罗维神父惊讶地坐起来，问："谁死了？"

"我们的'邻床'。"

露宿在外面的马帮也被我们惊醒了，马帮头领进来看看，没有表示更多的惊讶，似乎这样的情况于他们来讲习以为常。他说：

"他们可能为强盗所杀，也可能是路途中的饿死鬼。"

死亡、苦难、冷漠、无人牧放的羔羊啊！没有人来为他们祈祷，更没有祭司来为他们行敷油圣事，引领他们可怜的灵魂。我们要求马帮们帮忙，为这两个无名死者下葬。他们竟然说，把他们扔到山头上就是了，天上的鹰会来吃他们的肉，带走他们的灵魂。"主啊，这是一个多么冷酷的民族！"我当时忍不住愤怒呼叫。

马帮头领是个有着汉藏血统的人，他镇静地说："老爷，这不是冷酷。这是我们的天葬。"他还说只需要找一个专行此事的人，付给他一点钱，他会把死者剁碎后喂鹰。我想我那时差不多要呕吐了。

与死人相伴而眠，还不是我们初到藏区时最难堪的。许多人家看到我们远远走来，就赶紧关门闭户了。有一次我刚向一户人家提起我主耶稣，一盆冷水竟然飞出来泼了我一身。

在野蛮人面前，宽恕、忍耐和爱是我们战胜愚昧的法宝。我镇定地站在比那盆冷水还要冰冷的人家面前，不失尊严地说："我只是为你们的灵魂而来。请不要忘记，人总不会拒绝诚恳和仁爱。几时你们对我有信心了，我们就来讨论天主。"

"难道我们带来瘟疫了吗？"罗维神父这个时候还不忘记幽默。

"对他们坚守了一千多年虔诚的谬误而言，我们带来的福音，的确是'瘟疫'。"我回答道。

…… ……

这篇文章无论在传教会还是在杜伯尔神父的家乡瓦莱省，都引起很大的震撼和同情。瑞士国圣伯尔纳多修会第一次担负向中国派遣传教士的使命，而且还是去西藏，这让这个修会感到无比自豪。在中国西南部腹地深处的四川、西藏、云南结合部地带，法国巴黎外方传教会在那里已经经营了七十多年，十几位传教士付出了生命，但是却进展缓慢，耶稣的福音在强大的藏传佛教面前，一直只能在西藏边缘的康巴地区徘徊。

在梵蒂冈教廷传信部的协调下，圣伯尔纳多修会从法国人手中，接受了在滇藏结合部传教的使命。因为他们的修道院就在阿尔卑斯山脉海拔四千多米的马特峰下，其修生们具备在高山地区传教的经验，就像罗维神父一样，他们擅长登山，还酷爱滑雪，西藏的雪山上也许用得着他们这个特长——罗维神父的行囊里甚至还带了一副滑雪板；更因为他们渴望赢得"殉教"的光荣。法国人告诉梵蒂冈教廷的官员们，在西藏这片众神居住的土地上，许多地方都可能成为前去传播主耶稣福音的神父们的"殉教之地"。

杜伯尔神父和罗维神父同来自阿尔卑斯山脉里的玫瑰村，两人从中学起就互相竞争，曾经共同喜欢上了一个美丽的姑娘露西亚。在往昔年少轻狂的岁月里，露西亚曾经是他们共同期望呵护的天使，但是圣召让他们都选择了放弃这段青涩的爱情。中学毕业以后，两人竟然都进了神学院。当杜伯尔知道罗维也喜欢露西亚时，就自卑地承认：自己不是罗维的对手。不说别的，单说罗维那一身滑雪的好技能，也让故乡的人们赞叹不已。他的高山速降成绩在瑞士国也名列前茅，人们都说，如果不是第二次世界大战，罗维可以代表他的国家去参加奥运会了。加之杜伯尔神父家中兄弟姊妹多，经济较为贫困，上神学院可以为家里减轻负担。而当他在神学院看到也来报到的罗维时，他实在弄不明白这个大个子心中是天主的召唤重要，还是露西亚的爱重要。而更神奇的是，他们两人还同时被派到藏区传教，做教堂村的副主教古纯仁神父的助手。仿佛天主的计划就是要在争强好胜的杜伯尔神父面前树立一个不可战胜的强劲对手，让他一颗骄傲的心不断受挫。

杜伯尔神父是个气质沉郁而固执于善的人，他或许更适合于去当一个悲天悯人的忧郁诗人，但他又有强烈的英雄情结和浪漫情怀。在《往训万民》这篇文章中，杜伯尔神父还向欧洲的读者描述了美丽的教堂村和他对副主教古纯仁神父的印象——

教堂村离阿墩子县城大约有两百公里，这个峡谷地带的村庄看上去和我们的玫瑰村几乎惊人地相似，连天空中清新的空气和大地上泥土的芬芳以及牲畜的气味都是一样的。它位于河谷上方的几处缓坡上，藏式民居在核桃树、柿子树、白杨树的掩映下，宁静安详得能听到炊烟移动的脚步；田畴呈规整的阶梯状向上延伸，掩映在云雾中，可以凭此看出这个村庄的勤劳；山坡上散见的牛羊、悠扬清脆的牧歌让我好似看到往昔作为牧童的小杜伯尔。我第一眼看见教堂村的时候，以为已经站在故乡的大门前。不，是天国的幕帐已经在这片土地上缓缓打开。

令人尊敬的法国巴黎外方传教会的古神父在村子外面迎接我们，还有那些热情的教友们，使我们一下感觉就像来到主的国。目前这里已是峡谷地区的宗座监牧教堂，古神父作为教区副主教，在这里领导几个传教点的神父们。这是一个隐忍淡定的好神父，一个六十三岁的好老头儿，一个绝不后退的斗士。他的法国同僚们大多回到了欧洲或转到其他条件较好的传教区，但是他选择了留下——他在这个充满危险和仿佛是世界最遥远的村庄，已经为主耶稣在西藏的光荣奉献了三十多年了！对于这样一个早就过了退休年龄的老神父，教会多次催促他回欧洲颐养天年，但古神父的回答是：我的墓地在教堂村，这是一个神父最后的岗位。

可敬的古神父见到我们的第一句话是："欢迎来到教堂村，让我们一起来做西藏的脚夫吧！"

我们的圣堂位于村庄的中央地带，是一座巴西里卡式风格的建筑。如果歌德称赞科隆大教堂为"人类文明进程的一部文献"，雨果形容巴黎圣母院是"一个巨大的石头交响乐"的话，我眼前的这座教堂，我情愿称它为"基督福音在藏地的前哨"。

它并不奢华，但在四周低矮、朴素的藏式民居中显得十分突出。巍峨的钟楼在前，矩形的主堂在后，远远望去像一艘驶向东方的战舰。钟楼前方有一个规整的中式四合院，由两层楼房组成，二楼南北两侧的厢房分别是神父们的宿舍和教室，楼下是厨房、储藏间、马厩以及仆人们的房间。——噢，人们揶揄说，在这里的欧洲人都是富人，因为他们是雇得起仆人的人。可是，如果没有这些朴实、勤劳、忠诚的藏族仆人，神父们不要说难以开展传教工作，可能早就饿死啦。

从古神父身上，我们开始慢慢学做"西藏的脚夫"，这需要怎样的谦卑，怎样的忍耐啊！古神父告诉我们，在康巴藏区，需要用最古老的方式来传教，即"谦逊地走进每一户人家，做他们忠诚的仆人"。康巴藏人是个骄傲又敏感的民族，外表强悍似匪徒，心灵纯洁到脆弱，就像这里一些土质疏松的山坡，任何一点微风细雨，都可能引来一场山崩。而一旦你坚固了他的心灵，他就是一座巍峨的高山。

有一次，我和古神父去探访一个猎户。他一直拒绝接受我们的信仰，认为他们的神山保佑他每次出猎都有所收获。可是这个老猎人大约患上了肺结核，他的妻子来到教堂村，请我们去看看她丈夫还有没有救。我们到时，老猎人刚刚猛烈地咳嗽了一通，我看见女主人用一个木碗去盛病人吐出来的带血的浓痰，她看见我们来后，便将这个木碗里的痰倒了，顺手用一块肮脏的布随意擦了擦，便倒茶给我们喝。我看见古神父几乎没有犹豫，就在女主人期待的目光下将那碗"茶"喝了。我也只好闭着眼睛把它喝了下去。

我们由此赢得了这户人家的心。

有许多藏族人是因为贫穷和苦难而接近我们，走进了教堂，天国的大门总是为他们而敞开。"苦难让人们离天主更近，祈祷让穷人充满活下去的希望。"这是我母亲从小教育我的话。藏族人从不畏惧任何苦难，他们只是需要一些能够与他们共享苦难的支持和怜悯。尽管这里没有什么是令人感到舒适的，似乎在这里，苦难就是生活的全部。甚至一桩爱情，也充满了磨难和血腥。前些天一个行吟诗人和一个贵族小姐逃亡到我们的教堂村。那个诗人被打得不成人样了，这场在本地不合时宜的爱情足以让一个作家写出一本精彩的小说。我经常不明白的是：这个看上去很古朴、保守的民族，却有着欧洲人的浪漫精神。

在藏区的教堂村和瑞士瓦莱省的玫瑰村之间，通过一个经常喝得醉醺醺的邮差，将两个相隔遥远但又有着千丝万缕的思念的村庄联系起来。不过这个叫阿措的家伙常常忽略神父们等待家书的急迫心情，他要么在送信的路上顺路去探访亲戚，要么可能醉卧在某棵大树下几天几夜。他完全不知道，他每次来到教堂村，都是神父们的节日。

就像在这个慵懒的下午，杜伯尔神父揣算应该是邮差阿措到来的日子——实际上三天前他就该来啦。可是夕阳已经染红了峡谷对岸的雪山尖，杜伯尔神父还没有听见村庄外那熟悉的狗叫。只有回响在教堂里的肖邦的音乐，把一个单调寂寞的下午弹奏得更加漫长。

罗维神父从走廊外面踱进杜伯尔神父的房间，见他神情低迷的样子，就问："嗨，你在等那个酒鬼的脚步吗？"

杜伯尔神父坦率地承认："这个醉醺醺的家伙，有十二天没有来了。"

罗维神父其实也天天在盼邮差，他刚刚写完两封信，一封写给家里，一封写给露西亚。他看见杜伯尔神父的桌子上也摆放着一摞已写满字的信纸，他不用问就知道是写给谁的。当然，远在故乡的姑娘露西亚也总是同时给两个年轻的神父写信，既鼓励他们的信德，又温情地消弭他们浓郁的思乡之情——不过很多时候结果可能恰恰相反。当两个年轻神父读完信后，都可以从对方脸上看到满足和幸福，眷念与忧伤，但是他们谁也不向自己的同会兄弟指出。主耶稣看得见，在今后漫长的艰难岁月里，这两个神父总是把自己的命运，和对方的幸福与苦难联系在一起。

"我甚至怀疑，如果我们不送点酒去半路上迎接，那个邮差永远都不会出现在教堂村。"罗维神父叼着烟斗，望着远处的山冈，一条绳子般的驿道飘向云端深处。

杜伯尔神父看着罗维神父的空烟斗，知道他的烟叶又抽完了，他把自己烟袋里的烟叶分了一撮给罗维神父。这种本地教友自己种植的烟叶味儿十分辛辣，堪比美洲的雪茄。大约从来到教堂村后不久，他们就开始学会了吸烟，这是一个无奈之举。不是因为他们好这一口，而是在闻教友们的臭味儿和吸烟之间，神父们情愿选择后者。尤其在做弥撒时的教堂，近百名教友挤在大堂内，汗味儿、牲畜味儿互相混杂，实在令人头晕。教友们大多长达几周甚至数月不洗澡，身上和牛羊一个味道。他们几乎每天都是早上干一阵子农活，才来望早弥撒，晚上放下农具、圈好牛羊后，再来做晚祷。他们衣衫破败褴褛，身子肮脏酸臭，但心灵却纯洁朴实，至美至善。作为供奉神职的神父，他们关注的是人们的心灵，难闻的气味儿，倒是可以找到法子克服的。

"唉，这真是一个把生命耗费在酒和路上的民族。天主离他们有多么遥远啊！"杜伯尔神父感叹道。

"我们来了后，他们的天国就近了。"罗维神父说。

"可是我们现在连自己的本堂都没有，似乎我们来这里只是为了学说藏话。"杜伯尔神父抱怨道。他们当初来到藏区时，踌躇满志地认为可以立即当一名令人自豪的本堂神父，可是却被教会告知，眼下的藏区没有那么多的堂区，许多传教点在藏族人的反对下，都收缩了。他们在教堂村待了一年多，唯一的收获就是学会了藏语。

"伙计，不要着急嘛。"罗维神父说，"我想，中国政府如果打败了日本人，有力量来治理藏区了，我们这儿的治安状况就会好起来的。那时，也许传教会的神父都不够派遣呢。"

杜伯尔神父答非所问："有一天我从学校回来，忽然问我的母亲：'妈，将来我长大了，做神父好还是做警察好？'我母亲回答说，'警察是定人罪的，神父是救人灵魂的。'亲爱的罗维神父，你瞧，我们现在肩负主耶稣神圣的使命，却在全世界最遥远的乡村教堂里听肖邦的音乐，和藏人一起喝他们的酥油茶。主啊，什么时候他们才会把自己的灵魂交给我们？"

"噢，亲爱的杜伯尔神父，不要着急。世界上最美妙的事物，总是从慢开始，并且越来越慢。我一直想问你一个问题，你的圣召产生于哪一年呢？"

"大约四五岁吧。"杜伯尔神父还沉浸在怀旧里。

"哈哈，我还以为你是要跟我对着干，才去修道院的呢！"罗维神父用大哥对小弟弟的豪爽说。

杜伯尔神父脸上一下不自然起来，他知道他们心中又都想起了露西亚。许多年以后，罗维神父才会明白，杜伯尔神父并不是要和他对着干才发愿做一个清贫的神父，而是因为他对露西亚深藏不露的爱。有种爱，只是一场永恒的守望。离得越远，时间越久，守望得越深。

上个月他收到母亲的一封来信，母亲在信中对他说："自从你走后，今年我们就没有心情过圣诞节了，除非等你回到家乡。"

杜伯尔神父想，圣诞节就要到了，不知家乡的人们都在做些什么样的准备呢？母亲肯定是不会去参加圣诞舞会的了，她会独自在家为我祈祷的吧。尽管这里离天国更近，是一个神父履行圣职的地方，但面对家书，他的眼泪还是不止一次流淌出来，为远方的故乡亲人，为离别万里的姑娘。而每当情绪平息之后，孤独的神父又常常在心中忏悔，请求天主的原谅——不应该这样将自己个人的情感置于爱天主之上。

杜伯尔神父的母亲是阿尔卑斯山脚下一个善良而平凡的农妇。家中兄弟姊妹众多，经济拮据，一年下来，家里没有人饿死，大家就心怀对天主的感恩。杜伯尔神父曾经对教堂村的藏族教友说："我们的童年清贫得只有依靠天主的怜悯。于我可怜的母亲来说，生活只不过是一场和贫困、饥饿、税收、债务这些人间漫长苦难的较量，是一个人默默的奉献和坚韧的牺牲。苦难让人们离天主更近，祈祷让穷人充满活下去的希望。"开初那些教友们还不相信，可是当他们看见杜神父也会做下地收割青稞、到牧场上放牧、给马厩出马粪这些农活时，他们从啧啧称奇，到充满同情，再到敬佩：神父们原来也是农人出身，跟我们不一样的是，他们心中有天主，并要求我们也要有。

其实，杜伯尔从小就渴望改变自己的命运，做一个体面的人。他是那种从不轻易言输的家伙，出身的卑微让他试图以一个神职人员的虔诚、克己、奉献、冒险来赢得家族的荣誉，改变自己的命运。按他的话来讲就是：以额角的汗珠，来挣得天国的光荣。而到西藏来传教，是走向这份光荣的最佳捷径。

9 劫梦纪

异乡的月亮啊，

请照着我的爱人，

让我看清她可人的面庞。

异乡的乌云啊，

请让一让路，

我的歌声里不能没有月亮。

——康巴藏区情歌

一只青蛙在宁静的湖边沼泽地甜美地唱歌，它的声音清脆而单调，有些像夏天的蝉鸣，又有点像牧场上孤独的牧羊人的歌声；它的周围，鲜花齐人的大腿高，红的、黄的、紫的、白的，一直铺展到湖水边缘……

有一条青色的蛇潜伏在花丛中，用脉脉含情的小眼睛打量着这只青蛙。蛇在想：它唱得多好听啊。等它唱完了，我再一口吞吃掉它。

青蛙知道了蛇的心思，它已经逃不掉了。于是青蛙拼命地唱，将心中的歌儿从日升唱到月落。

有一只鹰从天边飞来，鹰背上骑着一个身穿白麻布衣裳的人。他像驾驭一匹战马一样在云端驰骋；它从青蛙和蛇的上空飞过，越飞越低……

很多的夜晚，央金玛就做这同一个梦。青蛙，蛇，骑鹰的白衣人，他们就像她梦里的朋友，总是在后半夜至黎明时分，准时来到她的梦里。甚至有些时候，她还能和他们对话。

每当央金玛从这不知是吉祥还是凶兆的梦里醒来时，扎西嘉措总是守在她的梦边。他已经基本康复了，只是行走还有些困难。他们住在教堂前四合院楼下的一间小屋子里，神父们住在他们的楼上，托彼特在他们的隔壁。央金玛总是说，要是这里有个会说梦的喇嘛就好了。他们总有办法说清楚人们梦里的东西，吉祥的梦带来的好运，就给人留住，而噩梦就念经禳解，比如可以把喇嘛上师加持过法力的东西在睡觉前放在枕头下，厄运就被赶走了。

扎西嘉措告诉她："我们现在的日子，不会再有喇嘛上师了。因为他们是跟康菩土司站在一边的。"

央金玛眼睛里便现出深深的忧虑。她不是扎西嘉措这种哪儿黑哪儿宿的天涯浪子，生活环境的改变还一时让她不太适应。尤其让她在扎西嘉措面前也难以启齿的是：每当那个骑鹰的白衣男人出现在梦里，或者在天上跟她说话时，她常常发现自己一丝不挂。有一次，这个男人还从她裸露的胸前强行摘走了一朵盛开的花儿。

其实，见多识广的扎西嘉措知道，按喇嘛们的说法，青蛙和蛇出现在女人的梦中，是女人怀孕的征兆。可是自从他受伤以来，他有三个月的时间不能和央金玛像在康菩土司的核桃树上那样风流快乐了，尽管央金玛天天陪在他的身边，他们只是静静地依偎在床上，任由双方湿软的手，相互温存。一个抚平对方身上的累累伤痕，一个舔尽爱人脸上满脸的泪珠。

扎西嘉措去问过罗维神父，梦里的青蛙和蛇以及天上的鹰，在耶稣那里怎么解释？罗维神父沉吟半晌才说："毫无疑问，蛇是邪恶的象征，它带来了人们的原罪；青蛙和鹰嘛，嗯，我认为，它们如果不是梦中的天使，就是现实中的朋友。"

"那么，那个穿白衣服的人呢？他是魔鬼还是天使？"扎西嘉措追问道。不知为什么，他认为老是出现在央金玛梦里的这个家伙，不是他自己，而是他的某个暗中的敌人。

"我亲爱的扎西兄弟，"罗维神父说，"为什么不和你的爱人一起，跪在耶稣的圣像前忏悔自己的罪过呢？我相信，这有助于赶走央金玛梦里的魔鬼。请接受我们神圣的洗礼吧，领受圣体、享有圣灵的人，天使会出现在他的身边。"

"你们所说的天使，就是我歌中的爱神吗？"

"爱神？"罗维神父说，"噢，我的朋友，信仰就是爱。耶稣基督为了爱我们，把自己都挂在十字架上了。难道还有比他更具备爱心的神吗？"

关于是否要信奉洋人的宗教，扎西嘉措持无所谓的态度。他和央金玛私下里讨论过这个问题。他感到央金玛虽然感谢洋人神父救了他们的爱，但要她自愿跪在洋人的神灵前，好像还有许多的障碍。这就像你贸然去认一个刚结识不久的男人为父亲。

但是托彼特告诉央金玛：要享有天主的护佑，首先要把神父们当成我们的父亲。虽然亲生父母把我们带到这个世界上，但神父却引领着我们的灵魂上天国。就是这样。

央金玛曾经问扎西嘉措，那个骑鹰的白衣男人是不是在他们相恋时出现过的爱神？过去听说过潜心修佛的喇嘛上师能见到在天上飘飞的人，但凡尘中人，是很难修到这样的佛缘的。扎西嘉措对此的解释是：修行的喇嘛上师见到他们的佛，正如深爱的人也会得到爱神的护佑一样。神的天空里也有爱神的席位，说不准哪天就撞上他了，不是在梦里，就是在月光下。

可是，真正把央金玛的梦照亮的，却是一个风雨交加的夜晚映红教堂村的火把。央金玛奇怪的是先是梦中的青蛙被一团火燎着了，青蛙倏然不见了踪影；然后是那条青蛇，它在红色的草丛中逃窜，身体很快就被烧黑了；而天上却是火烧天般的绚烂，使她想起童年时看见的一场烧了半个多月的山火，大地和天空都是血红色的，连澜沧江里流淌的都是红色的江水。

央金玛在梦里感叹：好大的火啊！

扎西嘉措喊她："央金玛，快跑！他们攻破教堂村啦！"

于是央金玛懵里懵懂地随着大家四处逃窜，她看见神父们也衣衫不整地随着村民们东躲西藏。杜伯尔神父在慌乱中找自己的眼镜，像一个瞎眼老奶奶在屋子里捉一只到处乱飞的鸡；老神父古纯仁上衣都没有扣好，露出干瘪苍老的胸膛；而罗维神父脚上只有了一只靴子，手拿一支洋枪，却不知道往哪里放枪。这些洋人神父平常总是衣衫整洁、一丝不苟，像有教养的贵族。只有在梦里，才可以看到神父们原来也有狼狈不堪的时候。

还有许多在梦里看不到的情景呢。一队队康巴骑手从梦的深处冲出来，试图抵抗的人眨眼就被他们冲倒了、砍杀了……到处是孩子的哭声，女人的尖叫声，男人们格斗时的喘气声，以及刀与刀相撞时血脉贲张的呐喊。

反抗很快就结束了，因为神父们已经被制服，被刀枪逼到教堂大门外的一棵大树下，教堂村的村民也像牛羊一样地被圈在一堆，瑟瑟发抖。央金玛被扎西嘉措的手紧紧抓住，她感到他的手冰凉。她想：赶快醒来吧。这个梦又意味着什么呢？明天好好问问扎西哥哥，梦中的他为什么手会是冰凉的？

四周都是燃烧的火把，火光映衬着场地中央那些仿佛是传说中的好汉，看上去冷漠又凶悍。一个年轻人被好汉们簇拥着来到神父们的面前，他高大健壮，头发蓬松鬈曲，不太浓密的胡须随意地飘在那青春的脸上，他的眼窝深邃，目光犀利，但与其说让人感到害怕，不如说将人吸引。如果说扎西哥哥的眼睛里总是盛满柔情让人骨头发软的话，这种野性十足的眼光，则让人找不到自己了。

"不要紧张，今天还不到杀你们的时候。"那个强盗首领懒洋洋地说，似乎杀洋人神父这样天大的事，不比宰杀自家牧场上的牛羊更复杂。

身材和那个强盗一样高大的罗维神父挺直了身子，尽量保持着自己的尊严，他把古神父和杜神父挡在身后说："如果你需要财富，也许你走错了地方。我们是穷人的教会，这里没有你要掠夺的。"

强盗首领用手里的马鞭不断拍打着自己的手心，潇洒得像一个指挥千军万马的将军。他围着神父们转了一圈，仿佛在欣赏自己的猎物价值几何。"你们没有多少钱财，我好像也知道一点。洋人老爷，谁叫你们管了别人的闲事呢。"

罗维神父说："我们是瑞士国来华的传教士，是为你们的灵魂而来，把耶稣的福音带给你们。这是主耶稣交给我们的使命，不是闲事。"

"哈！我们的灵魂要你们来操心？笑话！"那个强盗回头对他的那帮弟兄

说，"你们愿意把自家的灵魂交给这个洋人魔鬼吗？"

回答他的是一阵阵吐痰声和讥笑声。

"你有一个堕落、邪恶的灵魂。天国近了，罪人！现在悔改还来得及。难道你不怕地狱的烈火吗？"杜伯尔神父忽然高声说，连罗维神父都为他的鲁莽而担忧。

强盗首领把腰间的盒子炮抽出来，顶住了杜伯尔神父的太阳穴，"你们的地狱我不知道，如果你认识路，"他打开了扳机，"就请尊贵的洋人老爷走在前面吧。"

"请等一等！"罗维神父高喊道，"生命比钱财重要，灵魂又比生命重要。骑士，我们不是老爷，是来帮助穷人的传教士。万事好商量。"

强盗首领转过头，用枪指着罗维神父，"你叫我什么？"

"骑士，"罗维神父镇静地说，"在我们那里，骑士是指那些扶弱济贫、勇敢而有教养的武士。"

"噢，骑士……"强盗首领似乎在口渴时猛然咽了一块冰，既感到舒服但又被噎得有些难受，这让他收起了枪。但他不是一个轻易就交出一颗骄傲的心的人，他强作自负，"我可没有你说的那种教养，我连天上的星星都数不清呢。你得还给我两个人，我要带他们走。"

罗维神父说："这里都是主耶稣挑选的子民，受我主耶稣的神授与护佑。我们不会让你带走任何人的。"

"我可不管你的主子是谁。我只要带走我的人。一个叫扎西嘉措，一个叫央金玛，叫他们出来，跟我走。"

罗维神父说："你没有权利带走他们。我们不会答应的。"

强盗首领给了罗维神父一拳，把他打倒在地。然后他让手下的人把神父们都捆起来，吊在树上。被圈在另一边的村民们骚动起来，想过去救他们的神父，但是强盗们用枪和刀把他们逼了回去。

央金玛直到听见那个强盗首领叫出她和扎西嘉措的名字，还在自己的梦里挣扎。快醒来吧，强盗们把好心的神父都吊起来了。即便是在梦中，我也不愿意他们为了我和扎西哥哥受苦。

但是她始终醒不过来，眼前发生的一切仍在继续。不像有些梦，当你的心实在承受不了时，噩梦忽然就结束了，你最多只是惊出一身冷汗。

神父们已经在挨皮鞭抽打了，教堂村的人们在嘤嘤哭泣。央金玛想：让这个噩梦早点结束吧。

央金玛从人群中站了出来，"哎，那个强盗大哥，不要打神父们了，我是央金玛。我跟你们走。"

在央金玛的梦外，强盗首领格桑多吉提着马鞭，大踏步走向央金玛。在快要走到她的面前时，他好像是绊了一下，竟然一个趔趄，半跪了下去。

"大哥——"他身后的兄弟一片惊呼。

格桑多吉有些狼狈地爬起来，他眼睛里的目光一下就被冻住了——既让他看不清脚下的路，也看不见今后人生的路。

他看见了央金玛那张美丽清纯的脸，还有她梦游一般的眼睛。

"你……你叫我大哥？可、可我只是一个强盗。"他竟然有些害羞，不断用马鞭敲打自己宽大的手掌，而他的眼睛还被那张脸上惊世骇俗的美丽所封冻，连眼皮都忘了眨了。

"大哥！"他身后的一个兄弟喊。因为如果他不提醒格桑多吉，太阳都要出来了，尽管现在星星还很亮。

"哦呀！"现在是格桑多吉开始做梦了。他费劲地转过头来，环顾四周，却什么也没有看见，眼前只有那姑娘幽怨的、圣湖一般明澈的眼睛。他有中了一枪的快感。过去，那一枪打在他的肩膀上，把他打下马来；现在，这一枪重重地打在他的心窝处，刚才只是让他摔了一跤，已经是个奇迹了。

"大哥，我把她捆起来吧？"他旁边的兄弟群培说。

"昏头鸟！"格桑多吉重重抽了群培一马鞭，打得这个兄弟莫名其妙，所有的人也都蒙了，呆呆地看着这个不可一世却又深陷梦境中的强盗首领。

"那个、那个拐走她的家伙呢？"他终于有些清醒了，用马鞭点着群培问。

"他早离开这里了。"央金玛说。

"哦……"格桑多吉心事重重地说，"那就请上马吧姑娘。"

"你要把我交给我姐夫吗？"

"唔，可能吧。抱歉，我受人之托，要讲信义。"格桑多吉低声说。

"我不会跟你走的。"

"那他们就要把你捆在马背上了，姑娘。"他并不是在威胁她，倒好像是在劝导。

"我宁愿现在就死在你的刀下，也决不回到康菩土司那里。"央金玛厉声说。

格桑多吉怔住了，不是因为央金玛刚才的话，而是他看见一个俊美的青年男子此刻站了出来，来到央金玛身边。"我是扎西嘉措。好汉，拜托了，让我和她一起死吧。我向神山为你祈求：杀死我们不会让你下地狱。"

格桑多吉忽然感到自己长得太丑了，天下竟然还有如此俊美的男子！面对这样一匹骏马，所有的男人在漂亮姑娘面前都缺乏自信。

"你可真是个从月亮上走下来的家伙。"格桑多吉围着扎西嘉措转了一圈，语调有些阴阳怪气。

"你什么意思？"扎西嘉措问。

"不是谁下地狱的问题，而是谁可以永远生活在月亮上。"格桑多吉回头对身后的兄弟命令道，"把他捆起来。"

"不！"央金玛紧紧地抱住了扎西嘉措，就像那天她勇敢地挡在康菩土司的刀枪前一样。

格桑多吉看见了一双哀婉凄迷的眼睛。这样的目光让他冰川一般坚硬的心，一下融进了太阳的温暖里。仿佛有个神灵在引领着他，校正着他，让他在这凄美的目光前，不再坚守一以贯之的冷漠、血性，而是低下高傲的头颅，谦卑地呵护并目送一棵随风飘来的蒲公英远去。

"让开，姑娘。"格桑多吉用近乎温柔的口吻说，然后又用马鞭指着扎西嘉措，"要是你不愿意回你姐夫家，这个家伙可跑不掉。"

扎西嘉措直视着格桑多吉，"《好汉红额头格桑》，这是我为你写的一首歌，我在雪域大地好多地方都唱过。"

"你说什么？"现在轮到格桑多吉不明白了。

"我早就认识你了。一个说唱艺人知道大地上所有的英雄故事。"

"哦呀……"格桑多吉有些不知所措了，好像承受不起这么大的荣耀，他的语气里少了些傲慢，"原来你就是那个说唱英雄故事的家伙啊。我可不是人们口中的英雄。"

"现在不是，但在我的歌声中是。"扎西嘉措说。

"噢，难道你歌声中的我不是现在的我吗？"格桑多吉竟然好奇地问。

"在我的歌里，就像那个神父说的，你是一个杀富济贫、行侠仗义的骑士。可是啊，我没有想到，"扎西嘉措轻蔑地说，"你原来也不过是土司贵族的奴才。"

格桑多吉怔住了，拿马鞭的手臂僵硬得既抬不起来，也放不下去。他不怕下地狱，但却是为骄傲而活着的人。扎西嘉措的话，和那姑娘的目光一样，都打在他灵魂的最柔软处。

他手下的兄弟都是些机敏听话的家伙，老大不下命令，他们不会动粗。可他们感到费解的是：老大今晚兴师动众地带他们杀进教堂村，洋人神父也吊起来了，要找的人也抓到了，他却像在做梦。

因为他们听见格桑多吉嘀咕道："狗崽子，我真不该答应干这活儿。"

然后他梦游一般跨上了自己的战马。

"大哥，这两个人……"他身边的兄弟群培问。

"你这个家伙，难道不怕人家把你唱成一个魔鬼吗？"格桑多吉用马鞭指着群培骂道，"走啦，骑士们！改天我们再来听这个家伙唱歌。"然后他兀自打马跑了。

就像一场骤雨袭来，来时毫无防备，去时云开雾散，强盗们在一阵狂乱的马蹄声中消失在黑暗里。神父们被教友从树上放下来，杜伯尔神父说："我以为人子的光荣就要来临了呢。"年迈的古神父揉着酸痛的肩说："我的孩子，还不到时候。这样的事情，只是我们的邻居跟我们开的一次小小的玩笑。"

罗维神父帮古神父察看伤情，"一个西藏的罗宾汉，不是吗？"

杜伯尔神父说："他可真是一个不可思议的强盗，但愿我们能赢得他的心。"

央金玛的噩梦好像还没有醒，她呆呆地站在空地上好一阵，才问她的扎西哥哥："这不是梦吧？"

扎西嘉措安慰她道："噩梦结束了。不要怕。"

"可是，可是，我怎么还没有醒来呢？"

"天亮了就好了。我们去谢谢神父们吧，今天不是他们，我们就完了。"

央金玛忽然打了个哆嗦，抓住扎西嘉措的胳膊问："那个强盗，穿的是白色的衣服！"

扎西嘉措奇怪地看着她，不明白她脸上的惶惑和惊恐。仿佛她的心，正在被某个梦中的强盗一把掠去。

10　顿珠活佛一书

诸友伴，如来身者从百福生，从一切善法生，从无量善道生。

——宗喀巴《菩提道次第广论》（卷十·学菩萨行）

我们这些寺庙中的修行者，一生都在追求世界上的大善，都在跟自己的凡夫心搏斗。即便是我这个被尊称为佛的人，也有一颗肉体凡胎的心啊。

因此，当我的父亲低着头、躬着身，退出我的禅房时，我看到了他花白的头发、佝偻的背。我当时心里阵阵发酸，父亲变矮了。

在世俗世界里，没有人比康菩土司更高大；在这里，没有人比我更高贵，尽管我只是一个十四岁的孩子。哪怕是我的父亲康菩土司，如果我不赐座，在我面前也只有跪着。刚才他跪着请求我，让寺庙发兵去攻打澜沧江下游的教堂，他说那些洋人喇嘛最近太猖狂了，连权倾一时的康菩土司家的人都要抢。

我却想对他说，阿爸，请带我去一次高山牧场吧，夏季牧场的花儿都开啦。

哦，对了，我该向你们追忆一下我的来历。作为一名荣幸地继承前世活佛身、语、意的转世灵童，我的生命从一开初就带有神的烙印，佛的使命。尽管活佛是来到人间为众生承担一切苦难的佛，但他也是从母体降生。我生于峡谷地区的贵族世家康菩土司家族，在峡谷地区，无论是朝廷还是西藏地方政府，都对康菩土司尊敬有加，甚至连掌管神权的寺庙，也对这个大施主非常恭敬。本地的藏族民谣中有这样一段歌词：

> 雹神巡行到康菩家的上空，
> 喇嘛的咒语齐声吟诵。
> 这是魔鬼也不敢涉足的土地，
> 请把你的忿怒降到佛法的敌人那边。

峡谷里最年长的老人都可以面向卡瓦格博神山发誓说，从他们爷爷的爷爷那一辈起，澜沧江西岸康菩家族的领地就从来没有下过冰雹。

峡谷里最年长的老人也可以告诉人们，康菩土司的三少爷出生时，是个大雪纷纷的冬天，但随着婴儿的第一声啼哭从土司大宅里传来，天空竟然出现了彩虹，架在澜沧江两岸，仿佛一座跨越澜沧江的彩色之桥。有人看见彩色的雪花，捧在手上竟然变成了花瓣；还有法力深厚的喇嘛上师看见空行母在雪后初霁的蓝天中飞翔，不是一个而是无数，她们的歌声曼妙悦耳，醉人心脾。那是一个吉祥的冬天，甚至连人们屋顶上的冰雪都还没有融化，峡谷里的桃花就开了。

这些传说并不是我杜撰的，你去问峡谷地区的任何一个藏族人，他们都相信，并会告诉你，这就是一个活佛转世的种种吉祥征兆。

在我四岁多时，岗巴寺的高僧益西堪布来拜访了我的土司父亲，回到寺庙后他就向峡谷里的僧俗宣布：八世顿珠活佛的转世九世顿珠活佛，已被确认为尊贵的康菩土司家族的三少爷康菩·罗布旺丹。

从那个时候起，罗布旺丹少爷就被尊称为顿珠活佛了。我被迎请到寺庙，由益西堪布精心培养。既训练我的佛学知识，也开始书写一个活佛的传奇。在我们藏族人心中，每一个活佛要么以他们的慈悲服众，要么行一些神迹，由此而赢得信众皈依的心。比如我的前世八世顿珠活佛，有一年峡谷里大旱，地里的青稞都渴得冒烟了。人们祈祷求雨，喇嘛们的法会做了一场又一场，但最后连澜沧江仿佛都要露出河底了，还是没有降雨。八世顿珠活佛有一天来到雪山下的一个山洞边，说他要在这里洗个澡。人们问："活佛，哪里去找水啊?"八世顿珠活佛让侍从给他一个背水桶,他一人进去山洞里,一会儿就提出一桶水来了。他将水从自己的头上淋下去,淋下去,那桶里的水永远都倒不尽。水从活佛身上淌下来,竟然流成了一条河!直到今天,这条河还一直滋润着澜沧江西岸的土地。

自从当了转世灵童,关于我的神奇传说也就多起来了。就像佛像是被雕塑出来的那样,活佛的神性也是被人们在交口传诵中,雕塑成一个凡人不得不顶礼膜拜的佛。有些事情我也不明白为什么会成为一段传奇。比如,在我还没有被认定为转世灵童之前,我穿过一次的衣服、用过一次的东西,我就再也不穿、不用了。我不是送给身边的仆人们,就是让他们拿去分发给穷人、过路的乞丐,哪怕它们是多么令我喜欢。当我看到自己喜欢的东西也能让别人喜欢,我的心底里就会升起由衷的喜悦。人们说我的慈悲心是与生俱来的,是前世活佛早就传给一个才几岁的孩子了。

人们还说我聪颖非凡,慧眼开得早,法眼也好生了得。我们要在上师的教育下念诵大量的经文,宗喀巴大师的《菩提道次第广论》,益西堪布每天规定我们要学习的篇章,和我一起学经的小喇嘛要念三天才能背诵,我只需念一遍,一根香都没有燃尽,就能倒背如流了。我们认为人其实有五双眼睛,分别是肉眼、慧眼、法眼、佛眼、天眼。肉眼大家都有,慧眼要聪明人才有,而法眼、佛眼和天眼,则需要经过佛学上严格的修持才打得开。我现在开没开这"三眼",我不会告诉你的,因为那只能证明我的虚荣。

有一年的赛马节上,信徒们排队前来请他们的顿珠活佛摩顶祝福吉祥,当牧场上的一个康巴人满身膻味,躬身到我的面前时,我对他说:"哎,你干吗要把别人的佛珠戴在自己的脖子上呢?"那个康巴人一下就跪倒在我面前,痛哭流涕,立即向我忏悔他作为一个强盗所犯下的罪孽。

我怎么看出他是一个强盗的呢?因为他的穿着和他脖子上挂的那串佛珠差距太大了;还有他的那双眼睛,在一个活佛面前,犯了罪孽的人,眼睛里藏不住自己的嗔怒。从那天以后,他皈依了佛教,成了我身边一个忠诚的仆人。

他叫贡布,是我赐给他的新名字。请你们记住他。贡布,我拯救了他罪孽的灵魂，他改变了我的后半生。这是后话了，以后慢慢告诉你们。

我只是想先告诉你一个活佛的神迹，还包括他也会犯错误。

在我们的寺庙里，上师就是佛，地位甚至高于我的土司父亲。因此在我还没有坐床成为正式的活佛之前，益西堪布不仅是我精神和佛学修持上的上师，还是我生活中的父亲。他是个严厉的人，也是个佛学造诣深厚的大格西。很多时候我甚至想，以学识论，益西堪布比许多大活佛都精通显、密佛学；而论及慈悲心，这个老家伙常常在打起人来的时候忘得一干二净。很多时候我冲他佝偻的背影做鬼脸，用牧场上孩子骂人的粗鄙话骂他。啊，那是因为刚刚挨了手板心。

我虽然尊贵为佛，但毕竟是个孩子，也会像一个孩子那样干些调皮捣蛋的事情。因此该挨打的时候，上师照打不误。比如，我们出家人，要恪守过午不食的戒律，但一个孩子晚上哪有不喊肚子饿的？我就偷我房间里神龛上供奉给诸佛菩萨的水果、朵玛吃。益西堪布发现神龛上的贡品少了，问怎么回事？我就说是猫偷吃了。因为我一直养了一只猫为我的嘴馋作掩护。后来有一天晚上益西堪布来房间巡查，闻到了我嘴里苹果的芳香，才恍然大悟，"我说猫怎么会喜欢吃苹果了？"结果我挨了一顿狠揍。

还有一次挨打，和汉人的新鲜玩意儿有关。阿墩子县城的唐县长有次来参加我们的法会，送了我一只小闹钟，说如今人们用这个东西来确定时间。在你该起床而又没有睡醒的时候，它会像雄鸡一样在你的耳边打鸣。我很高兴有这个礼物，因为每天早晨，我们都是观察一颗叫托狼格钦的星星的方位，当它升到寺庙对面的山顶一肘高时，就该击鼓唤醒沉睡的喇嘛们了。我不明白这个闹钟和东方天空中的托狼格钦是什么关系，和太阳的升起落下、月亮的阴晴圆缺又是什么关系，回来后我就把它拆开看个究竟，但我却不能把它重新恢复原样了。我让喇嘛们为它念了一场经，希望经文的法力能让那些死去的零件重新活起来。这个闹钟让我这个活佛丢尽了脸，因为我向来被人们颂扬为全知全能的。益西堪布对死去的闹钟的慈悲是：重重地打了我一巴掌。

随着汉人来得越来越多，马帮走得越来越远，这个世界就显得日益复杂起来。日本人在跟汉人打仗，洋人又来争夺我们藏族人的灵魂——这是益西堪布对此的警告，我们藏族人处在佛法的敌人巨大的阴谋当中。因为我们惊讶地发现，竟然还有和佛陀释迦牟尼一样至高无上，和一代宗师宗喀巴大师一样睿智严谨，和诸佛菩萨一样慈悲无边的神灵，而且他们还宣称，他们的神灵更伟大。

父亲说，他们不是魔鬼的帮凶，就是魔鬼的化身。圣洁的雪山都被他们身上的秽气污染了。

我身边的益西堪布说，我们和他们终有一战。尊敬的康菩家族可是我们的大施主，该是我们为施主家禳灾驱魔的时候啦！

禅房里的几个高僧也嘤嘤嗡嗡地说，跟他们干吧，像驱赶魔鬼一样驱逐他们。

我有些奇怪地打量着我的上师们，自从我穿上袈裟接受他们的教育以来，我天天从他们嘴里听到的就是，要谦逊、慈悲、隐忍，要戒除内心中的贪欲、嗔怒、嫉妒、仇恨，要对众生持有广阔无边的爱，哪怕是我们的仇人，也要给予他们无上的慈悲。我们以慈悲立世，不以杀戮服人。可为什么一论及到洋人喇嘛，我的这些上师们，就一点也不像一个修行者呢？

益西堪布一直都在教导我，洋人喇嘛是我们的敌人，是盗窃藏族人灵魂的魔鬼，当他还是一名学经僧时，就跟洋人喇嘛打过仗，我们的岗巴寺后来被洋人喇嘛找来的清朝皇帝的军队炮弹炸毁了，两尊从印度请来的镀金佛像也被他们抢走了。洋人宗教的法力不在于他们的经文和修行，而在于他们是"骑在炮弹上的魔鬼"，他们用炮弹来为自己的偷窃行为壮胆。达赖喇嘛多年前从拉萨发来的文告中说，洋人宗教和我们的宗教，是炭火与冰的关系。我一想到这句话，脑海里就"滋——滋——"地冒白烟，不是炭火融化了冰，就是冰浇灭了炭火。

为什么要这样呢？

我一直想弄清楚洋人喇嘛是一些什么样的人，为什么要跑到我们这个地方来传播与藏族人不相干的宗教。我们的宗教从印度与内地传来已经近一千年了，为了坚守住这份信仰，藏族人曾经打了很多仗啦，和人打，也和神打。我不愿意看到一种新的宗教传来时，大家又去打仗。可是人家要来，我们有什么办法呢？这些外族人究竟想干什么？

而我还只是一个没有坐床的十四岁的少年僧人，我见过死人，但没有见过杀人，我的教派也反对任何杀生，出家人的"十戒"里，第一大戒律就是戒杀生。但那个年代，人命如蚁，我们的喇嘛也经常忘记这一点。尽管我们外出时，连地上的蚂蚁都怕踩到。

因为他们是另一个教派的僧侣，我们就该把他们杀了吗？

我明确表达了我的反对意见，说现在不是清朝皇帝的时代了，国民政府比上一个朝代力量更强大。在这块土地上，宗教纷争的结局，就是众生惨遭杀戮，寺庙沦为废墟。

益西堪布和我的父亲脸上露出失望的表情，那几个高僧也不敢说话了。在这个寺庙里，上师们教我佛学知识，但对我言听计从。如果我说，我们去把日夜流淌的澜沧江堵起来吧，他们绝对会纷纷跳进湍急的流水中。但这一次，我发现，他们内心中的那条澜沧江，迟早一天要冲出来。连我也堵不住。

佛、法、僧三宝啊，请赐给我殊胜的智慧，让我看明白，世界上正在发生的事，是不是比一只拆散了的闹钟更不可收拾？

世界很可能比一只闹钟复杂，人的心又比世界复杂。父亲还说，洋人喇嘛抢走了我的小姨，她本来已经答应给野贡土司做三夫人了。可以换来三块牧场啊！我的父亲痛心疾首地说。

我顿时明白了他要寺庙出兵的真正原因。

我父亲曾派我的一个哥哥、大强盗格桑多吉去攻打教堂村。但是不知洋人喇嘛用了什么法力，竟然感化了格桑多吉，他既没有杀一个洋人，也没有带回父亲要的人。格桑多吉仿佛只是在洋人喇嘛的村庄炫耀了一次自己的骄傲。

父亲骂我的这个哥哥：我还送给他那么多的马和快枪呢。这个该死的强盗。

他忘了自己是当父亲的了。我知道他精力旺盛、从不安分。康菩土司拥有巨大的财富，广阔的土地，拥有过很多的女人，给我制造出了很多兄弟姐妹。他们都是狗崽子，那他是什么？一类的因必然导致一类的果啊阿爸。我为有这样的父亲，在上师面前感到害臊。

我明确告诉我的父亲，昨晚我在梦里得到我的前世活佛的启示，我必须去雪山上静坐一个月，以躲避一个将要来侵害我的魔鬼。在我与世隔绝的静坐默想中，魔鬼不战自败。

在寺庙里，没有比一个活佛闭关、修行、做法事更重要的事情。我的修行不仅仅是为自己，也是为众生。这一次，我相信也是如此。

就是在这次闭关修行中，神指引着我和我的强盗哥哥邂逅相遇。他忽然就闯到了我闭关的山洞前，打破了我闭关静坐一个月以来宁静的心。我认为他是一个既不在乎自己的来世，也不惧怕地狱烈火的强盗。这种人不是蒙昧，就是孤傲。格桑多吉属于后者。

在那个阴冷、潮湿的山洞里，当我听我的侍从贡布说格桑多吉来拜见我时，我本来不想破关出来接见他。但我想：如果我可以像当年降服贡布的那颗罪孽之心那样，也降服让峡谷里的众生闻风丧胆的大强盗格桑多吉，让他杀戮的心皈依佛教，闭关失败也只是一次小小的罪孽吧。

但是我错了，我们的兄弟情分因为我们各自从事的"善业"和"恶业"，而相隔在澜沧江大峡谷的两岸。他见到我没有下跪，只用嘲讽的口气说，嘿嘿，没有想到，康菩家族还会出一个活佛。

我回敬他说，我也没有想到，康菩家族还会出一个强盗。

他哈哈大笑，是那种头被砍掉满地滚落了，笑声都还在飞扬的豪爽男人。他说，哦呀，我们都是为康菩土司长脸的儿子。

我有点喜欢上他了，我认为，他虽然对我不甚尊敬，但他的灵魂还没有彻底被魔鬼掳去。他对我们尊贵的家族看来除了讥讽，便没有一点好感。

他更不在乎我这个活佛的尊位，自我被确认为转世灵童以来，我就被人们当佛供奉。以往那些跪在我脚下，躬身在我面前的信众，我随便说上两句，他们都奉若神明。我说，真是一汪清澈的泉水啊。人们就会翻山越岭地来背这山泉水回家，恭敬地添在神龛前的圣水碗里。我说，我要在这块石头上坐一会儿。就有人在我起身走后把哈达献给这石头，它由此而有了神的烙印。

但是这个当强盗的老兄，让我自懂事以来首次感到伤自尊心的是，见了我不下跪，却对我的侍从贡布跪下了。

他伏在贡布的膝前说：老大，请不要责怪我！但我没有让你失望。

贡布当时满面羞赧，说，我早就不是你的老大了，我只是被顿珠活佛洗罪的一个修行者。你的罪孽，终有一天，也要让顿珠活佛帮你洗清！

我的强盗哥哥说，老大，我的罪孽，来世再说；今生只想有一次报答你恩情的机会。照顾好我的兄弟吧。老大，我们走了。

原来格桑多吉哪里是来拜见我的啊！他是来看他的生死兄弟的！我看见他们都眼含动情的泪光，我和格桑多吉算什么有同样血脉的亲兄弟，他们俩才是真正的兄弟！有一刻，我都有些担心，这场来得急去得快的暴风雨也会把贡布卷走，因为我感受到了他多年前那颗狂乱的心。

我们这个地方的藏族人，并不把当强盗看作是羞耻的事。在百姓口里，他们是英雄好汉。

很多年后，当我阅尽格桑多吉坎坷、神奇的一生，我会回想起和这位老兄初次见面的感受，我会为自己悲心的浅薄而自责。我可以给所有的信众带去祝福和吉祥，我可以靠自己在佛学上的修持，挽救许多堕落的灵魂；我甚至可以作为一个来到人间的佛，去承担众生的苦难，从为他们祈祷开始，到为他们奉献我的生命结束。可是，我没有留住格桑多吉——我的兄长——一颗孤傲的心。

一个孤傲的人，是这个世界上最应该有人去悲悯他的人。但是，他们往往因为其孤傲而备受折磨，他们甚至把别人的悲心也看成是对自己的一种伤害。

11　官军行

官军杀贼贼如麻，贼至谁敢白刃加。

杀贼未曾还做贼，官军过处无完家。

谁贼谁军不须辩，民间一样鸡犬哗。

　　　　　　　　　　　　　——唐朝儒《官军行》

　　《官军行》是阿墩子县县长唐朝儒写给自己的小舅子、县守备队队长陈四娃的一首诗，县守备队和正规军一个连最近刚刚打了一个大胜仗，击败了澜沧江上游野贡土司和下游地区康菩土司的联合武装，县政府的威望在峡谷里一时大振。

　　在县长唐朝儒看来，这是一场很奇怪的战斗，县府的好意全被这些权倾一时的土司贵族们误解了，本来县境内的两大土司家族因为联姻失败而开的战火，作为一县之父母官，当然要站出来平息争端。可是他们却认为这是土司间的事情，事关家族荣誉和骄傲，政府没有权力管。唐县长亲自把两个土司请到县衙居间调停，而两个自以为是的土司老爷却公然在调停时把腰间的枪拍出来了。这还有没有王法了？唐县长命令陈四娃将两个土司都拘禁起来了。于是两家土司的武装合力来攻打县城。

　　不过，两家土司的武装在县守备队的有效抵抗下久攻不下，而唐朝儒的援兵十天后就到了，政府的军队内外夹击，土司武装被机枪打得人仰马翻。这些康巴人在战场上只能逞匹夫之勇，毫无战术可言。官军一直打进两家土司的老巢，让他们的管家在枪口的威逼下签订臣服之约，才放回了他们的主子。

官军班师回营，一路上峡谷里的藏族人大都口服心不服，每个村庄都有明枪暗箭来袭扰官军，陈队长的手下便用机枪去突突他们，不论是牧场上的牛羊，还是敢于反抗的藏族人，杀得性起时，就难免干些打家劫舍、顺手牵羊的事情。搞得这支军队官军不像官军，强盗不像强盗。唐县长闻知时，峡谷里已经狼烟四起，鬼哭神怨了。于是县长大人的传世大作《官军行》一挥而就，还在诗后题上"与县守备队陈队长四娃共勉"这样的"酸词"。那副煞有介事的样子，好像是代表国民政府对陈四娃的嘉奖一般。

"酸词"是陈四娃对第一次有幸得到自己姐夫的题诗后的评价。尽管那上面的好多字他都不认得，但他还晓得贼和官军是怎么回事儿。陈四娃当时将诗稿往怀里一揣，说："姐夫，过去在重庆码头上，我们是耗子，官军是猫。现在在藏区，耗子变成了官军，雪山上的黑脑壳藏人变成了贼。贼再凶，凶不过我的机枪。"

唐县长告诫陈四娃说："机枪虽凶，但不是用来对付牧场上的牧人和牛羊的；脖子再硬，也硬不过康巴人的马刀。你做事要给自己留点后路，好好去读读我写给你的诗。"

陈四娃心里说，诗？屎而已。屎只是臭，诗又臭又酸。它如果能管一个人的后路，那只是像你老姐夫哥这种厚脸皮，既要做官人又想当诗人，就像那些当婊子又想要立牌坊的烂女人。官场上的那些大大小小的乌纱帽，就是晃得人眼花的牌坊，不是为婊子立的，就是为婊子养的人立的。

出身于重庆，在帮会码头上当过小老么的陈四娃，平常最看不惯自己的姐夫县长和县府的一些喝过几天臭墨水的穷酸文人，喝酒什么的一高兴了，就你写几句，我和一首，摇头晃脑，酸不兮兮，要么得意忘形，要么痛哭流涕。仿佛天下文章，都在他们的烂肥肠里；芸芸众生，也活在他们的满嘴酸臭之中。别看他们在人前装腔作势，人模狗样，在女人面前还不是跟所有的公骚狗一样。县府的官吏私下里经常议论，和康巴姑娘睡觉是否可以治风湿。唐朝儒对此的回答是：风湿治好了，但是你却可能瘫痪了，因为你经常被这些健壮的姑娘搞得欲死欲仙。唐朝儒在阿墩子娶了个康巴姑娘作小妾，把陈四娃的姐姐扔在重庆为他们唐家带孩子守妇道。陈四娃打心眼里看不起自己的姐夫，但又不得不靠他赏碗饭吃。这个狗日的世道，谁把良知卖得越贱，谁就活得越好；谁满嘴酸词，谁就吃香喝辣。因此陈四娃满不在乎地说：

"要是诗这个酸东西，在藏区也能当饭吃，保住脑壳，还要我们这些人做啥子？"

唐朝儒着色道："放肆！康巴藏人不是你的机枪可以轻易弹压的。这里虽是后方的后方，却比日占区还凶险。日占区的敌人看得见，这里的敌人看不见。我听说你和驻军刘连长为一个青楼女子动刀子，前方抗战吃紧，你们在后方为一个婊子吃醋，成何体统？知道藏族人在背后怎么骂你们吗？说你们是两只脚的公猪！这边地狼烟，就像雪山下的云雾，说来就来了。四天前北边运送抗战物资的一支马帮被抢，两天前东边的老银厂遭遇袭击，护矿队被打散，十多箱银锭遭劫，那是白花花的银子啊，这无异于抢政府的银行！上峰责令我们限期将案犯捉拿归案，我分析这是两股土匪所为，你和刘连长的正规军分头行动，把你们在妓女身上的勇气表现给本县看看。"

陈四娃想，发财的机会来了，于是说："我去剿那股抢银厂的土匪。"

唐县长面有难色地说："刚才刘连长也表示他要去老银厂。"

"姐夫，肥水可不能流到外人田里。"两人都知道，那十多箱银子如果能追回来，只要能扣下一两箱，都可以回重庆老家养老啦。

"陈队长，我听说抢银厂的，是雪山上的大土匪红额头格桑多吉的人马。这是个天不管地不收的家伙，你要有个三长两短，我怎么向你姐姐交代。"

陈四娃一拍腰间的枪说："什么红额头绿额头的，枪子儿打在他脑壳上，他的额头当然就会是红色的了。"

唐县长是个聪明人，他把刘连长叫来，公事公办地说："你们都有为党国分忧解难、奋勇杀贼的高贵精神。但本县为了尊重两位勇士的勇气，实在不好决断谁去追抢马帮的强盗，谁去杀抢银厂的贼寇。我不懂打仗，你们协商着办吧。"

陈四娃说："刘连长，知道你是条好汉，我也不是孬种。好汉做事情，干脆痛快，我们投骰子来定吧，点多为胜。"

那刘连长别看军装笔挺，张口委员长长，闭口委员长短，好像委员长是他亲爹。其实不过是一个银样镴枪头，只有在赌桌上，在妓院里，你才会发现，那身军装一脱，还不如一个码头上混的小混混。码头上的小混混还讲个帮规，这些穿黄皮皮的丘八，来阿墩子两个多月了，战功倒是有一些，但阿墩子唯一的妓院春雪楼倒被砸了三次了。由于敢来藏区用身子讨生活的汉地妓女只有四五个，大兵们几乎天天晚上都要为谁先谁后、谁的时间长短大打出手。

刘连长斜着眼睛看了陈四娃一眼，把军帽摘下来摔到桌子上，"种田的靠土，当兵的靠赌，我就知道你没我运气好。"

要说投骰子，当兵的怎么能和陈四娃这样的老江湖比？结果他投出的骰子多了刘连长五点。陈四娃笑呵呵地对刘连长说："老兄，昨晚你一定在春雪楼触到霉头了。"

刘连长有些沮丧地说："呸！那些姑娘，都被你狗日的搞出菜花头了。"

陈四娃说："春雪楼的姑娘身子干净了的话，良家妇女就遭殃了。"

刘连长阴阳怪气地说："那我恭喜你上路了。"

陈四娃忽略了出征前在阿墩子县城发生的一些奇异的事情，岗巴寺的喇嘛漏夜举办神秘的法事，喇嘛们的经文吟诵得像澜沧江汹涌愤怒的江水；雪山有个夜晚发出蔚蓝色的光芒，将大地笼罩在幽幽的蓝色中，月亮却发出红光；而在一个早晨，一盏神灯高挂在阿墩子县城的上空，连初升的太阳都被它的光芒比了下去；更为奇怪的是，他还没有上路，整个阿墩子的人都用异样的眼光送他。人人都知道他要带守备队去和红额头格桑的人马打仗，他们用看一个死人的悲悯眼光去看他。谁远远见他来了，要么赶紧关门闭户，要么扭身就躲，还不断"呸、呸、呸"地吐痰，以驱赶遇到陈四娃带来的霉气。

但陈四娃却不管这些，临行前他去了趟春雪楼，想和自己长期包养的妓女青儿再缠绵一晚。但青儿躲着不见他，他最后从厨房里把她找出来，拉进房间就按到床上。青儿说：

"陈队长，我身子来红了。你不怕触霉运吗？"

陈四娃不听这谎话，拉开了她的裤带，然后扇了青儿一个耳光，"你这烂娼妇，以为老子是当相公的吗？"

青儿哭着说："陈队长，你一身的寒气，我不跟死人睡觉。"

她这么一说，陈四娃倒真的呼出一口凉气，身下那宝贝忽然就软了。但他的嘴巴很硬，"此话怎么说？老子就是战死了，你也得给老子守寡。"

"只有死人才指望我们这种将身子当地种的人为他守贞洁。陈队长，你真的是死了。"青儿号啕大哭。

那个晚上陈四娃在青儿身上一事无成，他的身子冰凉，形同僵尸，他的霉运从此开始。他们出发时，天上的兀鹫一直追逐着这支士气低迷的队伍，似乎已经嗅到了尸体的气味。出征第二天，先是在经过一条雪山溪流时，两个士兵、三匹马被溪水冲走；然后是在森林里碰到一头凶恶的老熊，把舞刀弄枪的县守备队冲得七零八落。所有打出的枪子儿都打不倒那畜生，一个家伙被熊掌扇了一掌，半边脸没了。有个晚上宿营在山脚下，八仙桌大的一块岩石从山上无端滚落下来，三个人被砸成肉饼。到了一个高山牧场上，县守备队的士兵们饿得已经没有力气去跟牧人讲买牛羊的价钱了，就用机枪去突突那些吃草的家伙。刚打倒了几只，就有两个提火绳枪的牧人大呼小叫地冲来，机枪也就顺势把他们放倒了。

就在那个牧场上，羊腿还没有烤熟，格桑多吉的人马就杀到了。他们有好多人，用快枪、火绳枪、毒箭进攻县守备队，还有成群的藏獒。这些牧场上的家伙有小牛犊那般大，咆哮起来像一阵贴地滚来的天雷。陈四娃赶快布置机枪扫射，但那些骑在马上的强盗，忽然都不见了踪影，只看到一匹匹飞奔而来的战马，还有藏獒吼翻天的嗥叫。那马和狗跑得可真比枪子儿还快，士兵们惊慌失措，连手中的枪都举不起来了。等他们能看清楚时，马上的人已经立马横刀在眼前了。天爷爷！原来这些家伙都藏身在马肚子下。

陈四娃终于看见红额头格桑了，他甚至看见这个传说中的好汉张弓舒臂，一支木箭便向他迎面飞来。陈四娃连忙举枪向他射击，但人家的箭比他的枪子儿还快，他的胳膊被射中了，强大的冲力让他滚翻在地。

陈四娃把箭连血带肉一把从胳膊上拔出，流出来的血都是黑的啦。他知道自己活不到太阳落山了。这是涂有毒药的毒箭，老熊都能放倒。陈四娃中箭的手臂一下就麻木了，他的眼前一阵阵发黑。他看到了天上盘旋的兀鹫。这些催命鬼啊！他哀叹道。

格桑多吉的马队冲到了守备队的火堆边。现在大概该烤人腿、人胳膊和人的脑袋了。康巴人的马刀之下，头颅乱滚，胳膊大腿横飞，一片鬼哭狼嚎，那些平常在阿墩子耀武扬威的守备队的士兵，现在不是身首异处，就是嫌自己的腿太短，在康巴骑手的追逐下，像一只只仓皇逃窜的兔子。真是一个屠宰场啊！

陈四娃挣扎着想爬上自己的战马，可他的半个身子已经麻木了，眼前一阵阵发黑。一只凶恶的藏獒一口就把他拖翻在地。"天爷爷啊！你这畜生咬断我的骨头啦……"陈四娃一声惨叫。

无数的藏獒扑上来，张着血盆大口，在他的身上东一口西一口，藏族人的天葬台上那些吃死人肉的兀鹫，比起这些凶猛地撕扯争夺的藏獒来，大概要算是吃相好看、细嚼慢咽的淑女。

陈四娃已经不知道痛，他只是害怕。害怕到全身发抖，肝胆心尖都在发抖啊！这些藏獒下口时，口口见骨头不说，还像有千百个雷霆在你耳边炸响。陈四娃想起过去听川戏时的一句唱词："我要你凌迟受死，千刀万剐。"凌迟受死算个什么鸟极刑？和在藏獒的口下相比，简直就是在赌命时开了头彩。

陈四娃听见一声欢快尖厉的口哨，藏獒立即停止了撕咬。一个横刀立马的康巴汉子天神一般悬在他的头顶。他看到了这汉子的额头像传说中的那样，发出道道红色的光芒，那是杀气冲天的血光。

浑身血肉模糊的陈四娃已经说不出话来了。他想求饶，但他动弹不得；他想告诉他，好汉，我家远在重庆，家里还有老母，我不是一个孝子，我也不是一个良民，我只是一个重庆码头上的小混混。我不信你们的宗教，但我也害怕下地狱。我想喝一口水，我想跳进家乡的两条大江——长江和嘉陵江中，它们在朝天门码头汇合，朝天门码头的山坡坡上，有陈四娃的家，将来人家会说是"陈死娃"的家了……

"知道我为什么要杀你吗？"那个康巴汉子问。

陈四娃费力地摇了摇头，他到了地狱里都不明白的是，那个红额头格桑没有说你作孽太多，今天你的报应到来了；也没有说要用你的命，去祭奠那些被你的机枪滥杀的无辜；更没有说打败你的县守备队，是为了一个康巴汉子的骄傲。他竟然莫名其妙地说：

"这是为了我的爱情！"

红额头格桑的战马高高扬起了马蹄，就像凌空劈下来的雷霆，重重踩踏在陈四娃的身上，然后，扬长而去，奔向爱情的战场。

12 闯入者

好汉红额头格桑，

康巴人中的雄鹰。

他的血脉奔腾如澜沧江，

他的身躯伟岸似雪山。

他是穷人眼里的菩萨，

他是贵族梦中的魔王。

他让姑娘睡不着觉，

他的爱情带来死亡的幸福。

——扎西嘉措《好汉红额头格桑》

　　康菩土司得到格桑多吉打败了县守备队的消息后，高兴得大叫："好啊！看看我的英雄儿子，看看我们康菩家族的骄傲！让他上山打岩羊，他却把老虎打了！去把牧场上的牛羊都赶回来杀了吧，我们要好好和我的英雄儿子大喝一场。"

　　自从和野贡土司的武装开了战火，又被阿墩子县的唐县长拘押以后，康菩土司的肚子就一直胀得圆滚滚的，那股怒气连寺庙里的喇嘛做法事念经都消不了。肚子里的怨气泄不出来，身边的人经常挨皮鞭不说，连天上的乌鸦都遭了殃。只要有乌鸦从康菩土司的大宅飞过，他就用枪去打它们，"我让你跑！让你跑。你们这些该死的在天上跑的家伙！"管家次仁不得不提醒说：

"老爷，乌鸦预示我们的明天，难道你不要明天的日子了吗?"康菩土司总是气咻咻地说："明天?谁知道明天是魔鬼还是神灵的日子?"

这天上午，康菩土司站在土司宅邸外的山冈上放了一个很大很响很痛快的屁，他身后山坡上的花儿顿时就蔫了，一直到第二年都不再开花;峡谷对岸峭壁上的一群岩羊被吓得慌不择路，纷纷掉进了澜沧江;马厩里几匹拴着的马也炸了群，挣脱缰绳跑了;土司府里的人以为敌人又打来了，都操起家伙往碉楼上奔。管家次仁连忙跑出来问:

"老爷，哪里打炮?"

康菩土司抚摸着瘪下去的肚子，喜不自禁地说："嘿嘿，老爷我气顺了。我在等我的英雄儿子归来呢。"

管家次仁说："前天就送帖子去了，今天下午老爷的英雄儿子就该来了吧。老爷，我们先回家歇着，外面风大。"

"不，"康菩土司坚定地说，"迎接一个英雄，要像请一尊神一样虔诚。"

次仁只好陪着他的老爷在外面等。在几十年的管家生涯中，这样高规格的接客礼仪他从来没有经历过，哪怕有一年来了一个拉萨的大活佛，他也只是走到大门口来迎接。他的骄傲让他面对最尊贵的客人，屁股也轻易不会在厅堂的火塘边挪动一下。

可是直到太阳落山，康菩土司也没有看见他的英雄儿子凯旋的队伍。因为这支队伍尽管受到路经的各个藏族村庄的欢呼，接受了牧场上牧人们敬献的无数哈达和青稞酒，但是格桑多吉并不喜欢在康菩土司豪华的大宅里喝庆功酒。他只想去一个地方炫耀他的骄傲和荣耀，这就是教堂村。

当他拨马向教堂村进发时，他身边的好兄弟群培不解地问："我们还要去杀洋人吗?"

格桑多吉回答说："不，我们去洋人喇嘛的教堂喝酒。"

"大哥，别忘记我们杀过他们的人，还吊打过洋人喇嘛，他们会请我们喝酒?"群培问。

"我们现在是胜利者，人们不会不给英雄一碗酒的。"格桑多吉自信地说。

"可是，可是，他们并没有请我们。"

"我们就打上门去。"

"就为了去喝酒吗？"

"你们这些家伙，为什么不可以为了一碗庆功酒而骄傲地再打一仗呢？"格桑多吉显得有些急不可待，"你们不愿去的话，我一个人去啦。"然后他一夹马肚，打马向教堂村奔去。他手下的兄弟当然不会让他们的大哥冒险，也纷纷打马跟上。

对于一个曾经战败的村庄，这支强盗队伍再次光临就像举步跨进自己的家门一样轻松。教堂村晚祷的钟声敲响不久，强盗们已经摸进来了。这个时辰，村里大部分教友都集中到了教堂，罗维神父已经走上祭台准备当天的布道，杜伯尔神父坐在管风琴前指挥唱诗班要唱第一首进堂圣咏，格桑多吉的人马在圣母玛丽亚丝毫也没有察觉到的情况下，包围了教堂。

罗维神父像往常一样，刚以平稳柔和的语调在祭台上问候他的教友："我的孩子们，愿主的平安与你们同在"，就看见一个高大陌生的身影从教堂大门口闯了进来，紧接着，一群持枪的汉子一拥而进。教堂里的人们也才来得及回答神父的问候"也与你的心灵同在"，便发现自己被枪指着了。

罗维神父认出来者就是那晚打进教堂村的那个强盗格桑多吉，他努力镇定了自己的情绪，"迷途的羔羊，欢迎来到我们的圣堂。"

格桑多吉大大咧咧地走到罗维神父跟前，说："你们的门可关得不怎么严。"

罗维神父说："主的大门随时为你打开，请赞美我们的主！"

格桑多吉用他那双鹰一般锐利的眼睛在人群中扫了一遍，看到了他要找的那个人。他说："赞美谁？我认为，你们应该赞美那些打败了恶魔的好汉们。比如说，我，格桑多吉。"

坐在管风琴边的杜伯尔神父语气严厉地说："基督才有资格受到赞美，你是基督吗？带着刀枪进我们圣堂的，必为刀枪所杀。还不赶快在主耶稣的圣像前跪下，忏悔你的罪！"

"我有什么罪？"格桑多吉骄傲地说，"我为藏族人打败了县守备队。你们不是说自己是穷人的教会吗，我为穷人出了口气，难道你们不该赞美我吗？难道你们没有看见，一条峡谷的鲜花都在为我的胜利开放吗？"

"主啊，你竟然反抗政府的军队。"罗维神父哀叹道。

"不错。"格桑多吉自豪地说，"我把那些人间的魔鬼都送进了地狱。"

"罪人，你有一颗邪恶的心、堕落的灵魂！"杜伯尔神父高喊，同时用手重重地敲了一下琴键。

格桑多吉愣了一下，要是在以往，他早把枪掏出来了，但今天他却像一个好面子的小孩子那样争辩道："你说错了，我有一颗勇敢的心，骄傲的灵魂。"他再次用眼睛去人群中寻找，仿佛不是向杜伯尔神父说，而是专门说给那人听的。

这时坐在祭台后面的古纯仁神父走下来，对格桑多吉说："我的朋友，我相信你不是来我们的圣堂望弥撒做晚祷的。你如果有什么事情要我们帮忙，为什么不去我的房间喝茶呢？我们不要影响那些在这里为自己一周的过失，向主耶稣赎罪的人们。好不好？"

"我本来就是来喝酒的，"格桑多吉最后往那个方向望了一眼，又嘀咕道，"看在你可以做我爷爷的分上，我听你的。天知道我的爷爷是个什么人。"

"天主知道，他不比你好，也没有你坏。请吧，我的孩子。"古神父颤颤巍巍地走下祭台，格桑多吉向教堂里的弟兄们一招手，跟古神父出去了。

在藏区传教了三十来年的古纯仁神父，如何借助主耶稣的神力，让偷袭教堂村的大强盗格桑多吉杀气腾腾而来，醉醺醺地空手而归，一直都是教堂村的教友们的美谈。他们说，生活简朴、令人尊敬的古神父一生从不喝酒，但在那晚的酒桌上，竟然让那个杀人如麻的家伙喝得烂醉如泥、甘拜下风。这个峡谷里的盖世英雄最后连上马的力气都没有了，是他手下的那帮兄弟搀扶着他，才将他像驮一条死狗一样地驮在马背上，狼狈不堪地撤出了教堂村。

多年后古纯仁神父回到欧洲，曾在自己的传教回忆录《边藏四十年》中记述这个晚上传奇精彩的一幕。他在书中写道——

这个江洋大盗外表冷漠、血腥，内心却有着罗宾汉般的侠骨柔情。他是一个骄傲自负的人，竟然草率地跑到我们的教堂里来炫耀战功，不是为了在主耶稣面前，而是要炫耀给他的追求对象看——那个被我们拯救的叫央金玛的姑娘。为了赢得她的爱，他甚至放弃了对康菩土司的承诺，决心要做一个高尚的骑士。

不过，这种鲁莽的求爱方式连我们的主耶稣也是不允许的。我把他请到自己的房间，明确无误地向他指出：刀枪赢不来自己的爱情，

他问：那该怎样做才能得到一个姑娘的爱？

我回答他说，谦卑，再谦卑。

他说，他和他手下的弟兄，都是些渺小卑微的藏族人，他们为了填饱自己的肚子而当强盗，他们不以为耻，反以为荣。因为他们找到了做人的快活和骄傲。

我说，骄傲将毁掉一个人的荣誉，顺从天主便会迎来人的新生。

他沉默许久，喝下两大碗酒后才问，央金玛也顺从了你们的天主吗？

我肯定地告诉他，快了。目前他们正在望教期，复活节来临时我们将给他们付洗。这是我们的信徒的荣幸，异教徒是不能享受这份恩典的。

我给他简要介绍了我们教会的一些基本常识。峡谷里的藏族异教徒大都孤陋寡闻，对外面的世界知之甚少，对主耶稣的福音更是闻所未闻。不过，他更关心的似乎只是央金玛小姐。

他竟然问，如果他也加入我们的教会，是不是就可以得到央金玛小姐的爱了？

我说，理论上还有机会，但央金玛小姐已经有自己的爱人了，他们两个为了这份爱差点丢了命。我的孩子，你来晚了。如果他们在教堂里举行基督徒的婚礼，你就只有尊重人家的选择。婚配是我们的信徒的七大圣事之一，受到我主耶稣的护佑。相爱的人一旦接受神父们的祝福，神的烙印就在这婚姻中了，是绝不容许被改变的。我虽然很同情你，但我们的教会将站在这神圣的婚姻一边。因为我们的经上说："天主所祝福的，人不可以拆散。"

他忽然大碗大碗地灌自己酒，直到他醉得站不起来了。但借助天主的神

工，这个强盗听进了我的劝导。他既不能靠暴力去抢掠自己的爱情，也不能凭爱心去赢得央金玛小姐的心，他唯有伤心地退出这场竞争。

可怜的人，找不到补赎之路的迷途羔羊，愿主怜悯他，让他重新找到属于自己的爱。我在心里为他祈祷。

在教堂村的人们庆贺自己躲过一劫时，只有扎西嘉措感受到了即将降临的威胁和恐惧。那晚之后，他对自己和央金玛的未来深感担忧——不是害怕格桑多吉要将他们交给康菩土司，而是担心格桑多吉从他身边夺走他心爱的人。

当格桑多吉鹰一般锐利的目光在教堂里射向他身边的央金玛时，他感受到了前所未有的挑战。整个教堂村只有他一个人从格桑多吉一进教堂的大门时就知道，来者不为别的，只为他身边的央金玛。相恋的人在茫茫人海中，一眼就可以认出自己的情敌，就像猎狗在群山中，隔着一条山梁也可以准确地嗅到猎物的气味。在教堂村养伤的这段时间里，扎西嘉措越来越感到不能把握自己的未来了。神父们及时地向他们宣讲，应该把自己的灵魂交给耶稣天主，一切都在天主的计划当中，包括你们的爱。是爱让你们得到了天主的圣召，让你们走进了教堂村；主耶稣要改造你们，必将先拯救你们。面对天主的拯救，你们不能拒绝。

对于这两个相爱的逃亡者来说，他们需要某种强大力量的支持，因为他们面对的是更为强大的一种势力。而且，现在不只一个康菩土司是他爱情的敌人，还有一个大强盗格桑多吉。很有可能的是，后者比前者更危险，扎西嘉措相信自己的预感。他的爱情陷入前有堵截、后有追兵的困难境地。

耶稣基督的拯救，便成了唯一的拯救。

从"主耶稣，你是我们的拯救者吗？"到"主，你是我的救主"，扎西嘉措比央金玛来得更快一些。许多时候，他比央金玛去教堂更积极，在他恢复得能够行走时，为了让央金玛陪他去教堂，他故意装着行走不便，让央金玛搀扶他。同样，也是他主动向罗维神父提出，他和央金玛要领洗入教。罗维神父问，你们是自愿的吗？扎西嘉措迫不及待地说，就像我们的爱情是自愿的一样。只有耶稣天主才能保佑我们的爱情。罗维神父当时说，在领洗之前，你们要明白，教会将把你们塑造成一个新人。扎西嘉措说，当然，就像给马打上烙印后，它就属于新的主子。

罗维神父安排两个人跟随教堂的传道员托彼特学习基本教理，神父们说，要信仰我们的宗教，必须先认识我们的耶稣，如何为了赎我们的罪，被钉在十字架上。托彼特则现身说法，告诉两个相爱的人儿，要想得到天国的幸福，得先在耶稣面前把自己的原罪忏悔干净，做一个纯洁的信徒。你们还没有举行神圣的婚礼，但已经住在一起了，这是有罪的，你们必须跪下来忏悔。扎西嘉措那时似懂非懂，私下里对央金玛说，过去喇嘛们告诉我们人生来是要受苦的，现在洋人神父则说人是有罪的。可再大的苦、再大的罪，都是为了爱你。央金玛忧心忡忡地说，为了爱，我们已经吃了够多的苦啦，为什么还有罪啊？

他们将来做什么？要过什么样的日子？是否永远都待在教堂村？他们并不知道。扎西嘉措是个大地上的歌者，他的心灵属于广袤高远的雪山峡谷、江河草原。教堂村的人们都有自己的事情做，或种地，或放牧，唯有这两个人，一个是流浪诗人，一个是土司家的小姐，什么都不会。那天杜伯尔神父问扎西嘉措，是否愿意照管教堂里养的那几头牛，可扎西嘉措说，他从小没有放过牛，他只会唱牧人的山歌；杜伯尔神父又建议道，那么，你们两个或许可以帮助托彼特照料教堂后面的葡萄园，但上工第一天，他们便把葡萄苗和杂草一起拔了。面对托彼特的责怪，扎西嘉措辩解道：真不明白藏族人为什么要种葡萄来酿葡萄酒，有青稞酒就行了嘛。托彼特告诉他，孩子，耶稣的宝血就在葡萄酒里。神父们把葡萄从法国引种过来，可不是为了你们喝酒高兴。

一个风雨如磐的夜晚，天上的雷霆在峡谷里滚来滚去，惊醒了小屋里的两个人儿。央金玛蜷缩在扎西嘉措的怀抱里，每个大雷炸响时她都要颤抖一下，像只胆小的猫。扎西嘉措轻拍着她的背，说："别怕，别怕。只是打雷而已。"

央金玛轻声说："从来没有听到过这样厉害的雷，像魔鬼追赶过来了。"

逃亡的人，最怕听到"追赶"二字，况且扎西嘉措现在不是被一个人追赶，而是两个。过去，流浪诗人兼说唱艺人扎西嘉措的身后只有姑娘思念的目光和人们传说的英名，他一回头，心中涌起的是自信和骄傲；而前方的路，总是充满希望和浪漫。他是大地上敏捷快活的羚羊，是天空中自由飞翔的小鸟，可是现在……

扎西嘉措内心深处的叹息被央金玛察觉到了，女人的心在某些方面是敏锐如丝的，爱人的一声轻微的叹息也会划破她脆弱的心；而在一些重大的事情上，女人又常常视若无睹。她爬到他的身上，让他慢慢找到一个男人的自信。令两个人都感到费解的是，自从扎西嘉措恢复元气以后，他们在这间教堂外的小屋里做爱，尽管安全、宁静，再不用担心被人发现，也不用担心康菩土司的刀枪酷刑，更不会因为动作过大而惊扰到各路神灵，但是他们却找不到当初在那棵核桃树上的浪漫和激情了。央金玛感受到扎西嘉措即使在性爱的高潮时，心中喷涌出来的激情也带着几丝淡淡的忧伤，那是无法用语言来言说，却在内心深处可以准确地触摸到的感觉，就像真实地捉到一条梦中的红鱼，梦醒之后，什么都不存在，连能看见的鱼也不是红色的，但当初抓鱼在手的真实感，却久久难以释怀。

在央金玛看来，扎西嘉措最近一段时间的沉默和忧郁，是因为他找不到自己的爱神了。那个骑着白马的爱神在他们的爱情最艰难的时刻，总是会在月光下的天空若隐若现，给他们以信心和鼓励。央金玛开初以为是一只彩色的鸟儿在引导他们的爱情，后来她在扎西嘉措的指点下也相信，爱神——或者说天使——就是帮助相爱的人儿克服一切障碍，洞悉所有人间真情、善良，自由飞翔的苍天之神。尽管大地上的人们从不为他建庙焚香，但他属于天下一切有情人。

爱神找不到了，自相爱以来，他们便第一次找不到相同的感觉。当初扎西嘉措用一根爱情的绳子将央金玛吊离她的闺房之前，他守在核桃树上的每个夜晚，他何时上的树又何时离开的，他在树上流了几次眼泪，甚至在心里为她唱了些什么歌，央金玛在自己的被窝里都明察秋毫。因为爱神就在窗外守护着孤独思念的心。现在，她躺在他的怀里，却把握不了爱人的心。

"央金玛，你过去认识那个强盗格桑多吉吗？"

"不认识啊。"央金玛依偎着她的扎西哥哥说，"我还是从你唱的歌中知道有这样一个强盗。"

"央金玛，我们的麻烦大了。"

"别怕，扎西哥哥，在教堂村，我姐夫拿我们没有办法。"

"央金玛，我是说，那个强盗格桑多吉。"

"有神父们的保护，他抓不走我们的。"

"央金玛，你还不明白吗，他爱上你了。"

"哦呀！"央金玛吓得从床上坐了起来，好像醒着的时候终于看见困扰了自己多日的噩梦，"你在说什么呀，扎西哥哥，他是个强盗。"

"他也是个男人。"

"他为什么要爱上我呢？我又不认识他。"央金玛的心还在狂跳不止。

"因为你的美丽。"扎西嘉措捧着央金玛的脸，"央金玛，我为什么要爱上你呢？当初我们也不认识。"

央金玛哭了，"扎西哥哥，你后悔了吗？"

"不。"扎西嘉措坚定地说，"只是，在一个强盗和一个诗人之间，得看你是喜欢刀枪呢还是喜欢我的情歌。"

央金玛继续哭，"扎西哥哥，你不是说，跟他睡觉的女人，都活不过两年。哪个女人愿意跟这样的男人过日子啊？"

"在我的歌声中，有很多女人喜欢他，哪怕为他去死；在我的梦里，他总是骑马冲杀进来，把你从我的怀里一把掠走。他打进教堂来，你以为是为了康菩土司吗？前一次是，第二次就是为他自己了。只是我不明白，他为什么没有下手？"

央金玛的心忽然平静下来了，好像面对一件不该要的礼物，"扎西哥哥，他真的是来抢我的吗？"

"强盗什么都抢。"

"我们怎么办？"

"让洋人的宗教来保护我们的爱。"扎西嘉措说得很坚决，"罗维神父说，只要我们在教堂里举行婚礼，我们的爱情就受耶稣大神的护佑。"

　　"好吧，扎西哥哥，"央金玛抹干脸上的眼泪，"就让我们来看看，洋人的耶稣大神，会怎样帮助我们的爱情。"

13　补　赎

他引我进入酒室，他插在我身上的旗帜是爱情。

——《圣经·旧约》（雅歌2:4）

　　群培从小就对那些穿袈裟的人又羡慕又敬畏。无论是在火塘边听大人们讲喇嘛上师的神奇法力，还是在神灵的节日里跟随父母去寺庙敬香，看喇嘛们驱魔跳神，喇嘛就是他梦中的偶像，心灵深处的英雄。可当他提出自己要去寺庙出家当喇嘛时，他母亲流着眼泪告诉他：虽然说供佛莫如供僧侣，但我们家供不起一名喇嘛，我们连为你做一身袈裟的钱都没有。

　　不能做一名喇嘛，就去当强盗，这看起来违背了佛陀的教诲，但生活就是这样。穷人的活法跟佛经的教义总是有差距。当格桑多吉的强盗队伍路过群培的村庄时，群培就跟随他走了。不仅仅是因为穷，还因为年轻人的英雄梦。

　　他们是枪林弹雨下的生死兄弟，群培为格桑多吉挡过枪子儿，格桑多吉几次将群培从阎王那里抢过来。这对好兄弟一起在地狱的边缘快活地行走，反叛一切的心让他们在生命中彼此依赖。

　　可是，群培现在却不知道自己大哥的心在哪里了，一切都源于那次打进了教堂村。格桑多吉用康菩土司的枪重新召集起了峡谷里的好汉，如果从教堂村带回康菩土司要的人，他们还将得到更多的枪和马。但是大哥在打进教堂村后，竟然像一头撞进梦里。而且，回到山林里的大哥似乎中了洋人的魔法，成天不说一句话。大哥变得像一个大格西一样想佛学的道理了。手下的弟兄们这样说。

抢老银厂是群培带人干的，当他把成箱的银子摆在大哥面前时，格桑多吉看都懒得多看两眼，只是说："这些白花花的东西，只会让我的心更沉重。"打败了不可一世的县府守备队，大哥骄傲的心不沉重了，但是他却非要去教堂村喝庆功酒，那个洋人喇嘛又不知用了哪样魔法，让可以喝光一个村子的酒的大哥，醉得连上马的力气都没有了。这次弟兄们说，我们的大哥中魔啦，怕是要请个活佛来念念经才行。

而最让群培一生都费解的，是格桑多吉这天晚上把他叫到帐篷里，与他话别。

群培进去的时候，看见大哥面前的石桌上有一罐酒，一整只牛腿，以及大哥随身的驳壳枪和康巴战刀。当惯了强盗的人，就是睡觉，刀枪都不会离身，群培一开初忽略了这个细节，也就决定了今晚的喝酒，醉的肯定是他。

酒喝下三碗后，格桑多吉把桌子上的刀枪往群培面前一推，"兄弟，这些玩意儿，我用不着了，你拿去吧。"

群培有些惊讶地望着格桑多吉，"大哥，你喝醉了？"他知道，这把枪就像格桑多吉复仇的目光，只要仇人出现在哪里，它一定会指向哪里；而那把康巴战刀，则是大哥最喜爱的好兄弟，就像他胯下的战马"云脚"一样，给他带来过三天三夜也细说不尽的荣耀。作为一个靠刀枪和勇气打天下的英雄好汉，大哥可以不爱任何一个女人，但绝不会不爱自己随身的刀枪。

"群培兄弟，你又不是不知道你大哥的酒量，我现在清醒得很。从记事以来，都没有这样清醒过。"

"那大哥又找到新的宝刀和好枪了？"群培快活地问，他们都喜欢削铁如泥的宝刀，百发百中的快枪。

"宝刀和快枪，我现在用不着啦。"群培看见格桑多吉眼睛里就像蒙上了一层云雾般的迷蒙，"我好像找到我要去的地方了。"他说。

"去哪里？"群培问，马上又补充道，"大哥这样的英雄，去哪儿都离不开宝刀和快枪啊。"

"宝刀和快枪，带不来我的爱情。"格桑多吉端起来一碗酒，"祝福我吧，我的好兄弟，你大哥爱上那个姑娘了。"

格桑多吉一口把酒干了，群培也赶紧喝下自己的酒，"为吉祥的爱情。是哪个姑娘啊，大哥？"

"央金玛，教堂村那个。"格桑多吉庄重地说，"向我们的神山发誓，我要娶这个姑娘。"

"嗨，原来大哥这些天是为这个姑娘啊！"群培哈哈大笑起来，为格桑多吉斟满酒，"难怪大哥不愿把她交给康菩土司，明天，我就带弟兄们去教堂村，把她抢上山来，晚上大哥就可以和她睡同一个帐篷了。"群培高兴得自己先把酒喝了，好像是他的喜事就要来临一般。

"好兄弟，这个事情我自己来办。姑娘的心，是抢夺不来的。我把弟兄们都交给你，我去教堂村求亲，也许需要一些时间。半年，一年，三年，或者五年，我都会等待。你好生带好弟兄们，不要再管我的事。"

如果群培迎面被劈了一刀，不会这样惊慌；胸口中了一枪，也不会有如此心痛。大哥这是中了哪个魔鬼的奸计啊，怎么能说出这样的话来？要说大哥身边的女人，哪个好汉有大哥这样多的艳福？在他十五岁的时候，就有当爹妈的把女儿送进他的帐篷；当他的英名像风中的情歌唱遍雪山牧场时，姑娘们的梦里就只有格桑多吉雄踞其间。人们传说跟大哥睡过觉的女人活不了几年，其实是贵族头人们由嫉妒嗔怒而编造出来的谎言。一些姑娘由于不能征服大哥英雄的心，因思念而死；一些女人被贵族头人们迫害而死，因为他们害怕大哥留下的种，给他们的梦带来不安。不过，群培从来没有发现大哥真正爱上过哪个姑娘。有的好男儿，爱情不过是他身边的点缀，就像良驹是英雄的点缀、金鞍是骏马的点缀一样。

在这个星疏月朗的晚上，无论群培如何给他的大哥下跪、乞求、痛哭，大碗大碗地喝酒，把自己醉得双脚找不到地，整个人飘在半空中久久落不下来，都不能说服他的大哥一颗坚定而糊涂的爱心。不仅是他，山上的兄弟都来挽留格桑多吉，痛哭流涕地说，没有大哥，他们一天也活不下去。他们甚至还说，那个教堂村的姑娘算个什么啊？还没有半年前水磨房边的那个小寡妇风骚，也没有去年那个死活要跟着大哥上山的姑娘甘玛漂亮，更没有那些主动摸进大哥帐篷里的牧场上的姑娘健壮。

"你们说够了没有？"格桑多吉拿起石桌上的枪，对着这帮因为激动而满嘴胡话的兄弟。

但是他们根本不怕，继续劝说他们的大哥。大哥要找女人，还不是跟在山坡上掐一朵杜鹃花般容易？漫山遍野的花儿，都在为大哥你开放啊！大哥为什么非要看上教堂村的这个丑姑娘呢？我们看她奶子不够大，身板也不够厚实，嘴唇太薄，鼻孔太小，眼睛虽然大，但不够明亮，迷迷蒙蒙地像在做梦。这种人不是罗刹女的化身，就是专吸男人血的吊死鬼。

一个叫次多的小兄弟匍匐在格桑多吉的面前，用火绳枪的枪托着地，枪管顶着自己悲伤的脑袋瓜，眼泪汪汪地问："大哥，你还听不进兄弟们的劝吗？"格桑多吉只是冷漠地说："我可从来不受人威胁。"次多点燃了火绳，火苗"嗞嗞"地向枪膛烧近，周围的弟兄们跪了一地，哭喊说大哥，你就发发慈悲，救救次多兄弟吧！

火绳枪轰掉了次多半边脑袋，鲜血和脑浆溅了格桑多吉一身，但也没有唤回他中了爱情魔法的心。他只是把这个兄弟打飞了的半块头骨，用水洗净，仔细放进自己的怀里。人们竟然没有在他的眼睛里看到一滴眼泪，只是听到他一句冷酷而绝情的话：

"你们这些只会舞刀弄枪的愚蠢家伙，刀枪赢不来自己的爱情，也阻挡不了别人的爱情。"

然后，格桑多吉单人独骑，在那些和他出生入死的弟兄们跪成一片的泪光中，下山找他的爱情去了。

格桑多吉不当快活自由的强盗，而自愿去做历尽磨难的情种，堪称那个年代澜沧江峡谷最神奇的事件。复活节之后的第一个主日天，两个受洗的新人将在教堂举行基督徒的婚礼。现在他们有了自己的教名了，扎西嘉措被赐予史蒂文的圣名，而央金玛则叫玛丽亚。他们将彻底告别过去，从生活到信仰，从身体到灵魂。

多年以来，教会在藏区为藏族教友主办婚礼时，总是适当尊重当地的一些习俗。比如，峡谷里的藏族人在办婚礼时有合婚、提亲、送亲、迎亲等仪式。合婚过去是请喇嘛来卜算这桩婚姻是否吉祥，提亲是媒人的事情，而送、迎亲则由女方家庭组成送亲队伍，男方家庭则负责迎亲仪式，人们在一送一迎的过程中对歌、跳舞、敬酒、献哈达等，这样，婚礼便成了村庄里的节日。神父们来了后，自然废除了喇嘛卜算的仪式，却允许婚礼双方迎送新人，但最后的成婚仪式必须在教堂里神父的主持下完成。由于扎西嘉措和央金玛——噢，以后让我们牢记他们的新名字，史蒂文和玛丽亚——是逃亡到教堂村的，都没有自己的父母或家族成员。托彼特是一对新人的代父，是他们今后灵修生活的引路人和父亲，他找了十多个教堂村的教友，组成送亲队伍，托彼特亲自担任"送亲倌"；而史蒂文那边，则由罗维神父任"迎亲倌"——他对这一职责激动得一夜没睡好，还让他的同会兄弟杜伯尔神父羡慕不已。

太阳升起来一竿高时，送亲队伍载歌载舞地出发了。按照藏族人的送亲规矩，新娘从离开家门起时，就有歌儿要唱了，出门有告别歌，上马有感谢父母的歌，过桥有祝福村人的歌，大树下有思念童年的歌，反正走一路要唱一路的。和迎亲的人们在村子中央见了面，两支队伍就要一唱一答地赛歌了，从天上唱到地上，再从星星唱到月亮。当年古神父之所以允许举办婚礼的藏族基督徒保留这个浪漫的仪式，是因为他认为这个古老的传统体现了藏民族的优雅和良善。而耶稣基督是良善的，更提倡生活中的高尚和优雅。

但今天，还有一个人也想表现出自己的高尚、优雅和良善，却不管这合不合时宜。当托彼特代父带着送亲队伍护送玛丽亚刚走过村庄里的那座小石桥时，桥那头的大核桃树下，一个大汉站在路中央，他的身后是两驮马的茶叶、一驮马的酥油和青稞、一驮马的汉地丝绸布匹，还有摞成一堆的银锭，从地上堆到马背那么高。他的身后除了那几匹马，没有一个人。

"主耶稣，是强盗红额头格桑！"送亲的队伍惊呼起来。

格桑多吉一身簇新的藏装，豹皮滚边的楚巴，华贵的红狐皮帽，镶花的藏靴，胸前的护心镜金光闪闪。与其说这是一个新郎倌的打扮，还不如说是一尊威风凛凛的神灵。

"央金玛，我要在这里迎娶你。"格桑多吉高声说。

人们愣住了，双方对峙良久，仿佛都想弄清楚，这是不是一场梦。还是托彼特更老到一些，他站了出来，高声说：

"格桑多吉，你走错路了！"

"不！"格桑多吉的声音不高，但是更坚决，"我从来没有像现在这样，走在一条爱神指引的道路上。"

托彼特又说："那你认错人了。这个姑娘不叫央金玛了，她是玛丽亚。"

格桑多吉说："我不是爱一个名字，爱的是一个人。她就是叫神女，我也要娶她！"

送亲队伍中的玛丽亚忽然剧烈地颤抖起来，连山岗上的花儿都跟着她一起在抖动，谷底的澜沧江水神奇地停止了流淌，波浪不往前奔，而是冲两边的悬崖一头撞去，村庄里的人们都听得见波浪心碎的呜咽。只有玛丽亚知道，她不是因为害怕，也不是由于激动，而是仿佛又一头栽进无解之梦的陷阱里。她想挣扎出来，赶快去教堂参加自己的婚礼。但这条路如此曲折漫长，如此荆棘密布。她直到走到生命的尽头时才发现：一旦陷入爱情的陷阱，用尽一生的时间也难以逃离。

她还看到一向眷顾她和史蒂文的爱神，现在正用同情悲悯的眼光看着格桑多吉，似乎这次他站在这个蛮不讲理的家伙一边了。玛丽亚还第一次清晰地看见，骑着白马飞翔在天空中的爱神，是一个眉心有颗痣的男子，一只彩色的鸟儿在前面引路。一年前的那个晚上，就是这只鸟儿来轻叩她闺房的窗户的吧？

14 格桑多吉后传

河对面的草坝上，
山羊绵羊排成群。
我最喜欢的一只，
早已打上了印记。

——康巴藏区情歌

在我当着众人的面，向玛丽亚——这是一个多么新奇好听的名字——宣布我要娶她时，她幸福地晕倒了。我当时就是这样认为的。两年前，我喜欢上了一个纳西族的小寡妇，许多纳西女人在她们的丈夫死后，迟早都要去殉情。当我说我要带她走时，她吓得一头晕倒在地。可当我把她搭在我的马背后，马还没有跑出三里地，她的双手就紧紧搂住我的腰了。女人就是这样，你不能仅仅听她们怎么说，还要看她们怎么做。她们嘴上绝对不会说爱上了一个强盗，但是她们的身体往往需要一个强盗。

送亲队伍大乱，我哈哈大笑起来。人们的惊慌片刻就变成了愤怒，他们拿定我身后没有其他的人，我身上也没有枪和刀。几个男人一拥而上，把我掀翻在地，捆绑了起来。我没有反抗，我来到教堂村，就是要做一个他们所欣赏的"骑士"。

我任由他们把我绑在树上，根本不把他们放在眼里，我只关注玛丽亚。她醒过来了，眼神依然迷蒙，大约不知这是在梦里还是梦外，我相信我一定进入过她的梦，有的人，你从他（她）迷乱的眼光中，可以看见他（她）昨晚的梦；玛丽亚的脸色也很苍白，嘴唇发乌。那是多么可爱的一张小嘴，我的那些兄弟们竟然说她嘴唇太薄不好看。可我看她说话时，仿佛就像春雨之后豁然开放的两片花瓣。

许多人吵吵嚷嚷地奔来了，包括史蒂文。有几个人说要为他们的亲人报仇，要把我扔进澜沧江，因为我两次带人打进教堂村，大约杀翻了他们一些人。当然，对我最恨的还是史蒂文。他用刀尖顶着我的胸膛，说：

"虽然你是马背上的英雄，但你却是个情场上的强盗。你要敢碰我的新娘一指头，我会杀了你。"

我说："一个流浪诗人一生只会干两件事情：在流浪中写诗，在写诗中流浪。你永远不会杀人，也永远不会有自己的家。而一个强盗，既然人都敢杀，也就敢爱这个世界上任何一个女人，哪怕她是天上的神女。"

史蒂文清瘦的脸上连血管都要爆裂出来了。他用刀刃逼着我的脖子，"我会砍下你的头来，你信吗？"

我微笑着告诉他："兄弟，要说杀人，你怎能和我这样的强盗相比啊？你的眼睛里都没有一点杀气，手上的刀怎能砍下一个人的头？"

他扬起了刀，这下他的眼睛里有点杀气了。我想，死在这个时候真幸福啊。玛丽亚知道我爱她了，我是为一生中的真爱而死的。

这时，一声断喝从史蒂文的身后传来："史蒂文，宽恕一个罪人，就是拯救自己。放下你的刀！"

这个只会唱歌弹琴的家伙放下了刀。是那个叫罗维的洋人救了我一命，这让我很没有面子。一个老人来把史蒂文拉开，他说："我们基督徒用爱和宽恕来感动我们的敌人。让这个强盗看看，你如何用自己的爱，去迎娶你的新娘。"

于是人们纷纷说，不要管他了，我们先举办完婚礼，再来收拾这个强盗。

在人们的簇拥下，我看见玛丽亚昂首从我的面前走了过去，去教堂做史蒂文的新娘。我对她高喊："玛丽亚，有人为了赢得慈悲的美名，可以把眼珠子抠出来供奉出去；我可不干这样的蠢事，因为我的眼睛只是为了看见你的美丽而生。"

玛丽亚没有回头，继续往前走。

我望着她圣女般的侧影，又喊："嗨！玛丽亚，我才是今天的新郎！你不要进错了新房。"

玛丽亚仍然不回头。有人向我吐口水。

当我只能看见她的背影和后脑勺时，我向峡谷里的苍天大地庄重地宣布："玛丽亚，总有一天，我要在洋人的教堂和你成亲！"

史蒂文冲过来，把一个箩筐扣在我的头上，还在我的肚子上重重打了一拳。我什么也看不见了。

我的眼前一阵阵发黑，不是由于史蒂文的那一拳，而是因为玛丽亚竟然连回头吐我一口痰的恩赐都不愿意给。

我只有理解为，至少她并不讨厌我爱她。就像我在当强盗时，我并不讨厌那些让我应接不暇的姑娘。

这让我看到了一丝渺茫的希望。神父们在教堂里如何给他们举办的婚礼我不愿知道。我只想知道，我该怎样才能留在教堂村，守在我爱的人身边，只要让我每天看见她，我就满足了。

当天晚上，人们在教堂前的院子里喝酒、唱歌、跳舞。欢乐幸福的气氛被风传来，被地上喜悦明亮的月光传来，被天上眨眼害羞的星星传来，被几条舔了人们的呕吐物也满身酒气的狗带来。我还被绑在村子中央的大树上，我第一次带人打进教堂村时，曾经把神父们绑吊在这棵树上。我饿得眼睛发花，我的双臂早就麻木了，我的心更是在流血，但我幸福地接受。过去我从来没有因为爱一个姑娘吃过苦。现在我发现，因爱而苦，比饮蜂蜜还甜。

"你真的这样认为吗，伙计？"

一个骑白马飘飞在半空中的家伙，像一片树叶一般飘落到我的面前，他像神一样干净、飘逸，但他看上去善良而值得信任。

"认为什么？"我问。

"只要不当强盗了，就可以赢得你爱的人的心。"

"哈!"我就像一个牧场上拥有千百只牛羊的牧人,"我才二十多岁,我在情场上从来没有失过手,就像我在战场上还没有打过败仗一样。我相信没有不喜欢英雄的姑娘。从我看见玛丽亚的第一眼时起,我就认定这个姑娘是我命中注定的爱。"

"凭什么看出来的呢?"他问。

"玛丽亚目光中的好奇、敬佩——这样的目光我在姑娘们眼中见得太多啦!只是她的眼睛多了一层梦的衣裳,好像在问:你就是我梦中的那个好汉吗?"

"这就是你第一次打进教堂村时,没有把她交给康菩土司的原因?"

"当然啦,谁会愚蠢到把一个美丽的姑娘送给一个更愚蠢的土司?这个女人是我的,我相信我们的缘分在前世早已缔结,只不过让我们在今生来相会。她有没有在我之前爱上别人并不重要,她有没有嫁给别人也不重要,重要的是我们相遇了。这有点像江湖上的一笔财富,在我知道之前它属于谁,我并不关心,我只是把它们夺过来就是了。"

"伙计,爱情和财富不一样。刀枪赢不来自己的爱情。"那个家伙说。

我忽然发现这个家伙说话像神父,但他不是洋人的身形和脸庞,他也不是藏族人或汉族人,而仿佛是从很远地方来的陌生人。他眉心上的那颗痣让我感到奇怪,因为它在发光。我问:"你是哪一路的好汉呢?"

"我不是什么好汉,"他用嘲笑的口气说,"我是等着捡拾你掉在大地上的泪珠的人。"

"哈哈,"我笑道,"你既看不到我掉眼泪,因为我从没有哭过;你在大地上也捡不到一滴泪珠,因为它可能比大海里的珍珠还宝贵。"

他说:"眼泪总要流出来的,就像珍珠总要被人从大海深处采摘出来一样。"

杜伯尔神父这时过来了。他给我带来了吃的,还将我身上的绳子解开。他说:"你吃饱了就回去吧。我很同情你,但是你爱错了人。"

我说:"只要是爱,就没有错。"

骑白马的人在一边说:"这话没错。"

但奇怪的是杜伯尔神父好像没有看见他,也没有听见他说话一样。他只是对我说:"这要看爱谁,如何去爱。耶稣基督的爱才是这个世界上最正确的爱,最强大的爱。"

我发现那个家伙骑着白马飞走了,比我的马"云脚"飞得还快,比月光照在大地还要悄然无声。我恍然大悟,我碰见的是一个神,但愿他是掌管爱情的神。因为我脱口而出:"那就让我做你们的基督徒吧。"这是神让我说的话。

杜伯尔神父当时很惊讶,他看我半天,问:"你想好了吗?"

我说:"我早想好了,不然我来你们的村庄干什么?"

神父用审问的口气问:"你为什么愿意做一个基督徒呢?"

我很干脆地告诉他:"为了爱。"

神父又问:"你爱穷人吗?"

我回答说:"我当强盗就是为了让穷人有口饭吃,有件衣裳穿。我的兄弟们都是穷人。"

"你爱我们的主耶稣吗?"他又问。

"我现在还不太认识他,"我说,"我想他是一个很聪明的家伙,但如果他像你们一样是爱穷人的,我也会喜欢他的。"

"你要明白,是我们像主耶稣一样爱穷人。"杜伯尔神父说,"这样看来,你是想留在教堂村了?"

"是。"我说,"只要你们愿意我留下来,让我干什么都行。"

杜伯尔神父把我带进教堂,人们那时还在外面的院坝里狂欢。我们来到一间书房,古纯仁神父在看书,杜伯尔神父向他说明了我的请求。这个老人看了我半天,才说:"真奇怪你会如此欣赏一个差点绑了我们票的强盗。那么,就让我们来做一个试验,看看天主的神工,能否试练出一个曾经堕落的灵魂吧。"

他们把我领到楼下的一个房间,杜伯尔神父说:"你就暂时住在这里吧。"

我在屋子里闻到一股特殊的味道,顿时便有些不能自持,身体内的血脉冲撞得骨骼"啪啪"响。神父大约听到了这声音，就补充说："昨天以前，这里还是史蒂文和玛丽亚的房间，今晚他们搬到新房去住了。很抱歉，教堂目前没有多余的房间，如果你不介意的话……"

我强压内心的冲动，说："没什么，我哪儿都可以睡。"

我就这样在教堂村住下来了。白天我负责照料教堂的几匹马和一群牛羊，夜晚我在史蒂文和玛丽亚遗留下来的爱的气息中痛苦挣扎。在这个房间里，我的嗅觉像藏狗一般灵敏，我的脑海里夜夜在跑马，我的内心有一大群猴子在抓挠，我的脑袋天天都在发烧，但我的眼睛却始终像鹰的目光一样尖锐，这让我终于看见了我的爱情的一丝希望。

是一根头发丝那样细的希望。有天晚上，我竟然在那张木板床的褥子上发现了一根细长柔软的头发。是玛丽亚的头发！我就像在漫山遍野的花海中认出她那张灿烂如花的脸一样，在这个纷繁混乱的世界上辨别出了玛丽亚的一根头发！

我比那些终生修行的喇嘛终于看见了观修的佛还要激动。我捧着那根头发，凑到鼻子前嗅它散发出来的爱的味道，我忽然痛哭失声！我从来就没有哭过，连我母亲被头人拴在马后拖死，我把母亲的尸体从山道上独自背上天葬台，我也没有哭，我只有恨。

"现在，你知道流眼泪是什么滋味了吧？"我的爱神在我耳边悄悄问。

我哭着说："恨不会让一个男人哭，爱会。"

"唉！"爱神叹口气，转身悄悄走了，他忘了捡拾我滴落到地上的珍珠般金贵的眼泪，也许他认为它们还不够多。

我会哭了。我知道爱是怎么回事了。我为这个发现欣喜若狂。我把这根珍贵的头发装在一个蓝色小玻璃瓶里，这个东西是我从杜伯尔神父那里讨来的，据他说是装过他们的药的。我还把为了规劝我的爱情，不惜把自己的脑袋轰掉了半边的好兄弟次多的那块小头骨，也和这乌黑的头发装在一起。就像把坚忍到死亡的爱装在一起一样。白天我把它系在脖子下，晚上捂在自己的心间。我们藏族人总喜欢戴各式各样的配饰，猫眼石、绿松石、玛瑙、翡翠等等，常常一件配饰价值一个庄园，一座牧场。但是，我的这个玻璃瓶里的宝贝，价值整个世界。

在教堂村的每个白天，我忍耐、谦卑、沉默。甚至在路上遇到史蒂文挑衅的目光，我也一侧身给他让路。他是我人生中的第一个胜利者，我过去也被人打倒过，包括那次被康菩土司的人马俘获，但我从没有认为自己是失败者。因为他们没有击败我骄傲的心。现在史蒂文和玛丽亚联手做到了，幸好神父们的说法为我找到了保持尊严的理由：无论在谁面前，我们都要谦卑。

为了谦卑，我放弃了所有的荣誉和骄傲。古神父还说靠谦卑可以赢得姑娘的爱情，我想他说得有些道理。谦卑这个词我是第一次听到，他说谦卑是耶稣基督的本性，他以自己的谦卑来服务众生，以赢得天下人的心。他们崇拜的大神耶稣可以谦卑到为自己的信徒洗脚，但他却做了天下人的王。我不是很明白这个道理，我向来崇尚武力，武力让我和我的弟兄们肚子不饿，武力让我们穷人不受欺负，武力让我们骄傲，找到做人的感觉，武力还改变了我们的命运。在这片土地上，谁的刀好，谁的马快，谁的枪头准，谁就拥有武力，谁就是英雄，英雄就可以在这个世道上被尊称为王。可是，神父们却让我看到，一个赢得天下许多人心的王，不靠武力，靠谦卑和爱。

一个好姑娘就像你胯下心爱的战马，在你驯服它时，并不是靠呵斥、打骂来获得它的忠诚和爱，你得把它当兄弟，甚至当你的知已，了解它的习性，呵护它的成长。你不能总是以主人自居，当你能从马的眼神中读出它想说的话，当你从它的一个小小的举动明白它的想法，你就和它建立了生死之情了。

可是，看看我的现在，还有比我更谦卑、更可怜的家伙吗？我该怎么面对我这要命的爱情，全世界的人都反对的爱情！我以为，当我抛弃我的兄弟和绿林生涯，在玛丽亚的婚礼举行之前向她求婚，我就有资格和那个说唱艺人竞争，并最终赢得玛丽亚的爱。但是，教堂村的人们阻止了我。

尽管我还没有信仰神父们带来的宗教，但我成了一个常进教堂的"洋人古达"。这是为了能看见玛丽亚。在教堂做弥撒时她站在唱诗班的队伍里，我跟在人群后面，远远地望见她，思念她，而不是像神父教导的那样，作为一个希望皈依主耶稣的望教徒，我应该每天想念耶稣基督如何为我们承担苦难，自愿背起十字架，为我们赎罪。可是我想问一问这个被神父们带来藏区的耶稣：他是否也看到了我的爱情中的麻烦？如果让我也背上一个十字架，就能赎清自己的罪孽，让我像一个善良的好人去爱，并且得到我爱的人的心。那么，在天上的耶稣，就请你给我一个十字架吧。那东西比起我现在所经受的痛苦来，看上去并不是很重。

有一天我在牧场上遇到来打柴的玛丽亚。这是我来教堂村以后，第一次有了和她单独相处的机会。她一看见我，仿佛有些慌张，想从另一条路上逃走。我迎了上去，截住了她的去路。我说："这里有许多柴，我还可以帮你的。请不要害怕。"

她把头扭向一边，不敢看我的眼睛。我看见她的脖子都红了，我甚至感受得到她的心跳，因为我的心也翻滚得像澜沧江里的波浪。

我把她带到一片茂密的树林前，她不敢进去。我心里想：难道你害怕我会把你按翻在里面吗？我要做这样的事情，可不会等到今天。

我就一个人帮她砍，就像砍掉我爱情道路上的羁绊，也像砍断那些每天缠绕在我脑子的烦恼。我砍得树枝惨叫、树叶飞逃。我砍的不是柴，而是魔鬼，是痛苦，是心中的欲火。直到晚上睡觉前我都在后悔，我问我的爱神，我为什么要砍得那样快？我为什么不和她说说话而只顾埋头砍柴？我为什么不等到太阳落山了，才把柴捆好交给她？我为什么不帮她背那一大捆柴下山？

爱神低头抚摸他胯下的白马，不回答我的问题。

我继续像一个说话嘴角就漏风的老人家，絮絮叨叨地说，我呆呆地看着她负柴上肩，偏偏倒倒地往山下走去。这个土司家的小姐是个没有干过农活的人，她背柴的动作笨拙吃力，还没有走出一箭地，捆得紧紧的柴就散了，一根根地从她背上散落下来。我想追上去，帮她重新绑扎严实。但是，我忽然心里痛起来：就让她少背一点吧。

"呵呵！"爱神说了句俏皮话，"你现在像一个看见花儿被雨打风吹，也要心痛的流浪诗人啦。"

要是这花儿被一阵风忽然掠走了呢？我将怎么办？

今年的第一场雪飘落在教堂村的那个下午，玛丽亚被我的绿林兄弟从教堂村抢走了。那时她正在教堂外面的葡萄园干活，群培带几个人偷偷摸进村，神不知鬼不觉就把她装进一个大麻布口袋里带出了村庄。天黑时罗维神父、杜伯尔神父和史蒂文来到我的房间，我才知道玛丽亚被抢，史蒂文以为是我干的，手里还拿着一把刀。

我对史蒂文说："兄弟，现在不是你在我面前耍刀的时候。"

史蒂文高声说："我要杀人！今晚我要杀人！"

我说："我过去杀人的时候，从来不声张，也不让被杀者有啰嗦的机会。"

杜伯尔神父呵斥我们道："你们都在干什么啊！你，格桑多吉，人们说是你的手下人干的。你有什么办法吗？"

那时我正在洗一条胳膊粗的葛根，这还是我翻遍了两匹山坡才挖到的，它是我今天的晚饭。教堂村已经断粮半个月了，人们能吃到葛根、树皮之类的东西就算不错啦。本来十天前神父们从大理买来一批粮食，但是半路上被土匪抢了，人们说也是群培带人干的。

我才不想管史蒂文的事情呢。我的折磨已经够多的啦，现在让这个尊贵的流浪诗人也尝尝爱人被抢的滋味吧。

我把葛根上的泥土慢慢洗干净了，掰下一截，吃了，再掰一块，又吃了。像古神父平常吃饭那样，一顿饭可以从太阳升起，吃到太阳当头。

我吃完那条葛根，两个神父抽了两袋烟，史蒂文捏刀把的手都攥出了汗水。我说："你们不想睡觉吗？我要睡了。"

罗维神父说："格桑多吉，你的兄弟姐妹的困难，也是你的困难。这样你才是一个良善的望教徒。我们期待你的良善，你不会让我失望吧？"

我说："神父，我要抢玛丽亚的话，你知道的，早就干了。"

史蒂文虚弱地说："你敢！"

杜伯尔神父呵斥道："史蒂文，请保持冷静。天主祝福了你的爱情，但要试练你的宽容心。"他又转过头来对我说："你必须学会爱自己的敌人三次，才会得到爱本身的拯救。"

我冷笑道："我从来用刀去爱我的敌人，我的敌人的刀也不是糌粑面做的。"

史蒂文向前跨了一步，说："那就把你的刀拔出来吧，好汉！"

罗维神父这时说："杜伯尔神父，请把史蒂文带出去吧，我来跟格桑多吉谈。"

他们走后，罗维神父又为自己装了一锅烟，还问我要不要，我拒绝了。我走向自己的床，我要好好睡一觉。

罗维神父说："格桑多吉，你可以不管这件事；你更可以回到你的山寨上去，你爱的女人已经在你的兄弟们手里了，我敢肯定他们是为你抢的。你明天就可以回去，不用在这里承受天主对你的考验。"

我说："我并不是只要一个女人，我要自己一生的爱。"

"但是我要告诉你的是：玛丽亚要当妈妈了。"

我在床头站了片刻，然后转身去屋角拿我的马鞍。一条澜沧江那样的大河已经冲进了我的血管里了。主耶稣——这是我第一次在心中呼唤他！她竟然就要当妈妈了！

罗维神父在我身后说："明天去吧，我派两个人跟随你。愿主保佑你们平安归来。"

在罗维神父面前我感到自己的自尊心第一次受到了伤害，我对他说："我服从我内心的诺言，你不能以天主的名义，伤害我的尊严。"

我去马厩牵马，杜伯尔神父和史蒂文还在院子里，那个只会唱歌写诗的家伙已经泪流满面。我才不同情这种月圆月缺都要流眼泪的家伙呢。月亮在水里，爱人在天边，这种日子我天天都在过。我只流幸福的泪。

我骗腿上马，刚来到村子中央，一个村庄的人已挡在我的马头前。有人喊："不能让这个强盗去，他不会回来了。应该把他关起来，换回玛丽亚。"

人们举着火把，舞刀弄枪。我正在考虑是不是要提马从这些善良的人们身上踏过去，罗维神父和杜伯尔神父赶出来了。罗维神父说："让他走！天主会看着他的良善，基督的风采将在他的身上闪现。骑士，主的平安与你同在！"

我回头看了两个神父一眼，他们的眼光显得很真诚，不像史蒂文和教堂村的那些人。我拉起马头，高扬的马蹄轰散了那些拦在我马前的人们。我决心在这些信奉耶稣天主的人们面前展示一下，一个强盗如何做一个他们认可的骑士。

我在天亮前找到我的那些兄弟。他们看见我欢呼雀跃，为不知是哪个家伙的蠢主意而沾沾自喜。群培带人跪在我的马镫前，我骑在马上，忽然有找回往昔骄傲的感觉。有一刻我甚至不想从马背上跳下来了。

群培喜滋滋地说："大哥，人在房子里。兄弟们把什么都办齐了。就等喝完喜酒送你入洞房了。"这样的事情，过去他们也干过。

我跳下马来，劈头给了群培一马鞭，"我不是你的大哥！你今天可丢尽了我的脸。"

我被他们引进一间用石头新搭建的房子。玛丽亚像一头受到惊吓的小兽蜷缩在屋子一头，双手不自觉地护着自己的腹部，她仿佛还在噩梦中挣扎，眼珠子都要飘出来了。我的心忽然愧疚难当，柔软如融化的酥油。身后的兄弟们都退出去了，我面对我的命运我的良善。

我对她说："玛丽亚，我是来救你的。"

玛丽亚说："只有基督才可以救我。"

我笑了，"别再做梦啦，我就是你的基督。"

她竟然可笑地说："你还没有入教哩。"

"那有什么关系。"我说，"我可以为你做一切。"

"我有丈夫了。"

"那又有什么关系。"我再次说。

"我要回到我的丈夫身边。"她的眼泪忽然流下来了。

"别哭，我会送你回去的。"我咬着牙说。

"今天吗？"

"马上。"

我转身离开了屋子。兄弟们在外面围着我说长道短，说什么我走后他们如何想我，如何干得不容易等等，我一句也没有听进去。我告诉群培，把你们抢教堂村的粮食都给我装上马驮子，那是神父们给穷人驮来的粮食。他们说，粮食可以还给他们，但是大哥你要留下来。

我问："为什么？"

他们说："听说那些洋人喇嘛让大哥去放马，简直欺负人。"

我说："我愿意。"

他们又说："那个女人已经嫁人了，大哥留在那村庄里，也得不到她。"

我还说："不管得到得不到，我愿意。"

群培小心问："大哥，你要等她到何时呢？"

我一时回答不了群培的问题，我如一尊沉默了一万年的石佛，我可以像等待石佛开口说话那样，等我爱的人一万年吗？我搂着群培的肩，"好兄弟，忘掉你的大哥吧。他可真是一个没有出息的家伙。"

群培倒在我的怀里大哭。

我带着玛丽亚和七驮马的粮食，在傍晚时分回到教堂村。那个骑白马的爱神一直就跟在我们的身后，这让我就像陪着自己的媳妇回娘家一样，对玛丽亚呵护备至。还在峡谷对岸，我就远远听见了教堂里的钟声为我敲响。罗维神父和杜伯尔神父带着人们站在村口，第一次像迎接一个英雄凯旋那样欢迎我，哈达和酒纷纷献来。我看见玛丽亚被史蒂文从马背上扶下来，然后他亲自给我献上一碗酒。我喝下碗里的青稞酒，感到无比的苦，苦得我连自己的舌头都找不到了。史蒂文说："格桑多吉，你人并不坏。"

我本来想说，错了，诗人，这个世界上没有比我更坏的人。生活中将要发生的事儿，可不是你的歌中唱得那样美好。但我的舌头不听使唤。

这时，我看见爱神在一边愁苦着脸。

一个月以后，杜伯尔神父亲自为我付洗，神父在当天的布道中说："今天，我们让一个罪孽深重的人跪在了主耶稣的十字架前，这正是天主的计划安排。人们啊，你们怎么可以妄自推测天主的计划呢？服从吧。借助天主奇妙的神工，我们见证了一个江洋大盗不仅成为教堂里的一个寡言、沉默、谦卑的马夫，主耶稣还让他虔诚服务一切，宽恕一切，忍耐一切。他以自己的谦卑，不但成为主的羔羊，还几乎包揽了教堂里的所有杂活，放牧，劈柴，出粪，做木活，搬运杂物，甚至还指挥小修院的修生们搬来江边的乱石，不用一点灰浆，利用不规整的石头砌出一道整齐结实的围墙。看哪，当这个从前的强盗擅长舞刀弄枪的手，做造福于教会的任何工作时，基督救世的福音就体现在这个藏区峡谷中的小村庄了。让我们接纳他吧，宽恕他过去的罪孽吧，让我们把他认作我们的好弟兄，帮助他成为一个全新的人。"

那时，我对"全新的人"的理解就是：我现在是一名信奉耶稣基督的天主教徒，我要和过去的罪孽一刀两断，我要过一种全新的生活。不是去打劫，而是去爱；不是骑在战马上驰骋，而是跪在教堂里忏悔。

唯有这样，我才能去赢得我的爱。

罗维神父给我取了一个教名奥古斯丁①，那时我还不知道这个名字对我来说意味着什么。但我知道，自从杜伯尔神父把几滴圣水滴在我的头上时起，我的额头就不再发出红色的光芒来了，红额头格桑也就死了。格桑多吉在澜沧江峡谷杀富济贫的传奇故事，也就结束了。

---

① 奥古斯丁（354—430），古代基督教主要作家之一，与中世纪的托马斯·阿奎那同为基督教神学的两位大师。其重要著作为《忏悔录》。

15 阿墩子志

在鸟儿飞来之时，

大地上已经树木成林；

在洪水冲下来之时，

雪山上已经有神灵居住；

在藏族人赶着牦牛迁徙来之时，

卡瓦格博神山前已经供奉有三宝碟——

金碟岗巴寺，银碟阿墩子，水晶碟转经堂。

——扎西嘉措《阿墩子歌谣》

　　很久以前，一个流浪诗人在这片土地上唱过这支创世歌谣。那时他年轻、浪漫，才华横溢，身后除了自己的影子，就是人们交相传诵的美名。在他唱起《阿墩子歌谣》的时候，人们都知道，我是一只供奉在卡瓦格博神山前的银碟，在我的碟中，装的不是金银财富，不是洁净的山泉，而是藏族人虔诚敬畏的心。

　　在我们这个地方，每一座雪山都是一个神灵，每一个神灵都护佑着雪山下的黑头藏民。雪山的白印衬着藏族人肌肤的黑，就像白云印衬着苍鹰的矫健，悬崖印衬着古柏的挺拔，峡谷印衬着江水的凶猛，寺庙印衬着佛土的庄严。喇嘛上师告诉人们说：这就是大地上的因缘。

　　我的历史不是写在纸上的，而是在人们的嘴边和歌声中传唱。当我身边发生的英雄传奇和浪漫爱情变成文字什么的时候，它们已经不太像当初那回事了。

我们认为，写下的文字，没有说出的话语生动；嘴边的话语，又没有唱出的歌儿好听。就像我们藏族人的英雄史诗《格萨尔》，我们靠韵味深长、悠扬动听的说唱，去传播一个英雄的创世业绩，一个民族的悠久历史；也像那个年轻的流浪诗人，用自己的句句诗行、声声血泪，去书写藏族人不平凡的爱情。

因此，当你想从一本"志书"什么的去读阿墩子的历史时，你要小心，那里面有许多后人根据他们的需要而附会的说辞，已经不是我的本来面目啦。我要告诉你的，是那些"志书"里不曾记载的东西。

如果我要一板一拍地唱一支关于阿墩子沧桑演变的歌谣，恐怕要唱到地老天荒。那么，你就听我说——

很早很早以前，我们这里被魔鬼统治，天上的星星都是黑的，太阳的光芒要么发出绿光，要么时常被魔鬼放出的毒瘴遮蔽。那时卡瓦格博雪山是一个凶煞魔鬼的化身，它专喝小孩的血，用人的头颅当吃糌粑的碗，用死尸的皮当衣服，它动怒的时候，猩红的舌头可以从雪山上一直伸到峡谷底，席卷一切生灵。

传说是来自印度的莲花生大师拯救了雪山峡谷的子民。莲花生大师和卡瓦格博魔鬼大战七七四十九天，从天庭打到冥府，从雪山打到峡谷，直打得山崩地裂、日月无光。你们看看雪山下那些刀劈一般的悬崖，那是莲花生大师的法剑斩杀的；你们再看看澜沧江边那些巨石，那是魔鬼被打碎的骨头、手指、脚趾和牙齿，一条峡谷里，到处都是。

而魔鬼飘零的头发、被斩断的胡须，你到雪山下的森林看看，直到现在还挂在那些古老的松树上呢。

啦嗦啰，神胜利了。莲花生大师降服了卡瓦格博恶魔，并且，让它皈依了佛教。从那以后，卡瓦格博雪山就是藏族人的神山，它成了一个白盔白甲，骑白马，持神戟，护佑一方平安的保护神。

神灵总是需要供奉的，于是就有了寺庙，有了煨桑的香烟，有了喇嘛上师朗朗不绝的经文，有了朝拜的藏人，以及诸佛菩萨庄严的佛像。

我名字的来历和一尊释迦牟尼的佛像有关。在明朝的时候，纳西地的木氏土司兵强马壮、足智多谋，还有明朝皇帝在背后给他撑腰，他征服了康巴藏区的大部分地方，被人们称为木天王。那个年月，信奉佛教的藏族人，打不过信奉东巴教的纳西人。但即便是木天王这样威震四海的大土司，当他来到藏区，也对我们的神灵敬畏有加。

一天，木天王的大军扎营在澜沧江峡谷的一条山沟里，准备和对面的藏族人开战。两军正要冲杀，随着一阵天空中飘来的曼妙音乐，一尊佛祖释迦牟尼的佛像御风飞来，降落在两军阵前。顿时，战马下跪流泪，军士不能举刀持戟，因为佛像在哭泣。对阵双方不得不鸣鼓收兵。一个纳西将军徒步上前，将释迦牟尼的佛像抱回来送给木天王。天王当时并不把一尊会哭的石佛当多大回事，随便将它放在帐篷外面的一个土墩台上，打算战争胜利后带回纳西地的木氏土司府。可是第二天，当他拔营出征，命令手下的人去请佛像时，竟然搬不动它。

天王传下命令：昨日一人可抱，今天何以不能运之？再去两个人。

佛像纹丝不动。

木天王大怒：澜沧江、金沙江、雅砻江、怒江，四条大江流域内的部落都被征服了，千军万马都成了手下败将。本王要是愿意，雪山都可以搬回家里的后花园。不能搬运此佛像者，立斩不饶。

三个人被杀了。又去十个人。

十个人被杀了。再去。

又杀了二十人。

去多少，杀多少……

木天王的兵将跪了一地，他们哭泣着说，天王，此佛像身上，存放了所有藏族人的心。雪山可移，人心难撼矣！

盖世英雄木天王不得不亲自下马，来到佛像前焚香祷告。此刻木天王才发现，放置佛像的土墩台周围，清泉幽幽，林木苍翠，百鸟鸣唱，万花起舞；佛祖慈悲的目光下，但见峡谷纵深，云飞雾走，仿佛天国幕帐；远望雪山巍峨，圣洁高远，犹如佛国城池。

木天王感叹道，真乃庄严佛土，神仙居所。然后传下命令，以此佛像和墩台为中心，建寺造城，以为雪山供奉。本王人马，不得打扰。

寺庙建起来了，名为岗巴寺。有了供奉神灵的庙宇，城镇就在寺庙的周围延伸，先是一幢幢的僧舍，拱卫着寺庙中央的大殿；然后是一些民居，又拱卫着他们出家的弟子。在佛祖的庇护下，寺庙、僧舍和民居像盛开的八瓣莲花，人们称为阿墩子，这个名字象征着吉祥、敦和、平安。

在我们藏地的许多地方，寺庙就是一座城镇，甚至大过许多的城镇和村庄。我们认为，房子只是给人居住的，而寺庙是供奉给神灵的，因此房子能遮风挡雨就足够了，寺庙则一定要宏伟辉煌。

当阿墩子作为大地上的一只银碟，呈现在雪山峡谷之间时，森林里的百兽已是神山的守护者，牦牛也具有了神性，牧场上的山歌像花儿一样烂漫，大地盛产五谷、传奇、爱情以及神灵的故事。在佛祖的庇护下，朝圣的人，赶马做生意的人，开矿挖掘大地宝藏的人，都来这里实现他们的梦想。尤其是那些马帮们，路始终在他们的脚下延伸，他们没有确定的归期，也没有固定的边界。路在哪里，脚就走到哪里；或者说，脚走到哪里，路就开在哪里，传奇和浪漫也就跟到哪里。他们在我狭窄的青石板街道上布满马蹄深陷的脚印，像岁月的印痕，见证着汉藏两个民族茶马互市久远的历史；他们也带来了阿墩子的繁荣，让我英名远扬。

自古以来，我就是汉人地界前往西藏的一扇温暖又威严的大门，在我的大门外，驿道一直通往汉人地界的心脏；而在门内，除了藏族人外，还有汉人、纳西人、彝人、傈僳人等民族，他们来到雪山峡谷里讨生活，只要不触犯我们的神灵，大地上的慈悲也对他们一视同仁，好几百年来人们都是这样和睦相处。有时，他们也相互打仗，争来杀去，但战火的硝烟还没有散尽，爱情的牧歌就飘起来了。各个民族的人们照样通婚、做生意。战争总是短暂的，而爱情永恒。

直到有一年，洋人来到了阿墩子，雪山上的神灵开始感到不安，我宁静的岁月也被打破了。

16 相 遇

> 看，我派遣你们好像羊进入狼群中，所以你们要机警如同蛇，纯朴如同鸽子。
>
> ——《圣经·新约》（玛窦福音 10:16）

随着中国人打败了日本人，国民政府在藏区的力量得到了加强，地处藏区边缘的传教会无论是和欧洲还是南京政府的联系都畅通无阻了。世界沉浸在胜利的喜悦中，终于盼来了和平，人们在重新规划自己的生活，传教会也在计划扩大自己的传教点。古纯仁神父认为此时应该是耶稣的福音向西藏的腹地进军的时候了，教会也顺利地取得了南京政府新颁发的传教护照，他便派罗维神父和杜伯尔神父逆澜沧江北上，去阿墩子探寻开辟新的传教点的可能——现实地说，是恢复从前那些被藏族人捣毁的教堂。

罗维神父和杜伯尔神父带了一队马帮进入阿墩子县城，好不容易找到一家肯收留他们的客栈，刚安顿下来，行囊都还没有完全打开，一个穿汉装的青年人就来敲门，还递上张帖子，说阿墩子县的最高长官唐朝儒县长晚上将来拜访。

他们没有想到来到藏区第一个来欢迎他们的人竟然是个汉族官员，杜伯尔神父说："我情愿来访的是一个喇嘛。这些在藏区生活的汉人，尤其是汉人官吏，除了做生意赚钱，就是来统治藏族人的。他们能给藏族人什么帮助呢？"

罗维神父不无幽默地说："给他们教训，为我们撑腰。"

下午六时整，县长唐朝儒带着两个随从准时到访。他今天穿中山装，戴礼帽，左上衣口袋露出时尚的金表链，见了两个神父就取帽致敬，脸上现出外交礼节般的微笑，看上去不卑不亢，颇有教养。这让两个神父对汉人官吏的看法稍微发生了些改变。唐县长按藏族人的习俗带来了丰厚的见面礼，十饼茶叶，一只大火腿，一口袋青稞，几饼酥油，还有一大桶青稞酒。

双方寒暄过后，罗维神父递上重庆政府准予传教的公文，还有云南省政府一位要员责令本地官员协调一切传教事宜的亲笔信。唐县长一一仔细阅过，脸上现出为难的神色，他试探着问：

"这么说，二位神父是要在阿墩子重开教堂了？"

"这是传教会赋予我们的使命。"罗维神父用不容置疑的口气说。他当然知道，跟汉人官员打交道，就是要尽量保持一个欧洲人的尊严。

"据本官所知，目前贵传教会在本县的教堂都在偏远的乡村，共有四处，茨古、核桃树、巴东、怒水，由法国巴黎外方传教会于清咸丰十一年（1861）所开。县城所设教堂，光绪三十一年（1905）春已被暴民焚毁。我国政府虽然主持了公道，严惩了暴民，并作出了赔偿，但教会方面也知道在喇嘛教盛行之藏区，传播你们的信仰，并非三年、五年之功。他们大多去远离喇嘛教势力之偏远山村传教，唯此，教派纷争、教义歧见方可避免；各烧各的香，各拜各的神。神仙不打战，民、教才平安……"

罗维神父打断唐县长的话："县长先生是要赶我们走？"

唐县长忙摆手道："没有这个意思，只是跟你们说明本地局势。"

"我们不走！"杜伯尔神父果断地说，"我们还要在喇嘛教寺庙的旁边设立主耶稣的圣堂。让藏族人知道，什么才是他们需要的真正的宗教！"

也许他的声音大了点，屋里的气氛一时显得有些尴尬，罗维神父忙说："杜神父是个意志坚定、急于在此地展开传教工作的人，希望县长先生不要误解。"

唐县长好笑地把头上的礼帽取下又戴上，说："你们不要误解这个地方，就谢天谢地了。"

罗维神父说："我相信，有重庆国民政府的支持，不但县长先生对我们传播耶稣的福音会大力支持，就是寺庙的喇嘛们，也不会持反对意见吧？"

唐县长双手一摊，"只要你们有勇气，你们可以在这里做任何事情。但是，我不得不提醒诸位，这里是康巴藏区，有很多凶悍的土匪，他们多如牛毛。有个叫红额头格桑的，简直就是一个魔鬼。你们要是撞上他，就知道小锅是铁打的了。"

杜伯尔神父好奇地问："一个强盗和锅是不是铁打的，有什么关系呢？"

唐县长嘀咕道："我真不明白，你们不但不懂藏文化，连汉文化也一知半解，又怎么去传播你们的宗教呢？"

罗维神父说："落后的文明总是被先进的文明所教化。"他向杜伯尔神父挤挤眼睛，又转头对唐县长说，"如果你不反对的话，我想给你介绍一个新朋友。"

杜伯尔神父向里屋喊："奥古斯丁，出来吧。"

一个康巴大汉从门帘后面钻出来，温顺地站在两个神父身后。但就他这个样子，也把唐县长的头皮吓得阵阵发麻。

"红……红额头……"

"对，大强盗格桑多吉，"杜伯尔神父帮他说，"如今他已经皈依了我们的主耶稣了。看看我们天主的神工吧，县长先生。"

唐县长恢复了镇静，"我要立即逮捕他，他是我们政府通缉的要犯。"

"不，"罗维神父坚定地说，"你没有权力逮捕一个主耶稣的选民。"

"别忘了，这是在我的地盘上，我要想抓谁，谁就得去蹲班房。"

"你试试看。"杜伯尔神父挑衅似地站在了唐县长面前。唐县长的脸都气白了，他想扭头去唤身后的马弁动手，但他终于还是没有那份勇气。

"你们等着瞧，"唐县长为自己找了个台阶，"只要这个家伙离开你们的耶稣一步，我随时可以逮捕他！"

"主耶稣的烙印已经在他身上了，我们的天主将终生护佑他。"罗维神父以胜利者的口吻说，"我们救人的灵魂，而不是治人的罪。尊敬的县长先生，刑法拯救不了迷途的羔羊，唯有我主耶稣才有最后的审判权。"

唐县长有些不敢相信自己的判断力了。在县府过去的通缉令中，画师把红额头格桑画成一个满脸虬髯、目露凶光、状似李逵式的人物。而眼前这个格桑多吉——他叫奥什么"补丁"？唐县长一时想不起这个拗口的名字来了——看上去真像一头被驯服了的野兽呢。他现在连抬眼看人的勇气都没有，谁能相信这个家伙曾经跃马横刀、杀人如麻？难怪我的人抓不到他，原来跑到洋人的教堂里躲起来了。唐县长恨恨地想。

在神父们和唐县长交锋时，皈依了耶稣天主的前强盗格桑多吉一直垂手低头，恭顺地站在罗维神父身后。过去他几乎和罗维神父一样高大，现在他看上去似乎只比身材中等的杜伯尔神父稍微高一些，而在他身上最大的变化，则是人们再也看不到一个强盗的霸气和孤傲了。

实际上如果不是奥古斯丁，也许神父们刚一踏进阿墩子的地盘，就被赶出去了。在他们现身阿墩子小城时，第一眼看到他们的牛羊纷纷逃到了雪山上，许多藏族人就像撞见了鬼一样，一见到洋人传教士，就赶快关门闭户，连街道上那些店家也不做生意了。一些康巴人甚至已经准备好了刀枪。但是，洋人喇嘛身后站着的那个人却让他们犹豫了。不是因为他曾经是红额头格桑，而是因为他的皈依。神父们不知道他们把奥古斯丁带在身边，在阿墩子的百姓看来，堪比当年顿珠活佛用一句话就收服了大强盗贡布。他们对这些供奉神职的僧侣都心存敬畏，无论他的皮肤是白色的还是黄色的，也无论他们宣讲的神灵是耶稣还是佛陀。如果一个罪孽深重、作恶多端的屠夫都能放下屠刀，一个善男信女为什么不在那神秘的法力之下跪下来呢？

两个神父在阿墩子开展工作将近半个月了，尽管他们仍然身处敌意的包围之中，但也取得了一些进展。在阿墩子的人们看来，这两个洋人喇嘛不过是一些富有慈悲心的大施主，做得像慈悲的喇嘛上师一样谦逊随和、慷慨大方。他们不计报答和酬谢，轮流在阿墩子唯一的三岔街道口上向人们微笑，用藏语问好，送给他们来自汉人地区的小礼物，一块布，一坨盐巴，一块茶砖，甚至一双靴子——如果有谁脚下的靴子实在破烂不堪的话。奥古斯丁每天早上背一个大包袱跟在神父的后面，里面塞满"耶稣送给藏族人的问候"——杜伯尔神父语，他像个沉默严肃的圣诞老人，傍晚又拎着空空的口袋随神父们归来。他在人们诧异的目光中接受着拷问，却从不在自己的家乡父老面前说一句话。

直到有一天，他在阿墩子的街上，和自己的活佛弟弟猝然相遇。

这是个风和日丽的下午，顿珠小活佛在几个侍从喇嘛的陪同下，被县城的一户大施主请去念经做法事。完事后他们路过街上的集市，正碰见杜伯尔神父在路口向行人分发礼品，顿珠小活佛好奇地发现，洋人僧侣在递给人们礼物时，脸上的表情比接受礼物的人还高兴，这让他不得不佩服洋人的慈悲心。在明亮的阳光下，他们的目光终于相遇，就像针尖和针尖相碰，仿佛在他们的心中发出了"当"的一声脆响。

紧接着，他看见了自己的哥哥。佛、法、僧三宝！顿珠小活佛在心里惊叹一声。他怎么会跟在一个洋人喇嘛的后面？魔鬼又在玩弄什么样的阴谋？

"请过来，孩子。"在顿珠活佛发愣时，杜伯尔神父首先表现出他的善意，他举起一个漂亮的贝壳，"我有礼物给你。"

顿珠活佛身后的几个喇嘛顿时显得很愤怒，没有人敢称他们尊敬的活佛为孩子，连活佛的上师和父母，他们都只能恭敬地称顿珠小活佛，而且还要弯腰屈膝。贡布把袈裟外面的披肩甩到了肩上，露出健壮的胳膊，那是他想打架的前奏。但他也看见了他往昔的绿林兄弟，贡布就像被一个大雷直接打在脑门上，蒙得不知何为天何为地了。

不知是这个世界上竟然还有如此精美的贝壳，让一个小活佛也忘记了自己的尊严，还是同父异母的兄弟在这样的场合下相遇，让他们都忘记了自己的宗教属性，抑或一个活佛和一个神父历史性的对话，使这次见面成为阿墩子这个偏远藏地小县城饶有趣味的一个历史小注脚。

顿珠活佛后来在他的宗教回忆录《慈悲与宽恕》中如此描述这个有趣的下午：

谁能拒绝别人礼物的诱惑呢？谁能看见一个彩色的贝壳而不动心呢？更何况，谁能看见自己的哥哥不上前去打个招呼呢？我让贡布他们保持安静，待在原地不要动，我向他们走了过去。一个是我的宗教敌人，一个是我的哥哥，我从一开初就试图接近他们，却发现我走了一生，我和他们却总是相隔在澜沧江大峡谷的两岸。

我问："尊敬的西洋神父，你们的教法也向穷人发放布施吗？"看在我哥哥的面上，我是第一个叫他们神父的喇嘛。我的眼睛一直在看着我的哥哥，他却总是在躲避我的目光。

杜伯尔神父回答说："不错，我们是穷人的教会，专门为穷人服务的。它漂亮吗？"他指着那贝壳问。

"哦呀，我从来没有见过……"我那时的激动或者说失态大概和我的身份很不相称，这让他找到了继续诱惑我的理由。

"我还有比这更大、花色更漂亮的贝壳哩。"他趁势说，"如果你愿意到我们住的地方去当客人的话，我可以送你更多。"

"是吗？"我被吸引住了，暂时忘了我的哥哥，"你们从哪儿弄来这些宝贝啊？"

"大海。"他回答道，"你要知道，为了来你们这里，我们在大海上漂流了好几个月，比你们去拉萨花在路上的时间还长啊。"

我真的不知道大海是什么样子，惊讶得张大了嘴，"有……那么长的大海？"

"孩子，大海不是长，而是大。大到跟天空连在了一起。"他说。

"像我们的神山卡瓦格博一样高到了天上？"我又天真地问。

"大海也不是高，它实际上是世界上最低的地方。它太宽太广阔了，在我们的目光尽头，想象力以远。在大海上乘船，才知天地之大。我们生活的陆地，不过像湖中的几个小岛。"

"啊啧啧！那要多长的绳子才拉得动你们的船？"在澜沧江一些水流平缓的地段，人们用绳子拉船上行。我努力在想，他们是如何从世界的最低处，乘船到了我们高远的雪山下。

"噢，我想可能没有那么长的绳子。"他耸耸肩，表现出一个智者的虚荣，"大海里行船过去靠风的力量，现在我们靠火的力量，推动船在大海里航行。"

我皱紧了眉头，不再对我不知道的事情发表看法，他让我在我哥哥面前丢脸了。我发现和这个西洋僧侣对话总是让自己处于无知的境地，我甚至想把那个贝壳还给他，以维系一个小活佛的尊严。但是，那天我非但没有那样做，竟然还跟着去了他住的客栈。因为他说他还要让我看更多大海里的秘密。唉，不是由于一个孩子的心，总是被这个世上所有的新奇事物所牵引，而是我想尽可能多地知道他们的一切。凭什么他们可以收服我的强盗哥哥的心？

很多年以后我才知道，杜伯尔神父在漂洋过海来中国的旅途中，一路上收集了不少小玩意儿，塞得港的珍珠，吉布提的珊瑚，科伦坡的贝壳，新加坡的海螺。这是他们的传教简报上教给他的经验，上面说这些东西在西藏都会被视为圣物，是笼络人心的好东西。在我认识这些洋人之时，他们对我们已经有些了解了，而我们对他们却一无所知。

但我那时哪里想得到这么深远啊！我在他们的客栈见到了罗维神父，一个像康巴人一样高大健壮的僧侣。他的脸上也永远是和蔼的笑容。他们为我摆出了所有适合一个孩子童真和天性的玩意儿。到了时辰会像鸟儿一样鸣叫的钟，比被我拆散了又装不回去的闹钟更神奇；几个漂亮的小人随着音乐起舞的盒子，像藏族人的烙饼一样会唱歌的盘子。我知道，这是有钱人在炫耀自己华丽的配饰，我尽量保持着自己的尊严。我的强盗哥哥在洋人跟前就像贡布在我面前一样，这让我心酸。但我还是面对一个白色外壳并镶嵌有虎皮斑点、里面是奶黄色衬底的大海螺感叹不已：

"我们岗巴寺的镇寺之宝，没有你们这个海螺大，也没有你们的漂亮，它还是从印度来的呢。我们要做大法会时才会将它请出来。"

杜伯尔神父将它递到我的面前，说："你贴到耳朵上仔细听，可以听到海浪的声音。"

我照做了，试图捕捉到大海里的秘密。良久，我把海螺放下来，诚实地告诉他："没有海浪的声音，但我听到里面有一千个喇嘛在念六字真言。"

"什么？"两个神父同时问。

"唵玛呢叭咪吽。我们经常念的最重要的祈祷文。"

他们好像没有听懂我的话，费解地互相望一眼，我终于看到了他们的无知。杜伯尔神父把海螺拿过去，凑到自己的耳朵边，然后他摇摇头。他当然听不到我心中的经文。

我骄傲地说："我们的经文，融进大海的海螺中去了。神奇的法器啊！"

我看见罗维神父向杜伯尔神父挤了一下眼睛，杜伯尔神父马上慷慨地说："你喜欢的话，就送给你了。"

我被他的慷慨吓呆了，"不不不，它是你们的法器呢。这么贵重的礼物，我要是不合适的。"

杜伯尔神父庄重地说："这是你的朋友对你的尊敬和情谊，请不要拒绝！"

我感动得再次失态，双手将海螺接过来，顶礼在自己的额头上，然后说："你们是慷慨的朋友。明天，请来寺庙做客吧，我也有珍贵的礼物还赠你们。"

我有自己的考虑。今天我被他们从大海里带来的秘密彻底征服了，明天，我要让他们看看我们寺庙里的秘密；我还要让我的哥哥看看，什么才是一个藏族人真正值得去追求的宗教信仰。过去他行走在绿林，现在他站在洋人喇嘛那边，他或许从来就没有认真想一想自己的来世。更重要的是，我的上师益西堪布一直告诉我说：洋人喇嘛是"骑在炮弹上的魔鬼，毁灭佛法的仇敌"。我一直不相信人可以骑在炮弹上，就像人不能坐在火塘上一样。我要让寺庙里的喇嘛们看看，洋人其实和我们一样，也是骑在马背上的朋友。

17　杜伯尔神父一书

　　你们不要判断，你们也就不受判断；不要定罪，也就不被
定罪。

　　　　　　　　　　　　　——《圣经·新约》（路加福音 6:37）

尊敬的古纯仁副会长大人：

　　向你致敬！托天主的护佑，请允许我荣幸地向你报告，我们不但已经顺利而稳健地在阿墩子站住了脚跟，了解了当地的民族、民俗，查清了前往西藏的道路情况，并绘制了地图，而且还成功地在本地佛教的心脏——寺庙——打开了一个突破口。

　　我们刚刚在寺庙做了一次"尊贵的客人"。那些佛教僧侣并不似教会以往报告中描述的那般可怕。他们只是被谬误所困，又大都出身低微，见识孤陋。他们中少有精英，但信仰虔诚。他们的寺庙看上去就像我们的修道院，喇嘛们则像我们年轻的修士。如果不是因为侍奉不同的宗教，我们和他们是多么相像的神职人员啊！但我们深知：正是他们，将成为我们把主耶稣的福音传往西藏的绊脚石。

　　幸运的是，这个教派唯一受过良好教育的贵族子弟，竟然被我们的文明所吸引，热诚地邀请我们去寺庙访问。这个尊贵的小喇嘛是个俊朗英武但稚气未脱的少年。我们来藏区这些日子里，还没有看见如此高雅好学、不拒绝新事物的小绅士——这在保守的藏区相当难能可贵。非常富有戏剧性的是，

我们用一枚仅花了一个瑞士法郎的海螺，就敲开了喇嘛们封闭的心。

他有望成为我们进入西藏忠诚的盟友，人们称他为顿珠小活佛。

尽管我们是这个寺庙的最高神权拥有者顿珠小活佛邀请去的客人，但是为了必要的防备，我们还是各自带了一把左轮手枪藏在腰间，并在神父袍外面套上中式长衫。事实证明，我们小心过分了。有奥古斯丁在我们的身后，任何危险都不存在。

我们没有料到会在寺庙里受到如此隆重的迎接——其实，与其说是一次欢迎仪式，不如说是佛教徒在向我们示威。我们先是被请到他们念经的大堂，刚一进门，几百名端坐在两边的僧侣，忽然发出震耳欲聋的念经声。我们不知道这意味着什么，正在犹豫之际，奥古斯丁在我们身后悄声说，不要害怕，他们只是想祝福你们吉祥平安。主啊，这样的祝福没有哪个欧洲人享受得起。

我和罗维神父走向自己的座位。我们的朋友顿珠小活佛坐在高高的法台上，面无表情，没有向我们打招呼，与他昨天在我们面前的谦逊无知判若两人。此刻他看上去与其说是个活佛，不如说像一个泥塑的偶像。他的法座右下侧坐着一个面色阴沉的老人，仿佛地狱天使，还有一个壮汉，比奥古斯丁还要粗壮高大，他手持一根铁棒，一直站在我们的身后，监视着我们的一举一动。

我们就座后，喇嘛们的念经声终于停顿下来，有仆人送来酥油茶，各种面点——很粗糙，味道极为难吃。顿珠小活佛在这个时候终于开口说话了：

"远方来的西洋神父，刚才我让喇嘛们为你们念经祈祷。你们感到害怕了吗？"

这让我们不得不佩服这个孩子早熟的洞察力。我不失礼貌地回答道："谢谢你，尊敬的活佛。"

"当我说要请你们来做客时，他们——"他用手指着大殿里所有的喇嘛，"都以为我要把魔鬼请进寺庙里来呢。哈哈哈哈……"

他这个时候终于表现出一个孩子的天性来了，也显示出了他至高无上的权力——大殿里所有的喇嘛都呆如木头，只有他可以随心所欲。他从自己的法座上跳下来——那个位置对他来说太高了，来到我们的面前，"请喝茶。你们习惯喝我们藏族人的酥油茶吗？"

我如实回答："和我们平常喝的咖啡味道不一样。"

他笑了，"对于我们来说，茶是血，茶是肉，茶是生命。你们要想在藏区长期待下去，首先得学会喝我们的酥油茶。"

我回答道："谢谢，我们会习惯的。"

"看来你们是想把自己变成一个藏族人。"他说。

"不，我们肩负着使命而来。"我说。

"是什么样的使命呢？"这个孩子脸上露出狡黠的笑容，与他的实际年龄极为不相称。

"我们的教会，只是派我们来看看阿墩子及其周边地区的风土人情。"罗维神父大概怕我的话会激怒喇嘛们，帮我打了个圆场。几个老喇嘛脸上已经现出憎恶的表情。

顿珠小活佛一定是个机灵敏感的孩子，他说："阿墩子和西藏接壤，你们是想去西藏吧？"他肯定察觉到了我和罗维神父脸上的惊讶，但他忽然拉起我的手，"我们今天不谈论宗教。来，我带你们看看我的寺庙。"

参观从眼前的大殿开始。那真是一个富丽堂皇的经堂，用华贵而色彩艳丽的汉地丝绸制作的经幢，从穹顶悬下，足有几十幅；四面墙上是用矿物颜料绘制的宗教壁画，画技朴素，可以看出这些画师们不懂透视学、人体比例、层次感、明暗对比等现代绘画常识，属于欧洲中世纪以前的宗教画。其中一幅画叙述了藏人如何从猴子变成了人，不是全能的天主父的创造，更不是达尔文进化学说的翻版，而是从他们的传说中演变的荒唐故事，他们竟然认为自己是一个女魔和一只面目可憎的猕猴的后代。

不过应该承认，藏族人的佛像雕塑非常中规中矩，不失为一件件精美的东方艺术品。但一般都显得浮华造作，是偶像崇拜的民族经常犯的审美错误，有两尊佛像竟然全用黄金粉涂面！看上去金光灿烂。尤其要向你说明的是，这个大殿的设计虽然开阔庞大，但采光极不科学，有一个天窗，可光线被重重经幢所遮挡，几乎没有窗户，因此正殿神龛上的佛像虽然庞大威严，但是处于阴暗之中，四周的壁画也空有久远的历史和优美的传说，人们要看清它们，即便在大白天也必须要举着火把。厚重的高墙，阴郁的喇嘛，零乱的设计，还有面目狰狞的佛像，一切都在说明这个宗教给雪域高原的信众带来的压抑和黑暗。

让我惊讶的是大殿里的几根顶天立柱，直径足有七八公尺。它们不是人们砍伐后搬运过来的，而是本来就生长在这里的古树，似乎寺庙所在地过去是一处原始森林，建筑师巧妙地将森林里的古树作为寺庙大殿的顶梁柱。顿珠小活佛在介绍这几根大柱子时，借题发挥说：

"我们的寺庙就像这大树一样，几百年前就在这片土地上生长出来了。它们就像大地上的万物，不是我们造就它们，而是它们造就了我们。"他抚摸着那些古树说，"这是龙柱，那是虎柱，那边那根是熊柱，还有鹿柱、牛柱、马柱，每一根大柱，都和一种吉祥的动物有关，都有一段神奇的传说。你闻一闻，它们有神的味道。"

我问："神是一种什么样的味道呢？"

他犹豫了一下，把自己的鼻子凑近一根柱子，回头对我说："是一种让你内心颤栗的味道。你来闻一闻吧。"

为了表示对他的尊重，我只好将头凑上前去，我告诉他，这柱子上其实只有弥漫在大殿里浓重的酥油味，你们吃下太多的奶酪啦。最多也只剩下一点古木的味道。

他竟然聪明地狡辩道："这就是我们的历史的味道。神创造了历史，也留下他们的气味。就像人骑了一天的马，身上也会有马汗味一样。我们的庙宇，是藏族人存放灵魂的地方，总是有神迹在生长。不是一间遮挡风雨的破屋，哪儿都可以到处乱建的啊。"

我想他是在暗示我们的教堂不够神圣，罗维神父也看出了这一点。他向我示意，今天不是和他们辩论的时候，我们只是听，看，并保持我们的尊严。顿珠小活佛又指着一尊约莫两公尺高的佛像认真地说："尊敬的洋人神父，请看，这尊佛祖释迦牟尼的佛像是从西天飞来的，在必要的时候，他会开口说话，甚至还会为人间的苦难和恶行流泪，他曾经用自己的眼泪阻止过战争和杀戮。我们的寺庙因他而建。"

他虔诚的模样实在让我们忍俊不禁，我们问，难道它有翅膀吗？你说的西天具体是哪里？有谁见到过一尊重达几百公斤的石头雕像在天空中像鸟儿一样飞吗？又有谁听见并看见一座石头佛像说话和流泪呢？

这个深受谬误之害的小活佛用诗一样的语言回答道："是的，它虽然没有翅膀，但是它有殊胜的法力；石佛说话，那是因为人间需要无上的慈悲；如果石佛流泪了，人间就有大灾难了。我们说的西天，就是喜马拉雅山背后、祥云之下的印度，那是我们的佛祖成佛的地方；万里无云的天空为什么有隆隆的雷声，那是神灵匆忙赶来的脚步；千年石佛的脸上，有苦难岁月中留下的泪痕；就在神圣的寺庙外面，有西天的佛像停留的脚印；在雪域高原的大地上，到处都有神灵的故事在生长。"

我好像有些明白了，这是一个还生活在童谣中的民族。让这个还在做梦的孩子和他神权之下的喇嘛们继续沉睡在梦中吧，这对我们的事业有好处。

如果这些虚妄的说辞让我们对他们的宗教充满轻蔑的话，他们的经书则是让我们深受震撼，并钦佩他们的唯一地方。顿珠小活佛大约是为了显示他们宗教深厚的文化内涵，让人从四周的墙上取下一摞摞的经书，我们这才发现这个大殿的东西两侧全是经书构成的墙体，仿佛巨大的书架。每卷经书都装在做工精细的木盒子里，并用黄色丝绸包裹，它们大都是一些雕版印刷的藏文经书，有两卷重要的经文竟然全部是用黄金粉誊写上去的——主，西藏有多少黄金啊！他们最值得骄傲的一部经书叫《甘珠尔》，据说有 1108 卷，是他们最至高无上的神释迦牟尼的圣言；而关于这部经书的注疏和论述则是一部叫《丹珠尔》的经书，竟然有 3461 卷。还有其他的经卷，恐怕连许多西方的学者都闻所未闻。主耶稣，佛教徒们在这方面可真的拥有一笔巨大的精神遗产！

顿珠小活佛那时不无得意地问我们："听说你们的宗教只有一部经书？"

"是的，"我也充满骄傲地告诉他，"那是我们的《圣经》，虽然只是一部书，但它是我们全能的天主父的圣言。它包涵了一切，从创世纪到世界末日，世界上的万事万物，无不在我们天主的言说当中。"

他显然被我的话震慑住了，若有所思地问："这怎么可能呢？"然后又像一个好学的学生那样说，"有朝一日，我倒真想对比一下，我们和你们的经书到底有什么不同。"

我说："要是你愿意，我很乐意送你一本藏文版的《圣经》。"

顿珠小活佛刚想接受我们的礼物，他身后那个地狱天使、始终充满敌意的老喇嘛忽然用横蛮的声音说："我们不需要你们的谎言！顿珠活佛，不要让魔鬼的妄语迷惑了你的心灵。"

我此刻再也无法控制自己的愤怒，高声说："请不要忘记，你们才一直生活在谎言中！有谁会相信一尊石头佛像会在天上飞，并且会说话流泪？"

大殿里一下嘤嘤嗡嗡起来，喇嘛们从一开初的交头接耳到后来的大声呵斥，他们全都冲着我们嚷叫。那时我考虑了几种最坏的情况：1. 我们被扔出去；2. 被狠揍一顿；3. 当场被杀。我甚至考虑是不是在关键时刻拔出枪来自卫。

"咚！"一声闷响从我们的身后传来，大殿里一下就安静了，那是死亡来临前的寂静吗？我们不知道，但心里已经做好了为主的光荣殉教的准备。

原来是那个一直站在我们身后、手握铁棒的壮汉喇嘛。托主耶稣的护佑，他没有用那足有几十公斤重的铁棒横扫我们，只是将它重重地砸在地上。

顿珠小活佛这时说话了："请不要害怕，他是铁棒喇嘛，负责寺庙的僧纪寺规，他不会伤害你们的。"他走到我面前，认真地说："杜神父，如果我们在地上争吵，天上的神灵也会失望的。人要是没有了敬畏，胡作非为，一座石佛也会用他的眼泪来规劝人们被魔鬼迷惑了的心。"

我回答道："如果真有那么一天，我会很乐意地见证这个神迹。我们可以打一个赌吗？在我们没有见到你们的神迹之前，我们可以做任何想做的事情。"

"打赌？噢，我们不是一个好赌的民族。"顿珠小活佛迟疑了片刻，又充满自信地说，"不过在我们这里，你没有见到过的神迹还多得很。尊敬的杜神父，没有人可以在这片土地上做任何他想做的事情。我们总是生活在敬畏中，关键是，"他的目光忽然越过我们，看着奥古斯丁说，"作为一个藏族人，你敬畏他们的神灵吗，老兄？"

奥古斯丁的回答出乎我们所有人的意料，甚至包括顿珠小活佛。自跟随我们出来以后，这个巨人一天也少有话语。他的沉默总是令人担忧，而这种人一旦开口，则叫人害怕，他说：

"我敬畏自己的内心。"

顿珠小活佛愣了一下，看着奥古斯丁的目光非常奇怪，就像一个圣徒面对一个需要关爱的弃儿。他说："我们的宗教，本来就只注重自己内心的修持，我们的罪孽，我们自己通过修行去洗涤；而洋人却想用他们的宗教，把你的心俘获而去。不是吗，老兄？"

我想他是在动摇奥古斯丁的信德，奥古斯丁有些被他的说辞迷惑了，竟然羞愧地低下了头。于是我回答道："不是俘获，而是拯救。"

顿珠小活佛这时用了一个聪明的比喻，"如果一个人掉进澜沧江里，你要去救他，你首先要具备什么样的条件呢？"

我说："当然，我要会游泳。"

他狡猾地笑了，"澜沧江是雪山融化的雪水，没有人可以在江里游泳，你会立即被冻死的。"

"即便冻死，我也要去拯救那人。"我坚定地回答。我没有料到他会把一个世俗问题和宗教问题混为一谈，但是我想我明确地告诉了他我们的勇气。因为他当时定定地看着我足有一分钟。然后他说：

"你们倒是一些不惜自己生命的修行者，但是你们不知道澜沧江的习性，就像你们不知道一匹马的习性，就无法驾驭它一样。"

我向他们宣讲道："什么都是可以通过学习和借鉴获得。马生来就是要被驯化的，人生来就是要享有耶稣基督的福音的。"

他只是说："那倒不一定，人生来该享有什么，前世自有因缘。听说你们那边，国家和国家之间还在打仗，作为掌管人灵魂的僧侣，你们干吗不先做好自己家门口的事情呢？"

尊敬的会长大人，请看，他是一个多么机警的小外交家。我也以外交口吻回敬他说："这正是我们的宗教更仁慈博爱之处，尽管我们的国家和人民正在经受战火，但我们更关心你们藏族人的苦难。因为我们的主耶稣早就告诉我们：'你们往天下去，向一切受造物宣传福音，信而受洗的必要得救；但不信的必被判罪。'"

他的回答充分显示了他们的宗教的懦弱，"可是我不明白你们洋人的宗教对我们藏族人有什么帮助？我们视苦难为修行，不需要外人的关心。一个行乞者的快乐自由，怎么是一个施舍者可以拥有的呢？你们或许是一些固执的人，但是我们藏族人说，一颗固执的脑袋瓜，经常干出糊涂的事情。"

我回答说："固执于善，便终究会教化愚痴的人。"

他的回答是，他们的宗教反对一切固执，因为那是愚蠢的。他们教导人们要学会放弃，回到自己的内心。以自己内心力量的伟大，来引导人们的崇拜。

尊敬的会长大人，坦率地讲，如果不是这个在寺庙里像王子一样的少年，我们昨天可能难以平安地从寺庙里回来。我认为他不失为一个有仁慈爱心的僧侣。他一方面被他们的宗教所迷惑，一方面又向往我们的文明。值得庆幸的是，他是唯一对我们还保持着起码友好态度的喇嘛。我们将努力用天主的圣言感化他，用我们西方的文明吸引他——鉴于他对西方的新事物具有浓厚的兴趣，我们设想，如果能从他身上打开一个突破口，圣教会的传教事业将在他作为一个活佛的神权庇护下，顺利取得进展。

作为这个造访寺庙故事的结尾，是在我们平安离开后，一个面相凶恶的喇嘛骑马追了上来，我们认出他就是顿珠小活佛身边的侍从，他倒没有为难我们。我们快走，他就疾行，我们停下，他便立马远处，用凶狠的眼光盯着我们。让我和杜伯尔神父奇怪的是，当我们要求奥古斯丁去赶走他时，我们第一次看见这个当过强盗的人畏惧的眼神。他和这个喇嘛大约是朋友，因为我们听见喇嘛在离开时高喊："格桑多吉，你没有忘记自己的诺言吗？"奥古斯丁当时哆嗦了一下，就像中了一枪。直到回到我们的住宿地，奥古斯丁的脸色都很难看。

这个晚上他说要出去找朋友，我们一直担心他的安全，直到他喝得大醉而归，我们才放下心来。晚上我们都睡了，忽然被一阵老虎的低鸣惊醒，原来是隔壁的奥古斯丁在哭。我们想去劝他，但门被反扣死了。

藏族人是守信义的人，对老朋友的诺言从不失信。只是对那个喇嘛和奥古斯丁而言，这个诺言是什么呢？

请为我们祈祷吧，请特别为奥古斯丁祈祷——作为一个新教友，他的信德亟需坚固；也请为那个叫顿珠活佛的喇嘛祈祷，愿他早日认清自己宗教的谬误，跟随主耶稣的圣召。

耶稣的仆人、你忠诚的 卡尔罗·杜伯尔

18 圣 咏

上主，世人睡醒，

怎样了解梦境；

你醒时，也怎样看他们的幻影。

——《圣经·旧约》（圣咏集 73:20）

　　大雪封山之前，到阿墩子探路的两个神父平安回到了澜沧江峡谷下游相对温暖的教堂村。这是一次较为成功的旅行，传教会方面对两个年轻神父的工作给予了高度的评价。因为自从 1905 年阿墩子教案发生以来，边藏地区的混乱使得教会再无派遣传教人员进入阿墩子的机会。现在他们不仅派神父们进去了，摸清了那边的基本情况，而且还和阿墩子的喇嘛活佛交上了朋友。这让古纯仁神父深受鼓舞，一个大胆的计划已开始在他的心中酝酿。

　　玛丽亚已经顺利生下一个儿子，奥古斯丁回来刚好赶上这个婴儿的洗礼。他站在人群后面，看见玛丽亚幸福地抱着孩子，史蒂文站在她的身边，由古纯仁神父给婴儿付洗，罗维神父做他的副手，而杜伯尔神父则在管风琴上弹奏出舒缓柔美的赞美诗。教堂村的人们就像第一次见证一个新生婴儿的洗礼，人人脸上都呈现出圣洁的慈爱和光芒。这个在流浪诗人的歌声中孕育的种子，这个流亡爱情之路上的结晶，这个受耶稣天主拯救的生命，他一来到这个世界，从第一声啼哭起，就幸运地受到教会的保护。不过，在天主未来的计划之中，教会将会为自己培养一个叛逆的生命。如果说天主的计划世人是不可探测的，这个被赐予教名若瑟的小家伙，就是一个具有讽刺意味的见证者。

但在彼时，这幸福庄严的场面把奥古斯丁也感动了，以至于他不忍心再多看下去，悄悄溜出了教堂。一股莫名的悲凉和沮丧弥漫了他。现在他不仅仅是史蒂文的手下败将，还将是这个孩子的。那时他不知道，这种失败感将贯穿他的生命始终。

他不忍看见玛丽亚脸上初为人母的幸福，也不想看到史蒂文脸上父亲般的自豪。他从小就没有见过自己的父亲，长大后才作为俘虏和仇人与土司父亲第一次相见。那个老家伙认出他来后倒是蛮高兴的，但只是为了利用他而已。在他童年时，父亲是可恶的，而到了少年，父亲则是可杀的。他对康菩土司唯一的感谢，便是为了重获自由、兑现诺言，来抓史蒂文和玛丽亚，从而走上了一条爱情的不归之路。

奥古斯丁从马厩里牵出自己的马，然后风一般地冲出了村庄，向澜沧江边冲去。他的马"云脚"是和他来到教堂村唯一的伴儿，也是可以说知心话的好兄弟。在过去，"云脚"经常把敌人的胸膛踩在蹄下，把天上的云团甩在马尾后，把一路的风霜雪雨踏得粉碎。前强盗格桑多吉骑在"云脚"上时，不是骑在马鞍上，而是骑在风中，骑在光里。他的心刚想去哪里，眼睛才看到哪里，"云脚"就到了。

可是，现在"云脚"不知道它的主人要去哪里，要干什么？

"云脚"今天感到奇怪的是，它的主人既没有喝酒，也没有几天几夜不睡，更没有身上中枪，却奇怪地从马上重重地摔下来了。这让"云脚"很羞愧，不断用鼻子去蹭主人的脸，向他道歉。但是主人没有接受它的歉意，自己把头扭向一边，手里握着一个蓝色的小玻璃瓶儿，望着远方高远的雪山发呆。

两人两骑从山坡上追了上来，是托彼特和史蒂文。奥古斯丁把玻璃瓶儿小心地放回自己的胸前，心里说：来吧，看看你们对我的羞辱，到底能不能像澜沧江水那样淹死我。

史蒂文脸上的幸福还没有和太阳一起落山，他立在马上对奥古斯丁说：

"大哥，我们来请你回去喝孩子的喜酒呢。"

托彼特说："奥古斯丁兄弟，我要恭喜了。"

"从哪儿飞来两只百灵鸟啊。"奥古斯丁冷笑着说。

史蒂文跳下马来，蹲在奥古斯丁的面前，"大哥，你是我妻子和孩子的救命恩人，你怎么能不喝我敬你的酒呢？"

"你要小心，我是一个强盗。"奥古斯丁说。

"现在你是孩子的代父了。"托彼特说，"主耶稣会看到你的良善。"

"你说什么？"奥古斯丁惊得从地上跳了起来。

"大哥，接受吧，"史蒂文抓住奥古斯丁的双臂，"小若瑟需要你的爱，你的护佑。"

"是罗维神父破例给你这个荣誉的，尽管孩子受洗时你不在场。"托彼特说，"奥古斯丁，好兄弟，像一个父亲那样爱这个孩子吧。玛丽亚和史蒂文都相信你的爱心，你是我们教会的骄傲。"

"是……吗？你们，可真会捉弄人。"奥古斯丁的脑袋晕了，那感觉有些像他第一次被人当成英雄好汉。那时他才十五岁，刚刚杀了一个恶人，尚不知道勇气和骄傲是怎么回事，他就被人赋予好汉的荣耀，推上英雄的宝座。现在，他还没有找到自己的爱情，却被人赐予父亲的职责——尽管这只是宗教意义上的责任。但既然你和他们信奉同一个神灵，你就得服从。

这个晚上史蒂文家摆出了一顿很丰盛的酒宴，教堂的神父们也应邀来参加。奥古斯丁有些惊讶的是，玛丽亚现在完全成了一个在火塘边忙进忙出的家庭主妇，打茶、烙饼、煮羊肉，为男人们倒酒，为老人们揉糌粑。几乎一个村庄的爷们儿都来了，其中有几个人的家人曾经死在奥古斯丁攻打教堂村的战斗中，但是人们好像都忘记了这些悲伤的往事，他们甚至主动来给奥古斯丁敬酒，这让他羞愧难当。杀父夺子之仇，人家都可以在一碗酒中，一笑了之。我的爱情，就让我自己就着内心的酸楚喝下去吧。

而更让他沮丧的是：现在不是一个史蒂文或那个孩子是他爱情的障碍，而是一个村庄，一个教会，甚至主耶稣——他们共同信奉的神灵，都反对他这场不应该有的爱情。

席间，玛丽亚对奥古斯丁说："大哥，你现在是孩子的代父了，我们的家就是你的家，你今后随时可以来家中喝酒吃饭。"

奥古斯丁忽然发现，玛丽亚的眼睛中再也没有那层梦的云翳了。她的眼神慈祥、明亮、温暖，隐隐让他想起童年时他母亲的眼睛。啊，她现在是一个母亲而不再是个姑娘啦，爱情可不像喝酒吃饭那样大家有福同享。奥古斯丁感到自己的心被什么东西一把揪住了，而且攥得很紧，他在痛感中说："噢，你们家的饭，我可吃不下。"

"为什么呢？"史蒂文追问道，"玛丽亚现在饭做得不错。"

奥古斯丁冷冷地说："我会把你的家吃穷的。"

史蒂文还沉浸在一个浪漫诗人的热情豪爽中，"没有的事，有我一口，就不会少我的大哥半口。是这样吧，玛丽亚？"

玛丽亚看了史蒂文一眼，再看看奥古斯丁，她的目光就像水遇到棉花一样，一下被那个人吸纳干了，半天收不回来。闹热的火塘忽然变得只有柴火在火里干笑，玛丽亚大约感受到了这嘲笑，讪讪地说："把这里当自己的家，就好了。"话的后半部分，小到连她自己都听不到啦。但是奥古斯丁和史蒂文听到了，他们的眼光碰到了一起，两人都感受到了刀刃相加时发出的脆响。史蒂文刚才的豪爽眨眼就像摔碎了的水瓮里的水，漏尽了。

幸好杜伯尔神父有些不胜酒力，他的微醉打破了暂短的僵局，"奥古斯丁，你觉得是我们主内的这些兄弟姐妹们好呢，还是你在绿林中的那些弟兄们好？"

奥古斯丁愣了一下，回答说："都好。大家都是穷人。"

杜伯尔神父接着说："既然如此，你应该做一件善事，利用你的号召力，让你绿林中的那些好弟兄，也加入到我们的教会来。让我们来拯救他们有罪的灵魂吧。"

奥古斯丁沉默了，良久不说话。罗维神父接过话题："主的圣召终有一天会降临到他们的头上的。嗨，我们好久没有听到史蒂文的歌声了。史蒂文，你是藏族人里的艺术家呢，来一支吧。"

在人们的附和声中，史蒂文拿出了自己久已不摸的扎年琴，那琴面上布满一层厚厚的灰，琴弦似乎已经僵硬干枯了，拨弄一下都要费好大的劲，而且发出的声音干涩而痛苦。

比琴弦更干涩的是史蒂文的嗓音，比嗓音更痛苦的是他的内心。史蒂文自己也没有料到，竟然会在这样的场合演砸了场。他好不容易调好了琴弦，摆开姿势准备开唱。唱什么呢？自从来到了教堂村，他除了去教堂跟随杜伯尔神父学唱圣歌，自己的歌就慢慢忘在脑后了。不是它们和天主的赞美诗比起来显得土或者不合时宜，而是一个在大地上流浪的说唱艺人，一旦受困于一个村庄，甚至一个家庭，他的灵感之源就枯竭了，他的浪漫之心就泯灭了，他的歌喉也当然一如他怀中的琴弦，喑哑无光。

"嗓……"

史蒂文强迫自己开了个头，想让自己的说唱天赋像从前一样，看见花开就歌唱爱情的灿烂，看见月亮就知道相思的痛苦，但他的脑海里竟然一片空白。往昔那个情歌王子扎西嘉措，只跟洋人同行了一段路，就可以在康菩土司面前把洋人的事情唱得活灵活现，现在洋人就在他的身边，还拯救了他的生命他的爱，但他却什么也唱不出来了。

就是那一声"嗓——"，也让他羞愧难当。这不是一个曾经的歌王的嗓音，只会让人想到一只被勒紧了脖子的鸟叫。

"我们……我们现在，只有在教堂里才会唱歌了。"史蒂文自嘲道。教堂村的唱诗班是由小修院的一帮学生和热心教友组成的，大约有三十多个人，史蒂文和玛丽亚入教后，由于史蒂文流浪歌手的生涯，两人当然被吸纳进唱诗班里。音乐天分极高的史蒂文还很快被杜伯尔神父培养成唱诗班的领唱。

"不应该这样的。"罗维神父鼓励他道，"教堂里的圣歌是赞美天主的，生活中的歌谣是传承你们的文化和历史的。史蒂文，你应该像爱护你的眼睛一样，爱护好你心中的歌。一个好歌手，常常是一个民族的代言人。"

"可是，神父……"史蒂文难堪地说，"你现在就是把我的眼珠子抠出来，我也唱不好了。"

"我来唱一首吧。"

人们看见奥古斯丁把碗里的酒举在面前，神色坚定，目光如炬，就像一个要走向战场的士兵。

"你……你会弹这个吗?"史蒂文把扎年琴递了过去,有些挑衅的意思。

"不需要。"奥古斯丁说,"有酒,就有歌了。"

奥古斯丁仰头寻找他的爱神,四面都是围坐在一起翘首期盼的善良人,只有火塘上方的天窗直通夜空,月亮露出一角张望,爱神巡行在月光之中,就像一条游在水里的鱼。他对奥古斯丁说:唱吧,唱出你心中的爱!如果你不怕痛苦的话。

太阳就要升起来时,
高山在前面遮挡他,
乌云在上面欺压他,
星星在旁边嘲笑他。
太阳说,
我要是不升在天空,
照在我的姑娘身上,
我就不是天上的王。

溪流从雪山上淌下来时,
古树要挽留他,
岩石要阻挡他,
百兽要戏耍他。
溪流说,
我要是不奔向大海,
找到海龙王的女儿,
我就不是雪山的儿子。

爱情从心头涌上来时,
口水要淹没他,

舌头要压服他，

嘴巴要封闭他。

爱情说，

我要是不用歌儿，

唱给我的爱人听，

我就不是大地上的有情人。

　　奥古斯丁唱完了，大约只有主耶稣不知道，他的歌儿是唱给谁听的。史蒂文的脸色很难看，玛丽亚一直低着头。不过在罗维神父看来，他的嗓音实在太好了。不是史蒂文那种圆润、抒情、咏叹调的美，而是一曲质朴、野性、悲怆的牧歌。真难以想象一个骑在马背上舞刀弄枪的骑手，会有这么独特苍凉的嗓子。

　　罗维神父没有发现的是，在奥古斯丁的嗓音升到最高处时，有一个人的心忽然裂开了一条缝，内心剧烈的疼痛让她满面通红。还有一件只有主耶稣和雪山上的神灵才会看见的奇异之事：火塘边缘一块燃尽了的木炭，奇怪地冒出一股蓝色的火焰，直到这歌的余音散去许久，火焰才慢慢熄灭。

　　酒席散后，客人相继离去，玛丽亚忙着收拾杯盘碗盏。史蒂文闷闷地坐在卡垫上，似乎对背着孩子忙碌的玛丽亚毫不介意，也不想来帮忙。玛丽亚不得不问："哎，你今天喝多了吗？"

　　"和你一样，没有喝多。可是你的脸为什么那么红？"史蒂文没好气地问。

　　"那是为你害臊。"玛丽亚直起腰来说，"我忙乎了一天，可你连歌儿都唱不出来。"

　　"有人唱得好听，花儿在晚上也开放了。"史蒂文的语调阴阳怪气的。

　　"史蒂文，你不要隔着墙说话。"玛丽亚的声音高起来。

　　"你也不要隔着肚皮想心事。"

　　"你不要往草堆里射箭！"

　　"你不要在温泉里放屁！"史蒂文回敬道。

玛丽亚把手里的木瓢往地上一扔，"史蒂文，主耶稣在天上看着你的良心哩！我的心事像江水那样往喉咙涌，像雪山那样高地往心头顶，我可跟你抱怨过半句？一个男人站在路边说要娶我，坐在火塘边唱一支情歌，山上的花儿就会应声开放吗？世上有这种本事的男人没有啊？我倒想看看！他们以为自己勇敢、骄傲，就可以随便赢得一个姑娘的心吗？像骑马冲杀一样，就可以闯进一个姑娘的梦吗？进来了我也会把他赶出去。你看看他一身的野性，头上的毡帽从来就没有戴正过，靴子上的泥土有藏币厚，一看就知道是个从小就没有教养、不知道敬畏的家伙，雪山上的老虎也比他斯文哩。为了追求姑娘不当强盗，我就该怜悯他？把我从强盗手里救出来，我就该用爱去回报他？我可不是谁布施一口糌粑就为他念经的穷喇嘛。他来教堂村可不是为了我，神父说，这是主对他的感召。你不相信吗？我是相信的。那天他把我从山上送下来，主耶稣在天上看着他的良心，他心里在害臊哩。一句多余的话都不敢说，在他的兄弟们面前连一碗酒也没有喝，扶我上马时比我过去的仆人都仔细小心。因为他知道，一个姑娘的爱是抢不来的。但是他不知道，一个姑娘心里到底在想什么；也不明白，太阳的光芒是热的，为什么月亮的光芒却永远是冷的；他更不清楚，太阳和月亮究竟相隔有多远，这就像土司家的仆人，永远不知道主子的权力到底有多大，是赐给他们一碗糌粑呢，还是赏给他们一顿皮鞭。这个脑袋比岩石还要死硬的家伙啊，我倒真希望有一天在他的头上打个洞，把他的那些奇怪的想法挖出来，扔到澜沧江里去。唉，主耶稣啊，为什么我们逃离了康菩土司的魔爪，又碰到奥古斯丁这种看见好东西就想抢的人呢？难道这一切都是神父们说的，是天主的计划？包括让他来做我们孩子的代父，是想让这个家伙变得更好，还是想给我们更大的考验？主耶稣，如果你是爱我的，保护我们的，我请求你，还是让他去当一个挨刀砍的强盗吧。我可不会心疼他，我连看都不会往他那个方向看一眼，我再也不想在梦里见到他。耶稣基督，求你不要让他再来烦我了！"

　　玛丽亚数落完奥古斯丁以后，非但没有让史蒂文好受起来，反而让他觉得：她是在为那个家伙唱赞歌哩。

19 顿珠活佛二书

由闻知诸法，由闻遮诸恶，由闻断无义，由闻得涅槃。

——宗喀巴《菩提道次第广论》（卷一·听闻轨理）

今年是卡瓦格博雪山的本命年，神赋予这座伟大的雪山羊的属性，温驯而吉祥。我们认为在这一年来转经朝圣，功德无量。尤其是对我这样一个刚刚坐床成为一名正式活佛的僧侣，此番朝圣对加持我的法力，意义非凡。除了我的近侍贡布外，许多喇嘛和信众都一路跟随我，他们认为：和顿珠活佛一起朝圣，相当于平常转经九百倍的功德。

昨天晚上，贡布来告诉我，前方山下的一块草甸上，洋人喇嘛带着一群孩子在露营。他说："不能让洋人肮脏的脚印污染了我们的朝圣路。活佛，我带几个人去把他们赶走。"

我说："贡布，你能在一群无邪的孩子面前动粗吗？你不是在帮助我，只是让那些洋人显得比我们更慈悲。"

今天早上我正在做早课时，一阵曼妙轻柔的歌声从我的帐篷外飘了进来，那歌声中的悲悯让我不得不中断了自己的祈祷，静心聆听——

> 神贫的人是有福的，
>
> 因为天国是他们的；
>
> 哀恸的人是有福的，

因为他们要受安慰；

温良的人是有福的，

因为他们要承受土地；

饥渴慕义的人是有福的，

因为他们要得饱饫；

怜悯人的人是有福的，

因为他们要受怜悯；

心里洁净的人是有福的，

因为他们要看见天主；

缔造和平的人是有福的，

因为他们要称为天主的子女；

为义而受迫害的人是有福的，

因为天国是他们的。

　　我被深深地打动了。不是因为它有着我们从来没有听到过的动人旋律，也不是因为它被一群孩子清纯的嗓音唱得来有如天籁之音，而是它的歌词，牵动出了我心中的慈悲。

　　我不知不觉就出了帐篷，向山下的草甸走去。当我站在草甸边缘时，那群正在嬉戏的孩子一看见我，忽然就像炸了群的马驹，慌忙向他们的棚屋跑去。"喇嘛来了！喇嘛来了！"他们高声惊叫，好像我是魔鬼一般。

　　我看见杜伯尔神父和一个大汉从棚屋出来，把孩子们挡在自己身后，像一只保护小雏鸟的老鹰。如果说孩子们的惊慌让我感到惭愧的话，他们的紧张则让我感到好笑，我没有恶意啊。

　　"老朋友，不要害怕，"我首先表示出善意，"我只是被你们的歌声所吸引。"

　　"噢，歌会消弭人们心灵的创痛。"杜伯尔神父也高声说，"顿珠活佛，眼下这个世界，歌声至少比枪声让人们走得更近。干吗不来喝一碗茶呢？"

　　他真是个聪明人，他不再居高临下地叫我"孩子"了。我再次向他走过去。我总是试图接近这些来自另外一个国家、信奉另外一种宗教的人们。自从他们离开阿墩子后，我时常在想念他们，尽管我们的分歧就像澜沧江峡谷一样幽深，距离总是阻挡了人们的认知欲望。

由于这些年在益西上师的指导下攻读经书，我现在的眼睛有问题了，远处的事物总是模糊不清，我需要一副来自汉地的那种架在鼻梁上的眼镜。我们说，那是除了人的"五眼"外的第六双眼睛。

"活佛，你带来的人太多了，会吓着我的孩子们的。"杜伯尔神父指着我的身后说。

我出来时忘记告诉贡布不要跟随，也忘了看看自己的身后，有多少信众悄悄地、远远地跟在后面。他们或许认为：顿珠活佛向洋人走去，要么会被魔鬼加害，要么就是去征服那个魔鬼。他们不放心呢。

我对贡布说："回去吧。我是去做客人的。"

贡布看我的目光充满担忧。他说："活佛，格桑多吉也在那边。"

哦呀，原来杜伯尔神父身后的那条汉子是我的哥哥呀。于是我对他说："那你还有什么可担心的呢？"

我们在可以看清对方眸子里光芒的地方，互致问候。然后我们坐在草甸的一块大石头上喝茶，我的强盗哥哥负责为我们打茶。当我想向他打招呼时，他总是回避我的目光。而且，我感到那不是因为害羞，而是由于他内心的孤傲。这让我很为他担忧。

阳光很灿烂，四周只听得见远处森林里传来的若隐若现的松涛声，一只鹰在天空悠闲地划过，雪山上一向匆忙赶路的白云也静止不动了，世界显得静谧而安详。我真希望我们都没有各自的宗教身份，像两个半路上相遇的老朋友，喝上一壶酥油茶，聊一些互相感兴趣的话题——比如，我一直想知道，在大海上行船是一种什么样的感觉，那些漂亮海螺在大海里的家在哪里等等；我也真希望后来发生在我和这个洋人喇嘛之间的悲剧，不要像一场因缘定律一样，永远无法扭转改变；我更希望，在我圆寂转世重生时，照样把他当朋友，还想得起他教给孩子们唱的歌，想得起他告诉我的关于他的国家的种种奇闻。这个世界原来如此之大、如此之复杂，以至于一个活佛的胸襟已不足以装盛得下。佛经上告诉我的理论，只让我如何修持自己的一颗心；可这个洋人喇嘛却让我明白：现在的人们，更崇尚向外邦传播他们的神灵。

他们是出来远足的，就像我们藏族人在吉祥的日子里带着帐篷来到雪山下，唱歌、跳舞、吃喝，既与雪山上的神灵亲近，也犒劳自己劳累的身心。我看见他们搭建了一个巨大的棚屋，似乎要打算住上一段时间。

可是我们的话题，却怎么也逃不出宗教信仰的范畴，这就像我身上的红色法衣和他的黑色僧装，当我们面对面时，颜色的巨大差异，使我们不知不觉地就站在各自的立场上对话。即便是一个瞎子，也能分辨出来谁穿什么颜色的衣服；或者一个聋子，也能感觉到我们捍卫自己的信仰的声音。

杜伯尔神父看看草甸远处一直关注着我们这边的藏族人，问："尊敬的顿珠活佛，你是出来传教吗？"

我说："不，我们是来转经的，朝圣我们的神山。"我指了指远处闪耀着洁白光芒的卡瓦格博雪山说。

"转经？朝圣？"他费解地耸耸肩，"你们还是始终坚持万物有灵的神学观。"

"我们的雪山，都是有灵性的。我们相信，上面有神灵居住，他护佑着众生的平安。"

他问："那么，他是一个什么样的神灵呢？"

"卡瓦格博神。"我说，"他是一个白盔白甲、骑白马的战神。在雪山下的一座寺庙里，有他的塑像。我们顶礼他的慈悲，感激他的护佑。"

他是个好辩论的人，他驳斥我道："我们始终认为，人在万物之上，神隐藏在人中。如果你把自然看得高于人类，人就成了自然的奴仆。人怎么去改造自然，征服自然，取得人类文明的进步呢？由此可以推断，你们的信仰阻碍了你们的社会进步。"

"我们敬畏自然。"我说，"在我们藏族人来到这片雪山峡谷之前，大地已经为我们准备好了雪山、冰川、江河、田地、五谷，就像父亲为孩子准备好了财富。因此在我们看来，自然的各种力量全都是神圣的，全都是神灵的巧妙安排。敬畏他而不是去征服他，顺从他而不是去改变他，这可以让我们的心达到和大地的统一。你所说的'社会进步'我不太明白，但肯定不是我们的生活追求，符合神的旨意才是人一生中最重要的生活目标。"

他说："你们真是一个奇怪而又神奇的民族。"然后他又问有谁爬到雪山顶上过吗？我回答说没有，不是因为它太高太险，而是因为没有哪个藏族人会爬到自己父亲的头上；有些高度，人只能仰视。他再问有谁见到过卡瓦格博神吗？我仍然回答说没有。但他却在我们藏族人心中存活了近千年。杜伯尔神父这时说：

"他甚至不是一个真实存在过的人物，只不过是你们虚构出来的一个幻象罢了。我的家乡也有很多雪山，但是我们只是用自然的观点去看待它们。在我们看来，一处圣地，如果没有圣人在那里行过神迹，或者奉献过自己的生命，甚至拥有圣人生前的某种圣物，那它凭什么去感召人们的信念呢？"

"凭借他的圣洁高远，还有他对这片土地的滋养。我们的生命，和大地上的万物紧密相联，我们敬拜一座雪山，就像敬拜自己的祖先和父母。许多人死在朝圣的路上，但是他们无怨无悔，充满幸福的快乐。因为他们认为，这里是他们的灵魂最好的皈依之地，也让他一生的功德最为圆满。"

"也许你们对雪山的这份感情，是大自然的福音。绕着雪山兜圈子，也不失为一种有益的户外运动，对人的身体健康有好处嘛。"

我不太明白他的话。但我感受得到他至少对我们的转经不再持批驳或者嘲讽的态度了。他可能是从另外的角度来理解我们的行为。我说："杜伯尔神父，我们转山朝圣，不是修持身体，而是修持我们的心。"

"人或许应该将自己投身于大自然中，但将一座雪山凌驾于人的意志之上，人就是物的奴隶了。"杜伯尔神父耸耸肩，"这有悖天主创世的圣意。"

我知道他又想用他们的那一套来教化我，我们的神山也是他们全能的天主创造的，这可能吗？但我今天不想和他辩论。看看他身边的孩子，看看我身后那些翘首张望的信众，他们都是藏族人，他们信奉了不同的宗教，如果不想使他们成为敌人而互相伤害，首先我们这些供奉神职的僧侣，要成为朋友。这是我最近在山洞里闭关参悟出来的道理。

"你们不是也在这雪山下找到了与神接近的快乐了吗？孩子们的歌声唱

得多么动听啊。如果你不反对的话，我想给孩子们一点礼物。"

他耸耸肩，"谁能阻拦给孩子的礼物呢？就像当初我给你礼物时，你不拒绝一样。"

我招手让贡布过来，让他去把跟随我朝圣的信众布施的食物，搬一些过来。贡布费解地望着我，半天不动。我只有说："我随你去。杜伯尔神父，请稍候。"

我们拿来一只火腿、一口袋青稞面、几大块风干牦牛肉，还有一些酥油、土豆等。杜伯尔神父很感激，连声道谢，说："顿珠活佛，你的仁慈让我们的野餐更加丰富了。我刚刚吃下了孩子们给我烤的一只小田鼠。"

我本想以夸张的表情来责问他，这种弱小的生灵你们也吃，难道不有悖于自己内心的慈悲吗？但他脸上不情愿的表情被我看到了，我听说教堂里平常来自信众的供养并不多，他们经常连给穷人施粥的粮食都紧张。因此我问他："好吃吗？"

"噢，我想，我还没有死。不是吗？"

我们都笑了。能和自己的信众一起承担饥饿、困顿甚至死亡的僧侣，就具备了可贵的信德。当年他们来到藏区时，人们说他们是贵族老爷，走不动山路，离开了仆人就没有茶喝，还每天都要洗澡。看来这些传闻都是不准确的。因此我说："和你的交往让我发现，你们也是对穷人抱有很大慈悲心的僧侣，我认为这一点上我们是相同的。"

他脸上露出慈爱的笑容，抚摸着一个孩子的头，"来到藏区为穷人们服务，牧放他们的灵魂，是我的圣职。"

"那么，"我趁我的哥哥离开时，问了个我一直感到很疑惑的问题，"你们靠什么去为一个强盗洗罪呢？"

他很聪明，脸上不无得意地说："宽恕和爱。我们做到了，并且在峡谷里创造了奇迹，不是吗？"

我并不在意他的虚荣，他所说的那两点，我们也不缺乏。我和我的强盗哥哥缺少的，只是我与贡布的那种机缘而已。不是由于我的悲心不够，就是因为他孤傲太甚。

杜伯尔神父是敏感的人，大约是我脸上莫测的表情让他起了疑惑，他问："顿珠活佛，我不明白的是，为什么我们的爱心，会让你们不太舒服？"

"我们互相不明白的东西太多啦，但奉献给众生的爱，总是没有错的。"我想了想又说，"也许你们太性急了点，如果你们不和那些官吏走得太近的话，诸事我们或许可以慢慢交流。"

"可是我们从遥远的地方来，什么都不熟悉，还要面对你们宗教的敌视和威胁。不依靠官吏，我们怎么在藏区站得住脚呢？当然，坦率地讲，我并不喜欢他们。至少我们都是有信仰的人，而他们是政客。"

"你说得对，持有一种信仰，可以让我们互相尊重，尽管我们的信仰是多么地不一样。"

我终于发现我和他的共同点了，但愿他也明白这一点。这就像我们都是崇敬一座雪山的路人，我们来到雪山下，对它做出不同的礼赞。

但是他竟然把我的意思理解偏了，他说："我们对自己信仰的忠诚，要求我们为信仰而战，哪怕为此而殉教。"

"殉教？"我不太理解这个词汇，"你是说为捍卫信仰而奉献自己的生命？"

"是的，"他的目光看着远处的雪山，呈现出某种我所不明白的狂热，"倘能如此，我们称之为圣人。这是我们每一个来中国的传教士终生追求的目标。"

"为什么呢？那不是一种虚荣的表现吗？信仰不是一场人和人的战争，不需要英雄。"我说，"我们所崇敬的圣人大德，是那些具有大慈悲心，潜心佛学，默默地为众生祈祷，并最终以自己的善行昭示天下的修行者。"

"可是，当一种信仰被人误解甚至阻拦、压制的时候，你怎么办？"他的目光咄咄逼人，似乎非要让我作出回答。

"我回到自己的内心，但我绝不会放弃。"信仰是关乎个人内心世界的事情，他为什么那样好斗呢？我不明白。

但他似乎非要说明什么问题，继续追问我："那么你的那些信众呢？如果他们受到打击、磨难，你不为他们提供保护吗？"

宗教受到迫害的岁月我们也经历过，我在想这样的事情会不会再发生。在我们藏传佛教的前弘期①之后，吐蕃王朗达玛兴苯教灭佛教，僧侣遭击杀，寺庙被焚毁，众生信仰被武力改宗，信奉苯教。元朝时，蒙古人的军队开进西藏，格鲁派的喇嘛们也借助蒙古人的力量，让其他教派的僧侣改宗黄教，不从者便诉诸武力。但这些都只是无常世界中的一场幻灭啊，藏族人总会找到适合他们灵魂的信仰。

　　"我会和他们一起承担苦难。"我缓缓说。

　　"难道你就不想带领他们反抗吗？"

　　"我们不提倡以肉体反抗暴力。"我说，"这有违我们的宗教宗旨。在一颗坚守的慈悲心面前，暴力只不过是面对慈悲的软弱无能罢了。"

　　"我们的主耶稣当初也是这样行的，面对暴力，他自愿背负起十字架，以拯救人们堕落的灵魂。"我以为他又要宣讲他们的道理了，但是杜伯尔神父的话锋一转，"可是你们却杀害过我们的传教士。不是吗？"

　　我感到很愤怒。这个事情有点像主人为了保卫自己的家园，杀死了闯入的强盗。尽管杀生终究是不应该的。我的前世那个年代，他们确实在阿墩子把一个传教士的头颅砍下来，挂在寺庙的高墙上，我的上师益西堪布说这是我们战胜了魔鬼的一次胜利。

　　"其实这正是我们的荣耀。"杜伯尔神父看我长久没有话说，禁不住得意起来，他说，"我们的传教士，也不仅仅在西藏被人杀害，在其他地方，我们都有殉教的先圣，我们为此而骄傲。看看我们的主耶稣，不就是被暴徒们挂在十字架上，而成就了他永生永世的光荣吗？这就是我们传教士效仿的最佳榜样。因此。如果你们把我杀了，那就是让我成圣了。"

　　"你这个愿望，我不会帮你的。"我有些生气地说。他们对生命简直没有一点怜惜。他的眸子里透出狂热偏执的光芒，说："倘若我真有为基督的福音殉教成圣的那一天，我不会指望任何人的帮助。我只祈求我主耶稣给我足够的勇气，让我骄傲地弘扬基督的光荣。"从我的上师益西老堪布那里，我

　　① 在藏传佛教历史中，指公元七世纪前后松赞干布统一西藏、引进佛教，到公元九世纪末期这一时期。

明白一个人固执守旧是多么令人无话可说，尽管我是那么尊敬他；而面对这个洋人喇嘛，我厌恶他冲动傲慢的行事风格，尽管我愿意和他交朋友。但他就像一个生牦牛血喝多了上火的横蛮病人。我语气严肃地对他说："如果你愿意，我想带你去看一处地方。我们的圣地，也是你们的'骄傲之地'，就在前面不远。"他虽然一脸迷惑，但还是跟着我走。就在这片草地的坡下，有一片废墟。两个老僧从断壁残垣中出来迎候我，当他们发现我身后的杜伯尔神父时，我看见一个老僧顺手操起了一根木棒，我用目光制止了他。我对杜伯尔神父说："请仔细看看你们的'骄傲'。这是一座有七百多年历史的寺庙，过去它叫迦瓦寺，西藏的大宝法王曾经在这里设坛讲经，寺庙大殿的三面墙壁都存放满了来自印度的经书，比我的寺庙还多。三十多年前，我们和你们起了宗教纷争，迦瓦寺的喇嘛们也参加了驱赶追杀洋人喇嘛的战斗。他们或许就是杀你们的神父的人，但作为你们的'骄傲'，一个神父骑着炮弹、引领着清军来到了这里……""炮弹！谁能骑在炮弹上？"杜伯尔神父诧异地问。"唯有你们，才有这样的法力。"我不无嘲讽地说，"你以为你们仅仅是传播自己宗教的慈悲者吗？在许多藏族人看来，你们还是骑在炮弹上的魔鬼，所到之处，生灵涂炭、庙宇毁弃。""你是说他们用炮弹轰平了寺庙？""三个活佛，十七位高僧大德，二百八十多名喇嘛啊……"我的眼泪不知不觉爬满了脸颊，我为自己感到羞愧。藏族人说到这座被荡平的寺庙和与它共存亡的喇嘛上师们，总是恨得让雪山上的老熊都害怕得发抖，他们没有眼泪，只有怒火和复仇的欲望。一万个活佛的慈悲，也难以消弭本地的藏族人对洋人的恨。杜伯尔神父的神色肃穆起来，显然他被这片废墟震撼了。他的傲慢荡然无存，我想他应该为自己的宗教感到羞耻。我告诉他："如果光荣是以许多人的生命为代价，对一个侍奉神职、修持慈悲心的僧侣来说，那不是一种虚荣的表现吗？"良久，杜伯尔神父仿佛是自问自答："为什么我们的爱心竟然会变成一片废墟和灾难呢？这不是基督福音的本意。""不管你们的本意是什么，你们来到这里，先应该学会尊重这片土地上的一切。"我回答说。

20 杜伯尔神父二书

我要在他们内居住，我要在他们中徘徊；

我要做他们的天主，他们要做我的百姓。

——《圣经·新约》（格林多后书6:16）

亲爱的母亲：

致以最最亲切的问候。

收到家书和让您看到我的信，让我竟然要在每天的祈祷中祈求天主的帮助！我迫不及待地想告诉您，我刚刚享受到了一个愉快的夏令营，还邂逅了一个西藏佛教的喇嘛，我们的老朋友顿珠活佛。上次母亲来信问我，藏族人的活佛究竟是人还是神，我想可以这样来解释：他们是被人选出来供奉的神——或者佛，他们的教权甚至大于我们的红衣大主教，他们的神学修养，看上去也高于普通的西藏喇嘛。

我们在一个野营地相遇，宽阔壮观的大自然让我们都打开了各自的心扉。这个孩子——他的东方人的面孔让人感到他永远长不大——在走向我们时，他脸上的善意一览无余。他是个好学的人，自从我上次送给他一个海螺后，他对我们所掌握的知识和所代表的文明充满好奇。其实，他的神奇经历以及所拥有的历史，对于我也一样，只是我比他更善于掩饰自己的感情罢了。因为我们是要来教化他的民族的，一个老师总不能显得比学生更无知，哪怕一点点呢。

我情愿先请母亲分享一下我们的夏令营！啊，我时常牵肠挂肚的母亲，我们的生活并不如您所想象的那般艰苦和无趣。

漫长的冬天终于挨过，饥馑的春天也在大地一天天的变绿中远去，峡谷里火热的夏天来临了。一群赤脚裸肩的孩子，在满是尖利石头的羊肠小道上跳跃飞奔，像敏捷的山猴，出笼的小豹，而他们的歌声，则堪比树林里的百灵。这些生来就属于雪山、草原的尤物，当把他们从教室里放出来时，就像动物园的猴子获得了自由。

不错，我现在是个"孩子王"，准确地说是教会小修院的院长——请你为我自豪。古神父告诉我说："医疗和教育，是一切传教活动的基础，它们是我们走进藏族人日常生活中的两条腿，是触摸他们心灵的最佳途径。到目前为止，我们的传教工作的重点依然是办好施诊所和学校。前者治愈他们的身体，后者教化他们的心灵。许多人已经走到坟墓的边缘，我们的药品和治疗让他们回头认识了天主。而教育方式，杜伯尔神父，请不要忘记，这里不是欧洲。我既希望你有耐心和爱心，也期待着你为天主在西藏的传教事业夯下一块块牢固的基石。"

尽管这与我来藏区服务天主的初衷有所差距，但是母亲，我没有忘记自己在主面前的卑微。我愉快接受了这个使命，这是一个何其简陋且不规范的小修院啊！我们已经有二十多名学生，在一间由马厩改造而成的教室里上课。孩子们学习汉语、藏文、算术、宗教和拉丁文。可是要把这帮"小野人"培养成一个上课时能专心听讲的好学生，我宁愿去牧场上调教一匹野马。

他们是天生的牧童、赶马人、猎手，甚至强盗，他们擅长使用的是牧羊鞭、弓箭、抛石器、斧头、砍柴刀，而不是用铅笔在课本上写写画画。不仅一阵马帮的铃声会让他们的心飞到课堂外，就是外面树上的几声鸟鸣，山头上的一声口哨，田间地头的两句调情打骂的歌声，也会让这些"小野人"的眼睛全不在老师身上。更不用说他们和我一样，都还饿着肚子——大家都已经喝了两个多月的稀粥了。可我们还指望能从这帮野孩子当中，至少也能培养出一两个响应圣召的神父！

学生们逃课是家常便饭，不是家里的牛羊没有看管，就是地里的庄稼要收割，甚至谁家里来了一个走访的亲戚，也成了他们不来上课的理由。有两次，我为了把那些逃课的学生驱赶进教室，竟然跑了一天的山路！

古神父大概就是想用这样的方式来磨砺我的信德吧。我向他们奉献，但与生俱来的野性让他们扭头就跑；我努力规范他们的言行，让他们活得像欧洲的孩子那样有教养、有尊严、有人生理想，但他们并不能准确理解，为什么饭前要洗手，为什么不能随地大小便，为什么衣着要尽量保持整洁，虱子要扑杀，头发要理短，至少每周洗一次热水澡……主啊，要讲清这些简单的生活常识，比在圣台讲解一段天主的圣言还难。

罗维神父有一天对我说："不要急，伙计，小马驹儿总是喜欢撒点野。想想你当年在我们的修道院背后的雪山上是如何捣蛋的吧。也许你该来一次远足，让他们的野性好好释放一次。"

我同意这样的好建议。那就让我们来看看，在雪山草甸、森林峡谷这个大课堂里，他们会有什么样的表现。

古神父曾经提议要派两个带枪的教友为我们提供保护，但我说，有奥古斯丁教友随同我去就够了。他一个人的威望，抵得上一整支军队。

令人不可思议的是，在欧洲要组织这样多人的一个夏令营，也许需要一辆卡车的后勤支援，但我的那些孩子们说："神父，山上什么都不缺。你只需带上你的《圣经》和烟斗就是了。"

而他们也只是带了砍柴刀、绳索、弓箭等一些简单的工具，两匹骡子就驮下了我们所有的生活用具。我们在雪山下的一块草甸上扎营，我在这美丽壮观的大自然中，总算见识到了我的学生们创造生活的卓越技能与才华。他们是建筑师、猎人、面包师、植物学家、动物学家、大厨师、缝纫匠、木匠、药剂师以及森林里的小武士。一天之内，他们就搭建起一座可容二十多人的木棚屋，树木支撑，茅草树叶覆顶，有门有窗，有厨房有卧室，我甚至还有一个简易的"沙发座椅"——用松树柔软的针尖作铺垫，坐在上面仿佛整座森林都在向你呼吸。

我感觉到自己是个衔着烟斗的将军，但不会指挥作战；是个生活在蛮荒之地的首长，但不知道什么野菜可以吃，也不知道什么地方的泉水才可以喝，更不知道猎物在哪儿出没。他们把一切打理得井然有序，就像在建造一幢山间别墅。

就在我们愉快地和大自然融为一体时，顿珠活佛来造访了。在这里，你总躲避不开异教徒那身刺眼的红色袈裟。

我们先是讨论了一些粗浅的神学问题。但即便是些最基本的常识，我发现我们也很难达到共识。比如，一座雪山的神性何在，人应该朝拜什么样的圣物，殉教的光荣等等；但谈到作为神职人员高贵的宽恕、仁慈精神，以及对穷人的爱，我们难能可贵地达到了一致。尽管在此之前，他刻意带我去看了一处寺庙的废墟。我真不情愿告诉您这样一个事实：基督的福音在西藏的传播，需要军队炮弹的保护，那座废墟便是此地上一次宗教纷争的结局。喇嘛们赶杀我们的传教士，然后政府的军队用炮弹来为我们撑腰。也许政府的军队做得过分了一点，以至于在藏族人眼里我们成了"骑在炮弹上的魔鬼"。其实这哪里是我们来到此地的初衷?! 即便我们像十字军东征那样让异教徒的鲜血淹没了战马的膝盖，也是为了教化他们蒙昧的灵魂，引领他们走上福音之路。所幸的是，这里的佛教徒看上去要温和得多，他们只是一些固执己见、恪守自己信仰的人。我们并不需要那么多的鲜血为基督的福音铺路。我们和他们的差别仅在于：大家都有一颗虔诚的心，但坚守的东西却是多么的不一样。具有象征意味的是，原来我和这个高级僧侣以往的误解，源于我们都很近视。

我发现顿珠活佛老是眯起眼睛看远处，就问他是不是眼睛有些近视了？我们比谈论宗教更准确地讨论人的视力问题。尽管他说他的视力下降在寺庙里一度让喇嘛们很紧张，被看成是魔鬼对一个活佛的加害。他告诉我说，他的寺庙专门组织了好几场祈祷大法会，让喇嘛们为他的视力祈祷，但是效果可想而知。甚至有个忠诚的老僧固执地认为：是寺庙对面山上的一片乌云飘进了顿珠活佛的眼里，他跑到那个山垭口，搭了间土屋，天天在那里为他们的活佛念经，以驱赶随时都可能来阻挡活佛视力的乌云。

这就是西藏的喇嘛对他们不了解的事物的态度——祈祷能解决一切。我将我的眼镜取下来让他试戴，他一戴上就说眼花头晕。于是我说需要帮他测试一下他的视力。他好奇地问，如何计算人的眼力，难道能像计算人的力气大小来计算眼力吗？我问他，你们如何计算人的力气？他说，拉一张弓，可知人的臂力；走多长的山路，可知人的脚力。可是他却不能准确地说明，这个臂力是三十公斤，还是五十公斤，脚力的大小是否跟速度、时间有关。如果我告诉他马拉松比赛是怎么一回事，一百公尺短跑的世界纪录又如何，恐怕我得在西藏办一所教授现代体育的大学。藏人界定事物之不科学，由此可见一斑。

我决定从细微之处向他证明我们的文明。我在一张白纸上画了一排排大小不一的"C"。让奥古斯丁教友举着这张纸退到十步远的地方，然后让他从大到小地辨认"C"的缺口朝向哪边。这个简易视力测试表让他感到很新奇，他认真地照我吩咐的去做，像个听老师话的学生。测试完后，我对他说："你大约是三百度到四百度的近视，你需要配这个度数的眼镜。刚才我的眼镜对你来说，度数太高了。也就是说，如果没有这副眼镜，我比你更看不清眼前的雪山、大峡谷的壮美，以及你们眼睛里的善意、信仰宗教的虔诚。"

他连连点头，仿佛我是一个有学问也很智慧的人。他说："我们虽然都是替神说话的僧侣，但眼力都有限，要看清眼前的事物，还真得驱赶魔鬼的妖法。"

"这跟魔鬼的妖法无关。"我说，"为了让你看清我们真诚的笑脸，要是你不介意的话，我可以送你一副眼镜。而且是我们欧洲最新款式的。"

他连声称谢，说我真是一个慷慨的人。还说他寺庙里的老管家益西堪布——这是一个对我们不甚友善的家伙——鼻子上也有一副眼镜，但那是清朝皇帝时的样式，他可不喜欢让自己戴上这种眼镜显得那样老。您瞧，即便是一个西藏的活佛，也知道时尚呢。

因此，亲爱的母亲，为了赢得这个西藏活佛的心，我需要您的帮助。请您尽快帮我买一副左眼三百五十度、右眼四百度的近视眼镜，用最快的方式邮寄来。我相信通过这副眼镜，他能看清我们在西藏的善意，甚至能用它读到我们《圣经》上的圣言。

天主已经给了我某种启示，我必将和这个西藏的活佛交上朋友。即便我不能赢得他的心，我也会得到他的某些帮助。谁知道呢？如果我们要想在这片区域扩张我们的教区，他要么成为我们的盟友，要么就是阻挡我们前进步履的敌人。

我们在这里一切都很好，时间过得很缓慢。目前还没有更激动人心的工作去做，我们在等待时机。饥荒终于过去了，教堂的存粮很充足。顺带说一句，自从奥古斯丁教友皈依天主以来，四周的土匪再不敢来扰乱教堂的宁静了。无论是从大理来的马帮，还是通过邮路来的信件和书报，都畅通无阻。罗维神父似乎比我更有耐心，这个大个子像我们的一些前任一样，忽然对本地的植物产生了浓厚的兴趣，闲暇时间忙于制作各种植物标本。而我，说实话，我在工作之余，更多的时间是用来思念我的故乡、我的家人！

最后，请代问我的安妮婶婶好；还有一件事要请求您的帮助：请您下次来信时，多给我谈谈露西亚。噢，有一周多没有给她写信了。她是该出嫁了，还是打算发愿去当修女？我听罗维神父说，她似乎有这样的意愿。我请您告诉她，不管她怎么做，都是天主的计划和神工。

您的儿子——天主的儿子——在这里很好，正在从事见证耶稣在西藏之光荣的大事业。每当想到我的圣职和西藏这未经开拓的土地相连，我的心都在颤栗——生怕自己不配。我亲爱的母亲，请放心，我必将在西藏为您赢得天国的光荣。

你远行的　小杜伯尔

21 试 练

令我称奇的事，共有三样；连我不明了的，共有四样：即鹰在天空飞翔的道，蛇在岩石爬行的道，船在海中航行的道，以及男女交合之道。

——《圣经·旧约》（箴言30:18—19）

远足回来后，奥古斯丁主动要求加入唱诗班。神父们在史蒂文家的酒宴上都欣赏过奥古斯丁的歌喉，因此，负责唱诗班的杜伯尔神父几乎不加考虑地就同意了。现在，一个个子最高、最强壮的大汉，顽强地站在了唱诗班的最后排，尽管矫正他天然的发音比拉一头犟牛还要难上十倍，后来杜伯尔神父还是屈服了，他对罗维神父说："这些康巴人根本不在乎什么发声技巧，他们用自己质朴的、天生的嗓音唱圣歌，就是献给天主最美的赞歌了。"也正是有这浑厚粗犷的嗓音，细腻深沉的咏唱，唱诗班赞美天主的圣咏，才有了撒向人间的柔情。

因为神父们说，天主就是爱。爱的含义有很多，却都来自一颗颗执著的心灵。如果说爱一个天上的神是信徒的职责，那么爱一个地上的人也符合天主的圣意，即便爱错了，他也不会反对。奥古斯丁在唱给天主的圣歌中，就是这样想的。不过，有此想法的却不只他一个人。

唱诗班里有个叫伊丽莎的姑娘，是个孤儿，从小被教会收养，现在她也像奥古斯丁那样，在唱给天主的赞美诗中，也赞美心中的爱情。据说这个苦命的姑娘是被古神父从狼窝里抱回来的，刚到教会时连话都不会说，浑身是毛，只会对人龇着嘴嗷嗷乱叫。她的身世一直是个谜，神父们的说法莫测高深，传教会以此向自己的教友证明耶稣基督博大无尽的仁慈和爱，甚至可以将一个"狼孩"塑造成天主温驯的羔羊、虔诚的天使。

在奥古斯丁成为天主教徒时，伊丽莎已经是个大姑娘了。她个子高挑，心地善良，身手强健、敏捷，教堂村里再也找不到比她更高的女人，也找不到比她更沉默寡言的人。因为她的身上还有一层未褪尽的茸毛，平常在人前，她甚至羞于伸出自己的手来。她有一副坚实的狼牙，突兀地悬在嘴唇外，似乎要把所看见的一切都咬碎。有一年她从牧场上带回来一只胖乎乎的狗崽，成天跟在她的身后，直到那家伙长大了，不断地偷袭村庄里的羊羔和鸡，人们才发现原来这是一只狼。更令人胆寒的是，那期间山上的狼群经常来探访她，和她一起嬉戏，有时还给她叼来猎物，对她的忠诚和呵护堪比那些藏狗，可村庄里却闹得鸡犬不宁、人心惶惶。神父们不得不在办告解时对伊丽莎说，在天主创造的世界里，人和狼是有区别的。要是一头狼也可以被带进教堂，人的神圣就被亵渎了，我们是领了耶稣圣体的人，而狼没有，它们注定永生永世要被放逐在野外的山林里，就像蛇因为犯了罪，被天主判罚永远用肚皮行走一样。

伊丽莎身上的狼性让所有的小伙子对她敬而远之，但是她的内心，同样盛满一个姑娘炽热的爱。当奥古斯丁在唱诗班里借助赞美天主的歌声表达自己的爱情时，这个姑娘幸福地认为：奥古斯丁所有的歌儿，都是唱给自己的。

夏季的高山牧场上，万物葳蕤，花美草肥，牧人一般都会与放牧的牛羊在一起。奥古斯丁为教堂放养的牛羊现在连上羊羔牛犊，已经增长到二十多头了。他在主日天一大早走三个多小时的山路，从牧场上赶回教堂参加九点整的弥撒，下午又在天黑前赶回去。唱诗班头天排练的新歌，杜伯尔神父总担心他唱走调，但这个家伙超常的乐感就跟史蒂文一样好。当他手持歌本往那里一站，谁不认为他是一个谦卑的圣徒呢？

这一切都是为了爱。如果一个热恋中的人一周才能见到自己日思夜想的人一面，不要说让他来回走六七个小时的山路，就是让他上刀山下火海又如何？杜伯尔神父曾经建议他，可以提前一天回来，这样还能在周六下午参加唱诗班的练歌。但是奥古斯丁说，牧场上有狼呢，我得看着那些小牛犊和羊羔。

奥古斯丁的表现得到了杜伯尔神父的高度赞赏。当初奥古斯丁要求加入唱诗班时，他还担心这个人会动机并不纯洁的人——这是众所周知的事实，会利用这个机会做出些什么不利于教会的事情来，至少，人们以为，他是为了在唱诗班和玛丽亚走得更近些。但是，现在看看这个主耶稣的仆人吧，隐忍、谦卑、刻苦、顺从，从他只身救出玛丽亚，到在阿墩子谦卑地为两个神父服务，再到高山牧场孤独地为教会放牧，天主的神工似乎在这个强盗身上不断创造出超乎人们想象的奇迹。杜伯尔神父对此的评价是："圣咏净化罪人的灵魂，歌声消弭人与人之间的距离。我们终于让一个为爱走火入魔的家伙学会了让感情顺从理智，让理智服从天主。"

实际上对奥古斯丁来说，这不是服从的问题，而是他的宿命。表面上看他的一颗骚动的心安静下来了；他在高山牧场的凄风苦雨中反省自己，跪在神父们的面前忏悔自己的罪过，除了唱给天主的赞美诗，他几天都不会开口说一句话。春去冬来，花开花落，大地都在讴歌一个罪人的转变，江水也在感叹一场爱情如它的流淌一样漫长曲折、坚忍顽强。直到有一天的弥撒结束后，奥古斯丁要求在罗维神父面前办一次告解，神父们才会知道，天主的计划，还有他造物的神工，在哪个地方出了点什么差错。

那天奥古斯丁跪在告解室外，罗维神父在里面热忱而又不失庄严地说："在主耶稣的苦难面前，在圣母玛丽亚的慈爱面前，说出你自己上一周的罪过吧，我的孩子。我将代表仁慈的天主和圣母玛丽亚宽恕你。"

"玛丽亚……她，会宽恕我吗？"奥古斯丁语气迟疑地问，圣母知道，他心中的那个玛丽亚，与罗维神父提到的可不是一个人。

"会的。没有什么罪过不受圣母玛丽亚的关爱，她是我们西藏的主保呢，她的仁慈遍及我们所有的罪人。"

罗维神父等了许久，才听到奥古斯丁说："神父，我违背了自己心中的诺言。"

"噢，我可怜的孩子，说出来听听。"

"我做了对不起玛丽亚的事。"

"我们都做过对不起圣母玛丽亚的事情。没什么，孩子，说出来就好了。"

又过了许久，奥古斯丁在高山牧场上的离奇故事才开始像一个英雄好汉慢慢泄了勇气一般，低声地在主耶稣、在圣母玛丽亚面前忏悔出来——

那是三天前的一个夜晚，月亮很圆。下午的时候下过一场骤雨，牧场上湿漉漉的。奥古斯丁挤完当天的牛奶，然后拨燃火塘，把奶倒进大锅里煮沸，再倒进酥油茶桶，把奶里的油脂和水分分离出来，最后做成酥油饼，那可是一件费力气的活儿。奥古斯丁一边干活一边喝酒，自奥古斯丁执掌教堂的放牧鞭以来，教堂里从来没有收获这么多的酥油饼。然后，奥古斯丁该为自己的肚子着想了，他丢了几个土豆在火塘边，又在火边煨茶。茶还没有烧开，一个不速之客就从牧场边缘摸过来了。

奥古斯丁凭经验判断来的是一匹狼，他拿出了火绳枪，心里默算着狼的脚步，它有一箭地远了，有二十步远了，十步远了，奥古斯丁用火捻点着了火绳枪的火绳。

但是，出现在小木屋门口的却是一个人，准确地说，是一个介于人和狼之间的动物。是伊丽莎，这个在襁褓之中时就生活在狼窝里的"狼孩"，回到人间多年以后她的身上还没有褪尽狼的气息，也就难怪熟知山上所有猎物习性的奥古斯丁在一开初把来者判断为一匹狼了。这是他犯的第一个错误。

伊丽莎对奥古斯丁说，她在山坡后面的另一块牧场上放牧，但是下午的狂风暴雨摧毁了她的木屋，浇灭了她的火塘，她问可不可以来奥古斯丁的房子里烤烤火。都是同会的兄弟姐妹，奥古斯丁当然不会拒绝。他们一起喝茶，吃那几个土豆，还喝了许多的酒。

"然后呢?"罗维神父问。

这个故事到这里就实在难以启口了。但是在主耶稣和圣母玛丽亚面前，在专事倾听罪人的忏悔的神父面前，奥古斯丁必须讲下去——

然后，伊丽莎就像一头母狼那样扑倒了奥古斯丁，啃啮了他爱的雄心壮志。

"就是这些。"奥古斯丁懊恼不已、羞愧难当地说。

"噢，我的孩子，是她主动的吗？"

"是。人不会无故去扑倒一头狼。"

"噢，罪人，在诱惑面前，你没有拒绝吗？"

"没有，神父……"奥古斯丁声音越来越低，"我是想，可是……"

"奥古斯丁，我的孩子，你的罪孽大了。你明白吗？"罗维神父的声音越来越严厉。

"神父，过去我当强盗时，经常有姑娘夜晚摸进我的帐篷里来。我……"

"你爱那个姑娘吗？我是说，伊丽莎。"

"不，神父。"

"奥古斯丁，看看主耶稣的苦像吧，看看圣母玛丽亚失去自己唯一儿子的哀伤吧，你怎么能做这样的事情呢？既然你不爱她，却经不起情欲的诱惑，这跟没有受过洗礼、聆听过耶稣教诲的异教徒有什么区别呢？跟不会说话、不会思想、不会爱天主的动物又有什么区别呢？"

"玛丽亚……"

"你如何赎自己的罪呢，奥古斯丁？"

"我不知道，神父。"

"和善良的伊丽莎结婚吧，她是一个多好的姑娘。"

"绝不，神父。"

"请仔细考虑，奥古斯丁，这是你赎罪的最好方式。"

奥古斯丁这回是真的沉默了，在神父面前再也无话可说。

奥古斯丁第二天就把教堂的牛羊赶回村庄了，人们问他，还没有到秋天转场的季节，高山草场上的草正肥美，牛羊也正在长膘，为什么你就回来了呢？奥古斯丁只是简短地回答："有狼。"他宁可每天赶着牛羊费劲地在村庄附近的山上转悠，宁可自己每天去草场上背回大捆大捆的草料，以弥补牛羊们白天吃料的不足，也不再在高山牧场过一夜。人们总是看见他像一个老妇人那样，背负着足有两人高的草料，艰难地踟蹰在山道上，那高耸的草垛在人的负重下，甚至还会让人误以为是一座长满青草的小山包在移动哩。刚割下来的碧绿的青草完全遮蔽了他汗流满面的脸，遮蔽了他羞愧深情的眼，也遮蔽了他忧愤绝望的心。一棵草的重量有多大呢？大概没有人想过；一份爱的重量又有多大呢？奥古斯丁的爱神会告诉你，那就是一棵草的重量。因为这棵草不是背在你的背上，而是长在你的心上。它会从一棵草，长成一棵参天大树，它的根会延续到你的血管里，你身上的血管有多少、有多长，它的根就有多少、有多长。

杜伯尔神父对此评价道："这个家伙放着满山的青草不让牛羊自己去吃，非要自己打草背回来，就像那个不断推石头上山的西绪福斯。"

罗维神父的回应是："罪孽是可以通过体罚自己来解除的。"

有一天，这会走路的草垛在一条溪流边再也走不动了，不是溪流阻挡了它，而是圣母玛丽亚站在了溪流对岸。奥古斯丁开初还不明白这是难得一见的圣母显现，因为神迹总是出现在最绝望的人面前。他听见圣母玛丽亚在对岸说：

"奥古斯丁，你背上的十字架重吗？"

奥古斯丁头也不抬地说："我背的是草，不是十字架。"

圣母玛丽亚说："奥古斯丁，一棵草也会绊倒一只迷路的羔羊呢。"

奥古斯丁抬起头，发现这个妇人很面熟，他奇怪地问："你不是在教堂的神龛里供奉着的吗？"

圣母慈爱地笑了笑，怜惜而柔和地说："放下它吧。每个追随主耶稣的人，都要背上自己的十字架，但没有人像你这样的。"

奥古斯丁忽然感到背上的草真的变成十字架了，它是那样地沉重，压得他快喘不过气来了。当初，他认为耶稣的十字架看上去并不沉重，他可以轻而易举地背负它。他甚至在教堂里望弥撒时想：为什么人要把十字架背在背上呢？夹在胳肢窝里我也可以带着它翻越雪山。现在他明白了，耶稣的十字架背上以后，是不可以随便放下来的，哪怕你的身与心都不堪重负！

天上忽然显出一道闪电，撕裂了云层，一阵怪异的风刮来，奥古斯丁眼前的圣母不见了。他并不感到奇怪，在人神共处的雪山峡谷，圣母与爱神，神灵与魔鬼，并不仅仅是供奉在神龛里或心灵深处。他们随时与人同行。

有一年他在山林中曾经碰见一个女魔鬼，那是一个乳房可以像辫子一样甩吊在背后的罗刹女。他们一路同行了半天，那魔鬼引诱他走左边的山道，他就走右边；魔鬼说下马来喝口山泉的水吧，他就只取自己皮囊里的水来喝。魔鬼无计可施，最后幻化成一个美女，坐在路边的石头上用迷惑人心的情歌勾引他，奥古斯丁——那时还叫格桑多吉——取出自己身上的一只羊皮鼓使劲敲打，直到把那个魔鬼幻化的美女震得还原成一只瑟瑟发抖的狐狸。这羊皮鼓是用他的一个仇敌的半边头颅做成的，他也是个介于魔鬼和人之间的怪物，格桑多吉一刀将他的头劈成两半，一半做了揉糌粑的碗，一半做成这面随身携带的羊皮鼓。可惜的是，这只头颅羊皮鼓在一次战斗中被一颗子弹击穿了。

关于前强盗格桑多吉的传说，雪山峡谷的子民都相信，但没有人会相信奥古斯丁见到过圣母显现的神迹。因为那天他的确看到了另外一个玛丽亚，但他从来没有向人说起过，这是他们间永远的秘密。

天上的圣母走后，人间打柴的玛丽亚就站在溪流的对岸，她是被天上的爱神指引而来的吧？奥古斯丁不明白为什么会在这个时候遇见她。有一根放倒的圆木横跨在溪流两岸，圆木下面，雪山融化之水蹦跳而下，喧嚣湍急，似乎在嘲笑奥古斯丁的勇气。

他的头掩埋在草垛里，恨不能把自己埋得更深，但他又渴望在乱蓬蓬的青草后面窥视到玛丽亚的脸，是不是和刚才看到的圣母的脸一样慈爱和怜悯。奥古斯丁忽然发现，眼前这条可以纵马一跃而过的溪流，比澜沧江大峡谷还难以跨越。因为他看见了玛丽亚眼中冷硬的目光，这可是从来没有过的事情，就是在他第一次带人打进教堂村要抢她时，她的目光中只有梦的斑斓色彩，而没有眼下这冰川上的坚硬寒气。

"怎么不向前走了呢，你？"玛丽亚在对岸问。

"我……我要歇会儿。"奥古斯丁像一个临阵怯场的士兵，他向天空望去，爱神此刻无影无踪。

"我要恭喜你了。"玛丽亚脸上的表情不可捉摸。

"恭喜什么,玛丽亚?"

"你和伊丽莎的婚事啊。人们都开始在为你们找地基,准备盖新房了。"

"别听他们瞎扯,玛丽亚。"奥古斯丁有些急了,声音终于大起来,"这个事情可不是轻易就能说出口的。"

"你不爱伊丽莎吗?"

"不爱。你又不是不知道我爱的是谁!"奥古斯丁的眼光开始变得有力了。

"可是……可是你,你为什么上了人家的身子呢?"玛丽亚一边问一边把头扭向一边。

"是……是她上了我的身子。"奥古斯丁羞赧满面。

隔在两人中间的溪流偷偷笑起来,仿佛在问:天底下还有这样的事情?

因此玛丽亚鄙视地说:"从来就只有强盗抢姑娘,还未听说过姑娘抢了一个强盗哩。"

溪流开怀大笑,翻滚着跳跃出几个冲向天空的浪花,就像听到一个惊世笑话后乐翻了的人群,连山下的村庄都听见这笑声了,还有在天空中巡游的爱神,也忍不住掩嘴而笑。因此奥古斯丁不得不放下背上的草垛,手足无措地向对岸的人儿辩解。他面红耳赤地说:"哦呀不是这样的啊,她很有力气,扑上来就按倒了我……哦呀也不是那样的,我喝了好多的酒……其实也不对,她,她一口就咬住了我的耳朵,你看看我耳朵上还有她咬过的疤哩,喏,还有肩膀,哦呀这个娘们儿可有力气了,我推都推不开她……哦呀都不是,都不对。是……是是我爱你爱得太苦啦,是你太狠心了……"

"对面是一只乌鸦在叫吗?"玛丽亚虽然声音不高,但足以掩盖奥古斯丁的辩解声和溪流的嘲笑声。

奥古斯丁不辩解了,他忽然明白了,如果玛丽亚不把自己对她的爱放在心上,她不会站在这条溪流边来嘲笑他;如果没有他和伊丽莎在高山牧场上那个糟糕的夜晚,她不会如此在意一个强盗怎么被姑娘抢了。他纵然酿下大错了,但他还有机会来表白自己的心迹。

"是的，她的确要抢走我的爱情，但是我不给；就像我要抢你的爱情，你也不给一样。"奥古斯丁终于找回了自信，勇敢地说。

　　可是，玛丽亚鄙夷地回答说："我可没有你那么下作。"然后她转身走了。

　　奥古斯丁愣愣地看着她的背影消失在山道转弯处，长久收不回自己绝望的目光。待他醒过些神来，听见眼前除了溪流的嘲笑声外，还有吹过山涧的山风，嬉戏在树上的鸟儿，隐匿在山林中的百兽，甚至他的那些久已不见面、眼下正在驿道上打劫商旅的生死兄弟，都在用他们的方式可怜他、嘲笑他。最后连骑白马的爱神也打马走远了，留给他一个失望的背影。再没有人来听他内心深处的辩白和忏悔，再没有人和他站在一边，对他没有指望的爱给予一丝微风般的支持和同情，他更看不到圣母玛丽亚刚才温柔的垂怜。

　　西天的云层很厚，藏族天主教徒崇敬的圣母玛丽亚，已经悲苦不尽她自己失去爱子的哀伤，她试图用这份高贵的哀伤来打动奥古斯丁孤傲的心，连他跪拜的主耶稣，也对他说：看着我，奥古斯丁！我背起这个十字架，就是为了你去爱那众人都不爱的，而不是去爱那不该爱的。

　　"笑吧！流水，你笑吧！风，你笑吧！树上的鸟儿，你笑啊！藏在树林后面的家伙们，你们这些狗娘养的！出来啊，笑我啊！还有你，主耶稣，你的怜悯到底在哪里？"奥古斯丁咆哮着，跳进了溪流里，不知是要去追逐远去的玛丽亚，还是试图去斩杀溪流的笑声？或者，是他的心彻底冷了？他的眼睛里露出一个强盗愤怒时的凶光，额头上再现出久违了的红色光芒。山谷里的万物这才发现，一个当过强盗的好汉，是不能轻易嘲弄的。

　　一直在奚落他的溪流打了个哆嗦，哑口了。并且，因为一个虔诚爱着的人，还有他的一颗猛烈燃烧的心，忽然变得天寒地冻般冷硬，溪流便像雪山脚下的冰川那样，眨眼就冻住了。

　　以至于，奥古斯丁想跨越这条溪流的脚步也被冻住了，还把他来到教堂村以后炽热狂野的爱，也封冻了。

　　奥古斯丁忽然发现，雪山倾倒，江河倒流，大地沦陷，人的灵魂，也就飘飞出去了。他在那一刻，想到了逃。

傍晚时分，一个放牛娃发现了冻僵在溪流里的奥古斯丁，放牛娃喊来几个村里的汉子，人们把他僵硬的身子从冰中拉出来，都纷纷惊叹还只是夏末，这条溪流里的流水怎么会结冰？奥古斯丁已经没有一丝热气，大家急忙把他抬回村庄，神父们竭尽全力救他，但他的身上还是唤不回一点生命的迹象。

　　圣母玛丽亚在教堂的神龛中叹息，圣父在天上为他打开了天国的大门，天使盘旋在他的尸体上空，等待教堂的丧钟最后一次敲响，就引导他前往天国的道路。

　　古神父哀叹道："想不到一个山都能撼动的壮士，竟然会被一捆草压垮；一条小溪，也会淹死一个马背上的英雄。难道这也是天主的计划吗？把他抬到教堂里去吧。罗维神父，你来准备一台安魂弥撒。杜伯尔神父，你去圣地为他找一方墓地。不管怎么说，这个虔诚的教友既给我们带来过灾难，也让我们大家都见证过天主在藏族人中的光荣。愿他的灵魂能早日升入主的国。"

　　村里的人们都赶来了。在要不要去高山牧场叫还守候在那里的伊丽莎回来的问题上，人们发生了争执。有牧人说，伊丽莎今天下午还讲，她要在牧场上等她的男人。她说他是回村庄里准备他们的新房了。她的男人将会来牧场上迎亲的。古神父最后决定，等做安魂弥撒那天再去叫她吧。虽然他们还没有来得及在教堂里举行神圣的婚礼，但伊丽莎是奥古斯丁在教堂村最亲近的人了。不管怎样，天主让两个苦命的人走到一起，总有他创造的计划。

　　史蒂文和玛丽亚站在人群的后面，两人都不敢走上前去仔细看看那张刚毅决绝的脸。有人在念经，也有人在轻微叹息。史蒂文被罗维神父叫去帮忙准备火把、长明灯、鲜花、挽幛等事情，临走之前他拉了拉玛丽亚的手说："你先回去吧，孩子等着你喂奶呢。"

　　他发现玛丽亚就像没有听见一样，他还感觉得到，玛丽亚的手比一坨冰还冷。

　　奥古斯丁被停放在祭台的下面，人们在装殓时，给他换了一身干净的衣服。这时有人发现奥古斯丁的脖子下挂着一个蓝色的小玻璃瓶儿，这让大家很惊奇，教堂村受洗的教友们都把十字架挂在自己的脖子上，奥古斯丁挂一个小玻璃瓶儿是什么意思呢？有人去叫罗维神父来看，罗维神父本想给他扯掉，重新戴上一个十字架。但当他打算动手拿下它时，一个声音在他的身后说：

"请不要动它。"

罗维神父转过身来，看见一个衣着整洁的男子，幽灵一般飘在奥古斯丁的棺材前。罗维神父问："你是谁？"

"他的一个朋友。"那男子回答说。

"噢，"罗维神父想，也许是奥古斯丁过去当强盗时的兄弟吧。他今天没有带人马打进教堂来要回自己的大哥，真是天主对这个村庄的恩典了，"葬礼结束后，我可以请你喝茶吗？"

"不必了。"男子客气地说。

"为什么不来教堂做一次客人呢？我知道你是从山上来的好汉。"罗维神父自信地说。

"我是说，不必举行葬礼。"陌生男子的话音刚落，教堂的彩绘玻璃窗户忽然"哗啦"一声碎裂了一块，碎玻璃撒了一地，而且碎得像一颗颗破碎的心。罗维神父深感纳闷，又没有刮风，也没有谁向教堂扔石头。

教堂经过一阵小小的惊慌后，复归于沉寂。罗维神父忽然找不到刚才那个跟他说话的男子了。他追出教堂，外面也空荡荡的。神父似乎得到了某种启示，对身边的教友们说：

"让我们尊重一个死者的生前爱好吧。那个玻璃瓶儿里也许有基督的福音。嗯，应该给他刮刮脸了，他脸上的胡须从来没有这样难看过。我们应该让他在天国里有个整洁的面容。看哪，他原来是个多么英俊勇敢的好男儿，也是一个心地多么善良豪爽的基督徒。"

一直呆立在忙碌的人群后的玛丽亚，忽然流出了一串温热的眼泪，点点滴滴，无以复加的伤感，难以抚慰的隐痛，羞于言人的忏悔……

这是教堂村第一个为奥古斯丁流泪的人。人们可以颂扬他的英名，神父们可以称赞他的皈依，天主可以垂怜他的生命，但在这个奥古斯丁举目无亲的地方，而且还是一个被他打劫过的村庄，没有人为他哭泣也属正常。

玛丽亚的眼泪掉落在地上，"啪嗒"一声轻微的响动，在忙乱的教堂里竟然惊动了一个已经安息的灵魂。奥古斯丁的灵魂在升往天国的半途中终于被感动了，他的眼泪应声而出……

　　"主啊，奥古斯丁在哭！神父，神父，死人复活啦！像耶稣基督那样复活啦！"一个教友惊叫起来。

22　宗徒大事录

你们的血，归到你们头上，与我无干；

从今以后，我要到外邦人那里去了。

——《圣经·新约》（宗徒大事录 18∶6）

一个月后，奥古斯丁基本痊愈。他身上的热气是被一个人黑暗中的眼泪一点一点地温暖回来的。就像春天里万物复苏的大地，一度死去的山岗在越来越暖和的太阳照射下，由低到高，一片一片地生机盎然起来。神父们既不能从医学的角度来解释他死而复生的奇迹，也不愿以神学的理论来阐述奥古斯丁的复活，就是一个基督的复活。因为他们私下里认为：复活的基督是无尚荣耀的，奥古斯丁目前还不配享有这份光荣。他们只是向教友们宣讲道：这是主耶稣对这个罪人的一次试练。我们一生中都得经受无数次这样的试练，你们不能只乞求主耶稣的降福，而不接受他的试练。

村庄复归于宁静，外面的世界却打得很热闹。通过邮路传来的消息说，共产党的军队已经打过了长江。传教会的简报暗示，西方世界对国民政府的独裁统治已经很失望了，他们乐见一个新生的民主政权来治理这个庞大的国家。但不管将来是哪个政党在中国执政，教会在中国的利益是不容侵犯的。因此各传教点的神父们应守好主耶稣的岗位，牧养好耶稣的羔羊。

为了鼓励在藏区传教的神父们的信心，瑞士圣伯尔纳多修会专门派来一支电影摄影队，由沙伯雷先生带队。其目的是要告诉欧洲人藏区教堂的艰难、本会传教士的奉献经历以及本地的民风民俗，当然，传教会也期待该纪录影片在欧洲播放后，能募集到更多的善款。摄影队拍摄了壮观的大峡谷和雪山，以及雪山下的村庄、教堂、藏族唱诗班、神父们的日常生活和工作，采访了普通的藏族教友，甚至还在史蒂文的火塘边拍摄了一个流浪诗人令欧洲人耳目一新的说唱才华。至于那个皈依了天主的前强盗的传奇故事，当摄影机的镜头对着他时，这个惯于舞刀弄枪的家伙用一支火绳枪对准了摄影机。罗维神父对沙伯雷先生解释说："原谅他吧，一个当过强盗的人，可不喜欢抛头露面。"

电影摄影队的到来极大地鼓舞了教堂村的神父们，连古神父也决定不惜冒险一搏，要让欧洲的人们看看，西藏传教会的神父们巨大无私的奉献精神。为了做到这一点，一天晚餐后，古神父向几个年轻人宣布：他将要挑选一个勇敢的神父，迈过阿墩子，去澜沧江上游地区恢复在多年前的教案中，被喇嘛捣毁的擦卡教堂。电影摄影队如果不怕澜沧江峡谷上游地区高海拔的雪山和喇嘛们宣称的各路邪恶的魔鬼的话，教会欢迎他们一同前去见证这个伟大的时刻。

罗维神父和杜伯尔神父在餐桌边欢呼起来，电影摄影队的沙伯雷先生激动地站了起来，向古神父鞠了一躬，"我深感荣幸。"他离开欧洲时，曾自豪地向人们说要去西藏探险。而现在，来到云南藏区三个来月了，他还只是在西藏的边缘。他知道，澜沧江上游的擦卡教堂是目前传教会在西藏的唯一传教点。对于一个搞探险电影的人来说，这相当于郝伯特·邦丁得到了随斯考特船长赴南极探险的机会。①

作为教区的副主教，古神父心里明白，这次远征成功与失败的几率，大约只是在天主面前扔出去一个硬币。但人子必须去努力耕耘，成败则交给天主。古神父不是一个冒险家，更不是一个赌徒。但在藏区传教几十年来，他心中有面对基督福音深刻的隐痛和愧疚。

---

① 郝伯特·邦丁，英国电影摄影师，1911年随著名探险家斯考特船长赴南极探险，斯考特船长在探险中罹难，郝伯特拍摄的这次探险的珍贵镜头后来剪辑成了一部影片《斯考特南极探险记》，轰动世界，开世界探险电影之先河。

"先生们，尽管中国战火连绵，但我们开辟新的传教点的机遇来到了。"古神父从怀中拿出一幅发黄的地图，摊开在餐桌上，满怀深情地说："看看吧，擦卡教堂，主耶稣在西藏王冠上一颗失落的明珠，现在谁将拥有这个荣幸，将它重新从鲜血与杀戮、死亡和新生中捡拾起来呢？"

"我！"杜伯尔神父抢先说。

"噢，亲爱的杜伯尔神父，你不合适去那里。"古神父摇着头说。

"为什么？难道我缺乏勇气吗？"杜伯尔神父声音高了起来。

"你的勇气，我从不怀疑。"古神父点燃自己的烟斗，"那里是西藏，佛教徒的势力相当强大，还在阿墩子县政府的管辖范围之外。那是一个孤军奋战的圣职。"

"尊敬的副主教大人，请把这样的荣誉恩赐给我。"罗维神父说。

杜伯尔神父发亮的目光逼视着罗维神父，"罗维神父，天主已经昭示我了，擦卡将是我的第一个本堂！"

"天主的昭示对我们是一样的，杜伯尔神父。天主还对我多了一份圣召：我不能让我的兄弟去冒险。"罗维神父以长兄的口吻说。一直以来，因为他年长一些，也因为他的体魄，他总是在杜伯尔神父面前扮演兄长的角色。

古神父说："你们先别争，首先，我要感谢两位神父这些年来在教堂村的工作，你们的奉献证明了瑞士圣伯尔纳多修会派来的传教士，都是主忠诚的牧羊人。"古神父又从胸前拿出一沓手稿，"在我确定你们谁将去承担这份光荣之前，我想请你们先回去看看我为教会编写的一篇文章。沙伯雷先生，你也可以看看，说不定这饱含传教士血泪的东西，还可以为你的纪录片提供一些背景资料。"

这是一份手写的文稿，标题为《宗徒大事录》。上面的墨迹有的已经很陈旧，但有的仿佛昨天才刚刚完成。古神父写成它至少是在几十年前，或者说，他用几十年的心血，一直在撰写这篇饱蘸着传教士鲜血与辛劳的文章。

天主把发现新大陆的荣耀赐给了哥伦布，却将发现西藏的使命，赋予给了我们肩负传播基督福音的传教士。

在欧洲，关于西藏的传说最早可以追溯到希罗多德时代，但西藏真正引起人们的瞩目，是因为欧洲人固执地认为：西藏是一个基督徒遍地的王国。

其传说依据来自于中世纪的意大利修士柏朗嘉滨（1182—1252），他受教皇派遣出使蒙古帝国，曾经到过西藏东北部一带。他向欧洲人描述了"波黎吐蕃"的一些情况。

然后是意大利旅行家马可·波罗（1254—1324），他在中国旅居了近二十年，曾经旅行到康藏东南部打箭炉等地。那里也像我们这儿一样，是个汉藏杂居的地方。马可·波罗肯定和一些藏族人打过交道。在他的《游记》里，也记述了一些藏族人的信仰和风俗人情。

无论是柏朗嘉滨还是马可·波罗，他们都给欧洲带来了一场地理名词上的混乱。因为他们在中世纪把"震旦"这个神秘古老的王国向人们掀开了一角。在地理大发现以前，人们对遥远东方的"震旦"只有两个印象：其一，广袤富庶，历史悠久；其二，遍地是基督徒。

可是，"震旦"到底是指中国，还是西藏？在古希腊—罗马时代，欧洲称中国为"秦那"（Sinae），"赛里斯"（Seres，丝绸之意）。一些人认为：在喜马拉雅山脉的东边和古老的中国之间，有一个被西方基督教世界遗忘的王国，大概位于"秦那"——或"赛里斯"——的西北方向，他就是"震旦"；而另一种观点则认为，"震旦"就是西藏。但谁也不能给出一个有说服力的证明。因为整个十三至十四世纪，穆斯林在中亚崛起，截断了欧洲通往远东的所有陆上通道，派出探险的传教士不是被杀就是消失在漫漫商道上。

哥伦布在1492年进行他划时代的远航时，并不是要去发现一个新大陆，他只是想找到一条通往马可·波罗笔下的"震旦"王国的道路，他直到死都认为他发现的土地是亚洲大陆的东部海岸。

长久以来，神秘遥远东方的黄金、丝绸、药材、香料，一直是欧洲人梦寐以求的财富。哥伦布、麦哲伦、达·伽马这些受到欧洲皇室资助的航海家开辟了新航线以后，探险家们就把十字架悬挂在船头，作为义务和权力的标志——义务是传播主耶稣的福音，权力就是占领、殖民。罗马教廷和欧洲皇室一直认为：利用航海事业的发展，将人类可居住的世界统一于基督福音的大旗之下，是完全可能且必须的。

以刻苦忍耐著称的传教士不经意间充当了急先锋的角色。他们随着达·伽马开辟的航线到了印度，他们的面前横亘着巍峨的喜马拉雅山，山的那边仍然是个谜。这个谜底将要被传教士揭开。

实际上，在1596年，首批在中国传教的耶稣会传教士利玛窦神父在给罗马教会会长写信时，就明确地说："我认为'震旦'只能是中国，而不可能是其他王国。"

然而，印度传教团的神父们不相信这个说法。他们认为，既然传闻中的全体"震旦"人都是基督徒，而中国没有一个基督徒，甚至说基督教的教义在传教士到来以前从来没有过。那么，信奉基督的"震旦"一定在亚洲腹地的某个地方。教会有责任找到他们，并把他们带回基督徒的世界。

1602年，一个叫鄂本笃的修士受命从印度的阿格拉出发，去寻找"震旦"和那里未经认知的基督徒。他穿越了整个印度北部，经白沙瓦到喀布尔，然后翻越兴都库什山脉，横穿帕米尔高原，来到叶尔羌（今新疆莎车县），再经和田、库车、吐鲁番等地，最后，在1605年抵达中国的肃州（今甘肃酒泉），并看到了中国闻名已久的长城。

就在肃州，鄂本笃受到最致命的打击，他历经三年多的艰辛跋涉，试图证明"震旦"就是西藏，但当地的穆斯林商人告诉他，"震旦"是中国，那里没有一名基督徒。

三年多的生死旅行耗尽了这个修士所有的力气，他已经没有体力再往前走了。他给远在北京的利玛窦神父写信，利玛窦神父接到信后立即派了一名基督徒来肃州看他。这位使者赶到肃州时，鄂本笃修士已经奄奄一息了。他在临终前向利玛窦的使者承认："'震旦'不是别的国家，它就是中国。不要再进行这样无谓的旅行和寻找了。"

鄂本笃修士在其艰难漫长的旅程中也和一些西藏人打过交道，他发给欧洲教会的信件透露出这样一些信息：在喜马拉雅山脉以东的那个地方，人们行洗礼、守斋戒，手按《圣经》宣誓，神职人员不婚，高级僧侣戴象征权贵的主教帽，有许多宏伟的教堂等等。遗憾的是，人们以讹传讹，断章取义地认为："震旦"是个有基督伟大足迹的地方。

因此，尽管鄂本笃修士为了证明"震旦"就是中国而付出了生命，但直到 1635 年，欧洲还把"喜马拉雅山那边"叫做"震旦"。

因为在 1624 年，印度传教团一个伟大的传教士安夺德神父成功地翻越了喜马拉雅山脉，进入了西藏西北部的古格王国，这个消息在欧洲引起巨大的轰动，当时的报纸标题是：

葡萄牙耶稣会神父安东尼奥·德·安夺德发现了大震旦即西藏王国

现在来辨析"震旦"与中国和西藏的关系已经毫无意义。时间已经冲洗干净了喜马拉雅山脉两面蒙在人们眼睛中的云翳。中国从中世纪起就宣示自己在西藏拥有主权，他们和这片高原有着千丝万缕的联系，从皇室间的联姻、民间的经商往来，到中央政府派官立制、驻扎军队。因此，说"震旦"是中国或是西藏，似乎都没有错。几百年前欧洲人的争论，现在看来就像孩子们在争吵月亮的光芒是来自太阳还是它自己。

但有一点欧洲人彻底错了，西藏没有一个基督徒，他们的信仰和我们完全是两回事。

第一个发现这个现实的当然是安夺德神父。他在古格王国赢得了国王和王后的信任，并一度荣幸地在那里建立起了教堂，甚至差一点就让他们受洗成为基督徒。但是喇嘛势力的强力反对，最终导致了这个王国的灭亡。如果说在西藏传播主耶稣的福音始终要和反抗、迫害、杀戮相伴的话，基督的福音第一次登上这片土地时，就开始了。遗憾的是，还不仅仅是损失几条生命，而是灭亡了一个王国。

但是传教会从没有在喜马拉雅山脚下止步。从 1704 年至 1807 年一百多年的时间里，罗马教廷传信部共派遣了三十批一百多人次的传教士赴西藏传播主耶稣的福音。其中成就最高的德西德里神父以自己勤奋、坚韧、好学的精神，成功地进入到拉萨，并赢得了宗教领袖的信任。他在拉萨的寺庙里潜心学习藏传佛教，是他把这个教派完整的宗教体系介绍到了欧洲。我们认为：天主把发现西藏的荣誉赐给了安夺德神父，把认识西藏的光荣赋予了德西德里神父。我们称他为西藏"最伟大的发现者"。尽管建立在拉萨的教堂也没有维持多长时间，至今在拉萨甚至已找不到一个基督徒和基督福音的痕迹。

光荣的责任落到了我们巴黎外方传教会的传教士们身上。基督的福音已经传遍世界的各个角落，我们绝不能让西藏成为一片空白。正如圣方济各·沙勿略神父所言的那样："藐视一切危险，把自己置身于世界的各个角落，教导人们懂得身体永存的规律和生命不灭的规律，这就是我们的天职。"

1840年的鸦片战争，让古老中国封闭的大门被英国人的舰队彻底轰开；到了1846年，巴黎外方传教会已经进入到靠近西藏的西康省，在打箭炉竖立起了十字架。教宗额我略十六世颁发了成立西藏教区的手谕。由此，巴黎外方传教会便担负起了世界上最危险、最艰巨的传播基督福音的使命。我们认为：依托康藏东南部汉藏结合地区那些隐秘的马帮驿道，基督的福音完全有可能紧随马帮的铃声进入到拉萨，这比翻越喜马拉雅险峻的雪山容易得多。既然汉族人数百年来有能力把他们的商品运送到拉萨甚至印度，我们的传教士也应该有机会和责任把福音传进去。这是基督福音的又一次"东征"，尽管我们这次只是手举圣十字架。

几十年来，我们在川、滇、藏结合部地带遍设传教点，一直在和喇嘛教的反抗作着殊死的抗争，每向西藏迈进一步，都要付出惨重的代价，失败，前进，再失败，再前进。先后有十位神父为了那个伟大的目标奉献了生命，我们终于像一根不屈不挠的钉子那样，在西藏东南部的擦卡建立了本会的第一座教堂。但擦卡教堂也以殉教神父人数之多——共达七位，为我们巴黎外方传教会赢得了荣誉。

1865年，巴黎外方传教会的毕神父和戴神父带着一群被喇嘛驱逐的教友来到擦卡。这是一个位于古商道边的驿站，澜沧江在这里被山势所挡，转了一个急弯，由此冲积出一小片扇形的平坝，连上四周的山坡台地，在山高谷深的澜沧江峡谷地带，这里已经算是比较富庶的农耕区了。它离阿墩子县城两百五十公里，约八到十天的马程，离打箭炉的主教府有三十天的马程。教会正是看中它交通便利、物产相对丰富这一点，因此把迈向拉萨的第一个传教点设立在这里。1865 年的圣诞节，我们在擦卡第一次为一个藏族教友付洗。

擦卡教堂从开初因为购地建堂，就和当地的寺庙及土司纠纷不断。那时擦卡还属于中国清朝皇帝管辖，地方政府在我们需要的时候，出兵弹压喇嘛教和本地土司的气焰，用炮弹教训那些胆敢反抗福音传播的异教徒，维护了我们圣堂的尊严和教会的权益，但这也让我们的传教士随时处于仇视和危险之中。

1881 年，擦卡的本堂穆神父去高山牧场探望两个教友，在回来的路上，一个仇视基督福音的异教徒从树上射出一支毒箭，击中穆神父的腿部，神父跌下马来，嘴里高喊："奉基督耶稣之名，我宽恕你们……"射箭者从树上下来，看着穆神父在地上爬行了三十多米，终因箭头上的剧毒药性发作，死于山道上。

1882 年，新到的本堂苏神父履任，他是一个优秀的植物学者，热衷于把西藏的植物介绍到欧洲。在擦卡教堂不到两年的时间里，他在传教布道之余，像一只蜜蜂一样地在大地上辛勤地采集，给法兰西科学院寄回了近万份动、植物标本，许多标本在欧洲闻所未闻，引起巨大的轰动，为传教会赢得了可贵的荣誉。可是，这一高尚的行为却被当地人视为"偷窃"，说苏神父偷走了他们的神山的宝物。在一次采集活动中，苏神父聘请的植物采集助手已被买通，这两个诡诈的异教徒将苏神父引到一处有毒的山泉，引诱神父喝那泉水。苏神父已有所预感，询问这泉水能否饮用。两人心中的魔鬼已掩饰不住，跪在神父面前说："喝吧，神父，不然你走不出这山谷。"苏神父知道荣耀主耶稣光荣的时刻到了，慨然引碗喝之，然后对他们说："如果这碗泉水能使我成圣，你们就是我的见证。"苏神父回到教堂后不久便发病，三天后气胀而亡。那两个异教徒邪恶的灵魂终于被苏神父高贵的心所赢得，跪在耶稣的圣台前承认了自己的罪恶，皈依了天主。

1891 年夏季，一个长达半年多的雨季过后，所有的商道都被泥石流、山崩所摧毁，擦卡教堂和外界失去联系，澜沧江峡谷地区发生了严重的鼠疫。擦卡本堂吕神父率领教友和瘟疫作殊死的孤独抗争，没有药，也没有救援，人们都在等死。吕神父把最后的一点西药都分发给了教友，自己却身染鼠疫，他的身体虽然已经肿胀发黑，溃烂恶臭，但是教友们说，吕神父荣归天主时，"他的面容好像天使的面容。"

1893年，瘟疫过后，教会再次派勇敢的任神父任擦卡本堂，任神父能力超群，作风强硬，喇嘛多次上门威胁，要驱赶我们的神父出西藏。但任神父依靠清政府官员，弹压喇嘛威风，宗教官司一直打到云南府，为教会赢得更多的土地和财产。任神父还是教会第一个获得清政府官职的传教人员，享有四品官衔，戴花翎顶戴，到大理府可以与道台、知府平起平坐。不过任神父的风头也让喇嘛心生嫉恨。在这年复活节圣周四的一个下午，异教徒在任神父回本堂的路上挖掘陷阱，任神父的坐骑坠入陷阱，而任神父本人则吊在陷阱边缘，随行的仆人援手去搭救，但埋伏在路边树丛中的枪手排枪齐射，将任神父和仆人一齐打进陷阱中。事后，暴徒们用石块、树枝填埋了陷阱。官军赶来救援时，已不知任神父葬身何处。一年以后，野狗才将任神父和仆人的尸骨拖出来。人们找到那个被掩埋的陷阱，发现里面发出玫瑰的阵阵幽香。

1896年，擦卡教堂由当过军人的彭神父任本堂。彭神父组织了教友护教队，配备西式快枪，教堂安宁了几年。一次彭神父和几个教友从阿墩子押运一批粮食药材等回教堂，被一支强盗武装盯上。晚上他们袭击了彭神父和教友们夜宿的客栈，彭神父带领教友持枪抵抗到天亮，终于弹尽。强盗们冲进彭神父的房间，将彭神父捆缚于客栈外的廊柱上，剥去上衣，用皮鞭和荨麻抽打。强盗首领问："洋鬼子，你的威风哪去了？你现在比一个乞丐还不如。你的耶稣怎么不来救你啊？"彭神父慨然回答："为耶稣基督之名，我配受这侮辱。"强盗首领用刀抵着神父的胸脯，问："那你配为他去死吗？"彭神父脸上露出天使一般灿烂和蔼的笑容，说："这是我终生追求的荣耀。在你的刀锋下，我更接近天主。愿我的死，能拯救你的灵魂。"三个月后，官军捉拿到这个强盗首领，在把他送上断头台前，擦卡教堂另一个本堂顾神父去为他做临终圣事，指引他前往天国的道路，并问他悔改否？这个剽悍的强盗竟然痛哭失声，忏悔了自己的罪孽，希望我们的天主不要报复他。顾神父告诉他："基督的报复就是宽恕，天国接纳所有忏悔的罪人。"

在西藏传教，不仅要和喇嘛教、当地仇教势力、土匪武装抗争，还要随时面对大自然的威胁。1900年的圣母升天节，擦卡本堂顾神父组织教友庆祝，山崖上神秘地飞来一块滚石，正中顾神父的头部，使其当场气绝而亡。顾神父生前最后的一句话是："圣母玛丽亚，擦卡教堂是你在西藏的王冠上一颗璀璨的宝石。"而本地的喇嘛们却说他们这里是"众神之地"，我们的宗教窃取了藏族人的灵魂，亵渎了他们神山上的某个神灵，导致神山发怒，惩罚了我们的神父。

主啊，我们究竟要奉献多少位神父的生命，才能让他们明白基督的爱？

1905年，康藏地区爆发大规模的暴动和迫害天主教徒的事件。官军处置失当，滥杀无辜，无数村庄被官军的炮火夷为平地，更激起康巴藏族人的仇恨。阿墩子、茨菇、巴塘、理塘等地的教堂悉数被焚毁，各地的本堂神父或带领教友殊死抵抗，或往安全地带撤离。阿墩子本堂浦神父被杀。擦卡本堂俞神父其时已五十三岁，在藏区各地已经服务了二十多年。他在一个藏族教友莫里斯的帮助下冲出重围，当莫里斯带年迈的俞神父过澜沧江的溜索时，不幸被追兵发现，追兵用火绳枪向溜索上的两人射击，一颗散弹击中了俞神父的鼻子，竟然将鼻子打飞。两人悬停在溜索中央，莫里斯在上，俞神父在下，一根牛皮绳把他们系在一起。追兵的枪弹蝗虫般飞来，莫里斯带着神父奋力向对岸攀援，还愧疚地大喊："主耶稣，为什么要打中我的神父，为什么打中的不是我？"俞神父满脸是血，还不忘一个神职人员的尊严和幽默，他说："可能是我的鼻子在西藏太高了。莫里斯，你走吧，我过不去了。"莫里斯执意要带神父一起走，并说即便和神父一起死，也是他的光荣，他相信神父会带他一起升往天国。俞神父抽出随身的康巴刀，说："莫里斯，天国近了！"然后他割断了自己和莫里斯系在一起的绳子，坠入波浪翻滚的澜沧江中。擦卡的悲剧让基督的福音受挫，也让我们一再蒙羞。所幸我们有与中国政府签订的一系列条约，它保护我们这些耶稣的尖兵。当天主的惩罚降临到基督的敌人头上时，异教徒们才会明白，基督的福音带来的并不仅仅是平安，还有刀剑和炮弹。他们的血得归到他们头上，基督徒的血更要他们偿还。世界在神面前败坏了，上主的洪水就必将冲毁这败坏的世界，挪亚的方舟只为义人而建造。当炮弹落到他们的寺庙里时，便是一个全新的世界来临前的春雷。遗憾的是，清政府的中国皇帝被推翻后，康藏地区陷入混乱，喇嘛教的势力向这一带大事扩张，传教事业变得越来越困难。擦卡教堂自建堂八十多年来，先后有十四位本堂神父，赢得了近二百名藏族人的灵魂，使他们皈依了耶稣基督。在付出七位传教士的宝贵生命后，二十世纪初我们终于被迫撤出西藏，连滇藏门户阿墩子的传教点也没能守住。不是我们缺乏勇气，而是藏传佛教的势力实在强大，社会治安状况极其恶劣；也不是我们忘记了擦卡教堂，而是欧洲连年战争，教会也不再能派遣更多的传教士来华。

我们需要明白的是：西藏至今对于我们来说，不但不是收获的季节，连播种的季节都不是，现在只是拓荒的季节。

擦卡由此在教会赢得"殉教之地"的荣耀，人们说擦卡的本堂神父将是一个"被交付于凶暴和杀戮的耶稣羔羊"。可是，我们教会的神父们仍然义无反顾地奔赴主耶稣指引给他们的圣职，能在擦卡教堂任本堂神父，是教会最引以为豪的岗位，先后有三位曾在擦卡教堂履行圣职的本堂神父升任代牧主教。

主耶稣把一份难得的恩宠摆在了勇敢的传教士面前：在擦卡教堂，获得晋升的概率不到五分之一；而殉教的比例是二分之一。

23 使 命

火曾在冰雹中炽燃，在雨水中闪烁；

但为养育义人，火却忘却了自己的本能。

——《圣经·旧约》（智慧篇 16:22－23）

杜伯尔神父和罗维神父连夜读完了古神父撰写的《宗徒大事录》。他们已经抽完了三袋烟草，屋子里的烟雾堆积得挥之不去，像他们心中浓重的悲愤。一些段落甚至让两个年轻神父的眼泪润湿了手稿。

"我早就想当一个拓荒者啦，当年要是没有做神父，我或许会去美洲大陆找机会呢。亲爱的罗维，我希望能得到你的支持。"杜伯尔神父再装上一袋烟草，递给他的同会兄弟，似乎希望把这件决定他们俩命运的事情在一种轻松的氛围中决定下来。

罗维神父显得非凡地冷静，"支持你什么？我从来都和你站在一起。我们不是一起从玫瑰村出来的好兄弟吗？"

杜伯尔神父坚定地说："擦卡教堂是我的，殉教的荣耀——如果它真的会发生的话——也是我的，谁也不要跟我争啦。"

"我昨天刚收到露西亚的信，"罗维神父沉吟片刻才说，"她对你最近的工作大加赞赏，并特别嘱咐我，要我好好保护你。因为你是我的兄弟，我比你年长。"

其实杜伯尔神父在前两天也同样收到了露西亚的一封信，信中除了鼓励他外，还特地嘱咐他凡事多和罗维神父商量，说他是一个好兄长，做事谨慎，周密。露西亚甚至在信里说："忆想当年，当我站在你和罗维面前时，罗维更让我感到安全。他有一种让人信赖的气质。"看到这一段，杜伯尔神父便明白了他和罗维神父在露西亚心目中的分量。

杜伯尔神父为此伤心了一个晚上，直到他接受了这样的现实。罗维神父的优势，从小学、中学、再到神学院，他都不能与之相比。到了藏区以后，尽管他一直在与这个家伙暗中竞争，希望能超过他，至少也和他一样。但这就像他永远也不可能有罗维神父那般高大、健壮一样，他们的差距是天主划定的。天主需要人与人之间的差异和不同，需要怜悯者和被怜悯者，需要竞争中的获胜者和失败者，需要爱与被爱，还需要有的人把自己献祭出去，这不仅仅是指天主的祭台，还有露西亚的爱。

现在他的机会来了，这是他在罗维神父面前挽回骄傲的唯一的机会，他渴望在露西亚、在主耶稣面前证明自己的勇气与奉献精神，不会因为自己个子相对矮小而比别人显得需要同情和怜悯。

"这是我的岗位，到死都是。"杜伯尔神父语气坚定地说。

"我们都放过牧，亲爱的杜伯尔，"罗维神父站起来，踱步到屋子的另一头，不让杜伯尔神父看见他的脸，"家里第一个去牧场的，总是兄长。对吧？"

"嗨，嗨，老兄，那可不一定。"杜伯尔神父敲着桌子，尽量压低自己的嗓音，"如果牧场是一个天堂，谁愿意留在家里写作业啊？这种时候，当兄长的要让着弟弟。"

罗维神父再次踱到桌子前，弯下腰去，他们的鼻子都快要碰到一起了，"杜伯尔神父，我的好兄弟，请听我说，擦卡那边眼下还不是天堂一样的牧场，没有牧歌，没有诗意。为你的父母，为我们之间的友谊，为露西亚，就是把你捆起来，我也不会让你去的。"

杜伯尔神父冷笑两声，"我们之间的事情，跟露西亚有什么关系啊？"

"你这个莽撞的家伙，露西亚一直在关心着你的安全。难道你还不明白吗？美丽善良的露西亚，已经发愿去当修女了！"

杜伯尔神父愣住了，露西亚前几封来信中曾经谈到过这个打算，那时他并不认为露西亚会当真。但更让他震惊的是：为什么罗维神父会比他先知道？露西亚是他们共同隐忍的爱，更是他们一起分享的美好回忆。现在罗维神父抢先一步知道了一个伟大而伤感的结局，这让杜伯尔神父沮丧。他喃喃地问："主啊，她为什么要这样做呢？"

罗维神父说："想想当年主对你的召唤。"

杜伯尔神父低下了头，不想再掩饰自己的懦弱了，"伙计，是她让我这样做的。我以为，我去了修道院，你们就可以……"

罗维神父扶着杜伯尔神父的肩膀，"好兄弟，我当初也这样认为。在修道院报到时看见你，我这才发现，我们两个都是世界上最大的傻瓜。我亲爱的杜伯尔，我们不谈露西亚了，你的母亲在时刻等着你的归去。难道你没有看见她期盼的目光，让自己的眼窝都深陷下去了吗？"

杜伯尔神父忽然被一种感动所淹没，不是因为他母亲绵延了上万公里的目光，也不是因为家乡的美丽姑娘露西亚，而是他发现自己原来是如此地喜欢这个个子高大的家伙。他绝不能让他去冒风险。

他说："伙计，如果你真要履行一个兄长的责任，请给我一次成长的机会，让我在擦卡本堂干出点让你和露西亚骄傲的事情来。"他的口气近乎请求，这是他们之间有争论时比较有效的一招。罗维神父身高体壮，但心肠柔软。杜伯尔神父太知道他的伙伴啦。

罗维神父长久地注视着杜伯尔神父，"我看我们不要争了，"他咬着烟斗的样子像思考不出一个哲学问题的教授，"还是等古神父来裁决吧。他说谁，就是谁。好不好？"

教堂村的人们在为神父的远征作最后的准备，教友们都知道了将会有一个勇敢的神父要回到擦卡教堂去。目前在教堂村中，有五户人家的祖辈就是四十多年前的教案后从擦卡跟随神父一起流亡来的，现在只有一个叫莫里斯的老人还活着，他就是那个和俞神父一起过溜索的幸存者。多年来他一直做教堂的敲钟人，他以钟声来呼唤天国里的俞神父，直到有一天他中风瘫倒在教堂的钟楼上。这个瘫痪了的孤独老人要求住在澜沧江边，他说俞神父会游泳，总有一天会从江里上来的。俞神父将会给他带来天国的消息。

这天下午，古纯仁神父带着沙伯雷先生来到莫里斯老人的小屋，沙伯雷带来了摄影机，打算在去擦卡之前先拍摄这个上次教案唯一的见证者。屋子很暗，借着火塘的微弱火光他们才看得清莫里斯的脸——与其说那是一张人脸，还不如说是一张干枯的皮包着的人头骷髅。令人倍受感动的是，他把一个木十字架紧握在胸前，由于长时间的抚摸，十字架已经油亮发光，所有的棱角都平润光滑。这个失明的老基督徒靠此来感受主耶稣与他同在。

"莫里斯，我是古神父。你今天看上去真好，像个天使。"莫里斯头枕一堆稻草，斜靠在几块木板搭成的一个床榻上，古神父紧挨着莫里斯坐下来，搂着他。古神父还凑着莫里斯的耳朵轻声说："莫里斯，我们要派神父重回擦卡教堂了。"

"他们要打掉你的鼻子。"莫里斯的嘴嚅动着说。

"噢，亲爱的莫里斯，这没有关系，我们的鼻子在西藏并不那么招人讨厌。"古神父轻轻拍着莫里斯枯瘦如柴的身子说，"莫里斯教友，我们要去看你在擦卡的家人了。有什么话要捎带回去吗？噢，我们要去找你的妻子路薏丝，你的儿子小若瑟，你的小女儿苏苏，还有你的老父亲荣禄——主保佑他已经活过一百岁啦。他们都在等你的消息，等基督的福音重回西藏的消息……"

"俞神父……天国近了……"莫里斯沉浸在自己的回忆里，不知道听没听明白古神父的话。

沙伯雷本来还想向莫里斯询问一些上次教案的情况，但看看至今还生活在悲伤和恐惧里的莫里斯，他什么都不用问了。

两人出来后，沙伯雷先生问："你确定，这个老人的家人都还在那边吗？"

"一个也没有活着逃出来。"古神父望着眼前的澜沧江，良久才说，"我不明白的是，我们本是要带给他们主耶稣的福音，但他们承受的却总是苦难。基督的信仰拯救了他们的灵魂，却没有帮他们改变命运，哪怕好一点点。"

沙伯雷先生感叹道："什么时候这块土地上的基督徒不再受到攻击、诋毁、诬陷、围剿，那才是耶稣基督真正的福音。"

"耶稣传播他的福音时，人们还把他送上十字架呢。"古神父说。

"那么，我们这次去到擦卡，对这些藏族人来说，又将意味着什么？"沙伯雷问。

"再次拯救！"

"你将派哪个年轻神父来担负这个使命呢？"

古神父又沉默了片刻才说："不是我派他们，而是天主；也不是随便哪个人，就能把耶稣的十字架背上西藏高原。如果我没有年过六十，这样光荣的使命怎么会落到他们的肩头上呢？唉，西藏这片高原，拒绝我这种除了满腔的爱，什么也没有的老人。"

其实，这些日子来，古神父一直在权衡由哪个神父去更合适，不是他们能否胜任的问题，而是谁更有幸得到天主的圣召。这两个年轻人勇于承担的精神实在令他感动，要说这两位充满活力的年轻神父对藏族人的爱和责任感，他们不分伯仲；但要论及如何和这片土地及它的人们打交道，罗维神父似乎更合适一些。他做事严谨，思维缜密，身体强壮，待人接物有分寸感，不失为擦卡这样条件艰巨的本堂之理想人选。而杜伯尔神父，却具有罗维神父身上所不具备的某些东西。热情，率真，冲动，富有献身精神，作风强硬，他更像一个康巴人，而不像谨小慎微的瑞士人。如果他们两个的性格特征，能够融合在一个人身上就好了。因为在西藏传教，既需要周旋的技巧，又不能丧失强硬的手段。

罗维神父首先向古神父提交了十分详尽的传教工作计划。他认为要在擦卡恢复传教工作，应该从头开始，从小处做起。比如，先在那里依托幸存的教友，建立一间"圣徒药房"。罗维神父相信通过一到两年坚忍的施诊工作，可以将散失的教友重新召集起来，还能发展一些受惠于"圣徒药房"的异教徒，将爱心传达出去，以赢得他们的心灵。罗维神父说，当年耶稣基督传播自己的福音时，不也是通过让麻风病人痊愈，令瘸子能走路，哑巴能说话等神迹来昭示福音的吗？坦率地说，许多藏族人刚开初加入我们的教会时，是因为我们为他们提供了粮食、土地、医疗，以及生活的利益甚至生命的保障。天主在哪里？离他们有多近？他们一般不会费心去思考。藏族是一个简单质朴的民族，这是他们信仰的基础。我们可以利用这个基础，在藏族人中显示我们宗教的爱和仁慈。比如，我们的西药在藏族人看来，是具有神奇魅力的东西。治病救人，先治病，后救人，再救灵魂，这是传教会在蛮荒落后地区屡试不爽的传教经验。这样做还有一个好处是，可以暂时避开喇嘛教的锋芒，专心做救灵的工作。我们甚至可以不先忙着建教堂，而是以开展家庭式的传教方式为主，将十字架竖在每一户藏族人家里，立在每一个藏族人心里。当我们拥有广泛的教友基础时，当我们的十字架成为大多数藏族人心目中的依托时，藏族人自己也会抛弃他们的寺庙，为我们把天主的圣堂建立起来。

古神父很欣赏罗维神父的工作计划，因为它符合传教会一贯的工作传统。如果不是后来他和杜伯尔神父那一席谈话，被推上圣徒这个光荣位置的将会是罗维神父。

看望莫里斯教友回来的当天晚上十一点，古神父看见教堂里还有烛光闪耀，以为是哪个教友还在里面祈祷呢。他走到圣台前，才发现是杜伯尔神父跪在那里一动不动。古神父等他把心中所有的祈愿都说给了耶稣，才在他起身后问："你做好准备了吗？"

年轻的神父神色肃穆地说："是的，我已经把自己托付出去了。"

"托付给凶暴？"古神父问。

"不，托付给使命，尊敬的副主教大人。"杜伯尔神父眼睛中呈现出从来没有过的仁慈光芒，"为了完成这个使命，我要以爱和对话来化解凶暴。"

"爱谁？和谁对话？"

他肯定地说："和我们的敌人。"

这个观点让古神父感到惊奇。如果他说的爱，是罗维神父所谈的建立"圣徒药房"、为藏族人义务施诊治病的话，那么和我们的敌人对话是什么意思呢？用语言去面对毒箭、屠刀、陷阱和枪弹吗？

"对我们的敌人，宽恕就是最大的爱；对话则只是在战场上的双方势均力敌、相持不下的时候。杜伯尔神父，你认为我们的圣教会到了该向异教徒妥协的时候了吗？坦率地说，你的提议让我惊讶。"

"不是妥协，生活本身就是一场对话。与朋友对话，与大自然对话，与命运对话，也要与异教徒对话。"杜伯尔神父语气坚定地说，"既然我们都是奉献出生命给圣职的僧侣，那么，就让我们各自为不同的神祈祷，不辩论，不争杀，不恃强凌弱，我们把理解和尊重，仁慈和爱，作为一种礼物，奉献给对方。我认为，唯有这样，我们才可以在西藏立得住脚。"

"你在拿自己的圣职冒险，杜伯尔神父。"古神父提醒他道。

"一个传教士就是拿自己的生命做试验的人。"他从怀里拿出《宗徒大事录》，"副主教大人，看看我们殉教的神父们，他们以自己宝贵的生命试验出这样一条教训：炮弹不能改宗他们的信仰，对抗只能加剧隔阂和仇恨。在西藏传教，尊重我们的对手，敞开我们的双臂，拥抱他们的文化，和他们展开对话，我们才有发展的空间。"

"你不认为这是在亵渎那些殉道的圣者吗？"古神父的声音严厉起来。

"我对他们充满敬重。可是，尊敬的副主教大人，除了被杀、被驱逐，我们还有什么路子可走？请恕我冒昧，是像那些佛教徒说的那样，'骑着炮弹'来让他们屈服吗？"

古神父沉默了。他知道这是异教徒们对他在藏区传教三十多年来的印象，他成为了一个骑着炮弹传教的神父。这真是对他一世英名的最大打击和讽刺。他二十六岁来华传教，从来没有回过欧洲，满头的黑发已经飘落在藏区的白山绿水间，浓密的白色胡须长及小腹，却浓不过他的思乡之情，长不过他的还乡之路。1905年本地发生教案后，正是他四处上告，引来清政府的军队，给喇嘛们血腥惨烈的教训。年轻时他还能在同僚和教友们面前自嘲"我就是那个能骑在炮弹上的神父"，但随着年龄增长，他感到自己的一生事业，被这个并不幽默的绰号毁了。"那么，你想如何与他们对话呢？"

"去发现佛教中的基督。"

佛教中的基督？如果一向被我们视为异端的佛教中有基督性的话，那么天主的圣言里也该有佛性了？古神父忍不住拍了一下坐凳的靠背，"奇谈怪论，你会受到教廷的谴责的。"

"副主教大人，教廷离西藏的实际有多么遥远啊！"年轻的神父大叫道，"难道我们和喇嘛教不都是教人行善的宗教吗？难道喇嘛的慈悲和我们的仁慈，在一个藏族人面前，还有什么区别和高下之分吗？喇嘛教之所以被我们视为异端，是因为它区别于这个世界上的任何一种宗教，同理，天主教不被他们接受，也因为他们不知道基督福音的真谛。副主教大人，我们的福音中有多少佛教徒所要追寻的真理，我还不太清楚；但他们的信仰中基督的影子，我的确已经看到。我要去找到它，还要去告诉他们，我们在某些方面，是志同道合的。"

"哈哈，这种志同道合，"古神父不无揶揄地说，"让我们付出了十多位传教士的生命了。"

"如果我们不动辄就请政府出兵弹压，如果我们不一来到西藏就以文明人自居，如果我们在与藏族人的交流对话中，更多地了解到这个民族的文化传统和风俗习惯，教案就不会那么频繁地发生了。政府的基层官吏办事粗糙、武断，只相信武力，不相信宽恕和仁慈。藏族人讨厌他们，我们和藏族人只是宗教纷争，他们和藏族人之间还有民族纠纷，统治者与被统治者的纠纷。这些矛盾纠缠在一起时，连天主有时也断不清公道。把恺撒的归还给恺撒，上帝的归还给上帝，这是有信仰的人遵循的通则。我们撇开官府，和喇嘛教展开宗教竞争，这是符合天主的圣意的。顺便说一句，藏族人是最骄傲敏感的，我们的优越感在他们看来是多么的愚蠢和自负。我们纵然认为自己是谦卑的，是主耶稣的羔羊，我们甚至也和他们一起挨冻受饿，和他们一起承受瘟疫、疾病、天灾人祸的试练。可是在骨子里，我们在这里把自己当贵族。"

古神父注视着他炯炯有神的眼睛，这个年轻人究竟在西藏看到了什么？在《宗徒大事录》中又看出了什么？和对手妥协？对话？理解？尊重？西藏对人的改变就是如此之快吗？

"你怀疑我们巴黎外方传教会七十多年的努力方向错了？"

"方向没有错，是迈向这个方向的方法有问题。"杜伯尔神父说。

古神父太想怒斥他放肆，但忍住了。就像他在反思自己不雅的绰号一样，他这些年来也一直在思考这个问题，为什么我们付出的爱，总是被藏族人漠视甚至误解？这么多的鲜血，这么多的努力，放在世界上的任何一个地方，都不会只换来几小片孤独的传教点。

"那就请谈一谈你的方法吧。"

"不把我们的对手当敌人，而是当朋友；不是试图去改变它，藐视它，而是顺从它，尊重它，在适当的时候，给它打上主耶稣的烙印。这正如托马斯·阿奎那所言：天主能够允许诸种恶存在，只是为了从他们身上提取善。这也就像当一匹马狂奔乱跳时，你得顺着它紧跑几步，然后找准时机给它打上烙印一样。"

"理论上讲是可行的，可是你的时机在哪里呢，我亲爱的杜伯尔神父？"

"在顿珠活佛那里。"他微笑着望着古神父，仿佛自己已经胜券在握，"副主教大人，我和这个年轻的活佛已经建立起一些友谊了。而且，我还得到过他的承诺，他将保护我在西藏传教的人身安全。"

古神父当然知道这个活佛，他似乎看起来比他的前世和周围的人更温和。古神父想：如果所有的尝试都是以传教士的生命、战火、杀戮、废墟作为结局，我们或许应该改变某些策略——即便是放下尊贵的姿态。

唉，这个家伙的确与众不同。古神父不得不承认，如果罗维神父把去擦卡任本堂当做一件艰巨的工作而制定了周密计划的话，杜伯尔神父则把进入西藏传教当做自己的使命。

最伟大的事业应该交付给那些具有使命感的人。愿天主的圣宠保佑他。

24 光里的灵魂

山和山不相遇，人和人总相逢。

——康巴藏区民谚

岗巴寺的释迦牟尼石佛像流泪的那个下午，擦卡教堂的远征队伍进入了阿墩子。这是一支由三十多人组成的马帮队伍，杜伯尔神父荣幸地赢得了去"殉教之地"擦卡恢复教堂和寻找失散教友的光荣使命，沙伯雷先生的电影队将与他一起去见证这个难得的伟大时刻。另外古神父还精心挑选了一批从前擦卡的教友后代，随杜伯尔神父同回擦卡，最重要的成员是奥古斯丁和伊丽莎。古神父认为，以奥古斯丁从前在峡谷地区的声望，任何带枪的匪徒都不敢在这个前江湖老大面前耀武扬威；而伊丽莎，鉴于众所周知的原因，人们预计擦卡教堂开堂后的第一件圣事，将由杜伯尔神父为两个苦命的人儿举行神圣的婚礼。"这是符合天主圣意的婚配，圣母玛丽亚也会为他们的结合而高兴。"古纯仁神父在为杜伯尔神父送行时说。

可是，带着希望和骄傲的远征队却没有想到，有一尊石佛像会为他们渴望得到的荣耀流泪。传说岗巴寺因这尊石佛像而建，它能平息战火，让众生免于刀兵之祸，还会以自己的眼泪规劝人间的罪恶，因此在当地信众中具有至高无上的神位。四十多年前阿墩子起教案纠纷，清政府的军队攻打岗巴寺，清兵冲进寺庙抢掠财物，一个清军士兵把香案上信众供奉的香火钱扫进自己的口袋时，他听见了一声古老的叹息。这个不晓得敬畏的家伙一抬头，便看见石佛流出了悲悯的眼泪，让他伸向佛财的手就像被烙铁烫了一般。至今人们都还能在那座塑像的脸部看到当年的泪痕。

现在，益西堪布告诉人们，石佛像又流泪了，因为洋人喇嘛又来了。对这样的因果，寺庙里的喇嘛以及阿墩子的信众深信不疑。

当初，杜伯尔神父对沙伯雷先生和自己同行并不以为然，他认为擦卡教堂的恢复重建一切都还是未知数，万一此番远征再次遭到佛教徒的驱赶追杀，岂不是给主在西藏的福音传播抹黑？但沙伯雷先生告诉他，如果真有那么一天，他将用摄影机忠实地记录下这一反耶稣基督的暴行和悲剧，他将用自己的镜头告诉人们，福音在西藏前进的步履是如何的艰难。"杜神父，如果说旧约时期人们靠口耳相传留下了天主创世的传说，新约时代人们用笔和纸记录下人类的文明和苦难，那么，在二十世纪，甚至将来的世纪，镜头将像天主一样逐步主宰我们的精神生活。"

杜伯尔神父对这种渎神的言论当即反驳道："要是你认为传说时代人类的文明和信仰不值得尊重，那你跟我去一个至今还生活在中世纪的地方干什么呢？"

沙伯雷先生笑眯眯地说："电影就是一门回到过去的艺术，也许耶稣的身影将在这种地方显现给他的信徒。你难道不希望我把他拍下来吗？"

沙伯雷先生也不太喜欢杜伯尔神父，或许因为他更狂热，或许由于他更固执，不像罗维神父那样好合作。不过让沙伯雷先生始料不及的是，他没有拍到如他所言的耶稣显现的神迹，但却如愿拍到了另一种宗教所崇拜的神。当杜伯尔神父带着沙伯雷先生去造访顿珠活佛时，他感到就纪录电影的文化价值和猎奇性而言，这个年轻活佛出现在画面上，可能比基督的十字架耸立在西藏的荒原，在欧洲引起的轰动要大得多。

杜神父首先向活佛献上专门从欧洲为他定做的眼镜。这件礼物让顿珠活佛把它顶礼在自己的额头前，一再称谢，说你们是守信用的朋友，我还以为当初你只是随便说说呢。

杜伯尔神父回答道："我与你的对话，从来都不是随意的。"

当顿珠活佛戴上眼镜，看清了自己禅房内满墙的宗教壁画，辨别清晰了洋人蓝色眼珠的深浅，以及他们胡须浓密的面庞，毛孔粗大的皮肤，甚至当他推开狭小的窗户，远眺对面山坡上的杜鹃花，他看见了一幅粲然生动的自然画卷。年轻的活佛喜形于色："原来我的眼力跟喇嘛们的法事没有关系。你们是为我再造一个清晰世界的善良人，我从来没有觉得眼前的世界原来如此崭新、精彩，也从来没有发现洋人喇嘛脸上的笑容原来如此和蔼、生动。连你们蓝色的眼珠，跟我们的经书上描绘的像魔鬼的眼睛也不一样。你们的眼珠是带着爱意的浅蓝，让人想到高远的天空；而经书上魔鬼的蓝眼珠是一种恐怖的深蓝，像地狱里的蓝色火焰和魔鬼口中吐出来的蓝色毒汁……"

杜伯尔神父耸耸肩，"我想谁也不愿意看到这样一双蓝眼睛。"

顿珠活佛还沉浸在幸福中，他说："你们不知道，我们的寺庙里那尊石佛像因为你们的到来而流泪了。"

杜伯尔神父故意问："你看到了一尊石雕的佛像流泪吗？"

"不，我的上师益西堪布看见了，因此我们相信。"顿珠活佛说，"只是我今天才知道，佛陀佛像的眼泪不是因为悲悯，而是由于感动。"

杜伯尔神父扭头用他们的语言对沙伯雷先生说："你瞧，这个世界上有多少谎言，因为人们相信而成为真理。"

沙伯雷先生的电影摄影机一直"沙沙沙"地转动，顿珠活佛从激动中回过神来，定定地看着沙伯雷先生手中的摄影机。"这是你们的什么法器？"他问杜伯尔神父。

"噢，这是一部电影摄影机。"杜神父说。

"是我们看你们的另一副'眼镜'。"沙伯雷先生说。

接下来的一段时间里，好奇心极强的顿珠活佛像这个世界上的许多人一样，一头跌进电影的魔术世界里不能自拔。杜伯尔神父本来急于向擦卡进发，但他被告知，如果没有顿珠活佛的首肯，他根本不可能越过阿墩子一步。从阿墩子出城不到十里地，马帮驿道在澜沧江峡谷的悬崖峭壁上有一道关卡，名为虎跳关，传说过去只有老虎才能跳得过去。现在由一些喇嘛和西藏的地方武装把守，来往的商旅都要交过路费才能通行。此外，如果没有岗巴寺的出关牒牌，任何人都不能越雷池一步，因为过关后就是西藏地界了。

可是每当杜伯尔神父和顿珠活佛谈起想去澜沧江峡谷的深处走走看看时，这个看上去越来越像个外交家的年轻人便总是笑而言及其他。沙伯雷先生的摄影机和代表西方文明的电影，成为这期间他们磨嘴皮的主要话题。

沙伯雷先生这次还专门带来了放映机，他白天拍摄顿珠活佛念经、做法事、喝茶、郊游、祈祷的画面，晚上在驻地匆匆洗印出来，第二天用手拉片的方式放映给顿珠活佛看。活佛第一次看见了银幕上的自己，感动得不能自持，眼睛里竟然闪耀着泪光。他问沙伯雷先生："这是我的前世，还是我的来生呢？"

沙伯雷先生回答道："是你的昨天，尊敬的活佛先生。"

顿珠活佛陷入沉思，"人怎么可以收回流失了的时光？"

"是再现，不是收回。活佛先生，电影可以把几千年前的历史都再现出来。"

"那么，佛陀涅槃的岁月，你们也可以再现出来吗？"顿珠活佛小心翼翼地问。

"谁是佛陀？"沙伯雷先生问。

"就是他们的全能者，相当于我们的圣父、圣子、圣灵吧。"杜伯尔神父随口答道。

"噢，"沙伯雷先生不当回事地说，"一千多年前我们的耶稣被推上十字架的殉难故事，都可以再现到银幕上，你们的佛陀……抱歉，这个家伙出生在哪一年？"

"出生在雪域大地还没有太阳的光芒、魔鬼横行在雪山峡谷之间以前。可是，可是，你怎么回到过去的时光去做这个事情呢？"

"哈！很简单嘛，你现在穿上佛陀的衣服，说他说过的话，做他做过的事，我再把这些拍下来，你就是佛陀了。"

顿珠活佛惊讶得张大了嘴，"你们的法器，可以帮助我继承佛陀的身、语、意吗？真是神奇啊！"

"什么是身、语、意？"这下轮到沙伯雷先生不明白了。

"简单讲，就是行佛陀所行，言佛陀所言，想佛陀所想。这就是生命轮回的真谛所在。但是，我恐怕修行一生，也永远达不到佛陀的涅槃境界，我还是我，我成不了佛陀的。"

"我不是要你真的就成为佛陀，我只是要你装扮一下，要是你乐意的话。电影，嗯，其实就是一种表演的艺术，供人开心，赚取人廉价的眼泪。"

"哦呀，"顿珠活佛恍然大悟，"原来它跟我们的藏戏一样啊！只是我们在台上演，而你要我在一束光里演。可是，这样一来，我的灵魂在哪里?"

沙伯雷先生并不在意一个活佛关于灵魂的追问，为了进一步拉拢这个好奇的活佛，向他展示西方文明的电影魔术，沙伯雷先生自编自导，让顿珠活佛先在禅房里念经，然后走出庙门，换上武士的行头，骑上马，再到牧场上和牛羊嬉戏。到第二天放映出来时，顿珠活佛吓得连自己的新眼镜都掉下来了。他刚才还是一个正襟危坐的活佛，一眨眼就成了武士，骑在马上的背影还没有消失，又变成了一个牧人。

"是谁在改变我的身份?"顿珠活佛问。

"是电影。"沙伯雷先生回答道。

"不，是看不见的神灵之光。"顿珠活佛忽然神色庄重起来，"既然我在光里成了一个牧人，我的灵魂就必然在这个牧人身上了。这是一个凶兆。"

沙伯雷先生强忍着笑，一边收拾放映机一边说："在我看来，做牧人也比当你这样的活佛自由浪漫呢。"

顿珠活佛很不高兴地说："我过去也这样想，但是现在不了。"

当天晚上，年轻的活佛大病，发烧、呕吐、说胡话、浑身发抖，连寺庙也跟着抖动起来了。因为所有的喇嘛都漏夜聚集在措钦大殿里为他们的活佛祈祷，诵经的声音让大地微微颤动，江水迟疑不前。岗巴寺的武装僧侣已经在磨刀擦枪，因为益西堪布说，正是那两个洋人把顿珠活佛的灵魂，摄进了他们魔鬼的法器里。

让益西堪布感到愤懑且后悔的是，作为寺庙的堪布和顿珠活佛的上师，他没有阻挡住顿珠活佛和洋人喇嘛的来往。上次他们用了一个海螺买通了走进寺庙大门的路，这回，他们先以一副眼镜赢得了顿珠活佛的好感，然后用这种能让人从一束光中钻出来再像太阳下的影子一样跳到一块白布上去的魔鬼法器，吸引了好奇心十足的顿珠活佛。更让人忧心的是，在他们将顿珠活佛也变成一束光后，年轻活佛的灵魂会被偷窃到哪里去了呢？据说那布上的顿珠活佛说话人们听不见，走路像受到了魔鬼的支配。如果一个教派的教宗受到了魔鬼的迷惑，那寺庙和信众的灾难一定就要来临了。

益西堪布和几个老僧跪在顿珠活佛的病床前，小声问："尊敬的顿珠活佛，洋人用他们魔鬼的法器偷走了你的灵魂。你知道是哪一路的魔鬼在作祟吗？我们要为你念三天三夜驱赶魔鬼的经文，将你被吸到光里的灵魂迎请回来。然后，我们要去赶走那些洋人魔鬼。"

但烧得正胡言乱语的顿珠活佛却清醒地说："不许胡来。那可是一件神圣的法器，它不但让我看到了另外一个我，还能再现过去，预知未来。这是闭关修行也做不到的事情。你们要明白，现在这个世界上，谁对未知的领域更有好奇心，谁就比别人走得更远，更强大，甚至成为你的上师，不管你愿不愿意。"

25 奥古斯丁忏悔录（一）

如果真的有天堂，喇嘛就会无影无踪；

如果真的有地狱，强盗也会放下屠刀。

——康巴藏区谚语

我昨晚又喝醉了。这是我第二次醉酒。前一次在古神父处，是因为知道玛丽亚——那时她还叫央金玛，这个让我刚刚明白什么叫真正的爱的姑娘，马上就要结婚了。我哭不出来喊不出来更不能杀人，就只有找醉。

酒即便不能改变人的命运，也会让人生苦难而生动。你在酒缸里快要淹死的时候，世界就开始丰富多彩起来了。

自从我上次跟在神父们后面见到我的贡布大哥后，我就知道他看不起我了。这次随杜神父再回阿墩子，我已经是死过一次的人啦，人生哀荣已经看得很淡。按佛教徒的说法，我是个"回阳人"，就是指那些在阴间转了一圈，还不甘心往生转世，又活回来的人。在我现在信奉的教法里，神父们说这叫"复活"。因此不管人们怎么看我，我只是像个游荡在人间的孤魂野鬼。

当古神父让我去保护杜神父和随同他一起回擦卡的教友时，我明白告诉他，我在教堂村还有好多事儿要干哩。我为教堂放牧的牛就要下小牛犊了，要翻修的马厩木料已经差不多备齐了，冬天一过我就要为你们修一个新的马厩；教堂后面的那片荒坡地我已经开垦出来了，再砌一道土坎，雨水就不会冲毁它，我可以在上面为主耶稣种植葡萄。我找的所有理由都是真实的，圣母玛丽亚会知道我没有说谎，另外一个玛丽亚也该看出我的心思。

但在有个主日天，罗维神父在布道时给我们讲，过去他和杜伯尔神父在他们家乡的修道院当修士时，修院后面有一座大雪山，山那边就是另一个国家意大利，有一条道路就从雪山上经过。修道院有两件事情是他们必须履行的使命，一是做弥撒、念经、学习、奉献自己给天主，二是去雪山上救人。因为那是一条很繁忙的商道，就像我们的马帮驿道一样。每年的十一月到五月，经常有商旅被风雪困在雪山上，甚至被雪崩掩埋。每当这种情况发生时，他们的院长就会问："谁愿意去？"修士们便纷纷站在院长大人的前面说："我去。"动作慢一点的人，就只有去圣堂为那些勇敢者祈祷了。我知道在雪山上救人是怎么一回事，不会比跳下澜沧江救一个落水者轻松多少。

罗维神父说，多年来修道院为救助那些被困的商旅，付出了六个年轻修士的生命，这是他们修道院的光荣传统和骄傲。他和杜伯尔神父能被荣幸地派到藏区来传教，就因为每次有救人任务的时候，他们总是站在最前面。

罗维神父有一段话让那天参加弥撒的人都很感动。他说："一个基督徒所拥有的美德，有种种特征。救助那些不十分需要的穷人，是美德的初级；劝告罪人悔改是高一级的美德；奉献自己的一切去服侍穷人是更高一级的美德；而要拥有最高尚最完美的美德，必须是那些前往最危险的地区，为拯救人的灵魂而不惜自己生命的人。我们勇敢的杜神父马上就要去擦卡面对异教徒的刀枪，传播耶稣基督的福音，让我们为他祈祷吧！让我们也为那些自愿跟随杜神父一同前往的教友们祈祷，愿主的平安与他们同在。我还要特别请求你们为奥古斯丁教友祈祷，因为他服从主的安排，自愿要求去擦卡，保护耶稣的尖兵免受凶暴的伤害。"

那时整个教堂里望弥撒的人们的眼光都转向了我，我看到了大家对我的感激和信任，我更看到了玛丽亚眼睛里的赞赏和爱——也许有那么一点点吧。

正是这一点点的爱，让我忘记了我是否真的说过要去擦卡。既然罗维神父已经当着大家的面说出来了，既然玛丽亚也听见了，还用她的目光赞赏了我，我还能说什么呢？为这目光里的温柔和爱，是刀山火海我也要去！擦卡离教堂村有十来天的马程，中间要翻越三座雪山，我今后该如何想她？

出发那天早晨，教堂村的人们都来到村口为我们送行，可唯独没有玛丽亚！我为她而去，她却不来送行。主啊，天下竟有这样狠心的女人！

史蒂文专门给我献了一条哈达，他说，奥古斯丁大哥，祝愿你在擦卡幸福吉祥。我想他心中其实要说的是，你终于滚蛋了，再不会来烦我啦。

这时我的爱神在天上说：你不能这样看你的兄弟。嫉妒是一把刀，爱是一碗蜜。

我嘀咕道：谁他娘的不在心里揣一把刀？

就这样心灰意冷地离开了教堂村，我相信我还会回来，但不知何年何月，也不知是以什么样的身份。从我骑马扛枪以来，从来都是我想去哪儿，我的马儿和我的兄弟就跟到哪儿。但自从加入教会以来，我的脚步就由不得我的想法了。

连我的爱情，好像也由不得我的想法了。上路以后我才发现伊丽莎一直紧跟在我的身边，人们说她也是主动要求去擦卡的，而且是因为我。主耶稣，难道你真的认为我会爱上这个姑娘吗？如果这就像神父们说的，是你的计划，我就有些上当的感觉了。

我们在阿墩子勒马不前。我的活佛弟弟迷上了洋人的电影，成天和那个沙伯雷裹搅在一起，杜伯尔神父急得嘴唇都起了泡，但他还是拿不到岗巴寺发给的关牒。我心里并不情愿他们能成功进入擦卡，我想，终有一天，他们会在擦卡教堂为我这个越来越不中用的家伙和伊丽莎举办婚配圣事。人们当着我和伊丽莎的面，已经在用目光交谈这件事情了。

畜生，我为什么不死去？

就在昨天晚上，贡布大哥来找我，让我以为自己是在做梦。我们在寺庙外的一户农家喝酒，主人是个老妇人，一见我，就把一大罐酒抱出来，然后带着家人跑了。要是在过去，当我去到哪户人家时，主人不要说献上哈达和美酒，就是连家中的女儿都会送到我被窝里来呢。酒桌上，老大一直用憎恶的眼光看着我，就像我是个出卖兄弟的狗崽子。我把头埋在酒碗里，希望这些酒能把我淹死。

我们开初很少说话，只是狂喝。贡布没有问我要跟洋人去哪里，我也不想说内心的想法。我们都是曾经在地狱的大门外讨口糌粑吃的人，经常在山道上和死神擦肩而过，和魔鬼交手，在尸陀林①睡觉，生生死死，家常便饭。就像很多时候，我们不知道自己是醉的还是醒的一样，我们不知自己是活着还是已经死去。贡布被我的活佛弟弟收服，他便重新活回来了；我爱上了一个美丽的姑娘，才刚刚找到活着的感觉，尽管活得很累。

这使我还有勇气面对我的大哥嫌弃鄙视的目光。他一开始就说："现在的魔鬼，真是越来越多了啊！连经书上没有记载过的魔鬼，都跑来了。"

我趁着我的头还能从酒桌上抬起来，对贡布说："大哥，其实那些洋人神父，也跟你们当喇嘛的一样，他们也帮助穷人。他们的怜悯心和你我一样，也和很多信奉佛教的藏族人一样。"

他说："他们是偷窃藏族人灵魂的盗贼！连顿珠活佛的灵魂都被他们偷去了，你的弟弟病了，已经几天吃不下东西。再看看你吧，峡谷里的好汉红额头格桑，现在连一个老阿妈都害怕你。"

我也曾经想过，作为一个藏族人，去信奉洋人的宗教，肯定会被人看不起。可是我的祖先信奉佛教多少辈了，他们从来没有等到自己祈诵的吉祥和幸福生活，他们也从来没有看到过自己的来世。罗维神父告诉我说，来世是不存在的，天国才真实地存在。这让我有一些相信。像我这样的罪人，来世对我有什么好呢？

神父们还说，我们大家都有罪，这是一种从娘身上就带来的原罪，只有我们在天主面前真心忏悔，我们的罪才可得到宽恕，也才能进入天主的国。这让我吃惊地发现，原来神父也是个有负罪感的人。

对于一个罪人来说，求得宽恕是最重要的。好人对罪人的宽恕，近似于施舍；罪人对罪人的宽恕，才是真正的帮助。而一个当过强盗的人，他宁可去抢，也不要别人的施舍。

因此，当神父说他也有罪而且并不比我轻多少时，我感到自己的罪孽感

---

① 佛经传说中尸体集会之地。

也减轻了。这有点像一个犯了杀戒的人，在大牢里遇到另一个杀人的家伙。他们一起为自己的罪孽赎罪，比别人来告诉他这罪孽该如何被洗清，要容易接受得多。

活佛喇嘛们是从来不承认自己有罪的，他们为众生修行，但总是高着我们普通人一头。家里出了一名喇嘛的，在村庄里说话都要气粗一些；寺庙里收佃户的地租，放百姓的高利贷，做得跟土司一样。人们向他们下跪、磕头、纳粮、服差役，就因为他们在为我们的来世祈祷，掌管着天上的雹神、风神、雷神、雨神。可是，我们既看不到自己的来世，冰雹来了的时候，他们只会做法事将冰雹赶出土司的土地、寺庙的土地，百姓地里的庄稼难道就不管了吗？老百姓说：不伤生害命是喇嘛说的，肥美的牛羊也是喇嘛吃的。

过去，有几次我想打劫寺庙的商队，但我手下的弟兄们不干，说抢了喇嘛的马帮要下九重地狱的。我说，既然都干上这一行了，还指望自己能往生西方佛土吗？再说了，寺庙的马帮和土司的马帮有什么区别呢？他们赚的钱都不属于穷人。

藏族人的佛教也搭救那些罪孽深重的人，像我的大哥贡布，被我的活佛弟弟洗罪。我没有贡布那样的佛缘，我的活佛弟弟说了一句话，就让他皈依了佛教，放下了屠刀。我对这个活佛弟弟天生排斥，尽管他人还算不错，但因为他是康菩家族的人，在他身上，信仰与权势、尊贵和富裕结合为一体，而我最反对的就是这些东西。我是穷苦人出身，永远只站在穷人一边。

因此我对贡布大哥说："尽管你看不起我，大哥，我会让你骄傲的。"

贡布说："杀了你，才让我骄傲呢。"

我早就觉得活着没有意思了，就把刀拍在桌子上，"杀了我吧大哥。求求你帮帮我解脱这点苦难。你们当喇嘛的不就是为了寻求自己的解脱吗？我实在忍受不了啦！"

"我是个受戒的喇嘛，早就不杀生了。"贡布用他的话捅了我一刀，"你已经没有了一个康巴人的荣誉和骄傲，杀不杀你都一样。"

我问："大哥你在说什么啊？我没听明白你的话。"

"群培死了。"贡布大哥木木地说，"那个汉人县长说要封他做个什么官，把他们骗下山，群培在跳下马来准备喝酒时，埋伏在四周的枪手往他身上打了几十枪。山上的兄弟们都被打散了，官军搜剿得严，许多弟兄连糌粑都讨不到一口。"贡布仰头喝下一大口酒，"要是你在，他们会干出这样的蠢事吗？你这个狗崽子，就为了一个女人，把什么都背叛了。"

群培曾经想去寺庙当喇嘛，但是他们家太穷，连给他做一套袈裟的钱都没有。在我们这个地方，家里要送一个孩子去当喇嘛，不仅要准备冬夏两套僧装，还要年年供养四石青稞。如果寺庙不拒绝群培这样的穷人，天下就会少一个强盗，我也少一笔孽债。杜伯尔神父告诉我说，过去他们家也很穷，一年下来不饿死人就是最大的吉祥。但他这个穷人的孩子照样可以当神父，只要他愿意把自己奉献给耶稣。我不明白他们国家的事，但我喜欢这样的信仰：要为穷人敞开大门。

如果一个穷人连当僧侣的愿望都不能满足，那他要去侍奉的宗教还有什么指望呢？这个宗教告诉他的未来又在哪里呢？

我和贡布大哥的生死之交有多深，群培兄弟和我的兄弟感情就有多重。我要杀了那个阴险狡猾的狗官县长！我真想大哭一场，但我怕大哥更看不起我。

贡布站起来，不想看我满脸的悲伤，他说："我们的兄弟情分完了。以后我不是你大哥。"

"大哥，你不能这样让我生不如死！"我跪下去，抱住了大哥的腿。他迈开脚，想甩开我，但我死死抱住他不放。他拖着我走了几步，就像拖着一条紧咬他裤脚的癞皮狗。

终于，贡布说出了他要我做的事情。

如果我听了大哥的话，我或许会重新赢回一个康巴人的荣耀，但奥古斯丁就死了；如果我不听，奥古斯丁还耻辱地活着，从前那个格桑多吉则彻底死了。

贡布走了，罐子里的酒还足以淹死一个小孩，我打算让它先淹死我。不知什么时候有个孩子来拉我的衣襟，他问："你真的是好汉红额头格桑吗？"我看他才十来岁的样子，我像他这么大的时候，已经出来当强盗了。我对他说："红额头格桑早死了，我现在叫奥古斯丁。"小孩向地上吐了口吐沫，"洋人古达！"然后转身跑了，跑出去一箭地，又用甩石器抛石头来砸我，那块石头飞来时，我没有躲，让它准确地击中我的额头，鲜血流到我的嘴角边，我嗅到了久违的血腥味。

我这才感到醉，不是酒多，也不是因为自卑，更不是由于绝望，而是因为那个孩子，把很久以来阻塞我内心中的憋闷，一石洞穿。

贡布说得不错，一个康巴人没有了骄傲和荣誉，杀他有什么意义呢？可是，让他做自己都不愿意的事情，和一个不爱的女人结婚，又能活得有多自豪呢？

我求问我心中的爱神，他告诉说：骄傲和荣耀，是爱的翅膀。

就在这天晚上，我回到我们住的客栈，杜神父和沙伯雷已经熟睡了。我摸进他们的房间，找我需要的东西，我还顺手拿走了一个羊皮口袋。我那时相信，这对我们大家都有好处。

现在，就像老虎终于回到山林，连一只鸟儿都知道前强盗格桑多吉回来了，他的额头又要发出红色的光芒来啦！我把当年罗维神父给我付洗时，我在耶稣天主面前发的誓言，抛在我逃亡的马蹄声后了。

26 对 话

你们中既有嫉妒和纷争,你们岂不还是属血肉的人,
按照俗人的样子行事吗?

——《圣经·新约》(格林多前书 3:3)

奥古斯丁叛教了,还带走了杜伯尔神父重建教堂的资金,这让杜神父懊悔得捶胸顿足,倒不是心疼那些钱,而是惋惜一个好不容易才学会了谦卑的基督徒,又去做一个骄傲的强盗。他向沙伯雷先生絮絮叨叨地讲:当年他和罗维神父如何坚定地认为,神仁慈的风采将出现在一个大强盗身上,让他一生为自己杀人放火、打家劫舍的罪过补赎。他是天主为他们选定的一块好玉,是天主对他们在藏区辛勤服务的奖赏,是他们在佛教徒——尤其是顿珠活佛——面前宣扬主耶稣的福音更优越、更有力量、更具宽恕性的最佳证明。他曾多次在顿珠活佛面前提到这一点,就像一个财主炫耀自己家中的财富。

"主耶稣基督,请原谅我们的短视,请宽恕奥古斯丁教友的罪!"杜伯尔神父在屋子里团团转,真的就像个财宝被盗的可怜老人,"当初,古神父对匆匆给奥古斯丁付洗还有所疑虑,他在藏区传教几十年,阅藏人无数,因此提醒我们说,这个家伙眼睛里的内容太丰富,连我这个老家伙也看不透了。但我却认为:奥古斯丁的眼神中充满了渴望。没有谁的眼睛有那种灼热的、真挚的光芒,就像一个恋爱中的人眼睛里燃烧的太阳。沙伯雷先生,想想当

年你第一次看见自己的恋人时，眼睛里的光芒吧。古神父问我，你能保证那目光中的虔诚吗？罗维神父却接话说，至少我们现在看不到他眼光中的杀气了，这是基督的爱战胜了仇恨的最明显证据。我还记得，古神父说，谁能保证，将来如果有人给奥古斯丁这样的人更多的利诱，更好的前程，他会不会忘记我们的天主呢？我和罗维神父都异口同声地说，不会的，绝对不会，我们可以用自己的圣职为奥古斯丁担保。可是主啊！我们怎么知道你竟也有如此的计划？你叫我现在应该如何去应对眼下的处境，如何去面对这些阴谋和背叛？"

"我们回去！"沙伯雷先生冷冷地说。

"不，绝不！"杜伯尔神父厉声说，"我绝不走回头路，擦卡在等着我，教友们在等着我，基督的福音马上就要在西藏的雪山峡谷传播！"

"请冷静，杜伯尔神父。当犹大出现后，耶稣也只有哀伤。不要说我们现在没有了重建教堂的资金，就是奥古斯丁没有干出这卑鄙的事情，我们也去不了擦卡。这些天来难道你没有看出那个小滑头在跟我们兜圈子吗？"

"那有什么关系？如果有人在兜圈子，我们就走直线，直奔目的地，让所有的邪恶势力，都给基督的福音让路。"杜伯尔神父说得掷地有声，仿佛面对的不是沙伯雷先生，而是某个正在和他兜圈子的喇嘛。

"噢，我亲爱的杜神父，如果我们没有通过那个关卡的通行证，我真不知道天主是不是站在你的这一边。尊重现实吧。"

"与其畏惧现实，不如服从天主。沙伯雷先生，如果你认为自己向欧洲介绍西藏教区的使命已经完成了，我的使命还没有开始呢。我不会反对你离开。"

"你真是个固执的家伙。"沙伯雷先生嘀咕道，"也许，教会历史上的那些圣人大德，都是你这种与现实作对的人。"然后他开始收拾自己的行装了。

杜伯尔神父决定去拜访阿墩子县的唐县长，期望能从他那里得到出虎跳关的公文。沙伯雷先生提醒他，根据自己和汉人官吏打交道的经验，找他们办事想要顺利的话，一些适当的见面礼是必不可少的。官员们收受钱财时，如果你给出的价格合理，他暧昧的态度就意味着接受。只有一种情况他们会明确拒绝，那就是你给的还不够多。

　　杜伯尔神父已经窘迫得拿不出什么像样的礼物了，只得把手腕上的一块八成新的瑞士表褪下来，自己做了一个礼品包。他对沙伯雷先生说："要是这个国民政府的官员嫌弃我这份薄礼，我会告诉他，我只剩下每天的祈祷和祝福了。不知这能不能打动他的心？"

　　但让杜伯尔神父吃惊的是，当他来到阿墩子县衙署时，看见门口架起了机枪，到处都是岗哨。他发现几乎所有的官员都像沙伯雷先生那样在忙乱中收拾行装，公文废纸扔得一地都是。他好不容易才等到唐县长的召见，那时唐县长正在弥漫着尘土和干皮货气味的办公室里给十来张熊皮打包，办公桌上还堆满了麝香、熊掌、鹿茸等野山货。

　　唐县长脸上的汗渍像流到一块干枯地里的小水沟，将本来就凄惶苍老的一张脸冲得破碎不堪。"县长先生，你们这是要干什么？"杜伯尔神父问。

　　"覆巢之下啊，神父。你来了，请坐。嗯，来了，请坐。哦，可是这儿连凳子都没有一张了。请原谅，不要说你，在阿墩子，连我的位子都没有了。他妈的。"他语无伦次，一点也没有过去那个政府官员的派头了。

　　杜伯尔神父不想绕弯子了，递上自己的礼物，"尊敬的县长先生，我们的传教会派遣我到擦卡那边去恢复耶稣的教堂。请给基督的福音一个方便，要是你能给我一份公文并提供保护的话，教会将不胜感激。"

　　唐县长接过杜神父的礼物，看了一下就放在桌子上，他滑稽地干笑几声，"杜神父，你难道没有看见我们在做什么吗？撤退，逃亡。共产党的军队马上就要打过来了。你还要去西藏？嘿嘿，真是异想天开啊！"

　　"这跟基督福音的传播有什么关系呢？"杜伯尔神父天真地问，"政权交替是很正常的事，恺撒的归恺撒，天主的归天主。既然你还在这个衙署办公，你就有继续履行自己职责的权力吧？"

　　"你呀，真是个书呆子。"唐县长叹一口气，"不要说将来共产党会把我们都当成敌人，就是藏区的这些喇嘛，也会趁新旧政权交替的混乱之际，报他们一直没有报的新仇旧恨。你，我，还有你的那些信徒，能保一条性命逃出藏区，就是万幸了。大清王朝被民国取代时，拉萨的汉人都被赶到印度去了呢。我劝你赶快收拾行装远远地离开这里吧，不仅是离开藏区，最好回到你们的国家去。新政权不会喜欢你们的。"

杜伯尔神父被激怒了，他最恨谁在此时刻说让他离开的话。他攥紧双拳，昂首挺立在惊慌失措的唐县长面前，"不管你们怎么样，我绝不后退!"他一字一句地说，然后转身走了。

"哎，你的手表!"唐县长在他身后喊。

"我不需要了。"杜伯尔神父头也不回，把腐朽的楼板踩踩得鬼喊神叫，仿佛让这栋危楼都摇摇欲坠了。

杜伯尔神父回到驻地时，沙伯雷先生已经收拾好行装，连神父的行囊也打好包裹了。杜伯尔神父恼怒地呵斥沙伯雷先生："你这是干什么？难道我的脚要由你的脑袋来指挥吗？"

沙伯雷先生递给他一纸从大理转过来的电报，"我很遗憾，亲爱的杜伯尔神父。请节哀吧。"

杜伯尔神父拿过电报，泪水立即模糊了他的眼睛：母亲升往天国了。

两人一夜无眠，沙伯雷先生一直陪着伤心欲绝的杜伯尔神父。第二天早上，沙伯雷先生的马队启程回教堂村，杜伯尔神父径直去岗巴寺。分手前他对沙伯雷先生说："总得让我在天国的母亲，为她的儿子骄傲。"

他不管不顾了，哪怕在走进寺庙时被喇嘛一枪打死，他也无所谓。他感到自己的耐心只能维持到明天黎明，要是今天再拿不到出关的关牒，他就准备闯关。

岗巴寺本来就没有围墙，也无庙门，一栋栋独立随意的僧舍组成不同的"康村"，来自同一地区的喇嘛住在各自的"康村"里，它们又拱卫着中央的措钦大殿。顿珠活佛的住地（拉浪）在大殿的后面，由独立的经堂、膳房、禅室、僧舍组成，自成一个院落。从杜伯尔神父昂首走进寺庙时起，遇见的喇嘛便用惊讶、敌视的眼光盯着他。前些日子他和沙伯雷先生来寺庙给顿珠活佛拍片时，由于有活佛的指令，他们可以在寺庙里自由走动，喇嘛们也不敢为难他们。有些年轻的喇嘛也像他们的活佛一样好奇，甚至还帮他们打下手。但顿珠活佛被洋人偷走了灵魂病倒后，许多喇嘛杀洋人的心都有了，现在这个家伙竟然送上门来，有两个血气方刚的喇嘛在僧袍里藏了康巴刀，悄悄地跟在杜伯尔神父后面。

在顿珠活佛的小院外，贡布喇嘛抱着双臂堵在门口，杜伯尔神父和他目光对视片刻，然后说："请给基督的牧羊人让路，我要见顿珠活佛。"

贡布喇嘛说："这是神灵居住的土地，不是你的牧场。"他裸露在外面粗壮的胳膊青筋暴胀，拳头也捏得"啪啪"直响。

"我们都是奉献给各自神职的僧侣，我希望你善待自己的仁慈。"杜伯尔神父说。

"偷窃别人灵魂的人，我也希望你善待自己的良知。"贡布喇嘛鄙夷地说。

"偷窃？"杜伯尔神父满脸狐疑，"你说什么？请尊重一个神职人员的荣誉。"

这时顿珠活佛忽然出现在院子里，他叫贡布喇嘛让杜伯尔神父进去，脸上洋溢着热情的笑脸。贡布喇嘛感到吃惊的是，昨天活佛还昏昏欲睡，今天怎么就显得那样有精神了？

杜伯尔神父被请进活佛的禅房，刚一落座，顿珠活佛一躬身便向他施礼道："谢谢杜神父昨晚送来的洋药。我吃了一颗，你瞧，今天就好多啦。"

"药？什么，你……病了？"杜伯尔神父诧异地问。

"是的，昨天你差我的哥哥送来的药，我犹豫了半天，还求问了我的本尊保护神，问可吃不可吃。神告诉我说，可以吃。哈哈，你看，我好了。"活佛边说边指着案几上的那一小包西药。

"你的哥哥？谁？"杜伯尔神父印象中，他并不认识活佛身边的任何一个人。

"格桑多吉啊，你们叫他奥古斯丁吧？"顿珠活佛说，"我们是同父异母的兄弟，只是，只是他从小在牧场上长大。"

杜神父更纳闷了，其一，他根本不知道顿珠活佛病了；其二，他更没有派奥古斯丁送什么药给活佛；其三，奥古斯丁这些年怎么从来不说他和顿珠活佛是兄弟？他瞄了一眼桌上的西药，的确是他这次带出来的治风寒感冒的药。难道是奥古斯丁在偷走钱时，顺带偷了些西药出来？他决定顺水推舟，先不告诉顿珠活佛奥古斯丁叛教的事，"噢，活佛，可能是那几天拍电影时，沙伯雷先生老是让你换衣服，受凉风侵害了。怎么样，我们的药管用吧？"他同时在想，奥古斯丁会躲藏在寺庙里吗？

活佛说："太神奇了。他们给我念了几天几夜的经，也没有让我好起来，难怪人们都说你们的洋药有神奇的法力，也不像我们的藏药那般苦涩辛辣。不知你们为这样神奇的药念多长时间的经？"他本来想说，看来不是沙伯雷先生的摄影机偷走了我的灵魂，我们冤枉你们了，但还是没有说出口。

顿珠活佛没有提到奥古斯丁，看来这个家伙叛教的事情他还不知道，奥古斯丁也没有躲藏在寺庙里。杜伯尔神父趁势说："我们已经用这些药，挽救了很多藏族人的生命，你知道吗？"

"我知道。"顿珠活佛微笑道，"行善的人，走到哪里，赞美的春风就吹到哪里。"

"那么，你希望我继续为藏族人行善吗？"

"谁会阻拦别人的善行呢？"

"好，尊敬的顿珠活佛，请发给我那份去擦卡的关牒吧！请给我们的福音打开你们封闭已久的大门吧！"杜伯尔神父殷勤而庄重地说。

顿珠活佛沉吟良久，终于说："尊敬的杜伯尔神父，不是我不给你打开这扇大门，而是你还不具备进这门的佛缘。尤其是，这片土地因为信仰流了那么多的鲜血，让我们大家都蒙羞啊！阿墩子以北，是真正的雪域圣地了。那里没有汉人或其他民族的人，天上的神灵比地上的人还要多，地上的神山圣湖又比天上的星星多，我们藏族人在这片土地上行走都心怀敬畏。你们洋人不是没有教训，为什么你们总是要去打破庄严佛土的宁静呢？"

"活佛，我们不是去破坏什么，而是去和你们的宗教对话、交流。就像现在，我和你，坐在一起，喝着茶，聊我们各自内心的愿望和希望付出的爱。"

"听我的上师讲，很多年前，你们的神父来时，还在我们的寺庙学习藏语，那时他们很谦卑，可是他们一旦建立起了自己的教堂，就和我们争夺起藏族人的灵魂来了。不仅如此，你们的神父总会用自己所掌握的法力，让我们的神灵寝食不安。杜伯尔神父，我们都是神的代言人，向众生宣讲神佛的慈悲和爱，哪个老师希望自己的学生跑到人家的课堂中去呢？"

"这是很正常的嘛，在我们欧洲的大学里，学生可以自由去不同的课堂听课，全凭他喜欢哪个老师的讲课。尊敬的顿珠活佛，请允许我去开垦这样一块土地。在这片试验田里，天主教徒和佛教徒和睦共处，神父和喇嘛互相尊重。我们放弃自己的优越感，不抨击佛教的教理，而佛教也尊重我们的主耶稣基督。天主教和佛教不再是光明与黑暗的对立，文明和愚昧的差距，圣洁和罪恶的区别。为什么我们的耶稣和你们的佛陀，不能在这片土地上共同构建一个爱的世界？活佛，我从你的身上已经发现，一个佛教徒具备我们的基督性，正如一个基督徒身上，也可以看到你们所说的佛性的光芒。"

"从宗教意义上讲，我同意你的观点，博学的杜伯尔神父。"顿珠活佛向前倾了倾身子，好像找到了一个知己，"我老是在想，如果我们的宗教到你们的国家去传教，正如你们在我们这里做的一样。你们会欢迎吗？"

杜伯尔神父愣住了，他没想到顿珠活佛竟然会问这样一个问题，"你们？你们连大海都没有见过，你们的文明比欧洲落后了大约一千年。请恕我冒昧，你们在文明的欧洲会被关进马戏团的笼子里。"

"什么意思？"

"就是……嗯，就是供人参观取乐。"

"那么，杜伯尔神父，我们这样对待你们了吗？"活佛问。

"当然没有。"

"这说明我们比你们更慈悲吧？"

"这个，这个……文明是一回事，慈悲又是另外一回事。活佛，连一只猴子也是有慈爱之心的。"

"既然如此，如果一个国家和他的民族，连慈悲都没有，又何谈文明呢？还有你说的平等对话，难道就只许一方来，不允许一方去吗？即便我们去你们的国家传教，也不会施行你们的这种教法。神父，你知道吗？擦卡地方自有洋人喇嘛进去后，一切都由洋人喇嘛说了算，土地、牛羊，还有那个地方盛产的盐，甚至连瘟疫，洋人喇嘛都要插上一手。拉萨派来的官吏，说话还不顶洋人喇嘛哼哼两声，更不要说寺庙里的高僧大德。你们和汉人官吏串通，动辄就把他们捕走，一些喇嘛就再也没有回来。洋人喇嘛在那里屡屡被杀，然后你们又骑着炮弹来报复，把寺庙和村庄轰为废墟瓦砾。杀戮与暴力已经被魔鬼所操纵，作为一个供奉神职的僧侣，难道你没有看到这个因果吗？我们不同的肤色，不同的传承，还有我们的差异，不是文明或慈悲有多有少，而是你们的傲慢和我们的自尊，决定了就眼下的情况看，我们可以做朋友，但还不到向外邦传播自己教义的时候。"

杜伯尔神父感到现在真不能将这个年轻的活佛当小孩子哄了，他是想放下自己文明人的优越感，但只不过是把它从脑袋放进了口袋，一不小心就像掏烟斗一样，将它掏出来叼在嘴上了。

"为什么不可以呢？我们不是来了吗？如果你们有勇气去，我想，"杜伯尔神父重新将烟斗叼在嘴边，"即便他们不把你们关进马戏笼子里，也是一件相当有趣的新闻，会上报纸头条的。"

"有趣？"顿珠活佛神色严肃起来，"杜伯尔神父，我虽然修行的功力还不够，尚未开法眼，但我已经看到，如果我们的僧侣要去你们的国家传教，一定是有尊严地去；你们的信众，也一定会虔诚地来学。"

最后，顿珠活佛眼睛望着窗外，肯定地说："在我们真正学会了尊重对方、悲悯对方时，会有这么一天的。"

"但愿如此吧。"杜伯尔神父虽然这样说，心里却想，那世界真要颠倒过来了，"活佛，我想问的是，你们如果去欧洲传教，将会告诉那里的人们什么呢？"

"教你们回到自己的内心，不给旁人添乱。"顿珠活佛安静地说。

"噢，对渴望和平的欧洲来说，这或许是有益的教法。我会为你们的僧侣到欧洲传教而祈祷，你是否可以为我现在去擦卡而祝福呢？"

"我会给你除了去擦卡之外的所有祝福。"

"难道你不愿意我去尝试一下吗？"

"难道你希望我看到我的朋友流血吗？"

"如果我必须被你们杀死，那就是我的荣耀和基督的胜利。"杜伯尔神父用骄傲的口吻说。

"你应该还记得，我说过，我不会帮你达成这个愿望。"

"不就是一份关牒吗，难道它还能阻挡基督的福音传播的步履？自从发愿供奉圣职以来，我就把自己托付给耶稣天主了，今天，我托付给你们的凶暴！"杜伯尔神父愤然说。

顿珠活佛具有康菩家族鹰一般锐利的眼力，尽管已经近视了，但那双年轻的眼睛在洞悉一切中弥漫着悲悯的柔和，杜伯尔神父到死也不会忘记这双凝望着他的眼睛里的慈悲，也不会忘记顿珠活佛说的话：

"佛会为此流泪的。"

"没有眼泪，就没有光荣。"杜伯尔神父站起身来，告辞了。

27 杜伯尔神父三书

耶路撒冷女子，你们不要哭我，

但应哭你们自己及你们的子女，因为日子将到。

——《圣经·新约》（路加福音23：30）

亲爱的露西亚：

女修院的灵修生活让你快乐吗？我在西藏的雪山下为你祈祷、祝福。

今天我甚是哀伤。不是因为昨天接到我可怜的母亲去世的电报——我已经为此彻夜痛哭，而是由于刚才我从顿珠活佛那里出来，交涉失败了。我和这个世界上最保守、最神秘的宗教无法对话。东方和西方，佛陀和耶稣，要彼此走近，是多么地难啊！

昨天我得到一个从擦卡来的教友令人振奋的讯息，那里耶稣的羔羊们听说有一个神父即将到来，他们顶住喇嘛们的威胁和佛教徒的嘲弄，已经在从前教堂的废墟上，为耶稣的十字架重新回到西藏而辛勤地工作了。看啊，多么可敬可爱的藏族基督徒，我愿意为他们去死。

而在我的周围，是一道坚固无比的铁幕，喇嘛们控制着拉开这扇铁幕的铰链。一边是没有牧人的羊群，一边是没有羊群的牧人。西藏的喇嘛狭隘又仁慈，顽固又好奇，凶悍又虔诚。他们是世界上最特殊的一群人，内心拥有广阔的世界，却拒绝世界的灿烂。我们的仁慈和奉献，总被认为是对他们敏感的自尊心的侵害。甚至我们的死亡，都不能唤醒他们对基督福音的一丝认同。我曾经天真地认为可以通过真诚的对话，赢得他们对我们的了解，为基督在这铁一般冷酷的土地播下福音的种子。我们播种，从不问收获，但像奥古斯丁这样的教友，还是给我们的信心以沉重的打击。顺便告诉你一句：这个你曾经很欣赏的"西藏罗宾汉"，前天卷走了我回擦卡重建圣堂的所有资金，不辞而别。我把这视作天主考验我的信心的计划之一。也许天主认为，在贫瘠的西藏，我们带去建教堂的钱太多了。我如果能回到擦卡，我将用自己的血和泪、汗水和双手，一砖一瓦地去建盖我们的教堂。

噢，亲爱的露西亚，请不要为我们担心。谬误已经在这片土地盛行了的一千多年，有如黑暗之光笼罩下的漫漫长夜。感谢天主，我们被赋予了澄清谬误、点亮无垠夜空的神圣使命，我还有机会，我想请你为我祈祷。

在我即将奔赴我神圣的岗位前，我是那样深地怀念我们的玫瑰村，更是那样深地思念我刚去世的母亲。尽管这里离天国更近，可是我却离我的亲人更远。我永远不会忘记她在信中对我说的话："自从你走后，我们就没有心情过圣诞节了。"

噢，我可怜的母亲！请你一定抽时间去我母亲的墓前，请你告诉她，她的儿子——天主的儿子，正在从事见证耶稣在西藏之光荣的大事业。请她为自己的儿子骄傲吧。

我多么感谢我的母亲从小对我的激励！尽管有些方式也许过于粗暴，当她恼怒地顺手操起一根棍子或鞭子抽打顽皮的我们兄妹时，她会说："你们几时才能体谅一个母亲的心？"她甚至还在生气时说过："主啊，看看你的这些不争气的孩子，要是他知道我会多么高兴地去到你的国就好了。"

你知道，我们家兄弟姊妹众多，我们在她严格的棍棒教育下成长，我们的童年清贫得只有依靠天主的怜悯。每个清晨，总是母亲点燃家里的第一盏灯，先在家中圣母玛丽亚的圣像前祈祷，然后去牛圈里唤醒沉默的奶牛，挤奶，为所有的牲畜添加饲料，出粪，生火，为全家做早餐。当我们喝下第一口热茶时，她忙碌的身影已在地里闪现；当夜幕降临时，你总会看到一个妇人背着一大捆比她还高出半个人身的柴火，踟蹰于山间小道。整个玫瑰村的灯火都熄灭了，母亲还在灯下缝补或浆洗……

哦，请原谅，我发现自己是多么地脆弱，多么地念旧。西藏是一个让人坚强，也教人忧思绵长的地方吗？我为什么要向你谈那么多我的母亲？因为她是一个再没有心情过圣诞节的母亲吗？啊，只有天主知道。

那天我离开家乡时，我从修道院请假回家与母亲告别。不知为什么我认为那是我和母亲的最后一面。母亲那时正在灶边忙碌，为我准备路上的烙饼，她背对着我，我忽然发现母亲的背已经佝偻了，我母亲曾经是村庄里最漂亮的女人！她在每个圣诞节时跳的舞蹈多么优美啊——今后你们在玫瑰村的圣诞之夜再也看不到我美丽的母亲的舞步了。那个下午，母亲一边烙饼，一边揩眼睛。我说："母亲，请别再烙啦，我路上吃不了那么多的。请坐下来，我有话要对您讲。"但是母亲根本不面对我，直到我发现，她的眼泪已经把烙好的饼都泡软了……

我在母亲身边耽搁的太长——哦，不，实际上安东尼奥会长大人只给我两个小时的时间——可两个小时怎么能弥补二十五年的养育之恩？我又怎么能轻易对一个不断流泪的母亲说："妈妈，我走了。"当我终于离开家时，母亲站在门口冲我挥手说："记着你天堂一样的家乡啊！记着你越来越不中用的母亲！"我回头望着依靠在门框边的母亲，心里说：妈妈，我把自己交给天主了，我不会回来了。

我有一个秘密，本打算将它带到天国，但是此刻我已没有守住它的勇气。亲爱的露西亚，请原谅，我本来是想看完母亲后就来对你说：我所做的这一切，既为天主的光荣，也为你！

是的，我要大胆地告诉你，是你的目光鼓励我更进一步地接近天主。在我的身后，永远有你美丽善良的眼睛。这是我无穷无尽的动力和爱之源泉。遗憾的是，主耶稣不让我有机会说。亲爱的露西亚，为好天主的仁慈，请你收存好我的秘密。

请相信，这是一个真诚的招供。若是我面对着你清澈的目光，我可能还没有勇气说出口呢。感谢西藏，是它给了我坦率的勇气。

我没有想到离别故乡会这样匆忙，没有一点诗意和浪漫。罗维神父在村口等我很久了，为我们驮行李的马车夫已经不耐烦了。他看到匆忙跑来的我就嚷："山下的火车要开了，你们还要不要去西藏呀？"这个性急的家伙甚至不愿意拐上岔道，让我们去你的家门口稍停片刻，向你告别。我不敢后悔在母亲身边待的时间太长，我只怨恨山下的火车为什么要准点到来。马车在乡间尘土飞扬的小道上疾驰，我看不到我的村庄，我的母亲了。你知道吗，那马车后故乡的尘埃，在我的心中永远都没有落下。那是一个游子飘荡的心。风吹到哪里，它就飘到哪里了。

噢，瞧我多么不中用。我竟然一谈论起故乡来就忘记了自己的圣职，我竟然把眼泪也掉在了这写满了字的信纸上！亲爱的露西亚，你不会责怪我的，是吗？

明天，我准备闯关去擦卡，生命是无畏的，前途是未知的，正如勇气由我自己掌握，其余的都托付给天主。铁幕两边的教友们都等待着耶稣基督的福音。我不会让他们失望，更不会让你失望，让天主失望。擦卡教堂，这西藏的主保圣母玛丽亚王冠上的一颗明珠，这因饱蘸了十几位传教士的鲜血而倍显哀荣的"殉教之地"，绝不会因为我的懦弱、异教徒的威胁而蒙羞。我必将去，背负起我的十字架，走向光荣的骷髅地。① 我将以死亡来宣告基督的胜利。

露西亚，我爱天主，我也爱你。在我对你的爱中，你将看到一个被杀戮的基督真正的风采。请你为我祝福！

你忠诚的　卡尔罗·杜伯尔泣笔于西藏的大门前

---

① 耶稣受难时被钉在十字架上的地方。

28 解 放

东方的山顶上，
升起了金色的太阳；
毛主席的光辉啊，
温暖了农奴的心房。

东方的山顶上，
升起了金色的太阳；
红旗红五星啊，
融化了万年的冰川。

——康巴藏区民歌

奥古斯丁回到山林后，在很短的时间内就召集了一百多个康巴兄弟，人们重新叫他格桑多吉，而忘记了他的教名，他也觉得自己已经不配"奥古斯丁"这个名字了。格桑多吉在雪山峡谷就像一个战神的名字，人们一提到他，扔下犁锄、放下牧羊鞭就跟他走了。但这些穷苦人大多除了随身的康巴腰刀，连火绳枪都没有几杆。但杜伯尔神父建教堂的钱，足以让他装备一支军队。

马帮带来的消息说，红汉人和白汉人在山外打得热闹，藏区的汉人官吏往外面跑，外面的白色汉人又往藏区逃。一些白色汉人已经退到雪山脚下了。他们是政府的官军，一路走一路卖手里的武器、手表、珠宝等，一只羊就可以换一个金戒指。曾经威风一时的官军和官员，现在连叫花子都不如了。

格桑多吉对手下的兄弟们说："那我们就找他们买武器。好在我们有钱。"

在离教堂村约两天马程的一个小镇上，就有一支溃败下来的国民党军队，由一个上校军官带队，他手下大约只有三四十人了。他们打算翻越雪山逃到缅甸或印度去。多年前古神父在将教堂村作为自己的宗座监牧区时，就是因为这片区域从地图上看，离缅甸和印度的东北部都很近，只要你在那些高入云天的雪山中找到路的话，你或许可以在一个月内走通中、印、缅的三个地区，因此当初古神父的理想是将位于这片区域中心位置的教堂村，建成一个传教会联系中、印、缅三国的"宗教庇护所"。

上校姓曹，尽管身处亡命途中，但军服笔挺，马靴铮亮，还戴着雪白的手套。天上的阳光很灿烂，但他面色阴郁，好像满世界的阳光与他无关。

格桑多吉带人来到这个村庄，他把从神父那里偷来的一口袋大洋放在曹上校的面前，问："这些，够了吗？"

曹上校打开口袋看了看，还把手伸进去探了探，大洋在口袋里哗啦啦地歌唱。上校抬头问："你要多少军火？"

"两挺机枪，一百支步枪，一千发子弹。钱够不够？"

上校沉吟片刻，问："你要这些武器，打算干什么？跟共匪干吗？"

"共匪是谁，我不认识。我只是想去杀我的仇人。"

"共匪就是共产党，你们说的红汉人，他们来了，会把你们的财产拿去分给穷光蛋，老婆抢去大家共同睡，你明白他们是什么人了吧？"

"我没有财产，也没有老婆，跟他们不会结仇。"格桑多吉说。

曹上校不死心，继续蛊惑格桑多吉，"要是你答应去打他们，你要的军火，我一文不取，全送给你，还让你做军官。我看你是条好汉，你就来当'反共救国军西康支队第三大队'的中校司令吧。"他说着就从身上掏出一张委任状来。

"我再也不帮不熟悉的朋友干活儿啦。"格桑多吉懒洋洋地说，"我只想做我自己愿意做的事情。你说吧，我给的钱够不够？"

上校苦笑道："连大炮你都可以买了。你们藏族人真是不懂买卖东西的规矩，一只野鸡要换一根金项链，一口袋大洋却只要几条破枪。"

"反正都是不干净的钱，正适合你们这样的人用。"格桑多吉用脚踢踢那只口袋，仿佛那只是一袋马铃薯。

他对这些钱的厌恶，和上校对武器的态度一样，因此上校说："你去库房里挑吧，想拿什么就拿什么，总比落到共匪手里强。"

格桑多吉并不贪心，只挑了自己要的武器。临走时他问那个上校："哎，你们和红色汉人怎么了？"

上校说："噢，我们正在追剿他们。"

格桑多吉可不笨，"可现在好像是强盗在追剿官军。"

"打仗嘛，此一时彼一时也，胜败乃兵家常事。"上校弯下腰去，用一块白手绢小心揩掉靴子上的一点尘土，"一双再漂亮的靴子，在这种鬼地方也看不出它的好来。"他说。

格桑多吉觉得他比神父们还要讲究，这样的家伙怎么能打胜仗。他有些讨厌他的装腔作势，神父们见了任何一个藏族人，都要奉耶稣之名，传达出他们的爱意。这个汉人军官却像一个破落的世家弟子，即便伸手讨饭，手上的白手套也不愿脱下来。刚才格桑多吉在他弯腰擦靴子的时候，曾经想跃上一步，一刀砍下他的脑袋，然后掠取他所有的武器。但格桑多吉不想欺负一个被人追赶的人。如果这个家伙再傲慢一点，格桑多吉真要拿他开杀戒了。

枪弹、人马，以及江湖，一旦重新掌握在一个绿林好汉手里，他就要杀人了。那即将要被格桑多吉祭刀的是谁呢？

杜伯尔神父是格桑多吉被告知要去杀的第一个人。那个喝醉酒的晚上，他的大哥贡布说，你答应过我，不会让我失望。现在我要你把那个洋人喇嘛杀了，我就为你骄傲。

唐县长是格桑多吉要杀的第二个人，因为他杀了格桑多吉的好兄弟群培。

格桑多吉叛教，跟要杀这两个人有关，陷入爱情的窘境都还只是次要原因。格桑多吉不愿相信神父们派遣他去擦卡，是为了让史蒂文和玛丽亚安安心心地过日子，也不愿相信自己会和伊丽莎一起步入婚姻的殿堂，更不愿相信自己会有勇气将枪口对准杜伯尔神父！哪怕他终生生活在屈辱中，他也不会去杀一个神父。

　　在决定出逃的那个晚上，格桑多吉其实并不醉。酒喝到一定程度的人，平常万般难下决心的事情，打死也不敢冒犯的戒律或者神明，都会被视为粪土，酒也会由此而改变人的命运。他摸进杜伯尔神父的房间时，本来是想在逃亡前，给自己的活佛兄弟找点药送去，但他看到了那个装大洋的口袋。他知道那是杜伯尔神父去擦卡建教堂的钱，贡布大哥要求他杀掉杜伯尔神父，就是因为不能容忍那让藏族人看着刺眼的教堂，重新耸立在雪域圣地。过去他的那些绿林兄弟，有不少人家里的父辈，都跟擦卡的神父们打过仗，甚至贡布大哥的父亲，也是因为在清末时去烧洋人的教堂，后来被官府抓走，再也没有回来。格桑多吉不是历史学者，分不清谁对谁错；他也不是贼，但那晚为了杜伯尔神父，他做了件让自己终生蒙羞的事情。格桑多吉天真地认为：拿走了杜伯尔神父的钱，他就不会去冒险了，自己也就没有了在杀他与不杀他之间的痛苦选择。"你必须学会爱自己的敌人三次，才能得到爱本身的拯救。"格桑多吉觉得杜伯尔神父这句话也救了他自己的命，在将贡布大哥和杜伯尔神父的比对中，格桑多吉第一次觉得大哥贡布没有杜伯尔神父高尚。杀人是很容易的事情，宽恕被杀者则难得多。格桑多吉已经是被教会打上耶稣烙印的羔羊，就像牧场上的马被主人烙上了记号，他的灵魂如果不是被束缚的，就是被归类的；如果不是罪孽深重的，就是渴望被宽恕的。

　　他不想听命于谁，他也得不到任何一个神明的宽恕——无论是佛祖还是耶稣，他只有逃。

　　现在，他不是一个基督徒了，更不是一个佛教徒，他重新做了一个无拘无束的强盗，他要做自己愿意做的事情——为好兄弟群培报仇。

　　格桑多吉已经得到藏族人的通报，唐县长用了十多匹马驮运这些年他在藏区的收获，加上家眷和随从，以及一个几十人的县守备队，大约有一百多匹骡马组成了一个浩浩荡荡的马队，一天的行程不过二三十里，到现在还没有走出藏区。实际上，这是一支走投无路的逃亡队伍，他们想回到中原，可是中原已经不是他们的天下。他们也许像许多汉族人一样，死也要把这把漂泊了一生的骨头埋进故乡的土地。他们是一群亡命归乡的人，一群在人生赌博中输到最后只有赌命的人。

因此，当格桑多吉的马队追上他们时，双方都红着眼睛拼杀。格桑多吉的马队几次冲锋都被县守备队的机枪打了回去。自从陈四娃几年前被格桑多吉灭了后，县守备队由当年的那个正规军下来的刘连长指挥，论打仗，他可比陈四娃懂得多一些。他知道怎样对付康巴人冲锋的马队，他们本来就露宿在一条山沟里，占据了有利地形，两边山头上都放了警戒哨和布置了机枪火网；而且，他还派出一支小分队，绕到了格桑多吉的后方，当格桑多吉忙于冲锋时，后路却被截断了。

县守备队很快就将格桑多吉的马队包围在一段狭窄的山道上。山头上的机枪火力就像一根根舞动的死亡之鞭，不断把马背上的骑手们抽下马来，驱赶着他们在生与死中人仰马翻。惊慌失措的马儿拖着主人在本来就人马相撞的山道上狂奔，更加重了道路上的混乱。像格桑多吉这种马背上的好汉，要是在宽阔的牧场上，他的战马可以飞奔得比枪子儿还快，可是在这种逼仄狭小的地方，骑手能拉好自己的马儿，就算不错的了。

格桑多吉也被撞下马来，他还没来得及翻身爬起来，一串子弹已经将倒地的战马"云脚"射出一排血红的花朵，飞溅的马血染红了他的脸。格桑多吉心疼得大喊："狗崽子，敢打我的马！"

更让他心疼的是，他看到山道上兄弟们像炸了群的羊，被机枪子弹有条不紊地一排排地射倒。没有人还有力量还击，甚至连他自己，就像面对一场突如其来的雪崩，只有眼睁睁地看着死亡将自己吞噬。

格桑多吉绝望了。这些年在教堂村，他潜移默化地学会了在内心祈祷和呼唤，尤其上次从死亡里复活后，他真不知道该如何敬畏内心里的基督。即便离开了神父，背叛了教会，他被洗礼过的灵魂仍然带有耶稣基督的烙印。他以为已经看见地狱的大门打开了，便下意识地喊了一声："主耶稣啊！你的惩罚终于来了！玛丽亚……"

忽然，他听到一阵比横扫一切生灵的机枪声更尖锐嘹亮的号声，从天空中凌空劈来，像一把利剑，一下就把雨点一般飞舞的子弹斩断了。占据山头的县守备队仿佛被一场更大的雪崩掀翻了一样，翻滚着从陡峭的山坡上掉了下来。格桑多吉和他手下还活着的兄弟刚回过神来，一面红色的旗帜已经飘扬在山头上了。

格桑多吉幸运地没有受到惩罚，而是得到了拯救。他从此开始了人生的另一段风光而艰难的行程。一个穿黄布军装的汉人军官在一群军人的簇拥下来到他的面前，他们先救治伤员，那个军官热情地和他握手，还抱歉地说："藏族同胞，我们来晚了。你们是藏民自卫队吧？"

格桑多吉抹了一把满脸的血，以便自己的眼睛看清楚一点，眼前的一切究竟是梦还是现实。"你们是哪一路的好汉？"他问。

"我们是中国人民解放军，来解放你们的。"

"解放？"格桑多吉不懂这个词。

"是啊，就是推翻国民党反动派，把藏族同胞从水深火热中拯救出来。"那个军官热情洋溢地说。

"拯救？"格桑多吉又问，他从神父们嘴里可没少听到这个词，"你们也要来藏区改变藏族人的灵魂吗？"

"不是改变你们的灵魂，而是唤醒你们起来革命，我们不相信那些魂啊鬼啊什么的。"

"什么是革命？"格桑多吉再问。格桑多吉心底里升起对这个汉人军官由衷的好感，因为他一边跟他说话，一边用一块白纱布为他的胳膊包扎伤口，那份仔细，格桑多吉只在神父身上看到过。

"简单地说，革命就是让天下所有的穷人都有饭吃，有地种，有衣穿。"

"哈哈，我还以为天下只有我一个这样想的傻瓜。"格桑多吉像碰到一个江湖豪杰那样开心地说。

汉人军官哈哈大笑，拍着格桑多吉的肩膀说："我们不是傻瓜，是革命者，是藏族人的朋友。"

格桑多吉被他的笑声感染了，说："今天你救了我，还救了我的兄弟们，那我当你是大哥吧。"他伸出了自己宽大的手掌，那个汉人军官也伸出手来，动情地说："好兄弟，我们会帮助你的。"

红汉人身边的一个年轻军人说："这是我们的高团长，和你一样，参加革命前也是穷人。"

格桑多吉就这样神奇地加入到红汉人的革命阵营里。红汉人打扫完战场，押着俘虏向阿墩子挺进。唐县长也被俘了，像一个丢失了灵魂的人。格桑多吉对高团长说，把这个狗官县长交给我吧，我要用他的头来祭奠我兄弟的灵魂。但高团长没同意，说我们会审判他的。

到了晚上，他们宿营在一个小镇里，格桑多吉摸进了关俘虏的马棚，那里面有老有小，还有女人。一些人在噩梦里挣扎，一些人在比噩梦还要恐怖的黑夜里低声啜泣。格桑多吉在黑暗中准确地用刀抵住了唐县长的脖子，贴着他的耳根说："我真不想这样杀了你，但你杀我的好兄弟群培都不讲规矩，我也就不顾惜自己的荣誉了。"唐县长其实根本就没有睡，格桑多吉摸进来时，他就知道自己的末日到了。他的眼睛翻了翻，在喉咙深处嘀咕了一句，"你总是有贵人相助。"格桑多吉不明白他这话是什么意思，他手腕一挑，就将唐县长的脖子抹断了。

29　杜伯尔神父的福音

你们不要以为我来，是为把平安带到地上；

我来不是为带平安，而是带刀剑。

——《圣经·新约》（玛窦福音 10:34）

　　杜伯尔神父化了装，把自己打扮成一个藏族马帮的模样，为了掩饰自己的白皮肤，他用锅烟底灰抹黑了脸、脖子和手，全身用一袭藏装包裹得严严实实。在两个藏族教友托彼特和多麦的带领下，走只有岩羊才能行走的陡峭山地，以绕过虎跳关卡，而其他藏族教友，则跟随一支马帮商队走古驿道。多麦是从前擦卡教堂的教友之后，当年跟随他的父亲从擦卡逃亡出来时，才十一岁，现在已经是个五十多岁的汉子了。这是一个像核桃一样坚硬，也像核桃一样沉默的人，从他的外貌看，你想到的不是一个人的年龄，而是一颗饱受风雨磨蚀雕刻的老核桃。多年来他一直当杜伯尔神父的仆人，兼做教堂的杂活。杜伯尔神父对他的评价是：他有一颗纯朴的心灵，万能的手。

　　他们三人两匹马，杜伯尔神父骑一匹，一匹驮行囊。多麦牵马走在前面，托彼特压后。其实杜伯尔神父骑马的时候很少，因为绝大多数地方，连人都要四肢并用才可以爬过。杜伯尔神父感到惊讶的是那两匹山地矮脚马，虽然其貌不扬，但走这样险峻的山路，竟能像壁虎一样地贴地而行。

　　他们在崇山峻岭中走了四天，只要翻过前面海拔四千多米的舒拉雪山垭口，就可以看到擦卡的炊烟了。昨天晚上他们在山道边救助了一对从舒拉雪山上下来的夫妇，那个叫央珍的女人已经有八个多月的身孕，让杜伯尔神父吃惊的是，她的丈夫索朗才旦竟然还敢冒险带她翻越那么高的雪山。当然，他付出了险些失去妻子的代价，杜伯尔神父遇见他们时，孩子即将临盆，产妇痛得在地上打滚，而丈夫束手无策。藏族人生孩子，因为害怕女人生产时的"血光之秽"，一般都不会在家里生产，产妇带把砍柴刀什么的，到山上打柴打草，顺带就把孩子生下来了，然后自己用柴刀割断脐带，前胸抱婴儿，后背背一捆柴或草便回家。但遇到早产，那就麻烦了。当杜伯尔神父提出要帮助他们时，索朗才旦拔出了刀，好在托彼特和多麦告诉那个男人，神父是门巴（医生），你如果不想失去自己的老婆，就听他的。他们终于帮助产妇生下那个小小的婴儿，并且母子平安。索朗才旦当时就给杜伯尔神父跪下了，说："你是雪山上的神派来的啊。"杜伯尔神父擦干净满手的鲜血，回答道："我是耶稣派来的。你要信我，将来我要给你的孩子付洗。"

这天早上杜伯尔神父喝完早茶后，那对夫妇的帐篷里传来婴儿健康嘹亮的啼哭声，杜伯尔神父静心聆听了一会儿，心里为那个新生命祝福。然后他问在给马装鞍的多麦："我们一天可以翻过雪山垭口吗？"

多麦回答说："路上不耽搁的话，太阳下山前我们就能看到擦卡村了。"

"多麦，给我说说我们的擦卡村。"杜伯尔神父叼着烟斗，为自己点上一锅烟。现在他的心目中，擦卡已经不是一个普通平凡的西藏的村庄，而是他的村庄，是他履行圣职以来的第一个光荣岗位。他就像一个拓荒者那样，对即将要去开垦的土地，有一种狂热的执着和痴迷。其实他已经不止一次地向多麦提出过这样的要求了。多麦再不用跟神父描述峡谷里的擦卡村，有多少户人家，从前教堂的位置在哪里，水源在哪里，田地肥瘦如何，四季盛产什么，也不用说从前那些在擦卡被杀的神父们，他们在当地藏族教友的传说中，有的成了一块神奇的巨石，有的会驾着祥云从天上飞回来探望自己的教友，有的在坟墓里会发出玫瑰的幽香。有一次他们谈论擦卡村时，杜伯尔神父就向叙述混乱的多麦指出：村庄的水源在教友马克的屋后，那里有一块巨石，水从巨石下渗出，而不是你说的在教堂的上方。准确地说，水源居于全村的最上方，水可以引到每一户人家。当年的神父们选定在这个地方建教堂和村庄，正是借助了天主巧妙的安排。

多麦在心里问自己，难道神父老了吗？一个问题像个老人样反复问。而你一回答，他又总是能指出你的疏漏之处。在翻来覆去的解说与求证中，杜伯尔神父已经知道得比任何一个来自擦卡的人都要多，甚至比他远在瑞士的家乡玫瑰村还更了如指掌。因此多麦只有说：

"我阿爸荣归天国前说，那是全西藏最美的村庄。"

"是啊，"杜伯尔神父感叹道，"每个人的村庄都是世界上最美的，尽管那里曾经是让教会光荣的'杀戮之地'。"

这时索朗才旦从他的帐篷里出来，神色紧张地说："你们不要去。他们在山上。"

"谁在山上？"杜伯尔神父问。

"喇嘛。"索朗才旦说，"他们有枪，你们过不去的。"

多麦忽然蹲下去，捶打着土地，痛哭起来："他们还是知道了！他们还是挡在我们的前面了，主耶稣啊！他们要来杀我的神父了……"

"没有基督的福音过不去的雪山。"杜伯尔神父自信地说，"多麦，现在还不到伤心的时候，是去赢得最后的胜利的时候。"

"神父，我相信你。如果奥古斯丁教友在，我们就不害怕了。"多麦哭着说。

"你害怕什么？"杜伯尔神父目光逼视着多麦。

多麦被神父看得窘迫地低下了头，"他……神父，奥古斯丁……是扛枪打仗的人，许多人怕他，我们就不用怕谁了。"

"一个背叛教会的犹大。"一边的托彼特不满地说，"多麦，你还指望他把我们都出卖给喇嘛吗？"

"奥古斯丁不是犹大，他其实蛮可怜的。"多麦辩解说。

"他可怜？主耶稣！"托彼特的声音高起来，"看看我们吧，连建教堂的钱、买粮食的钱都被他偷走了，到了擦卡我们吃什么都不知道。除了主耶稣，谁来可怜我们？"

杜伯尔神父还是没有想明白奥古斯丁为什么要叛教，这些天他在不断反省自己，是否做了什么伤害这个教友的事情？托彼特也帮他分析了各种可能：金钱的诱惑？他的活佛弟弟的引诱？不愿去到擦卡为天主服务？杜伯尔神父甚至说，我还指望在擦卡教堂建起来时，就为他和伊丽莎举行神圣的婚礼呢，哪有一个男人不急于进教堂结婚的？

"你们不要争了，我看奥古斯丁不是为了一块'血田'就出卖基督美德的人。他的心肯定是被魔鬼迷惑了，我相信他终有一天，会回到教堂来，求得主耶稣的宽恕。"杜伯尔神父说。

托彼特恨恨地说："这个犹大要是回来，我会一枪打死他。"

"托彼特，宽恕你的仇人，才是一个基督徒的美德。"杜伯尔神父走到马前，刚要上马，又想起什么似的说，"让我们来祈祷吧。"

"神父，吃早饭前我们已经祈祷过了。"多麦说。

"多麦，难道你认为今天我们不需要主耶稣更多的护佑吗？看看你头顶的雪山，我都怀疑自己能否翻越得过去。"杜伯尔神父说，从包里重新拿出了一本《日课经》。

他翻开了书，想找一段适合今天的经文，托彼特和多麦双手紧握放在胸前，恭顺地站在一边，等待神父发话。索朗才旦却不知道他们要干什么，呆呆地望着他们。许久，神父合上了《日课经》，神色肃穆。早上的阳光从神父的身后照射下来，使他的面部笼罩在阴影中，而身体的轮廓却被勾勒出一道金边。当托彼特漂泊流离一生后重回故乡，还念念不忘这个早晨的杜伯尔神父，说他就像一个天使那样，身披基督的金光，他的祈祷，是教皇听了也要流泪的祈祷——

"我们在天上的父，我们今天要翻越西藏的雪山，就如当年你带领天主的子民通过广阔的约旦旷野，跨过波涛汹涌的红海，走出埃及。我请求你，引导我，去征服那些比我更勇猛的地区的人们，去赢得他们的灵魂。请你走在我的前面，如东方的启明星那般为我带来光明；请你走在我的前面，为我指引基督福音前进的道路；请你走在我的前面，为我驱散豺狼虎豹的威胁。主，你的日子就要到了，因为这里离天国更近，看哪！你的幔帐已经在西藏的大地徐徐打开；看哪，雪山闪耀着圣洁的光芒，峡谷却比地狱还要幽深；

看哪，这片未经开垦的土地，尽管还没有一件事情接近天主，但是它美丽神奇得令人动容，又叫人心碎。因为异教徒的言行还像乌云一样，试图遮挡耶稣之光，你成了被轻蔑的天主，被误解的天主。耶稣基督，我已经背负起你的十字架，像你一样走向凶暴。他们终要给我开门，我要获得他们的灵魂。半个多世纪以来，我们的教会从未停止过进入那里，现在，我们该获得决定性的胜利，以代替最后的失败。到那时，天主的时刻就要到来，一切当重新开始。父啊，可怜可怜吧，同情的时刻到了，垂怜的时刻到了，请伸开你的双臂保护你的羔羊吧，因为你是隐藏的天主，你是严厉又仁慈的天主。你惩罚恶人，护佑良善。当我们饿了或渴了的时候，当我们在漫长的山道上疲惫得再也迈不动脚步时，当我们的汗水和泪水，甚至我们的鲜血，滴落在这片神奇的土地上时，请你垂怜，请你俯听，请你接受我们的奉献。为我们自己，为我们的罪，为我传教的教区，为要进入你的国的人们，我们会愉悦地忍受这份痛苦和牺牲。父，我是你派遣到西藏的脚夫，是在狼群中寻找羊群的牧人。我们的哭泣可能比祈祷多，我们的失败可能比成功多，但是我们要去，用生命之美去叩开命运之门。几时人死了，才会赢得最后的胜利。我的孩子们，请不要畏惧。我们的一个圣人说：'天天准备死的是有德之人，时时切愿死的是圣人，为这些义人，死非真死，却为得生命必经之路。'主耶稣啊，我请你赐予我智慧、力量、信心和勇气，让我去战胜死亡，赢取你在西藏的光荣。我把自己托付给你……你是我的好天主。啊，西藏，啊，西藏，在你身上开始了我的欢乐！主啊，主，我请你让我成个圣人。阿门。"

此刻，杜伯尔神父的脸上已经布满了喜悦的泪水。神父出发前，为了更像一个藏族人，临时剪掉了长到胸前的胡须，这几天在山林中跋涉，胡子又长得如枝蔓丛生的杂草，葳蕤茂盛了。泪水淋湿了这不成模样的胡须，托彼特甚至发现有一小团糌粑渣还粘在神父缺乏打理的胡须上，让他看上去像一个在吃饭时挨了父亲打的孩子。这让托彼特既为自己的神父心疼，又感到他可怜。

多麦忽然面对神父跪下了，"神父，请你给我降福！"

杜伯尔神父将手摸到多麦的头顶，半天没有念出平常的降福祝词。山风从他们中间穿过，发出难以言状的哀怜。在风中，多麦感受到了神父手掌心的温暖，感受到了命运的苦难与庄严，更感受到了死亡的祝福。他不害怕死亡了，他甚至想像杜伯尔神父一样，渴望死亡的光荣。他在心里说，要是我们都得死，好天主，求你让我死在杜神父的前面吧。

杜伯尔神父嘴唇动了动，什么祝福的词汇也没有说，但多麦在心里听到了。他相信杜伯尔神父说的是：

时辰到了，让我们去吧，主耶稣即将被屠宰的羔羊。

让他们感动的是，索朗才旦要跟他们一起回去，他说他要跟垭口上的喇嘛们说，这个洋人是好人，是他的朋友。他对神父说："他们不会杀我的朋友的，因为那上面有几个人也是我的朋友。"这让杜伯尔神父信心大增，他对托彼特说："你瞧，这是主耶稣今天给我们的第一个帮助。"

经过一整天的跋涉，他们终于抵达舒拉雪山垭口。这是一个晚霞特别血红绚烂的傍晚，天地间的一切仿佛都被人的热血染红了。舒拉雪山垭口海拔约有五千多米，除了积雪，光秃秃地不长任何植物。裸露在外面的岩石本来就是赤红色的，在晚霞的映照下显得更加凄美。

杜伯尔神父在接近垭口时，后悔自己没有把沙伯雷先生留下的相机带来。他想起故乡的雪山马特峰，在他的心目中这是阿尔卑斯山脉最美的一座山峰，就在他和罗维神父就读的修道院的后面，它的海拔将近四千五百米。青年时期的杜伯尔修士曾经上到过四千米左右的台阶救助受困的商旅，他们还在马特峰的雪坡上比赛滑雪，罗维修士身高腿长，身体健壮，几乎在所有的滑雪项目中无人匹敌。而杜伯尔修士总是不服气，拼命追逐他高大的身影。有一次甚至在速降比赛中一直追到半山腰的修道院。杜伯尔修士从雪坡上飞到了修道院修士们宿舍的房顶，然后从陡峭积雪的房顶溜到院子里，再一路冲进对面的厨房，要不是慌乱中将那个忙碌的胖厨子撞翻，他可能会一头钻进炉膛里。这次比赛的结果是杜伯尔修士折断了一条胳膊，在修道院里赢得"莽撞的杜伯尔"的绰号。

"神父，你笑什么啊？"牵马的多麦回头问他的神父。

"噢，我真该把我的滑雪板带来。"杜伯尔神父从往昔的追忆中回过神来，他望着身后绵长起伏的雪坡说，"多麦，等我们在擦卡立住了脚，我要教你滑雪。你们平常怎么下雪山啊？"

多麦说："屁股往雪地上一坐，就下去了么。我知道有一个家伙，他往下滑到半山腰的时候，山下起了大风，又把他吹回山坡头了。"

杜伯尔神父呵呵笑了："要是现在有阵风把我们吹过垭口就好了，岂不省事？"

他身后的索朗才旦说："那可要命了，洋人朋友。这雪山上的风一起来的话，石头都会到处乱飞呢。"

"主耶稣保佑，今天的天气真好啊。"托彼特不断在胸前画着十字。

他们已经看得见远处的垭口了，那是在两座山峰夹峙下突兀地横亘着的一道山梁，像一堵由神灵构筑的巨大墙体，有一条之字形的小道蜿蜒上去。杜伯尔神父骑在马上嘀咕道："一支步枪也可以抵挡一个军团的进攻，但在耶稣的福音前，一个军团也休想阻挡我的脚步。"

风把杜伯尔神父的话传到了垭口上，贡布喇嘛和他带的人此刻早就严阵以待了，他仿佛是回应杜伯尔神父的话似的说："来吧，洋人魔鬼。看看你肮脏的脚步，能不能跨过这垭口一步。"

一个小时后，他们在垭口相遇了。杜伯尔神父此时没有骑马，气喘吁吁地渴望着登上垭口的那一刻，他抬头看见贡布喇嘛把枪横在胸前，一双冷酷的眼睛盯着他，就像盯着一头即将撞到枪口上的猎物。多麦要去马背上抽枪，杜伯尔神父拦住了他，顺手从马鞍上挂着的布袋里抽出一本《圣经》，他对多麦说："我们靠这个战胜他们。"

现在他们相距不过三十来米，但相隔着生和死，光荣和耻辱。

索朗才旦悄声跟杜伯尔神父说，让他先上去求情，说通了他们再过来。神父同意了。他明白，现在自己明显处于劣势。

索朗才旦独自上前，跪在山道上说："尊敬的贡布上师，顶礼佛、法、僧三宝。这个洋人是个好人，他救了我的妻子和孩子。请发发你的慈悲，让他们过去吧！"

"洋人魔鬼没有偷走你妻子孩子的灵魂吗？我看你的灵魂倒是自己都找

不到了。"贡布喇嘛鄙视地说。

"贡布上师，昨天下山时我妻子生了。是洋人喇嘛帮助她的。"

"啊呸呸，你竟敢让洋人魔鬼猴子一样的手去触摸你妻子的身子！你还有脸活吗？"

索朗才旦哭着说："可是我妻子要死了，谁去救她啊？"

贡布喇嘛无法回答这个问题，他对手下的几个人说，把他捆起来，不要让他耽搁我们的事。

杜伯尔神父在下面看到索朗才旦被人按倒了，他在挣扎、呐喊，说："你们不要杀他啊，他是好人，是我的朋友。我求求你们……"

杜伯尔神父不由得怒火中烧，"你们是强盗吗？他刚刚当了父亲！"他边喊边往前迈步。

"回去！"贡布喇嘛的枪顺直了过来，对着杜伯尔神父。

"绝不！"杜伯尔神父手举《圣经》，冷静地说，"请给基督的福音让路。"

"你以为自己是一头老熊吗？谁都得给你让路。"贡布喇嘛嘲笑道。在顿珠活佛的小院前，他已经给这个家伙让过一次路了，那是看在活佛的面子上。而在这神圣雪山的垭口上，以西藏诸神的名义，贡布喇嘛绝不再给任何人、任何异教神祇让路了，哪怕为此破戒。

"路在我的脚下，除非你捆住我的双脚，否则，奉耶稣基督之名，我要叩你这死亡之门。"杜伯尔神父再次往前走，多麦一步抢在神父的前面，迎着贡布喇嘛的枪口。不是他不怕死，而是他身后的神父越来越急迫的脚步，催促着他忘记了危险和死亡。

"回去！这是最后警告！请记住，我从不威胁谁。"贡布喇嘛大喊起来。

杜伯尔神父将之视为对方怯懦的表现，他的脚步更有力了，也不喘气了，声音也嘹亮起来："看哪，这是基督最后的胜利。我会为你祈祷，并请求我主耶稣宽恕你的罪恶。"

枪响了，首先倒地的是多麦。他实现了自己的祈祷，死在神父的前面。多麦还有最后一口气，他说："神父……神父，回去吧。他们会……杀你的……"

　　杜伯尔神父抱着多麦软下来的身躯，还未来得及给他念赦罪经，多麦就咽气了。杜伯尔神父攥紧双拳站了起来，愤怒地向上喊叫："来吧，你这地狱之神，开枪啊！末日审判之时，看我主耶稣将如何审判你邪恶的灵魂！"

　　他身后的托彼特想冲上前去护着自己的神父，但杜伯尔神父反而像十字架上的耶稣那样，伸开了双臂，让托彼特在狭窄的山道上无法上前。枪声再次响起，不是一枪，而是无数枪。"砰砰砰砰"地直打得神山都颤栗起来。因为杜伯尔神父的末日审判之词不仅激怒了贡布喇嘛，还激怒了跟随他前来阻击洋人魔鬼的几个本地藏族人。他们从没有见过洋人，只是听贡布喇嘛说有个魔鬼今天要想通过垭口，他们就都携枪上雪山垭口来了。他们的高山牧场就在垭口下面，他们可不愿意洋人魔鬼的足迹污染了富饶的牧场。再说了，谁不愿意当降妖伏魔的英雄啊。因此，当贡布喇嘛的枪声响起时，他们的手也就痒了。

　　杜伯尔神父和托彼特几乎同时倒地，然后顺着陡峭的山坡滚了下去。太阳此刻不是它千万年以来一以贯之地缓缓西沉，而是随着两人在山坡上的翻滚一同跌落，就像在天上打翻了的盘子。黑暗一下就笼罩了大地，天空中只听得见枪声撕破神山的宁静，仿佛撕破一块上等的丝绸；也听得见神山的叹息，在风的哀鸣下，越拉越长……

　　还听得见一个迟来的呼唤："不要开枪，让我跟他们谈——"

30 顿珠活佛三书

若未如是遮止恶行，虽非所欲，然须受苦，任赴何处，不能
脱故。

——宗喀巴《菩提道次第广论》（卷五·深信业果）

我在雪山垭口这面呼喊"不要开枪，让我跟他们谈"时，贡布喇嘛的子
弹其时已经射中杜伯尔神父的胸膛了，也射向了我的心灵。枪弹总是快过人
们渴望沟通的语言，快过我们了解对方的愿望。我当时瘫坐在地上，眼泪潸
然而下，我向着垭口悲声呼喊："贡布，你杀了我啦！"

我爬上垭口时，他们已经把杜伯尔神父的尸体找上来了，还有一个叫托
彼特的天主教徒没有死。我让他们赶快救治这个人，并把他尽快送到教堂村
去，同时捎信给他们，来领杜伯尔神父的遗体。他们有自己的天堂，我祈祷
杜伯尔神父的灵魂能升去他愿意去的任何理想净土。

贡布喇嘛从看见我时起，就一直跪着。我没有理他，打算今生再不跟他
说话。我知道他跟洋人喇嘛有杀父之仇，我为自己的悲心终于没有教化他的
杀心而惭愧。杜伯尔神父身上中了四枪，他的脸上尽管沾满了泥土和雪渣，
但我仍可以看到他死亡前的尊严。对一个捍卫自己的信仰尊严地去死的人，
不管他信奉什么样的宗教，我都心怀崇敬。

他好辩的嘴唇骄傲地紧闭着，好像再不愿跟我对话，这让我羞愧、伤
心；他的眼睛睁得大大的，里面是凝固了的询问和惊恐。我情愿贡布射杀的

是我，而不是我的宗教对手。我本来可以用我们的慈悲去教化他，当然，他也想用他们的宗教来感化我，感化我们的民族。但是，这需要时间和机缘，更要看我们愿不愿意，接不接受。在我们都还没有找到解决问题的办法时，枪弹解决了一切。羞耻加在了我们身上，骄傲留给了对方。他的被杀，只能让我们的喇嘛显得愚痴和嗔怒，而不是宽恕和慈悲。如果一种宗教的修行者也可以去杀人，那一定不是这个宗教的光荣。我想，不论哪种宗教，都会这样认为：被枪杀者，活进了永恒的涅槃，开枪杀人者，立即就死了。

我看到了他尸体旁的一本带血的藏文《圣经》，那是他们的经书，杜伯尔神父曾经说要送一本给我，但一直没有兑现。我的上师傲慢地认为他们的经书上都是魔鬼的谎言。我曾经想过，如果一种宗教的经典都是魔鬼的语言，那么世界上怎么会有人去信奉他呢？他们又怎能行善而不行恶呢？能传承下来的经书都不会有错，有错的是不了解经书真谛的人。

我把这本血迹斑斑的经书收藏了，以此作为我对这个宗教对手的怀念。在我今后的人生中，我要研读他们的《圣经》，我要看明白，究竟是什么，让他们离开自己的家乡，到我们的土地上来传播他们的宗教。在我看懂了他们的经文时，我希望他们中也有人能看懂我们的经典。然后，我相信，我们就可以真正地对话了。杜伯尔神父说他要找到天主教徒身上的佛性，佛教徒中的基督性，可就是连我这个活佛，都不会承认自己身上会有基督性，甚至连基督性代表什么都不知道。我们如何去交流和对话？他是个性急的骑手，从马上跌下来总是迟早的事。

但是有一点我必须承认，我们供奉神职的灵魂在某些方面是相通的。今天早晨杜伯尔神父上雪山前，一定做了很悲天悯人的祈祷，这是一个神职人员奉献自己的生命给信仰的最后诉求。风把他的祈祷传到了我的寺庙。我在做早课时，措钦大殿那尊会流泪的石佛像，再次流出了悲悯的眼泪。那是两滴浑浊的泪水，从佛慈悲的眼睛中缓缓流出。我一下就从这泪光中看见了杜伯尔神父泪流满面的脸。整个经堂就只有我一个人看到了。他们看不到，是因为他们的悲心不在那个洋人身上。

那时我回头问身边的一个小喇嘛，贡布喇嘛呢？他支支吾吾地说他出去了。我又往自己的上师益西堪布那边望去，老堪布脸上的骄傲与得意让我什么都明白了。

整个早课我心忧伤，喇嘛们敲打鼓、钹的声音就像枪炮声一样刺耳。早课结束后，我急忙手写了两张纸条，交给身边的另一个近侍喇嘛鲁茸，让他牵两匹马，马歇人不歇，快马加鞭，天黑前务必赶到舒拉雪山垭口，一张纸条交给贡布喇嘛，一张交给他的枪对准的那个人。

鲁茸喇嘛问："活佛，洋人喇嘛不是从虎跳关那里走吗？"

我当时惊讶地问："你怎么知道我要你去干什么？"

鲁茸喇嘛跪下了，"活佛，一个寺庙的喇嘛都知道了，贡布带人去杀洋人喇嘛了。"

我罕见地伸手打了鲁茸喇嘛一巴掌，这足以让峡谷里的众生铭记一辈子。一个修慈悲行的活佛怎么可以动手打人呢？连大殿里的佛像也皱起了眉头，我自己都感到羞愧难当。我临时改变了主意，决定亲自去舒拉雪山垭口。至于为什么不去通常进藏的必经之地虎跳关，而算定杜伯尔神父会绕道翻越舒拉雪山，我从不愿跟人说起。

但我可以告诉你们我写在藏纸上的那两行文字。我写给杜伯尔神父的规劝是：

佛流泪不止。我想请你回来看我们的神迹。

而我写给贡布喇嘛的箴言是：

如果你想开枪杀人，请先射杀你的活佛吧。

可惜的是，他们都无缘看到我的文字了。记得杜伯尔神父和罗维神父第一次到我们的寺庙时，他不相信我们的佛会流泪，我答应过要给他看我们的神迹。可是我也没有想到，佛的神迹显现，是为了阻止罪孽的发生。我注定终生要以我的修行，为这两个人的灵魂洗罪。他们要么都是无辜的，要么都是有罪的。他们都太执着了，当骄傲和枪口对峙时，"我执"的心魔便在一边窃笑了。

我打算在雪山垭口为杜伯尔神父念三天的经，以超度他的亡灵。同时等待承受教堂村神父们的指责和羞辱。我们都是教人行善、修慈悲行的僧侣，现在我的寺庙里的喇嘛成了杀手，被审判的将是我这个活佛。官府从来都是站在洋人一边，这次不知他们会不会派军队来捣毁寺庙，抓捕僧侣？我忧心忡忡，准备独自承担所有的灾难。

做法事的第二天，我在观想中看见了雪山上的神灵——卡瓦格博战神。他白盔白甲，骑白马，踏白云。他问我为谁做超荐？我说是我的宗教对手，一个朋友。卡瓦格博战神叹了口气说，不应该。然后就被一朵祥云接走了。我一生都没有想明白，伟大的战神是说不应该杀杜伯尔神父，还是我为自己的宗教对手做超荐不应该？

第三天，我已经可以和杜伯尔神父的亡灵交谈了。我看见他在一条铺满鲜花的道路上疾行，吉祥的五色彩鸟在他的头上飞翔，梅花鹿伴随着他，道路的前方有一条彩虹与天相接，那就是他的天堂之门。我还看到了一个和他一样肤色的老妇人在那里等待他，我听见他张开双臂呼喊："母亲，母亲，你的儿子回来了！"我为他感到欣慰。

我陶醉在杜伯尔神父的天堂里，但鲁茸喇嘛的话把我拉回现实："活佛，你的哥哥带着一支军队来了，益西堪布也来了。"

我从垭口往下望去，看见一面红色的旗帜后，一长串望不到尾的队伍，正在向雪山挺进。我前些日子就听说红色汉人将要来到我们这里，但没有想到他们会来得这样快，来这么多人。看来贡布这个祸闯大了。我更没有想到我的哥哥会跟红色汉人走在一起，还有益西堪布。这真是一个活佛靠修行也观想不到的神迹。

约莫一个时辰他们就来到了垭口。我仍然盘腿而坐，打算继续我给杜伯尔神父的超度，他们来干什么，又要去哪里，我已无能为力。如果他们是来为杜伯尔神父报仇的，那就请吧。

所幸的是，他们好像并不在意我在做什么，那个扛旗帜的大个子红汉人把红旗往垭口上一插，作为后面的军队的路标，他们在雪山垭口欢呼、呐喊，激动得往天上抛帽子，就像回到了故乡的游子，或者像打败了对手的胜利者。

我的兄长先上来，他的藏装外面套了一件红汉人的黄色棉大衣，这让我感到比他当年跟在神父后面更令我陌生。当他看到躺在我面前的杜伯尔神父，看到跪在我身后的贡布喇嘛，他的惊讶应该和我一样多。

我听见他问贡布喇嘛："大哥，你还是杀了神父了？"

贡布喇嘛恨恨地说："既然你不愿来担这份罪孽，就只有你大哥来担了。"

奥古斯丁——佛祖啊，他的这个名字就像他身上的黄色军大衣——深深叹了一口气，说了一句让我也对这个老兄刮目相看的话："这不是罪孽，大哥，你在帮他。"然后他的下一句话我就听不懂了，"你也在帮红汉人。"

直到年迈的益西堪布在一个红汉人军官的搀扶下，终于来到我的面前，我才有些明白，从此以后，我们看世俗世界的眼光要不一样了。

那个红汉人军官我的哥哥叫他"高团长"。他很热情地向我伸出双手，打断了我的超荐法事，在和他握手的一瞬间，我感到事情并没有我想象的那么坏。

果然，在红汉人眼里，我们是英雄，而不是破戒的屠夫。高团长站在贡布一边，他问了贡布喇嘛发生在舒拉雪山垭口的事情，爽快地说："你们维护了国家民族的主权和尊严，说不定这个不听规劝非要去西藏的家伙，还是个试图刺探情报的特务呢，我要代表政府谢谢你们。即便他只是一个传教士，可我们的国土怎能允许帝国主义的宗教侵略呢？"

"宗教侵略？"我不太懂这个词的意思。

"对，宗教侵略就是文化侵略，就是帝国主义侵略我们中国的罪证。"高团长一挥手说，"过去，在国民党反动派统治中国时期，帝国主义不仅侵犯我们的领土和主权，还妄想在精神文化上改变我们人民的灵魂，让我们做他们的奴隶。现在我们共产党打败了国民党，解放了全中国。帝国主义反动派及其走狗，都要被我们赶出去！"

"教堂村的那些洋人魔鬼，你们也要把他们赶走吗？"坐在我身边的益西堪布问。

"当然。他们必须被驱逐出境。我们已经把教堂村解放了，外国传教士也被抓起来了，不允许他们再在我们的国土上传播他们的宗教。我们有自己的宗教信仰，共产党也尊重各民族的宗教，包括藏族同胞的宗教。我们自己管我们人民的信仰，不要帝国主义分子来插手。"

益西堪布的激动与喜悦溢于言表："那你们真比国民政府更受我们欢迎了。你们是站在我们一边的吗？"

高团长说："我可以向你保证。中央政府和西藏地方政府已经签订了和平协议，我们是来帮助你们藏族同胞的。国民党政府腐朽堕落，丧权辱国，甘当帝国主义的走狗，必然要被代表各民族利益的中国共产党推翻了。"

"你们会杀那些洋人吗？"贡布小心地问。我知道他的心思，是想为自己的杀人找到同盟。

"我们不杀他们，不是我们怕他们，而是中国人民已经站起来了，一个站起来的巨人，是不怕任何反动派的。把他们赶走，体现了我们共产党的宽容和伟大。至于这个被杀死的传教士，不是你们的错，是他咎由自取。"

这个汉人军官的话让我释然，至少我不用为寺庙的存毁担心了。但他说的很多东西我似懂非懂，就像当年我和陌生的杜伯尔神父试图交流对话时那样。我们在黑暗中寻找相互的共同点，可惜的是，杜伯尔神父和我都没有找到。

不过我有些担心，这些红汉人似乎也是一群信仰坚定的人。人有没有信仰，看他眸子里的光芒就知道了，看看他们士兵的纪律就知道了。他们的力量真是强大啊，清朝皇帝、国民政府从来就站在洋人一边，峡谷里多年来没有解决的宗教冲突，历辈活佛殚精竭虑也维系不了的部分藏族人灵魂的流失，红色汉人轻而易举地就帮我们解决了。洋人喇嘛说抓起来就抓起来，说赶走就一个不剩地赶走。但我还是有些悲悯我的宗教对手。我问："你们不和他们对话吗？"

"对话？"高团长费解地看着我，"我们中国人已经当家做主人了。主人有权力决定，谁是受欢迎的客人，谁是要被赶出门的强盗吧？"

益西堪布接上话说："对，对，对。当初我们并不欢迎他们，可是他们非要来争夺我们藏族人的灵魂，而且还十分傲慢狡猾，连我们活佛的灵魂都想偷走。"

"这就是宗教侵略，活佛。"高团长笑盈盈地看着我，就像老师终于向学生讲清楚了一个费解的问题。

"哦呀。"我双手掌心向上，心里升起一股渴望走向对方的欲望，就像当年我第一次在阿墩子的街上看见杜伯尔神父那样。外面的世界总是有许多比我们更聪明、更强大的人。他们给我们带来新的知识，新的命运，我们即便骑上快马，也不一定赶得上他们的步履呢。

红色汉人从垭口上源源不断地通过，向西藏的纵深进军。我的哥哥为他们带路，他已经是他们中的一员，并且，我听人们又叫他格桑多吉了。我惊讶于他的转变，仿佛这个世界上的任何人，都可以做他的朋友；这个世界上的所有热闹，都少不了他。他注定要轰轰烈烈地走完自己的一生。

红色汉人的军队在舒拉雪山垭口通过了一整天，从他们急迫的脚步和每个士兵脸上的自豪与骄傲看，我知道，没有人可以阻挡这支军队。已经是深秋了，雪山下面的杂树林被秋色染得或金黄或深红，这是最美的季节，是神灵用他的如椽巨笔在大自然里描绘人神共处的唐卡画。大地上还有一种缓慢移动的黄色和到处飞舞的红色，这就是那些行进在山道上穿黄军装的士兵和在每个路口、村庄飘扬的红色旗帜。他们在神灵居住的大地画卷上增添新的色彩。我从垭口上往阿墩子方向望去，是这样；再往西藏方向望去，也是这样。而远方的山峦是黛青色的，像传说中的海洋。我还没有见过大海，杜伯尔神父曾经嘲笑过我的孤陋寡闻，但在我们的创世传说中，大地从海洋中诞生，层层叠叠的山峦不过是海洋凝固了的波浪，它孕育万物与生灵，承受人间所有的苦难，是大地上永恒的慈悲。有没有看见过大海并不重要，重要的是要见证海洋与大地的更替，罪孽与慈悲的消长，信仰与信仰的砥砺，以及，神的天堂如何演变成人的世界。

杜伯尔神父，我为你感到悲悯。

第二部　雅歌

ས་ཆེན་ལ་ཕུལ་བའི་དགའར་སྐྱ།

31　共产主义火车

雄鹰飞回来了，
雪山，你让开路，
别让它的翅膀展不开。

红军回来了，
森林，你退后一点，
我们要在这里跳锅庄。

人民公社化了，
江水，你不要跑，
别挡住共产主义火车的道。

——康巴藏区民歌

史蒂文的一生中从来没有像这几年的时光那样，过得安宁、富足，并且连噩梦都没有做过。教堂里的神父们被赶走以后，新政府把过去教会的土地和牛羊，不论你信教与否，都按家庭人口数分给村民，让他们自种自吃，征粮工作队来到村里，除了该交的公粮部分，多余的粮食还可以卖给工作队。史蒂文一家分到三亩左右的坡地，还有两头牛，十二只羊，一匹骡子。过去这些都是教堂里的产业，格桑多吉曾经牧放过。当共产党的干部把地契和牛羊交到史蒂文手上时，他心中充满对天主的愧疚，仿佛自己是打劫主耶稣的强盗。但那个留着齐耳短发的女共产党干部鼓励他说："不要怕，这是帝国主义分子从我们手中抢去的财产，现在它归还给劳动人民了。"

史蒂文当时在心里说，就当我先替神父们看管着吧。他们要是哪天回来了，我先向他们赎罪忏悔。史蒂文还记得古神父和罗维神父被解放军押出教堂时，古神父眼含泪光对围在教堂外的教友们说，请照看好耶稣为你们避风雨的教堂，请善待一个基督徒的灵魂。

现在史蒂文的农活已经干得相当出色，而玛丽亚则负责照管那些牛羊。他们的儿子若瑟已经五岁了，是个可爱的小家伙。夏季玛丽亚带着小若瑟到高山牧场放牧，这是格桑多吉当年的牧场，她现在牧放的也是格桑多吉为教堂放过的牛羊，以及它们的后代。在夏季牧场宁静又美丽的白天，蓝天上的白云像成群结队的无拘无束的流浪汉，这不能不让玛丽亚想起大地上另一个至今杳无音信的流浪汉。自从他叛教后，教堂村的教友们对他口诛笔伐，玛丽亚是唯一没有诅咒他下地狱的人。神父们还在时，她数次想在办告解时向古神父或罗维神父忏悔：是我的错，神父。奥古斯丁是因为我而叛教的。可是，她怎么向神父说得清呢？

玛丽亚从来没有后悔过放弃贵族小姐的生活，来做一个普通的藏族妇人。她在养尊处优中长大，但这种生活令她腻烦。看看姐姐卓玛拉初吧，她年纪不大就被土司老爷抛弃在一边了，不过是土司大宅里一头不愁吃喝的牛，可连产牛犊的机会都没有了。如果当年嫁给野贡土司，她又能比自己的姐姐好多少呢？现在她有一个深爱着自己的男人，有自己的儿子，还有成群的牛羊、足以解决温饱的土地。生育、爱、辛勤的劳作，平静的日子，这些年让玛丽亚越发成熟饱满，健壮美丽。她依然是雪山峡谷里的人们交口传诵的美人儿，她依然能从周围人赞赏的眼光中自信自己不言自明的美。一个平凡的藏族妇人还能奢求什么呢？还能祈祷什么呢？她有时会向主耶稣祈祷：让奥古斯丁尽快找到自己爱的女人吧。让他不要再想我啦，我可不会为了他离开史蒂文，我可不会跟着他走。他人倒是不错，可是他爱错人了。

有时她在清静的牧场上想这些往事时，腹中会升起一股莫名的欲火，当她被这股火烧得两腮发烫时，她会让邻近的牧人代管牛羊，自己跑下山去，和丈夫温存一个晚上，第二天才回去。有时史蒂文也会跑到牧场上来，他们躲在草坡的僻静处、在牛羊悠闲的吃草声中做爱，如果牛脖子上的铃铛急促地响起，那一定是哪个不晓风情的牧人过来了。

生活是辛劳而平静的，像一支悠缓的牧歌，似乎谁也不能将之改变。即便有一次史蒂文在阿墩子遇到康菩土司，土司也没有说让手下的人马上抓他走。康菩土司现在可没有从前威风了，出门时身边再没有前呼后拥的卫队和侍从，据说连家里的奴隶都被解放出来了，康菩土司哼都不敢哼一声。因此当他在阿墩子的街上看见史蒂文时，他甚至还装出笑脸来问，啊，我的诗人朋友，我家的小姨妹还好吗？史蒂文没有忘记当年在康菩土司家的地牢里受的那些磨难，他不客气地说，我们的孩子都有好几岁了。我们的爱情，过去有教会保护，现在共产党比教会厉害多了，你就别再想抢走我的女人啦！康菩土司的脸上现出一丝苦涩的笑，现在不是我抢谁啦，伙计，是人家要来抢我了。

还有一次史蒂文遇到一个多年前在当说唱艺人时结识的一个同行，这个家伙动员史蒂文跟他一起重操旧业，还说现在路上拦路抢劫的土匪强人少多了，人们出手也比过去大方，当说唱艺人比过去更挣钱。但史蒂文告诉他，我有家有媳妇有孩子了，外面就是有金山银山，也不比搂着自己心爱的女人睡觉幸福啊。

一颗浪迹天涯的心沉静下来了，就像山坡上的石头滚落进了湖里。直到有一天格桑多吉重新回到教堂村，这个比史蒂文更浪漫更见多识广的家伙，再度让史蒂文感到了生活中的危险。

格桑多吉现在的身份是阿墩子县公安局的局长，兼进驻教堂村的土改工作队队长，身后跟着一群穿干部装的年轻人。人们说他当年给解放军带路进西藏，立了大功。他的军功章的荣耀不仅挂在胸前，还刻在他的脸上，那是一条从眉骨到脸颊的刀疤，据说是被比他更凶悍的强人一刀砍的。现在的格桑多吉不再是那个成天戴着破毡帽的强盗啦，也不是从前教堂村那个寡言少语的奥古斯丁，他身边的人都叫他"格桑多吉局长"，还告诫大家也这样称呼。这个从来都威风八面的家伙波浪一般自由浪漫的披肩长发也剪掉了，梳理成汉人干部的那种短头发，人们叫"解放头"。更像汉人干部的是代表他尊严与身份的那件军大衣，总是披着，露出腰间的武装带和佩枪。他看上去比过去更威严，而且更成熟；更整洁，却又略显沧桑。尽管谁也没有见过他把枪掏出来，但他往哪里一站，连树上的鸟儿都不鸣叫了。村里的人们都会不自然却又恭恭敬敬地喊："格桑多吉局长，你早啊！"

格桑多吉和他的工作队就住在教堂里，全村也就只有这个地方是公房。解放以后，教堂一直闲着。过路的军队、政府的工作队、征粮队来了都住在神父们曾经住过的房子里。土改工作队的人本来安排格桑多吉住古纯仁神父的房间，那是教堂里视线最好、最宽大的一间房子，外面还有个阳台，面向峡谷对面的雪山。但格桑多吉叫他的通讯员小张把他的背包拿出来，径直走进教堂的马厩外那间他住过的小屋。

他一进去就嗅到了多年前爱情的味道，他的爱神还牵马守在窗外，向他扮出一个和蔼又高深莫测的笑脸。"回来了？"爱神问。

"回来了。"格桑多吉像面对一个久别重逢的老朋友，"好久没有看到过你了。"

爱神说："你忙嘛。"

"唔。"格桑多吉回答道，"忙得我都快忘了自己从哪里来的了。"

这些年他跟随解放军走遍了雪域大地，硝烟与战火、风霜和雪雨，什么样的人间滋味都尝遍了。但这间史蒂文和玛丽亚曾经构筑的爱巢，这间第一次让他为不能得到的真爱而痛哭失声的圣殿，爱情的味道仍然挥之不去，而且愈久愈浓。就像他现在掌心里攥着的那个蓝色小玻璃瓶儿。多年以来，战场上的厮杀，路途中的颠簸，瓶子里的那根头发，始终支撑着他辗转流离的生活中每一个漫漫长夜里的相思。

小张在他身后说："局长，这是马倌住的房子啊，又潮又冷。你还是住楼上那间吧，我来住这间。"

格桑多吉没有让小张看见自己脸上的凝重与悲凉，他冷冷地说："这是我的房间，谁也别来跟我争。"

格桑多吉一来就召开大会，不仅是教堂村的信教教友，还有临近村庄的佛教徒、寺庙里的喇嘛，甚至刚好路过的一队马帮，也被叫来开会。格桑多吉说要在藏区实行土地改革，再搞人民公社。其他地方早就这样做了，我们要追赶他们革命的步伐，不是要两步并一步走的问题，而是要骑上我们最快的马。过去分给大家的土地牛羊都要集中到人民公社里去，不仅如此，寺庙的土地、反动土司的财产，也都要充公，实行民主改革，让他们属于广大的劳动人民。

"那么，教堂呢?"人群中有个胆大的老人问。

"教堂? 嗯，这个教堂么，我们可以把它改成一个学校。"格桑多吉环视了会场上那些他熟悉的面孔，有些底气不足地说，"反正神父们都被赶走了，也没有人给你们做弥撒。新中国都成立那么多年啦，我们应该有自己新的信仰，这就是共产主义。"

会场上一片沉默。格桑多吉苦口婆心地向人们宣讲什么是共产主义。藏话里没有这个革命的词汇，他只有用汉语来代替它，就像过去人们直接用洋人神父的话来称呼"耶稣"。他把从各级学习班听到的关于这个美好社会的前景描述为：共产主义就是没有白天和夜晚的区别，因为有一种比月亮更亮上百倍的电灯，为我们驱散黑暗；没有冬天的寒冷，因为人人都可以穿上虎皮棉袄；没有各家的火塘，因为大家都集中到一个大食堂里吃饭，由专门的厨子做给你们吃，要吃多少就有多少；没有饥饿和干旱，因为我们要开沟挖渠，把雪山上的山泉引下来浇灌每一片庄稼地，让庄稼长得像雪一样厚实，人都可以站到青稞穗上去打滚；没有地里和牧场上的辛勤劳作，因为机器会帮人做这一切；也没有马帮了，因为共产主义的火车要开到雪山上去，一节车厢装的货物十支大马帮也驮运不完，火车是用共产主义的烈火来推动的，它比雪崩还要猛烈，比风儿还要跑得快；更没有了穷人和富人，因为大家都一样平等富足，人们需要什么，就从共产主义这个大家庭里拿什么。衣服、青稞、农具、酥油、酒、牛羊肉，甚至孩子们的玩具……我们藏族人只要搭上共产主义的火车，就有过不完的好日子了。

人们渴望过好日子的热情被煽动起来了，多好啊，以后不用上山放牧、下地干活了，肚子饿了就直接到那个大食堂饱饱地吃，好好地喝；也不用远离家乡外出赶马了，我们都去坐共产主义火车。那可真是过去神父们讲的天主的国了。神父们讲了那么多年，我们连这种幸福日子的影子都没有看到，共产党马上就要为我们带来天堂一样的日子了。有人甚至说，看来这些年不进教堂做祈祷，好日子也会有人给我们带来的。

"你是共产党派来的神父吗？"一个寺庙里的老喇嘛胆怯地问。

"不！我不是神父。"格桑多吉高声说，"我是跟随共产党闹革命的革命者。革命就是要让天下所有的穷人都能跑步进入共产主义，让他们在这个大家庭里快快乐乐地过幸福的生活，有饭吃，有衣穿，有爱……"

"女人在共产主义的家里也可以像犁头啥的大家随便用吗？"

问话的是史蒂文，会场上响起一片哄笑。格桑多吉知道从他回到教堂村，史蒂文就是对他最不友善的一个。他沉着地回答："在共产主义大家庭里，每个人都会找到自己的爱情。不是随便拿，而是自由相爱。"他特别补充道："人民政府反对旧式婚姻包办，过去教会规定的那一套不时兴了，不管你是信教的还是不信教的，不相爱的男女都可以离婚。"

然后他用眼睛在人群中寻找玛丽亚，她和一群妇女坐在一起，一边听他的讲话，一边将羊毛线。当他们的目光相遇时，她不自然地低下了头。这是他来到教堂村后看见她的第一眼，他惊讶地发现：玛丽亚比几年前还要漂亮！如果说从前她身上体现出来的是一种贵族小姐式的美，现在她可是全身洋溢着劳动人民朴素自然的美了。不是捧在手里的娇弱雪花，而是挂在树上摇曳饱满的果实。

"奥古斯丁，哦呀，格桑多吉局长，你可是比当年的古神父还会讲话了。请告诉我，什么叫离婚？"人群中的托彼特发问道。

格桑多吉听出了托彼特问话中的敌意，他想，这个教会的老顽固。"离婚嘛，就是……就是不再相爱的男人和女人，可以重新去找自己的意中人，组建新的家庭。"格桑多吉费力地解释道。不是他对这个词汇理解不到位，而是他已心烦意乱。

托彼特继续追问："那么，神父们祝福过的婚姻也不管用了吗？"

格桑多吉反问道："现在是人民当家做主了，哪里还有神父？难道我们的爱情，还要由洋人说了算吗？"

散会后，史蒂文夫妇在回家路上都听到村里的人兴致勃勃地说共产主义火车，就像在讨论一个吉祥的美梦。更令人激动的是，它不是一个已经逝去的美梦，而是将要来临的生活。教堂村的人们早年从神父们那里听说过外面世界的种种传闻，他们知道得比普通藏族人多得多，火车、轮船、汽车、飞机这些在世界各地忙碌奔跑的玩意儿，他们都知道。而把共产主义的幸福日子和火车联系起来，这还是第一次。因此，多数人认为，这是一趟带他们进入富足王国的火车，只要我们能坐上它，就再不用挨饿受冻了。

睡觉时，史蒂文搂着玛丽亚，感觉她的心已经进入格桑多吉的共产主义了。他深深地叹了一口气：

"那个家伙现在可比当年威风多了。"

"你在说什么呀史蒂文？"玛丽亚幽幽地问。

"嘿嘿，他就要把共产主义的火车开到我们家里来啦。"

玛丽亚平静地说："那我们就把他当朋友，请他在火塘边坐下来，喝酒、吃饭。"

"玛丽亚，难道你今晚没有听明白吗？以后没有火塘了，都去大食堂吃饭了。天主才知道他们会不会让大家都睡一个铺呢！"

"在一起吃饭睡觉又怎么样？只要是共产主义的好日子，我就喜欢。他还是小若瑟的代父呢。"

"嗬，代父？"史蒂文冷笑道，"真不明白当初罗维神父为什么要让一个强盗来当我儿子的代父。"

"神父有神父的想法，天主有天主的计划，奥古斯丁有奥古斯丁的良善。"玛丽亚并不喜欢格桑多吉这个名字，因为奥古斯丁是那个把她从强盗窝子里救出来的人。

史蒂文爬起来，狠狠地说："你心里有他了，对吧？"

玛丽亚长久没有说话，眼泪在黑暗里悄悄地流。

史蒂文的心比遇到雪崩还要恐惧，比共产主义的火车开进家里来了还要惊慌。他抓住玛丽亚裸露在外面的肩膀，"你说话呀，是不是觉得我不如他？"

"我有家了。"玛丽亚翻过身去，不再搭理他。

32　狼女之约

往昔所有，将会再有；昔日所行，将会再行。

——《圣经·旧约》（训道篇 1:9）

格桑多吉相信通过自己的努力，可以让教堂村的人们都搭上共产主义的火车。他曾经被上级组织到外地去参观学习过，那些大城市的富裕与繁华让他瞠目结舌。过去每当他站在雪山垭口时，他会为脚下这片广袤的土地感叹，什么时候我才能走到天尽头，看看大地最边远处的风景啊？可当他在外地乘坐火车、汽车、轮船等交通工具四处参观时，他发现如此厉害的家伙，也跑不到尽头！在一条峡谷里当英雄好汉有什么骄傲的，当你走出了雪山峡谷，那点骄傲会让人感到惭愧。

要让我们藏族人也过上汉族人那种富足的生活，在家点电灯，出门坐火车，种地用机器，这就是格桑多吉新的信仰。他再不为背叛耶稣天主而愧疚了，他信仰共产主义，因为它比教会能带给穷人更多的福祉。从他认识共产党时起，他们就告诉他：你没有罪，你过去做的一切，杀富济贫，反抗教会，都没有错。都是我们革命者也想干的事情。你是我们的朋友，我们要让你翻身做主人。我们来帮助你，也需要你的帮助，更需要你去帮助你的藏族同胞，让大家都获得解放，这就是我们要去实现的共产主义远大目标。

为了这个远大的目标，格桑多吉在教堂村工作得很辛苦。常常白天要带人进山剿匪，晚上很晚才睡。土改工作队来后，雪山上的匪情反倒多起来了。一些贵族头人表面跟政府合作，暗中却捣乱，寺庙里的喇嘛也不安分念经了。因为当土改改到他们头上，要他们交出地契和放给穷人的高利贷的债据时，贵族和有权势的喇嘛就站在了政府的对立面。格桑多吉已经经历了三次冷枪、一次下毒、两支暗箭的偷袭。但他是个命硬的人，炮火连天的战场都趟过了，这点小危险吓不倒他。

这天晚上风很大很狂，盖过了峡谷底澜沧江的水流声。格桑多吉还没有睡。他下午才带着小张去了史蒂文家，这是正常的工作走访，忙碌的工作甚至让格桑多吉来不及多想玛丽亚。他只是在走访完一家时，小张提醒他说，隔壁就是史蒂文家，时间还早，局长你看我们是不是顺带去看看？格桑多吉犹豫了片刻，还是同意了。玛丽亚不在，史蒂文从格桑多吉进门时起，就没给他好脸色，说话阴阳怪气的，问你们什么时候把共产主义的火车开到我们家里来啊？我这个穷家怎么摆得下哦。格桑多吉坐了会儿就出来了，一晚上他心里都不舒服。他本来是想和史蒂文商量，解放军里有种专门给冲锋打仗的战士们唱歌鼓气的宣传队，他想问史蒂文，愿不愿意发挥自己的说唱才华，为共产主义的火车加油鼓劲。但这个家伙一直在恶狠狠地磨一把砍柴刀。

史蒂文可不像他过去手下的那些康巴兄弟。在他的世界里，一条汉子要么是他的敌人，要么是他的兄弟；要么他们刀枪相见，要么就肝胆相照。唯有史蒂文，他不是兄弟，也不是仇敌，更不是他要革命的对象。他只是他深爱的女人的丈夫，这让他永远不知道该如何面对这个自命不凡的家伙。他在史蒂文的火塘边看到了玛丽亚的一块大红色头巾，那时他真想拿在手上，抚摸它、嗅闻它。回到自己的房间很久了，他心里翻腾的不是史蒂文"霍霍"的磨刀声，而是这块红色头巾。

格桑多吉还在神思恍惚时，屋子外忽然响起打斗声，有人喊："我抓到他了！快拿绳子来。"

格桑多吉坐在床边没有动，他在想：又是谁来暗杀我呢？史蒂文？借他十个胆子他也不敢。格桑多吉还在当强盗时，一个被头人收买的家伙摸进他的帐篷刺杀他，但他响亮的鼾声震落了刺客手中的刀。这个能扳倒牦牛的好汉跪在格桑多吉的梦外，一直等到他醒来。他羞愧地说，一个英雄的鼾声也会有英雄气概。我跟着你走啦大哥。

不过鉴于藏区日益紧张的局势，人们还是不顾格桑多吉的反对，在他的屋子外放有暗哨。今晚当一个黑影摸向格桑多吉的房间时，哨兵扑了过来。但这个刺客好像很顽强，他们费了好大的劲才制服他。一会儿就看见小张和另一个工作队员将刺客推进来了。小张说："局长，抓到了！这个家伙力气好大。"

"伊丽莎！"格桑多吉惊讶得张大了嘴，身上的汗毛竟然都竖起来了，就像猛然撞见一头狼。

"放开我！"头发凌乱、衣衫不整的伊丽莎用力挣扎，"我来见我男人。"

"放了她。"格桑多吉命令道，"这是……这是我从前的……朋友。"

"我是你女人，奥古斯丁！"伊丽莎高声叫道。

"你们出去吧。"格桑多吉尴尬地说，"哦，小张，快去打壶热茶来。"

当年格桑多吉从阿墩子出逃后，伊丽莎跟随回擦卡的一群教友，走虎跳关回到了擦卡。他们没有等来绕道的杜伯尔神父，却迎来了解放。红色汉人很快在藏区恢复了秩序。伊丽莎听说奥古斯丁跟红汉人走了，就积极主动地参加了当地的农会，她现在是擦卡的妇女会会长。她相信在红汉人的队伍中，终有一天会看到奥古斯丁的身影。他是她的男人，这是伊丽莎坚定不移的信念。当她听说奥古斯丁换名为格桑多吉，又回到教堂村搞土改后，便向当地的农会请了假，还特地开了封介绍信。她独自走了八天的山路，通过了两处土匪控制的地区，她的怀里揣着一把刀，刚才小张费了好大的劲，才把她手里的刀夺下来。

这个晚上真让格桑多吉为难。他让伊丽莎先喝茶暖暖身子，自己在房间里急得团团转。这么些年过去了，伊丽莎身上母狼般的执着与凶悍依然不改。她坐在火塘边冷静地说："格桑多吉局长，我知道你心里没有我，但我的心里只有你。不管你怎么样，也不管你改不改名字，我都是你的女人。现在我们都跟着红汉人革命了，我一辈子都跟着你。"

"伊丽莎，过去的事情……旧社会发生的事，嗯，这个……现在是新社会了。这个这个……"

"我知道。新社会，我们翻身做主人了，主人嘛，想爱谁就爱谁。人民政府提倡自由恋爱，我就自由恋爱你，格桑多吉，我一直在等你啊！你只要对我笑一笑，我这些年就没有白等你啦。"

伊丽莎哭了。格桑多吉不明白，为什么他不了解也不爱的一个女人要像影子一样地追随他？过去他当强盗时，有些女人也为他流泪，为他痴情。可是她们并没有成为他情感之路的绊脚石。她们崇拜他，却不会像树上的青藤一样死缠着他。当他打马游走他乡时，这些女人最多淌几行眼泪，然后就和她生命中注定的男人过日子去了。而自己生命中注定的女人在哪里啊？难道就是这个像母狼一样不管不顾的女人？

"伊丽莎，我心中有个女人了。"

"我知道。"

"不是你。"

"那有什么关系？反正我是你的女人。"

"那怎么行呢？现在是新社会，男人只能爱一个女人。"

"女人也只能爱一个男人。"

"要是这个男人不爱她呢？"

"那她还是只能爱这个男人。"

"要是他跟别的女人结婚了呢？"

"她还是只爱这个男人。"

"要是他死了呢?!"

"她就死在她爱的男人前面。"

"简直胡扯！"格桑多吉学着他的领导骂人的话，冲出屋子来到院子里。工作队的好多人都站在院里，刚才的惊扰让大家都睡不着觉，一个女人来到局长的屋子里，也让他们感到稀罕。工作队里有三个女队员，格桑多吉让她们帮着收拾出一个铺位。他对她们说："这个女人是澜沧江上游地区农会的一个干部，你们好生照料她。"然后对一个年纪稍大的女工作队员说："她从小就很命苦，脑子受过刺激，她说什么你们都不要相信，也不准乱传。这是命令。"

安顿好伊丽莎，他又对通讯员小张说："明天你带两个人把她送回去。这也是命令。"

可是第二天下午，负责遣送伊丽莎的小张就回来了，他哭丧着脸请求格桑多吉给他处分。他说他们刚开始翻雪山，这个女农会干部就跑了，他们怎么追也追不上。她在雪山上就像狼一样跳跃着跑。格桑多吉叹口气，心想，别说你们，也许我也追不上她呢，除非我们捆绑了她。可是他怎么能捆绑一个人的爱呢？他隐约感到，在将来的日子里，伊丽莎将会潜藏在某个地方，一直窥视着他的背影。说不定哪天就会像从前在牧场上的那个晚上一样，一下蹿出来扑倒他。这让格桑多吉这样的盖世英雄也心有余悸。

伊丽莎确实没有走远，她回到山林里找到了自己失散多年的狼朋友。这个可怜的姑娘在人间得不到自己的爱，在狼群中却依然能前呼后拥，一呼百应。每个晚上，格桑多吉都能听到夜空中悠长凄厉、如泣如诉的狼嗥。他知道这是叫给他听的，不知是向他发出威胁，还是在向他倾诉，格桑多吉只有在深夜里深深叹息。工作队的许多年轻人都没有见过狼，他们对格桑多吉局长说："我们去打狼吧，这些家伙吵得晚上睡不着觉。"格桑多吉一语双关地告诉他们："现在两只脚的狼才是我们最危险的敌人。"

格桑多吉没有危言耸听，他接到敌情通报，一些土司头人已经反叛了。他的生父康菩土司忍受不了共产党把田地分给穷人的土改，已纠集了近六七百人的叛乱武装。有几支藏民自卫队因为寡不敌众，已被康菩土司的人马或缴械或打败。格桑多吉看到这个通报后冷笑道："我们终于又成敌人了。好啊！给我母亲报仇的时机到啦。"

对格桑多吉来说，有仗打，就像有酒喝一样令人兴奋。他把土改工作队的年轻人都武装起来，还在村庄里组织藏民自卫队。枪弹不够他就跟上面要，上级很快批示他组织一支马帮队伍去县城驮运武器弹药。村里派出了二十个青年，由小张带十个武装跟随押运。史蒂文也在马帮队伍里，本来他可以不去的，但他这几天老跟玛丽亚闹别扭，有一天甚至还大吵了一架。他于是想还不如趁此出去躲躲清静，这个从前大地上的流浪汉好久没有出过远门了。他临走前对托彼特说："吵闹的女人，有如屋顶漏水。这是罗维神父说的。"

托彼特回答道："是经上说的，《圣经·箴言》里有。孩子，关键在于你要弄清楚，屋顶为什么漏了。"

托彼特对经书很熟，过去当传道员时，他可以像个宗教学者那样，随口引用《圣经》上的话。工作队来了后，他就说得少了。因为他发现，现在人们对格桑多吉的共产主义那一套更感兴趣，他们的说辞比《圣经》更有煽动力。

史蒂文没有听明白托彼特的话，他只是对托彼特说："风雨大嘛，你看看天上的云，狗娘养的，一出门就要下雨。"

史蒂文出门时玛丽亚在外面干活，他对儿子若瑟说："跟你妈讲我赶马去了。"

小若瑟倚在门框边问："阿爸你哪天回来？"

史蒂文看看外面阴雨绵绵的天空，嘀咕道："天主才知道，哪天能回来。"

他就这样走出了家门，走上一条风雨中的不归路。那时他不知道，出远门的人，心中应该有什么样的祈祷；他也不知道，本来再寻常不过的一次赶马旅程，此去会路途艰险、行程漫漫。人常常会忽略生命旅途中的某一个起点，他们带着无所畏惧的心情出门，历经风雨后才发现头发都走白了，还找不到一条还乡之路。

大雨紧随着史蒂文出门的脚步而来，一下就是半个多月。连在山林里的伊丽莎也坐不住了。一个雨夜她潜回教堂村，直扑玛丽亚的家。她的直觉早就告诉她，自己的爱情敌人就是这个既妖媚又健壮的女子。虽然她早就当妈妈了，但有些女人，生了孩子后更有女人味，对男人更具诱惑力。

玛丽亚在睡梦中被自己家的狗叫声惊醒，那狗叫得既疯狂又胆怯，仿佛面对着一个它不能对付的强大对手。玛丽亚举着一盏风灯出来拉住狗，还没有看清外面究竟发生了什么时，一个女人悄无声息地已经站在她的身边了。

"是我，伊丽莎。玛丽亚妹妹。"女人说。

玛丽亚差点把手中的灯打翻了，牙齿打着颤地问："你……你你……是人是鬼啊？"

　　她把伊丽莎引进屋里来，为她打茶，烤干身上的湿衣服。两姐妹有些年没有见面了。过去在村里低头不见抬头见，伊丽莎是个既让人同情又令人害怕的女人。她和格桑多吉的事情大家都知道，人们甚至私下说只有她这样强悍的女人才能收服格桑多吉这种当过强盗的人的心。她不漂亮，但心地善良；她和人不合群，但却能调动山林里的百兽。过去谁家的牛羊不见了，都会去问她，是被野兽拖走了呢，还是跑到远方的山上去了。伊丽莎总能给出准确的答案，甚至有一次，她还从一头老熊口里救下了孤身老人的一头牛。

　　在这个风雨之夜，强悍的女人伊丽莎向娇弱的玛丽亚跪下了。她请玛丽亚帮她个忙——让格桑多吉爱上自己。

　　"可是，可是，这种事情，我怎么帮你呢？"玛丽亚为难地说。

　　"把他约到你的牧场上去。"伊丽莎用命令的口气说。

　　"你要干什么？"

　　"你不要管就是。我会在你的牧棚里等他。"

　　玛丽亚明白了，这个姑娘将要再一次抢一个强盗。这是一个狼女的约会。她的心里忽然有股隐隐的痛。当年就是这种痛让她跑到那条溪流边奚落格桑多吉，差点让他丧了命。她为什么要那样做，多年来玛丽亚自己也没有想清楚。反对这桩爱情？或者是继续享有一个被人爱着的女人的虚荣？哪个漂亮女子不希望天下的优秀男儿都倾慕自己呢？哪怕她只能嫁给其中一个人。

　　"你自己去约他嘛。"玛丽亚幽幽地说。

　　"他心里只有你，玛丽亚。"伊丽莎眼里放出狼眼的光芒，让玛丽亚害怕，"别以为我不知道。你是有男人有孩子的女人，但他被你迷惑了。你说一句话，他爬几座雪山都乐意。玛丽亚妹妹，我求求你了！"伊丽莎就在这时给玛丽亚跪下了。

　　玛丽亚怎么受得起，忙把伊丽莎扶起来，不断地说："好好好，我明天去跟他讲就是。"当她的承诺出口时，她感到自己的心像被剜了一块肉般疼痛。

33　奥古斯丁忏悔录（二）

女人比死亡还苦，她一身是罗网：她的心是陷阱，她的手是锁链。凡博天主欢心的，必逃避她，但罪人却被她缠住。

——《圣经·旧约》（训道篇7：26）

我在教堂外的空地上操练藏民自卫队时，一个小女孩给我捎来个口信，说玛丽亚姑姑在牧场上病了，要我去看望她。我当时心里紧了一下，昨天我还远远看见过玛丽亚，她家里的炊烟昨晚上还在飘起，怎么就去牧场上了呢？紧接着我的心里一阵狂喜：她要见我。只有在安静浪漫的牧场上，我们才可以说那些在人前不能说的话。我来教堂村工作几个月了，还没有跟玛丽亚单独相处的机会。我有许多话需要私下里跟她说，这可是憋闷在我心里好多年的话了。

"你不要去！"我的爱神在天上说。

我仰天张望，没有看到他的身影，但我的确听到了他的声音。于是我问："为什么？因为我在忙着吗？"

"不，是你看不见前面的路。"爱神说。

"谁看得清爱情的未来呢？"我说。

我让人把马牵出来，说我要去一下高山牧场。他们说要派两个人跟随我，我拒绝了，让他们继续操练。我快马加鞭，向牧场上奔去。在过一条雪山溪流时，我的马忽然高扬起了前蹄。不是溪流的水急，而是我一头闯进了涌上心头的悲伤往事。就在这条溪流前，多年前背负爱情十字架的教堂马倌奥古斯丁，不但在这里看见了圣母玛丽亚显现，而且还遇到了生活中的另一个圣母。

我跳下马来，仔细打量这条不大的溪流，过还是不过？溪流里有许多从山上冲下来的石头，有的像野兽的蛋，有的像魔鬼的拳头。我曾经栽倒在这条纵马即可跃过的溪流里，让我在死亡的边缘走了一回。人们说我让一条溪流的水封冻了。其实不是溪流的寒冷，而是一个女人目光中的鄙夷，让我炽热的爱心，被世界所冰冻。

"哎，你怎么不过去了？害怕了？"一个女人的声音温柔地在我的身后说。

是玛丽亚。我的幸福差点就淹死了我，但我很快镇静下来。"噢，我不是在做梦吧？"我从来都很清醒，但现在糊涂了。难道往事真的可以用一根绳子拉回来？玛丽亚头上戴着那块曾经让我夜不能寐的大红头巾，长长的黑发梳成无数根细细的发辫，仔细地盘在头顶。她的青色上衣领口和袖口都镶着金丝线边，外面还罩了件粉红色的锦缎坎肩，坎肩上绣满了让人眼花缭乱的吉祥图案；脖子上挂的是绿松石、猫眼石、大海里的珊瑚，一串叠一串；耳朵上坠的是红玛瑙，腰间还挂有铮亮的银器。她饱满的胸脯像雪山一样挺起这些耀眼的珠宝，她骄傲的面庞掩映在红头巾下，仿佛这里不是雪山下的牧场，而是在赛马场上，一个漂亮女子倾其所有，要把天上的星星月亮，山中的珍奇异宝，都展示给赛马称王的英雄好汉。

这不是一个藏族女人平常的穿戴，这是一套节日盛装啊！单是她头上瀑布一般的细发辫，七八个女人要用半天的时间才能编织好。在牧场上有一句话是这样说姑娘头上的细发辫的："姑娘头上的发辫，全村女人的换工。"

她如此精心打扮自己，是因为要见我吗？我感叹道：你这个傻瓜，终于等来自己的爱了！我的爱神啊，你也会有说错话的时候。

"你不是说在牧场……等我吗？"

"奥古斯丁，我……还是叫你这个名字好吗？"

"随你怎么叫都行。我还是跟过去一样啊。"我想她应该明白，我还是跟过去一样爱她。

"我只是……想在这里说给你一句话。"她的头扭向了一边。

"说吧，玛丽亚，你说的什么都像歌儿一样好听。"

"奥古斯丁，我……是史蒂文的女人。"

我说我知道。她什么意思呢？

"你的……共产主义火车，会开到我的家里来吗？"

"你说什么呀玛丽亚？"我站在玛丽亚的面前，觉得自己从来没有这样近距离地审视这张动人羞涩的脸，"你是说共产主义的生活吗？当然，我们就是要每一户藏家，都过上好日子。"

"都在一口锅里吃饭？"

"是。这样多好，大家团结互助，有福同享。"

"男人和女人，也……也在一个屋子睡觉？"

"哈哈，这是反动派的造谣。这怎么可能呢？男人和女人，只有结婚了才在一个屋子里……睡嘛。"过去国民党反动派说我们共产共妻，现在那些贵族头人也捡起这些谣言来污蔑我们了。

"奥古斯丁，你不想跟一个女人结婚吗？"

"这个……眼下我事儿多啊，忙不过来。"我有些慌乱。

"你还没有找到自己心里的女人吗？"

"嗯，其实，早就找到了的。"我看着她的眼睛，希望她能听懂我的话。

"在哪里呢？"她的眼睛也勇敢地看着我，让我的心都在颤栗。

"嗯……她在我心里就是了。"我的声音不知为什么小了下去。

玛丽亚羞红了脸，将头扭向一边。然后她仿佛下了好大的决心才说："去牧场上吧，那里有个爱你的姑娘等着你呢。"

"谁呀？"我一下睁大了眼。

"伊丽莎。奥古斯丁，她是个好姑娘。"她的声音小得也只有她自己才听得见。

"简直胡扯！"我又学着汉人的话骂人了。他们有很多话让我学说时威风无比，我把手里的马鞭向空中抽了一鞭，像是抽打我心里的野兽。"是她叫你来帮她的吗?"我问。

她羞愧地低下了头,好像在大人面前做了错事的孩子。

"那你是害我啦玛丽亚!"我冲动地抓住她的肩,"让她再来打劫一次我的爱情吗? 你怎么能干这样的事情呢?"我那时真想一把将她搂过来,真想对着她的耳边轻轻说,我爱的是你。你还不明白吗?

她的身子在我的手掌中瑟瑟发抖,不知是被我吓着了还是由于激动。我就像抱着一只被惊吓的羔羊,我想抚摸它,安慰它,但又怕让它更惊恐。

我不知道接下来该怎么办时,一个男人冷酷的声音就像从地里蹿出来一样,在我的背后响起:"你又怎么能干这样的事情呢?"

我回过头去,正面对史蒂文的枪口。"放开我的女人!"他说。

"史蒂文,你赶马回来啦?"我比刚才看见玛丽亚时更惊讶,我松开了抱着玛丽亚肩头的双手。

"嘿嘿,我再不回来,我的女人也要被人抢走了。"

"史蒂文,不许胡说。我和玛丽亚在谈事情呢。"

"什么事情要跑到这鬼影子都不见的地方来谈? 心里有鬼啊。你这个贼,过去偷神父的钱,现在来偷我的女人。"史蒂文的枪在晃动。

我的血在往上涌,"史蒂文! 你可以一枪打死我,但我不允许你把我的骄傲踩在脚下。"我的手摸在腰间的枪把上。我从来没有这样被人羞辱过,要不是玛丽亚在场,我早就一枪崩了这个侮辱我的家伙了;也由于在玛丽亚面前,我的骄傲不仅是被踩在了他脚下,还踩在一堆牛屎里!

"史蒂文,我是来帮他说个事情的。我们没干什么。"玛丽亚在我身后说,"放下你的枪,他可是格桑多吉局长,是我们儿子的代父。"

"呵呵,局长? 呵呵,代父? 见鬼去吧。格桑多吉,我真后悔没有在我们结婚那天杀了你。你永远是我们爱情的强盗。"史蒂文边说边拉动了枪栓。

我用了扳倒一头牦牛的力气,才把胸间的怒火压下去,"史蒂文,我警告你,不要拿枪对着我。把枪给我!"

然后我向史蒂文走过去。并不是我不害怕史蒂文开枪,而是我忽然渴望在这无法解决的爱情难题中,让史蒂文当着玛丽亚的面将我一枪打死。我的羞愤如果让我不能杀死侮辱我名誉的人，那就让我用死来证明自己的骄傲吧。

"你不要过来啊！我会开枪的。"史蒂文声嘶力竭地喊。

我相信他会开枪，我在用迈向死亡的脚步争回自己的荣誉，把羞辱像一团牛屎扔回给他，"史蒂文，我学会打枪时，你刚学会唱歌写诗。还记得我对你说过的话吗？一个流浪诗人，一生只会做两件事，在写诗中流浪，在流浪中……"

史蒂文高喊道："不要以为我现在是个干农活的人，我还有诗人的骨头！"

我嘿嘿笑了两声，继续加重他的耻辱感。我终于看到，他颤抖的手指扣动了扳机，但我一动不动，等待被击中的快感降临。

枪声炸响之时，一个身影像狼一样敏捷地蹿出来，挡在史蒂文的枪口和我之间。我都听得见子弹钻进肉体的那一声闷响。

谁也不知道伊丽莎是怎么出现的。当她瘫倒在我的脚前时，我才发现血已经从她胸口上缓缓流淌出来了。

"史蒂文，你这狗娘养的凶手！"我一手抱着伊丽莎，一手掏出了腰间的枪，但我还没有把枪抬平，胳膊就被玛丽亚紧紧抓住了。玛丽亚在哭喊：

"史蒂文，主耶稣啊，你都干了些什么啊？！"

"玛丽亚，放开我的手！"我在挣扎中把一串子弹都射向天空了。但是玛丽亚不知哪儿来的那么大力气，她扑倒了我，我们一起滚在了地上。我闻到了玛丽亚身上比藏香还要浓郁百倍的爱的气息。

"快跑啊史蒂文跑啊史蒂文快跑……"

玛丽亚死死地压住我，不是她的力气大，而是我不能反抗。唉！我怎么总是被女人按翻啊！如果是和敌人搏斗厮杀，即便被彻底压在地上，我也不会停止反抗。但要是一个女人按翻了你，而且，她不是伊丽莎，是玛丽亚，我怎么抗拒得了啊！

史蒂文扔下枪，没有跑，而是跪在地上，掩面而泣。

玛丽亚死死地压在我身上，不，是紧紧地搂抱着我，她泪流满面地说：

"奥古斯丁，救救他！求求你救救他啊……"

我竟然在这个时刻想起玛丽亚那根陪伴我度过了无数孤寂长夜的头发！是因为她头上的发辫已经散乱了吗？一根细发辫被泪水浸湿，横搭在我的嘴唇边，湿润、柔软，像一根黑色的小手指，在搅动我心灵中最柔软的那根神经，让我的心软得像融化的酥油。我看见爱神在天空中叹息，看见他哀怜的目光中的责备，看见他也乱了自己的阵脚，不知道在史蒂文、玛丽亚和我之间，应该把他的爱恩赐给哪一个。他从马背上跌了下来，像个蹩脚的骑手那样，被马拖着跑了。

"史蒂文，憨狗日的，你没有长蹄子吗？"玛丽亚像个男人一样粗鲁地叫骂，还一边用手捶打我身边的草地。

这时，山坡下传来呼喊声，是我的人来了。我并不希望他们此刻抓到史蒂文，我甚至在心里为史蒂文着急，快跑吧，你这软骨头诗人。让他们抓到就有你好受的啦。

史蒂文终于跑了，这个像我一样的流浪汉开始了他命运的流浪。杜伯尔神父曾经告诉过我：你必须学会爱自己的敌人三次，才会得到爱本身的拯救。他的这句话让我不理解，以至于我大哥贡布叫我去杀他时，我宁肯背负叛教的恶名也不杀神父。我爱史蒂文吗？我不知道。

工作队和藏民自卫队追上来时，我正把伊丽莎抱在怀里。她已经咽气，没有来得及跟我说一句话。我相信如果她能，她会说："格桑多吉，我永远都是你的女人。"过去我的那些生死兄弟帮我挡过子弹，还有一个兄弟为了劝阻我那不该有的爱情，给了自己的脑袋一枪，但我都没有现在这样悲伤、羞愧。因为这是一个爱着我的女人为我挡了子弹啊！因为我这时才明白，我们在追求自己被拒绝的爱面前，其实是多么相像的一对啊！

我情愿史蒂文的子弹打中的是我。

伊丽莎在牧场上扑倒我的那晚，我就像一个破戒的喇嘛，被逐出信仰的神殿。她身上有狼的气味，但她却是个在男人面前万分温柔的女人。她在高兴的时候咬我，平静下来后又用舌头一一舔平那些伤口。一个真正的汉子其实从不在乎自己身上有多少创伤，却总是为那些抚平他伤口的女人感动。我那个晚上之所以在一个女人面前甘拜下风，就因为重创我的是一个女人，舔尽我伤痛的又是另一个女人。这个女人把自己的爱，像一壶热茶似的跪着捧到我的面前，而我尝了一口后，扭身就走了；可她还一直跪着，并打算永远那么跪着啊！她用生命向我证明，她的爱永远都是炽热的。但我这个该死的混蛋，却看着人家碗里的茶。如果爱情真的是由天上骑马的那个家伙主管，我要问他：你为什么总是作弄我？人间有多少像我这样狼狈的爱情？如果比天上的星星还多，人们供奉你这个爱神又有何用？我可以和魔鬼厮杀，和死神搏斗，甚至可以反抗我曾经信仰的耶稣天主，但是我却打不过爱神。你才是个狗娘养的混蛋，我和你有仇。

我注定终生要为自己的爱情赎罪。尽管现在我不信仰耶稣天主了，但我知道我背上始终有一副沉重的十字架。直到有一天我被挂在上面，任由后人在我有罪的灵魂前面指指点点。

34　康菩土司的哀歌

人用什么来犯罪，就用什么来罚他。

——《圣经·旧约》（智慧篇 11:17）

当那两个年轻的共产党干部从康菩土司家里带走十来个农奴、让他们恢复自由民的身份时，康菩土司就恨恨地想：永远不会和红色汉人在一个锅里舀羊肉汤，在一个火塘边喝酒啦，尽管你们给我封了个什么副县长的头衔。

因此，藏区局势一紧张，从拉萨那边传来一些虚虚实实的消息，康菩土司就坐不住了。管家次仁说，老爷，我们跟他们干吧。家里连农奴都没有了，连我手里的皮鞭都换成了干农活的锄犁，我们活着还有什么意思呢？反正干农活是累死，跟红色汉人打仗也是死。让我们这些穿惯了汉地丝绸、喝惯了普洱茶叶、习惯了把黑骨头贱人当牲口使唤、既有身份又有地位的人，也血性一回吧。

次仁管家说出了康菩土司心里的话，红汉人来后，他心里早就像塞了一把着火的茅草了，既闹得慌，又烧得慌。他不能忍受家里没有像牲口一样使唤的奴隶，不能忍受自己的大片庄园被红汉人分给那些黑骨头贱人，不能忍受成沓的高利贷债据被付之一炬，这些让黑骨头贱人子子孙孙都偿还不尽的债据，是康菩家族永远坐在钱粮堆上享尽荣华富贵的保证，但红汉人说这是不合理的，是剥削行为，一把火就烧了；他也不能忍受红汉人命令他的土司卫队缴枪，凭什么要把枪交给你们，枪是财富的保证，没有枪，土司怎么做？贵族怎么保持尊严？国民政府的县长还有带枪的侍卫呢，他这个副县长身后只有自己的影子。从前，康菩土司家族把贡品和归顺之心一齐送到遥远的朝廷，以换来自己荣华富贵的祖训，现在都不管用了。即便你臣服归顺了，他们也要剥夺你作为一个贵族的所有特权。因此，眼前的关键是：要保住一个土司贵族的骄傲和尊严。

他一方面虚情假意地和红汉人谈判，一方面给属地的头人们发出战争的信号，让他们召集各自的"门户兵"。他们租种土司的地，按惯例有为土司出征打仗的义务。在康菩土司看来，红汉人是一些只会磨嘴皮的家伙，他们像喇嘛上师一样给你宣讲他们那一套，你只需糊弄他们，客客气气，绕山绕水，天一句地一句，让他们去想半天的答案。等他们想清楚一个问题该怎么回答时，康菩土司的人马已经调集齐备了。他在一个晚上就收拾了两支跟红汉人走的藏民自卫队和一个土改工作队，把打死的和俘获的，不管是藏族人还是汉族人，要么吊在树上，要么装进麻布口袋沉进澜沧江，然后带人上雪山。康菩土司说："要是我有充裕的时间，老爷我要一个个取掉那些跟红汉人跑的黑骨头贱人的膝盖。"

但是他没有料到红汉人当起真来可比他们磨嘴皮的功夫厉害多了。他们调来正规军，由那些黑骨头贱人带路，抢先把雪山垭口的道路封死，然后一步步将他们像赶羊群一样往澜沧江峡谷里压。几百人的叛乱队伍，在那些久经沙场的红汉人面前，几乎就像一群只会狂吠的狗和一头雄狮搏杀。

峡谷里的核桃在树上不摇自坠的季节，康菩土司的人马被驱赶到了峡谷的"鹰渡"。溜索边有一棵百年野核桃树，满地的野核桃发黑腐烂，无人收捡，像那些莫名客死他乡的亡灵。康菩土司还记得，当年他带人为追赶扎西嘉措和央金玛，曾经到过这个地方，江的对岸是教堂村。

不过，让他感到命运无常的是，当年他要追杀的人，现在却自己携枪来投奔他。走投无路、饥肠辘辘的史蒂文见到康菩土司时，说他杀了一个人，已经在山上躲了半个多月，每个路口关卡都有红汉人，没有路条就是一只鹰也飞不过去，现在不是那个想去哪儿就去哪儿的时代啦。土司本想把他丢进澜沧江，以解多年之恨。但此刻他正缺人缺枪，当初叛乱起事时有五六百人，现在只剩下不到一百人了。康菩土司对史蒂文说："你这狗娘养的，要是打仗能像你歌里唱的那样轻松就好啦。魔鬼一路被斩杀，神胜利的脚步远到天边。唉！佛祖才知道现在谁是魔鬼谁是神灵。"

康菩土司的身后有几百解放军骑兵在追赶他，他们急促的马蹄声敲打得雪山都在颤抖，对岸则是他的儿子带人严阵以待。他听史蒂文说，格桑多吉身边有三四十人的武装，如果能过横跨在澜沧江上的溜索，还是可以吃掉他们的。格桑多吉现在既不相信藏族人的神灵，也不相信耶稣天主，他比当年做强盗时还要厉害。

康菩土司自负地说："我知道他又一次改了自己的信仰。但不管他叫什么，敬畏什么，儿子总是儿子，父亲总是父亲。"

康菩土司先叫两个人过溜索，但是只到一半，对岸便是一阵排枪相迎，劈里啪啦就将两人打下江去了。康菩土司不得不亲自站到江岸上，向对岸高喊：

"格桑多吉，我是你父亲康菩·仲萨土司！"

对岸沉默了片刻，回答说："我从小就没有父亲，现在也没有土司了。"

"不管怎么说，一个父亲来了，总不至于不让他过一下溜索吧？"

"要看我手中的枪答不答应。"格桑多吉也站在了江岸上，还是披着那件黄色的军大衣，康菩土司觉得这个儿子就像一个不认识的红汉人。

康菩土司焦躁地将身边的一块石头踢进江里，"有向父亲开枪的儿子吗？"

格桑多吉说："要看这个父亲是怎么当的。"

康菩土司像一个乞丐般的向对岸伸出了双手，"我雄鹰一样的儿子！看看你的父亲，正在被红汉人追赶呢。就是家里的一条狗，也会为主人叫两声壮胆哩。"

格桑多吉哈哈大笑："你忘记了我现在也跟红汉人走了吗？"

"你身上可是流着康菩家族高贵的血脉！"

"不！你错了，康菩土司。"对岸的格桑多吉严厉地喊，"我身上过去流的是牧场上黑骨头贱人的血，现在流的是革命的红色血脉。革命就是要把你们这些贵族头人的高贵踩在牛屎里。康菩土司，把你和你手下的枪都扔到江里，投降吧！"

"牛屎里还有高贵的话，人间哪还有土司的尊严？"

"这就是我们跟红汉人闹革命的道理。让满身牛屎味的黑骨头贱人高贵，让尊贵的土司去吃牛屎。"

"澜沧江水倒流，山下的石头滚上了山坡，儿子也可杀父亲了。这叫什么世道啊？"康菩土司刚哀叹完，就看到自己断后的人马溃退下来了，解放军的马队已经冲杀过来，毫不手软地斩杀那些试图抵抗的人。江边一时大乱，土司的队伍就像被风刮着满地乱跑的树叶，解放军的机枪现在不往人身上打了，只打在人们身后，碎石被机枪子弹打得四处乱溅，更加重了他们慌不择路的亡命步伐，仿佛一根根鞭子抽打炸了群的羊群，将他们一步步往江边赶。当他们退到波涛滚滚的澜沧江边时，他们听见了胜利者的喊话：

"放下武器！抵抗是没有用的。我们只抓康菩土司，你们投降就可以回家干活了！"

康菩土司伏在溜索边的岩石后，知道除了指望被自己忽略了多年的父子之情，再没有生路了，他必须冒险一搏。自从知道自己有个强盗儿子后，他就一直在拼命回忆那个和他过了一夜的姑娘是什么模样，现在他终于想起来了。她是个略带羞涩的牧区姑娘，牙齿有些往外突，脸庞长长的，瘦小孱弱，像一只从没有吃到过好草的羔羊。但他还是费了些力气才把她摆平。他甚至还想起一个细节，这个姑娘一直在他大山一样的身下颤抖，牙齿磕得像山上永远滚落不尽的乱石，搞得帐篷顶的积雪都簌簌往下掉，火塘里的火苗也跟着姑娘的颤抖一起抖动起来。佛祖才知道她怎么能养出这样一个英武叛逆的儿子。是我康菩土司的本事好啊！

康菩土司心中升起一股豪情、亲情，他把自己挂在溜索上，向对岸高喊："儿子，过去的日子，不是一笔高利贷！"

他手握溜梆，"嗦溜"一下就滑了出去。在他纵身飞向对岸的那一刹那，他看到了牧场上那个姑娘颤抖的目光，看到了格桑多吉对着他的枪口，看到了儿子炯炯有神但又有些迷惑的眼睛，还看到了他额头上红色的光芒。

狗娘养的，他真要杀我了。

康菩土司刚哀叹完，一颗从对岸射来的子弹准确地击中了他同样发红的额头。康菩土司双手一扬，从溜索上掉进了澜沧江。

土司的人马知道对岸不会给他们机会了，一个连自己的生父都敢射杀的人，谁还敢去撞他的枪口？他们纷纷扔下枪，向解放军投降。

在打扫战场时，格桑多吉从江对岸溜过来了。大家欢庆拥抱，为终于打败了峡谷里最大的一支叛乱武装而庆贺。俘获的叛乱者被圈到一边，准备带回去逐一审查后再释放。一个解放军营长对格桑多吉说："那边的藏族同胞是为我们牵马带路、运送饲料弹药的民工，交给你了，发给他们一些路费，让他们回家吧。"

格桑多吉往营长手指的方向望去，看见一个家伙闪身往人群中躲。他的心顿时比刚才击毙自己的生父还要复杂，但他的脚步却没有停留。

"史蒂文，不要躲啦。打仗可不像你写诗唱歌，看来你永远当不了一个好说唱艺人了。"格桑多吉说。

交战时史蒂文扔了枪躲在一块大石头下，解放军冲过去后，他抓了顶破毡帽扣在头上，趁混乱之际，牵过一匹战马混进了民工队伍。但他万万没想到冤家总有要碰头的时候。

"好吧，我把我流浪的命交给你。"史蒂文说。

"不是交给我，是交给人民来审判你。"格桑多吉冷静地说，"你这个杀人犯。"

"我一生只杀了一个人，你杀了多少人呢？"史蒂文讥讽道。

"我杀的都是坏人，而你杀的是一个好人。"

"谁好谁坏，现在可说不清。"诗人史蒂文的骨头忽然变得强硬起来，他在面对格桑多吉时，眼睛里的光芒从来没有如此冷硬、绝望。他刚才见了太多的死亡了，在逃亡的路上已经品尝太多的绝望了。他在被捆绑起来时，说了一句很汉子的话：

"格桑多吉，你可以把我抓走，甚至可以杀了我。但看在天主的分上，我要告诉你，玛丽亚永远都是我的女人！你要动她一根指头，我会杀了你！"

格桑多吉默默地看着他，直到史蒂文被两个解放军士兵带走，他都没有说一句话，不是因为被史蒂文的话吓倒，也不是为玛丽亚，而是为自己爱的命运。格桑多吉的心堵满了一河川的乱石，史蒂文嘴里蹦出的每一个字，都是击中他心扉的石头。它们不是山崩崩下来的，也不是澜沧江水冲下来的，更不是平淡的岁月搬运而来，而是由思念、苦闷、孤独、漂泊、嫉妒、怨恨、爱别离、生死恨郁结而成。它们能够阻绝江水，也能凝固时间，但可以阻挡一个最勇敢的人的爱情吗？格桑多吉知道答案，我们不知道。

35　捉放记

火所不能烧毁的，因着温和的一线阳光，立即融化。

——《圣经·旧约》（智慧篇 16:27）

叛乱很快就平息了，格桑多吉回到了县上。由于他大义灭亲、击毙了康菩土司，抓获了潜逃的史蒂文，为平叛立下了大功，人们说上级部门要提升他当副县长了。在庆功大会上，县委书记亲自为他颁发西藏和平解放纪念章，还给他戴上大红花。同事们提前向他祝贺，但格桑多吉却高兴不起来，因为一个女人的悲伤已经让他胸前的大红花浸满了泪水。

玛丽亚来见格桑多吉时，脸上的愁云比雪山上的云层还厚，她的眼泪一直像两条小溪流一样，都要把格桑多吉淹没了。女人的哭诉是柔软而锋利的刀子，是漏雨的屋子，是狂风暴雨中摇曳的孱弱小花。正因为孱弱，她的哭诉就更咄咄逼人，更令人心烦意乱——

"史蒂文闯下大祸逃跑后我就没有睡过一个安稳觉，狗一叫我都起来看看是不是他回来了；山道上有个人影我也要等半天，直到我看清他不是史蒂文；有时候他的歌声在梦里响起，梦外的眼泪早浸湿了身下的氆氇；小若瑟知道他阿爸杀了人，天天晚上倚在门框边等他的阿爸，门框都被他压倒了；家里没有男人连火塘里的火都不热，一壶茶半天也烧不开；有一天伊丽莎的阴魂来到家里，我问你找史蒂文吗？我也在找他，政府也在找他，求求你行行好把他给我带回来吧。但伊丽莎说我是来找你的，是你坏了我的婚事，我要拉你一起下地狱。她用她锋利的牙齿咬着我往地狱里拖，是小若瑟赶来用火塘里的柴火才打跑了她。主啊，那天我为什么要答应帮这个女人的忙？我为什么要去溪流边见你？我只是想告诉你，我有家有男人了，你赶快去找个女人来爱，不要再等我啦，澜沧江水流干了，你也等不到的啊！"

格桑多吉披着黄军大衣，在房间里踱着步，一直把高大的背影留给那个流泪哭诉的女人，不回一句话。见到她后他就悄悄地把大红花摘下来了，因为他看见她眼睛里的疑惑与幽怨，仿佛在问：奥古斯丁，抓走我的男人，就是你的荣耀吗？即便他背对玛丽亚，也不得不忍受这询问的煎熬。很多男人，背后都有一双女人美丽多情的眼睛，或是期盼，或是鼓励，或是哀求，或是信任。男人不用转身回望，也知道那眼睛里的内容，他会由此而得到力量之源，爱情之源。男人即便征服了世界，他也不会忘记这双眼睛；男人走向了地狱，他也无怨无悔。

"好吧。"格桑多吉仍然没有转身，"我可以带你去见他。"

"人们说你现在是峡谷里最大的官了，你宽恕他，放他回家，不行吗?"女人哀求道。

"玛丽亚，这不是我能说了算的事，得由人民政府来决定。"

"这可不是从前那个奥古斯丁说的话。"

"我现在叫格桑多吉。"

"可格桑多吉心中的爱情呢，也死了吗?"

"没有。除非澜沧江水干枯了。"

"奥古斯丁，我求求你，不要杀史蒂文。你答应我吗?"玛丽亚"咚"的一声给格桑多吉跪下了。

格桑多吉慌忙转过身，去扶玛丽亚，"起来，起来，你起来吧!"

"你不答应我就不起来。"

"唉，玛丽亚，你难道还不明白吗?"格桑多吉急得说话都不利索了，"我就是杀了我自己也不会杀史蒂文。"此刻面对眼前那双泪光粼粼的眼睛，他不但心软了，连脚也发软了。以至于他不得不对着屋外高喊："小张，带这个女人去看她的男人。"

通讯员小张站在门口，为难地说："格桑多吉局长，有命令不准探监。"

"谁的命令？"格桑多吉问。

小张憋了半天才鼓起勇气说："你。格桑多吉局长。"

"现在我命令，凡是来探监的犯人家属，都可以去。"格桑多吉右臂一挥，气吞山河。

格桑多吉在女人面前的柔情与豪迈让他一生都得为此付出代价，男人中这样的傻瓜并不少。关押叛乱者的所谓监狱，其实不过是从前来这里开矿的汉人遗留下来的一个会馆，一幢两层楼房，下面有个院子，楼前有厨房，后面有个厕所。格桑多吉让人临时用木栅栏将厕所圈起来，安排了一个流动哨兵，犯人要上厕所也有专人陪同。玛丽亚探望了史蒂文后，被俘叛乱者的家属都可以来了，会馆里天天都人来人往，连托彼特也来看史蒂文。有一个叫旺堆的家伙，他的兄弟也在里面。旺堆悄悄带进来一把藏刀，递给了他弟弟培楚，两兄弟约定晚上月亮升上来时，培楚借故上厕所，然后里应外合逃走。

"这样的事情可得多找几个帮手。"史蒂文忽然站在旺堆身后说。

旺堆问："你以为是去赶马吗？这是去逃命。"

"谁不想逃命呢？"史蒂文反问道。从他看到玛丽亚的泪眼那天，就在心里发誓，一定要逃出去。玛丽亚来探监时，说天上一颗叫"明珠"的星星在，她对他的爱就在。因为这颗明亮的星星总是出现在他们家房门前方。结婚以前，他们的爱是由骑白马的爱神分管的，结婚后爱神大概是去照管其他人的爱情了，他们的爱得不到天上神灵的眷顾。现在，他们把思念、怀想、守望，乃至情欲，寄托给天上的一颗星星了。玛丽亚对史蒂文说："看着这颗星星赎你的罪吧，我会天天守着它，直到你回来。"

结果在那个多雨的晚上，想逃命的不止培楚和史蒂文，借口要上厕所的人竟然有六个之多。当培楚在厕所门口刺倒看守后，有个叫次多的年轻人竟然真的拉起屎来了，几个人催他快走，但这个家伙固执地说："逃命也得让我把屎拉完吧。"他蹲在茅坑上使劲，劈里啪啦的声响让外面等他的人心惊肉跳。乌鸦的一声声诡异叫唤已在木栅栏外面响起，那是旺堆发来的暗号。

培楚实在等不得了，进去一把拽着次多就往外跑，次多惊慌失措地喊：

"我屁股上有屎我屁股上有屎……"

前院的哨兵终于发现犯人在逃跑，他在第一时间鸣了枪。监狱里一时大乱，看守们从宿舍冲出来，犯人们已经翻过木栅栏了。

格桑多吉得到犯人逃跑的消息后，开口就问："史蒂文也跑了吗?"他穿衣、佩枪、上马，一连串动作还不到一分钟。他自己也感到奇怪的是，那时他想到的不是如何抓到史蒂文，而是担心这个家伙万一被打死了，他该如何向玛丽亚交代。他可不愿意再次面对玛丽亚的泪眼。

许多年过去了，许多往事不堪重提，许多人生经历在岁月朦胧又血腥的时光中难以说清。格桑多吉作为共产党刻意培养的民族干部，在这个复杂暧昧的晚上从此走上一条充满荆棘的下坡路，并且一直走到地狱的门口。就像当年他在追逐史蒂文的路上，把其他人远远甩在身后，他骑马从一座雪山上冲下去，终于在一个路口堵住了那几个逃亡者。他打倒了其中的三个人，俘获了史蒂文，其余三个人却逃脱了。

史蒂文是格桑多吉策马用马头撞倒的，他可以用枪、用刀、用一千种方法置他的情敌于死地，没有人会认为他有错。但他没有杀死史蒂文，他就对自己有错。

更要命的是，格桑多吉马失前蹄，重重地摔了下来。也许是战马不明白主人为什么冲到敌人的面前，不用马刀去砍杀，也不用枪射击，更不要它高扬起马蹄踏碎敌人的胸膛。主人要它用头去撞翻敌人。这样的命令它从来没有碰到过，因此战马别扭地执行了命令，却前蹄一滑，将主人颠翻了。

这可是格桑多吉戎马生涯中最丢脸的事情。但他很快就顺势把史蒂文压在身下，两人都是一身的泥水，史蒂文抹了一把满脸的泪水、雨水，面对格桑多吉的枪口，竟然张口说：

"我想回家。"

"我也想，"格桑多吉说，"但我没有家。"

史蒂文说："那是因为你还想着我的女人。"

格桑多吉答非所问："你这活该到处流浪的家伙，你跑什么跑，难道你跑得过枪子儿？"

"枪子儿追得再快，我也要跑。格桑多吉，我要为我的女人活着。"

格桑多吉忽然发现史蒂文的眼神像玛丽亚，让人的革命意志坚定不起来。他忘记了这个家伙有一双柔情似水的眼睛，曾经让很多仇人感动，让更多的女人融化。

"滚吧，走得远远的，不要让我再看到你。"

这是格桑多吉一生中说得最荒唐不经、最鬼使神差的一句话，仿佛不是从他的口里说出来的，而是另外一个人，一个不但他不认识，所有格桑多吉的朋友、兄弟、革命同志也不认识的家伙说的话。以至于史蒂文惊讶地望着格桑多吉，半天不敢挪步。

"史蒂文，憨狗日的，你没有长蹄子吗？"格桑多吉骂道。这是半年前史蒂文误杀了伊丽莎后，玛丽亚骂他的话，格桑多吉此刻脱口而出，把他们两个人都吓了一跳。

"为什么放我？"史蒂文问。

"为了玛丽亚不哭。"

史蒂文明白了，玛丽亚在格桑多吉心中的分量，跟在他心中的分量一样。他们都是可以为这个女人无意间掉一根头发也会心痛的男人，更何况一滴眼泪呢！

天上的雨淅淅沥沥地下，像某个人永远也流不完的眼泪。史蒂文在将来的日子里最害怕的就是夜雨，不管它在哪里下，下多大，下多久，都是他的梦魇，都是他心里的泪，更是这个前流浪说唱艺人一生的哀歌。

"格桑多吉，我知道你想着我的女人。但是我还是要说，你敢碰她一根头发，你会下地狱的。"

格桑多吉的心头又堵满了石头，不过这次他终于嘲讽了自己一把。

"你以为，我这样的人，会上天堂吗？快给我滚！"

格桑多吉回到县里后，马上就被县委书记找去谈话。原来那三个被格桑多吉打倒的犯人，有两个并没有死，其中就有旺堆，他为了立功赎罪，告发了格桑多吉放走史蒂文的事。组织上开始并不相信旺堆的话，一个连自己的生父都敢射杀的人，已算是经历了最严峻的考验。但当他们问格桑多吉是否确有其事时，格桑多吉沉静地回答道：

"是的，是我放走了史蒂文。"

"为什么?"县委书记张大了嘴。

"不为什么。"

"为什么?"县委书记再次追问。

格桑多吉紧闭嘴唇，打算一辈子也不回答这个"为什么"。

"我们就要提拔你当副县长了!"县委书记比问"为什么"时嗓门更大。

"我想回到村庄里去当一个牧人。"格桑多吉说。

"党培养你容易吗，格桑多吉同志?!"

"不容易。"格桑多吉用军人标准的立正姿势说，"当一个好牧人也不容易。"

"简直胡扯!"县委书记手一挥，"你现在必须接受组织的隔离审查。干革命哪能想来就来，想走就走。"

下午格桑多吉的枪就被收缴了，他被单独囚禁在监狱的一间房子里。两个军人轮流审问他"为什么"。他们平常都很佩服格桑多吉的勇敢正直，把他当真正的康巴英雄。一些高层领导听说格桑多吉犯了错误，都很为他着急。那个解放时救过格桑多吉的高团长现在已经是军分区司令，他在电话里严厉训斥阿墩子县的干部，说格桑多吉是个久经战火考验的好同志，对革命有功，这样的民族干部应该万分珍惜。你们要是搞出冤案来，老子就毙了你们。

对格桑多吉的审讯是经过精心安排的，审讯干部暗示他，我们知道你一个人面对六七个叛匪，是一件很不容易的事情。况且你还抓回来两个，击毙了一个。单凭这一点就可以给你报功，因此跑几个人都属正常的，不是有三个人也跑了吗?史蒂文是不是也是趁混乱之际跑的呢?你只要回答"是"，就没有你什么事儿了。我们相信你的说法，绝不会冤枉一个好同志。格桑多吉同志，请仔细想好了，再问你一次，是史蒂文自己跑的吗?

"不是。"格桑多吉说。这是他在审讯时唯一的回答。

他的爱神徘徊在审讯室外，低首，叹惜。

三天审讯结束后，格桑多吉被解除县公安局局长职务，和一群被俘的叛乱分子一起送去劳改。他没有料到自己连回村庄当牧人的机会都没有，他当强盗时，说洗手不干了，他的好兄弟死在他面前他也不动心，也没有人会认为他有错。他的生命从来就是自由不羁的，他的爱从来也是豪迈挥洒的，这个世界上没有任何人可以阻挡他迈向爱的殿堂，也没有任何东西可以浇灭他心中爱的激情。他的生命中只要有一丝真爱的阳光，外面的世界如何腥风血雨他都坦荡地承受。

在劳改中，那些被他亲手抓获的家伙们可算找到报复的机会了。他们把对红汉人的怨恨统统撒在格桑多吉身上。他们晚上在牢房里揍他，吐他的口水，把尿撒进他的梦里，让他醒来时满头满耳朵的尿腥味。格桑多吉一概不反抗，默默地承受这一切。如果说当年他放弃做威风八面的强盗，自愿到教堂村甘当教堂的马倌，忍受绵绵无尽的孤独和屈辱是爱的第一步的话，现在他迈出第二步了。他不知道往下的路还有多长，但他绝不会停下自己的脚步。

36   迷途的羔羊

如果一个人有一百只羊，其中一只迷了路，他岂不把那九十九只留在山中，寻找那只迷失了路的吗？我实在告诉你们：他为这一只，比为那九十九只没有迷路的，更觉欢喜。

——《圣经·新约》（玛窦福音 18：12）

史蒂文看到一些大胡子士兵向他们几个人冲过来时，才知道自己已经亡命到印度了。他扔了枪，向着家乡的方向流着无声的泪。在此前几天他们就知道，只有逃到境外，才可保命。他们从澜沧江峡谷翻越碧罗雪山山脉进入怒江峡谷，又沿着这条峡谷进入到西藏的察隅，一直身不由己地往国境线逃。每爬过一座高山，史蒂文都要在心中哭喊：玛丽亚啊玛丽亚，我离你越来越远啦！这到底是怎么回事啊？

"哭没有用，路在脚下，我们会回去的。"托彼特也朝着教堂村的方向说。这个老天主教徒因为不能忍受格桑多吉的工作队把教堂改成学校，不能忍受再不可以在每个主日天没有神父的弥撒，不能忍受没有神父、没有忏悔、没有唱给天主的赞美诗，在旺堆劫狱那天，自己跑出来帮忙，然后和史蒂文一起逃亡。他们在高山峡谷中乱窜，到处都可碰见被解放军打散了的叛乱者，时而是几十上百人的武装，时而又只剩下十来个人。从阿墩子监狱跑出来的人中，有旺堆的弟弟培楚和那个宁可痛快地拉屎也不忙逃命的次多，他们是一个地方的人，在枪子儿里一起钻，在死人堆里一起滚，再大的战火都相互照应。史蒂文有一段时间发疟疾，天天下午准时发作，要么冷得浑身发抖，要么烧得恨不能跳进大江里。追兵就在后面，其余的人都跑了，只有这四个从阿墩子逃出来的人，一直没有扔下史蒂文。实在背不动他了，就把他藏在草丛中，托彼特留下来陪伴他。先走的人一路留下只有他们才知道的路标。一块挂在树枝上的布，一只动物的蹄子指向的方向，一堆石头，或者一堆篝火，史蒂文第二天醒来，两人再沿着这些路标追赶自己的同伴。有一天史蒂文实在熬不下去了，对托彼特说："你为什么要等我呢？给我一枪算了。"

托彼特回答说："我是你的代父，你是我的教子。我们都是天主的儿子，我要看到主耶稣在我们的身上显出拯救的力量。"

史蒂文沮丧地说："连神父都不能获得拯救，也被他们赶走了，我们哪还能得到天主的恩宠？"

托彼特安慰他道："相信吧，我的孩子，不然我们进不了天主的国。"

史蒂文当时嘀咕道："还进天主的国呢，能活着回去就是主最大的恩宠了。"

到了印度后，他们像牲口一样被牛车、汽车、小火车长途转运，最后被送进一个叫达普的难民营，四个从阿墩子来的逃亡者从来没有见到过这么多的藏族人。天气酷热，伙食也很差，藏族人初来乍到，并不适应印度的湿热天气。他们逃出来时身上都穿着羊皮藏袍，脚上的藏靴从来没有显得如此笨重、闷热，许多人脚指头都捂烂了，不是找不到一双轻便凉快的鞋子，而是他们不习惯赤足踩在滚烫的大地上。难民营里天天都有新来的人，也天天都在往外抬尸体。人们竞相打听谁逃出来没有，谁死在路上，谁的亲人在哪里。这里什么都缺，就是不缺到处流传的坏消息和深夜每间房间里孤独的叹息。

后来年轻力壮的难民被编入筑路队修公路，史蒂文、培楚、次多都在这个队里，托彼特成为筑路队的伙夫。难得一见的印度技术员懒洋洋地把 TNT 炸药分发给筑路民工，语言又不通，用手势简单比画几下，就算是介绍了世界上最危险的东西的操作步骤，然后就不见了人影。开初人们都不知道这东西的厉害，导火索点燃了还呆呆地站在一边观看，似乎想看清楚这些像年糕一样的东西如何粉碎连铁锹也撬不动的顽石。结果一声巨响之后，人和石头一齐被炸上了天。史蒂文曾经被炸药掀起的气浪推到河谷里，他醒来后，对围在身边的次多和培楚说："刚才我看见我的玛丽亚了。"

工地上死人的速度超过了难民营。一些地段筑路民工的尸骨直接填作了路基，一些工棚里早上再没有人爬得起来上工。有一天达赖喇嘛在一批衣着光鲜的官员和侍从人员的陪同下来工地巡视，筑路的藏族人蜂拥向前，磕长头的声响震撼着大地。只有两个人在工棚内端坐不动，这便是史蒂文和托彼特。那边的热闹衬托出这两个异教徒的孤单。

"他可一点不像个难民。"托彼特撇了撇嘴。

"我们是难民中的难民。"史蒂文嘀咕道。

"胸口贴近尘埃的人，有福了。"托彼特望着远方说。

"有什么福？"史蒂文继续抱怨，"真不明白我们跟着跑出来做什么？也许被他们抓回去，最多让我蹲十几年牢房，我还可以回家和玛丽亚团聚。康菩土司的地牢我都蹲过了，阿墩子的牢房不过是一座客栈。可你看看现在的日子，回家的路在哪里？主耶稣的怜悯在哪里？不但在人家的屋檐下像流浪的狗一样生活，就是灵魂也找不到一处落脚地。到处都是佛教徒，他们有自己的依靠，我们靠谁？我们在他们的眼里连狗都不如。最危险、最脏最累的活儿我们做，睡觉我们睡在最不透风的地方，吃饭前的祷告也要被他们嘲笑，工地上死了人都怪是我们身上的十字架带来了灾难。要是神父们在，这些家伙敢这样蔑视我们吗？"

"他来了。"托彼特突兀地说。

"谁来了？救世主吗？"史蒂文没好气地问。

一个大胡子洋人正迈步向他们走来，他的胸前挂着两个相机，是随同达赖喇嘛来采访的。他走到两个人的面前，用手比画着，做出喝水的动作。

"你是要水吗？尊敬的大人。"托彼特用法语准确地问。他是个极有语言天赋的人，当年跟着神父们不但学会了法语，连拉丁语都能说上几句呢。

洋人记者瞪大了眼睛，他看见了托彼特脖子上的十字架，他的惊讶远远超出了一个见多识广的职业记者的表情。

"你们认识这个人吗？"洋人记者从胸前掏出一张照片来。

"罗维神父！"史蒂文率先叫了起来。

"主耶稣啊！他还活着。"托彼特在胸前画着十字。

罗维神父和古纯仁神父被驱逐出中国大陆后，经香港去到了台湾。因为他们的圣职决定了他们必须终生为中国教友服务。当西藏的叛乱开始后，世界各地的舆论都在报道部分藏族人逃亡的消息，罗维神父推测这里面可能会有教堂村的教友。这些年来，两位神父在台湾越发怀念在教堂村的日子，想念那里的教友。这个洋人记者是他们的一个朋友，罗维神父在他临行前把自己的照片洗印了几百张，请他在各难民营广为散发，如果能见到佩戴十字架的基督徒，就将照片给他们看，凡能叫出他名字的，就立即通知他。

一周以后，罗维神父来到了达普难民营，托彼特远远看见他伸开的双臂，含着热泪对身边的史蒂文说："我们的救恩到了。"

史蒂文说："是我们的拯救者来了。"

罗维神父这次以教会的名义为两个基督徒申请到了去台湾的相关文件，理由是教会有责任为受到宗教迫害的信徒提供庇护。当他们准备启程前往德里时，次多和培楚不干了。他们缠着托彼特，说大家既然已经生死与共了这些日子，又吃同一条峡谷里产的糌粑、饮同一条江的水长大，虽然没有信仰耶稣天主，但他们为了逃离难民营，可以改变自己的信仰。他们甚至说，即便是达赖喇嘛，也只能让他们在这个又脏又热、又累又危险的异国他乡当难民，他的慈悲还赶不上这个专程前来营救托彼特和史蒂文的洋人神父。你们看看吧，当初三十个人为一队的筑路工，现在只剩下十三个人了，阎王才知道明天谁该去他那儿。发发慈悲吧，如果你们的天主不嫌弃，我们可以立即改变信仰，做一个基督徒。

罗维神父开初并不喜欢这两个忍受不了苦难就改变信仰的藏族青年，他以来不及办手续为由婉拒了他们。他对史蒂文的遭遇充满同情，当史蒂文听罗维神父说要带他去台湾时，这个伤感忧郁的前行吟诗人竟然痛哭失声，他问罗维神父："台湾，它在哪里？"

"在中国大陆的东边，大海的那一边，是一个美丽无比的岛屿。"罗维神父回答道。

"有多远？"

"很远，很远。"

"那里有藏族人吗？"

"我想，到目前为止，还没有。"

"我们还能回到教堂村吗？"

"如果国民党'反攻大陆'成功了的话，也就是五六年时间。"

"可能吗？"

"我不知道。经上说，'天主为爱他的人所准备的，是眼所未见，耳所未闻，人心所未想到。'服从吧，我的孩子。"

"神父，我已经走了太多太多的路了，越走离我的家越远，你把我送回去吧。我宁可去坐牢，还有指望跟我的家人团聚。"

"我都回不去，你怎么回去？"罗维神父反问道，"孩子，跟我走吧，一切都在天主的计划中，服从他的圣意，不要去想将来。"

"我们去了能干什么呢？那里有牧场吗？有河谷地带的庄稼地吗？"

"先去当兵。这是我跟国民政府达成的协议，他们好像对你们藏族人的身份很在意。"

史蒂文伸出自己的双手，"神父，我的手本来命该是弹扎年琴的，我一摸枪就杀了人。我再不想摸枪了。"

罗维神父把手抚到史蒂文的肩上，"孩子，这不是你的错，是时代变了。我还以为我能在西藏的教区终老一生呢。"

罗维神父终于还是带上了次多和培楚，连他自己都感到惊讶的是，国民政府在德里的办事处对他新提出的申请大开绿灯。那个看上去热情得可疑的国民政府官员甚至拍着罗维神父的肩膀说："神父，要是你能带出一个团的藏族人，我很乐意为你效劳。"

罗维神父正色道："教会不是募兵处，我们只拯救那些迷途的羔羊。"

官员悻悻地说："现在这个世道，谁不迷路呢？"

37　胸膛贴近尘埃

他该把自己的口贴近尘埃，这样或者还有希望；向打他的人，
送上面颊，饱受凌辱。

——《圣经·旧约》（哀歌 3 : 29）

史蒂文结束了炸石头修路的危险工作，放他逃命的人却仿佛是接了他的
班。格桑多吉在劳改队是个不错的放炮手，所有在悬崖峭壁上打眼放炮的活
儿大多由他来做。一声声巨响让他想起从前打仗的日子。他从逐渐适应到慢
慢喜欢这种生活，那些剧烈的爆炸就像人生某个瞬间的血性喷涌，要么是战
胜了凶恶的仇敌，要么是征服了美丽的女人。他欣赏自己在大地上点燃的一
次次激情、一朵朵美丽的蘑菇云；他更喜欢的是遇到哑炮时的生命挑战。那
时的雷管、导火索质量都很差，三天两头地碰到哑炮。犯人们用抓阄来决定
谁去排查哑炮，每个月都有人撞上霉运。格桑多吉的运气最好，一半的"头
彩"都被他中到。他知道这是犯人们从中搞鬼，但他从不抗争，因为有看得
见的爱神在他身后怜悯他，鼓励他，让他每次都能化险为夷。不是才走到半
路炮就炸了，让他还有逃命的空间和时机，就是那哑炮像他被审讯时一样，
把一个惊天的秘密永远沉默下去。甚至有一次当他走到炮眼前时，他看见了
像蛇信子一样吐着火苗的导火索已经燃到离雷管不到一指头长了，跑已经毫
无意义。格桑多吉眼前浮现出玛丽亚那双迷离梦幻的眼睛，他打算就这样把
这生命中最美好的记忆带到天国——如果他不下地狱的话。但是命运之蛇缩

回了它死亡的红舌头，导火索在格桑多吉深情的注视下自动熄灭。那一刻，格桑多吉心中在呼唤：玛丽亚！

这双幽怨美丽的眼睛昨天第一次到劳改队探视他。玛丽亚说，她才得到消息说，格桑多吉是因为放走了史蒂文才犯的错误。

"为什么呢？"玛丽亚哭着说。

格桑多吉本可以像面对审讯干部那样沉默，但他的心不由他的口，他张口说："为了不看到你的眼泪。"

"天主啊！难道女人的眼泪比一个公安局长去劳改还重要吗？"玛丽亚抹着满脸的泪说。

"劳改磨炼筋骨，眼泪泡软人心。玛丽亚。"

"耶稣，你看看这颗比犟牛还要犟的人心！"玛丽亚的口气不知是抱怨还是欣赏。

"玛丽亚，还有七年我就出来了。"

"七年？主耶稣！"

"是啊，那时我才三十多岁。生活刚刚开始呢。"格桑多吉用一种充满希望的口气豪迈地说。

玛丽亚半天没有说话，眼睛望着会客室阴暗的墙角，"你有指望的日子，我的指望在哪儿呢？"

"史蒂文有消息吗？"

"各种说法都有。这个死鬼啊，害得我们母子天天用眼泪当汗水出。他是挺尸了还是跑了，是回来还是再找了一个家，主耶稣从来不给我们一个准信。要是神父们在，兴许还会告诉我们。可现在我们是叛匪家属，人前人后抬不起头，小若瑟在学校连老师都嫌弃。当初还不如你把他抓回来呢，让他来干你的活，我会安心等他出来，你也不至于有今天。现在我等的人在哪里？那次在阿墩子的监狱，你让我去看史蒂文，他告诉我说东边天上最亮的那颗叫'明珠'的星星是他，'明珠'在他就在。老人说天上掉一颗星星，地上死一个人；又说你数天上的星星，星星反过来数地上的死人。我从不敢多看史蒂文的那颗星星，一看到眼泪就不停啊……"

玛丽亚絮絮叨叨地哭诉，全然不管格桑多吉内心深处的叹息。这叹息就像掉落在地上的一颗颗晶莹的露珠，眨眼就被尘埃吞没了。一个好妻子首先想到的总是自己的丈夫，别人的苦难，其次又其次啊！

　　这次探监格桑多吉从高兴得惊讶开始，到他悲凉到胸口抵近尘埃结束。七年后自己出去又能怎么样呢？史蒂文生死两茫茫，他的爱同样生死两茫茫。"轰隆"一声被复活的哑炮炸上天或许是人生最好的结局。政府的法律囚禁了他的身体，玛丽亚对丈夫的等待却囚禁了他的爱。劳改有日，爱情无望。这就是格桑多吉的命运。

　　康菩土司家族的前管家次仁也在劳改队里。这个老家伙在澜沧江边那一战中被俘，在劳改中他得到格桑多吉的不少照应。许多本来该他去排的哑炮、该他去干的重活，格桑多吉出于怜惜，都帮他做了。次仁命中注定就是为康菩家的后人当管家和活字典的料。过去他依恃康菩土司作威作福，现在他靠着格桑多吉保命。在劳改队里，就他们两人走得近。有个晚上次仁讲了康菩家族的祖先追逐那只神鹰，并最终娶它为妻子的故事。次仁对格桑多吉说：

　　"你才是高贵的康菩家族真正的好男儿啊！从你们家第一代先祖康菩·登巴以后，就再没有哪个康菩家的后人为一个女人这么受尽苦难了。"

　　格桑多吉当时不当回事地说："哪里还有什么高贵的家族？哪里还有什么好男儿？我们好好接受政府的改造吧。"

　　这些年格桑多吉随着劳改队辗转在雪山峡谷最艰苦的地方，当过放炮手，做过牧人，打过铁，伐过木，在雪山上挖引水渠，在河谷底修水坝。他的尊严早就被繁重的劳动磨平了，他的血性也被严酷漫长的岁月锈蚀了，他的一颗骄傲的心早已跌落凡尘，他高贵的胸膛布满尘埃。他是犯人2397号，成天灰头土脸，默默无言，额头上再也发不出令人胆寒的红色光芒，格桑多吉这个曾经令人骄傲的名字也再不被人提起。直到有一天一个有些耳熟的声音在他身后喊：

　　"格桑多吉，是你吗？"

　　那时格桑多吉正在一个砖厂烧窑，他背上背了一摞土砖，听人叫"格桑多吉"时，他没有停留，继续往高耸的砖窑上爬。

"2397号，转过身来！"一个管教干部厉声命令道。

格桑多吉停下来了，慢慢转过身，他看到了眼前的人。背上的砖稀里哗啦地掉了一地，因为高大威猛的格桑多吉竟然跪下了。

"报告政府……高……团长……老领导……"

高国祥现在已经转业到地方当了州委书记，他一直没有忘记格桑多吉，也没有忘记在解放西藏的一次行军中，一发冷枪从山沟里打来，随军向导格桑多吉动作比子弹还快，神奇地推开了高国祥，结果子弹就像刀砍一般在他的脸上留下一道疤痕。如今作为州委书记，他的工作太忙，总是找不到机会来看望他。当他看见服刑的格桑多吉时，这个同样出生入死的共产党高级干部忽然有种英雄惜英雄的感慨。不是为了他的气概，而是因为他的卑微。

一个月后，格桑多吉接到减刑通知，立即释放。管教干部问他有没有亲人来接，格桑多吉冷笑道："曾经有一个，但被我打下澜沧江了。"

管教干部说："州委高书记让你出去后向他报到。说是要给你重新安排工作。"

格桑多吉说："请代我谢谢高书记。我要回我的村庄去当农民。"

"你的村庄在哪里？"

"教堂村。"

"你在那里还有家吗？"

"没有。"

"格桑多吉，你真是一个怪人。人们说你救过高书记的命，尽管你表现得很好，但没有高书记，你还要劳改几年。为什么不给高书记一点面子呢？"

"我是2397号刑满释放犯，我知道自己将来该做什么。"

格桑多吉在爱神的引路下，背着简单的包袱回到教堂村。这是一次凄凉的还乡，爱神现在是一条流浪的狗，一会儿跑到格桑多吉的前面，一会儿又不知踪影。格桑多吉在出狱时，只有这条无人照管的狗在等他，并且一路相随。在一个岔路口格桑多吉走错了道，这狗叼着他的裤脚管把他往爱情正确的道路上拖。格桑多吉才认出来他就是从前的爱神。

他问流浪的爱神："你从前不是骑白马在天上飞翔的吗？"

爱神反问道："你从前不也是骑着'云脚'把天上的云朵都甩在身后吗？"

格桑多吉沉默了，走了三里地才闷闷地说："我们都回到了地上。"

爱神用流浪狗惯有的哀怜望着格桑多吉，目光和他一样孤独无助。当格桑多吉渐行渐远时，爱神遁隐入山林。

格桑多吉在"鹰渡"上过溜索时，不能不想到被他一枪打下江去的父亲康菩土司——康菩土司在溜索上坠向死亡时说：过去的日子，不是一笔高利贷——也不能不想起多年以前他单枪匹马来到这个村庄荒唐又浪漫的求婚，更不能不想起这个弥漫着玛丽亚爱的气息的村庄，它的炊烟，它的牧歌，它的教堂钟声，唱诗班悠扬动听的赞美诗，还有土改工作队的动员大会上，那慷慨激昂的关于共产主义火车的动人描述……

如今，这一切都归于沉寂了，都需要一个人来慢慢偿还——过去的日子，就是一笔高利贷。康菩土司错了。

在这个他以为是自己的村庄，可哪里是他的家呢？他在村口徘徊，不知道今晚该栖身何处。如果说一个流浪汉归乡还有一片可避风雨的屋檐的话，格桑多吉现在连流浪汉都不如。他没有亲人，没有朋友，更没有生死与共的兄弟。他只有死灰一样深藏的爱，指望它能在万年以后复燃。

就是这一点点的指望了。

第二天村庄里雨雾交加，冷浸浸的雨水就像浓雾里的冷汗。玛丽亚一大早被家里的狗吠声惊醒，她推开门时想，谁在这种天气起那么早？她听到一阵阵打石头的声音，透过黏黏的浓雾，一个高大的背影就像浮在虚空中。

"主耶稣……"玛丽亚险些跌倒。

他们在浓雾中对视，眼眶里不知是雾里的水还是感慨的泪。没有问候，也没有对话，厚重的浓雾掩饰了所有的语言——

回来了？

嗯。

你在这里干什么呢？

盖房子。

为什么要在我家对面？

守着你。

天上的"明珠"星还在，尽管现在看不到。

我知道。

玛丽亚转身回去，一会儿就提来一壶酥油茶。格桑多吉从自己的背囊里拿出木碗，玛丽亚为他冲茶入碗，乳黄色的酥油茶在碗里打着旋儿，几滴珍珠般晶莹的眼泪掉进了碗里。不是玛丽亚的，是格桑多吉的。

"奥古斯丁，我的眼泪早就流干了。你还有眼泪，真幸福啊。"

"我一直像攒钱一样攒着。"格桑多吉努力想让自己显得轻松一点。

"你以后怎么过日子啊？"

"种地饿不死人，放牧累不倒人。"

"唉，奥古斯丁，你不知道吗？现在所有的地都属于生产队，所有的牛羊也是公社的。当年你带着大家搞土改，搞人民公社，不就是想弄成现在这个样子吗？你要先去公社报到，他们批给你地，才可以在这里盖房子。"

"这是一块连草都不长的荒地。"

"它也是公家的地。去年我想在房子外搭个鸡窝，他们批判了我一个月。现在连赶马的人都不能随便乱走的。奥古斯丁，你比我更懂这些吧？"

格桑多吉不争辩了，收起了工具，蹲在岩坎上眯起眼看眼前他已不熟悉的世界，还有面前这个朝思暮想的女人。她的美丽不是被浓雾所掩盖，就是被岁月所磨蚀。格桑多吉有些悲哀地发现：玛丽亚这些年老得快，尽管她才三十多岁。

这时一个少年站在了玛丽亚身后，他长得愣头愣脑，眼睛里透着与他的年龄不相称的凶狠光芒，让格桑多吉想起自己第一次当强盗时的眼光。

"阿妈，他是谁？"少年问。

"哦呀，若瑟，他是你奥古斯丁叔叔，还是你的代父呢。"

少年弯腰拾起了一块石头，玛丽亚连忙拉住他，"若瑟你要干什么？"

"他害了我阿爸！"少年愤怒地说。

"不许乱说！若瑟你给我回去。"

母子俩在扭打，格桑多吉不忍看下去，起身拍拍尘土，深叹一口气，消失在浓雾中了。

格桑多吉去到公社，见到达娃书记，一个忠诚、厚道的藏族干部。他一见格桑多吉就说："好在你来了，不然我就要派人去抓你呢。"

格桑多吉递上自己的刑满释放证明，说："我现在是自由人了。"

达娃书记说："谁说你自由了？你这种人还要继续接受人民群众的监督改造！"

"是，是。我打算在教堂村做一个老老实实的农民。"

"你以为你想待哪里就待哪里？"达娃书记看看格桑多吉的释放证明，把它丢在桌子上，"你从今天起，就在公社放牧队干活。"

就像玛丽亚说的，如今的牛羊都被集中到人民公社了，放牧队的人都是些犯了错误的和有前科的人，平常由武装民兵押着去牧场上放牧，几乎和格桑多吉在劳改队一样。

格桑多吉沉默良久，终于鼓起勇气说："达娃书记，我想请你给州委高书记打个电话。"

"给高书记打电话？干什么？"

"就说我格桑多吉回来了。"

"妈的，你以为你是谁啊？"

"你打吧。不打就可能是你去放牧队了。"格桑多吉好久没有这样威胁过人了。为了能守在玛丽亚身边，他豁出去啦。

达娃书记犹豫片刻，还是起身去电话室用手摇电话接通了州委。一刻钟以后，他回来了，脸上是庄重又惶恐的表情。他宣布道："格桑多吉同志，州委高书记任命你为公社武装部部长。"

格桑多吉说："别费那心思啦，我只是请求你批给我一块在教堂村盖房子的地。"

38 "约伯的耐心"

我所畏惧的，偏偏临于我身；我所害怕的，却迎面而来。

——《圣经·旧约》（约伯传 3:25）

立正，稍息，卧倒，齐步走，匍匐前进；

有理扁担三，无理三扁担；轻则吃"火腿"，重则"肉丝面"；

"一年准备、两年反攻、三年部署、四年扫荡、五年成功！"

"领袖要我们死，我们唯恐死得太慢！"

训练营地里的新兵们个个都像木头人一样戳在滚烫的地面上，声嘶力竭地喊着口号操练。教官们手持竹鞭，随时打算给这些呆头呆脑的新兵蛋子一顿"肉丝面"，直打得他们知道什么是国军的军事训练。所谓吃"火腿"，则是飞起一脚，踢向那些站得不够直的家伙。那个叫史蒂文的藏胞，立正时双腿总是并不严。这个狗娘养的是个罗圈腿，他报告教官说是从小骑马骑的。和他一起被送到新兵训练营的另外三个藏族人都是立正都做不好的家伙，因此在全营里就他们几个"火腿"和"肉丝面"吃得最多。年纪最长的托彼特，连背都挺不直。真不知道募兵的那些家伙们是怎么想的，把快做爷爷的人也送来当兵。"真他妈的，这种兵训练出来怎么跟老共打仗？"教官总是在背后恨恨地骂。

对史蒂文来说，训练场上的严酷并不算什么，一个藏族人没有吃不了的苦。康菩土司的地牢都蹲过的人，也就不怕任何人间地狱。但在训练营却有比下地狱还令人难以启齿的事情。自从这四个被称为"藏胞"的新兵来到训练营后，他们被那些汉族士兵当稀奇看。尤其是史蒂文和托彼特，一个俊美，一个丑陋，仿佛是天使和魔鬼的组合，要让美男子美得无可比拟，丑男人丑得无以复加。按大兵们的说法，这两个家伙一个让人想女人，一个让人做噩梦。

新兵宿舍都是大通铺，晚上闷热难当，大家都穿短裤、光着上身睡觉。有个晚上史蒂文在睡梦中忽然被背后的挤压弄醒，一张喷着浓烈蒜味的嘴贴在他的耳边，而他的臀部却被一根硬硬的东西死死抵住，还有一只手在褪他的裤子……

史蒂文是结过婚的人，知道这畜生想干什么。他也知道这个家伙是个山东兵，走到哪儿那股令人作呕的蒜味就弥漫到哪儿。他比史蒂文更高大强壮，个头有些像格桑多吉，但他可比格桑多吉讨厌得多，白天他就涎皮笑脸地对史蒂文说，你有双娘们儿的眼睛。

史蒂文反抗挣扎，但只能做到死命护住自己的短裤。两人在黑暗中无声地搏斗，直到那个畜生发泄完兽性。史蒂文羞愧难当，把头埋在枕头里，任由泪水浸湿了枕头。

噩梦还没有完，在史蒂文难以入眠的夜晚，口里喷着辣子味的、海腥味的、劣质烟草味的、死尸腐臭味的畜生们接踵而至。史蒂文每天早上起来都要默默地洗短裤，他的话越来越少，眼眶日益发黑，脸色比黄昏还暗。终于，托彼特看出了这黑暗中的丑恶。这个老天主教徒哀叹道："地狱之门啊地狱之门，你何时为世上的恶人打开？"

次多和培楚到台湾前已经在罗维神父面前破例领洗，次多赐教名保禄，培楚改叫耶西。他们是两个血气方刚的年轻人，不像史蒂文那样内心似女人般柔软。一个晚上，保禄和耶西在路上拦住了那个口喷大蒜味的家伙，一句话不说劈头就打。他们是新兵中唯一跟共产党打过仗的人，不怕死，下手狠。三拳两脚就将那家伙打得跪在地上喊爷。然后这两个"藏胞"一路打下去，将新兵营里口里不干净下面更肮脏的畜生们统统打得屁滚尿流。教官不是不知道军营里的斗殴，不过军中向来认为：要训练出凶悍士兵，打架也算是一次实战训练。不会打架的士兵不是好士兵，既然现在还没有跟老共打仗的机会，就他娘的自己人先打自己人。

打到后来，四个"藏胞"和山东兵打，和湖南兵打，和福建兵打。每个新兵在这个环境里都有自己的袍泽乡党，不然他可能就活不下去。当他们都联起手来对付"藏族蛮子"时，四个藏族人就不占上风了。直到有一天，他们被追打到伙房，保禄抓起一把菜刀，耶西更挥舞着一把胳膊长的杀猪刀，史蒂文拿了根扁担，连托彼特都手持一柄大锅铲。在他们准备以死相搏时，宪兵来了。

惩罚是必然的，每个打架者都被按在一条长凳上，褪下裤子用扁担打屁股，然后关禁闭。史蒂文被认为是肇事者，多挨了二十扁担。教官说："谁让你他娘的长那么俊，扰乱了军心呢。"他还被加罚每天为营区里的军官"倒尿壶"半个月。不是将军官头晚的尿倒进厕所那么简单，而是必须先把军官尿壶里的尿提出来，倒进新兵宿舍的尿桶里，然后又把尿桶里的尿再倒进尿壶，尿桶大，尿壶口小，如果撒了一滴，规定是自己用舌头舔干净。这样的程序每天早上在专人监督下完成，不是一次，而是十次。在尿桶里漂着大便的时候，无异于是史蒂文的末日。教官对此的说法是："这是要训练你作为革命军人的服从精神。领袖要你死，你就不要怕死得太快；老子要你吃屎，你就不要怕吃得太多。"

三个月地狱般的新兵训练终于结束，四个藏族人没有像其他大兵那样被分去守海岛，而是被一辆吉普车拉到一个秘密基地，因为他们在进去时是被蒙上了眼睛的。那是一个有两重岗哨的庭院，庭院的围墙架着高压电网，里面的热带花草却茂盛葳蕤，艳丽的芭蕉花婀娜多情，笔直的椰子树耸入云天，像一个隐密的疗养院。不过这里的生活倒是像在天堂，他们两人一组被安排在整洁的房间，伙食不错，也没有打骂歧视，它对外的称谓为"071"，内部叫"边疆民族干部培训管理中心"，简称"边管中心"。每天都有政治教官给他们四个人开小灶上课，他们比新兵训练营的军事教官更通人性，但他们讲的那一套却让四个"藏胞"宁愿去操场上忍受汗流浃背的跑步和打骂。尤其是保禄和耶西，他们从前没有文化，不像托彼特和史蒂文，在教会跟着神父学了些汉语和文化知识。对这两个为了逃离印度难民营而改宗信仰的人来说，国民党和共产党的那些不同的主义，中国大陆曾经发生过的那些战争，与他们仅仅只为活着有什么关系呢？

史蒂文和托彼特住一起，在他们的房间里除了耶稣的圣像和十字架，还有一张中国地图。托彼特每天祈祷时，史蒂文总是望着地图上故乡的方向发呆。到了台湾后他才发现自己离玛丽亚有多么远，教官们的政治洗脑让这空间上的距离更加遥不可及。台湾海峡不仅隔绝了他和那片土地的联系，如今他加入的阵营更让他成为海峡对岸不共戴天的敌人。他若是能活着回去，必死无疑；死了，也回不去。

"我们上神父的当了。"史蒂文有个晚上终于愤懑地说。

托彼特刚刚念完当天的晚课经，"孩子，你可别这么说。这是天主的计划。"

"把我们训练成格桑多吉那样的强盗，也是天主的计划？让我们背井离乡，也是天主的爱？"

"想想约伯的耐心吧①。我们的苦难，不过是撒旦和上主的一场赌局而已。"

史蒂文哀叹道："凭什么我们要成为天主和魔鬼赌局的筹码啊？"

托彼特在胸前画了个十字，"因为我们配这份苦难的光荣。经上说，'难道我们只由天主那里接受他的恩惠，而不接受灾祸吗？'"

一年培训下来，除了政治洗脑，他们学到了比在新兵训练营更多的东西，跟踪与反跟踪，暗杀技术，谍报技术，监听手段，各式枪械，游击作战，擒拿格斗，荒野求生技巧，情报密写等等，连美军顾问都来给他们上过课。当他们走在大街上时，脑袋后面也有一双眼睛；当需要他们搞破坏时，身边的生活日用品也可以制造出一枚威力强大的炸弹。

年终考评时，让教官们惊讶的是托彼特成绩最好，这个老家伙汉语流

---

① 见《圣经·旧约·约伯传》，约伯是个信仰虔诚、生活幸福的善人，撒旦和天主打赌，说他的良善和信仰是因为他生活得太幸福，天主于是打击约伯，让他家破人亡、饱受磨难，但约伯最终经受住了考验。西方谚语中因此有"约伯的耐心"之说。

利，藏语精通，还会说法语，英语也一学就会。而史蒂文聪明敏捷，善用器材，并且他是杀过共产党的人，坐过共产党的牢，是个可造之才。

教官们对保禄和耶西这两只笨鸟很失望，他们考核都不合格，连华语都说不流利的人，你还能指望他明白什么是反共复国、什么是三民主义？结果他们被分去台湾本岛外的小岛上当少尉，那是国军中最艰苦的岗位。而托彼特和史蒂文则分到情治单位的一家电台，任务是监听世界各地的藏语广播，不仅监听北京的，还监听达兰萨拉①的，美国的，欧洲的。然后每天向上司写一份综合报告。

"西藏未来的政治动向，在你们的耳朵里。"一个上校情报官对托彼特说。

"这样大的一件事情，你们竟然让一个得过麻风病的老丑八怪来做。"托彼特当时嘀咕道。

"党国里像你们这样懂藏语、汉语、外语的人才不多，当初把你们从印度难民营里救出来，就是为了今天，也为明天我们光复大陆打下基础。"

"这就是教给我们一身绝技后要我们干的活儿？"史蒂文问。

上校情报官冷冷地说："那么，你想干什么呢？"

"我请求到缅甸特区去效命。"史蒂文站得笔直，沉静地回答道。

国民政府那时在泰缅边境的金三角地区还有残余部队占据的一块地盘，人们称之为特区，它和大陆云南省的西南边境挨得很近。据说那里最艰苦也最危险。不但要和缅甸政府军作战，还要和缅甸共产党的部队和当地的民族武装打仗。

"为什么想去哪里？"上校厉声问。

"报告长官，我听说，那里军饷高，升职快。"

"也很危险。你不害怕吗？"

"领袖要我们死，我们唯恐死得太慢！"史蒂文高声说。

史蒂文的高调门让同样立正站在他身边的托彼特也吓了一跳，他像不认

①　达赖流亡政府在印度的基地。

识似的看了他一眼，然后就看见上校情报官轻轻在史蒂文挺起的胸膛上擂了一拳，说："你小子有种。"

回到宿舍收拾东西时，托彼特悲伤地望着还在看地图的史蒂文，"我们要分开了，我的孩子。你为什么要去那个鬼地方啊？"

"托彼特，"史蒂文压低了声音，"你来看看地图吧，特区离我们的家乡多近啊！"

"你是想……"

"嘘——"史蒂文用手指压住了自己的嘴唇。

39 运 动

世界若恨你们，你们该知道，在你们以前，它已恨了我。

——《圣经·新约》（若望福音 15：18）

运动来了。

公社党委达娃书记被打倒，造反派夺了他的权，让他戴高帽子，挂着牌子去各村批斗，然后被送去高山牧场放牧。格桑多吉听说达娃书记进了放牧队，还以为是自己没有干公社武装部部长一职，惹恼了老领导高书记，连累到了达娃。后来才知道，这不是自己的原因，因为州委一把手高书记也被打倒了。

这是一场格桑多吉看不明白的运动，虽然他是一个地道的农民，但由于有参加过革命工作的经历，还是时常关心着国家大事。他庆幸自己没有在政府里干，因为有公职的干部几乎都被打倒了。村里的高音喇叭天天都在向人们报告谁又完蛋了的好消息，说这是"文化大革命"的又一次伟大胜利。

格桑多吉在教堂村顺利安了家，房子就起在玛丽亚的对面，两户相距不过三百来米。白天他和大家一起参加生产队的劳动，傍晚时，他常常像一条狗一样地蹲在自家的门口，看玛丽亚房顶飘起的炊烟，直到夜幕将他孤单的身影淹没。

那条曾幻身为爱神的流浪狗，自从运动以后，就再也没有来找过格桑多吉。现在不要说这些自由自在的野狗们，连鸟儿的鸣叫也变声了，不再婉转甜美，而是要么气势汹汹，要么悲鸣呜咽。

村里只有小学，小若瑟需到县上的中学去念书，一个月才回来一次。这小家伙聪明好学，是村里第一个高中生。无数个夜晚，两盏孤灯下的两个孤独的人，似乎永远也难以逾越那几百米的距离，仿佛走过去需要几百年那么漫长的时光。一个在灯下思念自家生死未卜的丈夫，一个在黑暗中抚摸多年前的那个蓝色小玻璃瓶儿。在格桑多吉被捕前，他知道这样的东西是不能带进监狱的，因此提前把它藏在阿墩子县公安局院坝的一棵老雪松上。他释放出来的第一件事就是回到县公安局，不是去看望过去的老战友，而是去找回这个玻璃瓶儿。每当他的手抚摸到它时，他的心都在颤栗。不仅仅是为爱，还为自己的胆子越活越小。当年他是何等地豪迈勇武，在人家的婚礼上也敢单枪匹马地去求婚。现在，玛丽亚孤身一人，他却连去串门的勇气都没有。

有一天玛丽亚给格桑多吉送来一条新氆氇，是她亲手编织的，密实、绵软、温暖，上面有彩虹绚烂的色彩，有女人暖昧的温馨，有寒夜孤灯下的犹豫，有莫名愧疚中的徘徊。玛丽亚说："晚上寒，你的被子太薄了。"

格桑多吉还没有来得及道声谢，女人已经转身走了。在此后的许多个夜晚，他不是把氆氇垫在铺上，也不是盖在身上，而是将它抱在怀里，温暖他一个又一个漫长的寒夜。

玛丽亚不是不知道格桑多吉的爱意，但寡妇门前是非多，况且她是不是"寡妇"都未定，因此她的身份就被更多的眼光严厉管束着。教堂村像她这样年纪的人，婚姻都是过去在教堂里由外国神父祝圣过的，虽然解放这些年了，但这个信仰天主教的村庄在此方面特别淳朴、严谨。神圣的婚配有主耶稣的烙印在，过去强盗都没有抢走它，现在谁能奈何它呢？

但有个人却不相信这场婚姻的神圣。他是新成立的公社革委会三结合领导小组的副组长刘福，此人曾经在朝鲜战场上跟美国人拼过命，被美国佬的凝固汽油弹烧坏了脸，神经受到些刺激，作为荣誉军人退伍回到公社里。他先是在供销社当主任，可这家伙的外貌实在令人生畏，人们说当年那个逃跑掉的托彼特都比他顺眼。随着刘福年龄的增长，想媳妇就想得神经越发不正常了。他追女人追得人家做噩梦，也影响了自己的进步，英雄的光环也越来越暗淡。但他脾气大，常以革命功臣自居，造反派一造反，他就带着对上级的怒气和对女人的欲望被结合进去了，这本就是一场全民发疯的运动，正适合刘福这种脑子不正常的人。现在，他带了一支工作队进驻教堂村搞"文革"。

他很快就盯上了玛丽亚，一个单身少妇，叛匪家属，这样的女人他完全可以利用革命的名义使其就范。工作队进村后，人人都要到刘队长面前过关，交代过去的历史问题，从家庭出身到信仰再到是否参加了当年的叛乱。因此刘福有机会审视教堂村的所有女人。他认为，哪怕是没有结婚的黄花闺女，也没有玛丽亚有女人味。

但他发现玛丽亚不容易上手，这个女人在交代历史问题时说："我丈夫还活着，他犯了错误，政府会治他的罪。但我会等他回来。"

刘福冷酷地对玛丽亚说："不，你错了。你丈夫早就被解放军打死了。"

玛丽亚的眼泪一下就下来了，她感觉到了刘福那双不怀好意的眼光。她说："人死了总得有个说法的。从前伯多禄家的儿子参加叛乱被打死了，政府专门有通知。"

"好吧，等几天我就给你通知。"刘福说。

到第二天傍晚，刘福就拿了一张自己填写的死亡通知书来到玛丽亚家。他说："你看，你男人的阴魂还在这上面呢。难道你还要为这个叛乱分子守活寡吗？"

玛丽亚泪水涟涟。多年以来她一直在等待一个答案，不是归家的浪子急促的脚步声，就是这样一张冷冰冰的盖了大红公章的死亡证明通知书。叛乱结束后，峡谷的村庄里有些人家都有这样的经历，但至少他们不用再在等待中煎熬了。没有得到消息的也有几户人家，人们只能在私下里传说他们在境外，这还稍许给人一点希望。玛丽亚这些年就是靠着这渺茫的希望过日子。

在玛丽亚的眼泪浸湿了那张伪造的死亡证明书时，刘福的手搭在了玛丽亚的肩上。他说："不要伤心了，世界上的好男人多着呢。这么些年你就不想男人吗？"

玛丽亚闪身躲开，刘福却双手按住了她，"我要娶你。听我的话没错，否则我开你的批判会。"

玛丽亚再躲，刘福压到了她身上，"你这个臭叛匪婆娘，还想不想活啊？"

"你想不想活？畜生！"刘福的身子忽然被提在半空中，他扭头看见一个黑大汉正一手提着他，让他的双脚着不了地。

"格桑多吉，放开我！"刘福嚷道。

格桑多吉从刘福一溜进玛丽亚的家门就一直关注里面的动静了。他把刘福抵在墙角，压低声音怒喝道："出去！"然后放下了他。

"你给老子出去！"刘福双脚落了地，反倒跳起来了，"我来向这个女人求婚，关你屁事！"

格桑多吉怔住了，呆呆地看着玛丽亚。

"嘿嘿。"刘福干笑两声，往门口一指，"滚出去。"

"我有男人了。"玛丽亚在一旁幽怨地说。

"你男人死了。我要你嫁给我。"刘福用命令的口吻说。

"不，我男人是他。"玛丽亚向格桑多吉努努嘴。

格桑多吉脑子里"轰隆"一炸响声，像冬天里訇然盛开的高山杜鹃，像当年在劳改队放炮炸倒了一整座山。有些人的一句话，便可以改变季节，扭转乾坤。他差点就让自己的眼泪下来了。他挺立在刘福面前，一字一句地说：

"刘队长，她早就是我的女人了，你来晚啦。我在这里干工作队的时候，可不像你这么连强盗都不如。革命不是你们这种搞法。"

"你……你你你，你这个劳改释放犯，别以为我不知道你的那些馊事。明天到我办公室来交代你的历史问题！"

这是一个必须为历史偿还高利贷的时代。格桑多吉知道，许多高官都栽在说不清楚的历史问题上，尽管他们战功赫赫。州委高书记为什么被打倒？广播喇叭里说他过去曾经坐过国民党的大牢。在格桑多吉和高书记一起工作的岁月里，这是高书记最令人敬佩的光荣，因为他身上用刑后留下的累累伤痕就是他革命信仰坚定的证明。但是造反派说，不，他是叛徒。因为他活着从监狱里出来了。连一个坐过国民党大牢的人都遭殃了，格桑多吉这样坐过共产党牢的人，能好到哪里去呢？

刘福走后，两个人孤坐无语。这是格桑多吉在教堂村落户以来，晚上第一次坐在玛丽亚的火塘边，平常他最多白天来串个门，也是来去匆匆，借个瓢，送点山货什么的。尽管两人的目光都游离幽怨，但从不敢对视，更不敢深情，总是躲避的脚步逃离得比相碰的眼光更快。

玛丽亚仍在啜泣。"他死了。"她把刘福送来的那张纸递给格桑多吉。

格桑多吉不用看也怀疑它的真实性。在他当公安局长时，这样的证明书他批得多了。有些下属把不太清楚的逃跑案件也归于"击毙"、"死亡"一类，因为人犯逃走，对基层干部来说，无异于失职。有时他也顺手推舟地签发了，山那样高、那样大，跑一个人真是太容易了。那些跑出去的家伙，谁知道是死是活呢？就当他们是活在人间的死鬼吧，比如史蒂文。

"这不过是一张纸。"格桑多吉话音一落，顿时就把肠子都悔绿了。他等于在告诉玛丽亚：你的男人可能还活着，你就继续等他吧。他真想为这话自己捅自己一刀。

"我们怎么办啊？"玛丽亚的泪水滴滴答答地掉在纸上。

"我们？"格桑多吉的心像一匹狂野的马在草原上驰骋，它就要从胸膛里冲出来了。

"是啊，我和若瑟。"玛丽亚就像一个高超的套马手，竿子一挥，就把格桑多吉内心里的野马套住了。

"噢！"格桑多吉长长嘘了口气，"我会保护你们的。"

玛丽亚虽然是一个普通农妇，但在这样的岁月也能洞若观火，她一针见血地指出了他们的未来："你明天去工作队后可能就回不来了。你会被批斗，甚至可能会被重新抓进去。而那个家伙就会天天找上门来，我家的狗可没有他凶。我们怎么办啊奥古斯丁？"

这个"我们"是指他和她了，格桑多吉却无言以对。

"我们去办个结婚手续吧？"玛丽亚幽幽地说。

"你——说——什——么？"

"那不过是一张纸。"玛丽亚超凡的冷静让格桑多吉的心像在溜索上晃荡，忽而带着快感驾云追风，在半空中飞翔；忽而溜到对岸时才发现没有地方降落。

玛丽亚继续说："那不过是一张阻挡刘福这条馋狗的一张纸。奥古斯丁，我求求你帮帮我。我们假装结婚吧，你搬过来住，刘福就不敢来找我了。"

"那么……"格桑多吉浑身燥热，汗水都下来了。

"我还等我的史蒂文。他没有死，我知道的。天上的星星还在。"

"可……我……"格桑多吉没有舌头了。

"把我当你的妹妹。"玛丽亚温柔地说。

这柔情的请求没有人可以反对。格桑多吉无条件地投降，并将之视为某种全新生活的开始——为终生相恋的人再一次付出。

他找来纸和笔，打算给公社写结婚申请。教堂村的生产队没有批准结婚的权力。玛丽亚因此还抱怨道："过去结婚哪有这么麻烦啊？两人走进教堂，神父一祝福，一辈子的事情就定了。"

格桑多吉痛苦地想：就是由于神父的这些说词，让你一辈子受苦啊，你还不明白吗？

"快别提过去的事啦，要挨批判的。"格桑多吉用舌尖舔舔那支破毛笔，他按现在的规矩写自己的"结婚申请书"。

"伟大领袖毛主席教导我们：要斗私批修……"格桑多吉口里念道，还未落笔就觉得不妥。结婚就是"私字当头"，谁批准你结婚啊？

"伟大领袖毛主席教导我们：革命不是请客吃饭，不是绣花做文章……"也不对，革命也不是结婚生娃娃。

"伟大领袖毛主席教导我们：提高警惕，保卫祖国……"妈的，这跟结婚有什么关系。

两人折腾到半夜，把学来的语录搜肠刮肚地背了又背，想了又想，把家家都当《圣经》收藏的毛主席语录也翻出来了。最后，格桑多吉终于写成了自己一生中最重要的一份文件。

结婚申请书

伟大领袖毛主席教导我们："白求恩同志是加拿大共产党员，五十多岁了，为了帮助中国的抗日战争，受加拿大共产党和美国共产党的派遣，不远万里，来到中国。去年春上到延安，后来到五台山工作，不幸以身殉职。……我们大家要学习他毫无自私自利之心的精神。从这点出发，就可以变为大有利于人民的人。一个人能力有大小，但只要有这点精神，就是一个高尚的人，一个纯粹的人，一个有道德的人，一个脱离了低级趣味的人，一个有益于人民的人。"

现有阿墩子县东风人民公社红卫大队第三小队人民公社社员格桑多吉同志和玛丽亚同志自由恋爱多年，为"抓革命促生产"，申请结为革命夫妻。请上级领导批准为盼！

具状申请人

格桑多吉，玛丽亚

致以崇高的革命敬礼！

玛丽亚低声嘀咕道："主啊，你扯了那么远。从美国到加拿大国，还到了延安，最后才回到我们教堂村的三小队，还不就是为了哄他们的一张纸。"

"这是毛主席老三篇里的文章，全国人民都在学习呢。"格桑多吉还在欣赏自己的杰作，"我怎么看着像是写给我的。"他脸上荡开幸福的笑意。

玛丽亚在胸前画了个十字，"毛主席的文章，就像《圣经》一样，就是写给大家的。"

第二天一大早，格桑多吉就赶到公社，找到民政助理员，把申请书递上去。那个助理员忙着去参加批判会，看也没有多看就给他开了结婚证明，还在上面盖了章，匆匆说："格桑多吉同志，舍得一身剐，敢把皇帝拉下马。祝贺你们结为革命夫妻。"

格桑多吉回答道："破字当头，立在其中。谢谢你啦！"

格桑多吉赶回教堂村的路上，碰见流浪的爱神蹲在山道边的一块岩石上，他快活地跟他打招呼，说："伙计，我娶到玛丽亚了。"

爱神并不快活，他的毛色零乱，前蹄上有血痕，看上去忧心忡忡，神色哀怨。

格桑多吉抚摸他的脖子和受伤的前蹄，"你这些日子跑哪儿去了呢？谁打你了？真想不到爱神也会受伤。唉！跟我一起走吧。我现在总算有一个有女人的家了，这才是真正的家啊。"

爱神没有跟格桑多吉走的意思，他舐舐格桑多吉的手，又伏下去舐尽前蹄上的血迹。格桑多吉忙着回去参加批斗大会，只好对他说："好吧，你就在这儿待着吧。我回去要面对的也不都是好事。你不要走远了伙计，我的爱以后还需要你的保佑呢，尽管你现在是一条流浪的狗。"

太阳才刚刚爬上峡谷的山顶，村里的人们已经被集中在教堂里开大会了。格桑多吉才进门，就被工作队的人拦住，递给他一顶高帽子和一个纸牌，上面书写着"反革命流窜犯——格桑多吉"。一个小青年问："是你自己戴上呢还是我们来？"

格桑多吉快活地说："我自己来吧。"

他是快乐的，他今天结婚了——尽管是假结婚。但谁不在大婚的日子里快乐呢？就把今天的批斗会当作格桑多吉的"婚礼"吧。既然他不能在赞美诗的祝福下在教堂里办一次隆重体面的婚礼，那么，就让教堂里的批斗会来为他终于有个家祝福。他径直被押上了教堂的圣台。过去只有有圣职的人才可以上的圣台，现在成了格桑多吉的批斗台。

教堂里口号声此起彼伏，格桑多吉却在想多年以前玛丽亚和史蒂文在这个教堂举办婚礼时，他被村人绑在村口的大树下，那时他在心里发誓：终有一天，他也会在教堂里迎娶玛丽亚。他走了那么远的路，吃了那么多的苦，现在他差不多做到了。他真想对着批判他的人们喊：我娶到玛丽亚了。我要请你们喝酒！但他不能说，他只能面对像澜沧江水一样汹涌的辱骂声争辩了一句："我不是反革命，也不是流窜犯。我已经改造好了。"但瞬间就被人们用拳头和脚打翻在地。刘福驳斥他的理由是：你又不是教堂村人，跑到这里来落户干什么？

下午批判会结束时，玛丽亚把格桑多吉开来的结婚证明当着很多人的面交给了生产队队长罗迪尼，这个史蒂文曾经的朋友用诧异的眼光看着玛丽亚，他什么都没有说，就把证明还给了玛丽亚。玛丽亚走了很远了，他才冲她的背影说："我会告诉大家的。"

晚上格桑多吉被玛丽亚扶回了自己的家，他伤得不轻，身上青一块紫一块的，头也被打破了。格桑多吉想回自己的小屋疗伤，他不愿玛丽亚看到自己身上的屈辱。但玛丽亚说："奥古斯丁，有打你的手，就有为你抚平伤口的手。天主是公平的，一扇门关闭了，一扇窗户主耶稣就会为你打开。"

如果格桑多吉还相信耶稣天主，他真想在心里呼唤他，感激他。过去这个女人伤害他的爱心，另一个女人来为他抚平创痛；现在别人重创他的肉体，这个女人甘愿和他一同承担苦难。格桑多吉被打倒了，奥古斯丁却成了他最爱的女人时时挂在嘴边的呼唤。如今这个险恶的世界上只有她一个人叫他奥古斯丁，就像每个人心中都珍藏的那份唯一的爱。耶稣，难道你的仁慈真的存在？

玛丽亚为格桑多吉热敷时，罗迪尼和几个村人前来祝贺。他们带来一条毛巾，一块肥皂，一匹氆氇，一坨茶叶等日常生活用品。罗迪尼难为情地对格桑多吉说："兄弟，不要笑话我们了。现在不比从前。"

格桑多吉笑着说："你们来看我们就是最大的厚礼啦。谢谢大哥。"

罗迪尼苦着脸说："你们早点休息吧。听说明天要拉你到邻村去游斗，你穿厚点，打起来就不痛了。"

格桑多吉说："这点痛不算什么。我有……家了。"他看着玛丽亚，玛丽亚低头看火塘，脸上不知是羞红的，还是火光映红的。

人们走后，两人呆坐良久，不知接下来该做些什么。淤青的伤口热敷了，打破的脑袋包扎了，茶也喝凉了，火塘里的火苗也有了睡意，孤独漫长的等待和爱情艰难的跋涉走到了一个三岔路口，一条通往幸福，一条通向守望，还有一条未知的道路，路的尽头可能有史蒂文归来的足音。因此，火塘边的人今晚不知道该睡在何处？

最后还是格桑多吉败下阵来，"趁天黑，我还是回我的屋子吧。"

玛丽亚咬着嘴唇说："奥古斯丁大哥，还记得很多年前我被你的兄弟抢了，你来救我的事吗？大家都相信你的良善，现在我更相信了。昨天我不说你是我男人，他们今天不会打你打得那么狠；可是如果我不那样说，今晚我的梦就不会安宁。奥古斯丁，你永远是我敬重的大哥，是史蒂文的好兄长，是若瑟的好代父。我和史蒂文是在教堂由神父祝圣过的。经书上说，'天主所结合的，人不可以拆散'……奥古斯丁，这是你妹妹的家，你当然应该守在她的梦外边。对吧？"

格桑多吉咬着牙，脸上浮现出一个苍凉的微笑，"好吧，我就睡火塘边，睡在你的梦外。"

40　史蒂文前书

难道你们中间竟然没有一个有智慧的人，能在自己弟兄间分辨
是非，以致弟兄与弟兄互相控告，且在无信仰的人面前控告。

——《圣经·新约》（格林多前书6:5-6）

我相信我还活在玛丽亚的梦里，尽管那边的人们肯定都认为我死了，尽管有些时候我也认为自己死了。我们经常在梦里相见，我总是忘记给玛丽亚说最重要的一句话：玛丽亚，我没有死，你要等着我回来。我在梦里净问些不干要紧的事：什么我们家的那头花犏牛又下小牛崽了没有啦，羊群里是不是又增添了活蹦乱跳的小羊羔？还在一个风雨交加的梦中，和玛丽亚赶着牛羊走了很远的路，仅仅是为了让它们多吃几口青草。我们在牧场上被鞭子一样抽打过来的大雨搞得狼狈不堪，我想和她亲热，但却没有一块干地方；我想跟她诉说这些年来思念她的话儿，还有那些由离别的忧伤熬煮成的诗句，就像用热气蒸腾的新鲜牛奶打成的酥油饼，多年来堆积在我的心头，但喧闹的风雨淹没了我的声音，强劲的狂风转眼就要刮走我的玛丽亚，我只有对着她大喊：玛丽亚，我不在的时候，地里的活儿谁干呢？青稞播种前谁来帮你犁地？谁来帮你车水？割青稞的时候，有没有村里的浪荡子唱那些让人心跳的情歌来挑逗你？他们会不会趁着只有你一个人在青稞地里时，像我们过去常常找的快活一样，把你掀翻在青稞里，和你寻开心？过去我也干过这样的事情，但我现在诅咒所有想这样干的家伙们。

奇怪的是，我很少梦见我的儿子小若瑟，他又长高了吧？他有多少岁了，十六还是十七？我总是记不住他的年龄，只记得他是在一个大雪天出生的。一天我在梦里告诉玛丽亚，这个孩子性子有些野，像我小时候。我像他这么大时，已经到处流浪了。不过若瑟将来会是个干大事情的人，一定会比他的父亲有出息。你要好生带他，让他识字念书，他不听话就狠狠地揍他。我真担心他惹你生气。但是你要多谅解他，一个父亲不在身边的孩子，不容易。当然，你更不容易。这都怨我啊！

我在梦里的呼唤和忏悔，总是只有梦的影子回应。这个影子就像漂浮在大雾弥漫中的河谷对岸的村庄，偶尔一闪现，就被浓雾严严实实地遮盖起来了。这个村庄里有我的家，有像玛丽亚一样温暖的火塘。我要穿透这浓雾回家，不是像跨过一条河谷那么简单，而是要渡过一条台湾海峡。过去我们过澜沧江峡谷，只要有一条横跨两岸的溜索就行了；现在台湾海峡又宽又深，两岸还有上百万的军队对峙。不要说我，就是一只鹰，也不可能飞过去。

鹰飞不过去，信也飞不过去。我给玛丽亚写了多少封信，已经记不清了。从印度的达普难民营，到台湾这个被海水包围的海岛，我都在写一封封无法寄出的信，我只有把这些信交给天使。护佑我们爱情的天使啊，你什么时候飞回来？我的信有的长，有的短，有的不是信，是思念，是诗行，是梦话；有的写好后被我撕了，烧了。因为望着它们，就像望着归不去的故乡。我常在晚上把耳朵贴到地上，希望能听到玛丽亚在火塘边低声喊我的声音，听到我们家的牛羊在牧场上的叫声，听到小若瑟蹦蹦跳跳回家的脚步。大地是我们的母亲，它应该传达给我它的儿女们每天忙碌的足音。我们小时候就听大人们说过，你在河谷这边唱一支山歌，对岸说不定会有个姑娘要出嫁，或者来一场雪崩。

但是，台湾海峡隔绝了我与那片土地所有的联系，无论是人间的，还是神界的。

我们这边看到的报纸上说，大陆这些年很乱、日子过得很艰难。很多人饿死了，然后又是搞运动，共产党的同志们互相批斗，不知道他们是不是中了我方的反间计？但他们乱他们的，我的玛丽亚怎么办？我家的瓮里还有没有粮？牧场上的牛羊可曾兴旺？火塘边还有没有安宁？政治教官越把大陆描绘成地狱一般，我们这些家在那边的人心就揪得越紧。就像在对岸眼睁睁地看着烈火中燃烧的家。

我的家在燃烧吗？玛丽亚，我每天每夜地想你，也在想你的日日夜夜。你都在做什么？有没有笑？有没有哭？有没有谁在你身边？我不能不想到格桑多吉，尽管他是我们的救命恩人，他曾经救过你，那是因为他爱你；他放走我，可不是对我的怜悯。这一点我心里清楚得很。托彼特总是劝我说，不要嫉妒格桑多吉，要爱他，怜悯他。他也是个有良心的人。可我还是爱不起来啊！因为他的眼睛总是看着我的妻子。

从我学会看地图后，我就发誓我一定要到岸的那一边去，哪怕一时还不能进入大陆，但我要和我的玛丽亚生活在同一块陆地上。

我从泰国的清迈入境，然后在当地一个朋友的安排下偷渡进入缅甸。这个朋友也是云南人，共产党一进云南就随一支军队退到这里了。他现在在坤沙的手下干，跟国民政府保持着若即若离的关系，他们大约做鸦片方面的生意。我经过了大片的罂粟地，朋友说这片地区都是他们的，是用枪杆子打出来的。

这是一个奇怪的地区，一群效忠国民政府的军人，在别国的地盘上舞刀弄枪。我们不是占领军，也不是入侵者，更不是占山为王的土匪强盗，我们只是一群为生存而战的动物。这里比在台湾岛更令人倍感孤独。当我按指令到基地报到时，我以为到了澜沧江峡谷的雪山背后傈僳人的村庄。过去我们在教堂村看不起那些在山林中穿兽皮的傈僳人。现在我身穿国军的作战服，也跟穿一身兽皮差不多。

他们让我分管电台，负责与台湾总部的联系。我手下有三个兵，一个少尉，由于我主动要求到特区来工作，上峰破例提拔我为中尉。我不知玛丽亚会不会喜欢我肩上的那两颗星星。在军中，人们朝思暮想就是这些星星，可在我的心里，我的星星在天上，玛丽亚看得见，她的目光总是让这颗叫"明珠"的星星特别亮。

我来后不到一个月，便经历了缅甸政府军的三次轰炸，五次进剿。我们有一段时间天天都在作战，与战死的兄弟同眠。有一天我醒来后揭起身下的油布毡，竟然拖出一个人的肠子来！原来是几天前我们战死的一个兄弟，当时草草将他埋了，然后又转战他方。可是在丛林里转来转去，我却在一具腐烂的尸体上睡了一觉！

来特区时我乐观地认为，如果反攻大陆开始，我们将成为第一批进入大陆的部队，我将在第一时间随国军打回我的家乡。现在看看我身边这些士气低沉、孤魂野鬼般的士兵，我明白政府的白日梦做得比我还不着边际。由于我掌管着电台，来后不久我就知道了局势有多么糟糕。那些派遣到大陆的特工，大多有去无回，就像往湖里扔了一块泥块，无线信号里再也没有他们的声音。当初我还以为自己学了那么多本事，可以在一个夜晚悄悄摸进自己的家门呢。

一天黄昏，我在水潭里和两只水牛一起洗澡，这时基地指挥官林中校也来了。我们已经连续打了一个星期的仗，身上的硝烟味儿连蚊子都躲得远远的。林中校也是在国军溃败时从云南那边退出来的，一直在特区，已经成为了本地通。我们洗完澡后，坐在岸边抽烟聊天。林中校说他是云南大理人，过去经常去洱海边游泳。"他妈的，现在只能在水潭里和老牛打滚。"林中校说。

林中校的家乡离我的家不到两百公里，过去有些马帮经常跑大理。我听说那里有雪山，还有像大海一样的湖泊。神父们也常提到大理，说那是个跟他们的国家一样美丽的地方。那里也有个很大的传教会，但林中校不是天主教徒。

林中校忽然问："嘿，想不想给家里去封信？"

我问："你的家不是在这里吗，长官？"

他说："妈的，我是说你。"

我的心差点就蹦出来了，我张张嘴说："长官，我……我……我不敢写信。"

"为什么？你不是有老婆在云南吗？"

"是。可是，可是怎么交得到她手里啊长官？我……我已经写了无数封发不出去的信了。"

"就知道你小子晚上写写画画的，一定是在给老婆写信。"林中校阴笑道，好像我的行动他全掌握，"写吧，重新写一封，报个平安。我有办法帮你把信寄到你家里。但是有个条件，信写好后要交给基地的保防官审查。这你是知道的，不能在信里泄露我们这边的情况。"

我知道经常有人过去"那边"，说不定他们会把我的信在大陆的某个地方寄到教堂村，但我不舒服的是家信也要给保防官审，这就像两口子在床上的私话被人听到一样。保防官也称防谍官，他在我们这个基地的官阶仅次于林中校。但只要能让玛丽亚知道我还活着，就是被人在大庭广众下脱光了衣服示众我也愿意。

晚饭后我就去找保防官李少校，问他哪些该写，哪些不能写。但李少校仅是问："你们那边你认识的人中，什么人官阶最高？"

我逃出来时是个农民，哪知道哪个共产党的干部官阶高，我只认得格桑多吉，因此我说："有个叫格桑多吉的，是我们的县公安局长。"

"嗯，"李少校嘟起了嘴，"他是个顽固的赤色分子吗？"

"我们从前是一个村的人，共产党一来他就投奔共军了，是我们那儿的藏族人中最先被赤化的。他抓过我，让我坐过共产党的牢。"我的心那时被魔鬼控制了，我相信天主不会让我进他的国，嫉妒的魔鬼让我继续说谎，"后来我逃出来，他一路追杀我，差点没有杀死我。"我不敢说格桑多吉放我的事，因为我怕说不清。

"那就在信上给他问个好，说你会再联络他。"

"什么？"我惊讶地看着保防官似笑非笑的脸，"我恨不得杀了他呢，长官。"

"照我说的做。"李少校命令道。

我在心里说，你又不信耶稣基督的宽恕，怎么会想得跟托彼特一样。但我还是服从命令了。我的信是这样写的——

　　玛丽亚：

　　　　你好吗？我是你男人史蒂文。我还活着，时刻想着你。

这些年我到处流浪，比我过去当说唱艺人走得更远。我虽然经历了许多事，见识到了更多的见闻，学到了过去从未学到的本事，但我已不能像从前那样弹琴歌唱。不是手边没有一把扎年琴，而是心里没有唱歌的愿望。没有你的日子里，我的心就像冬天里山坡上枯萎的荒草。我不知道我逃走后你过的是什么日子？我们的小若瑟好吗？长多高了？

我现在为一个大老板干活，他很有钱，比康菩土司还有权势。他让我到缅甸来做一些药材方面的生意。你收到信后不要告诉任何人我的情况。切记！切记！你要等着我回来！

托彼特老人家很好，他在台北，很适应那边的生活。我们还见到了罗维神父，他对我们的帮助很大，他在台湾的东海岸又有了自己的教堂。我们去看过他，那是一个和教堂村差不多的山村，连山上的云雾都几乎一样。那里的教友也不是汉人，是当地土著，生活习惯和我们差不多，放牧、种地、打猎。古纯仁神父已经退休回他的国家去了，据说他回去后不久就荣归了天国。天堂的大门一定会为这个好神父打开的。

我没有忘记我们的好朋友格桑多吉大哥，请代问他好。他为我做的事我一辈子忘不了。我的老板也很希望结识他这样的英雄，和他一起做生意。我会再联络他。

玛丽亚，你一定要等着我回来！我的那颗星星你还看得见吗？它每天都在天上看着你哩。我在外面的生活很好，希望你也每天过得好。庄稼不要受到雹灾、水灾、旱灾，牧场上的牛羊不要得瘟疫，年年都有牛犊羊羔给我们家带来吉祥和快乐。

多年以后我才知道，这封信铸成了我人生中的第二宗罪，枪走火打死了无辜的伊丽莎是第一宗罪。过去神父们教导我们，人要为自己的罪孽赎罪。我那时并不认为我会有什么罪。我曾经是名说唱艺人、流浪诗人，我带给人们快乐，带给姑娘们爱情；和玛丽亚结婚后，我成了一个种地放牧的农民，我伺候庄稼和牛羊，过安分守己的日子，我也不会犯什么罪。可是啊，我不知道罪孽原来是一个人的影子。

41 浴 火

我这个人真不幸呀！谁能救我脱离这该死的肉身呢？……我这
人是以理智去服从天主的法律，而以肉性去服从罪恶的法律。

——《圣经·新约》（罗马书 7:24 – 25）

玛丽亚的儿子若瑟从县上的中学很风光地回来了，不仅因为他是藏区民
主改革以来教堂村第一个高中毕业生，而且他现在还是造反派红卫兵战斗队
的小头目。他一回到村里，就把刘福揪上了批斗台，当然，格桑多吉这样的
人在红卫兵的权威下也在劫难逃，况且，当若瑟发现格桑多吉住进了自己的
家中时，他挥向格桑多吉的皮带就更加不留情。他曾经想把他赶出家门，但
是玛丽亚拿了一把砍柴刀横在脖子处说，你先杀了你的阿妈。

"这个小野兽，他怎么能下狠手打他的代父！"每天晚上，玛丽亚为格桑
多吉擦伤口时，总是泪水涟涟地说。

"代父怎么也抵不上亲生父亲。"格桑多吉苦笑道，"我想，刘福已经被
打倒了，没有人来惊扰你的梦啦，我还是搬出去住吧。"

"奥古斯丁，你的房子已经垮了，你搬出去住哪里呢？"玛丽亚抹着眼
泪说。

"垮了我再盖，没有关系。小若瑟看见我在这个家里，对你都没有个
笑脸。孩子总是想保护自己的母亲，我小时候做得比若瑟还过分。"

"这个小冤家啊！这个小野兽啊！那个不知跑到哪儿去了的死鬼啊……"

玛丽亚也不明白自己一手养大的儿子，怎么会变得跟刘福一样随意揪人打人，她总是从骂若瑟开始，到数落生死不知的史蒂文结束。

若瑟很少回家，他很忙，比当年在教堂村一边搞民主改革一边要剿匪的格桑多吉还要忙。像他这种家庭成分有问题的青年，只有比别人更敢于造反，才能闯出自己的前程来。他为了表示革命决心，一回来就宣布跟自己的反动家庭划清界限，而且改名叫"跟毛干"——意为紧跟毛主席干革命。他不仅改了自己的教名，还把教堂村的名字改为"反帝村"，然后是所有带有宗教色彩的名字都必须改，那些叫保禄、亚当、玛丽亚、露易丝、露西亚、路德、安东尼的，统统要改一个革命化的名字。一夜之间，"反帝村"流行开来千奇百怪的名字，比当年那些外国神父起的教名更拗口别扭，底层的藏族人过去习惯用吉祥的事物或神灵的称谓来作为自己的名，本来就没有姓，现在什么最革命就叫什么吧。"三结合"、"誓反修"、"听毛话"、"学毛著"、"血战到底"、"捍卫东"、"颂文革"、"斗批改"……既然人们连自己是谁都不知道了，叫什么就更不重要啦。格桑多吉当年把教堂改作学校，红卫兵战斗队队长"跟毛干"同志认为这还不足以体现翻身农奴对帝国主义宗教侵略的仇恨，他命令将教堂改为猪圈，让教堂里的耶稣和圣母玛丽亚跟那些浑然不知的猪们一起臭不可闻，并遗臭万年。

"这个小野兽不回自己的家可以，不认我这个妈也行，我可不会让他给自己的妈改名字。他就不想想，没有教会救我和他阿爸，哪有他？"玛丽亚在火塘边嘀咕道。

"快别提教会啦。"格桑多吉今天被反剪双手斗了半天，现在两条胳膊都麻木了，他在等着玛丽亚给他热敷，"一个村庄的人都在为教会遭罪呢。不仅是我们教堂村的人，今天我还看见我的活佛弟弟了。"

"顿珠活佛？他也来批斗你吗？"

格桑多吉苦笑道："他有那份风光就好了。我们站在一起挨批斗。"

"会下地狱的。"玛丽亚把一条热毛巾敷在格桑多吉的后背，"哦呀，你的腰也被打青了，哪个畜生干的？"

格桑多吉没有回答，那是"跟毛干"狠狠踹的一脚，当时他以为自己的骨头断了。

"你……躺下吧，我帮你用青稞酒擦擦。"

他听话地躺在火塘边自己的卡垫上，任凭这个女人温柔火热的手在他伤痕累累的身子上抚摸。他从内心里感谢白天挨的那些打骂，甚至希望那暴力来得更猛烈一些。当年他可以随意抢人、打人甚至杀人的时候，玛丽亚看都不愿多看他一眼。现在他饱受欺负凌辱，骄傲的胸膛时时贴近尘埃，这个女人便成了拯救他苦难爱情的天使。他把身上的那些淤青和伤痕，看做是自己爱情的勋章。

女人温软的手在男人健壮有力的肩膀、背部游走，不像是在擦拭皮肉上的痛苦，而是在抚慰心灵的创伤。格桑多吉感受到玛丽亚的小心仔细，那撒在背上辣辣的是青稞酒，温热的是女人眼里滴落的泪。一双多情温柔的手把酒和眼泪都揉进了他的灵魂深处。

这个夜晚，格桑多吉梦遗了，他在梦中快活地呻吟。睡在里屋的玛丽亚被惊醒，以为格桑多吉伤痛发作了。她摸黑爬起来来到他的床边，看见男人光着膀子侧身朝里。月光从火塘上方的天窗照射下来，正洒在男人裸露的胴体上，像一块冰凉的铁一样沉默、结实。玛丽亚轻声问："奥古斯丁大哥，你痛吗？"

睡着的男人没有应声，有些夸张地打起了鼾声。玛丽亚在屋里的月光中站立良久，轻轻地叹了口气，回自己屋里去了。

第二天一大早，格桑多吉又被人揪到邻村开批斗会去了。玛丽亚在家洗格桑多吉那些布满血迹、污垢的衣服。在一堆衣服中她发现了格桑多吉内裤上的白色精斑，她的脸顿时像少女一样红了，但她还是忍不住拿到鼻子上嗅了嗅。这让她心慌手乱了半天，深感自己罪孽深重。可是一整天，她都在回想那精斑鱼腥草一般的甜味。

这爱的味道让玛丽亚意乱情迷，男人火山喷发般的激情之后的爱液，让寂寞的女人久违了。但是她也知道，在这个动荡的岁月，不需要激情，就像不奢望吉祥的生活一样，能保平安就是最大的吉祥了。

玛丽亚再也睡不安稳觉了，她的梦中早已没有了史蒂文，她随时关注着厅堂那边的动静，总是艰难地蜷缩在自己的床上，夹紧双腿，满面羞红，颤栗不已。终于，在一个月华如水的夜晚，她像梦游一样爬起来，站在了格桑多吉的春梦边。

"哎。"她轻轻叫了一声。

没有回应，她又摇晃他，还是没有反应。玛丽亚羞愧地站立了很久，心里喊了自己一万次：走吧走吧，快离开快离开。可就是迈不动自己的脚，仿佛脚有千钧重。她把自己当成一座守望的石女雕像，外表虽然看上去坚硬无比，但内心早就融化了，像地底融化的岩浆，就要喷射爆发出来了。

玛丽亚的手伸向男人健壮的身子。她先是抚摸那些伤痕，她想如果他这时醒了，她会问他，你还痛吗？我再给你揉揉。但是男人似乎睡得很死，侧身背向她一动不动。玛丽亚的手已经不按她的想法行事了，就像惯偷看见了警察的钱包，宁肯伸手就被捉住也要过一把手瘾。她从他的背部摸到了腋下，然后是肌肉饱满的胸膛……温软的手继续往下游走，她的手像伊甸园里那条罪恶的蛇，缓慢而迟疑地游到了他的腹部，往下，再往下，游过茂密的草丛，游过平缓起伏的山岗，游过漫长孤独、寂寞难耐的岁月，游过罪恶欲望的海洋，终于握住了男人勃发湿润的生殖器，就像溺水的人抓住了神灵从爱的彼岸伸过来的木棒……

她夹紧了自己的双腿，娇羞难当，泪流满面。她想打开自己，一千次一万次地想。但是她不能。她感到有一张罪孽之网把自己紧紧罩住了，她既不能打开自己的肉体，更不能敞开自己的心灵。因为欲望的肉体一旦敞开，负罪的心灵就昭然若揭。尽管耶稣已经被打倒了，但她还是不敢像面对天主的圣容一样面对自己的罪孽。羞愧和紧张、罪恶和激情、焦虑和徘徊，就像一团搞乱了的棉线，让她在内心里理也理不清。她只有让手中那物饱满、膨胀、喷射……

而格桑多吉竟然还能深陷美梦深处，不愿出来。人总是情愿自己的美梦长久，害怕梦醒后像被逐出乐园般的遗憾。纵然美梦的美好，在于醒后的失落，因此格桑多吉留住美梦的唯一法子是：哪怕天塌地陷，炸雷在耳，也要继续睡下去。

第二天早晨起来，两人都不敢面对对方的眼睛。连火塘上升起来的青烟都有罪孽感。令人奇怪的是，今天竟然没有人来揪斗格桑多吉，以至于他就像那些等着小车来接他去上班的高官那样，在屋子里焦虑地团团打转。"怎么今天他们不开批斗会了？"他站在门口，不断地翘首盼望那些来揪斗他的人。你们躲懒，我在家里怎么办？他在心里嘀咕道。

　　这时他看见爱神在门口徘徊，就赶忙拿了一块羊骨头递过去。他看见爱神责备的目光，他悄悄对它说："不是我的错，也不是玛丽亚的错。是……嗨，你怎么跑了呢？"

　　玛丽亚在里面喊："奥古斯丁，你在跟谁说话？"

　　"哦呀，是爱神……"格桑多吉慌了，差点一拳打掉自己的牙齿，"不是不是，是……是一条流浪的狗。"

　　玛丽亚追了出来，看着那狗远去的身影说："噢，它在我们家转了好几天了，原来是你在喂它啊。你帮我去水磨房磨糌粑吧。"

　　"好，好。我这就去。"格桑多吉拎了糌粑口袋，逃似的出门了。

　　但他们仍然得面对每一个夜晚，或者说，他们都在期盼夜幕掩盖下的游戏。他们以此来抗衡内心的孤独，也抗拒外界地狱一般的生活。她给他性的抚慰，而格桑多吉默契地配合，在玛丽亚都不相信的假象中沉睡。有一次他实在控制不了啦，闭着眼睛翻身过来将她一把抱住，但是她剧烈地抵抗不从。两人在火塘边翻滚，罪孽感给予了玛丽亚强大的力量，就像一条不能突破的游戏规则，一旦一方坏了规矩，这游戏就不好玩了。格桑多吉大概也醒悟了过来，自己先败下阵，掉头装睡。

　　就当这一切是一场梦罢了，就当它是一场真实的春梦吧。于是他们又恢复到从前的梦游，似乎这样做既满足了生理需求，又不得罪天主。

　　但是格桑多吉平静下来了，玛丽亚却越来越像陷入深坑里的母兽。她在情欲的火炕里左冲右突，伤痕累累。她不明白格桑多吉的生理需求用这种奇特的方式满足了，而她却没有。以至于在自己一手缔造的游戏中越陷越深，越深越痛苦。她甚至常常想，史蒂文这个死鬼或许真的死了呢。

　　有一天玛丽亚带着这种心情问天，她在东边的夜空中眼睛都看酸了竟然也没有看到史蒂文的那颗"明珠"，它不知是坠落了，还是藏起来了。奇怪的是当时她没有悲哀，反而有某种如释重负般的轻松。

终于在一个夕阳血红的傍晚，格桑多吉瘸着脚回家。那一天他被打得很惨，走路都困难。他远远地看见自己的家了，甚至也看见玛丽亚在家门口张望，向他招手。格桑多吉咬紧牙关，支撑着自己不要倒下。他甚至想先走到房子外的水槽边清洗自己，因为他太脏了。

但他终于在离家还有二十来米的地方摔倒了，趴在地上像一条垂死的狗。爱神不知从什么地方跑出来的，哀怜地用舌头舔格桑多吉的头。

玛丽亚迎了出来，还没有走近格桑多吉就闻着一股浓烈的猪屎臭，她听见他说："走开，走开。走！不要靠近我。"

"他们今天怎么你啦？"玛丽亚蹲在格桑多吉身边悲泣地问。

"没什么，给我打盆水来吧。他们今天把猪屎糊在我脑袋上了。我很臭，你离我远点。"

玛丽亚忽然扑在他的怀里失声痛哭。她从来没有在这个男人面前如此哀恸，如此舒展地打开一个女人饱满的胸怀，也从来没有如此大胆地用一个女人的温柔去填平男人屈辱的深渊。她搀扶起自己的男人，小心翼翼地把他领回家。她根本就不在乎格桑多吉满身的猪屎味，她让他躺平在火塘边的卡垫上，为他擦去身上的血迹，为他抚平淤青的创伤，为他清理满头满身的污秽。她褪尽了他每天都要迎战苦难的征衣，让这个曾经的英雄一丝不挂，重新焕发他男人的气概。她用清水、用青稞酒、用牛奶将英雄重新装扮，好让他找回男人的骄傲，披挂上阵。一个好男儿在战场上要铠甲锃亮，刀枪齐备；而在女人面前，则要雄壮自信，温柔体贴。

他们从哭泣中的依偎到激情喷发的相拥，从悲伤中的怜惜到内心深处的崩溃。她亲他的脸，亲他的额头，亲他的头发，最后她火热的唇找到了他干渴的嘴……

"我还臭吗？"他问。

"不，你很香。我们都不臭，不是臭叛匪家属，不是臭流窜犯，更不是一对臭夫妻。"

"夫妻……"

"是的。我们是夫妻。"玛丽亚伏在男人开阔的胸膛上，幸福地宣布，"从今天起，我要做你的女人。"

"为什么是今天？"

玛丽亚愣了一会儿，才一声哀叹："因为，我们已经过着猪狗不如的日子了。"

男人翻身过来，将女人压在身下，小心地褪去她的衣服。他在颤抖，幸福得忘记了所有的苦难和屈辱。他说："我要感谢这日子……"

但是，她在他进入自己体内时，还是忍不住浑身战栗起来，心有余悸地说："要下地狱的！"

格桑多吉回答道："还有比这更像地狱的日子吗？你记住：我会为你挡在地狱的门口。"

玛丽亚再度泪流满面，不知是因为快乐，还是由于看到了格桑多吉已经站在了地狱的门口。她觉得自己多年来为等待史蒂文的挣扎、坚守失败了，服从教会的戒律也失败了。但她重新获得了爱，尽管失败感和爱情的欢娱就像心中那只渴望飞翔的鸟儿的一双翅膀。

他们再不用同在屋檐下、却一个守在另一个的梦外边了。在批斗、殴打、侮辱、口痰和牛屎马粪的"祝福"中，他们的蜜月降临，甜美的梦终于融合在一起。他们一起去挨批斗，一起出工参加劳动。他们在喧嚣的批斗会上甚至还能望着对方微笑，在心中给对方唱歌儿。在傍晚的时候，一个搀扶着一个回家。再重的创伤，现在都在爱的力量下迅速地愈合。每当夜幕降临，火塘生起，短暂的安宁与幸福弥漫在玛丽亚家，所有的担忧，害怕，苦难，眼泪，甚至无处不在的罪孽感，都暂时被抛在了一边。他们温情地爱抚，疯狂地做爱。有时煨一壶茶的工夫，男人就把女人按倒在火塘边；有时男人已经熟睡了，女人还伏在男人的胸前幸福地啜泣。不过，他们的爱始终在敬畏中，在恐惧里，在地狱的边缘。尽管欢娱的幸福如此强烈，不可阻挡，但地狱的烈火仿佛就在爱床下燃烧。爱得越激情洋溢，地狱之火就烧得越恐怖狰狞。因为玛丽亚既不敢面对她所信仰的天主耶稣，也不敢面对生死不知的史蒂文。因此，每当他们做完爱，玛丽亚都要起身重新穿好衣服，把藏着的十字架翻出来，跪着捧在手心里，忏悔自己肉欲的罪过。每个教友家里一切有关信仰的东西，都被收缴了。但几乎所有的教友都会偷偷留下一两样东西，不是耶稣和圣母像，就是十字架、《圣经》。隐藏的天主无处不在，就像隐蔽的信仰不可更改一样。

格桑多吉开初感到奇怪的是，玛丽亚头天的负罪感那么强烈，可第二天晚上在床上的疯狂，就好像已经完全忘记了主耶稣的威严。后来他见惯不惊，甚至还自嘲道：人都是这样，犯罪时，谁都想不起；当好人时，谁都敬畏。

他们需要用爱来抚慰对方的创伤，用爱来迎战没有指望的生活。第二天太阳升起来时，他们才有勇气、满脸阳光地去面对苦难的挑战，满怀感恩之情去面对清贫的生活。

春天到来时，批斗会没有那么频繁了。"跟毛干"带着一帮红卫兵出去大串联了，上面号召"抓革命促生产"，再不干地里的活儿，今年大家都要饿肚子啦。人们每天听着教堂的钟声准时出工，这是披着宗教外衣的帝国主义分子留给这个村庄唯一可资利用的遗产。"跟毛干"曾经想砸了它，但是这口专程从法国运来的大钟着实结实，"跟毛干"虎口都震麻了，也没有伤它一个角。钟声每天响起来前，玛丽亚已经在家里悄悄做完祷告。她感谢主耶稣，让她在苦难的日子里终于得到了爱情；她也祈求圣母玛丽亚的宽恕，请她怜悯这来之不易的爱。她在心里对圣母说：圣母玛丽亚啊，尽管他们批判你，我还是要祈求你的帮助。求你垂怜我和奥古斯丁，求你宽恕我们犯下的罪孽。有时她在祷告中也会愤懑地抱怨：我们在天上的父啊，这个世界上那么多人不相信你，干了那么多的坏事、蠢事，亵渎你圣灵的事，你为什么不惩罚他们呢？既然你都容忍他们干那些伤天害理的事情，我和奥古斯丁的爱，也请你垂怜垂怜吧。这个好人为了爱我，把自己的一生都毁了。难道这样的爱情也不符合你的仁慈吗？

在地里，集中在一起干活的人们私下里说，日子过得这么紧，这个婆娘倒越活越年轻了。有爱的女人的确跟其他女人不一样，她常常会在不经意间把爱情写在脸上，写在婀娜多姿的眼眸里，写在嘴角边那稍纵即逝的甜蜜中。

直到一天下午，几个穿蓝色中山装的男人和一个军人忽然出现在格桑多吉面前，那时他正在犁地，玛丽亚在坡头和一群妇女撒种。那个军人问：

"你是格桑多吉吗？"

"是。"格桑多吉停下了犁，这个军人的气质与威严甚至让格桑多吉想起多年前的老领导高团长。

"你被捕了。"军人严肃地说。

"我有刑满释放的证明，解放军同志。"

"别装蒜啦。"军人说，"我们抓你，不是你过去的问题。"

他们带走格桑多吉时，玛丽亚从山坡上连滚带爬地追了过来，"他已经改造好了，求求你们不要抓他走！"她嘶喊道。

格桑多吉努力给玛丽亚一个笑脸，摘下脖子上挂着的那个蓝色小玻璃瓶儿，交给玛丽亚。一个穿蓝色中山装的人警惕地问："那是什么？"

格桑多吉平静地回答道："只是一个人每天的念想。"

"交出来！"那人命令道。他怀疑那里面是否会有他们所需要的东西。

蓝色小玻璃瓶儿被夺了过去，他们小心地打开了，阳光下除了一块小小的骨头，什么也没有。他们看不见那根玛丽亚的头发！

格桑多吉曾经给玛丽亚说过这个小玻璃瓶儿掌管他的爱情的故事，当时她说，圣母玛丽亚啊，女人你都可以抢，一根头发却舍不得丢。格桑多吉喜滋滋地回答道，抢来的东西，哪有爱神恩赐的珍贵。

他们也知道藏族人有戴配饰的习惯，但他们不明白这个奇怪的配饰究竟意味着什么。最后还是那个军人做主把它还给了玛丽亚，他对格桑多吉说："别耍滑头了，跟我们走！"

"为什么要带走我的男人？"玛丽亚愤怒地问。

"没事，我没什么问题说不清的。玛丽亚，我很快就回来了。"格桑多吉充满信心地说。

格桑多吉在玛丽亚的泪光中渐行渐远，一只黑色的狗斜刺里冲了出来，疯狂地追咬这一行人。在玛丽亚真正成为格桑多吉女人后的一天，他告诉玛丽亚这是他们的爱神。玛丽亚并不当回事，说爱神怎么会是一只流浪的野狗呢？爱神应该在天上的。现在她的心被狗吠声撕碎，她看见有个人用石头去砸那狗，但狗咬得越发悲凉决绝，像一个慷慨赴死的壮士。最后，一声枪响，爱神中弹倒下。

玛丽亚瘫坐在地上，撕心裂肺地大哭，干活的人们围在她的身边，不知该如何劝慰她。那时像格桑多吉这种有历史问题的人，经常会被各派的革命群众以各种各样的理由揪走。因此人们劝玛丽亚道，这帮人也是要来找格桑多吉说清楚过去的吧，说不定过几天就放他回来了。

她拍打着大地，仰天长叹："主耶稣啊，你还要怎么惩罚这个苦命的人？斗也斗了，批也批了。我们可是什么坏事都没有干的好人啊。主耶稣啊，求求你保佑我的奥古斯丁明天就放回来吧。"

可是玛丽亚这次不知道全能的天主父的计划，耶稣没有听到她的祈祷，没有垂怜他们万劫不复的爱情，没有让格桑多吉把那块坡地犁完，然后和玛丽亚一同荷锄回家，没有怜惜将来的日子里玛丽亚家炊烟的孤独，火塘边的冷清，甚至也没有听到格桑多吉有一天对玛丽亚说，要是祈祷能让我们的日子好起来，我也该在心中找回被抛弃的耶稣了。

现在，不知是耶稣抛弃了迷路的羔羊，还是要惩罚格桑多吉对他的抛弃，他让格桑多吉再次回到村庄的时间，不是睁眼就到的明天，而是头发都等白了的十年。

42　菊　花

天气凉了，菊花黄了，出海的男人回家啦！

——福建民谣

"你这样干，会上军事法庭的。"林中校对站在面前的史蒂文说。

"那就把我送回台湾本部受审好了。"史蒂文倔强地昂着头，仿佛已经做好进监牢的准备。

"真不明白，你不是一直想家的吗？给你机会你不要，就不要天天对着大陆那边发呆。"林中校把史蒂文的报告重重地摔在桌子上。

"长官，不是我违抗命令，而是我有自己完成任务的方式方法。请允许我向上峰申诉。"

昨天，保防官李少校把史蒂文叫到自己的办公室，指着堆满了案头的微型发报机、密码本、手枪、卡宾枪、塑胶炸药、消声器、毒药、假发，以及大陆那边流行的毛泽东像章、语录书、蓝咔叽布中山装和一些野外装备，说："史蒂文，你为党国立功的时候到了，你回家的时刻也到了。这些东西随你挑，回去给我开一个清单来，看你需要什么。一周以后出发，我会告诉你怎么做，做什么。"

史蒂文知道，这半年来基地成立了一个"大陆行动组"，已经派遣了三批人员去"那边"，台北本部对"大陆行动组"很重视，不但提供了大量的资金、设备，还派专人来指导。可他们过去后就再没有收到大陆那边发回来的消息，像以往的那些派遣人员一样，传说他们不是刚一过边境就被打死了，就是被捕了。尽管上峰一再鼓噪大陆那边现在民生凋敝，我们的人一过去便能一呼百应，受到大陆人民的夹道欢迎，但只有傻瓜才相信这种说教。人们都在私下里传言，大陆虽然穷到吃不饱饭，但连一个孩子都有警惕性。还"夹道欢迎"呢，"夹道追杀"吧。一切都不过是基地指挥官为了向上峰邀功而拿特工人员的生命冒险而已。

史蒂文回到自己的宿舍想了半天，便给上司开出了他的"装备清单"——锄头一把，砍柴刀一把，筷子三双，碗六个，锅一口，母牛一头，公羊母羊各一只，狗一条，鸡一窝，六弦琴一把。

"这些东西能帮你完成党国的重任吗?"林中校看到这份"清单"后，气得一把揉了它，但又不得不重新将它展开。

"是的。"史蒂文立正答道。

"还要不要给你派个老婆呢?"林中校讥讽道。

"不必了，我有老婆的。长官，你知道。"

"你们藏胞就是这样居家过日子的吗?"

"是。"

"谁他娘的不想过这种日子?"林中校愤怒地吼道，一脚踢飞了一个空弹药箱，"但是谁来光复大陆? 你现在不是老百姓，是革命军人!"

"我从前只是一个种地放牧的藏族农民，不懂革命究竟是个什么东西。不论是老共的，还是党国的。"史蒂文抗辩道。

史蒂文此刻道出自己的民族身份，还真有点让林中校为难。当初这个家伙来报到时，上峰专门有训令，党国里藏胞不多，要倍加珍惜利用，有前途就着力培养，不可造就便送回来。

但林中校不愿让史蒂文得这么大的便宜，都抗令不从，部队还怎么带，大陆那边谁还愿意去? 他关了史蒂文三天禁闭，威胁他说，你这种反共立场不坚定，成天想家的家伙，火烧岛上①关得多了。好好给老子反省反省吧，

---

① 即绿岛，台湾"开禁"以前，这里主要关押各类政治犯。

想不清楚就送军事法庭。

三天后他和李少校交给史蒂文一个比潜往大陆更艰巨的任务——取一个逃兵的人头回来，否则提自己的头来见长官。

这个人是"反共救国军"的上尉，原来驻防在外岛，但因为犯了军法，便从台湾发配到特区就职，可是他却逃跑了。有情报说他正在边境一带寻找进入大陆的机会，已经派出去两个行动组了，但是都没有找到他的踪影。

史蒂文单枪匹马出发，身后有一个三人行动组监视他，命令是如果他也想逃，格杀勿论。史蒂文在翻过两座山梁后就知道了后面有跟踪的人，他在台湾学到的那些本事可真没白学。但他也知道，正是这些本领会将他引向绝路，让他再也见不到他的玛丽亚。不过现在，他宁肯去坐监，也不敢回大陆去。

史蒂文从小就是在旅途中流浪的人，比那些只会杀人的家伙更知道一个天涯浪子在大地上的足迹。半个月后，他在靠近中缅边境的一个小镇截住了那个逃兵。那时他正在华人开的一家小餐馆吃午饭，史蒂文一声不响就坐在了他的对面。

这是一个比他年龄稍长的男人，体格健壮，个头比史蒂文还要高大，但看上去落魄潦倒、神情恓惶。史蒂文过去听说"反共救国军"里的那些家伙都是些水鬼，经常在海面上和老共打仗，还可以轻易从外岛游到大陆搞破坏什么的。他们和正规军不同，擅长在海上打游击。不过现在是在山地，不是在海里，史蒂文并不怕他。

这个家伙用警觉的眼光打量了下史蒂文，手伸向了腰间。史蒂文动作比他还快，先把枪掏出来，但没有对准他，而是放在了桌子上，平静地说：

"谁不想回家呢？不过这个东西带不进大陆。"

那人手中的枪迟疑了一下，还是乖乖放在桌子上了。两个亡命天涯的男人较着眼力，都从对方眼里看出了对故乡的眷恋。

"我叫黄廷豪，要是我们今天有一个人要死，也要死得有名有姓。请问兄弟尊姓大名？"

"史蒂文。"

"史蒂文？好奇怪的名字。兄弟接受的是美国的训练？"

"噢，兄弟我受的是耶稣的训练，因此今天才有幸跟老兄见面。"史蒂文嘲笑道，不知是笑自己，还是笑对方，"我是天主教徒。"

"哦，是拜耶稣的。"黄廷豪好像找到了同道，"我是拜妈祖的。我们那儿兴这个。"

"那么，你是海峡那边的人啰？"史蒂文问。他在台湾时，总是在想海峡那边是个什么模样，为什么国军就是打不过去，共军也打不过来。

"是。老家福建福清，从小就生活在台湾对面的海边，在大海里讨生活。兄弟老家是哪里的？"

史蒂文没有回答他的问题，"你想横穿一个中国大陆回家？"

"是。"黄廷豪不知为什么要相信史蒂文，他的目光里再没有敌意，而是想要倾诉。就像有的恋人在不能用话语交流时，便用眼睛说话。尤其是，史蒂文生来就有那么一双能感化仇人的眼睛。

"我的新媳妇在等我呢。"黄廷豪的目光中充满着固执，这种眼光史蒂文也曾经有过。

"新媳妇？"

"在你杀我，或者我杀你之前，想不想听我的故事，兄弟？"黄廷豪警觉地向四周张望，饭馆里就他们两个人，刚才还有几个食客，当史蒂文和黄廷豪都把手枪摆在桌子上时，他们就悄悄溜了。在这个毒贩子、缅甸政府的特务、大陆潜逃过来的通缉犯、台湾的情报人员以及各种民族的地方武装来来往往的小镇，到处都是天不管地不收的亡命徒。饭馆老板是个精瘦的华人，此刻紧张地坐在简陋的厨房里，不时向这边张望。

"老板，杀一只鸡，打一壶酒来。"史蒂文高喊道。他看见桌子上仅有一碟小菜，黄廷豪则吃一碗清汤寡水的面条，"没有酒哪里有精彩的故事啊，大哥！不着急，我们慢慢聊，天黑还早呢。"

老板拎来一只鸡，手忙脚乱地一刀就把鸡头剁了，鸡脖子处跳出一股鲜血，洒了一地。黄廷豪的眉头皱了一下，似乎是自己的脖子被砍下来了。史蒂文都可以看见鸡皮疙瘩在对方的脖子、胳膊上到处蔓延。饭馆外面是尘土飞扬的小镇街道，时而有辆破烂的皮卡车摇摇晃晃地驶过，鹅黄色的阳光让小镇的一切都显得很慵懒无奈，昏昏欲睡。有两个穿缅式服装的男人蹲在街对面，像是在这大热的天晒太阳，还有一个男人时不时从饭馆门口经过，人不进来，眼角的余光早就把一切都看在眼里了。黄廷豪是打过游击的人，史蒂文也不笨。他们都知道螳螂捕蝉，黄雀在后，今天总有一个人要死。

老板在厨房里炒着黄焖鸡，酒先上来，两个男人先喝下一大碗解渴，然后开始解乡愁——

兄弟，我是民国三十七年（1948）和邻村赵家的菊花姑娘提的亲。菊花姑娘那年十七岁。民国三十八年（1949），大陆变色，我的菊花年方十八啊！那年正月十五，我和我父亲带着四个轿夫、一个乐班的吹打手和迎亲队伍，吹吹打打地去娶我的菊花姑娘。我们刚翻过龙王山，过了龙王庙，就碰见一支撤退过来的国军队伍。他们不由分说，把迎亲队伍中的男人都抓了丁，只有我的父亲跑脱了啊。我哭，我喊，都没有用。我说求求你老总，行行好长官，我要去娶新媳妇。一个老总给了我一枪托，说国家都亡了，你还想娶老婆！大花轿被扔在路边，乐班的喇叭、小鼓、钹、笛子撒了一地。那些帮我去迎亲的人们，跟我一样冤。

兄弟，你没有见过国军的大撤退是什么样子，就是船在大海的风浪里要沉时的模样，人人都慌着逃命。而人命在这个时候，就像蚂蚁的命一样。我们被送到一个码头，一艘运兵舰停靠在那里。码头上的国军和老百姓就像被捅了窝的蚂蚁，那么大一艘兵舰也显得小。那时国军有很多战马上不了船，他们就把战马集中到一起，架起机枪射杀。马血飞溅到人们身上，可谁也不在乎。有匹战马跳起来冲我们这边跑来，看守我们的士兵用卡宾枪向它扫射，但这马还是跑，一直跑到我们面前几米时，士兵们用刺刀将它戳倒，说奶奶的，我让你跑！我看见那马的眼睛望着我在掉泪。我们是被拉的壮丁，每十人被一条绳子拴在一起。到了船上，又进不了舱，统统蹲在后甲板上。开往台湾的船起锚了，运兵舰发出人哭喊时的"呜呜"声，后甲板上的壮丁全都哭了起来。船头冲向大海方向时，不知是哪个发了一声喊，被绳子拴着的壮丁十人一组纷纷往海里跳，我也被拉扯着向船尾跑。我还没跑到船尾，就被一根缆绳绊倒了。我被人们拖着在甲板上爬，把绳子都挣断了。我本来也有机会跳海，但我想起了那战马的眼泪，就没有跳。因为当兵的来了，他们嘴里骂着娘，操起机枪、卡宾枪就朝海里扫射。我们那一组拴在一起的壮丁，跳下去了八个，我看到尸体漂起来的，就有六个。他们是乐班的三个吹鼓手，两个轿夫，他们是亲兄弟，还有一个是我的小舅舅。海浪把尸体推起来，又卷下去，然后又再推起来，向海岸一浪一浪地送他们回家，那一片海全是红色的。我要是不绊那一跤，谁知道在大海里喂鱼的会不会有我呢……

（"老板，你的黄焖鸡太咸了，再打壶酒来！"史蒂文喊。）

到了台湾受训的日子，不说你也清楚，兄弟。我原来是在"反共救国军"里干，在大海里和老共打游击，就像天天在家门口晃荡的孤魂野鬼。有一年，"反共救国军"的弟兄掠来一艘大陆的渔船，人们说是福建福清的。我就想，那里会不会有我认识的老乡啊？便通过一个朋友偷偷跑去看。你肯定猜不到我在那些大陆渔民中看到了谁？是我的弟弟啊！我离家那年，他才十岁，现在已经是个小伙子了。我们在关押他们的那个屋子抱头痛哭，还不敢哭出声来，因为规定不允许我们和大陆渔民接触，哪怕是你祖宗来了也不准，他们会被问一些情况后就放回去。我弟弟告诉我，哥，菊花姑娘还在等着你呢。她说我的男人过了端午节后就会从台湾回来娶我了；端午节后，她又说我男人中秋节肯定会回来迎亲；中秋之后，就等到过年吧，哪个男人过年不回家呢？兄弟……"一年准备、两年反攻、三年部署、四年扫荡、五年成功！"我们也是这样相信的啊。我们不都是掰着指头在数回家的日子吗？

（"老板，再来一壶酒！"黄廷豪喊。）

我曾经要求他们把我弟弟留下来，我为了党国，没有娶上媳妇，好歹也让我和我亲兄弟在一起吧。我弟弟在那边连饭都吃不饱，他身上的补丁已经让人看不出原来衣服的样子和颜色。但是上司说我违抗了军令，关了我的禁闭，遣返了我的弟弟。我出来后每天茶饭不思，看见大海就流泪，上司就送我到精神病院，军医官说我不能再看大海了，一看见就犯病，于是他们就送我来特区。兄弟，你说得对，我就是要横穿一个中国大陆回家，这边过去就是云南，从云南到贵州，过湖南、江西，过了江西就到了我的老家福建了，这比越过台湾海峡容易得多。我们家乡有一首歌是这样唱的："天气凉了，菊花黄了，出海的男人回家啦!"兄弟啊，我这趟海出的时间可够长的啦，二十一年又一百八十五天!我的菊花还在等着我，现在过了端午了，中秋节前我就可以抬着大花轿去娶我的菊花，你相不相信?

"我不相信!"史蒂文冷酷又动情地说，"看着地图回家，谁不会啊老兄?"

黄廷豪醉意蒙眬地望着史蒂文，他看见他站起来，脸上的眼泪和他一样多。这个家伙既然如此为这个故事感动，为什么又不相信他可以在中秋节前回家娶新媳妇呢?黄廷豪更惊讶的是，他看到史蒂文从刚才饭馆老板剁鸡的案板上拿起了那把菜刀，转身就到了他面前，他听见他说：

"别做回家的美梦啦，老兄。领袖要我们死，我们唯恐死得太慢。我们康巴人从不在人背后捅刀子，你不会死得太慢。"

史蒂文一把揪住了黄廷豪长长的头发，将他的头按在饭桌上，黄廷豪张大了嘴，眼睛向上翻，愣愣地盯着史蒂文手中的菜刀，嘴里只来得及喊出一声"菊花……"

史蒂文手起刀落，就像砍一只鸡头，"咣"的一声就把那颗固执地想回家的头砍下来了。鲜血像喷泉一般冲上了低矮的屋顶，以至于这小小的饭馆下了一场淋漓的血雨。史蒂文已经走出三十里地了，那血雨还在从屋顶滴答滴答地往下落。它浸湿了异国他乡的大地，还淋湿了史蒂文的归乡之梦，每当他梦回故乡，这血雨就弥漫在他的归途。那一年中秋之后，异国满坡的野菊花全部都开成了血一样的颜色，甚至盖过了地里的罂粟花，但是却无人知道它们为什么这样红。

43　守　望

只有片时，你们就看不见我了；再过片时，你们又要看见我。

——《圣经·新约》（若望福音 16:16）

血雨也飘进了玛丽亚的梦。这个晚上她从噩梦中醒来，泪湿衣襟。这样凄楚的夜晚已经不知有多少了，要么是史蒂文没有头颅地摸进家门，要么是奥古斯丁站在悬崖边上被一阵风刮走，还有便是离家出走了几年也没有个音信的儿子若瑟一身伤痕地在她梦里喊痛。这些男人们啊，他们怎么就不能让家中的女人睡个好觉？玛丽亚经常在孤寂难眠的夜晚低声啜泣。

今晚她不明白为什么自己梦里的雨是血红色的。这是一个不祥的征兆，该不会是她生命中的哪个男人又闯了什么祸吧？可是我们在天上的父，你躲到哪儿去了？我家里的男人为什么让我一个也寻不见？你不是在经上说，你要让寻找的，都要找到吗？我不找这世上的金山银山，不求吃好的穿好的戴珍贵的，甚至也不求内心不痛不苦、脸上不长皱纹不流眼泪、夜里不做噩梦、白天不遭人白眼，我只求求你告诉我，我的男人在哪里？不管是他们中的哪一个，我都要他们早一天回家。

格桑多吉被抓走后，玛丽亚从短暂的伤痛与不适中恢复过来，开始她漫漫的寻夫之路。开初她以为等几天他就会回来。可是冬天到了，她家门前的那条小路依然只有她守望的目光。大雪覆盖了这坚韧的目光，她就想，等到大雪融化吧，奥古斯丁一定会在路边的青草变绿、柳枝发芽时满脸春风地归来；当又一年的春风吹过，带来夏天的雨季，风声、雷声和暴雨急切密集的脚步声中，同样没有男人归家的足音；秋天到了，奥古斯丁该去犁地了，他去年没有犁完的那块地，今年一直荒着，人们都怕自己在这块地里干活儿时，忽然莫名其妙地被人带走。奥古斯丁，你要回来犁这块地啊，那是一块好地，每年都可为生产队收两百斤青稞呢。

春去秋来，夏走冬至，这样的期盼如是者三。

雪花再次飘起来时，玛丽亚决定再不让大雪掩盖自己落寞的守望，再不让雪山阻挡自己寻夫的目光，也再不让守望把这目光越拉越长。她背了个包袱，直接去到了州府。之前她曾经问过公社，问过县上下来的干部，他们都说，格桑多吉的事啊，是上面办的案子，我们不知道。你去问上面吧。

上面是谁？上面在哪里？一个村妇怎么知道那么多？她想起了奥古斯丁曾经跟她提起过的前州委书记高国祥，说这个汉人干部既是他的救命恩人，又是最正直、最有本事的好人。她也知道高国祥被打倒了，但她还能指望谁的拯救呢？主耶稣吗？他早被批倒斗臭了，在天上沉默不语多年了。他一定生我们的气啦。

她走路，坐车，再走路，再坐车，风餐露宿，半个月后终于在一个"干校"找到了高国祥。那时他正挑着一桶大粪去果园，面对这个哀戚诉说的女人，前州委书记终于回忆起"格桑多吉"这个英雄的名字。

"哦，想起来了，你怎么叫他奥古斯丁？我还以为是另一个人呢。"高国祥放下肩上的粪桶挑子说。

"那是……那是他参加工作前的名字。"

"你是他妻子？"

"是。我们刚刚结婚不久，他就被抓走了。高书记，是因为他过去犯的错误吗？"

"唔，这个很难说。不过他已经服过刑了呢，也改造得不错，还是我保他出来的嘛。"

玛丽亚给高国祥跪下了，泪流满面地说："高书记，我只有指望你了。奥古斯丁出来后就在生产队劳动，什么坏事也没有干。人家批他斗他打他，他都从不回嘴更不还手。他真的是个把心窝子都掏出来改造的本分人啊！他真的是可以把眼珠子抠出来奉献给你的好人啊……"

高国祥连忙去扶玛丽亚，可是他怎么能扶起一个妻子破碎的心呢？他扶不起。他只有蹲下来哄她，他说，你看我现在这个样子，还不是一个挑粪的果农？不过我有些老部下还在位置上，我帮你打听打听，格桑多吉到底犯了什么事儿。你起来吧，啊？你不起来，我就不去打听了。

玛丽亚在"干校"的伙房找了个事儿做。"干校"本来就在荒郊野外，周围连个村庄都没有，高国祥只有跟伙房的老伙夫说情，请她暂时收留一下这个女人。老伙夫从前也是高国祥的部下，还是歌舞团的团长。玛丽亚帮这个会跳舞的老女人喂猪、切菜、做杂活儿，好歹有个安身之处。

这一等就是好几个月。不是高国祥没有打听到格桑多吉的事儿，而是格桑多吉的案子大到海那边去了。他问了州公安局的老部下，但人家告诉他这个案子是由政治保卫部门的人管。高国祥就感觉到这事儿不轻，好不容易通过在一个政保部门供职的老战友才问清楚，格桑多吉是"特嫌"，而且证据确凿，他们分别截获了缅甸和台湾那边的特务给他写来的信。这个兔崽子，到处的特务都在拉他。那个老战友说。

"那么，他做了什么对不起党和人民的事情吗？"

"还没有发现。"

"可是，你们怎么就抓他了呢？"

"哎哟，我的高书记，现在是什么时候？你不也是……"

如果是一般的案件，前州委书记或许还可以动用自己的影响力，但涉及台湾"特嫌"这样的大帽子，他怎么搬得动？连他都不得不在心里打个问号：格桑多吉这个家伙，是不是经不起革命斗争的严峻考验而变节了？

可是他该如何向那个等待的女人说？他在矛盾的心情中静静地观察那个在伙房干活的女人，时而去找她聊天。于是，他知道了史蒂文、玛丽亚、格桑多吉这三个人令人感叹的爱情，知道了格桑多吉当年为什么要放走史蒂文，知道了他为什么不愿重新回到革命的队伍中来而宁肯去当一个农民。他为这爱情也暗自洒了一把同情的眼泪。当然，他没有告诉玛丽亚史蒂文还活着，已经加入了国民党反动派的阵营。多年养成的革命纪律不允许，格桑多吉对玛丽亚的爱也让他不忍。

高国祥开初总是找理由来回避玛丽亚的追问，他一个月才能回州上探亲一次。他总是对那个望眼欲穿的女人说，要找的人不在；朋友已经去打听了，在等回话呢；没关系，我们再等等吧，也许下个月就有消息了。而玛丽亚总是深怀愧疚地说，好，好，我等，我等。

终于有一天，玛丽亚主动来找高国祥："高书记，我回家去等我的男人。"

高国祥有些吃惊，说："玛丽亚，也许就快要有消息了。你再等等吧。"

"不麻烦你了。"玛丽亚低着头说，"不管奥古斯丁犯了多大的错，我都会等他回来。我真是愚蠢啊，打听这些有什么用呢。反正我的一生就是等我男人的命啊！"

高国祥心里有些发酸。谁不是在这动荡岁月的苦熬中期待呢？她就是知道了事情的真相，还不是漫长无望的等待？他在心里发誓，要是有机会出来重新工作，他一定要查清格桑多吉的案子。

玛丽亚回到澜沧江峡谷时，已经是满山的杜鹃花都快要开谢了的春末。这些年山上的杜鹃花好像都没有自由自在地开放过，要么是刚一结花骨朵儿就被峡谷里一浪高过一浪的批判会吓得萎缩回去了，要么就是人们忙乱得无暇欣赏这一年一度山花的盛会。因为谁要赞美一朵鲜花，它就可能是一株毒草。过去杜鹃花盛开时情歌漫漫的牧场再也没有啦，像遍坡的花儿一样浪漫热烈的爱情也没有啦，在杜鹃花丛中低声吟唱的少女也老啦，在牧场上纵马驰骋的英俊小伙子，更只是空留下远去的马蹄声，在峡谷里回荡，在梦里闪现。

天气有些闷热，玛丽亚已经走了一上午的山路了。她看到一条亮花花的溪流，便蹲下去捧了几把水喝下，又从背囊里拿出昨天的糌粑团，就着溪水当午饭吃。水里怎么会有个苍老憔悴的女人呢？玛丽亚抬起头来四处张望，溪边没有人，只有她自己。她又往水里看，唉，这就是那个曾经美艳惊羡了一条峡谷的姑娘央金玛吗？这就是那个把盖世英雄格桑多吉迷倒了的玛丽亚吗？她伤感的泪洒进了溪流里。

一条鱼游来，玛丽亚去捉它，没有捉住；又游来一条，再捉，它从她的手指间滑走了。玛丽亚在心里喊：史蒂文，奥古斯丁，你们就是从我手边滑走的鱼啊。你们要游到哪里去？

> 雷声在峡谷里响起，
> 是有喜雨降临的吉祥；
> 鼓声在寺院里回响，
> 是众僧云集的吉兆；
> 炊烟在村庄里飘起，
> 是游子归家的笑脸。

一个中年牧人踏着歌声把他的羊群赶到了溪流边喝水。玛丽亚想，他还有心思唱这样的歌，忙偷偷把脸上的泪揩干净了。

"大嫂，阳光很好啊！"牧人隔着溪流快乐地跟她打招呼。

"嗯。"玛丽亚站起来，收起地上的背囊准备走。尽管生活艰辛清贫，但是牧场上的放羊倌，地里干活的男人，见到玛丽亚这样的单身女人，总是喜欢开些不大不小的玩笑。峡谷里的藏族人天性乐观风趣，男女之事的玩笑往往先唱歌表意，后动口挑逗，再动手动脚。当然，出格的事是绝不会做的。顶多就是把你掀翻，将裙子掀起来，然后哄笑着跑开。也并不只是女人才受这样的捉弄，当地里只有一个男人时，一群妇女也常常会发一声喊，然后一拥而上把他的裤子扒掉，甚至往男人胯裆里扔几把稀泥什么的。生产队集体干活田间休息时，人们常以这种"田间娱乐"来消除生活中的烦恼。

"大嫂，请等一等，问到格桑多吉的事了吗？"牧人忽然说。

"你……"玛丽亚就像中了一枪，愣愣地看着对岸，"你是……"

"呵呵，我是谁你大概知道。"牧人甩了一下鞭子，发出一声脆响，"我是罗布旺丹啊，格桑多吉同父异母的弟弟。"

"顿珠活佛？"玛丽亚惊讶得张大了嘴。

"没有活佛了，我现在是公社的放羊倌。罗布旺丹是我从前的名字。"

"耶稣啊！"玛丽亚感叹道。小时候在康菩土司家时，她曾经跟着姐姐去寺庙拜望过康菩家的小活佛，那时他们都年幼，在玛丽亚的印象中，他高高地坐在法台上，尊贵无比，他还为她摩顶祝福过呢。到了教堂村后，她也多次听到罗维神父和杜伯尔神父提起顿珠活佛如何尊贵，他在路边歇息时坐过的一块石头都有人去磕头。和奥古斯丁一起生活时，她才弄清楚原来他们是兄弟。不过无论是康菩土司还是顿珠活佛，都是奥古斯丁不喜欢的亲人。因为他们都离穷人太远。

"你怎会放羊呢？"玛丽亚喃喃地问。

"你们的神父不是总说自己是牧羊人吗？这是我的一段法缘。大嫂，我哥哥有消息吗？"

"没有。不知道他在哪里。罗布旺丹兄弟，我们的耶稣不管我们了，你可以帮帮我吗？"玛丽亚真有点病急乱投医了。

"哈哈，现在谁都不管用。大嫂，回家去吧。不要找他了，峡谷里春雷响起来的时候，他就回来了。"

"那可不像歌里唱的那么简单。"

"大嫂，听到我刚才的歌声了吗？"

"听到了。也真是的，只有你这种当过活佛的人才会有心情唱歌呢。"

"那就回去看看。"

"有什么好看的？还不是冷冷清清的墙壁，连火塘都烧不热，哪里像个家啊！"

"大嫂，那就唱着这支歌回家，火塘就是热的了。"

放羊倌罗布旺丹赶着羊走了，身后还飘来他刚才唱的那支歌，仿佛是为了教会玛丽亚。"炊烟在村庄里飘起，是游子归家的笑脸。"哪家的炊烟下不希望有游子的笑声呢？玛丽亚心里嘀咕道。

玛丽亚进村时，这两句歌词竟然从她的嘴里脱口而出。因为她远远望见自己家屋顶上飘荡的炊烟，像天空中一个人欢乐的笑脸。那真是多年来都没有看见过的最美的一道风景。可是，为什么空了几个月的家会有炊烟升起？

她的心跳得比她的脚步还快，一千个一万个的念想在她的脑海里转得飞快。是史蒂文回来了，还是奥古斯丁？是谁在家里的火塘边为她烧好了一壶滚烫的酥油茶？难道那个活佛兄弟的话比耶稣的还灵？

在玛丽亚奔向家门急促的脚步声中，一个英俊的青年从屋子里迎了出来，向她张开了年轻的双臂。

我们在天上的父啊，这不是当年那个弹扎年琴的浪漫多情的说唱艺人扎西嘉措吗？她使劲眨眨眼，哦呀，正是他。可是他离家这么多年，怎么不老？难道这又是一场梦？

她又睁大了眼睛，主耶稣，是我的儿子若瑟啊！几年不见，儿子已经长成一个男子汉了。她倒在儿子的手臂里，泪流满面。

"阿妈，你总算回来了。我都快急疯啦！"儿子殷勤地说。

玛丽亚被儿子扶到温暖的火塘边，还没来得及喘上一口气，一碗热热的酥油茶就递上来了。主耶稣，这是那个成天挥舞着皮带抽打人的"跟毛干"吗？感谢圣母玛丽亚，你终于把我的儿子送回来了，另一个人间的玛丽亚幸福得泪水涟涟。

儿子现在不叫"跟毛干"了，也不叫若瑟，取了个汉人的名字，史建华。建设我们的中华的意思，儿子解释道。至于为什么要姓史，儿子不说玛丽亚也知道。他还有个更大的喜讯告诉母亲，现在他已经是学地质的工农兵大学生了，马上就要毕业，他这次是出来实习的。史建华说："阿妈，以后你的儿子要做一个地质工程师。"

"地质工程师是干什么的？"玛丽亚幸福地问。

"找地下的宝藏的。阿妈，过去你身上佩戴的那些绿松石啦猫眼石啦，都是我以后要找的东西。我把它们都找出来，让你戴满一身。"

玛丽亚笑得嘴都合不拢了，"现在哪个还戴这些？要挨批判的。"

"藏族女人要带这些宝贝才美。尤其是你，阿妈。"儿子说话像他的父亲，以至于玛丽亚不敢相信这眼前的一切不是梦。

"这些年你都去了哪里啊，儿子？"

"我在外面上大学。阿妈，那几年我做了对不起你们的事情，你原谅我吗?"

"天下没有不原谅儿子的阿妈。"

"跟家里划清界线,不认你和阿爸,包括奥古斯丁,你也不恨我吗?"

"你是孩子嘛。"

"为了表示自己的革命决心,不给你写信,你也不怪我吗?"

"你不是回到家里的火塘边了吗? 写信有什么用。"

"阿妈,你命真苦。我听说……奥古斯丁又被抓了。"

"唉……"

"阿妈,你有我呢。"

史建华在家里住了半个多月,他帮玛丽亚把冷清得长了霉的屋子拾掇出来,在家里的柴棚堆满了几年也烧不完的柴火,那一小块自留地也深翻犁过,种上了玉米,还为玛丽亚砌了个猪圈。现在的政策已经有些宽松了,大家都吃不饱饭,人民公社的社员们自己搞点小生产,队上也睁一只眼闭一只眼,你只要不拿出去倒卖就是。买卖就是投机倒把了。家里时常可以听到母子俩亲密的家常话,听得到玛丽亚开心的笑声,甚至还听得到史建华的歌声。那天他把父亲的那把结满了灰尘、琴弦都断了的扎年琴翻出来,捣鼓了半天,用几根牛筋重新绷紧了琴弦,然后他坐在门槛上,弹琴唱起了《北京的金山上》。

"不要唱。"在猪圈里喂猪的玛丽亚抬起头恳求道。

史建华唱得很投入,没有听到母亲的哀求,"北京的金山上光芒照四方,毛主席就是那金色的太阳,多么温暖多么……"

"求求你,不要唱了。"玛丽亚尖声喊道,眼睛发酸了。

"为什么?"史建华停下了弹唱。

玛丽亚瘫坐在地上,一个劲儿地抹眼泪。史建华赶忙过来蹲在她身边,"阿妈,你怎么啦?"

"过去的日子啊,真是一笔高利贷啊! 堵在心头还也还不清。"玛丽亚哭着说,也不管儿子是否听懂了她的话。

44 宝岛姑娘

椰树高呀细又长，菠萝甜呀香蕉香；

宝岛姑娘呀真漂亮，温柔多情呀又大方。

——台湾民歌《宝岛姑娘》

在缅甸特区干了六年之后，史蒂文重新回到了台湾，接替了托彼特的工作。托彼特已经申请退伍，领了一笔养老金准备去台湾东部海岸花莲县罗维神父的教堂做一名敲钟人。告别前他对史蒂文说："一条浅浅的海峡都过不去，还想图谋西藏高原。我们都活在白天的梦中。"

史蒂文回答说："不要说一条看得见的海峡了，看不见的东西，那才是真正让我们回不了家的篱笆。"

托彼特悲哀地说："我看来要老死在这个孤岛上了。史蒂文，你还有大把的年岁，要为自己的未来着想。好多老兵都在这里安家，保禄也结婚了，在外岛找了一个本地姑娘。听说耶西在追求一个寡妇，唉，我们这些老兵，安个家不容易啊。"

"'天主所结合的，人不可以拆散。'托彼特，你难道忘记了我和玛丽亚是在教堂里由神父祝福过的婚姻吗？"

托彼特感慨地说："天主永远都存在，人却各分东西。从你走上逃亡的不归路时起，就当你是另外一个人吧，其实，我们本来也是活在另外一个世界的浪荡子。人有时不能把过去当债务背在身上。"

"我知道。"史蒂文在军中经历的事情可比坐在办公室里的托彼特多得多，"这些年我算是弄明白了，我们不过是一只只梦想去填平大海的可怜蚂蚁，还以为能从中找到一条回家之路呢。"

"那就争取做主耶稣的羔羊吧，至少还有个牧者。史蒂文，别听他们藏胞长藏胞短的那一套，这身皮穿在身上，让我们都找不到自己，更别说耶稣。"

"我也想再干两年就申请退伍，妈的现在退伍拿不了多少养老金。托彼特，到时我来花莲找你，我们买块农场、做个小本生意啥的，进教堂、讲藏话，就这样过一辈子算啰。"

两个藏族人分手后，史蒂文继续在电台干。史蒂文回来后也只是个上尉军衔，他曾经有望晋升校官，按他在军中的履历至少也该是个中校了。但史蒂文不是那种擅长权谋的人，在电台工作不到半年，他便明白了托彼特的孤单与失望。那时台湾对思想言论的控制异常严苛，同僚们相互监视、倾轧、打小报告。台湾本部虽然比在特区安全舒适，但更不自由，连乡愁都是一种罪过。史蒂文所在的部门已经有两个人被送到火烧岛了，要是有一天你在闲聊中说家乡的杜鹃花如何美丽灿烂，令人怀想，可能就有人告发你"反共意志不够坚定"。

史蒂文上班的地方在台湾岛西海岸新竹的一处基地，平常不能出来，只有周末时才和几个要好的弟兄到城里去喝酒找点乐子。大家都是来自大陆的单身老兵。在城里除了喝酒打架，就是找妓女。不过史蒂文从不沾那些女人，因为他总是忘不了玛丽亚那双幽深的眼睛。如果他染指这些花花事儿，他害怕主耶稣让他一生也见不到玛丽亚了。

有个叫钱大钧的老兵和史蒂文一起在特区干过，是从四川来的，当兵前还是成都华西大学国文系的高才生，但这个家伙生性浪漫，被古人"宁为百夫长，不做一书生"所害，在成都战役中，差一点丢了命。好在他在军中办报纸，随胡宗南一起乘飞机脱离了战场。和史蒂文一样，他也是主动要求到缅甸特区的，但他的目的是想要多闻闻战火的硝烟，梦想当一个大作家。他在特区的一次战斗中还救过史蒂文一命，两人算有生死之交。钱大钧在大陆有妻室，在新竹又找了个本地姑娘。钱大钧这种书生意气的人在军中混得也不尽如人意，残酷的现实让他空有一腔抱负，多年征战下来军衔也不高，只是个中校，便索性看淡人生梦想，结婚、安家。回到台湾生了两个孩子后，那点积蓄就折腾得差不多了。他老婆也没有工作，家中经济一直很窘迫。周日时，钱大钧拿出四川人吃苦耐劳的本事来，换了便装，在大街的角落摆个小摊修脚踏车，一月还可挣几十元，以补贴家用。史蒂文有个周日脚踏车跑气了，去修车时才发现摆地摊的是中校钱大钧。史蒂文一人吃饱全家不饥，藏族人的性格生来就豪爽，当下就塞给他两百元钱，说："大哥这不是丢国军的脸吗？走吧我请你喝酒去。"以后史蒂文时不时接济钱大钧，他总是说，大哥你拿去用吧，我一个人攒钱也没有用。

一个周日下午，钱大钧请史蒂文到家里吃饭，饭桌上，向他介绍了个在一家塑胶厂做工的山胞。这个姑娘叫阿芳，是个泰雅族，个子不高，脸膛黑亮，有些像藏族姑娘。她不算难看，也不算漂亮——在史蒂文的眼里，就没有比玛丽亚更漂亮的姑娘。

托彼特临走时曾要史蒂文不要把过去当一笔债务，这话也让史蒂文有些动心。照常理，托彼特是不会说这样的话的。可是现在大家对未来都没有信心了，对天主的计划也有些失望了，过去纵然美好，人总得面对现实。"光复大陆"成了军人私底下的笑谈，大陆那边的故乡，就像月亮那般遥远。月亮还可以仰望，故乡却是望都望不到啊！许多老兵在灯红酒绿中慰藉自己漂泊的心。史蒂文却始终恪守自己的底线：只找醉，不找女人。有时史蒂文对自己也感到奇怪，他年轻时，从来不把女人的爱情当多大回事，他是逢场作戏的高手，可是当他娶了玛丽亚后，似乎就被玛丽亚的情网死死罩住了，他心无旁骛，痴情等待，并以此为幸福。和玛丽亚重逢的日子越是不可能，他守望的心就越坚忍。

晚饭后，钱大钧问史蒂文："咋个说，伙计？"

"啥子咋个说哦？"史蒂文装着不明白，学着钱大钧的四川话。

"阿芳姑娘啊！你龟儿子就别拿架子啦。人家是看你正派，从不在外面搞那些花花事情。要抓紧啊，老弟。我们这样的人，要找个'宝岛姑娘'不容易。"

那时军中盛行一首叫《宝岛姑娘》的歌："椰树高呀细又长，菠萝甜呀香蕉香；宝岛姑娘呀真漂亮，温柔多情呀又大方。上山会打柴哟哎，下田会插秧哟哎，不怕风雨打哟哎，不怕太阳晒哟哎；回到厨房呀做羹汤，拿起针线呀缝衣裳……"但对那些性饥渴又穷酸的老兵来说，"宝岛姑娘"不过是挂在房梁上的一块腊肉，闻得到香，很难吃得到。史蒂文在缅甸时，军营中每当有人唱这支歌时，就有人在暗地里学着蒋总统的口气骂：娘希屁。

"大哥，我在大陆有老婆还有孩子呢。"

"谁不是这样？妈的。你以为你还有见到自己老婆孩子的那一天？"

"我在梦里见得着，我怕那个姑娘坏了我的梦。老兄，我们生活中的指望可不多。"

"人不能靠做梦过一辈子。你先跟人家要个朋友嘛。"

"要朋友？咋个要？"史蒂文似乎有些动心了。

"你个笨脑壳，下周请人家去看电影嘛。"

第二周刚好是藏历新年，史蒂文接到托彼特从花莲那边打来的电话，说圣诞节要过，藏历新年也要过，不要忘了我们是藏族人。他已经邀请了驻守外岛的保禄和耶西，大家都请假来他那里团聚。钱大钧动员史蒂文趁这个机会带阿芳姑娘一起去耍。史蒂文想想说，不合适，现在事情还早哩。

到台湾这些年，这几个藏族人除了受训那段时光，都是各奔东西。大家再度相聚在罗维神父的教堂，自是高兴异常。尤其是他们发现台湾东海岸的山峰和云雾竟然和故乡一样，青翠、干净、幽深，当地的土族民风也很醇厚质朴，不像西海岸那边城镇密集，到处乱哄哄的。它几乎就是澜沧江峡谷某个夏天的景象，尽管此刻才是初春。这是一个泰雅族人聚居的地方，像澜沧江峡谷的藏族人一样以山为家。故园归不去，相似于故乡的地方，多少也是对漂泊他乡的人一种慰藉吧。老蒋还把慈湖的绿水青山想象成自己的老家溪口呢。

大家在高兴之余都说，以后就在这里养老算啦，有罗维神父在，有教堂，还有我们大家在一起。

这次保禄带来了他的太太，一个打扮得很艳俗的女人，脸上涂抹的东西让人担心随时会掉下来，她年岁至少比保禄长五六岁，还伶牙俐齿，从不饶人，史蒂文发现一向敢作敢为的保禄在她面前就像一条哈巴狗。耶西也带来他一直在追求的那个寡妇，她倒是个沉静的女人，但似乎还在丧夫的哀痛中，话语总是不多，如果说保禄的太太从来都是斜视着看人的话，耶西的女人则从不正眼看大家。

新年晚上，罗维神父也受邀来和大家一起过年。这些年罗维神父老得快，他走路的样子让人不能不想起古神父的身影。他再没有过去那么严谨刻板、充满热情了，成了一个随和自然甚至有些无拘无束的大个子老头儿。他的教友大多是山胞，其开化程度在他刚来台湾时连藏族人都不如，连自己的文字都没有，神父们来后才帮他们用罗马拼音文创设了文字，为的是好向他们传播耶稣基督的福音。多年的传教工作已经让罗维神父在这块土地上扎下根并赢得了尊重。有一年政府在这里修路，土地补偿给出的价格太低。罗维神父带着他的教友和筑路承包商打官司，本来以为十拿九稳的案子，没想到法官偏袒承包商，糊涂官判糊涂案。罗维神父一怒之下，用手中的拐杖在法庭把法官追打得到处躲闪。地方当局也拿这个外国神父没有办法，罗维神父由此英名远扬，加入教会的土族人就更多了。罗维神父事后说，中国的官吏，从来都怕洋人。

托彼特为大家做了一顿丰盛的藏餐，让他们三个和罗维神父垂涎欲滴，在神父的带领下大家虔诚地做了餐前祷告，我们在天上的父，感谢你赐给我今天的食粮……那一刻真像昔日重现。

但那两个女人在人们的祷告一结束就开始搅局了。"这是什么呀，看着这么脏。"当保禄用手为他太太撕下一块牛肉时，她皱起了眉头。保禄又连忙抓了一根烤羊排递过去，这个女人惊叫道："天啊，你让我吃羊排还是啃你的爪子？野蛮人才用手抓饭吃！"

保禄的脸面都掉到鞋底上了。史蒂文看见他额头上青筋暴胀，他以为他会伸手给这个讨厌的女人一个耳光。但是保禄起身去拿了双筷子，当他把筷子递过去时，"啪嗒"一声，筷子在他手上捏断了。

"你……跟老娘玩这个，什么意思？"保禄的太太眉毛挑起来了。

罗维神父及时递过去一双筷子，"噢，女士，保禄怕你把他的手啃了。"

女人听不懂罗维神父的幽默，站了起来，"我们过年，谁弄坏了碗筷是要遭血光之灾的。"她捂着脸跑出去了。

这年饭还没有开吃，就有人拆台，何况这是一顿远离故乡和亲人几千公里的年饭。于是大家强撑着笑脸，互相敬酒道吉祥。耶西的那个寡妇没吃两口也起身离席了，说是不习惯你们的口味。这下好了，没有了多事的女人，大家反倒开心起来。他们可以无拘无束地说藏话、吃藏餐了。"吵闹的女人，有如屋顶漏水。"托彼特又背起了经文，连罗维神父也开心起来，补添了《圣经》上另外一句经文，"'宁愿在屋顶一角，不愿与吵妇同居一室。'我的孩子们，你们要小心。"

大家哄堂大笑，都说像是回到了教堂村的日子。

对一个完美的家庭来说，年饭是凝聚亲情的时刻；而漂泊异乡的游子，吃年饭就是吃下一把把的刀子。这顿年饭的召集人托彼特恰恰忘记了这一点。

保禄的酒下得最快，耶西酒一上头话就多了。他最近刚升了职，当少校了，现在是个军需官。闲聊中他问史蒂文有没有被人支使着给家乡的格桑多吉写过信？史蒂文奇怪地问："你什么意思啊，耶西？"耶西哈哈大笑道："那小子多半完蛋了。多年前我的上司叫我给他写封信，说我很想他、要他帮忙什么的。他们有办法将信带到那边。哈哈哈，长官说，这叫给老共的伤口撒点盐。我总算报了杀兄之仇了。"

史蒂文明白了，如果格桑多吉真完蛋了，他也成了陷害格桑多吉的帮凶。他忽然有些怜悯起格桑多吉来了。

罗维神父这时说："耶西，你该怜悯你的仇人。奥古斯丁做过对不起教会的事，但他心地还是良善的，对吧？"

耶西说："神父，你不知道，这家伙当年把我们追得好惨，还打死了我哥哥旺堆。"

"不怜悯人的人，必不得到怜悯。"史蒂文说。连他自己都感到奇怪，此刻怎么会背诵出这句经文。

"看哪，我们的史蒂文才是真正具备基督精神的好教友。"罗维神父拍着史蒂文的肩膀说。

"我也是被人怜悯，才活到今天。主耶稣才知道，怜悯我的人，得到怜悯没有？"史蒂文郁郁地说，心情一下落到低谷。他真想跪在罗维神父面前办一次告解，把他这些年犯下的所有罪过都做一次忏悔。

但他没有机会了，因为保禄醉倒了。人们把他扶回他太太那里，她已经睡了，几个人让保禄睡在一张破沙发上，蹑手蹑脚地退出来。耶西回他女人的房间，他们现在是同居关系，托彼特刚才还劝说他，要真想和这个女人过日子的话，就到教堂来办个婚礼。现在这世道虽然乱，但是不要乱了教会的戒律。耶西当时回答说，耶稣也不会让我们进教堂的。托彼特，你以为我们还会有爱情吗？即便一个拖油瓶的寡妇也只是看老子的军饷。罗维神父也回教堂去了，临走前他说，明天早上的弥撒他会为保禄祈祷的，愿他早点醒来。

但第二天早上天刚亮，保禄就来敲托彼特和史蒂文的门了。昨晚他们聊得很晚，史蒂文睡眼惺忪地来开门，他看到了一个还在噩梦中挣扎的人。

"我把她杀了。"保禄目光呆滞地说。

史蒂文以为自己还在做梦，忙把托彼特喊起来，三个人站在这个有些寒意的早晨，一个比一个糊涂。

"我杀了她了，这个婊子。"

托彼特终于清醒过来，"保禄，你怎么能这样说自己的妻子呢？她嘴零碎一点，人还不赖嘛。"

"婊子，我怎么娶一个婊子啊！"保禄蹲下去，猛力地捶打自己的头。

其实史蒂文一看到保禄的太太，就知道这个女人来路不善。在驻守外岛的部队中，老兵多，于是军中便有专门为军人解决生理问题的"军乐园"，这些军妓有时会和当兵的日久生情，她们也都是些生活不易的女人，嫁个军人从良，也是为自己的后路着想。再说了，当时台湾社会普遍贫穷，也只有更穷的大兵肯娶妓女。当然，出此下下策的军人就不要想自己的头上会有多少顶绿帽子。尤其是在一个封闭的小岛上，哪个妓女口里是什么味道，床上功夫如何，甚至身上哪个部位有颗痣，人人都知道。不过通常情况下，大家都不说，都是离乡背井的孤魂野鬼，谁不想有个家？许多人想走这条路，还没有那个缘分呢。

保禄的太太便是这样的女人，她原来在台湾本岛的娼寮馆做，年老色衰后便去外岛当军妓，这是她这样的人拿身子当地种的最后一季收成，然后找个傻兵哥哥结婚了事。不过这个女人从骨子里看不起保禄，总是嫌他土，嫌他穷，嫌他没有品位。当然，更嫌他是个藏族人。

保禄昨晚半夜酒醒后，想上他女人的床，结果被一脚踹下来了。保禄趁着酒的余劲再度爬上去，两人在床上翻滚打斗，过去他们遇到不顺心的事情时，经常来这种"家庭娱乐"，但是昨晚上保禄在同胞面前丢尽了脸，心里太憋闷，竟然失手把她的脖子扭断了。

托彼特去房间看了回来，对史蒂文无奈地摇摇头，事情无可挽回了。

保禄哭诉道，他好不容易安了个家，不嫌她是卖的，不嫌岛上的兄弟们都上过她的身子，他只想有个女人好好爱他，他也只想在这岛上好好爱一个女人。宝岛的姑娘好啊，你们相信歌里唱的吗？"宝岛姑娘呀真漂亮，温柔多情呀又大方……"呸呸呸！都他妈的是骗人的。这个骚娘们，不但看不起我，背着我跟她从前的相好偷情。狗娘养的，你既然从前是卖的，天下的男人都是你的相好，老子顾得过来吗？你既然要跟老子过日子，老子就把一切都押在你身上。可这娘们让老子输了个精光，就剩下这条连狗都不如的命了。老子要杀光那些想上我老婆床的狗男人！杀光那些不让我有个家的人……

保禄已经有些神志混乱了，又哭又骂，又唱又说。托彼特老泪纵横地摸着保禄的脑袋说："保禄，你犯罪了，你杀人了。我不得不去报警啊！保禄，我们主内的兄弟，我们会为你祈祷的。愿主耶稣能宽恕你。"

"哈哈，天主！哈哈，主内兄弟！当初你们要是让我拉完那泡屎，我就不会屁股里夹着屎跟你们走到今天。我这一生啊，真是一泡屎！"

保禄是作为康菩土司的"门户兵"参加叛乱的，在那之前他是个连一只羊也不敢杀的石匠。当年这个叫次多的家伙在逃跑时，蹲在厕所里是被耶西一把拽出来的。在逃亡的路上，他们多次拿这一幕来跟保禄开玩笑，说他是个只图痛快而不要命的家伙。到离故乡越来越遥远、越来越归不去时，这个玩笑就不好笑了，只有无尽的伤痛。他妈的，谁不是走错一步路，就步步错到今天？

耶西也起来了，看到床上那个已经死去的女人竟然禁不住浑身发抖。托彼特让他尽快带着自己的女人离开，最好不要让她知道，然后他安排史蒂文去找罗维神父来。

托彼特回来对保禄说："兄弟，我要去报警了，你准备好了吗？"

保禄此刻惊人地平静，他说："去吧，老托彼特。过去在家乡史蒂文失手杀了人还有地方跑，现在四面都是海，我能跑哪里啊？我去帮她整整衣服，让他们来那房间抓我吧。"

在史蒂文带着罗维神父赶来时，警察也来了。他们直奔保禄昨晚的睡房，推开门时，所有的人都怔住了。

保禄已经把他太太的衣服穿戴得整整齐齐，让她横躺在他的面前，而他盘腿而坐，将一把砍柴刀横在自己的脖子右侧，右手举着一把铁锤。天知道他怎么找到的这些东西！

几个警察举枪对着他命令道："放下刀！"

"不要过来，否则我砍下自己的头。"保禄镇静地说。

罗维神父说："让我跟他讲，我是他的神父。保禄……"

"你退一边去，我再不听你的啦。托彼特，史蒂文！"保禄哭喊道。

"我们在，保禄，别干蠢事！我跟警察说你喝多了酒。"

保禄不听托彼特的，他目光哀怨地望着史蒂文，"史蒂文，要是你能回去，要去看我的阿妈啊！我害怕她等我把眼睛等瞎了。"

史蒂文的眼泪也流下来了，"好，好。我一定去！"他肯定地说，仿佛他明天就可以回大陆。

"我家离你的家不远，翻两座山梁就到了。"

"我知道的。"

"我阿爸从前去拉萨赶马，一出门就再没有回来。我阿妈等他把一只眼等瞎了，我不能让她再瞎一只眼。不然她就什么也看不见啦！"

"不会的。你阿妈会看见你走进家门。会看见你长高了，长壮了，还给她抱几个孙子回……"

史蒂文后面的这一句话说错了，保禄刚刚平缓下来的情绪又暴躁起来，他指着身前那具尸体，愤怒地高喊："我能把这样的女人带回家吗？"

所有的人都被保禄的吼叫震住了，既不知道该如何回答，也不知道他接下来要干什么。

"嘿嘿嘿，宝岛姑娘，是吧？还不是和我这命一样，一泡屎。"保禄最后露出一个嘲讽的笑脸，他右手挥舞铁锤猛地砸向脖子边的砍柴刀刀背，就听得"当"的一声，人头滚落，血光四射。

45 还 乡

雷声在峡谷里响起，
是有喜雨降临的吉祥；
鼓声在寺院里回响，
是众僧云集的吉兆；
炊烟在村庄里飘起，
是游子归家的笑脸。

——顿珠活佛的歌

这是一个春天，久旱不雨。在已经吐出花骨朵的杜鹃花就要绝望地死于希望之初时，终于从北方的天空中传来滚滚的春雷声，那雷声不像是神灵的脚步，倒像一个月前岗巴寺重新恢复宗教活动的庆祝仪式上，上百名喇嘛擂响的法鼓。这些失散在各地的喇嘛在顿珠活佛的召集下，再度回到寺庙。政府现在尊重他们信仰的自由，曾经被勒令回家劳动的僧侣愿意回寺庙的，悉听尊便。而且，顿珠活佛的名号也恢复了，不再是放羊倌罗布旺丹。有关部门还拨了一大笔钱，让他重建捣毁的寺庙。

因此尽管春种前后两个多月没有下一滴雨，但人们并不着急，他们说，喇嘛上师们会给我们念经带来雨水的呢。现在人们心中有了信仰，可以自由地去寺庙进香磕头，旱一个季节又何妨？

春雷之下，阿墩子县的卡车司机阿措往监狱送了一趟货，返回时一个管教干部让他捎带一个刑满释放的人回去。那管教干部说，这个人脑子有点问题，但你得给我把他安全带到阿墩子。

阿措是个快乐的年轻人，有个人在回去的路上做伴也好。不过他发现这个老大爹呆头呆脑，畏手畏脚，虽然出了监狱大门，但身和心仿佛都还在那里面。车一上路他就问："嗨，大爹，你关了几年啊？"

老大爹往驾驶室的角落里缩了缩，仿佛被这话吓着了。

"几年？"阿措再追问。他好打听事儿，是个嘴闲不住的百灵鸟。

老大爹眼睛呆呆地望着窗外，迟缓地把左手举到眼前，捏成拳，然后张开拇指，用让阿措感觉等了一年的时间，再打开食指，一个指头一个指头慢慢地打开下去，手上的指头用完了，他又重新捏成拳，再让时间一年又一年地从指头上掰过……

"佛祖，十年？"

大爹没有说话，头扭向另外一边。阿措以为他看见了这个可怜老人的泪光。

"犯了什么事儿啊，杀人？"阿措又问。

老大爹缓缓摇了摇头。

"偷东西？"

又摇头。

"妈的，他们总不会无缘无故地抓你进去关那么久吧？"

不摇头也不点头了，阿措感受到了大爹眼光中的哀痛。车窗外的景色一一闪过，路边刚刚发绿的树叶，地里碧绿的青稞苗，正在起新房子的人们欢乐的歌声，似乎都让这个刚刚从牢房里放出来的老大爹感到刺眼，他眯起一双曾经深邃的眼睛，贪婪地看，又敬畏地躲避。如果路边有个人往车里望了一眼，阿措都能感到他的紧张。阿措有个亲戚在监狱里当干部，因此他经常帮这座监狱拉点活儿什么的，也常被他们要求带释放的犯人出来。一次他搭一个犯过抢劫罪的刑满释放犯，他们在路边撒尿，一头牛从他们背后经过，这个家伙尿还没有撒完就赶忙回头说："报告政府，我尿急……"阿措当时笑得都尿到自己裤子上了。

一路无话，阿措就憋得慌，他斜了自己的乘客一眼，自言自语道："这种地方，进去是一只老虎，出来变成一头羔羊。佛祖才知道，你过去是不是一头老虎。"

阿措往车上的卡座式录音机里塞了一盘磁带，是在内地广为传唱的流行歌曲，歌唱爱情，歌唱美好的生活，歌唱桃花盛开的地方。老大爹不知是对卡座录音机奇怪，还是对这些旋律优美的歌声不懂，木木地不看车窗外了，看那卡座录音机。阿措在心里叹了一口气，唉，他们这种人在里面，大概心里的歌儿都被判刑了。

阿措于是便热心地给这个老大爹介绍外面天翻地覆的世界。从"分田到户"、"大包干"，到"牛仔裤"。小伙子一路滔滔不绝地说，但始终就像对一个来到地球的外星人说话。以至于阿措不耐烦地问："嗨，大爹，你没有舌头了吗？有舌头不说话，就给我下车。"

阿措真的在踩刹车了。这时他听见老大爹闷声问："报告政府，人民……公社，也不要了？"

小伙子扶着方向盘哈哈大笑，"谢谢你啦大爹，就别吹人民公社的牛了。饭都吃不饱，还人民的公社呢。现在各种各的庄稼，各放各的牛羊，好着呢。"

又走了几十里路，阿措不指望这个哑巴老头儿多说什么了，也许他的脑子真的有问题。他自个儿跟着卡带录音机唱歌，在翻越一座大雪山前，那个老大爹忽然说："我……要下车。"

"哎，到阿墩子还早呢，还有半天的路。"

"我要……这里下车。"这是老大爹说得最肯定的一句话。

阿措对这种搭便车的也懒得怜惜了，他放下他，扔下一句"神经病"，然后开车走了，留下那个家伙背着行囊，孤独地伫立在尘土飞扬的公路上。

这是一个被彻底改造得忘掉了过去的人，眼前瞬息万变的一切不但不能帮助他的回忆，反而让他恐惧，让他在往事苍茫中更找不到着落点。他站在灿烂的阳光下，周围再没有持枪看守的狱警，竟然不知道该去哪里。道路是新修的，楼房是新盖的，人们都是陌生不认识的，连他们的穿着打扮都像另外一个世界的人。如果现在有一辆车开往监狱，他说不定真要跳上去。监狱生活至少还让他能想得起某些事儿。

你是什么人？

这是什么地方？

你到这里干什么？

这是他在监狱里天天都要面对的悬挂在犯人们头顶上的几行大字。囚犯们在这几句话下面反思自己的罪过，天天都在想：我是个罪人。这是监狱。我来这里改造自己。这三个令人触目惊心的问题不能往深里想，一想人就活不下去了。比如，你有时可能会这样在心里回答：我是头猪。这里是地狱。我来这里只为活着。

天上滚滚作响的春雷在催促他回家的脚步，但他却不知道自己要去哪里。他渴望来一场透透的大雨，把自己彻底浇醒，好让他想起某个人，某座雪山，雪山下都发生过什么样的传奇故事，谁是雪山的主宰，谁在雪山下祈祷，又有谁家的炊烟，在向一个天涯浪子遥遥招手？

天上飞过一只鹰，让他总算想起了自己的自由。这只在天空中散漫遨游的鹰，既不扇动翅膀，也不瞄准大地上的某个猎物，它只是随着天空中移动的气流，忽而上升，忽而下降。鹰不会告诉人们该去哪里，但鹰解放了人的心灵，不再受束缚，不再受监视，不再服劳役。

有三辆过路的卡车停下来，问要不要捎带上他，说要下雨了，你上来一起走吧。他都像一个喜欢在大地上漫游的流浪汉一样，挥挥手，不让他们带走自己的自由。他走累了，就倚靠在路边的一棵大树下，用目光一一抚摸眼前的景色；渴了，就找处山泉，像喝酒一样地痛饮；天黑了，就自己在岩坎下烧一堆火过夜；遇到一群无人照管的羊，他就和它们同路，和它们说话，就像求教一个智者一样，向那些不谙世事的羊们问：你们说说，我要去哪里？

春雨终于来了，先是像神灵洒下来的甘露，点点滴滴飘落在大地上，飘落在这个大地上的流浪汉苍凉的脸上，滋润他干裂的皱纹，也滋润他焦虑的还乡之心。他并没有加快脚步，反而减慢了它。他甚至呆立在金子一般金贵的春雨中，等到一团云雾从峡谷上方像海浪一样漫过来，将他吞没，再将他卷起来，飘向他的故园。

雨是云雾的脚，云雾降落在哪里，它就跟到哪里；心也是浪子的脚，家在哪里，心就奔向哪里。可是我们这个无家可归的流浪汉的脚步却在风雨中摇摇晃晃，飘飘荡荡，他不是雨中一条彷徨的流浪狗，就是云雾中一只孤独搏击的鹰。可这春雨温柔的鞭子，就像牧羊姑娘唱进心田的一支支情歌，让人如此徘徊不前啊。

他在翻越雪山的盘山公路上想抄近路，他穿过路基下的树林，走入一条山涧，在爬一道崖坎时掉了下来，头重重地撞到一棵树上。在他醒来时雨还没有停，云雾还在树林间流淌，他的时间却停止了。

他的后脑勺撞破了，血沿着脖子后面往下淌。他胡乱抓了一把草，放到嘴里嚼烂后将流血的地方糊住。应该有一种草是可以止血的，但他想不起是什么草了。

一个没有过去的人，迷失方向太容易。他在云雨中迷路了，不得不在雾雨交加的密林里乱撞，像一个在虚空中飘荡的孤魂。不是为了寻找出路，只是为了不停地走；不是为了抵达某个希望，只是为了听到自己的呼吸。要知道，在山林中迷路，绝望程度不亚于在水里快要溺毙的人，重重大山不是淹没你，而是压垮你，吞噬你。

其实迷路并不让他绝望，要命的是这一撞，让他连自己是什么人，这是什么地方，他来这里干什么，都想不起了。

他的过去一片空白，他的现在如梦如幻。

最后，这个山林中的迷路者靠在一棵大树下，在空白的回忆中让生命沉沦。人在死时要是没有任何记忆，倒也死得干净，无怨无憾。他看到自己的末日伸手可及。

一个人影从虚幻的浓雾中不紧不慢地走过来，远远地就喊："嗨，奥古斯丁，你怎么不走了？"

他抹了一把脸上的雨水，问："谁是奥古斯丁？"

人影诡异地笑笑，"你不认识？就是那个在教堂村为了爱一个姑娘强盗不当、干部不做的家伙嘛。"

"哦呀。"他随口答道，仿佛是在听别人的故事。

人影走到了他的身边，也没有停下脚步，他也是一个老大爹，边走边用命令的口气说："起来，跟我走。"

就像被一股神力拉扯着，他挣扎着爬起来，跟在那个老人身后，"你是什么人？这是什么地方？你到这里干什么？"

"我嘛，你可以叫我时间；这是人神共处的雪山脚下，我刚好路过你的路。"

"哦呀。"他费力地琢磨这个过路者的话，有些奇怪地问，"天下还有叫时间的。"

"叫什么并不重要，关键看你的活法。"

"活法？"他边走边说，"刚才我摔了一跤，我从前的活法已想不起来了。"

时间老人叹口气说："你可不止才摔那一跤。跟我来，我让你看看你从前的活法。"

他们已经钻出了密林，眨眼就站在一处雪山垭口。时间老人指着远方山谷里的一个隐隐约约的牧场说："很多年以前，一个才十四岁的少年，为了报母仇，把一个头人杀翻后拴在马后拖死了。然后他去当了一个小强盗。

"看见峡谷左前方台地上的那片废墟了吗？它就是过去康菩土司的宅邸，现在那里只有荒草和出没的野狗。康菩土司众多的儿子中，就有一个叫格桑多吉的强盗。"

"哦呀，这个名字好熟悉。"他说。

时间老人继续说："在峡谷的右下方，有个叫教堂村的村庄。你现在看不见它，但你可以看到它飘到天空中的炊烟，听到教堂的钟声。有一天强盗格桑多吉带人杀进了这个村庄。他本来是为自己的父亲康菩土司抢一个姑娘，但他却被这个姑娘迷住了。"

"还有这种事情?"他惊讶地问。

"他在那个姑娘面前摔了一跤,那是他人生的第一跤。"时间老人帮他回忆往事中的某个细节,"他就不愿再当强盗而宁肯去做洋人喇嘛的马夫。"

"这个傻家伙。"他嘀咕道。

"爱情总是让人犯傻。"时间老人说,"谁都避免不了,但爱情也会改变一个人的活法。当那个叫格桑多吉的家伙骑着马冲进教堂村时,他就注定要为一场爱情牺牲一个强盗的英名;不过这个小小的英名让他活不了这么久,唐县长招安的酒宴上被乱枪打死的就是他而不是他的好兄弟群培了。请记住:爱情第一次拯救了这个家伙的命。"

"也许吧。"他喃喃道,好像随着时间老人的手指看到了依稀的往事。

"不是也许,是注定。"时间老人肯定地说,"发生过的事情,都逃不过我的眼睛;没有发生的事情,我也提前看得见。那个强盗被爱改变了命运,他就必须为此付出代价。洋人神父让他皈依了耶稣,还给他起了个奥古斯丁的教名……"

"奥古斯丁?"他打断了时间老人的话,"这个名字跟格桑多吉一样耳熟。"

时间老人笑了,"这是一个叛逆的名字,也是一个赎罪的名字。洋人神父真是些有学问的人,他们给人取名字,可不是随便乱取的。奥古斯丁最终背叛了教会,不是因为耶稣不爱他,而是他不爱那个爱他的姑娘伊丽莎,因为他心中永远只有对另一个姑娘的爱。他参加了红汉人的队伍,并且得到了一个放羊娃、一个强盗做梦都没有想到的荣誉、尊贵和为穷人做事的权力,这是爱情第二次在帮助他。"

"他可过上好日子了。"他嘀咕道。

时间老人感叹道:"可惜好景不长。当他身为公安局长时,却在逃犯史蒂文面前又摔了一跤。"

"这个家伙的路不好走。"他评价道。

"是不好走。"时间老人说,"没有比他在爱情的道路上更跌跌撞撞的人。爱情总让人摔跤。直到有一天,他满身伤痕、满头猪屎臭,在一个叫玛丽亚的女子面前再摔一跤。"

"玛丽亚！"他大叫起来，跪在了地上，仰天长啸：

"我想起来了，玛丽亚是我的妻子啊！"

记忆就像訇然打开的一道闸门，往事如洪流滚滚而至，像阳光终于穿破了厚重的乌云，大地上的山峦、峡谷、江河、牧场、雪山、古树，甚至年复一年不绝开放的野杜鹃花，都在明媚的阳光照耀下，向这个刑满释放犯叙述他的故事——

格桑多吉，你在这里曾经跟县守备队的人打过仗呢，那时你骑在马上好威风；

奥古斯丁，山崖下面的那个山洞里你救出了怀孕的玛丽亚，那时你的良善让一个村庄的人为你献哈达，让圣母玛丽亚也冲你微笑；

格桑多吉局长，我们在这座山梁上修过引水渠，你还说要让共产主义的火车从这里开过。共产主义的火车呀，它现在看起来真像一个神话传说。

奥古斯丁……

格桑多吉……

奥古斯丁……

格桑多吉跟在时间老人身后哽咽道："奥古斯丁是我的教名啊……我是格桑多吉……可这都是过去的事儿啦！"

时间老人一针见血地说："你不是在回到过去的路上吗？"

"不！"格桑多吉现在完全恢复了正常，"我是一个刚刚刑满释放、要回家的人。过去的日子，真是一笔高利贷。政府教育我，要忘掉过去，重新做人。"

"没有过去，怎么会有现在呢？"时间老人反问道。

格桑多吉停下了脚步，努力地想自己这一生中过去与现在的关系。他终于想起来了，如果说服刑的前几年他还天天想家、想玛丽亚的话，在往后的那些完全泯灭了希望的黑暗日子里，这个念想就彻底将他击倒了，就像一个口渴的人掉进了江河里最后被溺死了一样。家和玛丽亚在记忆里慢慢不存在，过去的日子里那些辉煌和苦难也不存在，爱和思念也淡忘成一片空白了。就像澜沧江里的一块块石头，本是棱角分明，坚硬似铁，但时间的流水日夜打磨它、冲刷它，先让它变圆变光滑，再让它分崩离析，最后成为一粒粒沙子，让人再也想不起它当年的模样。

他还想起了自己的出狱，一切都来得那样突然。管教干部对他说，你没事了，回家去吧。就让一辆卡车把他载走了。他仿佛是一个匆忙上阵的士兵，忽然就面对血与火的战场。不是他不渴望回家，而是他需要好好为自己积攒一些面对走进那扇家门的胆量。十年里他无法给玛丽亚写信，也没有得到过她的任何消息。她还好吗？还在等待我吗？她恨我了吗？他尤其担心的是：那个浪迹天涯的游子史蒂文回来了没有？他是死还是活？他如果还活着，一定会回来。国家的动乱结束了，那么多妻离子散的人家都破镜重圆，被迫离家出走的浪子们都在往家里的火塘边赶，往妻子的怀抱中飞奔。玛丽亚等待的，可不是一个男人。

世道变化真快，我的爱，还能回到从前吗？多年前他第一次从监狱里出来时，爱神幻化成一条流浪的野狗为他指路，那时他还对没有指望的爱、没有一间遮挡风雨的屋子的村庄充满信心。现在他在那个村庄里有个家了，但他却迷失在还乡之路上。

他希望在他抵达那扇温暖的家门前，再给他一天，半个月，甚至两个月的时间，让他在归家的旅途中，把一生的苦难与幸福回想清楚。但时间老人回过头来说：

"你走不走啊，我可从不等人。"

这个走路从不歇息的老人家啊。格桑多吉感到奇怪的是，他怎么对他的一生知道得这么清楚？他既不是他身边某个熟悉的老朋友，也不是教堂村的人，那么，他是谁？又是从哪里来的呢？他的年龄，只能用一个"老"来形容，有多老，又说不清。他走路的步履不快不慢，永远都是一个速度，以至于格桑多吉不得不说：

"时间……老大爹，你走慢点好吗？"

时间老人在风雨中说："没有人可以让我走得慢，或者走得快。有些事情你一时想不清楚，但你还得往前走。"

"可我……害怕过去的事情，让我不敢……回家。"

"每一个人，都是从过去的回忆中回家。奥古斯丁。"时间老人笑着说。

"时间老大爹，我不知道，峡谷下方的村庄里，有一扇……门，它……还为我这个罪人，开着的吗？"

"有两种人回家时，家里的门永远都温暖地为他们打开，一种是英雄还乡，一种是浪子回头。奥古斯丁，你是哪一种？"时间老人问。

"两种都不是，我只是一个刑满释放犯。"

时间老人说："那你两种都是。等雨停了，彩虹之下，你就会发现，有人把你当英雄，有人把你当浪子，但再没有人把你当罪人了。奥古斯丁，你要抓紧啊！"

这个"时间老大爹"真是个很奇怪的人，他不但叙述过去的事情，还告诉格桑多吉将来会怎么样。更神奇的是，他说雨停，雨就像被人一把收走了似的，云开雾散，天空碧蓝。格桑多吉身边的春雨没有了，"时间老大爹"也不见了踪影，仿佛和云雨一起飘走了。如果不是天边架起了那道彩虹，如果不是路边的杜鹃花在春风化雨下粲然开放，如果不是那些历历在目的往事让一个人倍感生命不易、真爱难求，格桑多吉真要怀疑自己刚才是不是又做了一场白日梦。

彩虹就是大地上一道敞开的爱情之门啊！还乡路上，格桑多吉终于找回了自己的过去，他不再害怕回家，也不再踟蹰不前，时间老人说得对，要抓紧。生命中的大部分光阴都在守望与动荡中蹉跎了，谁知道人生中一份真爱的时间会有多长？

也许，它就只有花开一季那么长。

当他远远望见峡谷里玛丽亚家房顶上的炊烟时，仿佛已经看到了痴心守望的女人动人的笑脸。

46 史蒂文的福音

为此，凡天主所结合的，人不可拆散。

——《圣经·新约》（玛窦福音 19:6）

保禄自杀后的第二年，史蒂文就退伍了。他没有去住"眷村"或"荣民之家"①，而是回到了台湾东海岸的花莲县，用退伍金和老托彼特合伙办了个小农场。因为托彼特的眼睛患了白内障，做了手术后，医生说还有黄斑病变，目前无法医治，只有等瞎了。老托彼特不当回事地说："瞎就瞎吧，反正一个漂泊异乡的老流浪汉，要眼睛有什么用。"

生活不是很容易，但是自由，安定。那几年槟榔的价格好，他们就种了两百多亩山地的槟榔树，可是等高高的树上结槟榔时，槟榔却烂市了。

史蒂文现在是个地道的"台农"，他和托彼特的农场连人都没有雇，白天两人戴着草帽、挽着裤管，在果园里没日没夜地干活，槟榔不好卖了就种橘子，橘子行情下跌了就种香蕉，几年下来，他们凭着比原住民更能吃苦耐劳的韧劲，竟然还兼并了邻近的两家农户的地，农场面积扩大了一倍。每当丰收时，老托彼特都会乐呵呵地对史蒂文说，等你的牙齿也掉光了，我们就把这农场奉献给教会得啦。我们都是耶稣的果实，长在异乡的土地上，也归于异乡的尘土。

---

① 在台老兵集中安置地，均为临时性的建筑，居住环境较差。

这年台风到来之前，史蒂文的老朋友钱大钧带着太太和阿芳到花莲县度假，他也退伍了，现在开了一家小贸易公司。这些年阿芳姑娘还和史蒂文保持着时断时续的联系，多年前他们似乎就要走到一起了，但史蒂文因为保禄自杀的事，对在台湾建立家庭心有余悸，便疏远了阿芳。本来史蒂文退伍时，阿芳希望他能在她工作的城市附近做点事，开个小饭馆什么的。但史蒂文说他从来就不会做饭，走到哪里吃到哪里，他只会种地放牧。这样的回答让阿芳很失望，钱大钧曾经劝史蒂文为了有个家庭，啥子都可以从头学嘛。但阿芳并不是史蒂文心中的至爱，他有家又没有家，有爱却不能爱，这是相当一部分家在大陆的台湾老兵对于再建家庭犹豫、彷徨的原因。光阴就这样一年又一年地蹉跎过去了。

　　阿芳在四年前稀里糊涂地被一个男人骗了，生下一个女孩后那家伙就失踪了，有说去了南美，有说去了日本，反正是再也没有了消息。钱大钧看着阿芳可怜，在新竹生计也困难，就问她愿不愿和史蒂文重修旧情，他在你们泰雅人居住地干得还不错，你回去跟他一起打理那个农场，也是两全其美的事情。阿芳的回答是，人家史蒂文一个老靓仔，谁都不放在眼里，不嫌弃我们母女俩，给口饭吃就谢天谢地啦。

　　几个老兵相逢自然很愉快，钱太太特别喜欢托彼特和史蒂文的农场，说大钧我们别在新竹混了，还不如卖了公司在"后山"也办了农场算了。在台湾更繁华的西海岸的人们看来，东部"后山"地区纵然纯朴、落后，但或许发展的空间更大一些。那几年台湾的经济正在起飞，到处都是为钞票忙得团团转的人们。老兵们也要为自己的晚年最后搏一把，生命中留给他们的辉煌，已经不多了。

　　钱大钧也是如此劝史蒂文，这次他给史蒂文带来一个女人，还带来一首他写的诗——

> 醉里看剑眼朦胧，
> 白头搔短人西东。
> 故园路长长万里，

英雄身老老来空。

"怎么样?"饭后,几个男人还在喝着餐后的余酒,钱大钧问史蒂文读诗后的感想。

"老哥,你忘记了,我是个藏族人。"史蒂文从钱大钧带着阿芳来,就知道他的用意,也就装作看不懂他的诗。

钱大钧说:"我可没有忘记你也是个藏族诗人。"

"唉,就像你们汉族人说的那样,好汉不提当年勇啦。我多少年都没有唱过我们的歌了。"

"人口里可以不唱歌,心里却不能没有爱。老弟啊,你就别等啦。大陆那边不折腾了,开始搞经济建设,人家强大起来了,我们就更没有机会光复大陆不是?你还有什么指望?"

"我指望每天的太阳照常升起,再平安落下;我指望树上的瓜果又大又甜,我指望雨水的甘露滋润干渴的大地,我指望台风的刀剑不要吹乱我期盼的目光;我还指望彩虹能够跨越茫茫的大海,我更指望天上守望的星星,永不陨落,遥望它的目光,永远都明亮。老哥,这就是我们藏族人心中的歌。"

"你们真是一个理想主义的民族,你真是个浪漫主义的家伙。不说啦,你帮我一个忙吧,让阿芳姑娘到你的农场干活,给人家一口饭吃,如何?"

"这个……要问问托彼特的意思。"

钱大钧转头看托彼特,这个老天主教徒瘪瘪嘴说:"耶稣说,'凡来敲门的,我都要给他开门。'人家孤儿寡母的也不容易。"

事情就这样定下来了,钱大钧在花莲玩了几天后便驾车回去了,路上他对自己的太太说:"我就不信半年之后这两个孤男怨女就走不到一起,阿芳还年轻,史蒂文年岁也不饶人了,这事儿真是皇帝不急太监急。"

托彼特把一间平常堆放农具的房间拾掇出来,暂时把母女俩安置进去。阿芳是个很勤劳的姑娘,白天下地干活,施肥、修枝、锄草、挖排水沟,史蒂文能干的活儿她一样也不落下,晚上给两个男人做饭,还帮他们洗衣服、收拾房间。两个老光棍好久没有享受到女人的伺候了,从一开初不适应到后来就离不开了，要是哪天阿芳在地里忙，晚了半个小时回来，托彼特就会喊："史蒂文，去看看阿芳怎么了。该做饭啦！"

台风又一次到来的一个夜晚，阿芳来拍史蒂文的门，原来她的孩子小咪咪发烧了。那个晚上风刮得人都站不稳脚，阿芳要是不抓紧门框，史蒂文都担心她会被风刮走。两人顶着狂风把孩子抱上农场的小卡车，去镇上的医院。可车才开出去两里地，就被路上横七竖八吹断的树干树枝挡住了。史蒂文说："我下去搬开，你在车上不要动。"

阿芳看见车灯前被吹得遍地乱跑的树枝、石头，一把拉住史蒂文，"你不要去，危险！"

史蒂文挣开阿芳的手说："没有事的，去医院要紧。"

他跳下车，在暴风雨中清理路面，有几次阿芳都觉得史蒂文被狂风刮走了，但他又顽强地回到了她的视线内。车灯下阿芳看见史蒂文在挪一根足有人大腿粗的大树干，可怎么也搬不动。阿芳跳下车去帮他，当他们合力把树干推下路基时，空中飞来的树枝击中了史蒂文的头。

他们回到车上时，史蒂文已经血流满面。阿芳既心疼又心慌，一时不知该怎么办好。车上没有绷带，只得脱下身上的白衬衫撕下一块来让阿芳给自己包扎。女人目光凄迷、愧疚。她仔细把史蒂文的伤口缠好，嘴里不断说："对不起，对不起，给你添麻烦了。"史蒂文宽慰她说："这有什么呢，又不是吃了一颗子弹。"

阿芳忽然在史蒂文的脸上重重地吻了一下，两人的心都飘起来了。女人眼里动情的目光，让他感到自己站在了悬崖边上。

是车窗外的台风又把他吹回来了，"我们走吧，待会儿路又不通了。"他说。

那个台风之夜后，史蒂文和阿芳面对对方的眼光都不自然了，他们本来就不是雇主和雇工的关系，在一块地里干活，在一个锅里舀饭吃，谈论的是大家共同关心的农事、天气、行情以及鸡毛蒜皮的家务事。阿芳小时候就在村里的教堂受过洗，到城里做工后没有时间进教堂望弥撒，现在重新回到了乡村，疲惫的心灵就更需要主耶稣的安抚了。每当礼拜天这一家子进教堂时，看上去就像一家祖孙三代人。

托彼特眼睛虽然不好使了，但也感觉出了两个人情感方面的细微变化，小咪咪在镇上的幼稚园，每周五才接回来，过去都是阿芳一个人去接送，也不知从什么时候起，史蒂文总有理由开着那辆小卡车带阿芳去接孩子。下雨了，孩子会淋出毛病的；要起风了，我帮阿芳走一趟吧；托彼特，我去幼稚园接小咪咪，阿芳今天太累了。如果他开初在托彼特面前找这些理由还有些难为情的话，后来就越来越顺理成章且理直气壮了。而阿芳到了接孩子的时间，自然而然地就坐在了驾驶室里，史蒂文，走，该去接小咪咪了。就像是在喊自家的老公。

一个礼拜天，弥撒完后托彼特独自留在了教堂，他说要陪罗维神父一晚，让史蒂文和阿芳母女俩先回农场去。罗维神父的房间里有一张大比例的藏区地图，不用说雪山、峡谷、道路历历在目，连地名都标到教堂村这样的村庄。托彼特每次来罗维神父房间，都要把这地图铺在地上，自己像一只老虾一样俯身在地图上，用放大镜将故乡那些熟悉的村庄、蛛网一般的马帮道路一一走过。

"托彼特，用眼睛在地图上旅行的人，就真的老了。我不认为你看得见地图上的那些字。"罗维神父端来两碗面条，递给托彼特一碗，这是他们的晚餐。罗维神父是个生活很简单的人，晚饭一般都是一碗面。

"故乡的地名，是用心去读的。"托彼特揉揉自己的眼睛说。

"呵呵，你这个老家乡宝。"

"还说我呢，地图上到处都是你飘落的白发。"托彼特回敬他的神父。

"噢，我只是为这个地方掉了几根头发而已。"罗维神父摸了摸自己脑门上越来越稀少的头发，"我可怜的兄弟杜伯尔神父把自己的生命都献祭出去了呢。真想去看看他的墓，不知还在不在啊！"

托彼特说："报纸上讲大陆那边开始恢复宗教活动了，藏区的佛教徒又可以进他们的寺庙磕头啦。圣母玛丽亚啊，但愿我们的教堂还完好无损。"

罗维神父说："教会那边发来简报说，在北京和上海，我们在那边的汉人神职人员可以进教堂做弥撒了。这是一个好消息。"

托彼特感叹道："只要让我回到故乡，哪怕他们砍我的头，我也认了。"

"你这个老家伙，那边又没有一个亲人，那么急着想回去干什么。你又不是史蒂文。"

"没有亲人，有我的故土啊神父。"托彼特说，"哦呀，对了，看我这记性。今天就是想来跟你说说史蒂文的事的。罗维神父，我看他和那个阿芳姑娘像是要走到一起了。你的意见呢？"

罗维神父放下手里的面碗，望着地上的地图，似乎在征询图上的某个村庄里某个人的意见。他良久才说："从我的圣职角度看，我是不会同意的；但从眼下的现实看，我想，耶稣也不会反对，圣母玛丽亚也会赞许。至于教堂村的那个玛丽亚，啊，主，她真是个好女人。愿主耶稣也赐给她幸福。可是，我怎么知道他们会不会有团聚的那一天？天主没有告诉我他的计划。托彼特，你知道，当年正是由我给他们的婚姻神圣的祝福，他们的爱是被耶稣拯救的爱。但这么些年海峡两岸的人们互不往来、不通音讯。每当我看到史蒂文孤单的身影，连我这个老神父都想问问我们在天上的父：难道你垂怜的目光，就没有看见这只迷途的羔羊吗？难道我们当年的拯救，是不合时宜的，或者出了什么差错吗？虽然基督之爱超过世界上任何强大的力量，但它却大不过当今人们坚持的各种主义。即便是耶稣基督在今天，他可以带领自己的子民跨越红海，但他也不能带你们跨过那条台湾海峡。我知道这样的追问不应该，是要受到谴责的。可是……唉，老托彼特，我也老啦，让我从一个老人而不是一个神父的角度对你说，是基督之爱让你们组成了一个奇特的家庭。这个家庭的温暖就在于：爱与被爱。"

神父的默许让托彼特打消了心中的顾虑。到台湾三十年，除了心中信奉的耶稣，史蒂文就是他在这个世界上的唯一亲人。他们相依为命，对澜沧江峡谷那片土地的眷恋和回忆，就是他们情同父子的血脉传承。尤其在两人都解甲归田成为他乡土地上的农民后，在内心他们都把对方当成自己抗衡孤独、消解乡愁的亲人。毕竟，在台湾社会，有几个人可以和他们说康巴地区的藏语方言呀？又有几个人有他们共同经历的苦难和期待呢？

秋天到来时，果园里的苹果大丰收。一天在地里吃午饭，托彼特对大家说："高雄那边有个和新加坡做水果批发的赵老板，今天来电话说希望我们给他送两箱苹果样品去看看。我想，如果他喜欢的话，今年的苹果销路就不用发愁了。史蒂文，你去一趟吧？"

"好事情。我明天就去。"史蒂文爽快地说。

"阿芳姑娘今年还没有休过假呢，你带她也去那边玩玩。"托彼特又说。

阿芳脸红了，低着头不吱声。

史蒂文也有些不自然，"当然，阿芳很辛苦。只是……小咪咪，怎么办？"

"有我呢。"托彼特说，"阿芳，你放心吗？"

"托彼特爷爷，谢谢你啦！"是谢谢托彼特帮她看小咪咪，还是谢谢他给了他们这次机会，阿芳没有明说。

这个晚上史蒂文一夜难眠。到了后半夜他干脆披衣下床，来到外面的凉台上。托彼特原来住在他的隔壁，但他最近几年腿脚不利索了，眼睛也不好使，就从二楼搬到一楼去住，阿芳带着孩子住在对面的一排平房里。史蒂文的这个凉台是后来加上去的，用竹子搭建，坐在凉台上便可看见远方的大海和广阔的天空。许多个寂寞的黄昏，史蒂文都是在这个凉台上，摇一把扇子，乱想，发呆；许多个湿热的夜晚，史蒂文就露宿在凉台上，让天上的星光照进自己的梦。

刚才史蒂文似乎在半睡半醒中听到一个声音，"嘿嘿嘿，宝岛姑娘……"把他惊得从凉椅上坐了起来。"保禄，保禄，你在哪里？"史蒂文向凉台四周张望。

夜空星光闪耀，山林微风习习。保禄怨恨的目光早已远遁，黑暗中的孤魂野鬼在人看不到的地方悲泣，星光的眷念穿越时空，像一根针一般地扎在人寂寞的心里。

史蒂文退伍以后，生活日益安定，胆子却越来越小，噩梦也越来越多。保禄是来造访的常客，还有那个当年被他一刀砍下脑袋的黄廷豪，永远都是他的梦魇，他每年都要在那个日子里偷偷地给这个还乡路上的冤死鬼烧纸钱。不然这个家伙就在他的梦里不依不饶，催促他和他一起回家。有几次史蒂文甚至还在果园里一头撞见黄廷豪，他的头像个大香瓜一样挂在树上，身子却倚靠着树干，那头在树上说："天气凉了，菊花黄了，出海的男人回家啦！"常常把史蒂文吓得屁滚尿流。有时连托彼特也不明白，为什么史蒂文会在果园的某棵树下烧纸钱，甚至还端了碗米饭去。不过即便是托彼特，史蒂文也没有告诉他自己曾经干过的血腥事儿，罗维神父就更听不到他的忏悔了。有些秘密，是会被当事者带进坟墓的。也正由于此，这秘密就像一个阴魂，永不消散。

有两颗头颅滚落在史蒂文的还乡路上了，一个时常在大白天来纠缠他，一个追逐到他的梦里。保禄的哀号，讥讽，请求，呐喊——我能把这样的女人带回家吗？常常让史蒂文长夜惊梦，冷汗淋漓。

还有回家的那一天吗？明天就要和阿芳单独出门了，史蒂文明白托彼特的意思，他们回来后，也许就应该谈婚论嫁了。这让史蒂文忽然胆怯起来，几十年一个人都过来了，那是因为心中有个永恒的守望，现在，他应该放弃吗？

他问东边天空的那颗"明珠"星。多少年来，这颗星星在，玛丽亚的爱就在，他的守望就在。"明珠"星有时会幻化成玛丽亚明亮的眼光，在深蓝色的夜空中扑闪，就像当年在康菩土司家的宅院，面对浪漫的说唱艺人扎西嘉措。扎西哥哥，你下次去拉萨带上我啊。可惜啊，史蒂文已不是当年的扎西哥哥，他漂泊的地方比拉萨更遥远。史蒂文时常想把那颗星星摘下来捧在手心里，对着它说：都说光是跑得最快的，你让玛丽亚看到你的光芒了吗？你可不要躲到乌云后面去睡觉。有时，长久的凝望让史蒂文可以听到"明珠"星对他说的话。嗨，史蒂文，我看见玛丽亚了，她刚背了一桶水回家。那桶好大，让她歇了三次；史蒂文，你儿子长大成一个小伙子了，看上去好有出息。那么，他干什么呢？史蒂文问星星。我看他好像没有干农活，在大地上到处流浪，像你过去一样。噢，那可不好。史蒂文会对星星说，我那时只是为了讨一口饭吃，他应该过土司老爷的日子。星星笑了，说，史蒂文啊，大陆那边早就没有土司了。你不是看见土司被一枪打下了澜沧江了吗？是啦，是格桑多吉那个家伙干的。那么，我儿子回家了吗？星星说，当然回家了，他们也在等你回去呢。

星星在这个不眠之夜再次发问：史蒂文，你将如何回去？家中等待的人，不指望你带回去金银财富，不指望你带回去高官显爵，更不指望你作为一个英雄衣锦还乡。故乡只期盼你一颗浪子回头的心！

可是这颗浪迹天涯、孤苦伶仃的心啊……

黎明时分，阿芳悄然飘到史蒂文的身后，她穿着一身碎花色的粉红色睡衣，像一个在晨雾中游荡的天使。她何时上的凉台，史蒂文浑然不知。阿芳悄悄走到史蒂文的身后，伏在他宽厚的背上，像放两个温热的馒头，将她的乳房搁在一个饥渴的男人的肩头。就在前两天，他们在果园里干活，当阿芳要从一棵树上下来时，树枝拉开了她的上衣，露出女人柔软的腹部，深陷的肚脐。树枝哗啦啦地一阵乱响，让他的心脏也"咚咚咚咚"地一阵乱跳。阿芳顺势倒在了守在下面的史蒂文怀中，他抱住她，面对女人迷乱的眼睛，冲动地吻了她。就像在闹市中两个上了岁数的情人的初吻，匆忙、慌乱、羞涩、胆怯，但阿芳感到眩晕的幸福。

那热热的馒头在史蒂文肩头上温软地滚动，他只要一伸手，馒头就到了嘴边。但是，有个声音在他心底里高喊："史蒂文跑啊你快跑啊！"多年前玛丽亚在他失手杀了伊丽莎后的哀求，一直伴随着他漂泊的一生，正是这哀求之上那绝望又怜爱的目光，让他面对别的女人的温情时，永远都视而不见。

阿芳发现，这个男人已经泪流满面。从脸上东一道西一道的泪痕判断，不知道他这样默默流泪了多久。

"你哭什么呢？"

男人长久没有说话，站起身，摆脱了肩膀上的诱惑。他走到凉台的栏杆旁，眼望着远方。"我没有哭，是天上的一颗星星哭了。"史蒂文说。

阿芳跟了过来，"天上的星星？天啊，你发烧说胡话了吧？一定是在外面一夜凉着啦！"她伸手去摸史蒂文的额头。

史蒂文拿开她的手，"我没有病。"他生硬地说。

"可是……可是你没看见太阳已经从海上升起来了吗？你过去可曾在大白天看见过星星？你从不知道星星是不会掉眼泪的吗？"

"我看见的东西，你看不见。"史蒂文深深叹了口气。

上午十点钟，他们准备出发了。阿芳兴冲冲地装车，两箱苹果她一人就扛上车了。女人还带上了足够一年四季换穿的衣服，她拎上车的旅行包让人觉得他们是要出国旅行。而史蒂文脚上还穿着一双拖鞋，连托彼特也看不下去了，说，史蒂文，你是去谈生意呢。去，换双皮鞋。史蒂文去房间到处找自己的皮鞋时，阿芳羞涩地把一双新皮鞋递到他面前，"我昨天下午买的，你看看合不合脚。"

终于可以走了，史蒂文发动了车，托彼特向他们挥手说："事情谈好了，就在那边多玩几天。听说鹅銮鼻的海滨公园①不错，去看看嘛。"

这时房间里的电话响了，托彼特转身摸索着去接电话，边走边说："看看，人家一定来催你们上路了。"

史蒂文的车已经启动了，他忽然产生了某种强烈的预感：有什么事情来了。不是最麻烦的，就是最意外的。

他停住了车，甚至关了发动机。

"怎么了？"阿芳问。

"等托彼特接电话。"史蒂文说。

他们看见托彼特跌跌撞撞地冲了出来，怪异地挥舞着双手，语不成调地喊：

"史蒂文……主耶稣啊！我们可以回去啦！钱大钧……我们可以回大陆啦。钱大钧说，说两岸开通……可以回去啦……我们在天上的父……"

老托彼特跪在地上在胸前画十字，痛哭流涕。

史蒂文跳下车，却不知道该干什么，他看看天，天空还是那样蓝，白云垂挂在远方，大海已经不平静；他看看周围的山岭，青翠的树林，他们在旋转，在起舞；他向东方看，自己的那颗星星在大白天也像太阳一样明亮。他还想寻找报佳音的天使，这个画面他在脑海中设想了三十多年，一定应该是有个天使来告诉流落天涯的浪子：你们可以回家了。但现在只有老托彼特匍

---

① 台湾岛的最南端，面对巴士海峡。

匍在地，双手使劲拍打，号啕大哭。

史蒂文一屁股坐在了地上，泪如雨下。

阿芳隐约感到两个男人的狂喜，对她来说不是一个好消息。她来到史蒂文面前，幽怨地问："史蒂文大哥，我们还去吗？"

史蒂文只是无声地流泪，一把一把地想把脸上的眼泪抹干净。可是越抹，越像抹开了一汪乡愁的清泉。

"史蒂文大哥……"

"阿芳，对不起了。"史蒂文用双手捂着自己的脸，就像一个罪人不敢面对圣母玛丽亚的圣容，更不敢面对已经不再遥远的教堂村另一个玛丽亚守望的目光。

"对不起啦……"史蒂文痛哭失声。

47 罗维神父的福音

> 凡听见的人都惊讶牧人向他们所说的事。玛丽亚却把这一切事默存在自己心中，反复思想。

—— 《圣经·新约》（路加福音 2:18 – 19）

三十多年后，罗维神父没有想到自己会以这种方式重回澜沧江峡谷。昨天他在阿墩子县长途汽车站下了车，周围的年轻人像看一个大猩猩似的围观他，比他当年作为一个年轻神父来到藏区时更诧异，当然也更友善。那时他是藏族佛教徒眼中的魔鬼，现在，他仿佛是一个明星。他没有忘记杜伯尔神父试图走近一户人家时，受到一盆冷水的欢迎，也没有忘记他们在这个小县城的第一晚和两个死人同眠。县城已变得他几乎认不出来了，看上去充满生气。人们对他评头品足，从他的穿着打扮到他稀疏的白发和满脸的胡须。有个穿牛仔裤的藏族年轻人甚至冲他打招呼："哈罗！"

这位"哈罗先生"——罗维神父如此称呼他——是个小眼睛的藏族人，头发披到肩膀上，用根头绳随便一扎，目光中流露出玩世不恭、毫无敬畏的神态。他热情得令人生疑，机敏中透着狡黠，但那种小城时髦背后的俗气又一览无余。罗维神父并不喜欢这样的人，但他今天早上一到汽车站门口又撞见了这家伙。"哈罗。"罗维神父不得不抢先对他的笑脸打了声招呼。

"哈罗。"年轻人满脸堆笑，冲罗维神父竖起了大拇指，"中国话的，会说？"

"请跟我说藏话。"罗维神父用地道的本地话说。

"哦……呀呀，哦呀呀……"年轻人张大了嘴，"你是哪个菩萨派来的哦？连我们的话都会讲。哦呀呀！""哈罗先生"感叹连连。

罗维神父本想脱口而出，我是天主派来的，在你还没有出生时就来过这里传播主耶稣的福音了。但是他忍住了，现在他不是一个神父，只是一个旅游者。他向当地外事部门申请的理由是：来看这里的雪山和峡谷。出乎罗维神父意料的是，地方官员对他的这次藏区之行并没有更多地为难，甚至表现出让他觉得可疑的热情，他们问是否需要给他配一个导游和一辆车，而且是免费的。官员们的理由是，这里刚刚开放不久，许多地方道路情况不太好，这样做是为了保证外国友人的安全。但罗维神父谢绝了，他认为，这有可能是派来监视他的。罗维神父希望独自旅行。但他却发现，在中国刚刚开放不久的年代，独自旅行是很困难的。

"有去教堂村的车吗？"他在售票口问。

"教堂村？什么地方？"窗口里那个戴头巾的藏族姑娘一头雾水。

"就是，嗯，就是澜沧江峡谷里的一个村庄。"罗维神父翻出一本旅行指南，指着澜沧江方向说。

"没有这个村庄。那里也不通公路。"姑娘生硬地说。

"有，肯定有这个村庄的。难道它能从地球上消失了吗？"罗维神父大声说，他对自己曾经服务过的村庄被人视为不存在感到生气。

"你是什么人？为什么要去哪里？你有工作证吗？"姑娘显然也生气了。

"工作证？"罗维神父比刚才姑娘听见"教堂村"时更纳闷。

"就是证明你在哪里工作的证件。没有工作证有介绍信也行。"姑娘说。

多年前罗维神父来这里传教时，持的是国民政府颁发的传教执照。他明白了姑娘的意思，但他除了护照，什么证件也拿不出来。他不明白怎么连买张车票也要查他的来路。这时那个"哈罗先生"在他身后拉了拉他的衣袖，示意跟他走。

至少他比卖车票的姑娘更友善一些，罗维神父想。他随"哈罗先生"来到门外，指给他看教堂村的位置，说自己要去那里。立即有几个藏族人围过来看热闹。"哈罗先生"说那一带他熟悉，但也不知道有个叫教堂村的村庄。罗维神父补充说，就是有个教堂的村庄。"哈罗先生"眼睛一亮，嗨，你说的是核桃树村啊。过去叫反帝村，现在叫核桃树村了。他身边的一个老人纠正道，不对，在叫反帝村之前，那个村庄是叫教堂村，而在很早很早以前呢，它就是核桃树村。现在一切都轮回到从前啰。这些热心的藏族人几乎异口同声说，那里确实不通班车。

"那么，我可以骑马进去吗?"罗维神父问。

"骑马?""哈罗先生"不屑地说，"我有比骑马更快的办法带你进去。"

"噢，直升机吗?"罗维神父问。

"跟我来。"年轻人冲罗维神父勾了勾手指，把他带到路边的一辆手扶式拖拉机面前，"要是你受得了颠簸的话，我可以开这个带你进去。"

"这是什么车?"

"我们叫它狗扶式。当然啰，它没有狗跑得快，但一天就可以到了。"

只要能到教堂村，罗维神父并不在意坐什么交通工具。"那么，你要我付你多少费用?"他问"哈罗先生"。

"把你的太阳镜送给我。"哈罗先生"直率地说。

罗维神父戴的太阳镜是他在香港机场花一百港元买的，但在"哈罗先生"看来，这可是绝对的洋货。罗维神父认为：他至少应该付这个年轻人八百到一千人民币才合理。因此他说："太阳镜我会给你，另外再付你八百人民币。"

"哈罗先生"再次惊讶得张开了大嘴，他喊道："佛祖，我可不敢要那么多。送我太阳镜就好了。"

他们就这样摇摇晃晃地上路了，罗维神父一点也不觉得"狗扶式"难坐。他有坐在敞篷越野车上的新奇感。峡谷里的风吹来往昔岁月熟悉的味道，就像阔别家乡多年的浪子回到母亲的厨房。他看到了久违的卡瓦格博雪山，它还是那么雄奇壮丽，他也看到了澜沧江一如既往地向南流淌，峡谷两岸的山峰像列队了千万年的巨人，连山上的那些野花，也和当年开放得一模一样——从前在哪座山崖上摇曳，几十年后依然绽放着不老的芳华。他就像走在历史的长廊里，每一座山峰，每一条道路，每一朵野花，都在向他诉说过去。当年他和杜伯尔神父是骑马进的教堂村，现在那条马帮驿道已经改建成可以走拖拉机的乡村公路了，尽管它坑坑洼洼，依然像飘在大峡谷山腰的一根黄色腰带。"哈罗先生"的"狗扶式"就像爬行在这根绵长的黄腰带上的一只蚂蚁。不过罗维神父感到庆幸的是，要是乘坐一辆飞驰而过的吉普车，他的回忆与怀想可能都来不及从心头涌上来，就被抛在身后了。故地重游并没有让他有恍若隔世的感叹，而是仿佛时光倒流，人来到了时光隧道的那一头。雪山峡谷依旧，江河不舍昼夜，只是当年要在这片土地上传播主耶稣福音的雄心壮志，老矣。

"哈罗先生"是个称职的导游，也是两个孩子的父亲。他饶舌而幽默，胆大而粗放。罗维神父一路上都在想，他跟他从前的藏族教友有哪些相像的地方。但过去藏族人的那种敬畏感、谦卑感、顺从心，神父在"哈罗先生"身上是一点也找不出来了。

托彼特和史蒂文这次没有随同罗维神父一起回来，不是因为他们不急于还乡，而是心存顾虑。尤其是史蒂文，他是这片土地的罪人，他不知道自己回来后会不会立即就被送进监狱。其实罗维神父知道，史蒂文是不敢面对还乡的结局——玛丽亚是否还在等着他？天主的计划也要等到浪子踏进家门那一刻才能知晓。现在对史蒂文来说，仍然是一个硬币扔到了空中，落到手心里的是哪一面，只有天主知道。

因此罗维神父此次重回藏区，既有走访自己当年服务过的教区的目的，也有为托彼特和史蒂文探路的任务。他将之视为生命中的又一次冒险。临行前托彼特对他说，主保佑我的神父这次不会再被武装驱逐出教堂村。罗维神父幽默地说，我这次回去，是个真正的老人家啦，扮圣诞老人都不用化装，谁会不喜欢圣诞老爷爷呢？

按罗维神父的行程计划，这次他将在教堂村过圣诞节——谁知道那里的人们还过不过这样的节日？老神父还记得，当年教堂村的圣诞节可以说是全世界最独特的节日。藏族教友们在教堂里做完圣诞弥撒后，圣诞狂欢是用藏式歌舞来奉献给耶稣诞生的。在教堂前的院坝里，他们高亢激越的歌声和越跳越飘逸的舞步，常常让神父们赞叹不已。古纯仁神父那时总喜欢坐在一把藤椅上，托彼特为他沏上一壶茶，他的身边还放着一个大箩筐，里面是圣诞老人给孩子们的礼物。有一年圣诞节，一伙强盗武装——不是格桑多吉的队伍——偷袭教堂村。但是他们也被这节日的气氛所感染，竟然也一起加入了狂欢的人群，仿佛他们不是来抢劫财物而是来喝酒找醉的。第二天教堂外面的院坝里醉卧一地的人们已分不清谁是强盗谁是教友了。

傍晚时分，罗维神父终于在澜沧江对岸看到了教堂高耸的尖顶，它仍然是村庄里最高的建筑，夕阳下透着无言的苍凉，像一个不合群的大个子，孤独地耸立在一片藏式民居中。尽管之前"哈罗先生"已经告诉过他，教堂还在，教堂村的人们现在像那些进寺庙的佛教徒一样，已经可以拜他们的耶稣，老神父的眼眶还是湿润了。

一切轮回到从前。这是罗维神父听当地人一再说的话。但他还是控制不了自己的激动，差一点从"狗扶式"上跳下来，向他曾经的教堂张开久违的双臂。

"你过得了溜索吗，老大爹?""哈罗先生"问。

"噢，溜索。"罗维神父深情地说，"不过是我年轻时骑过的风中脚踏车。"他还记得，杜伯尔神父第一次过溜索，是和古纯仁神父赌气。因为之前古神父宣布那一年的复活节由罗维神父来做主祭，他做副祭。这个争强好胜的家伙便跑到江边要了一副溜梆飞了过去，遗憾的是他在飞到对岸时再次摔断了胳膊。

现在的溜绳不是从前的那种藤篾绳了，是钢绳；也不用坚硬的栗木做溜梆，而是一个铁滑轮，安全系数大多了。罗维神父把自己挂上溜索时想：幸好他们还没来得及修一座桥，不然我这个老人家就找不回自己的过去啦。

"哈罗先生"陪罗维神父进了教堂村，小小的村庄让他竟然有迷路的感觉。到处都是新起的房子，过去那些简陋、低矮的藏式土掌房现在都被宽大、结实的两层或三层楼房替代。村庄显得祥和、安静，几个小孩最先发现了他，"外国人"，"外国人"，他们边喊边往自己的家里跑。然后，一些大人站在路边，远远地张望。没有人上来打招呼，更没有人张开双臂迎上来、眼含热泪地喊"神父"。

罗维神父仿佛有年轻时第一次进藏区时的感觉。陌生的环境，不了解的提防，深藏不露的敌意。难道这里就没有一个人还记得我吗？主耶稣，今晚谁来给我打开它仁慈的家门？他焦虑而难堪地想。

忽然，从教堂的钟楼里传来急促而热烈的钟声，罗维神父的眼眶再度潮湿。钟声的音色单纯、嘹亮、悠扬，罗维神父断定这还是那口当年从法国专门运到教堂村的大钟。他们把一切都保存下来了。罗维神父的心情豁然开朗，脸上荡开欣慰的笑容，他甩下"哈罗先生"，急步向教堂走去。

让罗维神父惊讶的是，敲钟人竟是当年那个背叛教会的奥古斯丁。他们在教堂的院坝相遇，默默地相互打量，都在细数对方头上稀疏的白发和脸上的皱纹。夕阳里的奥古斯丁像一棵饱经风霜的老核桃树，不是很挺拔了，但是依然坚硬得让人感到无法撼动。阳光在他们面前"簌簌"地移动脚步，时间却恍然跳过了几十年。终于，罗维神父张开了双臂，笑容满面地喊：

"嗨，你这不怕撒旦的老强盗，主耶稣从来没有忘记你的良善！"

奥古斯丁却没有罗维神父那么放松，他看上去畏手畏脚，神情紧张。"罗维……神父，你进来，喝茶吧。"

罗维神父冲过去一把抱住他，语无伦次地说："奥古斯丁，我的羊羔们呢？教堂村的教友们在哪里？这些年你们都好吗？主耶稣啊，你快告诉我，快把他们都叫来……"

其实奥古斯丁的钟声已经把大家都召集来了，他在罗维神父过溜索前，就已经认出了他。奥古斯丁在教堂厨房的一壶茶还没有烧好，教堂里已经挤满了人。有一多半的人罗维神父都不认识了，因为他们都很年轻，只有十来个老人老神父还叫得出他们的教名。这是一场被泪水淋湿了的相逢，尽管还有些拘谨，但是罗维神父感受得到这些教友们对他的想念，就像一个孩子对父母的依恋。

人群中他发现了玛丽亚，岁月已经在这个美人的脸上雕刻出时光的年轮。她发胖了，但是显得富态，如果有机会让她穿上节日盛装，她会更加雍容华贵；她眼角的皱纹也像一张撒出去的网，但是依然罩不住昔日的风采。

她的笑容沉静、恬淡、温和。只有一个对生活心满意足的女人，才会有这样的笑容。

和自己的教友们重逢让罗维神父像个顽皮的老小孩一样，不仅手舞足蹈，还想来点恶作剧。他冲玛丽亚喊：

"嗨，玛丽亚，我的小天使，你好吗？"

"好呢，神父。"两鬓斑白的玛丽亚被称为小天使，自己都有些羞涩了。

"我们那个浪漫的说唱艺人呢？"神父故意问。

"噢，神父，"玛丽亚脸上的羞涩转眼变成了哀伤，"他早死了。"

"哈哈，我亲爱的玛丽亚，我有好消息带给你。你的史蒂文一直和我在一起，还有老托彼特，他们在天主面前都是义人啊！"

"史蒂文……"玛丽亚像中了一枪，身子晃了晃，往后倒下去。她身边的人马上架起了她。

这个消息就像往炽热欢乐的火塘里浇了一瓢冷水，人群里一阵惊慌。罗维神父说："噢，她太激动了。快给她一条冷毛巾。"

请主耶稣宽恕这个性急的老神父吧，宽恕他带来的"好消息"。因为对玛丽亚和奥古斯丁这对苦命夫妻来说，这不是来自天堂的福音，而是地狱的号角。

48　史蒂文后书

我金子一样贵重的家乡啊，

难道我没有在那里居住的缘分吗？

我火塘一样温暖的爱人啊，

难道我没有回到你身边的勇气吗？

——史蒂文的歌

玛丽亚，我的歌声已经喑哑了；玛丽亚，我回家的道路已经断绝了；玛丽亚，我的世界已经坍塌了。

不是一条海峡，隔断了我的归路；不是国民党和共产党两种不同的主义，让我们身处不同的世界；也不是时间，让守望的心苍老；更不是天空的风雨，吹落了永恒的星星。是爱的惩罚，让我永远踏不上还乡之路！

过去，我给你写了很多无法投递出去的信，现在，贴张邮票就可以把我的乡愁寄出去了，但它依然只能写给我自己。

罗维神父回到台湾后，我们在一个星光灿烂的夜晚谈论你们那边的生活，就像在讨论月亮上的故事，那么遥远，那么寒冷，那么难以想象。我现在已经不是追逐月亮的太阳，只是月亮身边一颗暗淡的星星。还记得我第一次到康菩土司家唱歌时的情景吗？你问我太阳什么时候爱上月亮的，我说从天神点燃了太阳的光芒那一天起……是的，他们很早很早以前就相爱了，但是他们却永远走不到一起。即便是天上的爱情，也是天各一方，何况人间？

我们曾经相约，天上有一颗星星属于我们的爱情，它在，我们的爱就在。我错误地认为，星星的光芒映射着我们期盼的目光，它不会衰老，更不会坠落消失。我们也曾经相信，天主所祝福的，人不可以拆散。既然主创造了一切，世上的权柄和荣耀，都掌握在他万能的手中，他就应该护佑我们的爱情，坚固我们的守望，就像坚固我们的信念一样。可是有一天我问罗维神父，我看到的星光，是否就是玛丽亚在大陆那边遥望我的目光？神父回答说，那可能是几十万年前的光芒了。因为星星离我们太遥远太遥远，它的速度是以"光年"来计算的，而星星的光芒被我们看到时，已经足以让这个地球大海干枯、地覆天翻。看看吧，当你的目光传达到我这里时，我这把漂泊的老骨头，连灰都找不到了。而我找寻你的目光，不过是太空中漫无目的地的一丝萤光，无人认领，谁也不在意。

　　你请罗维神父带给我的酥油饼和青稞面，我们打了一壶地道的酥油茶，然后用泪水拌着奶茶揉糌粑。几十年来我们没有闻到过故乡酥油的浓香，没有尝到过糌粑的味道。我们顿顿的饭食，都只有一种滋味——乡愁。

　　可是啊，乡愁再浓，我也回不来了。我自己挖断了归家的道路。从前有一条海峡隔断了还乡之路，还有更多人为的阻隔，让两岸的人们生如阴阳两界。现在海峡两岸架起了彩虹，天天都有飞机去往大陆。尽管罗维神父这次回大陆还专门去有关部门打听，像我和托彼特这样逃亡的罪人，可不可以回来。大陆的官员回答说，国民党的那些大战犯，大特务，他们都特赦了，几个老兵的过去他们既往不咎。还说，历尽劫波兄弟在，相逢一笑泯恩仇，欢迎我们回家探亲。托彼特听到这个消息时，感动得老泪纵横，可我却怎么也高兴不起来啊！我们经常说，只要能让我们回家看一眼，砍头也干。可当所有的篱笆都拆除了，我却成了找不到家门的流浪汉。

　　玛丽亚，当我敲开你的家门时，来给我开门的是谁呢？当我被迎到火塘边时，坐在上首位置的主人又是谁呢？当然是奥古斯丁啰。那这还是我朝思暮想的家吗？我在这个家里应该被叫做什么？丈夫还是客人？主耶稣啊，我当了大半辈子的客人啦，请让我也大大方方地做一回主人，招待四方的乡亲吧。可是，这个能做主人的家在哪里？

这些日子以来，关于奥古斯丁，我想这个问题把牙都想掉了几颗。昨天还去荣民医院看了牙医。医生说，你体内的火太盛。我说是的，这火不但烧坏了我的牙，还把我的头发都燎白了。玛丽亚，我不会让你看到我的满头华发。多少年来，异国的风霜没有将它染白，台湾的海风没有将它锈蚀，爱情的背叛却让它在一夜之间就白了。那个狗娘养的爱情强盗，他不仅夺走了我的妻子，还坏了我的牙，白了我的头发。从他当年骑马带人杀进教堂村时起，我就知道，他就是我一生的敌人。我只是不知道，他是天主派来考验我们爱情的天使，还是魔鬼的化身？这么些年来，他就是我噩梦中的幽灵，是我卡在喉咙里的一根刺，是我肚子里的一块石头。如今，他成了我回家路上一道翻不过去的悬崖。

罗维神父告诉我说，奥古斯丁为了自己的爱，受了很多的罪，坐过两次牢，第一次坐牢是因为放走了我，而第二次坐牢，是由于我从台湾写回过一封信。是的，我的确干过这样的蠢事，但我不知道几句话会给一个人带来十年牢狱之灾。唉，要是发生过的事，人们可以重新选择，我情愿那个雨夜他把我抓回去。即便他们把我毙了，我的爱情还是完整的，我的生命也就没有这么多缺憾。

罗维神父劝解我，要试着去宽恕奥古斯丁。我回答说，我绝不宽恕一个夺走我妻子的人。世界上这样的一份宽恕太昂贵了，没有人买得起！罗维神父用经上的话教训我说，不要只看到你兄弟眼中的木屑，而忘记了自己眼里的大梁。你要先取出自己眼里的大梁，才能帮你兄弟去掉他眼中的木屑。

如果爱是可以被感动的，我拿什么来感动你，我的玛丽亚？如果说奥古斯丁以他十多年的牢狱之灾，感动了你的爱，我三十来年的漂泊与守望，可不可以也让你回头看我一眼？我已经无颜跟你说这些年我在外面受了多少苦，遭了多少罪。在等待回家的日日夜夜，我曾经千遍万遍地设想过，我将如何讲给你听我浪迹天涯的故事，是用说唱的形式好呢，还是请你和我们的儿子坐在火塘边，就着一壶热热的酥油茶和一碗辣辣的青稞酒，从头细说当年……

但现在说什么都晚啦，都没有意义啦。我家里的火塘，已经不会再为我这个浪子而温暖。过去我是这个火塘边的男主人，我坐在那里，有我的女人给我打茶，为我斟酒，替我把生活中的烦恼分担，将一天劳动的疲劳烘干。在更早以前，当我作为一个说唱艺人时，我是火塘边的英雄。我说唱神灵故事时，土司贵族们也忘了睡觉；而我歌唱爱情时，姑娘们的芳心像春天的花儿一样开放。那个放着贵族小姐养尊处优的生活不要，而情愿跟我私奔的美丽姑娘，不就是你吗？人间只有真正的英雄才会有如此的本事，他赢得姑娘的心，不是靠财富，也不是靠权贵，更不是靠刀枪，而是从他心底里飞出的一首首情歌。

我不仅再不能成为火塘边的英雄，连属于自己的火塘都没有了。玛丽亚，这些年我当过兵，打过仗，既打过胜仗，也打过败仗。被人打败的滋味就像喝了一碗屈辱的苦酒，怒火压抑在肚子里无处发泄，脸面恨不能藏在屁股底下。现在，我的守望被奥古斯丁打败了，那么多年来，我还指望这份守望能让我成为一个你火塘边的英雄。这个梦想一直激励着我战胜身边的种种诱惑，战胜年复一年的孤独寂寞，战胜海峡两岸冰川一样冷酷坚硬的隔绝，战胜漫长的时间与无情的岁月……

尽管很多人的英雄梦都破灭了，可是我的英雄梦并不高远，只不过是想平安回到自己家吉祥温暖的火塘边。

那天，我向罗维神父高喊：这不公平！罗维神父说，主耶稣的公平永远都存在。别忘了经上的话："你们用什么升斗量，也用什么升斗量给你们。"

可是，我们在天上的父，我们等待三十年了，你还要让我等多久？难道你用升斗量给我的，就是满满一斗的绝望？

玛丽亚，这是一周后我继续写给你的信。这一周我去了趟西海岸，托彼特陪我一起去的。我们在海峡的这边向对岸眺望，海天茫茫，虽然依然看不见我的故乡，但它已再不成为天堑。我还在犹豫回去还是不回去。托彼特背着我帮我申请了"回乡证"。这个老人家说，如果再让他晚走一天，他的眼睛就会完全瞎了。老托彼特这些年的眼睛越来越不好使了，筷子已经找不准饭桌上的菜碗。他要在黑暗彻底淹没他之前，尽快看到故乡。他为了等我一起走，已经一再推迟了归期。他说，史蒂文，不要像我，想匍匐在故乡的土地上亲吻它的尘埃，把背都弯成一棵老树了。你没有家了，还有故土；没有妻子了，还有孩子。我们在这里是一无所有啊！想想耶西的结局吧。

耶西是我们一起逃出来的兄弟，当年就是他和他的哥哥想逃跑，我想你想得头脑发昏，才加入进去的。这个家伙在台湾也和我们一样当兵，退伍后娶了个寡妇，也是个比屋顶漏水还要令人心烦的女人。前两年耶西的钱被榨干得差不多了，又得了严重的风湿性心脏病，那女人便离开了他。耶西就搬进"单身国宅"，那是政府为我们这些被称为"老芋仔"的老兵建盖的公寓。人们私下里叫它"阴间大楼"，因为经常有孤独的"老芋仔"死在房间里。一年前的一个傍晚，耶西从十六楼跳了下来。只有罗维神父、托彼特和我去给他送葬。他留给我们的遗书上说：我自己了断，总比尸体都发臭了才被人知道强。

玛丽亚，我被老托彼特说动心了。我想我们的儿子若瑟了，忽然像思念你一样想他。罗维神父说我们的儿子如今很有出息，是个地质工程师，好像还当了什么官员。看看，我们的儿子，多为我长脸啊！看看，我们的儿子，他再次牵动了我的乡愁！打小我就知道他会比他阿爸有出息，我要回来看他，要把他抱在怀里，亲口对他说，儿子，爸爸对不起你。

请不要误会，我不会打搅你们的生活，更不会去找奥古斯丁打架，我们都过了拔刀斗狠的年龄啦。我的眼睛里已经没有了那根嫉妒的大梁，我在努力地学会宽恕。我已经在罗维神父面前办了一次告解，忏悔了我的妒忌和愤怒。我还要向奥古斯丁忏悔，希望他能原谅我带给他的灾难。我们都背负着你爱情的十字架，我们也同是时代的牺牲品。我再不怨他，但愿他也能原谅我。奥古斯丁从小当强盗，生活得也不容易，他晚年终于抢到了自己想要的爱情；我从小当说唱艺人，自己的父母是谁都不知道，我歌唱了那么多的爱情，我也曾赢得过世间最珍贵的爱。没有料到的是，我会用生命唱一曲爱情悲歌。

就把我当做一个回到家乡的战败者吧。我不是你的英雄，也不是你的浪子，我只是一个故乡的过客。我这一生啊，其实早已经看尽了人生的生离死别，尝够了亲人朋友的悲欢离合。家对我来说，太愧疚了；爱，也太沉重了。我只是想回来，喝一口故乡的酥油茶、青稞酒；我只是想回来，把我这把漂泊了多年的老骨头，埋葬在故乡的大地上。

49 奥古斯丁的福音

人若为自己的朋友舍掉性命，再没有比这更大的爱情了。

——《圣经·新约》（若望福音 15:13）

"奥古斯丁大师，村委会有你家的信，钱又飞来了。"一个路过奥古斯丁家门的村民乐呵呵地喊。

土陶匠人奥古斯丁现在是大师，这个命名来自于省里一个下乡来视察工作的高级官员。他见识了奥古斯丁一手精妙绝伦的土陶技艺，当着大批的陪同人员宣布道：这才是我们的大师。奥古斯丁大师的名字于是被随行的记者们张扬于报纸上。后来一个慕名而来的上海画家专门为大师奥古斯丁设计了很有艺术品位的签名，"Augustine 制"，刻在一块栎木条上，他告诉奥古斯丁，每一个艺术家都有自己独特的签名，以后你的土陶制品上都要盖上你的名字，客户就知道这是谁的作品了。谁知道几百年、上千年后，你的土陶会不会被摆进国家博物馆呢？奥古斯丁，这个世界上所有最时髦、最昂贵的东西都会化为尘埃，唯有你的土陶，千百年过去了，还在闪耀着人类文明的光芒。奥古斯丁不是很明白画家的话，他只是说，不会变成灰的，是人们的爱情。画家一拍奥古斯丁的肩膀，就是那个意思啦。

没过多久，就有外地的商人跟奥古斯丁订货了。村庄里就奥古斯丁家的信件和汇款单最多，人们说他们家的钱不是地里长出来的，而是外面飞来的。本来藏区的土陶制品不过是人们日常生活中的用品，但那些要货的商人把奥古斯丁的土陶产品当工艺品卖，在藏区的各旅游景点相当畅销。看看吧，这些原始、朴拙，造型又奇特精美的玩意儿，上面还有个洋签名。这是来自神秘藏区最神奇的工艺品，是一个隐居在雪山下的藏族艺术大师的传世之作。商人们在推销这些土陶产品时，也把奥古斯丁的名字推销到雪山峡谷外。

奥古斯丁的土陶技艺是在监狱里跟一个老艺人学的。藏式土陶制品不用模具，全像小孩子玩泥巴一样在手里将一件件土陶揉捏、拍打出来，但对泥土品质、烘焙火候要求很高。泥土的问题玛丽亚的儿子史建华帮他解决，他是学地质的，过去曾经说要把地下的珠宝找出来挂满玛丽亚一身，现在他帮奥古斯丁看哪里的泥土最有黏性，最适合做土陶产品。藏式土陶技艺的妙处就在于，土陶艺人想把手中的东西做成什么样，就能随心所欲地做成什么样。像奥古斯丁这样大师级别的土陶艺人，一把茶壶他也能做出一种美感来，一个花盆上面也蹲满了喜鹊、百灵鸟和报春的云雀。核桃树村也有几家人在做土陶，但唯有奥古斯丁大师的土陶最好卖，他的客户甚至已经发展到了沿海一带了。

奥古斯丁不仅是大师，还成了名人。许多人慕名来到核桃树村，要看奥古斯丁大师，然后大件小件地买走他的土陶制品。村庄里的人们也不知道大师是什么意思，也就跟着大师大师地叫。奥古斯丁开初还不习惯，后来想，村人总不能叫我奥古斯丁老师吧，人家小学老师才是正经的文化人，我这个玩泥巴的，叫大师可能也差球不多。

连他的老领导高国祥也专程来看他，还洒下了一捧感慨的眼泪。高书记说，奥古斯丁啊，当年给你平反后，我让你来找我，你为什么不来呢？我连位置都给你找好了，那时我还想让你重去当阿墩子县的公安局长。哪里跌倒哪里爬起来嘛，我信得过你。不过，还是你现在好，成万元户了。

这些年奥古斯丁家起了宽大的新房，玛丽亚胸前悬挂的各种配饰都快把脖子挂弯了。她除了干地里的活儿，得闲就给奥古斯丁打下手，当然，她的儿子史建华并没有跟奥古斯丁一起干个体户，他现在是阿墩子县的副县长了呢。但他用自己一双学地质的眼睛，借助奥古斯丁的一双巧手，间接地兑现了对自己母亲的诺言——让她佩戴世界上最美的首饰。人们说，玛丽亚苦尽甘来了。

这个家庭是核桃树村最富裕、最幸福的家庭。村里的小学是奥古斯丁捐钱新建的；谁家的孩子考上大学没有钱去读书，奥古斯丁全包；甚至连村里每年的圣诞节和复活节开销，都是奥古斯丁一人承担。三十多年前，奥古斯丁在核桃树村当工作队长时，是他把教堂当成工作队的驻地，然后又改作小学校，从那个时候起，核桃树村的教友们就没有地方望弥撒。恢复宗教活动后，教堂平常属于学生，周日属于天主。来教堂望弥撒的教友们得先把学生们的课桌暂时搬到一边，周日晚又搬回去。现在奥古斯丁捐资建校，人们说，连圣母玛丽亚都在冲他微笑哩。

今年初奥古斯丁还对玛丽亚说，再辛苦几年，我要给咱们村修一座吊桥，大家就不用在溜索上不方便了。玛丽亚当时说，修桥要多少钱啊？我去跟建华说，还是让政府帮我们修吧。这本来就是政府的事情。奥古斯丁说，政府修我还不乐意呢。我要了我的心愿。

奥古斯丁踏踏实实地向为核桃树村捐建一座吊桥的宏伟目标前进。他起早贪黑地干，一铲泥一把土地拍打、雕塑。有订单来了，无论多少、价格高低，花盆、茶壶、火炉、藏碗、香炉、茶罐，甚至佛像，他都接。自从干上土陶这个行当以来，他的话越发少了，甚至跟玛丽亚一天也没有多少话。他工作时都是盘腿坐地上，即便在家里其他地方，也从不坐凳子。这是十几年牢狱生活养成的习惯。平常他要么蹲墙角，要么坐地上，困了躺倒就睡。史建华在新房子盖好后，曾经送来一组沙发，奥古斯丁在玛丽亚万般请求下，尝试着去坐沙发。他屁股一沾沙发就像坐在火塘上一样跳了起来，嘴里惊慌地喊："哦呀，房子要塌了！"

他成天坐在工作坊一角，和泥巴亲热，把自己也弄成一个兵马俑的模样。玛丽亚心疼他，说你带两个徒弟吧，这样出货也快一些。但奥古斯丁说，为什么其他人做不出我这种样式的东西来？因为他们没有蹲过大牢。

本来奥古斯丁要在澜沧江上修建的吊桥指日可待，但自从见到罗维神父后，奥古斯丁歇工了。理由是：他的耳朵听不见人说话了。外面的消息对于一个存心要让自己耳聋的老人来说，中听的话就听得见，不中听的话，则听不见。

那个在外面叫他去取信的人走远了，奥古斯丁还坐在工作坊的一堆筛好的细土堆边，他想大概又是来要货的信。

出再高的价钱，我也不会为你们做了。奥古斯丁大师的手艺废了，因为心死了。奥古斯丁想。

玛丽亚下地干活去了，奥古斯丁出门去取信。不管怎么说，还是该给那些来要货的人家回一个信：奥古斯丁大师洗手不干了。

奥古斯丁万万没有想到，收到的是史蒂文从台湾来的信。他有当年接到自己的宣判书一样的感觉。现在台湾那个"法官"的判决书送达了。

狗娘养的，我的末日总是来得这么快。他在心里骂道。

自打罗维神父带来那个消息后，他和玛丽亚的情感就像澜沧江里的两片树叶，已经经历了九曲回肠、大波大浪的洗礼了。面对命运的捉弄，他们再也无法反抗；面对远方浪子归来的足音，他们唯有在惶恐中等待结局，就像孱弱无助的一双孩子在屋里听到强盗闯进院子的脚步。玛丽亚独自啜泣时，他默默地喝闷酒；玛丽亚安慰他时，他拍打手中的陶件——但从来没有做成一件成形的东西。玛丽亚流了很多的泪，说了无数的话，都只有一个意思：奥古斯丁，我是你的女人。史蒂文这个死鬼，要回来就回来嘛，我们该怎样过还怎样过。

但是她依然在夜深人静的时候深深地叹气，默默地流泪；她依然在脸上堆积着厚重的阴云，在眉宇间流淌出无言的凄楚。她的梦已经让奥古斯丁看不到，她的心已经分离。当她要去打茶时，手里拿的不是茶桶而是锅铲；她去猪圈喂猪，簸箕里盛的不是玉米而是一堆衣服。有一天她和奥古斯丁一起铡草，两人不像从前那样，东家长西家短地闲聊，草铡了一堆，话却没有一句。奥古斯丁忽然发现妻子的一个手腕都在铡刀下，而她的目光却不知飘到哪里去了。"主耶稣，你还要让我犯多少罪孽！"奥古斯丁大叫起来，扔了铡刀，瘫坐在地上。

奥古斯丁回到家时，玛丽亚已经在做晚饭。"你去哪里了？"玛丽亚脸上浮现出一个难得的笑容，"出去走走也好，成天窝在家里喝酒，也不好呢。"

"有你一封信，史蒂文从台湾写来的。"奥古斯丁闷闷地说，把信递给玛丽亚。

"我不看。"玛丽亚在揉一团面，眼睛也不抬地说，"你看吧。"

"是写给你的信。"奥古斯丁举着信的手没有放下。

"奥古斯丁，没看见我的手不空吗？"玛丽亚的嗓门突兀地高起来，然后开始像屋顶漏雨般滔滔不绝地诉说——

"什么信非要现在看啊？台湾来的信又怎样？天上的星星来的信跟我们又有什么关系？我还要揉面蒸水汽粑粑给你吃，肚子不饿人心才不慌。你又不是不知道，我认不得几个字，我不看信，我看人！早干什么去啦？现在写信回来算个什么东西？那么些日子都过去了，我天天等的人一个都不回来。家里养条狗、喂几只鸡，天黑了还晓得回家哩。你以为我是城里的那些小姑娘吗？写几句哄鬼的话就让我的白头发变黑了？就把我脸上的皱纹抹平了？就让我挨过的那些苦日子像水一样流走了？世上有这么容易的事情没有？世上有这样没有良心的男人没有？你道人心是面做的，可以随便掰开、揉捏？碎了的心你可以把它再捏拢吗？圣母玛丽亚，你失去了自己唯一的儿子，你的哀伤我知道，我的哀伤你知道不？当年我可不止走丢一个儿子，我还走丢了一个又一个的男人。他们丢了就丢了，我落得清静。要是那些年可以当修女，我早进修道院了。可他们一个又一个地回来了。我怎么办？我又不是一块地，今天你来种，明天他来耕。我长不出那么多的庄稼了，我没有那么多的爱呀！那个天杀的康菩土司，还是我的姐夫，为了三块牧场就要把我抵押出去。我是一个姑娘哩，一个让一条峡谷的杜鹃花都不敢开放的姑娘哩。可是我们在天上的父，你看看你的女儿，她现在过的什么日子？她听你的话，可她总洗不干净自己身上的罪孽。她总是想在世上找到一份像山泉一样清澈的爱情，可是你却给她喝比黄连还要苦的酒。你刚刚给她过几天安静日子，刚刚让她晓得生活原来就是火塘边有个疼她爱她的男人，家里的重活不用她操心，夜晚的噩梦有人给她壮胆，天上打响雷的时候有个倚靠的肩膀，魔鬼出现时候身边有条汉子帮她驱赶。主耶稣，我的要求可不高，我平常的祈祷你都听见了吧？可是为什么你不让我过这样的日子呢？这不公平！"

"你说些什么啊？我一句也没有听见。"奥古斯丁蹲在火塘边闷闷地说。

"我说，这不公平！"玛丽亚再次加大了嗓门。

"是不公平。"奥古斯丁说，但他又郑重其事地补充说，"玛丽亚，我是说，你不看人家的来信，不公平。"

"是……奥古斯丁，你真的这样认为吗？"玛丽亚泪水涟涟地问。

"是的。"玛丽亚问话的声音那样小，但奥古斯丁这时毫无听觉障碍，他把信交到了玛丽亚的手上，她浑身都在颤抖。

奥古斯丁转身离开了，去了自己的工作坊，他没有开灯，一头跪在地上，捂着脸，像一头愤懑的狮子，压低嗓子喊："真他娘的不公平。不公平！"

几天以后，奥古斯丁的家就成了官员们光顾的地方。先是副县长史建华带了一帮人来，把房前屋后、里里外外都拾掇得连一根多余的草都看不见。玛丽亚开初还抱怨说，这哪里还像个农家嘛，连鸡都不敢随便拉屎了。后来她发现不但家里的猪、鸡、牛、羊不自在，连自己的手脚也不知道往哪里放了。州里甚至省里的领导都下来了，他们说，史蒂文是第一个从台湾回到藏区的海外藏胞，我们要让他感到家乡的新面貌和温暖。据说州里统战部的领导已经派人专程去深圳接他了，然后要一路护送他回到核桃树村。

但是人们忽略了奥古斯丁大师的感受。史蒂文作为统战工作的对象，当然应该让他感到祖国的宽容与家乡的温暖。至于远方的浪子回家了，家里另外一个男人怎么办，人们已经来不及多考虑了，也许因为他是个聋子，人们说的话他总是听不见。有关领导给他做工作，从海峡两岸的政治、历史、现状，以及祖国的统一大业，到对海外归来的台湾同胞应该给予的温暖、宽容、谅解等等，说了一个下午。得到的回答是大师指指自己的耳朵，摇摇头。那个干部气得在背后说："世上最难做的工作就是跟聋子对话。好在他的态度还好，看来不会有什么问题了。"

干部们根据村委会唯一的那部电话向玛丽亚通报着史蒂文的归期——

台湾同胞史蒂文先生、托彼特先生到深圳了，终于回到祖国的怀抱；他们在广州稍事停留、参观；他们到昆明了，省里领导接见、宴请，参观访问；史蒂文先生一行到州上了，终于回到朝思暮想的藏区，领导接见、宴请，参观访问；台湾同胞史蒂文先生一行专车被接到县上了，随行的有省、州有关部门领导和记者。由于核桃树村目前还不通公路，也遵照史蒂文先生的意愿，请核桃树村的干部护送玛丽亚一家到县上与史蒂文先生见面……

到了晚上，忙乱了一天的玛丽亚家才消停下来。来帮忙的人们都各自回家了，史建华陪着州上的干部们住在了村委会，明天他们将陪同玛丽亚去县上和史蒂文实现历史性的团圆。没有人围着玛丽亚转了，也没有人远远地站在她的房子周围指指点点了。奥古斯丁当大师时，那些素不相识的汉人摸到家里来，经常和奥古斯丁醉得一塌糊涂，又哭又喊、又唱又吐的，也没有让玛丽亚感到过累，这些天她太累啦。

"被人围着转的滋味真不好受，哄来使去的，就像猪圈里的猪。"她和奥古斯丁终于安静地坐在火塘边时，她抱怨道。

"那个家伙现在可比当年威风多了。"

"你在说什么呀奥古斯丁？"玛丽亚幽幽地问。她猛然想起，很多年前，当奥古斯丁作为县公安局长、土改工作队长威风八面地进驻到教堂村时，史蒂文也曾经这样说过。

"嘿嘿，他就要把资本主义的威风带到我们家里来啦。"不同的人，有时会说同样的话，就像性格迥异的人也会有相似的命运一样。

玛丽亚平静地说："史蒂文如果走进这个家门，我们就把他当朋友，请他在火塘边坐下来，喝酒、吃饭。"这样的话，她也在多年前说过，只不过主人和客人的角色换了。

"玛丽亚，难道这些日子你还没有弄明白吗？现在是台湾同胞吃香的喝辣的。我这个大师也不管用了。"

"奥古斯丁，你过去是我的大侠，现在是我的大师。我们刚过上好日子没几年，我可不愿再让我爱的男人从眼前消失了。史蒂文嘛，不管他是台湾同胞还是回家的浪子，我有我自己的家。他顶多只是史建华的父亲。"

"唉，父亲。"奥古斯丁感叹道，"我要是有个儿子就好了。"

"奥古斯丁，要是你不去坐牢，我真的可以给你生个儿子呢。"玛丽亚忽然掉泪了，"你的命怎么那么苦啊？奥古斯丁，真不公平。我真想问问圣母玛丽亚，她的仁慈在哪里？可是我又不敢。"

这个晚上他们在火塘边坐到很晚。本来他们早就各睡各的房间，但玛丽亚这晚摸到奥古斯丁床上，像新婚的娇娘一般地依偎在他的身边。玛丽亚不断和奥古斯丁说着从前的那些事儿，从他第二次从监狱里放出来，回到家里她的惊喜与泪花，感动了那个春天的彩虹，到奥古斯丁第一次出狱来到村庄的那个大雾天，固执地要在她家的对面起房子，她满脸潮红的羞涩与内心涌动的朦胧爱意，被一河谷的浓雾严实遮掩。然后玛丽亚的幸福追忆回到了解放前——

奥古斯丁你是峡谷里公认的强盗、大侠，那么多姑娘为你睡不着觉，你却为别人的媳妇走火入魔，甚至把她的一根头发也要当宝贝似的装在小玻璃瓶里。唉，奥古斯丁，要是当年我嫁的不是史蒂文，而是野贡土司或其他什么人，我早就跟你跑了。她又温婉地说，要是我知道史蒂文终究要跑，我还不如先跟了你呢。可是过去的日子怎么可以倒回去从头来？天主的计划就是，你从来不知道自己要面对什么样的男人，面对什么样的日子。他让你经历这一切后，才让你知道敬畏，知道他的计划。

奥古斯丁一直默默无言，月光从高远静谧的天空中洒下来，映照出两个已然衰老的躯体，却像年轻的恋人一样相依相偎。玛丽亚爬到了奥古斯丁的身上，用她松弛已久的乳房去温暖他，唤醒他当年的雄风。谁说年过六旬的人就没有自己的浪漫与激情了呢？他们依然能像在饮一坛陈年老酒一样，尽情品味爱的滋味，他们依然可以在白天男耕女织、相濡以沫，在晚上藤树缠绕、共浴爱河。脸上苍凉的面容，纵然已不再娇艳，胸前苦难的乳房，纵然已不再鲜活，干涸起皱的嘴唇，纵然已少说动人的情话，可男人像百年老树一样刚硬的挺拔，女人像不老幽泉一样喷涌的爱液，却如生命一般坚忍持久、丰沛激荡。他们曾经在罪孽中相爱，总认为地狱就在自己的床前，可是当一个说要为对方挡在地狱的门口时，另一个就幸福地想：有这样勇敢的强盗，谁还会害怕地狱？

天快亮时，玛丽亚还要继续扬鞭催马，奥古斯丁幸福地说出了这个难以入眠的夜晚唯一一句话：

"够了。我这一辈子，没有白活。"

玛丽亚亲昵地拍拍奥古斯丁的脸，说："英雄看来也是会老的。"

上午九点钟，史建华带一班人马来到玛丽亚家。女人忙着给他们打茶，她对儿子说："又不是去迎亲，你们搞那样大的动静干什么？"

史建华说："妈，这不仅仅是我父亲回来这么简单的事情，这还是我们的工作。"

玛丽亚嘀咕道："把你的工作跟家里的事搅在一起，就是把麂子乱成马鹿。"

临出发时，史建华发现奥古斯丁背了一个背篓要出门的样子，"你……也要去吗？"在他的想象里，继父奥古斯丁应该回避他父母重逢的场面，尽管史建华也很同情他。他们的关系一直不错，很多时候，史建华很感激奥古斯丁给自己的母亲带来的幸福生活。

"噢，我去打猪草，圈里的猪这些天都没有吃的了。"奥古斯丁说。

"不，你跟我们一起走。"玛丽亚像一个意志坚定的指挥官，"不管怎样，史蒂文还是你的兄弟，没有你，哪有他的今天？"

玛丽亚一把拉住奥古斯丁的手，令人惊奇地一路都不松开，像村里那些刚刚向城里人学会手拉手谈恋爱的小青年一样。以手牵手的方式向世人宣告，他们将如此走完一生。

他们就这样出了家门，走过家门前的小径，走过成片的青稞地，走过众人好奇的目光，走过村庄里牛羊列队的欢送，走过教堂的大门，耶稣和圣母玛丽亚在里面为他们祝福；他们还走过了村口的老核桃树，它见证过这对老恋人非同凡响的爱情——一个曾经要从它身前走进教堂去举行婚礼，一个却单枪匹马阻挡在送亲的队伍前。那时他们一个像花儿一样娇嫩，一个似战神一样威武。高耸的狐皮帽，虎皮镶边的楚巴，腰间闪亮的藏刀，脚下镂花的高帮软皮藏靴，堆成小山一样高的银锭，还有一双炯炯夺人的目光，照亮了往昔岁月的苍茫。老核桃树活了几百年，从来没有见过如此奇特的求婚。直到那个莽撞的求婚者被捆在它身上，它还为他掉了几片叶子哩。

他们终于走到了澜沧江的"鹰渡"边，江对岸的乡村公路上已经有政府的几辆日本丰田越野车在等候他们了。史建华和其他干部先过溜索了，只有玛丽亚和奥古斯丁落在后面。她还牵着他的手，好像怕他跑了似的。

"你先过。"玛丽亚说。

"噢，你是今天的主人呢。"奥古斯丁深情地看着自己的妻子，"你先过吧，人家在那边喊你了。"

玛丽亚往对岸望望，那边史建华在向她招手，"你要答应我，我过去后，你一定要过来。"

"好，我答应。"奥古斯丁说。

"我们 起去，然后一起回来。"玛丽亚又说。

"是啰。你过吧。"

玛丽亚松开拉着奥古斯丁的手，把自己挂在溜索上，又回头看了自己的男人一眼，"你快点过来啊。我在那边等你。"

奥古斯丁在玛丽亚飞身溜走的一瞬间，脸上浮现出一个灿烂动人的笑容，他说：

"我会为你挡在地狱的门口。"

他目送玛丽亚的身影像一只燕子掠过江面，在对岸平安降落。奥古斯丁长长地嘘了一口气，弯下腰去捡了几块大石头，扔在背上的背笋里。一路上他都在扯猪草，走到"鹰渡"时，背笋里的猪草都快满了。玛丽亚在路上时还说，把背笋放下吧，你过去是峡谷里的大侠，现在你是人们公认的大师了，可不要让史蒂文把你看成个放猪倌。

玛丽亚一到对岸就向江这边张望。她过溜索时好像听到奥古斯丁说了句什么，正由于没听清楚，她的心里就不踏实了。其实，这种感觉从昨晚就一直延续到现在。今天早上她还专门去了趟教堂，跪在圣母玛丽亚的塑像前祈求她保佑他们的生活，祈求她怜悯奥古斯丁和史蒂文这两个男人。他们都活得不容易，但她只能跟其中一个。她还祈求主耶稣，把他的公道和平安施予给天下所有的好人，如果我们从前犯下了什么罪孽，我们会用自己的良善来补赎。

奥古斯丁把自己挂在溜索上了，这时他发现江心的溜绳上竟然站立着一只鹰。狗娘养的，你来得可真是时候。奥古斯丁嘀咕道。他当然记得多年以前，他的父亲康菩土司如何从这条溜索上掉进了澜沧江。尽管这被当成他革命立场坚定的一个证明，但只有他自己老了时才慢慢醒悟到，他其实本可以不杀他的父亲。他完全可以放他过溜索，然后抓捕他，把他交给政府审判。像父亲这样的贵族上层，政府一向很宽大的，说不定现在也会弄个政协副主席当。但是，他那时太骄傲了，仇恨太深了。父亲的阴魂总有一天会来找他的。现在不是来了吗？

奥古斯丁感受了一下背上背篓的分量，好像还觉得不够重，又从溜索上下来，再往里面放了几块拳头大的鹅卵石。他对石头说："来吧，你这拯救罪恶的石头。"他小心地摸了摸自己的胸前，那个见证了苦难爱情的蓝色小玻璃瓶儿还在。这宝贝自从挂在他脖子上的那一天起，他就把爱的十字架背在生命中了。他为此而自豪、幸福。

现在，他要背负一个沉重的背篓过溜索，就像背负自己一生的罪孽，就像再次背负爱的十字架，从人生的此岸到彼岸。他还用一根草绳将双肩上的背绳紧紧地系住，仔细地打了个死结，这样背绳就怎么也滑不开了。

现实的彼岸他已无颜涉过，天堂的彼岸他即将抵达。骑白马的爱神从天上匆匆赶来，向奥古斯丁深情呼唤。但奥古斯丁不相信爱神还活在人间，更不相信在他胡子都白了的年纪还会得到爱神的眷顾。爱神有时会带来错误的爱情，它会很美丽，但必将会被无情地扼杀。就像爱神自己多年前被枪杀一样。

奥古斯丁上溜索了，那鹰还在离他约二十来米的溜绳上，两只眼睛似乎像康菩土司的鹰眼，把他们父子一生的结局看透。

主末日审判的时刻到了。

"妈的，过去的日子，还是一笔高利贷。"

奥古斯丁把自己放了出去，就像放飞了手中的一只鸽子。溜到江心上空时，他抽出了腰间的康巴藏刀，一刀便割断了悬挂在身上的羊皮保险绳。

那只还站在溜绳上的鹰，惊得展翅一跃，和奥古斯丁一起向澜沧江飘落下去。

50 玛丽亚哀歌

上主，请你回目怜视！你这样做，究竟是对付谁呢？

——《圣经·旧约》（哀歌 2:20）

"丢掉背箩啊！丢掉背箩……奥古斯丁！奥古斯丁，你放下背箩啊……"

我拼命喊，不管不顾地往江边冲。我看见奥古斯丁在波涛中沉浮，背箩竟然还在他的身上。奥古斯丁的水性是村庄里最好的，他在劳改时，曾经在澜沧江里做了三年的放木工，他说他骑在波浪上跟骑在烈马上一样。夏天澜沧江发洪水时，他还经常跑到江边去捞上游冲下来的木柴，有一次连房梁都捞回来了一根。现在是秋天了，江水早已经回落，尽管还有一些波浪，但奥古斯丁要是乐意，可以在澜沧江中游几个来回哩。

那该死的背箩还在奥古斯丁身上，就像他一生也挣脱不了的罪孽啊！他甚至在波浪里转过脸来面向我，向我招手。"丢掉背箩啊快丢掉它……"我不知怎么绊了一跤，跪爬着喊。我身后的人们也在大声呼喊，但奥古斯丁听不见听不见啊！一个耳朵再怎么背的人，也该听见我带血的呼喊了。

江水把我的奥古斯丁掩埋了，江水把我的大侠吞吃了，江水把我的大师夺走了，谁来救救他呀？主耶稣啊，求求你拉他一把吧！你的拯救在哪里？

我扑向江边，边喊边哭，我老是跌倒，爬起，再跌倒，再爬起……"丢掉背箩啊丢掉它……"

我已经看不见我的奥古斯丁了，但我仍在哭喊。那该死的背箩把我的奥古斯丁拖到地狱里去了。奥古斯丁，你说过如果要下地狱，你会为我挡在地狱门口，我不要！我要和你一起下地狱。就是一同下地狱，也是我们的天堂。

我跌爬到离江边的悬崖一步之遥时，我就要追随我的奥古斯丁一起上天堂时，儿子从后面紧紧抱住了我。他说："阿妈，阿妈，你救不了他啦！"

每一个人离天堂其实都很近，但他的身后，有顽强地阻止他一步跨入天堂的很多东西。

我回身打了史建华一耳光，这是我第一次打自己的儿子。但他仍然死死抱住我，我怎么也挣脱不开儿子有力的手臂。我再打他、抓他、踢他，我的儿子泪流满面，但一动不动。我听见他对身边的人说："快去下游找他的尸体。"

我的奥古斯丁成了一具尸体了吗？我不相信，刚才他还在向我招手哩！刚才我还拉着他的手，从家里一直走到"鹰渡"边呢。我只是怕他中途找理由溜开，我只是要告诉所有的人，包括回来的史蒂文，我是奥古斯丁的女人，谁回来都不管用，谁带给我金山银山，都不过是雪山前的云雾。我从前拉着他的手，一同走过了那么多的苦难；我还要拉着他的手，一同走进天主的国。

主啊，要是你多给奥古斯丁些时间，他就把吊桥建起来了，我们就会手牵手地从吊桥上一同走过澜沧江，一同走过我们的力气越来越小、头发越来越白、步子越来越不利索的晚年。

我为什么不要求他带我过溜索？这个悔恨将伴我终生。

我牵着他的手时，他的手很冰凉。而在过去，他有一双多么温暖的大手啊！这双粗糙的手捧起过我的泪脸，抚摸过我的身子，温暖过我的心。他第二次从监狱里回来时，我正背一捆柴回家，忽然背上的柴飘走了，我直起身子来，扭头就看见了我的奥古斯丁，柴到了他的手上，从那以后我的肩膀上就再没有背过重东西。那天我看见他时脑子里一阵发晕，一头就倒在他的怀里。他一手提着那捆柴，一手抱着我，我们就那样回的家。那个傍晚有彩虹，就架在我家的房顶上，我不是倒在奥古斯丁的怀里，而是倒进了蜜罐罐里啊！

一个没有男人的家，就像一个人少了一双手。少了那双结实有力，开山放炮，犁地播种，盖房砌灶，样样都拿得起放得下的手；少了那双在你哭时替你擦干眼泪，在你累时帮你揉肩捶背，在你孤单时拥你入怀，在你害怕时为你驱魔赶鬼，在天塌下来时为你撑一片蓝天的手。更不用说我的奥古斯丁有一双大师的手。揉捏泥巴像哄怀里的孩子，做出的件件土陶像是有生命。可以把彩虹编织进一块漂亮的氆氇里去的大姑娘，手也没有他巧。在村庄里，他是仅次于小学老师的大师。那些衣裳光鲜的城里人，他们跟在我的男人后面，就像信徒面对教宗，大师长大师短地叫。大师是什么人？大师就是能做全世界的人都干不了的活儿的人。大师也是那种爱一个女人也爱得很命苦的人。

我苦命的奥古斯丁大师啊，你的手现在还冰凉吗？人不能像从梦里消失一样逃走，人也不能像过去一样，莫名其妙地就被人带走。人被带走了，我还可以问其他的人；人被江水带走了，我该问谁？问我们在天上的父吗？可是他从来没有给过我一个准信。他能告诉我你进了天堂了吗？他能告诉我你的手不再冰凉吗？他能告诉我，你最后向我说什么了吗？我那一刻在溜索上溜得太快了。

"我会为你挡在地狱的门口。"奥古斯丁，这是你说的话吗？主耶稣，你为什么现在才告诉我呢？你的计划难道真的就是把地狱设在我们的婚床下？我们走到一起难道不是你的旨意？在那些艰难的日子里，我守望、祈祷你的恩宠，我一直以为，是你的仁慈把奥古斯丁赐给我的。我对此坚信不疑，就像对你的信仰一样。

我曾经对奥古斯丁说，既然我们把什么罪孽都犯下了，就一起来等候主的审判吧。有几个人不是在罪孽中相爱的呢？耶稣虽然在十字架上承担了世人所有的罪，还让我们每个人，都跟随他背起自己的十字架。好嘛，就让我们一起来背这爱的十字架吧。可是啊，奥古斯丁，你为什么没有听进去，要自己一个人背？你背不动了，就逃走了。我心里已经再也承受不起逃走的男人了，你好狠心啊奥古斯丁！

唉，让我想想，昨天晚上奥古斯丁都说了些什么话。他哪里有什么话呀？从知道史蒂文要回来，他的话就越来越少，耳朵越来越背，酒却越喝越多。尽管我跟他说，史蒂文已经认命了，他只是回来看儿子的，他不会来找我们的麻烦。我怕他听不清楚，对着他的聋耳朵一再地喊。但他还是天天喝醉，在酒中躲避家里就要发生的事儿。人家喝了酒，话多歌儿多，奥古斯丁喝酒后，罪孽感多。有一天他一人在家喝了一酒桶的酒。我回来时他醉倒在火塘边，火都把他的头发燎着了，再晚一点的话，主才知道他会不会被烧死。我抱着他哭，拍打他烧焦的头发、冒烟的衣服，他却说："神父，我有罪，有罪……"

在耶稣基督的圣容面前，在圣母玛丽亚的苦难面前，谁没有罪啊？

"妈，是他自己割断了绳子。"史建华把奥古斯丁过溜索的那个铁滑轮给我看，上面系着的羊皮绳被齐齐地割断了，就像把生命和罪孽一刀斩断一样。我捧着铁滑轮，跪在地上哭得昏天黑地。为什么呀为什么？我向我们在天上的父呼喊，就像经书上说的那样："在我呼号你的那一天，愿你走近而对我说：'不要害怕。'"主啊，我的呼喊你听见了吗？我害怕呀，我害怕以后的每一个夜晚，我害怕火塘里的火再也烧不燃，我害怕梦里的魔鬼，钻到我的被窝里来。奥古斯丁，我要你守在我的梦外边。

儿子在一边说："妈，我父亲在县上等着呢。我们走吧。"

"走你个憨狗养的！"我愤怒地喊，"我要回家去了，等我的奥古斯丁。他天黑就回来了。"

我才不管县上有什么大领导、大记者呢，我才不管史蒂文这条流浪狗从哪里摸回来呢。我要回家去烧好火塘，打好一壶烫烫的酥油茶，蒸好一笼热热的水汽粑粑，再倒好一碗辣辣的青稞酒，等我的奥古斯丁大师回家。奥古斯丁说过，出远门的浪子，最害怕家里的门不为他打开，最害怕家里的火塘不为他漂泊的心温暖。

我的火塘热热的，我的酥油茶飘香到峡谷对岸，我温好的青稞酒加了蜂蜜和酥油。我一次又一次地站在家门口张望，我的出远门的男人就要回来了，不是他的灵魂，是他的人；不是在梦里归来，而是在这个泪雨横飞的黄昏；不是干部们说的"台湾同胞"，而是一个活生生的、心灵手巧的、雪山倒下来也不会弯腰的大师。他就要坐到我的火塘边，先喝下几碗酥油茶，再喝上两碗酒，然后坐进他的工作坊，拍打、抚弄他手中的陶器，就像拍打一个熟睡的孩子，就像擦去我满脸的悲伤和眼泪。

可是啊，茶煮了一遍又一遍，酒温了一次又一次，我的大师呢？他怎么还不回来？

天黑时，来到我家火塘边坐下的不是奥古斯丁，是史蒂文。他在一大群人陪同下进了家门，好像官当得比史建华还要大。他一看见我就跪下了，就像一条走丢了多年的狗，好不容易才找到了家门。

唉，他也老得快认不出来啦。头上的白发，像电视上那些有学问的城里人；他脸上的皱纹，像干了几十年的荒地，而他身上的那身衣服，就像那些来跟奥古斯丁要土陶的城里人。多少年来，我等待的可不是这样一个史蒂文！天主一定是把我的那个会弹扎年琴的、情歌能把树上的核桃也唱下来的、跳起舞来云彩也会跟着飘飞的扎西嘉措搞丢了。

本来我已经在心里想了好多遍了，见到史蒂文时，我要请求他的谅解。史建华曾经跟我说，我阿爸在那边不容易啊，几十年都一个人过。我当时回答说，天下的黄连都一样苦，谁也不容易。可这就像一把斧头悬在我和奥古斯丁的头顶，我们是他的罪人，尤其是我，今天见面跪在地上谢罪的应该是我而不是他。

可现在我不这样想了，我已经为奥古斯丁摆好了一个灵台，就设在圣母玛丽亚的神龛边。灵台上有滚烫的酥油茶、辣辣的青稞酒、热气蒸腾的水汽粑粑、花生、板栗、核桃、炸面、糌粑，这些东西都是奥古斯丁平常爱吃的。我还在灵台上放了张奥古斯丁的大师照，这张照片还是那个上海大地方来的人给他照的，奥古斯丁眯着眼睛在打量手中的一个土陶茶罐，那份骄傲得意，就像一个大师刚刚完成一件传世之宝。

我抹着眼泪对史蒂文说："史蒂文，和你一起出门的马帮几十年前就回来了，你走的是哪一趟马帮路哦？"

史蒂文说："玛丽亚，对不起，我走错路了。"

"唉！你这一错，害了多少人啊……还不快去跪谢你的奥古斯丁大哥。"

史蒂文脸上的泪水从一进家门就没有断过。他跪着爬到奥古斯丁的灵台，哭喊道："大哥，你不该这样……"

"不该的事情太多啦，史蒂文，有人为了让你能安心走进这扇家门，把命都搭进去了……"我昏过去了，不想再看见史蒂文羞愧难当、泪流满面的脸，我的魂飞到外面黑暗的夜空，我在寻找奥古斯丁大师在天堂里沉静安详、坚毅寂寞的脸。

51 天国的召唤

这些人是由大灾难中来的，他们曾在羔羊的血中洗净了自己的
衣裳，使衣裳雪白。

——《圣经·新约》（若望默示录7:14）

在老托彼特活到一百零一岁时，他终于看到了天国的光芒。峡谷里没有
比他更长寿的老人。那是一束从高山牧场上空穿破厚重的云层、像千万支箭
一般射下来的耶稣之光。它们把无垠的天空打扮得诗意生动，把苍茫的大地
映衬得雄浑遒劲，任何沐浴在这天堂光芒下的人们，都会为它洒下一把感动
的热泪。

这些年史蒂文每年冬天都要回一次台湾，处理一些那边的事情，春天一
到，他就像候鸟一样飞了回来，大部分时间都待在教堂村背后的高山牧场
上。这片牧场是他和托彼特跟村委会租借的，他请了两个年轻人为他和托彼
特照料那些牲畜，自己也干些力所能及的活儿，没事儿时就到处去打猎，更
多的时候，他会坐在牧场上的一块岩石上，遥望山下炊烟飘逸的村庄，享受
对故乡和亲人不一样的守望。虽然现在没有一条海峡阻隔他们守望的目光
了，但他们永远也走不到一起，永远。

尽管史蒂文走不进那扇温暖的家门，但他和老托彼特还是很惬意地享受
着故乡的温情和它甜美的青稞酒、酥油茶。它的牧歌和它的炊烟，它的雪风
和它的阳光，对两个浪迹天涯的游子来说，就是世界上可以托付终生的东

西。人值岁暮，所求无多了。

后来他们索性把台湾的农场卖了，托彼特用分到的钱在和教堂村邻近的一个村庄盖了一座教堂。过去这个村庄的人都信奉佛教，这些年他们中的一些人经常跑来教堂做祈祷，一个刚从神学院毕业的年轻神父来问老托彼特，他应不应该把基督的福音传到那个佛教徒的村庄？托彼特说，为什么不呢？现在又没有喇嘛用枪口阻挡你。教堂我给你建，路我出钱帮你修。无论什么时候，耶稣的福音也不会停止它传播的脚步。

史蒂文则把自己的那份钱用来在澜沧江上修建吊桥。他说，不能再有人从溜索上掉下去了。

"罗维神父不会来了。"老托彼特躺在病床上喃喃地说，"但我会很高兴地走。史蒂文，你看啊，天使就要来给我引路了。"

托彼特的病床是村里的一个木匠按史蒂文的要求特别做的，下面有四个轮子。每天中午以后，史蒂文就把他从牧场上的木棚屋里推出来，让他面对广袤的群山和温暖的阳光，把他几十年的乡愁一一偿还。这个高山牧场海拔约有 4000 米，夏天时，这里就是天堂。令人称奇的是，老托彼特回到故乡后视力竟然越来越好，好到可以跟你说对面山崖上刚跑过去的是一只黄色的岩羊。"故乡的山水，医好了我的眼病。"老托彼特曾经一再感慨地说。

在托彼特病重时，史蒂文就想把他送到县上的医院，村里的干部也一再奉上面的指示，到牧场上来劝托彼特老人家去住院。但托彼特说，我从台湾回来，就是为了不去医院等死，在那里去不了主的国。我要在这干干净净的高山牧场上，去到主的国；我要在天堂里看着你们把我这把老骨头，埋在杜伯尔神父的墓地旁。

现在老托彼特要去了，史蒂文将再度面对自己的孤独。他和这个老人家相处的时间甚至比和玛丽亚在一起还长，托彼特虽然只是他的代父，但两人形同父子。多少颠沛流离的日子，他们合力支撑，相互慰藉。如果没有那一口熟悉的乡音，如果没有那么多关于故乡的共同记忆与话题，他们怎么能抵御漂泊异乡的失败感和乡愁呢？

罗维神父在接到史蒂文的电话后，三天时间就从花莲县赶到了托彼特身边。这让弥留之际的老托彼特深为感动，他说："神父，原来台湾离我们教堂村并不远，可是我们却等了三十多年才回来。"

罗维神父拉住托彼特的手说："你这个老家伙，比我还性子急。我看你再活三十年也没有问题。"

"天堂在召唤我啦，神父。"托彼特上午还昏迷过一次，见到罗维神父后回光返照，脸膛潮红，说话的声音都很洪亮，"快给我念赦罪经吧我的好神父。不然我进不了主的国。"

"噢，我亲爱的托彼特，不要急。"罗维神父拿出一本《圣经》来，"人有价值的生命，总是从慢开始，并且越来越慢。"

"谁说不是呢，"老托彼特的声音逐渐小了下去，"步子太快的人，总看不到一路的好风光。我活了一百零一岁了，路是越走越宽，却越走越慢，这把老骨头总算埋在家乡的土地上了，感谢主耶稣的恩宠，请你宽恕……"

罗维神父才打开《圣经》，百年老人就安详地合上了双眼。

托彼特的葬礼办得很风光，州、县统战部，宗教局的官员都来了。因为他是在本地去世的第一个台湾同胞，各级政府都很重视。罗维神父本来想亲自主持老托彼特的安魂弥撒，但被有关官员婉拒了。他们说，我们有自己的神父，你可以作为托彼特的朋友参加葬礼。

罗维神父在葬礼上意外发现了自己的老朋友顿珠活佛，他主动向罗维神父伸出了热情的手。"老朋友，我们又见面了。"顿珠活佛笑盈盈地走过来。

老神父恍若隔世，仿佛回到上个世纪在阿墩子破败凋敝的街上，面对那个少年活佛羞涩又好奇的目光。"又见面了，老朋友。"罗维神父也迎了上前，当他紧握顿珠活佛枯瘦刚劲的手时，不无自嘲地说："我不是骑着炮弹来的。"顿珠活佛也幽默地回应："骑在炮弹上的人，自己也下不来。"现在的顿珠活佛虽然老迈，但非常自信，一身陈旧但庄重的袈裟和睿智的眼光让人敬畏。罗维神父努力地想自己和活佛最后一次见面是在哪一年的哪一天。杜伯尔神父殉教后，是顿珠活佛派人将消息传达到了教堂村，还送回来受伤的托彼特。他本想去领回杜神父的遗体，但那时解放军已经进驻教堂村了。

顿珠活佛来参加这个基督徒的葬礼，一是因为他是州里的政协副主席，二是由于他对当年寺庙的喇嘛打伤了托彼特一直心存愧疚。在托彼特刚从台湾回来时，顿珠活佛曾经专门来跟托彼特道歉，希望能得到他的谅解。那时托彼特告诉顿珠活佛，我这个丑八怪，伤害过我的人，可不止你们的喇嘛，但来道歉的人，只有你啊顿珠活佛。

罗维神父和顿珠活佛并排站在托彼特的墓坑前，听那个曾经接受过托彼特资助的年轻神父为他诵读最后的《圣经》。托彼特的棺木下葬后，史蒂文为这个世界上的孤独老人撒下第一把土，他动情地说："去吧，你这个长有六个翅膀的天使。"

然后人们邀请罗维神父，他说："义人托彼特，天国为你敞开了大门。"然后把手中的白玫瑰扔了下去。随后是顿珠活佛，他似乎不太习惯这种葬礼，但他还是像史蒂文一样，往墓坑里的棺材上撒下他的祈愿和一捧新鲜的泥土。他回到罗维神父身边说：

"我会为他念经祈福的，愿他的灵魂早日去到你们的天国。"

"但愿他能听到。"罗维神父说。

"一个善良宽厚的好人。"顿珠活佛又说。

"一个虔诚的基督徒。"罗维神父说。

"我为你们有这样的信徒而高兴。"顿珠活佛说。

"谢谢。"罗维神父看到了顿珠活佛眼睛里的善意，他本来是想在葬礼结束后实施一点小小的报复，邀请顿珠活佛去看望他们的另一个老朋友杜伯尔神父，他的墓就在同一块圣地上，离托彼特的新坟不远。但罗维神父临时改变了主意。

"尊敬的顿珠活佛，我可以邀请你去喝杯茶吗？"

"我很荣幸，这正是我想做的事。但是请允许我先去敬一炷香。"

"噢，当然。"罗维神父说，"那么，这块圣地里还有你的什么亲人朋友吗？"

"当然有。"顿珠活佛说，"我可从来没有忘记他，就像你也没有忘记过他一样。"

罗维神父感到惊讶时，顿珠活佛径直向杜伯尔神父的墓地走去，似乎活佛已经猜透了他的心思。顿珠活佛在杜伯尔神父墓前的恭敬肃穆，让罗维神父为杜神父的在天之灵感到欣慰。

他们就在教堂里喝茶，史蒂文和教堂管委会的主任罗迪尼为他们打茶，罗维神父喝自己带来的速溶咖啡。罗迪尼对顿珠活佛相当热情，他告诉罗维神父，去年教堂维修的钱还是顿珠活佛为他们争取来的呢。罗维神父感到很惊讶，竟然脱口而出："是真的吗？"

顿珠活佛笑而不答。

这是一次忆旧的茶叙，他们不会去讨论谁的宗教是世界上最好的宗教了，更不会讨论他们所代表的两种社会的文明。两人谈得更多的还是杜伯尔神父，从初次见面的那只海螺，到两个神父到寺庙里做客，杜伯尔神父带来的眼镜，以及跟在他身后的电影摄影机。顿珠活佛说，当年杜伯尔神父让他在牧场扮做一个牧人，寺庙里的喇嘛曾经非常气愤，说杜神父偷窃了一个活佛的灵魂，但顿珠活佛认为这是一个预兆，自己将来会去放牧。果然，"文化大革命"闹得厉害时，他真的就成了个牧人了，这让他安之若素地接受命运的安排。"这是你们天主的计划。"顿珠活佛笑言道。

罗维神父感到很诧异，一个活佛竟能说出一个基督徒经常说的话来，"你怎么知道我们天主的计划呢？我可从不知道你们佛祖的计划。"

"你们应该彼此相爱，如同我爱了你们一样。"顿珠活佛依然和蔼地说，"耶稣说过的话，我没有记错吧？"

"主耶稣！要是我早几十年从你口里听到这句箴言，也不至于……"罗维神父在胸前画了个十字，他感到自己有些像多年以前那个面对神父们的小活佛。那时对方对他们一无所知，现在反过来了。

"不至于什么？"顿珠活佛追问道。

"噢，这个……这个，我们的关系，不至于那么紧张吧。"神父有些手足无措，"嗨，尊敬的顿珠活佛，你从哪里看到我们经书上的话的？"

"还记得吗？你们第一次来寺庙做客时，杜伯尔神父曾说过要送我一本藏文《圣经》，当时我就充满了好奇，但是我的经师说你们的经文都是谎言。可是啊，我没有想到，我手下的喇嘛贡布让我以另外一种方式得到了你们的经书，让我终生为一个洋人僧侣祈祷、洗罪。"

罗维神父明白了。杜伯尔神父用生命送给了他们的宗教对手一本《圣经》，但却没有换来一本佛教的经典。当然，在当时那种情况下，即便有，他也不会去看。这让他感到惭愧和惋惜。

"我当牧人的那些日子里，仔细地阅读了你们的《圣经》，因此我很感谢那段时光。"顿珠活佛目光有些迷蒙起来，沉吟片刻才说，"我们本来都没有错，面对我们各自的信仰，当我们试图去分辨谁对谁错时，我们就开始走到错误的道路上去了。杜伯尔神父曾经跟我说，他要找到基督徒中的佛性，佛教徒中的基督性。这些年我一直在修行中思考这个问题，有一次我在闭关禅坐中终于参悟了：如果我们只站在自己的立场上，就永远找不到。当然也不是站在对方的立场上，那我们都会失去自己。实际上佛性和基督性，都是有信仰的人心中的一汪幽泉，只是我们更多地去论辩它们的相异，而没有去发现其本质的相同之处。为了发现它，我们应该首先摈除陈见，像今天这样，找一个阳光明媚的地方，先喝茶闲聊。但是这个世界上人们的口味千奇百怪，你不喜欢酥油茶，我不习惯喝咖啡，那么我们就不去论说酥油茶和咖啡的好坏，我们可以重新选择一种双方都能接受的东西——一杯清水。至少水是我们都离不开的。对吧，尊敬的罗维神父？"

罗维神父定定地看着自己的宗教对手，忽然产生了站起来拥抱顿珠活佛的想法，但他克制住了，因为他一时找不到更适合表达自己赞同的话语。好在这时史蒂文刚好进来为他们续茶，史蒂文一离开，罗维神父就像一个写作者找到了灵感的火花。他有些失态地站了起来：

"活佛，你的话让我感动。这就像我们这位史蒂文教友，他和另一个教友兄弟奥古斯丁对一个女人的爱都没有错，错的只是他们爱得都很真。其实正确和错误，从来就不是一个硬币的两面，它们本来就铸在同一枚硬币里。我说得对吗，尊敬的活佛？"

顿珠活佛从僧袍里取出一本书来，用手掌仔细地抚摸了一下封面，就像抚摸一个孩子的脸，"神父，这是我多年心血写就的一本书，你可以把它看成一个修行者的忏悔和感悟，也可以将之视为我们共同经历的那段岁月的记述。我在书里和杜伯尔神父交谈，和你交谈，更和你们的宗教交谈。但愿你不认为它是我虚荣的表现。"

书是用藏文出版的，罗维神父的藏文根底还在，他认出书名为《慈悲与宽恕》。

"我很荣幸，也很感动。我一定会好好拜读的。"罗维神父双手接过书来，像一个佛教徒那样将书顶礼在自己的额头上，然后他去包里也翻出一本书来，"我想，我也应该送你一本我编撰的传教回忆录，里面收有杜伯尔神父的书信、古纯仁神父对边藏地区风土人情的记录，以及我当年的一些感悟。这也是我们共同的记忆，也许，和你的著作比起来，它会显得有些偏颇、肤浅，我只希望你不要误解了我们对这片土地的爱。"

"真爱无罪，神父。"顿珠活佛接过罗维神父的书，却发现是他不认识的外文，"哦呀，我可没有你们有学问。"活佛自嘲道。

罗维神父解释说："不，还是你更有学问，因为我并没有像你一样，去研究对方的经典。这本书名叫《爱的回忆》。活佛，你说的对，爱是没有罪的。如果你愿意的话，我将翻译一些主要的章节，尤其是杜伯尔神父的书信，请你指教。你或许可以看出，这是一个多么固执于善的人。"

"那就有劳你了，我盼望在第一时间看到它。"顿珠活佛抬起了自己的双手，"在我们都看到了对方心里想说的话后，我们就能知道，当年我们错在哪里。"

"你已经给出答案了，活佛。"罗维神父起身把自己面前的咖啡和顿珠活佛的酥油茶都倒了，然后拎起旁边的水壶，往大家的茶杯里倒了一杯白开水。

"我们用这个，干杯。"罗维神父说。

"好一杯清水。"顿珠活佛举起了自己的茶杯。

52　默示录

看，我在你面前安置了一个敞开的门，谁也不能关闭它。

——《圣经·新约》（若望默示录3:8）

　　历史进入新纪元，天使吟唱的"我是'阿耳法'、我是'敖默加'"①的歌声，依然在峡谷里回荡。时间老人有一天经过澜沧江峡谷，那一天江面波涛平息、江流破天荒地比人走的步子还要慢。雪山上的雪风不吹了，森林里的百兽也驻足聆听天使和时间老人的对话——

　　时间老人：我们的大师呢？当年我不是把他送回来了吗？

　　天使：大师乘着江水去了，众人都在寻找他。包括那些曾经伤害过他的，和被他伤害过的，都把他当成兄弟。

　　时间老人：人走到他的时间尽头后，人们才想得起他的好。

　　天使：在你的路上，不是所有的人都能到我这里来。

　　时间老人：是他们还有其他地方要去。

　　天使：没错，天国就像这大地上的国家，也被人划分国界了。

　　时间老人：只是说着不同话语的人们，对天国的解释不一样罢了。

　　天使：也许吧，当初就不该建那座巴别塔。

　　时间老人：建不建都一样。世上的人，想法太多。同一张嘴里说出来的

---

　　① 即《圣经》经文中的"我是始，我是终"。

话，还经常前后矛盾呢，更何况千万张嘴，千万颗心。

天使：同一颗心也经常前后矛盾，比如奥古斯丁。否则他不会走这样一条路。

时间老人：他可有留下一句话或者一支歌吗？

天使：他只给自己还乡的兄弟留下了一扇温暖的家门。

时间老人：那就是他的歌了。

天使：是你教给他唱这支歌的吗？

时间老人：不。是苦难。

天使：可是他从来没有抱怨过自己有多苦，他在磨难中享受幸福的爱情。

时间老人：抱怨过多的人，当然没有幸福，更没有爱。

天使：大师只是太刚直了，要是他像河边的杨柳，春风来了，一起舞蹈；狂风袭来，低眉顺从。他的幸福就更长久了。

时间老人：那他就不是一个康巴人，也不是一个大师了。

天使：可是，我听见，许多被称为大师的人，或者自封为大师的人，正在对奥古斯丁评头品足，说他只是偏远地方的一个乡下佬，怎么能称大师？而他们自己，却享受着大师的虚名带来的种种好处。

时间老人：伪大师。他们在你那里一定不受欢迎。

天使：不受欢迎但想挤进来的人可多了，有权有势的，没有信仰的都想来，甚至都贿赂到我们的天主圣像前了。无论是教堂还是寺庙，都可以看到他们貌似虔诚的身影。而我们所选择的，却找不到。比如奥古斯丁大师，我们已经给他留好天国的席位了，但到现在还一直空着。

时间老人：这是因为有人认为，大师还活着。

玛丽亚就是这个世界上坚信她的奥古斯丁大师还活着的唯一一个人。人们一直没有找到奥古斯丁的尸体，一般来说，掉到江里的人，是很难再被发现的。但是玛丽亚坚信她的奥古斯丁大师淹不死，曾经拿出很多的钱请人沿着澜沧江下游地区寻找，史蒂文也参加了这件比大海捞针更没有希望的工程。当年人们在江边每五里一个人地足足守望了半年，仍然只有江水一去不回的消息。后来人们在教堂的圣地里为奥古斯丁立了一座衣冠冢，里面葬有奥古斯丁生前穿过的衣服和几件土陶。

但这个老女人坚忍的守望就像一棵老树一般老而弥坚，她在路上见到上了年纪的男人的背影，都会远远地喊"奥古斯丁"，要是人家再背个背篓，那就麻烦大了，玛丽亚总要追上去要那人丢掉背篓，说人不能总是背着自己的罪孽上路。每个黄昏她家门口的那条小路，人们轻易不敢去，因为只要玛丽亚一听到狗叫，听到小路上的脚步，就会从屋子里冲出来，"奥古斯丁奥古斯丁"地叫喊，把来人搞得难堪不说，她的失望与哀伤也让人于心不忍。

村里人都在传言玛丽亚的脑子有毛病了，甚至连她的儿子史建华也开始相信这个说法。因为他发现老母亲经常忘记身边刚刚发生的事儿，连自己孙子的名字也常常搞错。史建华现在已经到州上当局长了，他工作忙，不常回来。一回家总是在村庄和牧场两头跑，一头陪伴孤独寂寞的父亲，一头开导悲伤固执的母亲。史建华在母亲的哀伤慢慢平息下来时，曾经试图说服母亲去城里的医院看医生，玛丽亚说，医生又不是神父，看他做什么？史建华只好无奈地说，我是担心你的这里。他指指自己的脑袋，妈，有些事情随着年龄的增长，可能你会想不起来了。

而他老母亲一听这话就抹着眼泪大声说，主耶稣，医生能帮人把脑袋里的事情理清楚吗？我想不起的事，吃药可不管用；而我心里存放的事情，那可是痛到骨子里去啦。我还记得奥古斯丁大师做的一个茶罐，两只喜鹊蹲在上面，一只口里衔着一棵草，一只向着天上叫唤，人家出一千块钱，大师都没有卖；我还记得奥古斯丁回家的那年，我背不动的那捆柴，是他帮我提回家；我还记得人家抓走他时，我的奥古斯丁说，他没有什么问题说不清楚，他去几天就回来；我还记得奥古斯丁大侠骑在马上，把我从强盗那里救出来，路上他还给我摘了一把野花，那时你这个小杂种还在我的肚子里哩；我当然还记得我当姑娘时，峡谷里的杜鹃花都不敢开放，不管我走到哪儿，人们都说，春天来了。哪怕正下着漫天的大雪呢。你个小屁娃儿，别看你当了局长，脑子里哪有我装的事情多？可是啊，脑子里这些事情越多，就像背篓里背的金子银子越多一样，它们让你幸福，却压得你快喘不过气来啦。这些金子银子不能吃、不能穿，人们还是要死死地守着它，是不？

有些人力图忘记自己的过去，而有的人，却靠过去支撑自己的余生。往昔的岁月，可能是一笔债，也可能是一笔弥足珍贵的财富。尤其是那些苦难非凡的过去。母子俩的对话总是以玛丽亚坚信奥古斯丁将会回来而告终，母亲的脑子里永远只有关于奥古斯丁的记忆，而他的父亲史蒂文则被无情地删除了。

又过了些年，史建华回家探亲时，发现两个老人的白发在村庄和牧场上交相辉映，看得他心酸。他们曾经在生死不知、相隔万里的两地守望，一条无法逾越的海峡没有让这守望的目光枯老、干涸，反而让它更执着、更坚忍。现在天堑变坦途，遥不可及的目光张开双臂便可拥抱，但是他们却像当年守望爱情一样，守望着各自的孤独。哪怕地老天荒，峡谷两岸的山头上都长满寂寞的白发，他们都不愿主动向对方走上前一步。

"让我阿爸从牧场上搬下来住吧？过去的事情就让它过去了，谁也不会怪你们什么。你们两个都老了，住在一起互相还有个照应。我已经说通我阿爸了，他在等你的话。"

他没有料到的是，老母亲的诘问却超越了阴阳两界："他住进这个家倒是容易，我的奥古斯丁大师回来了，我又怎么办？"

史建华说："妈，奥古斯丁已经死了好多年，你难道不晓得人死了不能生还吗？"

玛丽亚的回答是："基督还会复活哩。'基督复活了，坟墓里再没有死人。'圣歌里就是这样唱的。奥古斯丁的坟墓里有他的人吗？当初他们说史蒂文死了，但'死人'又回来了。现在谁还敢相信一座空坟的主人是死还是活？你看着，明年春天，奥古斯丁大师就回来了。他上次就是在一个春天回来的。"

春日期盼，秋时守望，乡关何处，归乡梦长。大地无言承载一切，不堪承载的是日益飘零的白发。又是一个还乡的春天，史蒂文从台湾回来参加他捐建的吊桥的竣工典礼。县里搞了一个隆重的开桥仪式，这大吊桥就建在

"鹰渡"的原址上，全村的人们都簇拥在桥头，等待史蒂文为吊桥剪彩。史蒂文问："我可以让一个更有资格的人来剪彩吗？"

他身边的一个副县长说："桥是你捐的，你想请谁剪彩都行。"

专程赶回来的儿子史建华在一边说："阿爸，你是想让我的阿妈来剪彩吧？"

史蒂文瞪了儿子一眼，"那你还不快去请！"

史建华在人群中没有发现自己的母亲，村庄里可能就她一个人没有来看热闹。他飞奔回家，发现阿妈正在往一只桶里倒青稞酒。

"阿妈，吊桥要开通了，我阿爸请你去剪彩。"

"什么是剪彩？"玛丽亚继续干手里的活儿。

"就是……就是一个开桥仪式，人们在新桥上横了一块大红布，你用剪刀'咔嚓'一声剪断它，人们就彻底告别危险又不安全的溜索啦。阿妈，大家都在等你呢。"

"这个跑破靴子的流浪汉，就会出我的丑。"玛丽亚嘴里嘀咕道，但却拎上酒桶准备出门。史建华不明白母亲打一桶酒做什么，但还是赶忙接过她手里的酒桶，乐颠颠地跟在后面。

这是个阳光明媚的上午，崭新的大桥横跨在澜沧江上空，像一道永不消失的彩虹。当初奥古斯丁打算建的是一座只能人通行的小吊桥，但史蒂文接手这桩善举时，说咱们要建就建一座能通汽车的大吊桥。他从省里请来设计师做设计，耗时两年多才将这座大吊桥建成。

那个副县长等玛丽亚来了，安排她和史蒂文站在一起，然后发表了热情洋溢的讲话，让史蒂文自己都不好意思起来。赞美之辞好不容易讲完了，人们热烈鼓掌。副县长将一把大剪刀交到史蒂文手里，史蒂文又将它递给玛丽亚。

"你来吧。"他眼睛不敢正视玛丽亚，望着她身后的吊桥说，"这是为奥古斯丁建的桥。"

澜沧江上的风吹拂着两个老人头上的白发，在阳光下闪耀着飘飞的银光。多年前他们逃婚来到这里时，险些就被康菩土司的马队捉了回去。那时他们年轻、浪漫、勇敢，为了爱情甘愿牺牲生命，对抗整个世界；现在他们老了，步履蹒跚，白发飘扬，满脸沧桑，却还在寻找当年的爱情。"少年人的光荣，在于他们的魄力；老年人的荣耀，在于他们的白发。"这是《圣经》上专门为这两个旷世情人写的话，如果人们没有看到他们相互的守望，这满头的白发至少也见证了他们一生对真爱的追求。

玛丽亚接过剪刀，迟疑了一会儿，没有去剪那块红绸布，而是把它捏在手里，一把一把地拉了过来。两头持着红绸布的后生们不知道玛丽亚大妈要干什么，只好由她把布拽了去。

玛丽亚将红布裹成一团，走到桥栏杆边，奋力将它扔到了江里，红绸布借助江风，"哗啦啦"地飘扬开来，像一股浓郁的滴血相思，飘逸在这浪漫多情的峡谷，最后被江水缓缓带走了。

"你们过吧，这世上多有些桥，就……好了。"玛丽亚大声说。

官员们还在发愣，人们已经欢天喜地地拥到桥上，小孩子们高兴得跺脚，一辆汽车鸣着喇叭骄傲地驶过，大人们站在栏杆边指点江山，就像第一次来到这个地方，纷纷说："看啊，在澜沧江上看我们的村庄，好漂亮啊！"

在人们的欢乐之外，玛丽亚把青稞酒一碗又一碗地撒进了澜沧江里，一句话也不说。那些酒撒到空中，被阳光折射出晶莹剔透的光芒，就像一颗颗珍珠般的心。

史蒂文一直默默地站在她的身后，忽然回想起多年前的一个秋天，家里酿青稞酒，他坚持要用掉三百斤青稞来酿，因为来家里喝酒的乡亲们太多；而玛丽亚说，青稞都用来酿酒，冬天就要饿肚子了。他们大吵了一架，玛丽亚气得三天不给他做饭。但后来玛丽亚用来酿酒的青稞不是三百斤，而是六百斤。可惜的是，这六百多斤酒史蒂文还没有喝完，就开始了浪迹天涯的漫长人生。

玛丽亚撒完了桶里的青稞酒，慢慢转过身来，苍老的眼眸不敢与史蒂文殷勤守望的目光相遇。也许是害怕看到多年前在康菩土司的厅堂里，那个弹着扎年琴的俊朗歌手眼睛里炽热的爱情；也许是担心姑娘花蕊般随风摇曳的羞涩眼神，会像天空中远逝了一万年的闪电，倏然闪耀在一个七十多岁的老妇人的眼瞳里。因此，玛丽亚没有对发呆的史蒂文说：你出远门前家里酿的酒还存放着呢，你不回家来喝吗？没有顾及一条峡谷对她爱心的期待，没有垂怜一颗孤独的心灵守望的意志，甚至没有怜惜自己孤单的身影，在爱神叹惜的目光中寂寞踟蹰地远去……

狂欢结束了，峡谷归于沉寂，众神都已歇息，唯有史蒂文还在大吊桥上踱来踱去，思绪像桥下永不平静的江水。这时，两个流浪歌手从峡谷对岸踏歌而来，他们一老一少，胸前挂着六弦扎年琴，边走边唱，就像多年前某个走遍大地的情歌王子。太阳的年轮印在他们的脸上，风雨的痕迹是他们衣衫上的图案，满身的风尘显出他们到过的地方，悦耳的歌声将史蒂文饱经沧桑的爱一石洞穿——

> 你脸上的皱纹有大峡谷一样深刻，
> 你眸子里的目光似江水一般眷念，
> 你苍老的爱像雪山那样圣洁而高远，
> 你浪迹天涯的脚步啊，
> 却再也不愿走出一个人目光的追逐。
> 人一生中有些坎坷总可以跨过，
> 不管它是一条峡谷，还是一条海峡；
> 但有些阻碍啊，
> 你却永远也难以逾越。

史蒂文觉得那个年轻的歌手有些面熟，像他记忆中某个久远的朋友。他身材高大，体格健硕，脸膛开阔，胡子拉碴，浑身散发着浪漫的野性，是那种习惯于以马背为骑，大地为床，山洞为房，兽皮为被，靴子为枕的天涯浪子。但史蒂文想不起他究竟是谁。

"你们好，我的朋友们。"史蒂文靠在吊桥栏杆上，打招呼道，"从哪里来的啊？"

"雪山那边。"年老歌手回答道。他停下流浪了一生的脚步，和史蒂文面对面。

"这是谁的歌啊，这么好听？"史蒂文听到这歌时，便有恍若隔世之感。

"扎西嘉措的歌。你没听过？"年老的歌手盯着史蒂文的眼睛说。

"主耶稣，你……你们是谁？"史蒂文像被一把尖刀顶着沸腾的胸膛。

"我么，"年老的歌手拨弄了一下怀中的琴，"我是一名在大地上流浪的诗人，六世达赖喇嘛仓央嘉措是我的灌顶上师，爱情是我的人生诗行，姑娘们的眼光照亮我脚下的路。"

史蒂文的记忆闸门轰然打开，这不是当年那个行吟诗人扎西嘉措说过的话吗？他禁不住浑身颤栗起来，仿佛回到往昔那个人神共处的世界。

"你……你是扎西嘉措？"史蒂文小心地问。然后他又面向那个年轻的歌手，用很肯定的口吻说，"而你，是好汉格桑多吉。"

"你又不是不知道，在雪域大地，有许多人叫扎西嘉措，他们都会唱让花儿闻歌开放的情歌；也有许多人叫格桑多吉，他们跃上马背便会成为好汉。"年轻的歌手回答道，并不肯定史蒂文的疑问，也不否定史蒂文的肯定。

"那么，你们是……是来到人间的爱神？"史蒂文用敬畏的口气问。

"嗨，伙计，认识一个姑娘容易，认识爱神难；就像认识别人容易，认识自己难一样。你是谁呢？"年长的歌手扎西嘉措问。

"我是史蒂文。"

"不，你不是史蒂文。"歌手扎西嘉措说，"因为你连一支爱情的歌也不会唱了。"

史蒂文急了，从来没有人认不出他来，哪怕他当年在澜沧江边的那场战斗中，想混进民工队伍里逃走，格桑多吉一眼就认出了他；更不用说当他时隔三十年、满头花发、一脸沧桑从海峡那边回到故乡，连山岗上轮替了几十载的杜鹃花都知道天涯浪子史蒂文回来了。

"你呀，看看我这个老人家脸上被爱情搞乱了的皱纹，就知道我是谁了。"史蒂文说。回到大陆后的这些年，他脸上的皱纹就像渴望一场甘霖、却枯等了三万年的开裂旱地，毫无规则地四处蔓延纠结，有时他自己都感受得到岁月的刀子在脸上任意雕刻他痴心守望的寂寥，全然不顾他内心的呼唤哀痛。四季轮替一回，这张脸就被纠缠一次。那个叫扎西嘉措的流浪歌手脸上爬满爱情艰难曲折的道路，就像史蒂文面对镜子里的自己。

流浪歌手扎西嘉措充满同情地说："是啊，爱情让人们焕发青春，相守却叫容颜转变。"

"心不改变就行。格桑多吉，你可不显老。"史蒂文说。

"嘿嘿，那是因为我的情歌还没有老。"

"你不是个强盗么，怎么也当歌手了？"史蒂文又问。

"在爱情面前，国王和强盗，诗人和农夫，都可以成为一个情歌王子嘛。"

"噢，你唱得也不赖，我听过你的歌。"史蒂文忽然背起双手，尽量挺起已经弯曲了的腰，"我想请你们去我的牧场上喝茶。"

"你这个老家伙，玛丽亚已经打好一壶热茶等你了。"流浪歌手扎西嘉措说。

"不会吧？"史蒂文边说边往村庄的方向眺望，"难道现在我还能把爱神请回家吗？"

"为什么不？爱不老去就行。"流浪歌手扎西嘉措问。

"可是我老了，我们都老了。"史蒂文哀叹道，"老到举不起手去敲开一扇温暖的门，老到迈不出脚步跨过那门前的一条水沟。要么，你们陪我一起去，要是你们真的是爱神的话。"

"要去你自己去。史蒂文，你不要忘记，当年我给你敲开的门还开着。"格桑多吉像他的伙伴一样老练地拨了一下琴弦，"我们还要在大地上走下去，还有人的爱情需要我们去歌唱。"

他们在史蒂文的目送下渐行渐远，史蒂文不知道刚才这一幕，是主耶稣的默示，还是爱神的鼓励。他只听见格桑多吉的歌在峡谷里久久地飘荡，就像来自天堂的歌声——

爱情就是一场守望，
就像雪山守望白云，

峡谷守望江水。
白云有聚有散，
江水有枯有涨，
飘走的白云终要回来，
干涸的江水终要丰满。
因为爱情就是一笔高利贷，
永远都需要用生命去偿还，
除非人升向了天堂。

2007 年 11 月 8 日—2009 年 1 月 11 日凌晨六点一稿完于昆明北郊

2009 年 3 月 22 日二稿改于北京鲁迅文学院 205 室

2009 年 7 月 3 日改定

从慢开始，越来越慢

范　稳

　　我让我书中的一个老神父说这句话时，是在礼赞生命的虔诚与坚忍。这样的生命历程一般是有信仰的，和我们通常所过着的那种匆忙而迷乱的生活有很大不同。

　　十年前我开始爱上西藏那片土地，由此进入一种所谓"慢生活"的状态——在西藏各地漫游，在藏区的村庄里看炊烟飘拂，听牛羊吟唱，望雪山圣洁，走朝圣道路。我被这片土地所召唤，为它的历史文化而着迷，它是如此的博大精深，又是那样的色彩斑斓。行色匆匆不会知道它的文化底蕴，猎奇探险仅能满足几丝好奇心。它需要你慢下来，甚至停下来，也需要你放弃许多诱惑，就像藏传佛教里教人解脱烦恼。烦恼从何而来？或许就来自我们的步履太快了吧。

　　我知道许多人把西藏当做自己心目中的圣地，那里的雪山湖泊，草原峡谷，那里的人民和文化，他们都无条件地爱。我也如此，作为一个被现代生活的滚滚红尘包裹淹没的俗人，我渴望逃离，渴望和有信仰的人同行，从感知他们的生活方式，到学习他们的历史文化。

　　这必须是一个发现的过程，缓慢而又沉重，多元而又繁复。正如一个藏区村庄煨桑的香烟需要你慢慢地感悟一样，它在晨曦或暮色中缓缓升起，伴随着虔诚的老阿妈祈诵吉祥的经文，在宁静村庄的上空袅袅上升，向雪山供奉，向大地供奉，向天上的诸神供奉。有谁看见这香烟中的虔诚了？有谁知道神的世界如何聆听大地上卑微到一缕香烟的祈求了？又有谁读懂寺庙里的暮鼓晨钟、朗朗经文，以及朝拜的人们永不停歇的转经筒吟唱的人生轮回了？还有饱经风霜的教堂，传教士的荒冢，孤独矗立在大地上的十字架，就像一个苦难而沉默的智者，见证了这片有信仰的土地上百年的腥风血雨。

如果你在欧洲的某地看见一座教堂，你一定会觉得那再正常不过，是和那片土地相协调的一种风景，正如我们看见一座寺庙，便理所当然地将之视为我们文化的一部分、信仰的一部分一样。但是，当你在迄今为止还是全民信仰藏传佛教的藏区看见一所教堂呢？它像一个不速之客那样闯入你的视野，像在一块画布上猛然跳跃出来的一团不协调的颜色，像一个孤独隐忍的人，不合时宜地站在一个他本不该存在的地方。这是时代的错误还是一种可贵的冒险？是历史的尴尬还是大地的包容？

1999 年的夏末，我在西藏芒康县的盐井教堂待了一段时间，一个黄昏，我独自去教堂的圣地，忽然发现了一个当年因宗教纷争被杀的传教士的坟墓，苍茫血腥的历史在我的眼前赫然打开。我在暮色中阅读简单的碑文，在坟头破败的十字架前伫立良久，想象那个传教士，以及和他一起被杀的仆人——一个叫独西的藏族天主教信徒——的命运，他们家有两代人因为信仰天主教被杀了。信仰本是美好的，教人向善的，可是为什么有人要为此付出生命的代价？就在这个细雨中的黄昏，我被某种力量震撼，被某种人生悲剧感动。它就像来自天国的一束强光，忽然把你平庸的生命照亮。你得为这份震撼与感动做点什么，改变些什么，传达出什么。

从打算为这片土地写书开始，我为自己立下的一条要求就是：必须学会用藏族人的眼光看问题。不能用汉人的眼光去诠释它，且还振振有词地宣称：这就是我眼中的西藏。诚然，每个热爱西藏的人都试图发现西藏，诠释西藏。但作为一个作家来讲，他的发现和诠释既应该是文学意义的，也必须尊重并敬畏那片土地的历史与文化。

更何况这是一片多元文化并存的大地。多种民族、多种信仰在一个发现者眼前像万花筒般呈现，我看到的是文化与文化的交流与碰撞，信仰和信仰的砥砺和坚守，我知道这很精彩灿烂，是一片文学的沃土富矿。可我在开初时，却对它一知半解甚至一无所知。我是一个汉人，没有藏文化背景；我爱这个民族的文化，就像爱它神奇瑰丽的雪山峡谷。但我不是一个普通的旅行者，我为肩负自己的文学使命而来，我渴望被一种文化滋养，甚至被它改变。

唯一的途径便是虚心下来，像一个谦卑的朝圣者那样，走上那条探寻与发现之路。文化背景是先天的，但却是可以去感悟的，可以在村庄和雪山下，在寺庙和教堂里，在青稞酒的浓烈和酥油茶的浓香中，在歌声与诵经声中慢慢地体味。我刚进藏区时，和一群新认识的康巴兄弟喝酒，一般的结局是我醉倒在桌子下，他们还在唱歌跳舞，现在我能自豪地说，我可以和他们一起歌唱、一起醉倒在桌子下了。当我学会也像藏族人那样把一座圣洁的雪山视为神山时，当我能理解并尊重一个村庄的习俗和村人们日常生活中彰显或隐秘的信仰力量时，我方觉得，我正在走进西藏，走进这个民族的历史与传说、神界与现实。

十年来，我为这片神奇的土地写了三部书，构建起自己的"藏地三部曲"。我并不在意在快餐文化时代，这样的宏大叙事不讨好市场，别人走得快，我走得慢，我就以慢来自豪。有闲阶层现在认为慢是一种优雅，在我看来，慢是一种负重，是一种敬畏。我一般是用一年多的时间在藏地周游，再用一年多的时间看书阅读，然后才开始写作，这样每部书都要用三四年的时间。我认为这种缓慢的写作姿态是非常有必要的，藏区的生活总是在我们的想象力以外，更不用说它的历史与文化，民间传奇和神界故事，与我们通常所掌握的文化体系大相径庭。神的世界，有信仰的生活不是我们在都市的书房中便可以揣测的。一个普通藏族老人的一句话，可能会让你有胜读十年书之慨。

写《水乳大地》时我看到的是多元文化的灿烂与丰厚，我写了文化、民族、信仰的砥砺与碰撞，坚守与交融；在《悲悯大地》中我描述了一个藏人的成佛史，以诠释藏民族宗教文化的底蕴；而在最后一部《大地雅歌》中，我想写信仰对一场凄美爱情的拯救，以及信仰对人生命运的改变，还想讴歌爱情的守望与坚忍。2006年的夏天我再次去藏区采访，在跟随马帮连续翻越了两座海拔四千多米的雪山后，我意外地得知在一个高山牧场上有个隐居的藏族台湾老兵，这让我深感惊讶。我开始追寻他的命运轨迹，甚至一直追踪到台湾东部的花莲县——这个藏族老兵在那里生活了三十多年。我在海峡那边看到了一个藏族人别样的人生，以及和我们的国家民族共同承受的命运。我为他坎坷的人生经历而感慨，为他在海峡两岸守望终生的爱情而唏嘘。我原本计划在第三部中重写宗教与宗教间的对话，两种文明的碰撞，但是这场凄美的爱情让我不能不将"大对话"作为两颗真爱之心坚忍守望的时代背景。把握一个时代的特征、认知一个民族的精神特质，需要某些鲜活的点，就像有智慧的人用一个支点便可撬动地球。每一个人的人生命运，都可看作是历史的反映，时代的侧影。在我所熟悉的那条大峡谷里，人们总是试图互相走近，心灵总是渴望相互理解，无论是一种信仰，还是一场爱情，信与不信，爱与不爱，在某种意义上，都是从此岸到彼岸的过程。它可能间隔着一条深邃的峡谷，一湾浅浅的海峡，甚至是一条文化的鸿沟。我相信大多数人需要看到的是：人们如何跨越。

对作家而言，写作本身也是一种跨越，身边的诱惑、嫉妒、谗言、磨难、平庸、媚俗、矫情、虚伪，以及种种干扰和不公正，都是试图阻挡你超越自己的障碍。如果你不能做到像刘翔那样旋风般地将它们甩在身后，那你就用坚强和隐忍，把它们一一踩在脚下。我并不认为自己是一个高尚自律的人，因此我需要信仰的指引；我也不认为自己的爱心和责任感，就足以承担一方土地的厚重。我只能做到：当别人去追名逐利时，让自己的心像沉入湖底的石头；在别人畅游在物欲之河时，我转过身去，蹚过脚下平庸的浊流。

我希望我的读者在读完《大地雅歌》乃至前两部书后，能够看到这个跨越过程。也许读者们会发现，有些坎坷人们在历经苦难之后跨越了，有些阻碍则永不可征服。这不仅是人类的局限，也是人之为人的悲壮优美之处，更是一个小说家应该去呈现的人类命运。

我为自己感到庆幸，十年来我做了一桩有意义的工作，把三本书奉献给我的读者，供奉给那片神奇的土地。不是我书写了这片大地，而是这片大地召唤了我。我服从了召唤，就像服从黎明的第一缕阳光，把我从黑暗中唤醒。

图书在版编目（CIP）数据

大地雅歌 / 范稳著.—北京：北京十月文艺出版
社，2010.4
　ISBN 978-7-5302-1027-7

　Ⅰ.①大…　Ⅱ.①范…　Ⅲ.①长篇小说-中国-当代
Ⅳ.① I247.5

　中国版本图书馆 CIP 数据核字（2010）第 049815 号

北京市优秀长篇小说创作出版资金资助作品
十月长篇小说创作丛书

大地雅歌
DADI YAGE
范稳　著
＊
北 京 出 版 集 团 公 司
　　　　　　　　　　　　　　　　　出版
北 京 十 月 文 艺 出 版 社
（北京北三环中路 6 号）
邮政编码：100120
网　址：www.bph.com.cn
新 经 典 文 化 有 限 公 司 发 行
新　华　书　店　经　销
北 京 谊 兴 印 刷 有 限 公 司 印 刷
＊
700 × 990　16 开本　27.5 印张　406 千字
2010 年 6 月第 1 版　2010 年 6 月第 1 次印刷

ISBN 978-7-5302-1027-7
Ⅰ · 999　定价：29.80 元
质量监督电话：010-58572393